中国现当代文学
·
作品选读

（修订版）

主 编：肖 涛 李 玲
副主编：秀 梅 屈玉丽 王成涛 黄志蓉

西北工业大学出版社

【内容简介】 《中国现当代文学作品选读》是一部以作品欣赏与阅读为主,文学史讲授为辅的教材。通过学习,让学生了解中国近百年的文学发展历程,以及文学运动、思潮和文学创作发展的基本情况。教材选取了各个时期的优秀作家及其最具有代表性的作品,如鲁迅、巴金、沈从文、徐志摩、张爱玲等,旨在通过学习,扩大学生的知识面,提高学生的文学素养,重点培养学生分析和鉴赏中国现当代文学作品的能力,使其能独立分析优秀的文学作品的思想艺术特色。

  本教材主要面对的是非汉语言文学专业的在校大学生。

图书在版编目(CIP)数据

中国现当代文学作品选读/肖涛,李玲主编. —2 版 . —西安:西北工业大学出版社,2013.12 (2024.8 重印)

  ISBN 978 - 7 - 5612 - 3884 - 4

  Ⅰ.①中… Ⅱ.①肖…②李… Ⅲ.①中国文学—现代文学—作品综合集—高等学校—教材②中国文学—当代文学—作品综合集—高等学校—教材 Ⅳ.I216.2

  中国版本图书馆 CIP 数据核字(2013)第 315295 号

出版发行:西北工业大学出版社

通信地址:西安市友谊西路 127 号 邮编:710072

电 话:(029)88493844 88491757

网 址:www.nwpup.com

印 刷 者:陕西向阳印务有限公司

开 本:787 mm×960 mm 1/16

印 张:23.5

字 数:575 千字

版 次:2014 年 2 月第 2 版 2024 年 8 月第 5 次印刷

定 价:59.80 元

前　　言

  中国现当代文学是中国文学在 20 世纪持续获得现代性的长期、复杂的过程中形成的。在这个过程中,文学本体以外的各种文化的、政治的、世界的、本土的、现实的、历史的力量都对文学的现代化产生着影响,这些外因影响着它的萌生、兴起,影响着文学运动、文艺论争、文学创作,形成中国现代文学种种迅速、纷纭的变化,构成一部能折射历史的方方面面、多姿多彩的中国现当代文学史。

  20 世纪中国文学曾经产生了许多优秀的作品,它们是 20 世纪中国文学史的重要构成,也是中国现代文学教学的主要内容。考虑到本教材所面对的对象为非汉语言文学专业的学生,所以在编写上与专业教材有所区别。我们在这本教材编写的过程中把高校对学生人文素质的培养也作为考虑的一个方面,力图通过公选课的方式推进本课程的教学,为提高学生文学素养提供一个重要的途径。因此,我们在教材编写中把作品的阅读和欣赏放在了一个非常重要的地位,一方面便于学生的阅读,另一方面也便于教师的讲解,每一篇作品后面我们都编写有辅助欣赏和阅读的内容。

  本教材此次修订的一个重要目的就是对篇目进行重新调整,重新遴选了一部分文学影响力和文学史评价不断提升的作品,同时去掉了一部分作品,如此选篇的意义在于让更多优秀的作品进入到我们学习欣赏和阅读的领域。

  本教材选目意在以新的文学史观、文学观重新遴选 20 世纪中国文学的经典。选篇包括小说、新诗、散文、戏剧等各种流派风格的代表性作品,希望能从中呈现出 20 世纪中国文学发展的一个缩影,为我们的文学教学提供一个有新意、实用性强的作品选本。除大陆的文学作品外,本书还遴选了台湾文学的部分作品,旨在全面地展示 20 世纪中国文学的风貌。

  本教材约 60 万字,其中,肖涛教授主要负责组织编写大纲和全书的统稿,同时完成文学史及部分小说篇目的编写,共计完成约 10.5 万字;李玲负责小说篇现代部分的统稿及编写,共计完成 13.8 万字;黄志蓉负责现代部分及其当代部分,小说部分篇目的编写,共计完成 9.2 万字。秀梅负责小说篇当代部分的统稿及编写,共计完成 12.5 万字;屈玉丽负责诗歌篇的统稿编写共计 6.3 万字,王成涛负责散文及戏剧部分的统稿和编写,共计完成 5.2 万字。

  本教材呈现出的特点:

  一、本教材十分重视文学史与作品阅读之间的关系,同时也十分注重中国现当代文学史一以贯之的内在发展规律。

  二、本教材直接为教学服务,实用性是本教材最大的特点。

  三、本教材主要介绍在中国现代、当代文学史上具有代表性的作家作品。对文学史的介绍方面力求文笔通俗易懂,以适合不同层次不同专业的学生使用。教师在讲授这部分内容时,还可以根据时间和学生的情况适当补充材料。教材中所选的作品为各个时期最具代表性的作品。

四、我们真心实意地把编写教材视为一种有意义的教学研究活动,这件事情本身也是一个不断提升的过程,希望本教材的编写和使用,能提高学生的文学素养,并能让学生了解和喜爱"中国现当代文学作品选读"这门课程。

编　者

2013 年 7 月于阿拉尔塔里木大学

目　录

小　说　编

诗　歌　编

散　文　编

戏　剧　编

中国现代文学（1917—1949 年）

引　　论

　　1917 年初发生的文学革命，在中国文学史上竖起一个鲜明的界碑，标示着古典文学的结束，现代文学的起始。然而，文学发展的不同历史阶段又存在着紧密的承续关系，所谓古典与现代、新与旧，难于做一刀切的划分。早在十九世纪末，在维新运动的直接促助下，就出现了突破传统的观念和形式，以适应社会改良与变革要求的尝试。虽然由于历史条件尚未成熟，这些由社会变革的热情所煽起的文学革新的尝试，只开出过炫目的花，未结出实在的果，然而其文学因时而变的信念和关注社会变革的使命感，以及其向传统文学观念与手法挑战的激进的精神，都为后起的文学革命所直接承袭。近代文学变革总体上仍囿于传统文学内部的结构调整变通，而这一切都有待于 1917 年前后，这时候才终于出现了对中国的命运影响极大的新文化运动。正是这场运动为文学革命提供了动力与契机。1917 年 1 月，胡适在《新青年》第二卷第五期上发表了著名的《文学改良刍议》一文，震动了文坛；同年 2 月，陈独秀在《新青年》第二卷第六期上发表《文学革命论》一文，进一步高举起了文学革命的旗帜。1918 年 1 月的《新青年》第四卷第一期上，首次刊载了胡适、沈尹默、刘半农三人撰写的 9 篇白话诗；同年 5 月，鲁迅在《新青年》第四卷第五期上发表《狂人日记》。《狂人日记》是一篇在思想观念和表现形式上都具有充分的现代形态的杰出小说，该作在舆论界引起了巨大的反响，并成为奠定中国现代文学发展的一块基石。中国现代文学的历史进程事实上已经开始。因此，在我们普遍公认的高校教材中，现代文学就是指 1917—1949 年创作的文学。而当代文学是指 1949 年 7 月全国第一次文代会以后创作的文学。在 20 世纪 80 年代后期著名学者黄子平、陈平原、钱理群提出 20 世纪中国文学的概念，将近代、现代、当代文学整合成一个整体看待，以揭示中国文学发展的内在规律性。这种提法对于我们从整体上了解中国现代文学有非常重要的借鉴意义。

　　中国现代文学课程开设的历史渊源：1932 年周作人在清华大学讲新文学的源流，是现代文学作为学科研究的开始；1940 年，朱自清把现代文学作为中文系课程开设，一直延续至今。该课程现为中文及相关专业的专业基础课和专业必修课。

　　如何从整体上来把握这门课程也显得尤为重要，出于对该课程学习过程中可能遇到的一些问题和对现当代文学整体观的考虑，在本部分内容中将对涉及本教材的一些重要内容做一个梳理,以方便学生的学习和记忆。

首先,从内容思想上来分析。

第一个十年(1917—1927年):主要表现内容是民主意识、科学精神、社会主义思想。

第二个十年(1927—1937年):主要表现内容是阶级解放意识,左翼革命文学的社会主义意识,民主主义、自由主义、人文主义文学意识并存,这一个时期所涵盖的内容较第一个十年更为丰富,也更为多元。

第三个十年(1937—1949年):由于战争的因素,这一时期的主要表现内容是民族解放意识和人民解放意识,同时也体现出多地域、多元化、大众化的文学特点。

其次,从作家的创作方法上来分析。这一时期主要有现实主义、浪漫主义、现代主义等创作方法,其中,现实主义为主潮。

第三,这一时期的代表作家主要有鲁迅、沈从文、郭沫若、茅盾、巴金、老舍、曹禺、张爱玲、徐志摩、闻一多、丁玲、赵树理、艾青、戴望舒、萧红、艾芜、钱钟书、路翎、穆旦等。

第四,这一时期的主要作品很多,但主要有鲁迅的小说《呐喊》《彷徨》《故事新编》,散文诗《野草》;郭沫若的《女神》《屈原》;茅盾的《子夜》《林家铺子》;徐志摩、闻一多的诗歌;沈从文的《边城》《柏子》;巴金的《家》《春》《秋》《寒夜》;老舍的《骆驼祥子》《四世同堂》;曹禺的《原野》《雷雨》;赵树理的小说;艾青、穆旦的诗歌;张爱玲的小说等。在本部教材中由于篇幅的限制,不能将所有的作品都选入,但却从众多的作品中选出了最具代表性的作品,其中还包含部分台湾作家的作品。

20世纪20年代文学思潮与运动

"五四"文学革命不仅是一次中国文学的革命运动,而且也是中国历史上一次伟大的文化革命运动。"五四"新文化运动主要是以文学革命的形式出现的,因此,我们在学习"五四"文学革命时,就不能只从中国文学自身的发展演变来探讨它的发生背景,而应从更为广阔的中国文化的背景上来说明它赖以产生的历史前提。

一、文学革命的兴起与发展

(一)文学革命的兴起

1917年2月陈独秀在《新青年》上发表的《文学革命论》一文中正式提出"文学革命",并以坚决的态度和宏伟的气魄,鲜明地举起了"文学革命"的大旗。

首先,文学革命的兴起是思想革命和文化革命的需要。陈独秀(1879—1942年),字仲甫,安徽省怀宁人。《新青年》1915年9月在上海创刊,时名《青年杂志》,陈独秀担任主编,创刊号登载陈独秀的《敬告青年》一文,标志着新文化运动的开端。早期所刊文章全部为文言文,1916 年起,白话文开始增多。第二卷起改名《新青年》。1917 年编辑部迁到北京。1920 年编辑部迁回上海,成为上海共产主义小组的机关刊物。1923 年迁往广州,成为中国共产党的机关刊物,由瞿秋白担任主编。1926 年 7 月停刊,前后共出版 63 期。最早《新青年》是一个综合性的文化评论刊物,是青年的总动员令,提倡民主和科学,反对旧道德,提倡新道德,反对旧文学,提倡新文学,重在"改造青年之思想,辅导青年之修养",后提倡文学革命。陈独秀、胡适等在上面发表文章和通信,初步宣扬了文学革命的理论基础,还广泛介绍了俄国等外国文学以及欧洲文艺复兴后的文艺思潮。1918 年 5 月第四卷第五期上发表了鲁迅的《狂人日记》,标志着中国现代文学的开端。

在今天文学史的研究中,我们把《新青年》看做是中国现代思想的发端已经是不争的事实。当年参与《新青年》思想文化活动的主将主要有陈独秀、李大钊、胡适、鲁迅、周作人、傅斯年等人,他们都是学贯中西、学养深厚,有历史责任感和使命感的青年知识分子。在这些人当中陈独秀的思想对当时的思想启蒙运动起到了很大的作用,他的《敬告青年》一文可以看做是新文化振聋发聩的宣言书。在这份宣言书中,他向青年提出"自主的而非奴隶的"、"进步的而非保守的"、"进取的而非退隐的"、"世界的而非锁国的"、"实利的而非虚文的"、"科学的而非想象的"六点希望。同时,陈独秀在《文学革命论》一文中对新文学也提出了自己的主张,即:新文学要新文学而新政治、新社会;要写平民、写实、社会的文学,废除贵族、古典、山林的文学,即:"曰推倒雕琢的阿谀的贵族文学,建设平易的抒情的国民文学;曰推倒陈腐的铺张的古典文学,建设新鲜的立诚的写实文学;曰推倒迂晦的艰涩的山林文学,建设明了的通俗的社会文学。"在陈独秀的这些思想中,他所指出的触及文学形式而忽略人心和精神的变革应该是其局限。这个局限的出现也是可以让人理解的,因为陈独秀主要是从一个社会革命者的角度来谈论文学的。

胡适(1891—1962 年),安徽绩溪人,诗人、学者;1904 年到上海读书,信奉进化论;1910 年考取清华学堂留美官费生,先后在康奈尔大学、哥伦比亚大学修习农学、哲学、文学,师从主张实用主义哲学的哲学家杜威;1915 年获博士学位,1917 年毕业回国,曾任北京大学教授、哲学系主任、文学院院长、北京大学校长等职务;1938 年任驻美大使,美国国会图书馆名誉顾问,哈佛、哥伦比亚、加利福尼亚、普林斯顿大学教授,获得过 35 个博士头衔;1958 年回台湾任中央研究院院长;一生在文学、哲学、史学、古典文学考证等方面卓有成就。胡适在他的《文学改良刍议》一文中阐释了文学的进化论,提出白话文取代文言文的号召。在《建设的文学革命论》一文中又提出"国语的文学,文学的国语"作为文学革命的宗旨。与陈独秀不同的是,胡适主要侧重于语言、形式等文学外部因素谈论文学变革。

周作人(1885—1967 年),浙江绍兴人,鲁迅的弟弟。1917 年,他被聘为北京大学文科教授。由于他在文学革命中发表许多言辞激烈的言论,使得他和他的哥哥鲁迅一样在文坛享有声誉。周作人的主张与胡适的偏重形式的革新有所不同。周作人认为文学是由文字和思想合成的,这个观点在他的《人的文学》一文中有着较为集中的体现,同时也体现了他人道主义的文艺思想。在他后来的《平民的文学》一文中,他又提出了与贵族文学不同的平民的文学的思想。周作人认为新文学应该重新发现"人",在于助成人性的健全发展。周作人以人道主义的观念,从文学与人的精神联系出发谈论文学变革。

其次,文学革命的兴起受到外国文学的影响。20世纪的世界文学也是丰富多彩的,从19世纪末西方列强的军事、政治、经济、文化的入侵开始,大量的翻译著作进入中国,在某种意义上说,也是因为这种落后与先进的碰撞而导致了文学的改革。胡适在欧美意象派诗歌的启发下提出了《文学改良刍议》的主张。胡适、陈独秀都受到西方进化论的影响,推行文学的历史进化论。周作人从欧洲文艺复兴中找到了人道主义的"人的文学"观念。李大钊从马克思的历史唯物主义中确定了后来革命文学的观念。文学革命的发起和参与者大多有翻译西方文学的经历,西方文学的题材、创作手法、表现方法等广泛影响了早期新文学作家的创作观念。外国文学为中国新文学提供了榜样,也培养了新文学的读者群。但外国文学是在特定的时间广泛进入中国的,由于时代对文学启蒙的功利化要求以及译介者对外国文学的不全面不充分了解,导致了中国读者对外国文学接受的片面性和局限性,中国文学对外国文学的接纳是在匆忙中进行的,从古典到现代,从一流作品到三流作品,金子和泥沙俱入,造成了外国文学对中国新文学的影响的复杂性、丰富性和驳杂性。

最后,文学革命的兴起是文化革命发难者的特色所在。胡适、陈独秀、周作人、李大钊、鲁迅他们处于19世纪末到20世纪初、新旧民主革命交替、封建王朝解体和共和交替的时代,青年心理的时代紧迫感和责任感加强,努力探索中国的新出路。他们深感中国传统古典文学对人精神的闭锁和弊害而要求文学革命。这是处于历史中间地带的知识分子常有的社会责任感、社会道义和良知意识。

(二)文学革命的发展过程

文学革命的发展过程根据代表人物的言论和主张可以分为前期和后期。前期是1917—1918年,主要内容有:1917年1月,胡适的《文学改良刍议》,提出文章八事"须言之有物,不模仿古人,须讲求文法,不作无病呻吟,务去滥调套语,不用典,不讲对仗,不避俗字俗语",大力倡导白话文;1917年2月,陈独秀的《文学革命论》,提出文学革命主张,提出三大主义:平民的文学、写实的文学、社会的文学。后期是1918—1921年,这一时期的内容及参与人都较前一个时期更为丰富,主要有:周作人的《人的文学》《思想革命》《平民文学》;沈雁冰的《现在文学家之责任是什么》《新旧文学评议之评议》,提出现在的文学应该是为人生(普通男女的悲欢离合)的文学,后形成文学史上的人生派文学;李大钊的《什么是新文学》,提出新文学应该有宏深的思想、学理,坚信的主义;瞿秋白的《俄罗斯短篇小说序言》中,提出文学必须是社会的反映,作家必须是社会的喉舌,提出了文学的道路问题。重视文学的宣传效果,认为文学的道路是与社会革命结合;李大钊和瞿秋白用马克思主义来指导文学,在当时没有形成大的影响,但影响到后来革命文学的进一步发展。

（三）文学革命的主要内容

反对文言文,提倡白话文。求得了语言和文体的解放,解放了禁锢上千年的文学形式。批判封建文学观念(文以载道,代圣人立言思想),提倡新文学的观念(国民文学,社会文学,人的文学,平民文学,恢复文学中人的尊严,成为名副其实的"文学是人学")。注重吸收外国文学的影响。尤其是注重吸收苏俄文学的影响,传播了马克思主义文艺思想,这影响到后来文学的发展潮流。创作方法提倡以现实主义为主要方法。

（四）文学革命的实绩

文言统一,白话文取得了对文言文的胜利。外国文学思潮的广泛涌入影响中国现代文学的生态环境,新文学社团大量出现,文学思潮的论争和文学创作逐步出现繁荣。理论建设方面,提出了新文学创作的新观念。出现了一批创作成果,如鲁迅1918年5月发表的《狂人日记》,冰心的《斯人独憔悴》,许地山的《命命鸟》,郁达夫的《沉沦》,胡适的《尝试集》,郭沫若的《女神》,汪静之的《蕙的风》等。

（五）文学革命的特征

理论预设,创作滞后;功利为主,审美为辅;反封建,重启蒙为主,文学自身本体追求为辅;语言、形式变革为主,文学的内涵更新相对滞后;具有未完成性。提出了文学革命的目标,整个中国现代文学的发展都是去实现其目标的过程。

（六）文学革命的意义

文学革命是中国文学由旧到新的伟大转折点,它宣告了承传几千年的中国旧文学的终结和一个新的时代的民族文学的开始。

首先,它体现了思想解放和思想启蒙特征。文学革命是"五四"新文化运动的重要内容,因此它与中国社会、人的思想意识变革紧密结合,彻底批判和否定了封建制度及其整个思想文化体系。其次,它成为推动社会进步的一种重要力量。发生发展于"五四"运动前后,紧密配合了政治革命,成为推动中国进步的重要力量。第三,它促进了中国文学的现代性。文学和文化观念发生了重大变化,新文学获得了古典文学语言和文体的解放,使中国新文学的现代性进程成为可能。实现了中国文学的思想革命,中国传统文学是中国传统文化、思想的产物,建立在文以载道的基础之上,在"儒释道"的背景上生长;现代文学建立在个人主义、人道主义、科学民主观念基础之上。第四,它使中国现代文学走向世界。中国现代文学广泛吸收了世界文学的影响,一开始就与世界文学潮流汇合起来,成为世界文学重要的组成部分。

二、社团流派与文艺论争

(一)文学社团流派

文学研究会:1921 年 1 月 4 日在北京成立,发起人有周作人、郑振铎、沈雁冰、叶绍均等 12 人,会员有 200 余人。以上海商务印书馆出版的《小说月报》为代用会刊,以"研究介绍世界文学,整理中国旧文学,创造新文学"为宗旨,受俄国和欧洲现实主义文学思潮的影响,创作方法上倾向于 19 世纪俄国和欧洲的现实主义,倡导"写实主义"文学精神,1932 年解体。它是"五四"新文学运动中成立的第一个纯文学社团,也是《新青年》后第一个主张文学革命的团体,是文学史上的人生派。主要刊物有《小说月报》《文学旬刊》《诗》等;创作方面,侧重描写真实生活,反映社会问题,注重对外国文学的翻译和介绍。促进了 20 世纪 20 年代问题小说的繁荣。

文学研究会与创造社论争,形成了现代文学中两种文学观念的互补。批评了鸳鸯蝴蝶派的游戏和消遣文学观,对打破其对文坛的垄断起了重要作用,扩大了新文学的读者阵地和影响。局限性主要表现在:夸大了文学的现实社会作用,过分强调文学的社会价值。

创造社:1921 年 7 月在日本东京成立,是"五四"新文化运动中反帝反封建最重要的社团之一。最早的成员有郭沫若、张资平、郁达夫、成仿吾、田汉等留学日本学生。先后在上海创办《创造》季刊、《创造周报》《创造日》《创造月刊》等十余种刊物。艺术主张上以 1925 年为界分为前后两期,前期强调为艺术而艺术,认为对美的追求是艺术的核心,在文学理论上崇尚自我,注重个性,主张忠实地表现"内心的要求",反对为人生而艺术,反对写实主义、自然主义,倾向于欧洲启蒙主义与浪漫主义文学思潮。推崇文学创作的直觉与灵感。1926 年后,一些成员投身革命活动,由浪漫主义转入现实主义,提倡无产阶级革命文学,从事并推动无产阶级革命文学运动和我国马克思主义文艺思想的建设。创造社的文学观念前后期呈现出明显的矛盾。就是在同一时期,也存在含混和矛盾性。创造社的文学观念和人际关系都不是十分和谐一致。在革命文学的倡导过程中,由于受外国左倾思潮的影响,曾错误地批判过鲁迅、茅盾等作家。在创作上,较多地接受了欧洲浪漫主义及现代主义文学流派的影响,以浓重的浪漫主义色彩和"为艺术而艺术"的文学立场区别于文学研究会。在理论上、组织上表现出较多的教条主义、宗派主义倾向。1929 年 2 月,被国民党当局查封。但前期创造社文学创作作品丰富,成就较高。

新月社:1923 年,徐志摩、陈源、胡适、梁实秋等以聚餐会形式开始在北京活动,1924 年 4 月,成立了新月社,徐志摩创办《晨报副刊·诗刊》,由此形成新月诗派,聚集了闻一多、徐志摩、饶孟侃、朱湘等诗人,倡导新格律诗,对现代新诗的发展有重要贡献。1927 年,徐志摩、闻一多、梁实秋等在上海创办新月书店,并相继出版《新月》月刊、《诗刊》季刊;推崇唯美主义文艺思潮,成为一个自由主义作家聚集的文学团体。1933 年消亡。他们推崇西方资产阶级的自由主义和个人主义,强调文学表现人性的纯正与文学的形式革新。

新月诗派的出现,从时代精神上看,是诗人们表达压抑的情感和内心苦闷的需要,就新月诗派自身发展的趋势而言,它主要是对某些走向极端的自由体诗在表现形式和诗歌风格上的反驳。新月诗派的思想倾向是非常复杂的,前期新月诗派较为关注社会现实,反对感伤主义,不同程度地表现出一些进步思想;后期新月诗派则日趋消沉、没落,反对文学的阶级性,诋毁大众文学,更多地表现为一种精神贵族式的孤芳自赏。然而,在艺术主张方面,他们却是比较一致的。首先,他们系统地阐述了新诗格律化的理论,强调新诗最主要的审美特征应该是"和谐"、"均齐",这突出地体现在闻一多提出的"三美"(即建筑美、音乐美、绘画美)主张上。其次,强调扩大新诗的抒情领域,丰富新诗的抒情技巧,把"理想的爱情"题材引入现代新诗,运用心理分析的方法开掘新诗情感的内涵,并且崇尚自然,注重"性灵",为新诗注入了新的情感活力。第三,注重对诗体形式的探索,翻译和移植了英国、意大利等大量的外国诗体形式,尽管不完全成功,但开阔了试验新诗诗体形式的思路。虽然新月诗派的理论主张在相当程度上受到了唯美主义和形式主义的影响,在创作实践中也表现出了某种局限和弊端,但它在理论和实践上对新诗格律化的强调和建设具有积极意义。

语丝社:1924 年 11 月 17 日在北京成立,因周作人创办的《语丝》(主张提倡自由思想、独立判断和美的生活)杂志而得名,是"五四"后一个重要的社团。以鲁迅、周作人为中坚,成员有钱玄同、刘半农、林语堂、孙伏园、川岛等。语丝社提倡散文,注重社会批评和文明批评,形成了中国现代文学史上"任意而谈,无所顾忌"的"语丝体"散文群,促进了现代散文的成熟,对现代散文的发展产生了深远的影响。可以将 1924 年 11 月 17 日《语丝》周刊的创刊到 1930 年 3 月 10 日该刊停刊的时间作为该社的存在时间。语丝社没有严密的组织和宣言,更像一个以《语丝》为核心而集合起来的同人团体,具有较大的包容性,在艺术主张和艺术追求上显得较为驳杂。但在办刊宗旨和创作上也存在一些一致或相近的主张:如"提倡自由思想、独立判断和美的生活",对"五四"新文化战斗精神的继承,提倡展开积极的社会批评和文明批评,将矛头指向迂腐的封建礼教、落后的封建意识、僵化的传统观念、军阀官僚的残暴统治、虚伪的文风等,积极倡导美的艺术的生活,鼓吹思想和言论自由等。

《语丝》是现代文学史上第一个以散文为主的文学刊物,成就最高的是简短犀利的思想杂感、社会批评随笔、小品散文等,承续了"五四"随想录的思想精髓,更为洒脱——"任意而谈,无所顾忌,要催促新的产生,对于有害于新的旧物,要竭力加以排击"。形成了"语丝文体"——排旧促新、放纵而谈、说古论今、不拘一格。

"语丝文体"最突出的特点是"任意而谈、无所顾忌"(鲁迅语)。散文创作主要集中在两个方面:一是以鲁迅、周作人为代表的锐利活泼的杂文;二是以周作人、林语堂为代表的

7

幽默冲淡的小品文。

杂文创作是《语丝》作家对现代文学的重要贡献,共发表杂文 500 多篇。成就最高的首推鲁迅。鲁迅的《华盖集》《华盖集续编》《而已集》《三闲集》里的大部分文章都是发表在《语丝》上的。这些杂文锋芒锐利、意蕴深刻,体现了《语丝》杂文犀利脱俗的基本特征。鲁迅的《野草》最初也发表在《语丝》上,这部表现鲁迅心路历程的散文诗,后来成为了中国现代文学史上散文诗的经典性作品。但语丝社散文,其成就最高的当数周作人。

湖畔诗社:1922 年在杭州成立。发起人有应修人、潘漠华、冯雪峰、汪静之 4 人。主张纯真与热情的诗歌创作,善于写抒情小诗,形成了自己独特的艺术风格。出版有《蕙的风》《湖畔》《春的歌集》等诗集。

(二)文学论争

(1)与复古派的论争。文白之争、新旧文学之争,是文学革命向纵深发展时,文学革命的倡导者与守旧文人、复古派之间进行的一场进步与落后、前进与倒退的思想论争。为使新文化运动产生较大的社会影响,刘半农、钱玄同在《新青年》上发表了《双簧信》,引起了保守派的攻击。林纾发表《论古文白话之消长》一文,公开反对新文学。北大教授刘师培、黄侃创办研讨国学、反对新文学的刊物《国故》,1919 年林纾写了文言小说《荆生》《妖梦》来影射攻击陈独秀、胡适、钱玄同,怂恿北洋军阀出来镇压新文化运动,同时发表《致蔡鹤卿书》,攻击新文化运动"覆孔孟,铲伦常",说白话文是"引车卖浆之徒所操之土语","鄙俚浅陋",不能用来写文章。对守旧文人的复古活动,新文化领袖人物进行了坚决的反击。蔡元培写了《复林琴南书》,驳斥了林纾的恶毒攻击,鲁迅以自己的国粹观,形象地阐明了白话文的意义和价值。陈独秀在《本志罪案之答辩书》中对林纾的指责作了有力的反驳。在新文学阵营的猛烈回击下,林纾企图以军阀势力来对抗新文化运动的梦想成为了泡影,随着新文化运动的深入,复古派的主张彻底破产。1919 年下半年,白话文的刊物逐渐兴起,1920 年,北洋政府教育部承认白话文为"国语",通令全民学校采用。

(2)与学衡派的论争。由于对异域文化思潮的择取与认同,对时代发展的适应和对语言文学性质的认识,以及由文化价值和意义理解之间的认识而产生的新文学阵营内部的论争,也是重守旧与重革新之间的斗争。1922 年 1 月,南京东南大学教授吴宓、梅光迪、胡先骕等创办《学衡》杂志,称其宗旨是"论究学术,阐明真理,昌明国粹,融化新知,以中正之眼光,行批评之职事",在具体批评中,全面否定新文学创作。学衡派以学贯中西自居,在哲学上崇拜孔子和亚理士多德,在文学上鼓吹白璧德的新人文主义,维护文言文和旧体诗,反对白话文和新文学。认为只有继承传统才能建设新文学,认为"天理、人情、物象,古今不变,东西皆同",新文学是"文学体裁之增加,实非完全变迁,尤非革命也"。学衡派鼓吹文化精英论,认为学术文化的进步只能依靠少数精英分子,指责新文化提倡的文化平民主义,反对包括文学革命在内的一切激进的社会变革。鲁迅、茅盾、郑振铎等对之进行了批判。鲁迅发表《估〈学衡〉》《一是之学说》等文章对学衡派进行了嘲讽和批判。

（3）与甲寅派的论争。1925年，时任北洋政府司法、教育总长的章士钊恢复《甲寅》杂志并改为周刊，以此为阵地攻击白话文和新文学，连续发表《答适之》《评新文学运动》《评新文化运动》等文章，对新文学和白话文进行攻击，为文言辩护摆好，提倡"读经救国"，"废除白话"，主张文言，宣扬复古。鲁迅、茅盾等人撰文对之进行了批判，在进步思想界和新文学界的反击下，甲寅派遂将偃旗息鼓。

（4）问题与主义之争。这主要是新文学内部的论争。1917年十月革命的胜利，给中国送来了马列主义。1919年6月，胡适利用军阀政府对革命知识分子逮捕通缉的机会，接编《每周评论》，取消了刊物反帝反封建的政治内容，而以特大标题刊载杜威演讲录，并发表《多研究些问题，少谈些主义》，攻击和污蔑马克思主义的宣传，他以李大钊在《新青年》上宣传马克思主义学说违背了他们"不谈政治"的君子协议为由，主张研究一些琐碎的具体问题，而放弃对社会问题的"根本解决"，提倡"实验主义"，以遏制马列主义的传播。李大钊在《再论问题与主义》一文中批驳胡适的改良主义观点，阐明了马克思主义的革命变革、革命改造的思想。胡适又发表《三论问题与主义》《四论问题与主义》《新思潮的意义》等文，继续鼓吹"一点一滴进化"的改良主义。而李大钊和其他许多马克思主义拥护者则积极宣传社会主义，对实用主义的主观唯心主义反动本质作了有力的批判。这一场"问题与主义"的争论，是新文化运动中革命派与改良派、马克思主义者与实用主义者分化的开始。1923年胡适由大力提倡"整理国故"，开始背离"五四"精神。1924年《现代评论》标榜自由主义，主张妥协。他们遭到鲁迅等人的批判。

三、新文学初期理论建设

在从旧文学到新文学的历史转折过程中，除了时代变迁、社会变革以及文学自身的发展之外，明确的、积极的新文学理论的倡导和建设，也是促成文学发生根本性变化的重要基础和依据。新文学初期的理论建设，无论在指导思想，还是在艺术实践方面，都对整个新文学的发展产生了重大而深远的影响。

（一）胡适的白话文学论和历史文学观

胡适是新文学理论建设中最先提出改革旧文学的理论主张的人。首先，胡适在生物进化论的基础上，侧重文学语言形式的变革。在《文学改良刍议》《建设的文学革命论》《白话文学史》中表达了他的文学观念。认为文学的生命全靠能用一个时代的活的工具来表现一个时代的情感和工具。"中国今日需要的文学革命是用白话替代古文的革命，是用活动工具替代死的工具的革命。"（胡适，《逼上梁山》，《中国新文学大系·建设理论集》，良友图书公司1935年版，第10页）其次，宣扬个性主义，采用写实主义，主张诗体解放。用西方的少年血性汤来挽救濒于死亡的中国文学的命运。《易卜生主义》对西方理想精神的推崇，以此作为联结中西的桥梁。

（二）周作人的"人的文学"观

周作人是"五四"时期最有影响力的理论先导者和批评家，在1918年12月发表著名的《人的文学》，以"人的文学"来标示新文学的内容特点。1919年初周作人又在《平民文学》一文中提出"平民文学"的概念，进一步把"人的文学"具体化。"人的文学"作为一种高度浓缩的理论主张，其本身显示了以下几个方面的含义：第一，周作人把"人的文学"和"非人的文学"鲜明对立起来，以此作为从根本上批判新文学与旧文学思想实质的标准。第二，周作人所说的"人的文学"，是必须以人道主义为本，并且以此来观察、研究、反映社会和人生的文学。第三，"人的文学"并非空洞的理论口号，而是在内容上提出了具体的要求。另外，对于现代散文文体的理论确认，周作人不但常作散文批评，而且能写一手别有韵味的散文，他的散文强调"趣味"和"平淡自然"的气质，追求"涩味"和"简单味"。

（三）李大钊、瞿秋白等人宣传、介绍的马克思文艺观

注重马克思的文艺反映论，把文学看成现实社会革命斗争的工具。李大钊发表《什么是新文学》（《星期日》第26号，1920年1月4日），提出"我们所要求的新文学，是为社会写实的文学，不是为个人造名的文学"，这样的文学要以"宏深的思想、学理，坚信的主义，优美的文艺，博爱的精神"作为"土壤根基"。新文学的理论主张有了长足的进展。

四、本阶段文学整体特征

这一阶段的文学发展我们可以把它分为三个阶段：第一个阶段是新文学萌芽期（1917—1920年），主要是文学革命和新文学的理论准备，创作还属于尝试和印证新文学的理论假设，创作较贫弱。第二阶段是文体大解放和创作活跃期（1920—1926年），现代文学的第一批作家登上文坛，新文学以创作的实绩获得了广泛的社会影响，一些创作流派形成，属于创作繁荣期。第三阶段文学创作的青年逐渐投身革命（1926—1927年），这一时期的创作相对沉寂，但革命文学的理论建设为20世纪30年代革命文学的勃兴奠定了理论基础。

具体的特征体现在：首先，是理性精神。文学即思想启蒙，文学成为改造社会、人生的工具，秉承"五四"科学与民主的精神于文学创作之中。文学不再只是抒情言志，个人玩抒情酬答的工具。文学成为思想启蒙和社会革命的工具，开创了文学与社会紧密联系的先河。其次，是感伤情调。历史转型期知识分子彷徨、苦闷、孤独心境的表现，是作为人类敏感群知识分子寻找精神家园和价值寻求的必然结果，是现代中国民族和文学进入历史青春期前的躁动与不安，是动荡社会现实在知识分子头脑中的反映。人是历史链条上的中间物。知识分子具有历史中间物意识。这是处于历史中间地带的人所具有的悲剧意识。正如鲁迅所言："这是血的蒸汽，醒过来的人的真声音"。第三，是个性化。"五四"时代是个性解放和发展的时代，个人思想与民族命运统一，形成了鲜明的个人风格，如鲁迅的沉郁，郭沫若的激情，郁达夫的自省，叶圣陶

的平实,冰心的清丽,周作人的冲淡,朱自清的秀雅,闻一多的深沉,徐志摩的空灵,冯至的舒徐,废名的朦胧,李金发的怪佶,许地山的含蓄……文学不再是载封建之道的工具,而成为个人化表达人类声音的精神产品。文学也在某种意义上实现了:表达的是个人化思想和人类普遍情感的统一。第四,是创造性。文学在现代化过程中必然出现的探索精神,这一时期的文学创作大量地借鉴了中国古典文学和西方现代文学的诸多创作手法,展现出现实主义、浪漫主义、新浪漫主义、象征主义、西方现代创作手法的驳杂使用的局面。

20世纪30年代文学思潮与运动

20世纪30年代文学是20世纪20年代文学的发展和变化,是中国现代文学全面走向成熟,从整体走向世界的十年。本阶段文学的整体特征是文学主流的政治化,中国无产阶级文学建立,马克思主义文艺理论地位的确立,文学的多元化并存。总体而论,30年代是无产阶级文学运动及其民主主义、自由主义作家的人文主义文学并存的文学时代。这种文学特征中体现出的多元性和丰富性,是新文学走向成熟的重要标志。因此,30年代文学,经过整个20年代的发展和陶冶,它所达到的艺术境地,在整个20世纪中国文学中也是不可忽视的。

与20年代文学所不同的是,20年代主要是新旧文学对文学读者和市场的争夺,文言与白话的矛盾和对立;30年代文学的阶级性与人性,乡村与都市成为主要的矛盾以及论争的焦点。

本阶段文艺运动发展的基本线索,一是国民党推行党制文化与党制文学,力图建立"三民主义文艺"。为维持思想政治的统治,国民党企图建立党制文化与党制文学,1929年,国民党在全国宣传会议上提出了"三民主义文艺"的口号(鼓吹"文艺的最高意义,就是民族主义",文艺要统一于国民党的"中心意识",即中国传统文化的"忠孝仁爱,信义和平"等封建观念,鼓吹文艺专制,参与人潘公展、朱应鹏、范争波、傅彦长等),创办刊物,笼络文化人,公开宣称要打倒"革命文学"和"无产阶级"文学,要铲除"多型的文艺意识",以民族主义作为文学的中心意识,提出了"民族主义文艺运动",企图形成文化上的统治地位。二是中国左翼作家联盟的成立及其领导下的无产阶级文艺运动。早在20年代文学革命时期,早期共产党人邓中夏、恽代英、肖楚女等就提出了革命文学的口号,1925年郭沫若和后期创造社再次倡导革命文学。1927年底到1928年底文艺界对"革命文学"进行了论争,传播介绍马克思文艺理论,又一次提出了建立"革命文学"的口号,明确提出了创造无产阶级文学的历史任务。要求创造"表同情于无产阶级的社会主义的写实主义的文学",号召到"革命的漩涡中去","我们的文学家,同时也是一个革命家"。

在革命形势急变,马克思文艺理论进一步在中国传播,以及在日本左翼文学和苏联无产阶级文学的影响下,为了与国民党党制文化专制主义针锋相对,在中国共产党的领导下,中国左翼作家联盟(左联)于1930年3月2日在上海正式成立。会上通过了左联的理论纲领,宣告以

"站在无产阶级的解放斗争的战线上","援助而且从事无产阶级艺术的产生"作为左联的奋斗目标,坚持艺术的"反对封建阶级的,反对资产阶级的,又反对'失掉社会地位的小资产阶级的倾向'",促进"新兴阶级的解放"。鲁迅在会上作了《对于左翼作家联盟的意见》的讲话,总结了革命文学在倡导过程中的经验教训,要求在共同目标下扩大文艺联合战线,培养文学青年,坚持文学斗争,"造就出大群的战士",强调了作家与人民大众的联系,强调作家的思想改造。左联成立后,先后出版了《拓荒者》《萌芽月刊》《十字街头》(鲁迅主编)《北斗》《文学月报》《文学导报》等革命文艺刊物,左联成为国际革命作家联盟的一个支部,与国际上的无产阶级文艺运动保持紧密的联系。左联还成立了马克思文艺理论研究会,对马克思主义经典作家的文艺思想和作品做了系统的介绍,使马克思主义理论深入到社会科学的各个领域。无产阶级文学的倡导是自觉地把文学同无产阶级革命斗争结合起来的新文学运动,也是积极宣传马克思主义文化学说的思想运动。在大革命失败的革命低潮时期,革命文学的倡导不仅在文学界树立了鲜明的旗帜,而且在整个思想文化界的斗争中,也起到了积极的推动作用。左联的成立是中国现代文学史上的一件大事,它标志着革命文学运动的深入发展,标志着党对文艺事业的直接领导,明确了文艺同革命的密切关系。左联的纲领强调了文艺在革命事业中要"作解放斗争的武器",文艺作家"要负起解放斗争的使命"。从性质上来说,这是一个中国共产党领导的革命作家团体。纲领的内容也非常明确:①从无产阶级解放事业出发,团结进步力量,攻击反动力量。②反对封建阶级、资产阶级,特别是失掉社会地位的小资产阶级。③从事无产阶级文艺的生产。④吸收外国新文学的经验。局限性体现在:政治上的机械唯物主义和教条主义,左倾政治运动;组织上的关门主义;文学理论上照搬苏联的革命文学理论,将文学政治化,忽视了文学的本体性;艺术上的公式化和概念化倾向。成就体现在:粉碎了国民党的文化专制和文化围剿,发展和推动了左翼文艺运动,形成文化革命的统一阵线。推动了马克思文艺理论的翻译和传播,加强了无产阶级文艺的理论建设,第一次大规模探讨了有关建设无产阶级革命文学的一系列理论问题。加强了与世界无产阶级文学的联系,尤其是翻译介绍苏联无产阶级文学作品。鲁迅、郭沫若、丁玲、沈从文等的文学作品被译介到国外,中国现代文学开始走向世界。设立了文艺大众化研究会,展开了现实主义理论的讨论,引入社会主义现实主义的创作方法。左联文学创作上的丰收,巩固了革命文学的地位,赢得了读者。

这一时期最重要的文学思潮就是人文主义文艺思潮,这是体现了自由主义作家和民主主义作家的文艺观的文学思潮,代表人物主要有梁实秋、沈从文、朱光潜等;他们主张:反对"为艺术而艺术",强调文艺的超功利性与独立性,认同艺术"超脱现实的原则",认为"艺术和实际人生的距离","要求人心净化,先要求人生美化"(朱光潜)。并且认为"伟大的文学乃是基于固定的普遍的人性,从人心深处流出来的情思才是好的文学,文学难得的是忠实——忠于人性","人性是测量文学的唯一标准"。

他们的文艺思想本质上承传了"五四"文学的人文主义思想和自由主义思想,但与当时左翼革命文学所理解的中国现实政治需求有一定距离。

人文主义文艺思潮倡导者多为对西方文艺有较全面的系统理解,同时又有深厚的中国传统文化和文学的功底,他们的学识可以担当中西文化和文学的桥梁。但在中国特定的时代,他们的文艺观念被误解,而没有受到重视,但对后来的文学造成了深刻的影响。

梁实秋的文艺观:他根据白璧德的新人文主义为学术背景,对"五四"新文学进行反思与评价,提出了以人性为核心的道德评价的文学评价标准,以古典的节制为美学追求。他认为中国新文学运动趋于浪漫主义,"五四"新文学运动实际上是一场浪漫的混乱。他在艺术上批判浪漫主义、现实主义,在思想上否定个性主义,在整体上否定"五四"新文学运动。梁实秋以人性作为文学的核心与唯一标准,认为人性是超阶级的,并且认为理性是人性的核心。梁实秋的人性论是以理节欲的人性论。在文学创造表现上,一是注意感情的节制,二是注重题材的选择。力图建立有节制的、健康的、匀调的具有古典主义美学特征的文学。

梁实秋强调人性的普遍性,否认文学的阶级性,提倡天才论,遭到左联文艺家的批判。

朱光潜的文艺观:他通晓欧洲文学和心理学,是人文主义文艺思想的倡导者。主张文学的独立自足性,主张文学艺术的"自由生发,自由讨论"。强调文学的表现人生和悦情作用。

一、20世纪30年代的文艺论争

(1)左翼作家与民族主义文艺运动的论争。1930年6月,国民党纠集由政客、军官、特务、流氓和反动文人组成的法西斯文学团体,掀起了反革命文化围剿,鼓吹"文艺的最高使命,是发挥它所属的民族精神和意识","文艺的最高意义,就是民族主义"。他们妄图用"民族意识"、"民族主义"来抹杀和代替阶级意识和阶级斗争,用"民族主义文艺"来抵制和取代无产阶级文艺。企图借助"民族主义"的招牌与刚刚成立的左联争夺文艺阵地的领导权,进而消灭中共领导的革命。他们还发表文章称颂希特勒和墨索里尼,称赞"法西斯主义是20世纪的骄子,是政治上的一种新倾向",散布反苏媚日言论,攻击普罗文化是亡国文化,他们妄图以"民族主义"的旗号达到国民党专制文化一统天下的目的,出版过《前锋月刊》,创作了《陇海线上》《黄人之血》等反动政治宣传品。

瞿秋白、鲁迅、茅盾等人对之进行了批判和斗争,斥责民族主义文艺"是鼓吹杀人放火的文学",揭露了他们的"麻痹欺骗"手段和法西斯面目,民族主义文学实际上是为国民党反动统治效力的"宠犬文学","屠夫文学","杀人放火的文学",该运动是国民党变相的文化围剿,是国民党指令走卒破坏无产阶级文学运动的把戏。经过左翼文学阵营的层层剖析和揭露,在全国人民抗日反蒋高潮的大背景下,"民族主义文艺运动"不久便宣告破产。

(2)革命文学派对鲁迅、茅盾等人的批判。在1928年,为了倡导革命文学,一批参加过革命活动的作家和一批从日本归国的激进青年,他们以后期创造社、太阳社为营垒,引发了一场关于革命文学的论争。他们把主要矛头对准了鲁迅,同时还清算了茅盾、郁达夫、叶圣陶等,对

"五四"文学革命时期及其以后有一定影响和成就的作家及其作品进行了批判。他们以当时的革命文学理论全盘否定"五四"新文学的传统,以此来构建无产阶级革命文学的理论。他们批判鲁迅的创作大都没有现代意识,只能代表清末义和团时代的思想,"阿Q的时代早已死去",甚至说鲁迅是"封建余孽"、"二重反革命人物"。鲁迅发表了《"醉眼"中的朦胧》《革命时代的文学》,茅盾发表了《从牯岭到东京》等文章,对革命派进行了批评。批判了革命文学中的概念化、公式化倾向,对文学本质的不重视,走上了文学标语口号化的道路。1929年冬,在中国共产党的引导下,创造社和太阳社停止了对鲁迅等人的攻击,进而与鲁迅等联合,开始了为成立左联的筹备工作。1930年左联成立,宣告革命文学的论争结束。

革命文学的论争,为新文学题材、主题、人物等方面开拓了新的领域;对"五四"文学进行了重新的反思;对革命文学的机械论和概念化倾向进行了补正;加强了对文学社会作用和文学本体的认识;扩大了革命文学的影响,促进了革命文学的理论建设。但在特定的政治形势下,论争没有深入和总结,文学深层次的问题被阶级意识和政治立场所取代。

(3)左翼作家与新月派的论争。以现代评论派主要成员形成的新月派,以徐志摩为代表,在思想言论上提出了"不妨碍健康的原则"和"不折辱尊严的原则",视无产阶级文艺为邪恶的瘟疫,向无产阶级文艺宣战。其核心问题是"人性论"。新月派主要以梁实秋为代表提出了"以永恒的人性的文学"否定"无产阶级的阶级的文学",以资产阶级的"人性的普遍存在论"反对无产阶级的阶级人性论。认为文学应该表现最基本的普遍的人性。文学是没有阶级性的,主张文学是天才的创造,认为"一切的文明,都是极少数天才的创造",否定无产阶级文学存在的合理性。左翼作家鲁迅、冯乃超等对新月派的文艺观进行了批判。鲁迅在《"硬译"与"文学的阶级性"》等文章中,系统地驳斥了梁实秋的"人性论"和"天才论",辩证地指出文学带有阶级性但并非只有阶级性。论争巩固了无产阶级革命文学的地位,扩大了无产阶级文学的影响。

(4)左翼作家与自由主义作家和论语派关于"性灵文学"的论争。1932年林语堂创办《论语》半月刊,1934年主持出版小品文半月刊《人世间》,1935年创办《宇宙风》,以此为阵地,宣扬自我表现的"性灵文学"。他的观点主要代表了自由主义的文艺观,要求作家表现封闭的自我审视的灵魂,排斥对国家、民族、社会的关注和探索,提出把闲适和趣味作为文学的追求;强调人的自然本性的流露,要求文艺摆脱社会的约束,回到自然,作个人生命的、本能的、非意识的表现。在当时的时代背景下,无疑是对艺术家社会责任的推卸,自然会受到批判;鲁迅等人针对当时的时代,提出在国家、民族处于危难之际,作家应该创作出呼叫的、抗争的文学。

(5)左翼作家与京派作家的论争。京派是30年代以《骆驼草》《大公报·文艺副刊》为主要阵地形成的北方作家群。朱光潜、沈从文是其理论的主要代表人物。他们将"和平静穆"作为美学追求的极至和最高境界,泯化一切现实,以达到内心"无矛盾,无冲突"的美学观。他们强调文学与时代、政治的距离,追求人性的、永久的文学价值。鲁迅等提倡战斗的力的美,与之论争。

(6)关于"大众语文"的论争。1934年5月,汪懋祖、许梦因发动"文言复兴运动",进步作家陈望道、赵元任、茅盾等集会,掀起反对文言文、保卫白话文的运动,展开文艺大众化的讨论,批评了欧化和半文半白的倾向,探讨了现代文学语言的特点及其发展方向,对现代文学语言的发展具有较深远的影响。

(7)对胡秋原的"文艺自由论"和苏汶的"第三种人"的批驳。胡秋原在《阿狗文艺论》等文中自称是"自由人",以中立的姿态,既批评国民党的"民族主义文艺运动",也反对左联,宣称"文学与艺术,至死也是自由的,民主的","将文艺堕落到一种政治的留声机,那是艺术的叛徒,……以不三不四的理论来强奸文学,是对艺术尊严不可饶恕的亵渎"。他又在《勿侵略文艺》中说让政治破坏艺术,"是使人烦厌的",反对"只准一种文学把持文坛"。胡秋原受到左翼作家鲁迅等人的批判,此时,苏汶以"第三种人"的姿态出来声援,他在《关于〈文新〉与胡秋原的文艺论辩》中,攻击左翼文艺"霸占"文坛,使"文学不再是文学了,变成连环画之类;而作者也不再是作者了,变成煽动家之类。死抱住文学不放的作者们是终于只能放手了"。后来,他又写了《"第三种人"的出路》《论文学上的干涉主义》等文章,攻击革命作家和革命文学,指责左联成了阻碍新文学创作的罪魁祸首,指出文学不必作阶级的武器,攻击左联作家"左而不作"。对此,瞿秋白、周扬、鲁迅、冯雪峰等人发表了系统批驳的文章,瞿秋白在《文艺家的自由和文学家的不自由》中指出,在阶级社会里,不可能有超出阶级利益之外的"文艺自由",在阶级社会里,文艺家"始终是某一阶级的意识形态的代表。在这天罗地网的阶级社会里,你逃不到什么地方去,也就做不成什么'第三种人'"。鲁迅写了《论"第三种人"》和《又论"第三种人"》对胡、苏的观点进行了批驳,揭露胡秋原、苏汶宣扬超阶级文学的虚伪性。

左翼作家对"自由人"和"第三种人"的批驳,坚持了文学的阶级性和文学必须为政治服务等观点,维护了左联在文艺界的领导权地位。

二、20 世纪 30 年代文学创作的潮流与趋向

(一)时代的变化引起文学潮流的变化

中国革命的历程由"五四"时期的思想革命转向社会革命,20 年代是"五四"个性解放的时代,30 年代进入到社会解放的时代,从对人的个人价值、人生意义的思考转向对社会性质、出路、发展趋向的思考和探求。

(二)三大文学派别

(1)以左联为首的无产阶级革命文学。左联成立后注重无产阶级文艺理论的建设,要求以现代大工业中的产业工人代言人的身份,对封建的传统农业文明与资本主义工业文明以及西方殖民主义同时展开批判,要求文学更自觉地成为以夺取政权为中心的无产阶级斗争的工具。在文学与社会生活的关系上,强调社会生活对文学的决定作用,要求文学家以唯物史观为指导,忠实地反映生活。在文学与革命的关系上,要求文学反映革命斗争的现实生活。提出了文学的阶级性和无产阶级文学问题。强调世界观对创作直线式的决定作用,用哲学方法或世界观取代艺术方法,创作上,要求文艺家深入生活,深入实际,参加具体的革命斗争,作品要表现"阶级的意欲"。特色:对文学政治功利性的推崇;对文学阶级意识的强调;对文学大众化形式的倡导和追求。

(2)京派。"京派"是鲁迅在文学批评时提出的一个概念,主要指 30 年代以《骆驼草》《大公报·文艺副刊》为主要阵地在北京、天津形成的北方作家群。朱光潜、沈从文是其理论的主要代表人物。他们将"和平静穆"作为美学追求的极至和最高境界,强调文学与时代、政治的距离,追求人性的、永久的文学价值。他们陶醉于传统文化的博大精美,置身于自由、散漫的校园文化氛围之中,天然地追求文学和学术的独立与自由,既反对文学从属于政治,也反对文学的商业化,成为文学贵族化的理想主义者。主张纯文学本体论。既不视文学为消遣,也不视文学为至上,而是追求文学的纯正,文学不应在政治纷争中去周旋,摒弃文学的商业化。崇尚和谐、淳朴、节制的美学观念,带有古典主义的美学特征。于和谐中对立统一,节制感情,不能无节制地任意发泄。他们着眼于民族性的重造,从民族的长远生存来考虑文学的建设。

(3)海派。"海派"是沈从文在文学批评时提出的一个概念,是以 30 年代上海为中心的东南沿海城市商业文化与消遣文化畸形发展的产物。他们依托于文学的市场,既享受着现代都市文明,又感染着都市的"文明病"。正是对都市文明既留恋又充满幻灭感的矛盾心境,使他们更接近西方的现代派艺术,有着较为自觉的先锋意识,追求艺术的变与新。

(三)创作趋向

首先,文学创作的题材空前的开拓,表现角度有了新的发掘。对社会、人生和平凡人性的表现以及对社会诸多领域的表现,构成了 30 年代文学对社会生活百科全书式的反映。如巴金的青年世界、沈从文的湘西世界、老舍的北京市民世界、茅盾的都市生活世界等。

其次,文学形式与创作手法的多样化。30 年代文学是社会立体的全景式史诗式反映。很多作品都将心理刻画放在具体的社会剖析中去完成,在社会历史运动中去把握人的心理活动和走势,使作品呈现出历史的深度。对现代文化和现代文明下人的生存以及困境进行了深入的思考。如果说"五四"是抒情的时代,那么 30 年代则是叙事的时代。30 年代小说的成就最高。鲁迅《故事新编》及其杂文茅盾《子夜》,巴金《家》、丁玲《一九三六年春在上海》、老舍《骆驼祥子》、沈从文《边城》、曹禺《日出》《原野》等戏剧、艾青《大堰河,我的保姆》、戴望舒《乐园鸟》等作品相继问世。

第三,个人风格、民族风格和时代审美特征同步形成。对广阔的社会历史内容全景式的反映,对民族命运和历史的反思,具体时代潮流中的战斗精神,以及个人的独特风格汇成了 30 年代文学的壮丽画卷,是中国现代文学独立品格的形成和走向成熟的标志。左联文学的英雄主义、革命气概,人文主义文学对文学本题性的追求,富有个性化的创作,对传统民族形式的发掘和借鉴构成了 30 年代文学的丰富画卷。

20 世纪 40 年代文学思潮与运动

20 世纪 40 年代文学,又称现代文学的第三个十年,指从卢沟桥事变(1937 年 7 月 7 日)到中华人民共和国成立(1949 年 10 月 1 日)的 12 年,包括抗日战争、解放战争两个历史时期的文学活动。

一、战争对文化的制约

30 年代末期和 40 年代是民族解放和人民解放的战争时期,也是中华民族伟大的转折时期,文学自觉地担负起了民族救亡的使命,战争与救亡成为这个时期文学的特色。战争与救亡影响到作家的创作心理、创作方式、题材、风格与审美选择,不同区域的社会状况与政治文化背景直接影响和制约着文学的发展,决定了文学的潮流与趋向。本阶段文学的区域化特征很明显,可以分为:国统区文学(重庆、昆明为中心)、解放区文学(延安为中心)、沦陷区文学(北京为中心)以及孤岛文学(上海为中心)。战争也改变了人们对文化、民族、历史、生命、人性的认识,极大程度地激发了人对文化、生命的自觉性。中国抗日战争是世界反法西斯战争的重要组成部分,中国文学加强了与世界文学的联系和交流。

(一)抗战初期的救亡文学(1937 年 7 月—1938 年 10 月)

高扬英雄主义的文学,"五四"文学启蒙、个性解放和社会革命的主题让位于救亡图存的时代主题,文学观念空前统一。

1938 年 3 月 28 日中华全国文艺界抗敌协会在武汉成立,出版会刊《抗战文艺》,将不同政治观点的文艺家联合在一起,各种观念的文学汇流到抗日救亡的大时代主题方向上来。提出了"文章下乡,文章入伍"的口号,许多作家深入到群众中,投笔从戎,用文学作为时代的号角。爱国主义的主题和共同的思想追求,英雄主义的调子,成为这个时期文学统一、鲜明而单纯的色彩。体裁出现小型化、轻型化、速写化、及时化倾向。

文体上,报告文学和通讯成为热门的体裁;诗歌朝广场艺术发展,追求通俗、鲜明、昂扬的色彩,出现了墙头诗、传单诗、枪杆诗等便于宣传鼓动的形式;大众化小型轻便的文艺形式出现,以便有力配合抗战的宣传工作。

抗战初期的文学服从和服务于"抗日救亡"这一时代中心,强调文学的功利性和宣传性,表现了现代文学与民族命运血肉联系的特质,但文学时代性战斗性的获得,使文学丧失了多样性、个性和创造性,体现出了现代文学的不成熟。所有抗战初期的文学存在公式化、概念化的倾向,满足于"廉价地发泄感情或传达政治立场",这也是民族心理的不成熟在文学上的体现。

(二)理性沉思的文学(1938 年 10 月—1944 年 9 月)

抗战进入相持阶段后,由于国内政治形势的变化,人们的心理从初期的英雄主义和昂扬色彩逐渐沉静下来,开始理性地思考战争前途和民族命运,出现了"新的苦闷和抑郁",民族精神更加成熟和觉醒。表现在文学上,主要是爱国主义主题的扩展与深入,或者转向历史,在漫长的民族历史中寻找民族的脊梁,发掘民族的美德,总结民族的经验教训,作为现实的借鉴,形成了以郭沫若为代表的历史剧创作热潮;或者思索民族文化传统与民族性格的优劣得失,如萧红的《呼兰河传》、老舍的《四世同堂》、曹禺的《北京人》《家》等;或者探讨战争环境中知识分子的苦难历程与发展道路,出现了现代文学史上知识分子创作的又一个热潮,如路翎的《财主的儿女们》、沙汀的《困兽记》、艾青的《火把》等。这一时期的重要文学形式是长篇小说、多幕剧、长篇叙事诗和抒情诗,文学呈现出强烈的史诗格调。

(三)讽刺与暴露的文学(1944 年 9 月—1949 年 9 月)

1944 年,中国共产党提出了成立民主政府的主张,国统区掀起了民主运动的热潮,文学再一次承续了与民族命运的血肉联系。对黑暗的诅咒和对腐朽现实的否定,以及知识分子在一个新的时代道路前的自省与历史总结成为文学的重要内容。在期待、愤懑、焦躁不安等各种情感和情绪中,讽刺成为文学的主流手法,如丁西林的《三块钱国币》《升官图》,宋之的的《群猴》,吴祖光的《捉鬼传》等。钱钟书的《围城》、张恨水的《八十一梦》等也显示出浓厚的讽刺和喜剧色彩。

(四)乐观英雄主义的解放区文学

解放区文学呈现出明朗、素朴的色彩,政治上翻身的农民,要求文化上的翻身。1942 年,毛泽东《在延安文艺座谈会上的讲话》成为解放区乃至中国以后很长一个阶段文艺政策的指导性纲领,专业作家与群众文艺相结合,表现在对新社会新生活的赞美以及对群众斗争生活的热情描绘,文学的视角转向了普通的民众,文学向民族化、大众化方向发展。出现了李季的长诗《王贵与李香香》、歌剧《白毛女》。

解放区的文学主要是在政治的直接推动下单向突进式发展的文学运动,强调了配合与服务于政治,相对忽视了文学自身的规律性,过分强调了工农兵方向,造成了表现对象的单纯化,强调了对农民传统艺术形式的继承,放松了对艺术多样化手法的自觉追求,强调文艺的通俗性,忽视了文艺的高雅性。

主要作家作品有:小说有赵树理的《小二黑结婚》《李有才板话》《李家庄的变迁》等;孙犁的《荷花淀》;丁玲的《太阳照在桑乾河上》;周立波的《暴风骤雨》;马烽、西戎的《吕梁英雄传》;孔厥、袁静的《新儿女英雄传》;柳青的《种谷记》;欧阳山的《高干大》;草明的《原动力》;刘白羽的《无敌三勇士》《政治委员》;邵子南的《地雷阵》;柯蓝的《洋铁桶的故事》;王希坚的《地覆天翻记》;华山的《鸡毛信》;康濯的《我的两家房东》《春种秋收》等。

戏剧有马健翎的新秦腔《血泪仇》《穷人恨》;新秧歌剧《兄妹开荒》(王大化、李波、路田编剧),贺敬之等集体创作的新歌剧《白毛女》;话剧《把眼光放远一点》,李之华创作的《反"翻把"斗争》、《红旗歌》(刘沧浪等集体创作)等。

诗歌有李季的长篇叙事诗《王贵与李香香》、阮章竞的《漳河水》、张志民的《死不着》等。

解放区文学的特征：服务于时代政治的功利性；艺术追求的乡村化；作者心态的"工农兵"化。缺陷：注重政治功利性，忽略了文学的艺术本体追求，缺少意蕴丰厚的艺术典型，艺术创新不足，艺术个性模糊，艺术意识的现代感缺乏；强调艺术的大众化，过分倚重于乡村文化和传统文化，"五四"新文学的启蒙和创新精神散佚；放弃了对外国文学的学习，形成了当时和以后一段时间文学和文化的故步自封。

（五）沦陷区文学

主要集中于华北和东北沦陷区，受到日伪文化政策的影响，一方面转向乡土文学传统，以揭示沦陷区人民真实的生存困境与不屈不挠的生存意志；一方面重视对人的日常平凡生活的重新发现和肯定转向写苍凉的人生，在平凡生活中去发现永久的人性。沦陷区文学另一个发展方向是雅俗文学的逐渐合流，出现了刘云若、秦瘦鸥等新言情小说作家，文学呈现出雅俗共赏的局面。

二、《在延安文艺座谈会上的讲话》

（1）《在延安文艺座谈会上的讲话》（以下简称"《讲话》"）发表的时代文化背景。革命政党对文艺的要求与作家创作的作品实际成绩间存在差距，"五四"以来的文艺运动对共产党领导的革命进展反映不够，对艺术的现代化追求超过了对民族化、大众化的认同。抗日民主根据地大批文艺工作者是来自于城市的知识分子，如何与工人、农民、军队相结合，消除隔膜，表现他们的革命人生，是一个亟待解决的问题。战时的政治军事体制以及解放区工农兵读者对文学的特殊要求和期待迫切需要宣传式的作品，当时的知识分子作家感兴趣于高雅艺术品的创造，不愿意做文化的普及工作。在创作手法上，来自于国统区的文艺家习惯采用暴露与讽刺手法抨击时政，到解放区后，创作思维难以改变，对革命阵营内部的问题也采取同样的方法。当时在解放区关于文艺问题的争论日渐强烈，有必要统一思想和认识。

（2）《在延安文艺座谈会上的讲话》的主要内容。1942 年 5 月 2 日至 23 日，毛泽东在整风运动上做的系列报告，1943 年 10 月 19 日，《解放日报》以《在延安文艺座谈会上的讲话》发表。《讲话》是马克思文艺理论中国化的结果，是第二次世界大战后马克思文艺理论中最有体系色彩，影响最大的论著之一。它后来成为 20 世纪 80 年代前中国共产党制定文艺政策和指导文艺运动的根本方针，成为中国共产党文艺政策的指导性纲领。

毛泽东是从政治策略的角度，从中国共产党如何领导文艺为政治服务的角度思考文艺政策的。他回答了政党如何领导文艺的根本政治性问题。包括文艺与生活、文艺与政治、内容与形式、普及与提高、世界观与创作方法、文艺批评标准、对文化遗产的批评继承、文艺队伍建设、统一战线等文艺的外部问题，对文艺的内在规律性探讨较少。《讲话》的中心问题是对文艺为群众和如何为群众的问题的正面回答，目的在于求得文艺对革命的有力配合。

毛泽东强调了"为什么人的问题"是"根本的问题,原则的问题",强调文艺的工农兵方向,在谈到如何为群众服务时提出了文艺家的"思想改造"问题,他从政治家的角度要求文艺家思想的统一,立场的转变,要求文艺家与工农兵相结合,这是《讲话》理论体系的核心。

毛泽东进而指出,超阶级的艺术,与政治并行或互相独立的艺术是不存在的,无产阶级的文学艺术是无产阶级整个革命事业的一部分,是整个革命机器中的齿轮和螺丝钉,强调文艺从属于政治,要求文艺工作者自觉地为无产阶级政治服务,提出政治标准第一,艺术标准第二的看法,这容易被误解为单纯强调文艺服务于政治,容易导致在创作上公式化、概念化,题材和手法单一的缺陷。

主要内容可以概括为以下几点:文学与革命关系问题:文学必须为工农兵服务,必须为革命服务。文学如何为工农兵服务问题:如何处理普及与提高,解决文学的源与流的关系,在普及中提高,文学的源是生活,流是传统。文学要加强统一战线。文学批评的标准问题:政治标准第一,艺术标准第二。

《在延安文艺座谈会上的讲话》的主要特点:主要讨论的是文学与革命的关系问题,把文学作为革命的一部分,强调文学的阶级性和功利性,而不是文学的审美性,回答的主要是文学是什么的外部问题,而不是文学是什么的内部问题。

《在延安文艺座谈会上的讲话》的历史意义:首先,它规范、指导了解放区的文艺创作,带来了文艺创作的新气象。其次,它促进了解放区文艺的大众化、民族化,带来了解放区文艺的新形式。第三,它加强了文艺思想的统一和创作方法的统一,使文艺更好地服务于大众、服务于战争的需要。第四,它在解放后成为中共制定文艺政策的法典,对我国社会主义文艺事业的发展产生了很大的影响。

三、文艺思潮的论争

(1)对抗战文艺与"抗战无关论"的论争。针对抗战初期文艺小型化、群众性、概念化的特点,梁实秋基于新月时期的文艺思想,认为文艺具有超阶级性和表现普遍的人性,批判抗战文学中的"抗战八股",要求文艺游离抗战、游离政治与宣传。梁实秋"抗战无关论"得到沈从文的应和,他从京派的自由主义文艺思想出发,在《文学运动的重造》一文中提出把文学从"商场"和"官场"中解放出来,建议作家做些与抗战、政治、宣传无关的事情。对此,文艺界许多作家、批评家提出了批评意见,强调了特殊历史时期对文学的某些合理化需求和对抗战的配合。

(2)对战国策派的批判。战国策派是抗战时期在西南地区的教授学者组成的一个综合性社团流派,因在昆明创办《战国策》刊物而得名。他们的哲学基础是尼采的唯意志论和超人哲学,历史观标举战国历史形态,声称的"争于力"的战国时代的重复。在文学上主张以恐怖、狂欢和虔恪作为创作的"三道母题",鼓吹自我,强调心灵,提倡超阶级的民族主义文学运动。《新华日报》《群众》杂志以及解放区的报刊都发表了对它的批判文章,但简单地把战国策派斥责为反理性的法西斯文艺理论,有失偏颇。

（3）关于"民族形式"的论争。毛泽东在《中国共产党在民族战争中的地位》中提出要把"国际主义的内容和民族形式"结合起来创造"新鲜活泼的,为中国老百姓所喜闻乐见的中国作风和中国气派"。1940年在《新民主主义论》中提出"中国文化应有自己的形式,这就是民族形式。民族的形式,新民主主义的内容——这就是我们今天的新文化"。在毛泽东的号召和指导下,直接推动了"民族形式"的讨论。同时,在国统区也展开了民族形式的讨论,论争的焦点主要是民族形式的来源问题。一方主要以林冰为代表,重视民间旧形式,在《论"民族形式"的中心源泉》等文章中,提出了创造新民族形式以及创造新民族形式的主要途径是运用民间形式,偏执处主要是在强调民族形式的同时,排斥了对外国文学以及其他形式的借鉴,这与文学"五四"传统和文学发展的实践是不符的。另一方观点是完全否定民间形式有可以批判继承的合理成分,认为旧形式都是封建"没落文化",全盘肯定"五四"新文学,忽视了新文学中确实存在与人民大众脱节的弱点。胡风等人综合了以上两种观点,认为创造新民族形式的必然与必要,同时,也不应该排斥外来经验,强调了"五四"新文学与世界文学的联系,但对新文学与传统文学的承续关系没有给予充分的阐释和重视。

（4）抗战时期关于民族形式问题的讨论,是继"五四"时期"平民文学"和"为人生的文学"和30年代文艺大众化问题讨论之后,在抗战文学的通俗化、利用旧形式等艺术实践基础上的又一次富于文学本体意义的建设性讨论。民族形式问题的提出,既是文学大众化理论探讨和创作实践发展的结果,也是新文学建设的世界化、现代化、民族化的必经步骤。是新文学在世界性与民族性关系问题上所进行的更深层次的探索。但由于民族战争的特殊环境,参与讨论的文艺家自然具有较强的民族文化自珍意识,加之讨论者认识上的偏狭,一些人将"民族化"与"大众化",甚至"通俗化"相等同,忽视了文学作品的艺术性,而对民间文艺和文艺旧形式的利用过于看重,片面地着眼于文学的形式,而降低了文学的内容和艺术性,无疑会导致艺术创作上价值的偏颇,导致重形式、轻艺术的后果。

（5）关于文艺与政治、文艺与生活关系的论争。延安整风初期关于文艺与政治、文艺与生活关系问题的论争引发对王实味等人的政治批判。王实味等人在强调文学的真实性与独立性的前提下,提出政治家的任务是"偏重改造社会制度",艺术家的任务是"偏重改造人的灵魂"。王实味等人的观点符合文艺的规律性认识,但在特定的政治时代,文艺论争被政治斗争所取代,王实味后被作为反党集团分子被处决。

对胡风"主观战斗精神"的置疑,认为创作的最主要因素是作家的思想认识,胡风认为作家应该表现"到处都是生活",而批评者认为生活依照政治标准进行划分,有主流与支流、本质与非本质、光明与黑暗之别,艺术家应该体现主流、本质和光明的生活面为主要对象。胡风的理论应该是对文学艺术不成熟但极富价值的思考,是对现代文学发展过程中某些局限的一次反思,这对后来新时期文学的发展在理论上具有借鉴意义。

（6）对唯政治倾向和非政治倾向的讨论。1945 年围绕《清明前后》和《芳草天涯》而展开的讨论，主要集中于对抗战文学创作中公式化原因的讨论。王戎等以"唯政治倾向"否定《清明前后》。这次争论实际上是对评价文艺价值标准的讨论，后演化为在国统区展开对《讲话》精神的领会的讨论，加深了文艺工作者对政治标准和艺术标准统一性的认识。

中国当代文学(1949—   )

　　"当代文学"是相对于"现代文学"而言的,指的是新中国成立以来,迄今仍处在继续发展过程中的文学。当代文学的形成、产生和发展有它一定的社会历史条件。因为,任何一个民族、任何一个时代的文学的形成产生都必须具备一定的社会历史条件和文学条件,当代文学也不例外,它不是凭空形成产生的:首先,中国现代文学为当代文学的形成产生奠定了基础,提供了必要条件。中国现代文学是当代文学产生的直接源头和孕育形成的母体。之所以这样说,是因为:①它为当代文学的形成产生积累了丰富的经验,比如党如何领导文艺的经验,如何开展文艺运动和文艺批评的经验,如何建设文学队伍以及作家如何提高自身素养的经验等等。同时,中国现代文学尤其是 40 年代的解放区文学还为当代文学确立了发展方向和发展模式。②中国现代文学为当代文学的形成产生准备了作家队伍。作家是文学创作的主体,没有作家,就谈不上文学的形成与发展,当代文学的形成产生及其发展当然也必须依靠作家来实现。现代文学的一个重要功绩就在于它为当代文学准备了作家队伍,一些在现代时期就享有盛名或十分活跃的文艺家在新中国成立后又成为当代文学创作的骨干力量,这些跨越现代而来的文艺家为当代文学的产生发展提供了保证。③中国当代文学是随着新中国的诞生而诞生,发展而发展的。毛泽东曾指出,新的政治和经济是新的文化的依据。1949 年,中华人民共和国的成立,标志着社会主义制度在中国大陆的确立,随着新的政治制度的确立和新的经济基础的出现,也就出现了区别于旧时代、旧文学的新文学,即"当代文学"。建国以后,当代文学在发展过程中所迈出的每一步都是与中国的发展息息相关的。

　　此外,当代文学的形成产生与发展,还离不开我国优秀的古典文学的滋养和对外国文学长处的学习借鉴。

　　一、当代文学的分期

　　当代文学从诞生至今,已走过了半个多世纪的行程,为了准确地描述其间的发展变化,就有必要进行发展时期的划分。划分文学史的时期一般应兼顾两方面的因素:一是文学内部的质素变化,二是外部条件的制约。关于当代文学的分期,最常见的是"三分法",即把当代文学的发展分为三个时期:第一时期(1949—1966 年),为建国初的 17 年文学;第二时期(1966—1976 年),为"文革"10 年文学;第三时期(1976—   ),为社会主义新时期文学。

　　二、当代文学的成就

　　(1)题材内容不断扩大。在当代文学时期,除了有现代文学时期常见的以工农兵、知识分子、小市民的生活为题材内容的作品外,还出现了过去涉猎很少或根本没有触及过的题材内容的作品,如工业题材、少数民族生活题材、知青题材、新武侠题材、科幻题材、体育题材、国际题材的作品等等。这些题材内容作品的出现,不仅拓展了当代文学的题材领域,而且在一定程度上填补了某些文学创作的空白。

(2)人物形象的塑造多姿多彩。当代文学对人物形象的刻画、塑造也有重大收获和突破。在建国之初,当代文学人物画廊出现了不少引人注目的人物形象,但类型、性格都较为单一,不外乎三大类人物:正面人物(英雄人物),中间人物或转变中人物,反面人物。新时期以来,人物形象塑造的固有模式被打破,出现了种类繁多的人物形象,除了工农兵外,还有知青、右派、大款、保姆、酒吧招待、小市民、医生、黑帮人物、改革者、腐败分子等等。不仅人物多样化,其性格刻画也更为立体、丰富。

(3)表现形式与手法日益多样化。建国以来,当代文学的创作手法和表现形式日益多样化,在当代文学创作中,除了现实主义的手法、形式的运用外,还出现了各有追求的表现形式和手法技巧,比如运用象征、通感、意象等手法反映生活,使诗的意境显得朦胧而深远;使用意识流手法表现人的心理意识,增大作品的容量,展示人物的内心世界;采用变形、象征等手法,扩展戏剧的表现领域;运用表现主义、象征主义、魔幻现实主义和荒诞、变形以及黑色幽默等手法反映社会生活,拓展艺术表现空间等等。

(4)形成了一支层次丰富、老中青结合的作家队伍。当代文学的作家队伍大致由以下四部分人构成:一是由现代时期跨越而来的文坛老将,如赵树理、周立波、丁玲、老舍、曹禺、艾青、郭沫若、贺敬之、汪曾祺等。二是建国后成长起来的作家,如梁斌、吴强、杨沫、杜鹏程、茹志鹃、李准、王蒙、刘绍棠、高晓声、谌容、张洁、张贤亮等。三是经历过上山下乡运动的一代作家,如王安忆、梁晓声、阿城、叶辛、铁凝、张抗抗、史铁生、舒婷、竹林、王小鹰等。四是60年代以后出生的年轻一代作家,如苏童、余华、格非、韩东、陈染、林白、徐小斌、海男等。

1949—1976 年文学运动和思潮

1949 年中华人民共和国成立,中国社会进入一个崭新的历史阶段,中国当代文学也开始进入到一个新的生存环境中。从新中国建国初期的农村土地改革、肃反、抗美援朝、城市资本主义工商业的社会主义改造和国民经济的恢复,到声势浩大的反右派运动、大跃进运动、文化大革命,新生的共和国执政党在毛泽东的领导下实施了一系列巩固和发展社会主义的战略措施,这些政治的、社会的、经济的变化和震荡都对中国当代文学产生了深刻的影响。1949—1976 年间的中国文学,包括 17 年文学(1949—1966 年)和"文革"文学(1966—1976 年)两个阶段。这两个阶段在政治上、经济上、文化上有许多的不同,但就文学思潮的发展历程和理论现状而言又有很多的一致性,即:它们都强调文学的无产阶级与社会主义性质,都把文学服务于现实社会政治、配合国家意识形态作为文学的基本目的,同时还非常重视文学的革命功能和用社会主义、共产主义精神育人的作用。

一、文艺队伍大会师

(一)第一次全国文代会召开

1949年7月2日—19日,由郭沫若提议,党中央批准的"中华全国艺术工作者代表大会"在北平召开,824名代表出席大会。来自解放区和国统区两支文艺队伍在党的旗帜下胜利会师。会上周恩来、郭沫若、周扬、茅盾等作了报告。大会总结了文艺工作的成绩和经验,确定了以《讲话》为新中国文艺事业的总方针,指出了新中国文艺必须为人民服务,首先是为工农兵服务的总方向,突出了社会主义文艺的新任务,成立了中华全国文学艺术界联合会,选举郭沫若为主席,周扬、茅盾为副主席。下属各协会也相继成立。中华全国文学工作者协会选举茅盾为主席,丁玲、柯仲平为副主席。第一次文代会的召开产生了深远的影响,新中国文艺以此为起点,同时也以此确定了毛泽东文艺思想在建国后的主导地位,确立了以延安文艺作为当代文学的理想模式,确立了党对文艺工作的思想领导和组织领导,也确立了政治对文学的权威作用。但也有一定的局限性,主要表现在:文艺的大会师,是以解放区文艺为基准的。实质上是解放区文学统一国统区进步文学,把解放区文艺政策、文艺价值、文艺经验推广到全国,作为以后文艺发展的借鉴和遵循。忽视了国统区进步文艺的价值和文艺运动经验的总结和介绍。文艺队伍"和而不同",具有教条主义、宗派主义的倾向,为后来的文艺斗争留下了后患。

(二)社会主义现实主义创作和批评原则的确立

1953年9月23日—10月6日,第二次文代会在北京召开,把抓好的作品创作作为社会主义改造时期文学的新任务;确定了社会主义现实主义的创作和批判原则(把塑造新英雄人物确定为社会主义文艺的基本要求)。出现了一元化价值批评模式的端倪。

二、50～60年代文艺运动逐渐由艺术争鸣演变为政治斗争和阶级斗争

毛泽东以文学的政治效用为核心的文艺思想在建国后取得了当然的统治地位,非毛泽东的文艺思想必然要受到排斥。50～60年代是政治活动和日常生活"艺术化"和文学政治化时代,文艺成为"阶级斗争的晴雨表"。在文学批评上,坚持和推行毛泽东"政治标准第一,艺术标准第二"的原则,对文学的评价由政治、文学的权力者来确定,而不是艺术家确定。政治与文学的关系问题,在本时期上升为文学与所有外部关系中最重要的问题。也因此出现了一些有针对性的批判和讨论。

(一)关于电影《武训传》的讨论

1951年针对电影《武训传》的讨论,实质上是中华人民共和国建国后政治上与资产阶级的斗争在文艺上的反映。

武训是清末民初一个热心教育的人,他忍辱负重,"苦操奇行"行乞兴学,孙瑜以此为题材,拍摄了历史传记影片《武训传》(之前在1948年中国制片厂因故未拍完,1949年上海昆仑公司在此基础上修改剧本后续拍)在全国公映,歌颂武训精神,表现旧社会劳动人民文化上翻身的要求,以鼓励人们学习武训发展人民教育事业。但武训的阶级成分和思想较复杂。武训最早是一个穷人阶级的代表,沿街行乞,为子孙筹建学校,把行乞的钱交到地主那里放高利贷。后皇帝感动于武训的兴学精神,对他予以封赏使其成为一个富豪,成了地主阶级的代表。兴学初衷为穷人能够读书受教育,但他后来办学收的多是有钱人家子弟,为地主阶级服务。武训这个故事本身具有多义性,故对电影《武训传》的理解很容易背离编导的初衷,影片易受责难。

对《武训传》的批判,一是将思想问题、学术问题、文艺问题上升为政治问题进行上纲上线的群众性政治批判,给当代文艺运动和文艺创作带来了深远的消极影响。对两种具有全然不同发展规律的事物采取相同的方式处理,是违背科学原则的。二是对文艺的主题简单化、绝对化理解,忽视了文艺作为精神产品的复杂性。为歌颂阶级斗争、歌颂无产阶级英雄及为政治现实主义的畅通扫清了道路,进一步强化了解放区文艺规范的正统地位。三是政治统帅直接干预文艺,使文艺政治化、思想阶级斗争化倾向进一步加剧。

(二)对《红楼梦》研究中主观唯心论的批判

俞平伯采取胡适的形式主义考据研究方法,将《红楼梦》归结为"色"、"空"观念,认为是曹雪芹的自叙传,具有"哀而不伤,怨而不怒"的风格。遭到李希凡、蓝翎等人的批判,认为俞平伯的观点违背了现实主义的研究原则。而实质上这是把哲学唯心论与阶级论等同,片面地机械地理解唯心主义哲学以及研究方法,非科学地用政治阶级意识去完全界定学术研究方法问题。

毛泽东发动对《红楼梦》研究的批判主要是反对资产阶级唯心主义,目的是清除资产阶级思想在我国文化界的影响,从思想上为社会主义改造与社会主义建设扫清思想障碍。同时也为后来批判胡风的文艺思想埋下了伏笔。

(三)对胡风文艺思想的批判

胡风突出的理论是"主观战斗精神"和"精神奴役创伤说",主张创作方法大于世界观,属于主观型现实主义。40年代,对胡风的文艺思想进行过论争,50年代,胡风的文艺思想被作为"资产阶级、小资产阶级的个人主义文艺思想"遭到批判。胡风以30万言(28万字)的《关于解放以来文艺实践情况的报告》,系统阐释了自己的文艺思想,对批评进行驳斥,提出了改进文艺领导方式的意见和改革文艺工作的建议。胡风报告公开后,1955年,社会上掀起了批判胡风资产阶级文艺思想的群众性运动,胡风等人被确定为"反党集团"、"反革命集团",对胡风文艺思想的批判,升级为政治上的敌对斗争,在全国掀起了粉碎胡风反革命集团的斗争高潮,胡风被捕入狱,2 100多人受株连,造成了新中国成立以来罕见的冤假错案。1980年9月,"胡风反革命集团"被平反,1988年6月,对胡风的文艺思想进行重新肯定性评价,对胡风全面平反。

1955年对胡风文艺思想及对其进行政治上的批判,将意识形态文艺思想上的斗争等同于社会政治和阶级斗争,彻底混淆了人民内部矛盾和敌我矛盾,助长了左倾文艺思潮,为后来疾风暴雨式的用政治阶级斗争来解决学术和思想分歧开了先河。

（四）双百方针（"百家齐放,百家争鸣"）的提出

由于简单粗暴的政治和阶级斗争式的解决文艺、思想问题,导致了文艺界缺乏民主,文艺缺乏创造性,文艺创作出现凋敝。随着 1956 年社会主义改造完成,全国工作重心由阶级斗争转向经济建设,在思想文化领域需要解放思想,发扬民主,1956 年 5 月 2 日,毛泽东在最高国务会议上提出了"百花齐放,百家争鸣"的方针。主要内容是"艺术上不同的形式和风格可以自由发展,科学上不同的学派可以自由竞争。利用行政力量,强制推行一种风格,一种学派,禁止另一种风格,另一种学派,我们认为会有害于艺术和科学的发展。艺术和科学中的是非问题,应当通过艺术界和科学界的自由讨论去解决,通过艺术和科学的实践去解决,而不应当采取简单的方法去解决"。（毛泽东《关于正确处理人民内部矛盾》）

在理论探索上主要集中在两个方面:一是对现实主义创作原则的探索;二是对人性人情在文学中的价值和地位的探索。

1956 年 9 月,秦兆阳发表了《现实主义——广阔的道路》,批评文艺教条主义为倾向性、政治性而牺牲真实性,指出"现实主义的思想性和倾向性是生存于它的真实性和艺术性的血肉之中的"。强调"现实生活有多么广阔……现实主义文学的视野、道路、内容、风格就可能达到多么广阔……"1957 年 1 月,巴人（王任叔）发表《论人情》,批判文艺教条主义把阶级斗争简单化,以致许多作品必须为"无产阶级的道理"而牺牲普通的人情。1957 年 5 月,钱谷融发表《论文学是人学》,反对把人当做反映整体观念的一种手段,主张以写人为中心。

这些文艺观念表现出对文艺本体特征的尊重,对当时的文艺政策具有一些纠正作用,遗憾的是在 1957 年下半年的反右斗争中一律受到批判,探索者本人也因此遭难。

在"百花齐放,百家争鸣"方针和文艺观念的新探索的指导下,文艺界出现了昙花一现的新气象,出现了一些干预社会现实、描写人情人性的作品。

（五）文艺界的反右斗争

1957 年下半年起,全党开展整风运动和反右斗争,极左路线进一步发展。6 月,中国作协召开党组扩大会第一次会议,批判丁玲、陈企霞等,对丁玲、冯雪峰"反党集团"进行了批判,以此揭开了文艺界反右斗争的序幕。冯雪峰、丁玲、艾青等一批老作家,王蒙、刘绍棠、流沙河等一批文坛新秀、文艺工作者被打成"右派分子",遭到批斗。反右斗争践踏了"双百"方针,破坏了贯彻"双百"方针的成果,助长了左倾文艺思想的膨胀,又一次把文艺问题、思想问题等同政治问题展开群众性的批判运动,伤害了一大批文艺工作者。一些有影响、卓有成就的作家在批斗中含冤去世。

1958 年在大跃进狂潮下的"新民歌运动",被夸为开一代诗风,是共产主义文艺的萌芽,是革命现实主义和革命浪漫主义结合的典范。使整个文艺界浮夸成风,演中心,画中心,唱中心,

27

三结合创作泛滥。在 50 年代后期 60 年代初还对资产阶级人性论、人道主义展开了批判。

（六）文艺政策的调整

1960 年冬，中央对国民经济实行"调整、巩固、充实、提高"的方针，文艺界开始了文艺政策的调整。1961 年 6 月，中宣部在北京召开了全国文艺工作者座谈会，文化部同时召开全国故事片创作座谈会（因同在新侨饭店召开，故称新侨会议，会议审议了《文艺十条》和《电影工作的意见》，分析了近几年文艺工作的得失）。不久，中央制定了《关于当前文学艺术工作的意见》（即文艺八条），对党的文艺政策进行调整，提出了在创作和批评方面，在文艺队伍建设和文艺工作领导方面要合乎艺术自身规律的主张。

1962 年 3 月，文化部和中国剧协在广州召开话剧、歌剧、儿童剧创作座谈会（即广州会议），周恩来作了《关于知识分子问题的报告》，阐述了如何正确评价和对待知识分子，如何改善党和知识分子关系问题，5 月 23 日，为纪念《讲话》发表 20 周年，《人民日报》社论发表了《为最广大的人民群众服务》，把文艺服务对象由工农兵，扩展到"为以工农兵为主体的全体人民服务"。同时，重新肯定遭错误批判的《洞箫横吹》《同甘共苦》《布谷鸟又叫了》等作品。这些文艺政策局部调动了一些作家、艺术家的积极性。1962 年 8 月中国作协在大连召开农村题材短篇小说座谈会，提出了"现实主义深化"和写好"中间人物"的理论思想，主张大胆反映人民内部矛盾。

（七）左倾思想升级和阶级斗争扩大化对文艺的进一步伤害

1962 年 9 月党的八届十中全会，把阶级斗争进一步扩大化和绝对化，向全党提出"千万不要忘记阶级斗争"的口号，强调要狠抓意识形态领域的阶级斗争。李建彤的《刘志丹》被康生指责为"为高岗翻案的大毒草"。第二年又宣称电影《红河激浪》是"《刘志丹》小说的变种"，使近万人遭到株连。此后，康生、江青、姚文元、林彪等直接插手文艺，策划了许多冤案。

1963 年 12 月 12 日和 1964 年 6 月 27 日，毛泽东分别对文艺工作作了两个批示，批示中全面否定文艺界的成绩，错误地估计了文艺界的形式，认为"许多共产党人热心提倡封建主义和资本主义的艺术"，"最近几年竟然跌到了修正主义的边缘"。批示使左倾领导者获得了批判文艺的尚方宝剑。

1965 年 11 月 10 日，姚文元在《文汇报》上发表了《评新编历史剧〈海瑞罢官〉》，全国各大报刊相继转载，吴晗等一大批作家和学者遭到株连。左倾思潮越演越烈，严重摧残文艺，点燃了遗毒甚广的"文化大革命"。

三、文化大革命十年文艺思潮

1966 年 5 月～1976 年 9 月的文化大革命，"是一场由领导者错误发动，被反革命集团利用，给党、国家和各族人民带来严重灾难的内乱"。（《中共中央委员会关于建国以来党的若干历史问题的决议》）

（一）文化大革命思想根源探究

对于文化大革命思想根源问题的探讨上，我们可以这样认为：首先，它是战争思想的遗留，表现出急功近利、速决思想，把一切社会矛盾当做敌我矛盾进行非调和性处理，对文艺进行军事化管制。其次，它是对知识分子阶层含义的错误认识。阶级和阶层的概念是一个以经济为基础的概念，1904年科举制度被废黜以后，知识分子"学而优则仕"的路被阻断，知识分子失去了统治阶级的地位，成为人民的一员，不再作为一个阶级而存在。建国后，国家一直把知识分子作为一个阶级阶层看待，把他们作为改造甚至专政的对象。第三，它是知识分子的特性使然。知识分子思维敏捷、思想活跃、人格独立，具有置疑精神，追求民主，向往自由，这与当时政治专政、阶级专政的时代有所抵触。第四，它是封建人治思想的流毒，也是对思想问题政治化和简单化处理的结果。同时更是国际上两大阵营的斗争造成国内阶级斗争的紧张化。第五，它也是自我意识膨胀所造成的自我孤立，激进的乌托邦思想冲动开始付诸实践。第六，它还是群众专制的一种表现。当时的现状是国民素质不高，对革命的理解简单化，难以理解文学艺术作为一种精神产品存在的复杂性，不能用阶级进行简单的二分。因此，它也是群众盲目革命热情驱使下的革命激情的呈现。

（二）文化大革命的开始

1965年11月10日，姚文元在《文汇报》上发表了《评新编历史剧〈海瑞罢官〉》。1966年2月2日至20日，林彪委托江青在上海召开部队文艺工作座谈会，形成了《部队文艺工作座谈会纪要》（以下简称《纪要》），炮制了"文艺黑线专政论"，污蔑文艺界在新中国成立以来基本上没有执行党的方针，被一条与毛泽东思想相对立的反党反社会主义的黑线专了政，这条黑线就是资产阶级的文艺思想、现代修正主义的文艺思想和所谓30年代文艺的结合。4月，经毛泽东修改审核后，以中共中央的名义批发全党全国，推助了文化大革命的爆发。

《部队文艺工作座谈会纪要》的主要内容即批判"文艺黑线专政论"。①文艺理论"黑"即"黑八论"："写真实"论，"现实主义—广阔的道路"论，"现实主义的深化"论，反"题材决定"论，"中间人物"论，反"火药味"论，"时代精神汇合"论，"离经叛道"论。②文艺作品"黑"：创作的是反动的反人们的资产阶级作品。③文艺队伍"黑"。因此"要重新教育文艺干部，重新组织文艺队伍"，"坚持进行一场文化战线上的社会主义大革命，彻底搞掉这条黑线"。《纪要》的推行，在文艺界混淆是非，把艺术问题、思想问题、学术问题一律归结为政治问题，上纲上线为阶级斗争、路线斗争，视为一个阶级推翻另一个阶级的政治大革命斗争，造成了文艺理论上的极大混乱；造成了文艺创作百花凋零、万马齐喑的局面；破坏了文艺组织，文艺刊物被迫停刊；摧残了文艺队伍，数百名著名文艺家被迫害致死。

（三）革命样板戏等"文革"文学

江青等在否定建国17年文学的同时，树立了8个革命样板戏。革命样板戏，原指1964年全国京剧现代戏观摩演出大会推出的一批优秀作品，本是广大文艺工作者智慧的结晶。文化大革命中,江青将之窃为己有,并把其他地方剧团上演过的作品指定一个写作班子按照"三突出"模式加工改造,最后定型为8个"样板戏"。具体指现代京戏《红灯纪》《沙家浜》《智取威虎山》《奇袭白虎团》《龙江颂》《海港》,革命现代芭蕾舞剧《红色娘子军》《白毛女》。

样板戏主题政治化,人物类型化,结构模式化。基本内容不离阶级斗争和路线斗争,主要人物(一号人物)为不食人间烟火的救世主和精神导师。艺术上打磨精致,有些唱段优美动听,但对生活高度净化和美化,审美上苍白贫血。

样板小说:炮制了图解政治纲领,煽动造反派与走资派斗争的阴谋文艺:小说《初春的早晨》《虹南作战史》《第一课》《牛田洋》《千重浪》《较量》《暴风雨》《西沙儿女》(浩然)(为江青擦脂抹粉、歌功颂德"镶一张彩色照片,照片上有一座奇险的山峰,顶端白云之中,挺立着一颗劲松",把西沙儿女英勇的战斗功绩说成是江青精神鼓舞的结果)等。电影《欢腾的小凉河》《春苗》《决裂》等,话剧《盛大的节日》等。

(四)"文革"文艺理论的出台

"文革"时期文学的理论依据:努力塑造工农兵的英雄人物,这是社会主义文艺的根本任务。作为"文革"文学创作与评论的最高标准,导致了"文革"时期文学一体化。

"三突出"创作原则:林彪提出,在所有人物中突出正面人物,在正面人物中突出英雄人物,在英雄人物中突出主要英雄人物。造成文学创作的公式化(1958年毛泽东提出过革命现实主义和革命浪漫主义的两结合,1960年第三次文代会确定为最好的创作方法)。

"主题先行论":"老干部等于民主派,民主派等于走资派,走资派还在走,必须打倒"。

"三结合"、"三陪衬"创作方法:领导出思想、群众出生活、作家出技巧(三结合);以成长中的英雄人物来陪衬主要英雄人物,以其他正面人物来陪衬主要英雄人物,刻画反面人物来陪衬主要英雄人物(三陪衬)。

(五)"文革"文学的特征

"文革"文学体现出的特征:一是文学思维极端化。怀疑一切、否定一切、打倒一切的极端化思想泛滥成灾。文艺完全属于阶级的政治权力话语之中。二是文学主体缺失化。文学的审美性、多样性缺失。主题单一、主题先行,手法单一,手法定势(三结合、三突出等)。三是文艺政治化。文艺沦为政治体制化的产物,丧失了艺术性、思想性、精神性、批判性。四是文艺批评简单化。以政治运动的"大批判"取代文艺批评的交流、申辩;以"棍子"(文化杀手)似的绝对化,上纲上线,一棍子打死的做法进行文艺批评。姚文元被称为"无产阶级文艺批评的金棍子"。出现了一批依附于政治势力的文艺官和文化官僚。

(六)"文革"的非遵命文学

在"文革"文艺理论的夹缝中,一些知识分子依然创作了少量有价值和意义的文学,如长篇小说有黎汝清的《万山红遍》、克非的《春潮急》、姚雪垠的《李自成》(第二部)、李云德的《沸腾的群山》、孟伟哉的《昨天的战争》、郭澄清的《大刀记》、曲波的《山呼海啸》等。中、短篇小说有李心田的《闪闪的红星》、蒋子龙的《机电局长的一天》,戏剧有话剧《万水千山》,电影有张天民编剧的《创业》、谢铁骊编导的《海霞》等。他们是在遵命写作的情况下有意识地偏离文艺专政理论创作的作品。

(七)"文革"时期的潜在写作

"文革"时期在地下民间流传的一些作品,当时未曾出版,有的写于当时,"文革"后才得以面世。这些非主流的写作,个人化的创作,往往变成了"文革"文学创作中的一些有价值的作品,创作理念具有一定的价值意义。

手抄本有张扬的长篇小说《第二次握手》,靳凡(金观涛)的中篇小说《公开的情书》,赵振开的中篇小说《波动》,郭小川的《秋歌》《团泊洼的秋天》,舒婷的《船》《赠》《秋夜》,芒克的《太阳落了》《城市》等,以及1976年"四五运动"中的天安门诗歌等。潜在写作凝聚了创作者的独立思索,抒发了作者的真情实感,在题材、手法、风格、个性等方面有所开拓,但在思维方式上,创作者主要还是用文学的方式参与和反抗政治阴谋斗争,思维方式不完全是文学的,带有现实反抗性特征。

四、50～70年代末期文学精神的整体特征

第一,文学观念上,属于建立在辩证唯物主义和历史唯物主义基础上的文学理论体系,奉行马克思主义的历史美学观。但在具体操作中,注重内容判断,而忽视审美分析。第二,创作方法上,采用现实主义,具体为革命现实主义及社会主义现实主义,有时候与革命浪漫主义相互结合。艺术目标和价值标准是真实性和倾向性的统一,思想性与审美性的统一。但在具体操作中,注重思想性与倾向性,而忽视真实性与审美性。第三,文学方向上,提出为人民服务,首先是为工农兵服务,其目的是为了教育和引导人民群众。文艺方针上,倡导"百花齐放,百家争鸣",但在实际中却难以真正贯彻执行。第四,思想内容上,着眼于反映社会主义革命和社会主义建设的伟大生活以及实现新中国而进行的各种形式的斗争,以歌颂为主,实际上是为了更好地为社会主义服务,但在操作中却演化为题材决定论。第五,人物表现上,刻画以工农兵为代表的新人物,尤其是英雄人物,要求尽可能回避英雄人物的缺点,但在现实中,却被机械地理解为"三突出"。第六,文学形式上,采用接近中国大众审美趣味并为他们所喜闻乐见的民族形式。但在现实的创作中,却一味地拔高古典形式,反对"五四"新文学所开创的新的文学形式和内涵。

1976—1989 年中国文学思潮

以1976年10月"文化大革命"结束为标志,中国文学的发展进入了一个新时期。相比于前两个时期,它出现了以"人"的观念的现代思考以及文学观念的多元发展、文学思潮与文学论争的频繁更替与发生、文学创作的丰富多彩与快速变化,成为 20 世纪中国文学史上具有独特性和重要性的时期。

新时期作为一个政治概念,指粉碎"四人帮"后我国政治、经济、文化进入了发展的新阶段。文学在这个阶段和社会一样,取得了较好的发展,所以采用了这一个概念。新时期文学思潮体现出的是:文学以快速的发展变化,全新的审美面貌,纷繁的文学现象,自由频繁的论争和多姿多彩的创作成果,展示了文学的独特风采,成为当代文学发展的繁荣期。

一、新时期文学的复苏

(一)20 世纪 80 年代文艺环境

20 世纪 80 年代的文艺生态环境出现了与前面两个时期截然不同的生机。首先,表现为思想大解放。关于"实践是检验真理的唯一标准"的确立;拨乱反正,以阶级斗争为纲转向为以发展经济为中心;1979 年 10 月,第四次文代会上提出艺术民主的思想;西方文化的广泛译介;在五六十年代被淹没的京派文学、孤岛文学、新月派、象征派、现代诗派、七月派、九叶诗人等得到了肯定;创作自由的提出:1984 年 12 月作协第四次会员代表大会提出了创作自由的口号。

其次,是文艺民间性力量的增强。市场对文学的影响力度加大。主要原因是大众传媒的发达,文学逐渐市场化,大众文化对精英文化形成了强大的压力和争夺,消费性文化改变了作家的地位和创作观念。

(二)天安门诗歌运动

1976 年 4 月清明节前后,人民群众掀起的一场以悼念周恩来总理逝世为主要内容的群众性诗歌创作运动。主要利用旧体诗词的形式,表达人民对"四人帮"祸国殃民的愤怒与声讨,对光明和理性的呼唤,歌颂和怀念周总理,突出的特色是极强的现实功利性和战斗性。诗歌体现了"愤怒出诗人"的创作姿态,具有悲愤悲剧美学形态。"四五诗歌"运动宣告了假大空的"文革"文学的末日,成为后来"伤痕文学"的发端。

(三)对"文革"文艺观念的批判

集中清算批判"根本任务论"、"三突出论"、"主题先行论"等极左文艺观念。文艺组织恢复工作。文学刊物相继复刊。一批被打倒的作家重新获得了创作的权利和自由(作品结集为《重放的鲜花》出版)。1979 年 10 月 30 日—11 月 16 日全国第四次文代会召开,标志着文艺界全面"解冻"。

(四)文艺观念论争

文艺与政治的关系论争。对"文艺从属于政治","文艺必须为政治服务"提出了置疑。对文艺自身发展规律的重视和重新认识,为后来"二为"方针的提出奠定了理论和舆论准备。

关于现实主义的论争。对现实主义中真实性的重新认识。对生活事实与生活真实,生活本质与生活真实,生活真实与艺术真实,真实性与倾向性等问题进行了讨论,廓清了一直以来对现实主义一系列似是而非的观念,对以真实性为核心的现实主义达成了共识,确立了新时期文艺复苏的方向。

关于文学与人性、人道主义的讨论。人性有阶级性的一面,也存在共同性的一面被广泛认同。人道主义的认识已经超越了资产阶级的意识形态,具有了更丰富的内涵。

二、20 世纪 80 年代前期文艺思潮

80 年代初期,中国改革开放导致社会格局发生巨大变化。思想领域对极左政治路线的清算,使文学迎来了发展的空间。

(一)文学取得了与社会现实生活发展的同步性

20 世纪西方文艺思潮大量涌入,作为文学革新的参照,西方现代派文艺思潮成为评介和翻译的热潮。出现了针对"文革"的"伤痕文学",文学走出假大空的颂歌模式,直面血泪人生。蓬勃发展时间为 1978—1980 年间。刘心武的《班主任》(1977 年 11 月)是一划时代的作品,用艺术的形式对刚刚逝去的"文革"提出了质疑,标志"伤痕文学"的发端。人,成为一些作家思考问题的出发点。重要的小说有:郑义的《枫》、孔捷生的《姻缘》、陈国凯的《我应该怎么办》、从维熙的《大墙下的红玉兰》、冯骥才的《啊!》、莫应丰的《将军吟》、周克芹的《许茂和他的女儿们》等;诗歌有李发模的叙事诗《呼声》、流沙河的《故园六咏》;戏剧有话剧《报春花》《权与法》等。在"伤痕文学"方兴未艾时出现的一种对"伤痕文学"深入发展的文学思潮"反思文学",也是其发展的必然结果。此时,复出诗人们的创作也出现了,这些诗人们以一种社会和历史的使命感和良知勇敢地揭示社会生活中的问题,其目的在于救治生活的弊端,强烈的政治和道德激情显示着作家们的忧国忧民之心,体现出作家强烈的社会忧患意识。

(二)文学越来越边缘化、综合化

在 1985 年前后,中国文学发生了重要的变化。文学的主流消失了,文学的一元化发展状态迅速瓦解,文学呈现出多元发展、五彩缤纷、百花齐放的新局面。文学出现边缘化和综合化倾向。文学在创作手法上也呈现出多样性。

(三)对文学中人性、人情、人道主义的讨论

基于对"文革"文学的反思,文学开始呼唤人的尊严、人的价值和人的权利,关注西方文学中关于人的"异化"问题。

三、20 世纪 80 年代后期文学思潮

1985 年起,文学进入新时期,社会主义初级阶段理论的提出,使中国的改革全方位化、深入化和快速化。

（一）新的审美建构，具有新的审美独立性

这时期出现了鲜明个性和风格独特的作品，如郑义的《老井》、张贤良的《男人的一半是女人》、莫言的《红高粱》、刘心武的《公共汽车咏叹调》、朱苏进的《第三只眼》、王蒙的《高原的风》《冬天的话题》、刘索拉的《你别无选择》、韩少功的《爸爸爸》、方方的《风景》、王朔的《顽主》等。

（二）文学的本体性备受关注

作家关注文学形式的意义、价值和作用，作家从再现生活到组合生活、表现"观念"和"感觉"。表现生活替代了"反映生活"，文学观念发生了整体位移，文学的现代性特征较为鲜明，文学从观念到创作开始了全方位突破。

（三）文学论争的焦点发生了变化

一方面，寻根文学作为一种文学的流派开始兴起，我们可以把它看做是这一时期作家文化意识的勃兴。文学论争从纯粹的文学作品变化到对纯粹理论的争鸣，文学在现代化的过程中，显示出强烈的本土意识，出现了"文化寻根"热等，出现了以地域文化为明显标识的作家。如韩少功、李杭育、郑万隆等。他们表现为从政治的反思转入对文化的关注和反思。以三种形式呈现：像鲁迅那样以文学的形式推动传统文化的变革和重造；或寻觅民族文化中的精华，以纠正现实社会价值的沦失；或者是走向原始，返璞归真，以梦想逃避纷乱烦扰的现实。

代表性作家作品有：韩少功的《爸爸爸》、阿城的《棋王》、邓友梅的《那五》《烟壶》、刘绍棠的《蒲柳人家》、汪曾祺的《受戒》《大淖纪事》、陆文夫的《美食家》、刘心武的《钟鼓楼》等。

另一方面，文学出现了对生命意识的觉醒。文学中性意识和生命意识的觉醒和张扬。文学把性重新作为严肃的文化概念进行探讨，探讨作为人的最原始的本能和最人文化要素的"性"，通过性心理、性行为来张扬人的生命，反思人的生命。中国当代文学中出现了一个"性高潮"。文学对人的关注不仅仅关注政治、经济、文化、道德，而是以极大的热情关注人的生命、关注人的原始生命力，关注人的性欲冲动，通过性意识跨越文明铸造的人格表层直达生命冲动的原始本能。文学不再是仅仅为摆脱野蛮和愚昧而呼唤文明，而是痛感于人的本性的扭曲和异化而热切呼唤人的自然属性；文学不仅表现和张扬着清醒的理性，而且充分强调人的非理性内容，强调人的本能和原始冲动的强大力量。人的生命活力和生命强力受到文学的热情赞美。这种文学思潮是对西方文学中非理性文学的回应，也是对人的异化的一种反抗，对文学进一步深入地探讨人性、完整地表现人具有积极的意义。如张贤亮、王安忆、贾平凹、铁凝、刘恒等的小说创作。

现代主义和后现代主义文学创作开始进入人们的视野。当代文学中的现代主义文学最先的尝试是朦胧诗、王蒙等人的意识流小说创作和高行健、沙叶新的探索戏剧，北岛、舒婷、顾城等人对朦胧诗的探索。80年代中期后，刘索拉（《你别无选择》）、徐星（《无主题变奏》）等的创作使现代主义文学进入了一个新阶段。

马原、洪峰、余华、格非、苏童的"先锋小说"实验把现代主义文学的探索推向了极至。

到了20世纪80年代末,出现了以池莉、方方、刘恒、刘震云为代表的新写实小说。

同时,各种批评理论竞相登台。如形式主义批评、新批评、结构主义、符号学、解构主义、现象学、接受美学、文艺阐释学、表现主义、象征主义、原型批评、文化分析等,又助长了现代主义文学的生长。

新时期文学形成了一个开放本体系。在浪漫主义占主流的情况下,一些年轻作家也大胆引入了现代主义的创作方法。整个文坛呈现出多姿多彩的局面。

与此同时,关于重写文学史的问题被提出。重写文学史的提出,是80年代后期文艺观念深刻变革的结果。也是引进西方文艺批评观念的结果。同时,相对自由的思想空间,为之提供了可能性。

主要是文学回归自身的呼声,"使之从从属于整个革命史传统教育的状态下摆脱出来,成为一门独立的审美的文学史学科"。重写文学史的提出,又以此引发了人们对文学的历史反思,促使文学进一步脱离主流话语、向社会的边缘位移,引发了文学观念上的变革。

20世纪90年代文学概述

1989年后的中国大陆文学,一般被理论界称之为"后新时期文学"。这个"后"字,显然受到"后"学家们所说的"后现代"、"后殖民"、"后先锋"之类的影响,是否妥当,无疑可以争论。但用一个"后"字把1989年前后的文学区别开来,以示发生了很大变化,却是很恰当的。20世纪80年代末到90年代初,国家经济领域的改革开放步伐正在加快,商品经济意识不断渗透到各个社会文化领域,社会经济体制也随之转轨,统治了中国近40年的社会主义计划经济体制向社会主义的市场经济体制转型。随着市场经济的迅猛发展,来自群众性的审美要求呈现出越来越多样化,而较为僵硬的传统政治宣传方式也相应地发生了变化。1989年后,文坛格局、形势以及文学的审美形态、精神风貌确实为之一变,它主要表现于以下几方面:

(1)文学失去社会轰动效应,进入平静而寂寞的发展时期。1985年以前,文学因与政治密切关系,常以其敏锐的感受、深刻的思考以及激烈的煽情形式表达频频引起社会轰动,人们也常以一文写出洛阳纸贵的火爆场面为文学的辉煌而骄傲。1985年后,文学虽已进入多元化发展时期并开始回归自身,但由于其主流形态仍是以思想启蒙、宏扬自我、追求深度为目标,不管是以改革、寻根为代表的现实主义文学,还是以意识流、荒诞派为代表的现代主义文学,其共同的精神焦虑仍是一种社会现代化焦虑,它们都以在社会广场中振臂一呼应者云集为荣耀,自然也不时引起社会轰动。但进入1989年之后,文学失去了社会轰动效应,而进入一种平静而寂寞的发展时期。当时发生的令人心寒的事实是读者减少、刊物滞销、评论冷淡,大众似乎以一种极为冷漠而挑剔的眼光看待文学,他们即使掏钱买一份文学刊物,也只是看其是否能满足自己的消遣性、娱乐性需要,而不再关心其中的深度。不少艺术上已臻于成熟的中青年作家精心构筑的长篇小说反应冷淡,反而赶不上他们初试身手时的急就章反应强烈。不少人也许正是以是否具有轰动效应为标尺,把 1989 年后文坛的平静视为文学跌入了低谷,或认为文学变得疲软。当然,这只是现象。

(2)文学开始逃逸社会话语中心,向边缘话语漂移。文学失去社会轰动效应的最直接的原因,无疑存在于两个方面:一是作家,二是社会。就作家来说,他们不管是主动还是被动,已放弃大众代言人的角色,逃离社会话语中心,无疑是对"轰动"的一种釜底抽薪,从前赋予文化的那种神圣的精神内涵正在面临消解,文化成为一种普通的商品。文学不仅离开了中心,而且当它完全脱离政府的扶持,要靠自己独立谋生时,它生存方式本身也面临着巨大的挑战。"五四"传统中的知识分子启蒙话语受到质疑,个人性的多元文化格局开始形成以及出现了知识分子在精神上的自我反省。在文学创作上则体现为对于传统的道德理想的怀疑,转向对个人生存空间的真正关怀,特别是由此走向了民间立场的重新发现与主动认同。所谓社会话语中心,这里不是指政治话语,而是指新时期以来的知识分子中心话语,比如对西方文化的积极认同,对本土文化和现实的激烈批判等等。这一话语中心不管是来自外部压力,还是来自内部离心力,事实上已开始解体,因此对这一中心的逃逸乃势所必然。逃逸又可分为不同的路向,有的逃往民间,有的逃往形式,有的逃向历史,有的逃向内心,有的逃向媚俗,有的逃向游戏。于是,这便有了 90 年代林林总总的新小说、新旗号、新写实、新历史、新市民、新体验、新状态、新女性、新武打、新言情……有了逃逸中的沉沦和沉沦后的拯救,并由此形成 1989 年后文坛新格局。

(3)商业主义大潮突起,"精英"文化受挫。文学失去社会轰动效应的第二个直接原因便是社会对知识分子中心话语及"精英"文化的扼制和放逐。作为创作主体的知识分子在经济大潮的翻涌中精神上受到了剧烈冲击,这也就是所谓的"人文精神的失落"。知识分子失去了经济地位(也包括心理适应)上的平衡,所从事的事业在经济体制改革的过程中也日益被挤向了社会的边缘,知识分子内部出现商业化倾向。这表现为以下几个方面。首先,1989 年的政治风波明显标示出政治话语与文学话语的裂痕,诸如改革开放、中国特色社会主义以及稳定压倒一切等政治话语显然不能容忍被称为"自由化"的文学话语和"精英"文化。其次,经济转型引起商业大潮的突起。社会由计划经济体制向市场经济体制的转型事实上早就开始,只是人们还没有明显感觉出来而已。1988 年因为要闯物价关而引起的通货膨胀强化了人们的感受,1992年改革大潮的勃兴则直接引起了持续多年的文人下海潮和经商热,进一步加深了人们的感受。中国共产党十四大的召开算是为市场经济彻底落实政策和正名,市场作为社会生活的主轴的观念就成为人们的公识了。市场经济遵循的是价值规律,它的最明确而又最强硬的追求是"利",与维持社会凝聚力所需要的"义"是相矛盾的,因此它对社会生活的腐蚀作用是与生俱来的。文学无疑也具有商品属性,文学商品的生产和流通自然也被纳入市场轨道。文学商品的生产者大多也属于并没有先富起来的一群,在经济利益驱动下,他们不得不根据市场行情,按需生产。市场行情又总是变化不定,这就由不得你再那么平心静气地精雕细琢,更不允许你按着知识分子话语设计一股道走到黑。因此,知识分子中心话语被放逐就在所难免了。再说,在商品大潮的冲击下的大众,其兴奋热点已发生变化,政治关切已被经济关切所代替。在没有先富起来时,关心的是如何发财;已富起来时,关心的是如何享乐。大众对知识分子中心话语的冷漠,不仅使知识者启蒙愿望落空,而且也使之丧失了言说的热情。最后,后现代主义对知识分子中心话语的消解。后现代主义文学在80年代中期即已降临中国,它以消解意义、颠覆价值为乐趣,高举弑父、渎神、佯狂、游戏的旗帜,反抗文化、反抗传统,自然对持一种文化乐观主义信仰的知识分子话语构成威胁。如果说80年代中期人们还只是认为这不过是一群顽童的恶作剧的话,随着商品大潮的兴起,大家才确实感到"狼来了"。后现代主义的寓言似乎在实践中成为现实时,一种末世情绪便在文坛弥散开来,在各种"新小说"中,几乎都或多或少地打上了后现代主义的印记,性、暴力、阴谋、死亡、宿命、偶然性、不完整性以及对生活的无奈感等等,就成了这类文学中的常见风景。后现代主义无疑也是一种边缘话语,但它以其顽强的拆解力量,加快了知识分子中心话语的解体。

中国文学既要现代化,又要民族化,这是历史的必然要求。因此,经多年来的震荡与沉浮、消除与重构、迷惘与寻找,文学在逐渐认识和适应社会转型的同时也不断调整了自身的结构和功能,从而形成一种新的格局和走向。文学新的格局和走向主要表现在:

一是商业化思潮的胜利进军和人文主义思潮的悲壮抵抗。文学商业化思潮又集中表现在以下几方面:作家世俗化,不少作家下海、经商,由传统文人转变为经济型文化人。作家为钱写作,于是出现了期货作家。作家采用商业手段,自我包装,自我推销。亚文学、软文学充斥市场。所谓"亚文学",是指武侠、言情、法制、纪实之类以消遣娱乐为主要功能,以赢利为主要目的的文学;所谓"软文学"主要是指那些闲适性文学。严肃文学媚俗化,如"布老虎丛书"的名号就显示出一种讨人喜欢的姿态,创作队伍的分化流失,等等。这些当然只是被人顺手开列的几条,除此之外,以下几点尤应引人重视。比如利益驱动使创作者急功近利,粗制滥造,以致创作走向模式化、复制化,并培养起一种浮躁心态和媚俗化审美取向,可能就是对文学更为致命的伤害。公平地说,文学商业化思潮并非只有消极作用而无积极作用,比如说它使文学放弃了向大众说教的布道者面孔和让人敬而远之的贵族姿态,就是它的积极一面。据此,有人甚至乐观地认为,几十年来没能解决的文学大众化问题算是彻底解决了。但可惜的是此"化"不是彼"化",过去提出的大众化是以"化大众"为前提的一项民族灵魂重铸工程,而今的大众化却已放弃或部分放弃了这个前提,它不会使这个工程进展更顺利,而只会使之更艰难。但文学商业化无疑加快了道德的滑坡和人文主义精神的流失,因此,从它突起的那天起,就受到人们的警惕和抵抗。有人不为浮泛喧嚣的世俗利益所动，仍是听从自己的良心进行创作；有人则公开亮出"反抗投降"、"保卫纯洁"之类旗号以孤胆英雄姿态对之挑战；更有不少人则以自己的作品真实地揭露出商业大潮带来的负面效应。1993—1994年间开展的一场关于人文主义精神的讨论，则使对商业思想的局部性反抗变为对人文主义精神的讨论，则使对商业思潮的局部反抗变化为人文主义的一次集体性自卫。在这次讨论中，一大批作家和一大批评论家对文学商业化思潮给以了严厉的抨击，他们指出商业化造成的作品质量下降，将标志着几代人素质的恶化，暴露出中国人文精神的危机。为此，他们主张必须重建已被商业化严重腐蚀了的作家队伍及人文知识分子的人生观、价值观、道德观；重建已被"玩学家"严重扰乱了的文学家园。也有一些作家和评论家主张对文学商业化思想给以宽容。王蒙认为，不是计划经济更具有人文精神，而是市场经济更具人文精神，因此，提倡人文精神不能走老路，应建立与市场经济相适应的新观念、新道德。还有人认为应当承认人文精神的多元性，不能搞定于一尊和排它性。既不能对张承志的为信仰而战冷嘲热讽，也不能对王朔的游戏人生一概否定，总之，"谁也无权干涉他人的选择。"这次讨论尽管规模不大而且也不够深入，但它的作用仍不可低估。它表明人文主义的不可亵渎，为文学自身的调整和发展树立了一个价值参照系，为文坛新格局的构成奠定了坚实的基础。

二是雅俗文学的对立共存与互补。一般说来，这是商业化思潮与人文主义思潮的对立与斗争在文学实践中的投影，但在具体分析中又不可简单地对号入座地严格对应。比如通俗文学中也会有人文主义因素，严肃文学也不可避免地会受到商业化思潮的影响。但通俗文学的勃兴主要来自商业化思潮的推拥，严肃文学的存在更多地缘于人文主义的坚守，这也恐怕是一个不争的事实。

所谓通俗文学，是指以投合大众审美趣味满足大众阅读需要为目的文学读物。这样的文学读物在我国渊源流长，20世纪40年代的解放区文学和建国后五六十年的大陆文学，更是以大众化通俗化为目标追求。比如赵树理主办的《说说唱唱》、上海主办的《故事会》就是通俗文学刊物。但从40年代以来，通俗文学在大陆始终未得到健康发展，一直叨陪末座，是所谓严肃文学的陪衬。这其中当然有多重原因，但试图用通俗的语言形式讲述并不通俗的政治道理可能是它未能健康发展的一个关键原因。1989年后，由于商业大潮的冲击、价值观念的混乱以及"第二渠道"的开通，通俗文学解除了各种束缚而又获得了自由发展的环境，所以才会像雨后春笋一样繁荣起来，甚至得到畸形发展。

通俗文学因其"俗"，即面向读者大众和作者大众敞开，具有极大包容性和多层次性。有纯为供旅人游客等消闲解闷打发时间的一些"快餐式"文学，它常见于车站、码头、旅游点及轮船、火车上，内容多以猎奇、谈艳为主，很少能进入批评家视野，更无保留价值；另外，在各类书摊、书亭、书店中随处可见的一些以武打、言情、纪实、揭秘、公安、侦破等为主要内容的文学读物，主要供工薪族、打工族、中学生等具有初等中等文化程度的青少年消闲、娱乐、求知及感情宣泄需要。这类读物拥有最广大的读者群,他们审美趣味的变化也决定着这类读物的市场趋向。由于各类作家和写手都为这类读物提供作品,因而就质量来看良莠不齐,差别极大,但总体来看水平线上的作品不多。如果这类文学读物的质量能有所提高,对提高整个民族的文化素质将大有裨益。由各类文学刊物和出版部门组织推出并认真包装的一些丛书和作品,如"布老虎丛书"、王朔文集及各种以"大观"、"传奇"、"通俗"为旗号的刊物组发的小说、报告文学等,这类读物追求雅俗共赏,希望既能保持一定文学品位,又能赢得较好的经济效益。但由于操作者的急功近利,很少有人能以平静心态从事这类作品的写作,因此目前如张恨水的言情、金庸的武打那类真正雅俗共赏的东西还很少见,更难说有大俗而又大雅的作品问世了。

与通俗文学相对比,所谓高雅文学(严肃文学、纯文学)当然也不蔑视娱乐功能,只不过不以消闲娱乐为主要艺术追求而已。一般说来,它或以承载较多社会文化功能,或从事灵魂探索精神建构、或以进行形式实验为目标,重在追求文学的审美功能。这类文学标志着一个民族的精神高度,它理应是滚滚红尘中的一方净土,供疲惫的精神诗意栖息的一方林间空地。在中国这样一个具有深厚而古老的文化传统的国家,它永远不会成为一个荒漠。从文学独立健康发展的角度看来,1989年后的严肃文学尽管受到商业化思潮的冲击,但却进入呼吸较为顺畅、生长较为自由的一个时期。它已基本摆脱了沉重的政治负荷,完成了向文学自身的回归。市场经济培育出来的多种选择机会和谋生手段,为它的生存和独立自由的发展提供了有利条件。事实上,它已进入了边缘化、个人化写作,而这种写作如果离开了经济恰是造成文学的审美品格的前提。但这种写作如果离开了经济上、人格上的独立,无疑是一句空话。从严肃文学发展的前景看,值得高兴,但从其现状来看,却又不容乐观。在目前这个价值多元的时代,它还未走出金钱拜物主义的阴影笼罩,找到自己应有的精神定位。它丧失了文化批判的锐气和关注人类精神建构的热情,因此当它逃避出社会话语中心时,却也以停息于精神的边缘自居。它逃往历史,但以游戏历史自乐;走向民间,但以认同市民社会价值观念自满;走进形式,但以文字游戏自娱;逼近内心,但以咀嚼个人悲欢自慰……从这个角度看,说它正处于低谷也未尝不可。

三是市民话语和知识分子个人话语的互渗和互拒。从话语构成上看,1989年后文学中最为活跃的是两类话语:市民话语和知识分子个人话语,相对于社会中心话语来说,它们都是边缘话语。市民不同于大众和平民,他们是依赖商品经济的运作而生存并各自扮演一定社会角色的松散社会群体,他们不只是指城市人,城市向农村的扩张以及农村的城市化把大批农民也推进了市民的行列。他们更不只是指平民,在生存的意义上,它把人铺展到同一个平面上。所谓市民话语即是指这个社会群体的生活话语和精神话语。在80年代后期兴起的新写实小说中,人们最早看到了现代市民话语的活跃。池莉、方方、刘震云、刘恒等人叙述的就是这类人的悲欢离合、衣食住行。《烦恼人生》《一地鸡毛》《冷也好热也好活着就好》等小说标题就已初步揭示出他们的生存现状和精神状态。90年代的新市民小说更是颇为传神地展示出这个群体的性格特征：绝不浪漫而最讲务实。他们精打细算于每一笔收支，唠叨不休的是家长里短。冷漠的算计中也保留一点温馨。当然，王朔的小说讲述的也是市民话语，只不过那里的市民主要是一些带有痞性的青年无业游民而已。

正如市民社会一样，市民话语也具有极大的包容性，它表现出一个时代的情绪欲望，也表征着一个社会的精神趋向。知识分子个人话语可以在这里栖身，但也可能在这里被消除。知识分子写作者在讲述市民话语时，确实前所未有地逼近了生活的真实，并保持了知识分子和市民社会的脉息相通，但值得忧虑的是他们也往往对市民价值有更多的认同，从而放弃了自己应有的批判姿态。这种未能在精神上与市民社会保持一定距离和紧张的文学，短期内也会受到青睐，但从长远的观点看来，因为它缺乏审美挑战性，终将受到冷淡。

长期以来，中国知识分子一直是依附于"皮"上的"毛"，除非是在所谓"王纲解纽"、"处士横议"的时代，从未获得自己的独立话语。社会的转型和市民社会的凸起，使他们逐渐摆脱了依附状态获得独立地位，从而也获得自己的话语权力——这正是知识分子个人话语生成的基本原因。知识分子从事的是具有超越性的精神生产，理性逃脱现实的拘囿，关注一些更为悠远宏阔的精神问题，为引导人性的健康发展创造和储备精神资源。从整体脉相上看，刚获得独立的知识分子个人话语也正是按上述要求趋进的，只是还显得犹豫迟缓而已。比如新派小说中的女性小说，就试图穿越权利话语和男性话语，复原女性世界的本来面目，在人的意义上探求女性本质、矫正人性残缺。

四是现实主义的开放性发展和后现代主义的中国本土化。当人们专注于严肃文学，并试图从其哲学观念、创作原则上探寻它的精神取向时，便会发现，广泛吸收了现代主义的优长的新现实主义正以开放性姿态蓬勃发展，而更多地带有现代主义、后现代主义气息的先锋文学却突然改向或分流，其反抗规范追求创新的现代精神融入现代主义文学，其虚无主义、消费主义精神则渐渐浸润于各类话语之中。现实主义追求客观真实，尤其追求本质真实，而它也坚定地相信世界是存在本质、规律、秩序和完整性的。因此，它的客观信仰又往往会被主观理念所置换。新现代主义其实主要就新在它的真实现实观上。传统现实主义认定的真实是一种高度政治化、理念化的真实，以至最高的真实不再存在于"自然"之中，而是存在于"原则"之中，存在于权威意识形态之中。新现实主义则向真实无限敞开，向现象、非理性、偶然性等等无限敞开，从而为现实张罗出一块深广的天地。新写实小说逼近人的生存真实，让平凡人生中的琐屑小事一起涌进小说，让过去这些被认为是历史的余数的生活重新进入真实的范畴。新历史小说则有意悬置规律、必然性等过去被认为的历史铁闸，尽力打捞欲望、偶然性等这些被忽略不计的东西，重新清理历史河道；新状态小说则逼近人的心灵世界，让那些转瞬即逝的、他人无法替代的个人体验出场，以证明个体体验真实的存在。总之，新现实主义的胃口很好，也很大，它兼收并蓄,从而使一度与之对立的现代主义撤销了防线,建立起一个新的联合体,这当然是好事。

后现代主义把世界看做一个平面化世界,把人当做零散化的主体,因而不再相信世界的本质、规律和深度,也不再相信人的完整性。与这种世界观相联系的便是其虚无主义、消费主义、游戏主义的人生观和以颠覆价值、消解意义、不确定叙述、拼贴等为特征的文学观。后现代主义文学最初集中体现于先锋派小说和诗歌中,后作为一种文化思潮,浸润在各类新小说中。但后现代主义也有其积极一面,比如对于解构陈旧的传统规范、对世界做出更为全面深刻的解释等方面,它确实起到了先锋作用。但它的片面性和破坏性也是非常明显且是与生俱来的。混乱性、无序性、偶然性等等只能构成世界的一极,并不能构成世界的整体;虚无主义对虚假理想主义可以起到一定消毒作用,但不可用来作为人类精神的基本支撑。因此,走出后现代主义迷宫,将是使文学重获刚健清新之气的必要前提。

台湾文学

一、概述

台湾自古以来就是中国领土不可分割的一部分,台湾现代文学也是在中国现代历史大背景下由特殊的际遇而形成的一个有特色的文学现象,是我们了解和研究中国现当代文学中必不可少的组成部分。台湾文学与中国文学本身有着深厚的渊源关系,但由于特定的社会政治文化环境,它又呈现出不同的风貌。台湾新文学的发生与大陆文学的关系很密切,也是以"五四"新文学的理论为旗帜,以新文学的作品为典范,经历了与大陆相似的由文化革命走向文学革命的道路。

(一)二十世纪20～40年代台湾文学

台湾现代文学是在大陆新文学运动直接影响与推动下发展的。台湾的新文学运动发端于1920年7月,当时的留日台湾学生成立"新民会",仿效大陆的《新青年》,在东京创办了《台湾青年》月刊(蔡培火主编),旨在"研究台湾革新,谋求文化向上",以此引发了台湾的新文化运动。台湾新文化运动一方面要谋求传统文学的新生,同时还要抵制日本殖民主义文化的同化。台湾新文化运动的代表人物是:张我军,在1925年出版了《乱都之恋》,是台湾第一个新诗集,后有《买彩票》短篇小说。重要的作品有赖和的《斗热闹》《一杆"称仔"》、杨云萍的《光临》。

1925—1931年,是台湾文学的草创期,主要是新旧文学的论争。1931—1937年,是台湾文学的繁荣期,作品主要有赖和的《善讼人的故事》,龙瑛宗的《植有木瓜树的小镇》、王白渊的《荆棘之道》以及"盐份地带"诗人群的创作。作品主要聚焦台湾在殖民统治下的灾难,兼而批判旧的传统习俗,呼唤不屈的民族魂。

1937—1945年,日本占领台湾,进行种族同化政策,妄图用日本大和文化泯灭华夏文化,这段时期是台湾文学的凋零期。作品主要有吴浊流的《先生妈》《亚细亚的孤儿》,杨逵的《鹅妈妈出嫁》等带有浓厚乡国情怀的作品。

1945 年 8 月日本投降到 1949 年 12 月国民党政府迁台,是台湾文学的光复期。国民党去台后,实行"战时紧急戒严令",台湾文坛被粗糙的反共文学所主导,直到 70 年代后才得以逐步解冻复苏。

主要代表作家有:赖和(1894—1943 年),被誉为台湾新文学之父,以现实社会批判和乡土寻根为本,为台湾现代文学指引了方向。主要作品有《斗热闹》《丰收》《善讼人的故事》等。杨逵(1905—1985 年)《送报夫》《泥人形》《鹅妈妈出嫁》《模范村》《春光关不住》等。吴浊流(1900—1976 年)的作品成为台湾社会历史的文学记录,具有"立此存照"的意义。其代表作有《先生妈》《亚细亚的孤儿》等,在思念乡土的情结中构架了爱国反日的主题,流露出台湾人民失根的痛楚。

(二)二十世纪 50 年代台湾文学

从 50 年代开始,由于国民党政权的统治,造成了台湾与大陆在政治、经济、文化上的隔绝。台湾当局为了政治目的大力倡导"战斗文艺"和"反共文学",50 年代在国民党的专制下,台湾"反共八股"的"反共文学"泛滥一时。但同时,一些怀乡文学作品、表现人情人性的作品依然存在,诗歌也开始了现代派诗歌的探索,《创世纪》等刊物创刊。

(三)二十世纪 60 年代台湾文学

60 年代台湾文学的主流是现代派文学。强调文学表现自我,具有鲜明的反理性倾向。强调诗歌的张力,小说的多角度叙事和多层次结构,文学在整体上富有实验精神。同时,随着意识形态的专制减弱,大众轻松的文学形式出现,琼瑶的言情小说、古龙的武侠小说、高阳的历史小说掀起了通俗文学的热潮。

(四)二十世纪 70 年代台湾文学

具有强烈使命感和忧患意识的乡土文学成为主要的文学潮流。坚持现实主义的创作传统,回归传统,关注现实,关注普通人的生活,具有鲜明的民族风格。如陈映真的《将军族》《华盛顿大楼》、黄春明的《儿子的大玩偶》、王拓的《金水嫂》、李乔的《寒夜三部曲》等。

(五)二十世纪 80 年代台湾文学

呈现出多流派、多风格、多题材的多元化格局。出现了政治小说、都市文学、新女性主义文学、探亲文学等新品种。80 年代台湾文学中杂文也得到了较大的发展,如李敖的《千秋评论》、柏杨的《丑陋的中国人》等。

(六)二十世纪 90 年代台湾文学

后现代主义成为注目的文学潮流。情色文学得到解禁,女性写作受人关注。文学出现精致文学通俗化,通俗文学精致化的倾向,文学的消费性日益显著,作品注重包装,作者的明星化商业炒作,内容偏于"软、浅、甜"。具有大众消费文化的品格。

二、代表性作家简介

白先勇(1937—　),生于广西桂林,父亲白崇禧为国民党名将。童年经历中日战争、国共内战,先后流徙于桂林、重庆、南京、上海、香港,1952年迁居台湾,台北建国中学毕业后考入台湾成功大学水利系攻读,一年后因兴趣不合转攻文学。1957年考入台湾大学外文系,次年在《文学杂志》发表第一篇小说《金大奶奶》。1960年他与陈若曦、欧阳子、王文兴等创办《现代文学》;1961年毕业,1963年到美国衣阿华大学作家工作室从事创作研究,1965年获硕士学位。后任教于美国加州大学圣塔巴巴拉分校讲授中国语言文学;出版有短篇小说集《寂寞的十七岁》《台北人》《纽约客》,散文集《蓦然回首》,1983年发表长篇小说《孽子》。白先勇小说呈现出的特点是古典与现代小说技巧的结合;在塑造人物形象上,采取以形写神的手法,在人物心理活动上采取意识流的手法等;在结构上纵横交织,既有传统的纵剖,又有西方的横端截取;语言上典雅精美、洗练明快;近年来出版自选集《青春的念想》《姹紫嫣红〈牡丹亭〉》(担任策划),2004年为苏州昆剧院策划演出昆剧青春版《牡丹亭》。

陈映真(1937—　),当代作家。本名陈永善,笔名许南村,台湾台北人,1959年在淡江文理学院外文系读二年级时发表第一篇小说《面摊》,从而跻身文坛。其后发表了《我的弟弟康雄》《故乡》等小说;1961年毕业后编辑《文学季刊》,数年间又发表了《第一件差事》《六月里的玫瑰花》等小说,由开始存在的一些超现实的空想变为对现实切实的描写,由对现实的无奈和失望转向对现实的揭露和讽喻。1964年1月陈映真发表了他的成名作《将军族》,这篇作品在台湾文坛引起了强烈的震动,被誉为"感人至深"的佳作。1968年,陈映真应美国衣阿华大学邀请参加国际写作计划,行前被当局逮捕,1975年获释。在狱中坚持创作,出狱后发表了《夜行货车》和《华盛顿大楼》系列作品,中篇小说《上班族的一日》《云》《万商帝君》等,高扬起民族主义和爱国主义的旗帜。陈映真还是台湾乡土文学理论的开拓者和奠基者之一,他的一系列文艺观点对建设台湾乡土文学理论产生了积极影响。以现实主义原则为主导,适当吸收现代主义的手法,是陈映真小说的基本艺术特征。鉴于他在文学创作和研究中做出的贡献,中国社会科学院于1997年授予他名誉高级研究员称号。

余光中(1928—　),生于南京,祖籍福建永春。母亲原籍江苏武进,故也自称"江南人"。1952年,他毕业于台湾大学外文系;1959年获美国爱荷华大学(LOWA)艺术硕士;先后任教于台湾东吴大学、师范大学、台湾大学、政治大学;其间两度应美国国务院邀请,赴美国多家大学任客座教授;1972年任政治大学西语系教授兼主任;1974—1985年任香港中文大学中文系主任;1985年至今,任高雄市"国立中山大学"教授及讲座教授;其中有6年时间兼任文学院院长及外文研究所所长。余光中一生从事诗歌、散文、评论、翻译,自称为自己写作的"四度空间"，至今驰骋文坛已逾半个世纪，涉猎广泛，被誉为"艺术上的多妻主义者"。1952 年他出版处女诗集《舟子的悲歌》。其文学生涯悠远、辽阔、深沉，为当代诗坛健将、散文重镇、著名批评家、优秀翻译家。现已出版诗集 21 种；散文集 11 种；评论集 5 种；翻译集 13 种，共 40 余种。余光中先生热爱中华传统文化，热爱中国。称"中国，最美最母亲的国度"。他说："蓝墨水的上游是汨罗江"，"要做屈原和李白的传人"，"我的血系中有一条黄河的支流"。表达了他深厚的爱国情怀。他的诗歌《乡愁四韵》成为怀想诗歌的经典之作。

香港文学

一、概述

对于香港文学，我们认为无论从哪个角度来看，它都应该是中国文学的一部分。但是，作为中国文学整体格局的香港文学又不能完全简单地把它等同于中国其他地区的文学，这其中就包括台湾文学。近一个世纪以来，香港文学既经历了与中国内地文学相融合的发展阶段，也表现出与内地文学发展道路不同的轨迹，呈现出独有的风貌。虽然香港在近代沦为殖民地，受到西方文化的影响，但影响香港的主流文化是中国传统文化。因此，香港文学是中国文学的一部分。

（一）二十世纪 20～30 年代的香港文学

"五四"新文学对香港影响甚微。20 年代，现代香港文学逐步发生。1928 年香港第一本新文学杂志《伴侣》创刊，培植了香港第一批新文学作者；1929 年，香港第一个文学社团"岛上社"成立，有力推动了新文学在香港的发展。30 年代，是香港新文学的勃兴时期。新文学刊物大量涌现，大量新文学作品发表，初步显示了香港新文学的成就。重要的刊物有《红豆》，重要的作家有侣伦等。

（二）抗战时期的香港文学

1937 年抗战爆发后，一些内地文化人士避战乱南迁至香港，如巴金、茅盾、戴望舒、萧红、端木蕻良、叶灵凤、施蛰存、夏衍、林语堂、萧乾、郁达夫、巴人、陈残云等。南来作家对香港的文学发展产生了巨大的影响，他们取得了丰硕的创作成果，使香港的新文学出现了前所未有的繁荣局面。这些作家写于香港的作品有长篇小说：茅盾的《腐蚀》、萧红的《呼兰河传》、端木蕻良的《大时代》、夏衍的《春寒》等；中篇小说有许地山的《玉官》；短篇小说有萧红的《后花园》《小城三月》等；散文有茅盾的《劫后拾遗》、楼适夷的《香港的忧郁》等；诗歌有戴望舒的《我的记忆》《望舒草》《灾难的岁月》、袁水拍的《后街》等。

（三）战后香港文学

1941 年香港沦陷，南来作家大多撤回内地，香港文学处于凋零时期。1945 年日本投降后，香港文学逐渐复苏。从 1946 年夏天开始,由于蒋介石发动内战,残酷镇压民主运动,大批作家为了躲避战火,再次来到香港。如郭沫若、茅盾、夏衍、叶圣陶、郑振铎、冯乃超、臧克家、欧阳予倩、陈残云、胡风、孟超、聂绀弩、秦牧、廖沫沙、吴祖光、端木蕻良等。他们从事创作,创办报刊,培养了大批文艺骨干。主要作品:长篇小说有郭沫若的《洪波曲》、茅盾的《锻炼》、黄谷柳的《虾球传》、聂绀弩的《天亮了》;诗歌有邹荻帆的《浅水湾》等。《虾球传》描绘了动荡时期的社会风俗画,具有香港特色而备受好评,改编的电视连续剧在大陆播映也收到很好的社会效果。

(四)二十世纪 50、60 年代的香港文学

建国后,南来作家大部分返回大陆参加新中国的革命和建设。同时,一批对新中国政权持有异议和疑虑的右翼文化人士从内地到港,他们鼓吹"反共"文学。50 年代的香港文学笼罩着浓厚的政治意识,作品大多具有鲜明的政治色彩。但占主流的还是南来作家,尤其是张爱玲的创作取得了丰硕的成就。同时,香港本土作家逐渐成熟,成为香港文学的一支生力军。50 年代中期后,现代主义文学在香港兴起。影响最大的是刘以鬯,出版了中国第一部长篇意识流小说《酒徒》。

这一时期,通俗文学也开始勃兴,香港工业化带来了文化工业和较为成熟的市民阶层,为通俗文学的发展提供了基础。主要以武侠和言情小说为主,旁及历史小说、科幻小说和专栏杂文。1954 年梁羽生的《龙虎斗京华》开启了香港现代新派武侠小说的先河,其代表作有《白发魔女传》《七剑下天山》《萍踪侠影录》《云海玉弓缘》等。梁羽生的武侠小说大多以史实为据,尤其偏爱民族冲突、朝代更替之际的风云变幻和人事沧桑。作品透露出浓郁诗词气息,具有书卷气。金庸被称为武侠小说的一代宗师、武侠小说的泰斗。他的小说受到各阶层人士的喜爱,广为传读,金庸成为 20 世纪知名度很高的华文作家。言情小说的发展也有长足的进展,如依达、亦舒、岑凯伦等的言情小说创作在香港和大陆都拥有大量的读者。

(五)二十世纪 70 年代后的香港文学

70 年代后,香港文学步入繁荣时期,小说、散文、诗歌都取得了较大的发展,言情小说继续走红。反映香港"九七"回归的创作大量出现。

二、主要作家介绍

刘以鬯(1918—　),浙江镇海人,生于上海,原名刘同绎,字昌年。1941 年毕业于圣约翰大学哲学系。1945 年创办怀正文化社。1948 年赴香港后,历任《香港时报》副刊编辑、新加坡《益世报》主笔、吉隆坡《联邦日报》总编、香港《快报》编辑、《星岛晚报》文艺周刊主编、《香港文学》杂志社社长等。他是香港为数不多的资深老作家,30 年代开始创作,主要以反传统而著称,小说被称为实验小说。1963 年出版的《酒徒》被誉为中国第一部意识流长篇小说,这也是一部成功地将西方意识流小说中国化的长篇力作。《酒徒》的重要价值在于全方位地表现了现

代都市人的精神状态和内心世界,透视了在金钱支配下现代人灵魂深处的矛盾和痛苦。主人公徘徊于现代和传统两种不同的价值观念之间,既清醒地意识到自己的堕落,而又难于从沉沦的精神深渊中自救。《酒徒》在艺术上明显地受到乔伊斯、福克纳等西方现代派小说家的影响,在现代小说技巧和传统现实主义的结合上走上了一条成功的道路。

金庸(1924—),原名查良镛,生于浙江省海宁县袁花镇一望族——查氏家族。1941年查良镛17岁,就读浙江省立联合高中。同年,查良镛因在学校壁报撰写《阿丽斯漫游记》一文讽刺校训主任,而被校方开除。1944年考入当时设于重庆的中央政治学校外交系。但当年,查良镛因对当时横行校园的国民党职业学生不满,向校方投诉,结果被勒令退学。1945年抗战胜利。查良镛随家人返回家乡。随后,去了杭州,在当地的《东南日报》作外勤记者。1946年查良镛辞去《东南日报》工作,转去上海,进入上海东吴法学院插班修习国际法。同年秋天,上海《大公报》在全国范围内招聘三名国际电讯翻译,查良镛在3 000多名应聘者中,最终以出众的才华被录取。1948年3月15日《大公报》香港版复刊,查良镛被调派香港,时年24岁。1952年《新晚报》复刊,查良镛转去《新晚报》编副刊,并以姚馥兰和林欢的笔名在《下午茶座》撰写影评;写出《绝代佳人》《兰花花》等电影剧本。在《新晚报》,与同为副刊编辑的梁羽生成为好友。

1955年因罗孚举荐,开始写武侠小说。第一部武侠小说《书剑恩仇录》在《新晚报》连载,1956年《碧血剑》开始连载。1957年查良镛辞去《大公报》职务,进入长城电影制片公司。同时写作《雪山飞狐》,之后写《射雕英雄传》,引起轰动。5月20日,《明报》创刊,《神雕侠侣》在《明报》连载。同时,为《武侠与历史》杂志撰写《飞狐外传》。1961年7月6日《倚天屠龙记》开始在《明报》连载,同时,又连载《白马啸西风》。1963年9月3日《天龙八部》开始在《明报》连载。1967年创作《笑傲江湖》。1969年创作《鹿鼎记》。1972年《鹿鼎记》连载完毕,宣布封笔。1980年广州《武林》杂志连载《射雕英雄传》,金庸武侠小说首次正式进入大陆。1981年7月,金庸携妻子和一对子女应邀回大陆访问。7月18日,邓小平在人民大会堂会见了金庸一行。1994年1月,香港中文大学出版金庸武侠小说第一部英译本。3月,北京三联书店隆重推出《金庸作品集》简体字版。8月,由北京师范大学中文系青年教授王一川主编的《20世纪中国文学大师文库》一书中,金庸排在鲁迅、沈从文、巴金之后,列第四位。10月,北京大学授予金庸名誉教授。美国科罗拉多大学召开了"金庸小说与20世纪中国文学"的国际学术会议,1999年6月,金庸被聘为浙江大学文学院院长。1999年底,人民文学出版社,香港《亚洲周刊》《国际文化专刊》各举办了一次"世纪百部文学经典"评选活动,金庸各有两部作品入选前50名。有人将金庸作品称为"中国文学史上的丰碑"。金庸的通俗武侠小说大有被纯文学招安的态势。

金庸小说呈现出的特点:首先,博大精深、丰富宏阔的文化内涵。涉及中国的哲学、文学、历史、地理、艺术、数学、医农、技术各方面,其取材之博,场面之大,描写之精,刻画之深,为中国历代小说中所罕见。其次,现代意识。否定了传统武侠小说的"快意恩仇",在小说中渗入了民族观念、个性解放和独立精神,呈现出个性主义色彩。第三,对传统武侠小说的超越。采用武侠小说这种通俗的形式,引发对历史、文化、人情、人性的深刻探索与思考。第四,通俗的形式下蕴涵的严肃而深刻的主题。他的小说成功地探讨了人性的各个方面,淋漓尽致地描绘了人性的优点和弱点;他的小说,把佛家、儒家、道家思想的精华熔于一炉,时时体现出对生活于苦难之中的芸芸众生的大悲悯、大超度;他的小说,悲天悯人,劝人为善,劝人爱国爱民,和平相处,劝人胸襟开阔,发愤图强,劝人行侠仗义,抑恶扬善,读金庸的小说,能陶冶情操,提高修养,从而感受到中华传统美德的熏陶。第五,丰富的人物画廊。传统武侠小说以情节的传奇性取胜,精神则重视对人物的塑造和表现,呈现出典型而复杂的人物群像。第六,巧夺天工的情节和构思。集正史与民间传说于一书,曲折复杂而又井井有条,天衣无缝。因此他的小说扣人心弦,引人入胜。国人无贵无贱,无长无幼,皆可读其书,正所谓"外行看热闹,内行看门道",他还创造了一些感人至深的光辉人物形象,成为许多中国年轻人心中的楷模。局限:主题较单一,以侠赋义;结构、语言、人物形象程式化;故事神话化、童话化。

小 说 编

阿 Q 正传

——鲁 迅

作者简介

　　鲁迅（1881—1936 年），原名周樟寿，后改名周树人，字（豫山、豫亭）豫才。中国近代著名文学家、思想家、革命家（毛泽东语）。

　　1918 年 5 月，首次用"鲁迅"为笔名发表中国现代文学史上第一篇白话现代小说——《狂人日记》，同时参与《新青年》杂志的工作，是"五四"新文化运动的主将。

　　他的主要作品集有：短篇小说集《呐喊》《彷徨》《故事新编》，散文诗集《野草》，散文集《朝花夕拾》以及《热风》《坟》《华盖集》《华盖集续编》《而已集》《南腔北调集》《三闲集》《二心集》《准风月谈》《伪自由书》《集外集》《花边文学》《且介亭杂文》《且介亭杂文二集》《且介亭杂文末编》《集外集拾遗》《集外集拾遗补编》杂文集，书信集《两地书》。

　　鲁迅领导、支持了"未名社""朝花社"等文学社团，主编了《国民新报副刊》（乙种）《莽原》《语丝》《奔流》《萌芽》《译文》等文艺期刊；鼓励培养了一大批青年作家；大力翻译、介绍了大量外国进步作家及其作品，搜集、整理了大量古典文学，有《中国小说史略》《汉文学史纲要》等学术著作，整理了《嵇康集》，辑录了《会稽郡故书杂录》《古小说史钩沉》《唐宋传奇录》《小说旧闻钞》等。1981 年出版了鲁迅全集 16 卷。鲁迅的小说、散文、诗歌、杂文等十余篇（首）被选为入中小学语文课本。小说《祝福》《阿 Q 正传》《药》《伤逝》等被改编成同名电影。

　　他于 1936 年 10 月 19 日在上海逝世。毛泽东称鲁迅为现代中国的圣人。人民把鲁迅视为"民族魂"。

　　鲁迅经历了两个世纪，两个时代社会、政治、思想、文化的变迁，是中国近现代思想和文化的斗士。鲁迅是 20 世纪世界文化巨人之一，在关注本民族发展的同时，深层次关注和思考了人类共同面临和探索的问题，是对中国民族性和人类共性的深思。他以天才的思考，独到的视角，毫无保留地批判和反思历史与现实，为我们留下了一笔宝贵的思想、文学和文化财富。

鲁迅是中国文化革命的主将，他不但是伟大的文学家，而且是伟大的思想家和革命家。鲁迅的骨头是最硬的，他没有丝毫的奴颜和媚骨，这是殖民地半殖民地最可宝贵的品格。鲁迅是在文化战线上，代表全民族的大多数，向着敌人冲锋陷阵的最正确、最勇敢、最坚决、最忠实、最热忱的空前的民族英雄。鲁迅的方向，就是中华民族新文化的方向。（毛泽东《新民主主义论》）

鲁迅是中国现代文学的开端，也是中国现代文学的一座高峰。他思想的丰富、深邃与深刻将影响中国的几个世纪。

第一章　序

我要给阿Q做正传，已经不止一两年了。但一面要做，一面又往回想，这足见我不是一个"立言"的人，因为从来不朽之笔，须传不朽之人，于是人以文传，文以人传——究竟谁靠谁传，渐渐的不甚了然起来，而终于归接到传阿Q，仿佛思想里有鬼似的。

然而要做这一篇速朽的文章，才下笔，便感到万分的困难了。第一是文章的名目。孔子曰，"名不正则言不顺"。这原是应该极注意的。传的名目很繁多：列传，自传，内传，外传，别传，家传，小传……，而可惜都不合。"列传"么，这一篇并非和许多阔人排在"正史"里；"自传"么，我又并非就是阿Q。说是"外传"，"内传"在那里呢？倘用"内传"，阿Q又决不是神仙。"别传"呢，阿Q实在未曾有大总统上谕宣付国史馆立"本传"——虽说英国正史上并无"博徒列传"，而文豪迭更司也做过《博徒别传》这一部书，但文豪则可，在我辈却不可的。其次是"家传"，则我既不知与阿Q是否同宗，也未曾受他子孙的拜托；或"小传"，则阿Q又更无别的"大传"了。总而言之，这一篇也便是"本传"，但从我的文章着想，因为文体卑下，是"引车卖浆者流"所用的话，所以不敢僭称，便从不入三教九流的小说家所谓"闲话休题言归正传"这一句套话里，取出"正传"两个字来，作为名目，即使与古人所撰《书法正传》的"正传"字面上很相混，也顾不得了。

第二，立传的通例，开首大抵该是"某，字某，某地人也"，而我并不知道阿Q姓什么。有一回，他似乎是姓赵，但第二日便模糊了。那是赵太爷的儿子进了秀才的时候，锣声镗镗的报到村里来，阿Q正喝了两碗黄酒，便手舞足蹈的说，这于他也很光采，因为他和赵太爷原来是本家，细细的排起来他还比秀才长三辈呢。其时几个旁听人倒也肃然的有些起敬了。那知道第二天，地保便叫阿Q到赵太爷家里去；太爷一见，满脸溅朱，喝道：

"阿Q，你这浑小子！你说我是你的本家么？"

阿Q不开口。

赵太爷愈看愈生气了，抢进几步说："你敢胡说！我怎么会有你这样的本家？你姓赵么？"

阿Q不开口，想往后退了；赵太爷跳过去，给了他一个嘴巴。

"你怎么会姓赵！——你那里配姓赵！"

阿 Q 并没有抗辩他确凿姓赵，只用手摸着左颊，和地保退出去了；外面又被地保训斥了一番，谢了地保二百文酒钱。知道的人都说阿 Q 太荒唐，自己去招打；他大约未必姓赵，即使真姓赵，有赵太爷在这里，也不该如此胡说的。此后便再没有人提起他的氏族来，所以我终于不知道阿 Q 究竟什么姓。

第三，我又不知道阿 Q 的名字是怎么写的。他活着的时候，人都叫他阿 Quei，死了以后，便没有一个人再叫阿 Quei 了，那里还会有"著之竹帛"的事。若论"著之竹帛"，这篇文章要算第一次，所以先遇着了这第一个难关。我曾仔细想：阿 Quei，阿桂还是阿贵呢？倘使他号叫月亭，或者在八月间做过生日，那一定是阿桂了；而他既没有号——也许有号，只是没有人知道他，——又未尝散过生日征文的帖子：写作阿桂，是武断的。又倘若他有一位老兄或令弟叫阿富，那一定是阿贵了；而他又只是一个人：写作阿贵，也没有佐证的。其余音 Quei 的偏僻字样，更加凑不上了。先前，我也曾问过赵太爷的儿子茂才先生，谁料博雅如此公，竟也茫然，但据结论说，是因为陈独秀办了《新青年》提倡洋字，所以国粹沦亡，无可查考了。我的最后手段，只有托一个同乡去查阿 Q 犯事的案卷，八个月之后才有回信，说案卷里并无与阿 Quei 的声音相近的人。我虽不知道是真没有，还是没有查，然而也再没有别的方法了。生怕注音字母还未通行，只好用了"洋字"，照英国流行的拼法写他为阿 Quei，略作阿 Q。这近于盲从《新青年》，自己也很抱歉，但茂才公尚且不知，我还有什么好办法呢。

第四，是阿 Q 的籍贯了。倘他姓赵，则据现在好称郡望的老例，可以照《郡名百家姓》上的注解，说是"陇西天水人也"，但可惜这姓是不甚可靠的，因此籍贯也就有些决不定。他虽然多住未庄，然而也常常宿在别处，不能说是未庄人，即使说是"未庄人也"，也仍然有乖史法的。

我所聊以自慰的，是还有一个"阿"字非常正确，绝无附会假借的缺点，颇可以就正于通人。至于其余，却都非浅学所能穿凿，只希望有"历史癖与考据癖"的胡适之先生的门人们，将来或者能够寻出许多新端绪来，但是我这《阿 Q 正传》到那时却又怕早经消灭了。

以上可以算是序。

第二章　优胜记略

阿 Q 不独是姓名籍贯有些渺茫，连他先前的"行状"也渺茫。因为未庄的人们之于阿 Q，只要他帮忙，只拿他玩笑，从来没有留心他的"行状"的。而阿 Q 自己也不说，独有和别人口角的时候，间或瞪着眼睛道：

"我们先前——比你阔的多啦！你算是什么东西！"

阿 Q 没有家，住在未庄的土谷祠里；也没有固定的职业，只给人家做短工，割麦便割麦，舂米便舂米，撑船便撑船。工作略长久时，他也或住在临时主人的家里，但一完就走了。所以，人们忙碌的时候，也还记起阿Q来，然而记起的是做工，并不是"行状"；一闲空，连阿Q都早忘却，更不必说"行状"了。只是有一回，有一个老头子颂扬说："阿Q真能做！"这时阿Q赤着膊，懒洋洋的瘦伶仃的正在他面前，别人也摸不着这话是真心还是讥笑，然而阿Q很喜欢。

阿Q又很自尊，所有未庄的居民，全不在他眼睛里，甚而至于对于两位"文童"也有以为不值一笑的神情。夫文童者，将来恐怕要变秀才者也；赵太爷钱太爷大受居民的尊敬，除有钱之外，就因为都是文童的爹爹，而阿Q在精神上独不表格外的崇奉，他想：我的儿子会阔得多啦！加以进了几回城，阿Q自然更自负，然而他又很鄙薄城里人，譬如用三尺长三寸宽的木板做成的凳子，未庄叫"长凳"，他也叫"长凳"，城里人却叫"条凳"，他想：这是错的，可笑！油煎大头鱼，未庄都加上半寸长的葱叶，城里却加上切细的葱丝，他想：这也是错的，可笑！然而未庄人真是不见世面的可笑的乡下人呵，他们没有见过城里的煎鱼！

阿Q"先前阔"，见识高，而且"真能做"，本来几乎是一个"完人"了，但可惜他体质上还有一些缺点。最恼人的是在他头皮上，颇有几处不知起于何时的癞疮疤。这虽然也在他身上，而看阿Q的意思，倒也似乎以为不足贵的，因为他讳说"癞"以及一切近于"赖"的音，后来推而广之，"光"也讳，"亮"也讳，再后来，连"灯""烛"都讳了。一犯讳，不问有心与无心，阿Q便全疤通红的发起怒来，估量了对手，口讷的他便骂，气力小的他便打；然而不知怎么一回事，总还是阿Q吃亏的时候多。于是他渐渐的变换了方针，大抵改为怒目而视了。

谁知道阿Q采用怒目主义之后，未庄的闲人们便愈喜欢玩笑他。一见面，他们便假作吃惊的说：

"哙，亮起来了。"

阿Q照例的发了怒，他怒目而视了。

"原来有保险灯在这里！"他们并不怕。

阿Q没有法，只得另外想出报复的话来：

"你还不配……"这时候，又仿佛在他头上的是一种高尚的光荣的癞头疮，并非平常的癞头疮了；但上文说过，阿Q是有见识的，他立刻知道和"犯忌"有点抵触，便不再往底下说。

闲人还不完，只撩他，于是终而至于打。阿Q在形式上打败了，被人揪住黄辫子，在壁上碰了四五个响头，闲人这才心满意足的得胜的走了，阿Q站了一刻，心里想，"我总算被儿子打了，现在的世界真不像样……"于是也心满意足的得胜的走了。

阿Q想在心里的，后来每每说出口来，所以凡有和阿Q玩笑的人们，几乎全知道他有这一种精神上的胜利法，此后每逢揪住他黄辫子的时候，人就先一着对他说：

"阿Q，这不是儿子打老子，是人打畜生。自己说：人打畜生！"

阿Q两只手都捏住了自己的辫根，歪着头，说道："打虫豸，好不好？我是虫豸——还不放么？"

但虽然是虫豸，闲人也并不放，仍旧在就近什么地方给他碰了五六个响头，这才心满意足的得胜的走了，他以为阿Q这回可遭了瘟。然而不到十秒钟，阿Q也心满意足的得胜的走了，他觉得他是第一个能够自轻自贱的人，除了"自轻自贱"不算外，余下的就是"第一个"。状元不也是"第一个"么？"你算是什么东西"呢！？

阿Q以如是等等妙法克服怨敌之后，便愉快的跑到酒店里喝几碗酒，又和别人调笑一通，口角一通，又得了胜，愉快的回到土谷祠，放倒头睡着了。假使有钱，他便去押牌宝，一堆人蹲在地面上，阿Q即汗流满面的夹在这中间，声音他最响：

"青龙四百！"

"咳～～开～～啦！"桩家揭开盒子盖，也是汗流满面的唱。"天门啦～～角回啦～～！人和穿堂空在那里啦～～！阿Q的铜钱拿过来～～！""穿堂一百——一百五十！"

阿Q的钱便在这样的歌吟之下，渐渐的输入别个汗流满面的人物的腰间。他终于只好挤出堆外，站在后面看，替别人着急，一直到散场，然后恋恋的回到土谷祠，第二天，肿着眼睛去工作。

但真所谓"塞翁失马安知非福"罢，阿Q不幸而赢了一回，他倒几乎失败了。

这是未庄赛神的晚上。这晚上照例有一台戏，戏台左近，也照例有许多的赌摊。做戏的锣鼓，在阿Q耳朵里仿佛在十里之外；他只听得桩家的歌唱了。他赢而又赢，铜钱变成角洋，角洋变成大洋，大洋又成了叠。他兴高采烈得非常：

"天门两块！"

他不知道谁和谁为什么打起架来了。骂声打声脚步声，昏头昏脑的一大阵，他才爬起来，赌摊不见了，人们也不见了，身上有几处很似乎有些痛，似乎也挨了几拳几脚似的，几个人诧异的对他看。他如有所失的走进土谷祠，定一定神，知道他的一堆洋钱不见了。赶赛会的赌摊多不是本村人，还到那里去寻根柢呢？

很白很亮的一堆洋钱！而且是他的——现在不见了！说是算被儿子拿去了罢，总还是忽忽不乐；说自己是虫豸罢，也还是忽忽不乐；他这回才有些感到失败的苦痛了。

但他立刻转败为胜了。他擎起右手，用力的在自己脸上连打了两个嘴巴，热剌剌的有些痛；打完之后，便心平气和起来，似乎打的是自己，被打的是别一个自己，不久也就仿佛是自己打了别个一般，——虽然还有些热剌剌，——心满意足的得胜的躺下了。

他睡着了。

第三章 续优胜记略

然而阿 Q 虽然常优胜，却直待蒙赵太爷打他嘴巴之后，这才出了名。

他付过地保二百文酒钱，愤愤的躺下了，后来想："现在的世界太不成话，儿子打老子……"于是忽而想到赵太爷的威风，而现在是他的儿子了，便自己也渐渐的得意起来，爬起身，唱着《小孤孀上坟》到酒店去。这时候，他又觉得赵太爷高人一等了。

说也奇怪，从此之后，果然大家也仿佛格外尊敬他。这在阿 Q，或者以为因为他是赵太爷的父亲，而其实也不然。未庄通例，倘如阿七打阿八，或者李四打张三，向来本不算一件事，必须与一位名人如赵太爷者相关，这才载上他们的口碑。一上口碑，则打的既有名，被打的也就托庇有了名。至于错在阿 Q，那自然是不必说。所以者何？就因为赵太爷是不会错的。但他既然错，为什么大家又仿佛格外尊敬他呢？这可难解，穿凿起来说，或者因为阿 Q 说是赵太爷的本家，虽然挨了打，大家也还怕有些真，总不如尊敬一些稳当。否则，也如孔庙里的太牢一般，虽然与猪羊一样，同是畜生，但既经圣人下箸，先儒们便不敢妄动了。

阿 Q 此后倒得意了许多年。

有一年的春天，他醉醺醺的在街上走，在墙根的日光下，看见王胡在那里赤着膊捉虱子，他忽然觉得身上也痒起来了。这王胡，又癞又胡，别人都叫他王癞胡，阿 Q 却删去了一个癞字，然而非常渺视他。阿 Q 的意思，以为癞是不足为奇的，只有这一部络腮胡子，实在太新奇，令人看不上眼。他于是并排坐下去了。倘是别的闲人们，阿 Q 本不敢大意坐下去。但这王胡旁边，他有什么怕呢？老实说：他肯坐下去，简直还是抬举他。

阿 Q 也脱下破夹袄来，翻检了一回，不知道因为新洗呢还是因为粗心，许多工夫，只捉到三四个。他看那王胡，却是一个又一个，两个又三个，只放在嘴里毕毕剥剥的响。

阿 Q 最初是失望，后来却不平了：看不上眼的王胡尚且那么多，自己倒反这样少，这是怎样的大失体统的事呵！他很想寻一两个大的，然而竟没有，好容易才捉到一个中的，恨恨的塞在厚嘴唇里，狠命一咬，劈的一声，又不及王胡响。

他癞疮疤块块通红了，将衣服摔在地上，吐一口唾沫，说：

"这毛虫！"

"癞皮狗，你骂谁？"王胡轻蔑的抬起眼来说。

阿 Q 近来虽然比较的受人尊敬，自己也更高傲些，但和那些打惯的闲人们见面还胆怯，独有这回却非常武勇了。这样满脸胡子的东西，也敢出言无状么？

"谁认便骂谁！"他站起来，两手叉在腰间说。

"你的骨头痒了么？"王胡也站起来，披上衣服说。

阿 Q 以为他要逃了，抢进去就是一拳。这拳头还未达到身上，已经被他抓住了，只一拉，阿 Q 跄跄踉踉的跌进去，立刻又被王胡扭住了辫子，要拉到墙上照例去碰头。

"'君子动口不动手'!"阿Q歪着头说。

王胡似乎不是君子，并不理会，一连给他碰了五下，又用力的一推，至于阿Q跌出六尺多远，这才满足的去了。

在阿Q的记忆上，这大约要算是生平第一件的屈辱，因为王胡以络腮胡子的缺点，向来只被他奚落，从没有奚落他，更不必说动手了。而他现在竟动手，很意外，难道真如市上所说，皇帝已经停了考，不要秀才和举人了，因此赵家减了威风，因此他们也便小觑了他么？

阿Q无可适从的站着。

远远的走来了一个人，他的对头又到了。这也是阿Q最厌恶的一个人，就是钱太爷的大儿子。他先前跑上城里去进洋学堂，不知怎么又跑到东洋去了，半年之后他回到家里来，腿也直了，辫子也不见了，他的母亲大哭了十几场，他的老婆跳了三回井。后来，他的母亲到处说，"这辫子是被坏人灌醉了酒剪去的。本来可以做大官，现在只好等留长再说了。"然而阿Q不肯信，偏称他"假洋鬼子"，也叫作"里通外国的人"，一见他，一定在肚子里暗暗的咒骂。

阿Q尤其"深恶而痛绝之"的，是他的一条假辫子。辫子而至于假，就是没有了做人的资格；他的老婆不跳第四回井，也不是好女人。

这"假洋鬼子"近来了。

"秃儿。驴……"阿Q历来本只在肚子里骂，没有出过声，这回因为正气忿，因为要报仇，便不由的轻轻的说出来了。

不料这秃儿却拿着一支黄漆的棍子——就是阿Q所谓哭丧棒——大踏步走了过来。阿Q在这刹那，便知道大约要打了，赶紧抽紧筋骨，耸了肩膀等候着，果然，拍的一声，似乎确凿打在自己头上了。

"我说他！"阿Q指着近旁的一个孩子，分辩说。

拍！拍拍！

在阿Q的记忆上，这大约要算是生平第二件的屈辱。幸而拍拍的响了之后，于他倒似乎完结了一件事，反而觉得轻松些，而且"忘却"这一件祖传的宝贝也发生了效力，他慢慢的走，将到酒店门口，早已有些高兴了。

但对面走来了静修庵里的小尼姑。阿Q便在平时，看见伊也一定要唾骂，而况在屈辱之后呢？他于是发生了回忆，又发生了敌忾了。

"我不知道我今天为什么这样晦气，原来就因为见了你！"他想。

他迎上去，大声的吐一口唾沫：

"咳，呸！"

小尼姑全不睬，低了头只是走。阿Q走近伊身旁，突然伸出手去摩着伊新剃的头皮，呆笑着，说：

"秃儿！快回去，和尚等着你……"

"你怎么动手动脚……"尼姑满脸通红的说，一面赶快走。

酒店里的人大笑了。阿Q看见自己的勋业得了赏识，便愈加兴高采烈起来：

"和尚动得，我动不得？"他扭住伊的面颊。

酒店里的人大笑了。阿Q更得意，而且为了满足那些赏鉴家起见，再用力的一拧，才放手。

他这一战，早忘却了王胡，也忘却了假洋鬼子，似乎对于今天的一切"晦气"都报了仇；而且奇怪，又仿佛全身比拍拍的响了之后更轻松，飘飘然的似乎要飞去了。

"这断子绝孙的阿Q！"远远地听得小尼姑的带哭的声音。

"哈哈哈！"阿Q十分得意的笑。

"哈哈哈！"酒店里的人也九分得意的笑。

第四章　恋爱的悲剧

有人说：有些胜利者，愿意敌手如虎，如鹰，他才感得胜利的欢喜；假使如羊，如小鸡，他便反觉得胜利的无聊。又有些胜利者，当克服一切之后，看见死的死了，降的降了，"臣诚惶诚恐死罪死罪"，他于是没有了敌人，没有了对手，没有了朋友，只有自己在上，一个，孤另另，凄凉，寂寞，便反而感到了胜利的悲哀。然而我们的阿Q却没有这样乏，他是永远得意的：这或者也是中国精神文明冠于全球的一个证据了。

看哪，他飘飘然的似乎要飞去了！

然而这一次的胜利，却又使他有些异样。他飘飘然的飞了大半天，飘进土谷祠，照例应该躺下便打鼾。谁知道这一晚，他很不容易合眼，他觉得自己的大拇指和第二指有点古怪：仿佛比平常滑腻些。不知道是小尼姑的脸上有一点滑腻的东西粘在他指上，还是他的指头在小尼姑脸上磨得滑腻了？……

"断子绝孙的阿Q！"

阿Q的耳朵里又听到这句话。他想：不错，应该有一个女人，断子绝孙便没有人供一碗饭，……应该有一个女人。夫"不孝有三无后为大"，而"若敖之鬼馁而"，也是一件人生的大哀，所以他那思想，其实是样样合于圣经贤传的，只可惜后来有些"不能收其放心"了。

"女人，女人！……"他想。

"……和尚动得……女人，女人！……女人！"他又想。

我们不能知道这晚上阿Q在什么时候才打鼾。但大约他从此总觉得指头有些滑腻，所以他从此总有些飘飘然；"女……"他想。

即此一端，我们便可以知道女人是害人的东西。

中国的男人，本来大半都可以做圣贤，可惜全被女人毁掉了。商是妲己闹亡的；周是褒姒弄坏的；秦……虽然史无明文，我们也假定他因为女人，大约未必十分错；而董卓可是的确给貂蝉害死了。

阿 Q 本来也是正人，我们虽然不知道他曾蒙什么明师指授过，但他对于"男女之大防"却历来非常严；也很有排斥异端——如小尼姑及假洋鬼子之类——的正气。他的学说是：凡尼姑，一定与和尚私通；一个女人在外面走，一定想引诱野男人；一男一女在那里讲话，一定要有勾当了。为惩治他们起见，所以他往往怒目而视，或者大声说几句"诛心"话，或者在冷僻处，便从后面掷一块小石头。

谁知道他将到"而立"之年，竟被小尼姑害得飘飘然了。这飘飘然的精神，在礼教上是不应该有的，——所以女人真可恶，假使小尼姑的脸上不滑腻，阿 Q 便不至于被蛊，又假使小尼姑的脸上盖一层布，阿 Q 便也不至于被蛊了，——他五六年前，曾在戏台下的人丛中拧过一个女人的大腿，但因为隔一层裤，所以此后并不飘飘然，——而小尼姑并不然，这也足见异端之可恶。

"女……"阿 Q 想。

他对于以为"一定想引诱野男人"的女人，时常留心看，然而伊并不对他笑。他对于和他讲话的女人，也时常留心听，然而伊又并不提起关于什么勾当的话来。哦，这也是女人可恶之一节：伊们全都要装"假正经"的。

这一天，阿 Q 在赵太爷家里舂了一天米，吃过晚饭，便坐在厨房里吸旱烟。倘在别家，吃过晚饭本可以回去的了，但赵府上晚饭早，虽说定例不准掌灯，一吃完便睡觉，然而偶然也有一些例外：其一，是赵大爷未进秀才的时候，准其点灯读文章；其二，便是阿 Q 来做短工的时候，准其点灯舂米。因为这一条例外，所以阿 Q 在动手舂米之前，还坐在厨房里吸旱烟。

吴妈，是赵太爷家里唯一的女仆，洗完了碗碟，也就在长凳上坐下了，而且和阿 Q 谈闲天：

"太太两天没有吃饭哩，因为老爷要买一个小的……"

"女人……吴妈……这小孤孀……"阿 Q 想。

"我们的少奶奶是八月里要生孩子了……"

"女人……"

阿 Q 想。阿 Q 放下烟管，站了起来。

"我们的少奶奶……"吴妈还唠叨说。

"我和你困觉，我和你困觉！"阿 Q 忽然抢上去，对伊跪下了。

一刹时中很寂然。

"阿呀!"吴妈楞了一息,突然发抖,大叫着往外跑,且跑且嚷,似乎后来带哭了。

阿Q对了墙壁跪着也发楞,于是两手扶着空板凳,慢慢的站起来,仿佛觉得有些糟。他这时确也有些志忑了,慌张的将烟管插在裤带上,就想去舂米。蓬的一声,头上着了很粗的一下,他急忙回转身去,那秀才便拿了一支大竹杠站在他面前。

"你反了,……你这……"

大竹杠又向他劈下来了。阿Q两手去抱头,拍的正打在指节上,这可很有一些痛。他冲出厨房门,仿佛背上又着了一下似的。

"忘八蛋!"秀才在后面用了官话这样骂。

阿Q奔入舂米场,一个人站着,还觉得指头痛,还记得"忘八蛋",因为这话是未庄的乡下人从来不用,专是见过官府的阔人用的,所以格外怕,而印象也格外深。但这时,他那"女……"的思想却也没有了。而且打骂之后,似乎一件事也已经收束,倒反觉得一无挂碍似的,便动手去舂米。舂了一会,他热起来了,又歇了手脱衣服。

脱下衣服的时候,他听得外面很热闹,阿Q生平本来最爱看热闹,便即寻声走出去了。寻声渐渐的寻到赵太爷的内院里,虽然在昏黄中,却辨得出许多人,赵府一家连两日不吃饭的太太也在内,还有间壁的邹七嫂,真正本家的赵白眼,赵司晨。

少奶奶正拖着吴妈走出下房来,一面说:

"你到外面来,……不要躲在自己房里想……"

"谁不知道你正经,……短见是万万寻不得的。"邹七嫂也从旁说。

吴妈只是哭,夹些话,却不甚听得分明。

阿Q想:"哼,有趣,这小孤孀不知道闹着什么玩意儿了?"他想打听,走近赵司晨的身边。这时他猛然间看见赵大爷向他奔来,而且手里捏着一支大竹杠。他看见这一支大竹杠,便猛然间悟到自己曾经被打,和这一场热闹似乎有点相关。他翻身便走,想逃回舂米场,不图这支竹杠阻了他的去路,于是他又翻身便走,自然而然的走出后门,不多工夫,已在土谷祠内了。

阿Q坐了一会,皮肤有些起粟,他觉得冷了,因为虽在春季,而夜间颇有余寒,尚不宜于赤膊。他也记得布衫留在赵家,但倘若去取,又深怕秀才的竹杠。然而地保进来了。

"阿Q,你的妈妈的!你连赵家的用人都调戏起来,简直是造反。害得我晚上没有觉睡,你的妈妈的!……"

如是云云的教训了一通,阿Q自然没有话。临末,因为在晚上,应该送地保加倍酒钱四百文,阿Q正没有现钱,便用一顶毡帽做抵押,并且订定了五条件:

一 明天用红烛——要一斤重的——一对,香一封,到赵府上去赔罪。

二 赵府上请道士被除缢鬼,费用由阿Q负担。

三 阿Q从此不准踏进赵府的门槛。

　　四　吴妈此后倘有不测，惟阿Q是问。

　　五　阿Q不准再去索取工钱和布衫。

　　阿Q自然都答应了，可惜没有钱。幸而已经春天，棉被可以无用，便质了二千大钱，履行条约。赤膊磕头之后，居然还剩几文，他也不再赎毡帽，统统喝了酒了。但赵家也并不烧香点烛，因为太太拜佛的时候可以用，留着了。那破布衫是大半做了少奶奶八月间生下来的孩子的衬尿布，那小半破烂的便都做了吴妈的鞋底。

第五章　生计问题

　　阿Q礼毕之后，仍旧回到土谷祠，太阳下去了，渐渐觉得世上有些古怪。他仔细一想，终于省悟过来：其原因盖在自己的赤膊。他记得破夹袄还在，便披在身上，躺倒了，待张开眼睛，原来太阳又已经照在西墙上头了。他坐起身，一面说道，"妈妈的……"

　　他起来之后，也仍旧在街上逛，虽然不比赤膊之有切肤之痛，却又渐渐的觉得世上有些古怪了。仿佛从这一天起，未庄的女人们忽然都怕了羞，伊们一见阿Q走来，便个个躲进门里去。甚而至于将近五十岁的邹七嫂，也跟着别人乱钻，而且将十一的女儿都叫进去了。阿Q很以为奇，而且想："这些东西忽然都学起小姐模样来了。这娼妇们……"

　　但他更觉得世上有些古怪，却是许多日以后的事。其一，酒店不肯赊欠了；其二，管土谷祠的老头子说些废话，似乎叫他走；其三，他虽然记不清多少日，但确乎有许多日，没有一个人来叫他做短工。酒店不赊，熬着也罢了；老头子催他走，噜苏一通也就算了；只是没有人来叫他做短工，却使阿Q肚子饿：这委实是一件非常"妈妈的"的事情。

　　阿Q忍不下去了，他只好到老主顾的家里去探问，——但独不许踏进赵府的门槛，——然而情形也异样：一定走出一个男人来，现了十分烦厌的相貌，像回复乞丐一般的摇手道：

　　"没有没有！你出去！"

　　阿Q愈觉得稀奇了。他想，这些人家向来少不了要帮忙，不至于现在忽然都无事，这总该有些蹊跷在里面了。他留心打听，才知道他们有事都去叫小Don。这小D，是一个穷小子，又瘦又乏，在阿Q的眼睛里，位置是在王胡之下的，谁料这小子竟谋了他的饭碗去。所以阿Q这一气，更与平常不同，当气愤愤的走着的时候，忽然将手一扬，唱道：

　　"我手执钢鞭将你打！……"

　　几天之后，他竟在钱府的照壁前遇见了小D。"仇人相见分外眼明"，阿Q便迎上去，小D也站住了。

　　"畜生！"阿Q怒目而视的说，嘴角上飞出唾沫来。

　　"我是虫豸，好么？……"小D说。

　　这谦逊反使阿Q更加愤怒起来，但他手里没有钢鞭，于是只得扑上去，伸手去拔小D

的辫子。小D一手护住了自己的辫根，一手也来拔阿Q的辫子，阿Q便也将空着的一只手护住了自己的辫根。从先前的阿Q看来，小D本来是不足齿数的，但他近来挨了饿，又瘦又乏已经不下于小D，所以便成了势均力敌的现象，四只手拔着两颗头，都弯了腰，在钱家粉墙上映出一个蓝色的虹形，至于半点钟之久了。"好了，好了！"看的人们说，大约是解劝的。

"好，好！"看的人们说，不知道是解劝，是颂扬，还是煽动。

然而他们都不听。阿Q进三步，小D便退三步，都站着；小D进三步，阿Q便退三步，又都站着。大约半点钟，——未庄少有自鸣钟，所以很难说，或者二十分，——他们的头发里便都冒烟，额上便都流汗，阿Q的手放松了，在同一瞬间，小D的手也正放松了，同时直起，同时退开，都挤出人丛去。

"记着罢，妈妈的……"阿Q回过头去说。

"妈妈的，记着罢……"小D也回过头来说。

这一场"龙虎斗"似乎并无胜败，也不知道看的人可满足，都没有发什么议论，而阿Q却仍然没有人来叫他做短工。

有一日很温和，微风拂拂的颇有些夏意了，阿Q却觉得寒冷起来，但这还可担当，第一倒是肚子饿。棉被，毡帽，布衫，早已没有了，其次就卖了棉袄；现在有裤子，却万不可脱的；有破夹袄，又除了送人做鞋底之外，决定卖不出钱。他早想在路上拾得一注钱，但至今还没有见；他想在自己的破屋里忽然寻到一注钱，慌张的四顾，但屋内是空虚而且了然。于是他决计出门求食去了。

他在路上走着要"求食"，看见熟识的酒店，看见熟识的馒头，但他都走过了，不但没有暂停，而且并不想要。他所求的不是这类东西了；他求的是什么东西，他自己不知道。

未庄本不是大村镇，不多时便走尽了。村外多是水田，满眼是新秧的嫩绿，夹着几个圆形的活动的黑点，便是耕田的农夫。阿Q并不赏鉴这田家乐，却只是走，因为他直觉的知道这与他的"求食"之道是很辽远的。但他终于走到静修庵的墙外了。

庵周围也是水田，粉墙突出在新绿里，后面的低土墙里是菜园。阿Q迟疑了一会，四面一看，并没有人。他便爬上这矮墙去，扯着何首乌藤，但泥土仍然簌簌的掉，阿Q的脚也索索的抖；终于攀着桑树枝，跳到里面了。里面真是郁郁葱葱，但似乎并没有黄酒馒头，以及此外可吃的之类。靠西墙是竹丛，下面许多笋，只可惜都是并未煮熟的，还有油菜早经结子，芥菜已将开花，小白菜也很老了。

阿Q仿佛文童落第似的觉得很冤屈，他慢慢走近园门去，忽而非常惊喜了，这分明是一畦老萝卜。他于是蹲下便拔，而门口突然伸出一个很圆的头来，又即缩回去了，这分明是小尼姑。小尼姑之流是阿Q本来视若草芥的，但世事须"退一步想"，所以他便赶紧拔起四个萝卜，拧下青叶，兜在大襟里。然而老尼姑已经出来了。

"阿弥陀佛，阿Q，你怎么跳进园里来偷萝卜！……阿呀，罪过呵，阿唷，阿弥陀佛！……"

"我什么时候跳进你的园里来偷萝卜？"阿Q且看且走的说。

"现在……这不是？"老尼姑指着他的衣兜。

"这是你的？你能叫得他答应你么？你……"

阿Q没有说完话，拔步便跑；追来的是一匹很肥大的黑狗。这本来在前门的，不知怎的到后园来了。黑狗哼而且追，已经要咬着阿Q的腿，幸而从衣兜里落下一个萝卜来，那狗给一吓，略略一停，阿Q已经爬上桑树，跨到土墙，连人和萝卜都滚出墙外面了。只剩着黑狗还在对着桑树嗥，老尼姑念着佛。

阿Q怕尼姑又放出黑狗来，拾起萝卜便走，沿路又捡了几块小石头，但黑狗却并不再现。阿Q于是抛了石块，一面走一面吃，而且想道，这里也没有什么东西寻，不如进城去……

待三个萝卜吃完时，他已经打定了进城的主意了。

第六章　从中兴到末路

在未庄再看见阿Q出现的时候，是刚过了这年的中秋。人们都惊异，说是阿Q回来了，于是又回上去想道，他先前那里去了呢？阿Q前几回的上城，大抵早就兴高采烈的对人说，但这一次却并不，所以也没有一个人留心到。他或者也曾告诉过管土谷祠的老头子，然而未庄老例，只有赵太爷钱太爷和秀才大爷上城才算一件事。假洋鬼子尚且不足数，何况是阿Q：因此老头子也就不替他宣传，而未庄的社会上也就无从知道了。

但阿Q这回的回来，却与先前大不同，确乎很值得惊异。天色将黑，他睡眼蒙胧的在酒店门前出现了，他走近柜台，从腰间伸出手来，满把是银的和铜的，在柜上一扔说，"现钱！打酒来！"穿的是新夹袄，看去腰间还挂着一个大搭连，沉钿钿的将裤带坠成了很弯很弯的弧线。未庄老例，看见略有些醒目的人物，是与其慢也宁敬的，现在虽然明知道是阿Q，但因为和破夹袄的阿Q有些两样了，古人云，"士别三日便当刮目相待"，所以堂倌，掌柜，酒客，路人，便自然显出一种疑而且敬的形态来。掌柜既先之以点头，又继之以谈话：

"嚄，阿Q，你回来了！"

"回来了。"

"发财发财，你是——在……"

"上城去了！"

这一件新闻，第二天便传遍了全未庄。人人都愿意知道现钱和新夹袄的阿Q的中兴史，所以在酒店里，茶馆里，庙檐下，便渐渐的探听出来了。这结果，是阿Q得了新敬畏。

据阿Q说，他是在举人老爷家里帮忙。这一节，听的人都肃然了。这老爷本姓白，但因为合城里只有他一个举人，所以不必再冠姓，说起举人来就是他。这也不独在未庄是如此，便是一百里方圆之内也都如此，人们几乎多以为他的姓名就叫举人老爷的了。在这人的府上帮忙，那当然是可敬的。但据阿Q又说，他却不高兴再帮忙了，因为这举人老爷实在太"妈妈的"了。这一节，听的人都叹息而且快意，因为阿Q本不配在举人老爷家里帮忙，而不帮忙是可惜的。

据阿Q说，他的回来，似乎也由于不满意城里人，这就在他们将长凳称为条凳，而且煎鱼用葱丝，加以最近观察所得的缺点，是女人的走路也扭得不很好。然而也偶有大可佩服的地方，即如未庄的乡下人不过打三十二张的竹牌，只有假洋鬼子能够叉"麻酱"，城里却连小乌龟子都叉得精熟的。什么假洋鬼子，只要放在城里的十几岁的小乌龟子的手里，也就立刻是"小鬼见阎王"。这一节，听的人都赧然了。

"你们可看见过杀头么？"阿Q说，"咳，好看。杀革命党。唉，好看好看，……"他摇摇头，将唾沫飞在正对面的赵司晨的脸上。这一节，听的人都凛然了。但阿Q又四面一看，忽然扬起右手，照着伸长脖子听得出神的王胡的后项窝上直劈下去道：

"嚓！"

王胡惊得一跳，同时电光石火似的赶快缩了头，而听的人又都悚然而且欣然了。从此王胡瘟头瘟脑的许多日，并且再不敢走近阿Q的身边；别的人也一样。

阿Q这时在未庄人眼睛里的地位，虽不敢说超过赵太爷，但谓之差不多，大约也就没有什么语病的了。

然而不多久，这阿Q的大名忽又传遍了未庄的闺中。虽然未庄只有钱赵两姓是大屋，此外十之九都是浅闺，但闺中究竟是闺中，所以也算得一件神异。女人们见面时一定说，邹七嫂在阿Q那里买了一条蓝绸裙，旧固然是旧的，但只化了九角钱。还有赵白眼的母亲，——一说是赵司晨的母亲，待考，——也买了一件孩子穿的大红洋纱衫，七成新，只用三百大钱九二串。于是伊们都眼巴巴的想见阿Q，缺绸裙的想问他买绸裙，要洋纱衫的想问他买洋纱衫，不但见了不逃避，有时阿Q已经走过了，也还要追上去叫住他，问道：

"阿Q，你还有绸裙么？没有？纱衫也要的，有罢？"

后来这终于从浅闺传进深闺里去了。因为邹七嫂得意之余，将伊的绸裙请赵太太去鉴赏，赵太太又告诉了赵太爷而且着实恭维了一番。赵太爷便在晚饭桌上，和秀才大爷讨论，以为阿Q实在有些古怪，我们门窗应该小心些；但他的东西，不知道可还有什么可买，也许有点好东西罢。加以赵太太也正想买一件价廉物美的皮背心。于是家族决议，便托邹七嫂即刻去寻阿Q，而且为此新辟了第三种的例外：这晚上也姑且特准点油灯。

油灯干了不少了，阿Q还不到。赵府的全眷都很焦急，打着呵欠，或恨阿Q太飘忽，或怨邹七嫂不上紧。赵太太还怕他因为春天的条件不敢来，而赵太爷以为不足虑：因为这是"我"去叫他的。果然，到底赵太爷有见识，阿Q终于跟着邹七嫂进来了。

"他只说没有没有，我说你自己当面说去，他还要说，我说……"邹七嫂气喘吁吁的走着说。

"太爷!"阿Q似笑非笑的叫了一声，在檐下站住了。

"阿Q，听说你在外面发财，"赵太爷踱开去，眼睛打量着他的全身，一面说。"那很好，那很好的。这个，……听说你有些旧东西，……可以都拿来看一看，……这也并不是别的，因为我倒要……"

"我对邹七嫂说过了。都完了。"

"完了?"赵太爷不觉失声的说，"那里会完得这样快呢?"

"那是朋友的，本来不多。他们买了些，……"

"总该还有一点罢。"

"现在，只剩了一张门幕了。"

"就拿门幕来看看罢。"赵太太慌忙说。

"那么，明天拿来就是，"赵太爷却不甚热心了。"阿Q，你以后有什么东西的时候，你尽先送来给我们看，……"

"价钱决不会比别家出得少!"秀才说。秀才娘子忙一瞥阿Q的脸，看他感动了没有。

"我要一件皮背心。"赵太太说。

阿Q虽然答应着，却懒洋洋的出去了，也不知道他是否放在心上。这使赵太爷很失望，气愤而且担心，至于停止了打呵欠。秀才对于阿Q的态度也很不平，于是说，这忘八蛋要提防，或者竟不如吩咐地保，不许他住在未庄。但赵太爷以为不然，说这也怕要结怨，况且做这路生意的大概是"老鹰不吃窝下食"，本村倒不必担心的；只要自己夜里警醒点就是了。秀才听了这"庭训"，非常之以为然，便即刻撤消了驱逐阿Q的提议，而且叮嘱邹七嫂，请伊千万不要向人提起这一段话。

但第二日，邹七嫂便将那蓝裙去染了皂，又将阿Q可疑之点传扬出去了，可是确没有提起秀才要驱逐他这一节。然而这已经于阿Q很不利。最先，地保寻上门了，取了他的门幕去，阿Q说是赵太太要看的，而地保也不还，并且要议定每月的孝敬钱。其次，是村人对于他的敬畏忽而变相了，虽然还不敢来放肆，却很有远避的神情，而这神情和先前的防他来"嚓"的时候又不同，颇混着"敬而远之"的分子了。

只有一班闲人们却还要寻根究底的去探阿Q的底细。阿Q也并不讳饰，傲然的说出他的经验来。从此他们才知道，他不过是一个小脚色，不但不能上墙，并且不能进洞，只站在洞外接东西。有一夜，他刚才接到一个包，正手再进去，不一会，只听得里面大嚷起来，他便赶紧跑，连夜爬出城，逃回未庄来了，从此不敢再去做。然而这故事却于阿Q更不利，村人对于阿Q的"敬而远之"者，本因为怕结怨，谁料他不过是一个不敢再偷的偷儿呢?这实在是"斯亦不足畏也矣"。

第七章　革命

宣统三年九月十四日——即阿 Q 将搭连卖给赵白眼的这一天——三更四点，有一只大乌篷船到了赵府上的河埠头。这船从黑魆魆中荡来，乡下人睡得熟，都没有知道；出去时将近黎明，却很有几个看见的了。据探头探脑的调查来的结果，知道那竟是举人老爷的船！

那船便将大不安载给了未庄，不到正午，全村的人心就很摇动。船的使命，赵家本来是很秘密的，但茶坊酒肆里却都说，革命党要进城，举人老爷到我们乡下来逃难了。惟有邹七嫂不以为然，说那不过是几口破衣箱，举人老爷想来寄存的，却已被赵太爷回复转去。其实举人老爷和赵秀才素不相能，在理本不能有"共患难"的情谊，况且邹七嫂又和赵家是邻居，见闻较为切近，所以大概该是伊对的。

然而谣言很旺盛，说举人老爷虽然似乎没有亲到，却有一封长信，和赵家排了"转折亲"。赵太爷肚里一轮，觉得于他总不会有坏处，便将箱子留下了，现就塞在太太的床底下。至于革命党，有的说是便在这一夜进了城，个个白盔白甲：穿着崇正皇帝的素。

阿 Q 的耳朵里，本来早听到过革命党这一句话，今年又亲眼见过杀掉革命党。但他有一种不知从那里来的意见，以为革命党便是造反，造反便是与他为难，所以一向是"深恶而痛绝之"的。殊不料这却使百里闻名的举人老爷有这样怕，于是他未免也有些"神往"了，况且未庄的一群鸟男女的慌张的神情，也使阿 Q 更快意。

"革命也好罢，"阿 Q 想，"革这伙妈妈的命，太可恶！太可恨！……便是我，也要投降革命党了。"

阿 Q 近来用度窘，大约略略有些不平；加以午间喝了两碗空肚酒，愈加醉得快，一面想一面走，便又飘飘然起来。不知怎么一来，忽而似乎革命党便是自己，未庄人却都是他的俘虏了。他得意之余，禁不住大声的嚷道：

"造反了！造反了！"

未庄人都用了惊惧的眼光对他看。这一种可怜的眼光，是阿 Q 从来没有见过的，一见之下，又使他舒服得如六月里喝了雪水。他更加高兴的走而且喊道：

"好，……我要什么就是什么，我欢喜谁就是谁。

得得，锵锵！

悔不该，酒醉错斩了郑贤弟，

悔不该，呀呀呀……

得得，锵锵，得，锵令锵！

我手执钢鞭将你打……"

赵府上的两位男人和两个真本家，也正站在大门口论革命。阿 Q 没有见，昂了头直唱过去。

63

"得得，……"

"老 Q，"赵太爷怯怯的迎着低声的叫。

"锵锵，"阿 Q 料不到他的名字会和"老"字联结起来，以为是一句别的话，与己无干，只是唱。"得，锵，锵令锵，锵！"

"老 Q。"

"悔不该……"

"阿 Q！"秀才只得直呼其名了。

阿 Q 这才站住，歪着头问道，"什么？"

"老 Q，……现在……"赵太爷却又没有话，"现在……发财么？"

"发财？自然。要什么就是什么……"

"阿……Q 哥，像我们这样穷朋友是不要紧的……"赵白眼惴惴的说，似乎想探革命党的口风。

"穷朋友？你总比我有钱。"阿 Q 说着自去了。

大家都怅然，没有话。赵太爷父子回家，晚上商量到点灯。赵白眼回家，便从腰间扯下搭连来，交给他女人藏在箱底里。

阿 Q 飘飘然的飞了一通，回到土谷祠，酒已经醒透了。这晚上，管祠的老头子也意外的和气，请他喝茶；阿 Q 便向他要了两个饼，吃完之后，又要了一支点过的四两烛和一个树烛台，点起来，独自躺在自己的小屋里。他说不出的新鲜而且高兴，烛火像元夜似的闪闪的跳，他的思想也迸跳起来了：

"造反？有趣，……来了一阵白盔白甲的革命党，都拿着板刀，钢鞭，炸弹，洋炮，三尖两刃刀，钩镰枪，走过土谷祠，叫道，'阿 Q！同去同去！'于是一同去。……

"这时未庄的一伙鸟男女才好笑哩，跪下叫道，'阿 Q，饶命！'谁听他！第一个该死的是小 D 和赵太爷，还有秀才，还有假洋鬼子，……留几条么？王胡本来还可留，但也不要了。……

"东西，……直走进去打开箱子来：元宝，洋钱，洋纱衫，……秀才娘子的一张宁式床先搬到土谷祠，此外便摆了钱家的桌椅，——或者也就用赵家的罢。自己是不动手的了，叫小 D 来搬，要搬得快，搬得不快打嘴巴。……

"赵司晨的妹子真丑。邹七嫂的女儿过几年再说。假洋鬼子的老婆会和没有辫子的男人睡觉，吓，不是好东西！秀才的老婆是眼胞上有疤的。……吴妈长久不见了，不知道在那里，——可惜脚太大。"

阿 Q 没有想得十分停当，已经发了鼾声，四两烛还只点去了小半寸，红焰焰的光照着他张开的嘴。

"荷荷！"阿 Q 忽而大叫起来，抬了头仓皇的四顾，待到看见四两烛，却又倒头睡去了。

第二天他起得很迟，走出街上看时，样样都照旧。他也仍然肚饿，他想着，想不起什么来；但他忽而似乎有了主意了，慢慢的跨开步，有意无意的走到静修庵。

庵和春天时节一样静，白的墙壁和漆黑的门。他想了一想，前去打门，一只狗在里面叫。他急急拾了几块断砖，再上去较为用力的打，打到黑门上生出许多麻点的时候，才听得有人来开门。

阿Ｑ连忙捏好砖头，摆开马步，准备和黑狗来开战。但庵门只开了一条缝，并无黑狗从中冲出，望进去只有一个老尼姑。

"你又来什么事？"伊大吃一惊的说。

"革命了……你知道？……"阿Ｑ说得很含胡。

"革命革命，革过一革的，……你们要革得我们怎么样呢？"老尼姑两眼通红的说。

"什么？……"阿Ｑ诧异了。"你不知道，他们已经来革过了！"

"谁？……"阿Ｑ更其诧异了。

"那秀才和洋鬼子！"

阿Ｑ很出意外，不由的一错愕；老尼姑见他失了锐气，便飞速的关了门，阿Ｑ再推时，牢不可开，再打时，没有回答了。

那还是上午的事。赵秀才消息灵，一知道革命党已在夜间进城，便将辫子盘在顶上，一早去拜访那历来也不相能的钱洋鬼子。这是"咸与维新"的时候了，所以他们便谈得很投机，立刻成了情投意合的同志，也相约去革命。他们想而又想，才想出静修庵里有一块"皇帝万岁万万岁"的龙牌，是应该赶紧革掉的，于是又立刻同到庵里去革命。因为老尼姑来阻挡，说了三句话，他们便将伊当作满政府，在头上很给了不少的棍子和栗凿。尼姑待他走后，定了神来检点，龙牌固然已经碎在地上了，而且又不见了观音娘娘座前的一个宣德炉。

这事阿Ｑ后来才知道。他颇悔自己睡着，但也深怪他们不来招呼他。他又退一步想道："难道他们还没有知道我已经投降了革命党么？"

第八章　不准革命

未庄的人心日见其安静了。据传来的消息，知道革命党虽然进了城，倒还没有什么大异样。知县大老爷还是原官，不过改称了什么，而且举人老爷也做了什么——这些名目，未庄人都说不明白——官，带兵的也还是先前的老把总。只有一件可怕的事是另有几个不好的革命党夹在里面捣乱，第二天便动手剪辫子，听说那邻村的航船七斤便着了道儿，弄得不像人样子了。但这却还不算大恐怖，因为未庄人本来少上城，即使偶有想进城的，也就立刻变了计，碰不着这危险。阿Ｑ本也想进城去寻他的老朋友，一得这消息，也只得作罢了。

但未庄也不能说是无改革。几天之后，将辫子盘在顶上的逐渐增加起来了，早经说过，最先自然是茂才公，其次便是赵司晨和赵白眼，后来是阿Ｑ。倘在夏天，大家将辫子盘在头顶上或者打一个结，本不算什么稀奇事，但现在是暮秋，所以这"秋行夏令"的情形，在盘辫家不能不说是万分的英断，而在未庄也不能说无关于改革了。

赵司晨脑后空荡荡的走来，看见的人大嚷说，

"嚄，革命党来了！"

阿Q听到了很羡慕。他虽然早知道秀才盘辫的大新闻，但总没有想到自己可以照样做，现在看见赵司晨也如此，才有了学样的意思，定下实行的决心。他用一支竹筷将辫子盘在头顶上，迟疑多时，这才放胆的走去。

他在街上走，人也看他，然而不说什么话，阿Q当初很不快，后来便很不平。他近来很容易闹脾气了；其实他的生活，倒也并不比造反之前反艰难，人见他也客气，店铺也不说要现钱。而阿Q总觉得自己太失意：既然革了命，不应该只是这样的。况且有一回看见小D，愈使他气破肚皮了。

小D也将辫子盘在头顶上了，而且也居然用一支竹筷。阿Q万料不到他也敢这样做，自己也决不准他这样做！小D是什么东西呢？他很想即刻揪住他，拗断他的竹筷，放下他的辫子，并且批他几个嘴巴，聊且惩罚他忘了生辰八字，也敢来做革命党的罪。但他终于饶放了，单是怒目而视的吐一口唾沫道"呸！"

这几日里，进城去的只有一个假洋鬼子。赵秀才本也想靠着寄存箱子的渊源，亲身去拜访举人老爷的，但因为有剪辫的危险，所以也中止了。他写了一封"黄伞格"的信，托假洋鬼子带上城，而且托他给自己绍介绍介，去进自由党。假洋鬼子回来时，向秀才讨还了四块洋钱，秀才便有一块银桃子挂在大襟上了；未庄人都惊服，说这是柿油党的顶子，抵得一个翰林；赵太爷因此也骤然大阔，远过于他儿子初隽秀才的时候，所以目空一切，见了阿Q，也就很有些不放在眼里了。

阿Q正在不平，又时时刻刻感着冷落，一听得这银桃子的传说，他立即悟出自己之所以冷落的原因了：要革命，单说投降，是不行的；盘上辫子，也不行的；第一着仍然要和革命党去结识。他生平所知道的革命党只有两个，城里的一个早已"嚓"的杀掉了，现在只剩了一个假洋鬼子。他除却赶紧去和假洋鬼子商量之外，再没有别的道路了。

钱府的大门正开着，阿Q便怯怯的蹩进去。他一到里面，很吃了惊，只见假洋鬼子正站在院子的中央，一身乌黑的大约是洋衣，身上也挂着一块银桃子，手里是阿Q曾经领教过的棍子，已经留到一尺多长的辫子都拆开了披在肩背上，蓬头散发的像一个刘海仙。对面挺直的站着赵白眼和三个闲人，正在必恭必敬的听说话。

阿Q轻轻的走近了，站在赵白眼的背后，心里想招呼，却不知道怎么说才好：叫他假洋鬼子固然是不行的了，洋人也不妥，革命党也不妥，或者就应该叫洋先生了罢。

洋先生却没有见他，因为白着眼睛讲得正起劲：

"我是性急的，所以我们见面，我总是说：洪哥！我们动手罢！他却总说道No！——这

是洋话，你们不懂的。否则早已成功了。然而这正是他做事小心的地方。他再三再四的请我上湖北，我还没有肯。谁愿意在这小县城里做事情。……"

"唔，……这个……"阿Q候他略停，终于用十二分的勇气开口了，但不知道因为什么，又并不叫他洋先生。

听着说话的四个人都吃惊的回顾他。洋先生也才看见："什么？"

"我……"

"出去！"

"我要投……"

"滚出去！"洋先生扬起哭丧棒来了。

赵白眼和闲人们便都吆喝道："先生叫你滚出去，你还不听么！"

阿Q将手向头上一遮，不自觉的逃出门外；洋先生倒也没有追。他快跑了六十多步，这才慢慢的走，于是心里便涌起了忧愁：洋先生不准他革命，他再没有别的路；从此决不能望有白盔白甲的人来叫他，他所有的抱负，志向，希望，前程，全被一笔勾销了。至于闲人们传扬开去，给小D王胡等辈笑话，倒是还在其次的事。

他似乎从来没有经验过这样的无聊。他对于自己的盘辫子，仿佛也觉得无意味，要侮蔑；为报仇起见，很想立刻放下辫子来，但也没有竟放。他游到夜间，赊了两碗酒，喝下肚去，渐渐的高兴起来了，思想里才又出现白盔白甲的碎片。

有一天，他照例的混到夜深，待酒店要关门，才踱回土谷祠去。

拍，吧～～～！

他忽而听得一种异样的声音，又不是爆竹。阿Q本来是爱看热闹，爱管闲事的，便在暗中直寻过去。似乎前面有些脚步声；他正听，猛然间一个人从对面逃来了。阿Q一看见，便赶紧翻身跟着逃。那人转弯，阿Q也转弯，既转弯，那人站住了，阿Q也站住。他看后面并无什么，看那人便是小D。

"什么？"阿Q不平起来了。

"赵……赵家遭抢了！"小D气喘吁吁的说。

阿Q的心怦怦的跳了。小D说了便走；阿Q却逃而又停的两三回。但他究竟是做过"这路生意"，格外胆大，于是躄出路角，仔细的听，似乎有些嚷嚷，又仔细的看，似乎许多白盔白甲的人，络绎的将箱子抬出了，器具抬出了，秀才娘子的宁式床也抬出了，但是不分明，他还想上前，两只脚却没有动。

这一夜没有月，未庄在黑暗里很寂静，寂静到像羲皇时候一般太平。阿Q站着看到自己发烦，也似乎还是先前一样，在那里来来往往的搬，箱子抬出了，器具抬出了，秀才娘子的宁式床也抬出了，……抬得他自己有些不信他的眼睛了。但他决计不再上前，却回到自己的祠里去了。

土谷祠里更漆黑；他关好大门，摸进自己的屋子里。他躺了好一会，这才定了神，而且发出关于自己的思想来：白盔白甲的人明明到了，并不来打招呼，搬了许多好东西，又没有自己的份，——这全是假洋鬼子可恶，不准我造反，否则，这次何至于没有我的份呢？阿Q越想越气，终于禁不住满心痛恨起来，毒毒的点一点头："不准我造反，只准你造反？妈妈的假洋鬼子，——好，你造反！造反是杀头的罪名呵，我总要告一状，看你抓进县里去杀头，——满门抄斩，——嚓！嚓！"

第九章　大团圆

赵家遭抢之后，未庄人大抵很快意而且恐慌，阿Q也很快意而且恐慌。但四天之后，阿Q在半夜里忽被抓进县城里去了。那时恰是暗夜，一队兵，一队团丁，一队警察，五个侦探，悄悄地到了未庄，乘昏暗围住土谷祠，正对门架好机关枪；然而阿Q不冲出。许多时没有动静，把总焦急起来了，悬了二十千的赏，才有两个团丁冒了险，踰垣进去，里应外合，一拥而入，将阿Q抓出来；直待擒出祠外面的机关枪左近，他才有些清醒了。

到进城，已经是正午，阿Q见自己被搀进一所破衙门，转了五六个弯，便推在一间小屋里。他刚刚一跄踉，那用整株的木料做成的栅栏门便跟着他的脚跟阖上了，其余的三面都是墙壁，仔细看时，屋角上还有两个人。

阿Q虽然有些忐忑，却并不很苦闷，因为他那土谷祠里的卧室，也并没有比这间屋子更高明。那两个也仿佛是乡下人，渐渐和他兜搭起来了，一个说是举人老爷要追他祖父欠下来的陈租，一个不知道为了什么事。他们问阿Q，阿Q爽利的答道，"因为我想造反。"

他下半天便又被抓出栅栏门去了，到得大堂，上面坐着一个满头剃得精光的老头子。阿Q疑心他是和尚，但看见下面站着一排兵，两旁又站着十几个长衫人物，也有满头剃得精光像这老头子的，也有将一尺来长的头发披在背后像那假洋鬼子的，都是一脸横肉，怒目而视的看他；他便知道这人一定有些来历，膝关节立刻自然而然的宽松，便跪了下去了。

"站着说！不要跪！"长衫人物都吆喝说。

阿Q虽然似乎懂得，但总觉得站不住，身不由己的蹲了下去，而且终于趁势改为跪下了。

"奴隶性！……"长衫人物又鄙夷似的说，但也没有叫他起来。

"你从实招来罢，免得吃苦。我早都知道了。招了可以放你。"那光头的老头子看定了阿Q的脸，沉静的清楚的说。

"招罢！"长衫人物也大声说。

"我本来要……来投……"阿Q胡里胡涂的想了一通，这才断断续续的说。

"那么，为什么不来的呢？"老头子和气的问。

"假洋鬼子不准我!"

"胡说!此刻说,也迟了。现在你的同党在那里?"

"什么?……"

"那一晚打劫赵家的一伙人。"

"他们没有来叫我。他们自己搬走了。"阿Q提起来便愤愤。

"走到那里去了呢?说出来便放你了。"老头子更和气了。

"我不知道,……他们没有来叫我……"

然而老头子使了一个眼色,阿Q便又被抓进栅栏门里了。他第二次抓出栅栏门,是第二天的上午。

大堂的情形都照旧。上面仍然坐着光头的老头子,阿Q也仍然下了跪。

老头子和气的问道,"你还有什么话说么?"

阿Q一想,没有话,便回答说,"没有。"

于是一个长衫人物拿了一张纸,并一支笔送到阿Q的面前,要将笔塞在他手里。阿Q这时很吃惊,几乎"魂飞魄散"了:因为他的手和笔相关,这回是初次。他正不知怎样拿;那人却又指着一处地方教他画花押。"

我……我……不认得字。"阿Q一把抓住了笔,惶恐而且惭愧的说。

"那么,便宜你,画一个圆圈!"

阿Q要画圆圈了,那手捏着笔却只是抖。于是那人替他将纸铺在地上,阿Q伏下去,使尽了平生的力画圆圈。他生怕被人笑话,立志要画得圆,但这可恶的笔不但很沉重,并且不听话,刚刚一抖一抖的几乎要合缝,却又向外一耸,画成瓜子模样了。

阿Q正羞愧自己画得不圆,那人却不计较,早已掣了纸笔去,许多人又将他第二次抓进栅栏门。

他第二次进了栅栏,倒也并不十分懊恼。他以为人生天地之间,大约本来有时要抓进抓出,有时要在纸上画圆圈的,惟有圈而不圆,却是他"行状"上的一个污点。但不多时也就释然了,他想:孙子才画得很圆的圆圈呢。于是他睡着了。

然而这一夜,举人老爷反而不能睡:他和把总呕了气了。举人老爷主张第一要追赃,把总主张第一要示众。把总近来很不将举人老爷放在眼里了,拍案打凳的说道,"惩一儆百!你看,我做革命党还不上二十天,抢案就是十几件,全不破案,我的面子在那里?破了案,你又来迂。不成!这是我管的!"举人老爷窘急了,然而还坚持,说是倘若不追赃,他便立刻辞了帮办民政的职务。而把总却道,"请便罢!"于是举人老爷在这一夜竟没有睡,但幸而第二天倒也没有辞。

阿Q第三次抓出栅栏门的时候,便是举人老爷睡不着的那一夜的明天的上午了。他到了大堂,上面还坐着照例的光头老头子;阿Q也照例的下了跪。

老头子很和气的问道，"你还有什么话么？"

阿Q一想，没有话，便回答说，"没有。"

许多长衫和短衫人物，忽然给他穿上一件洋布的白背心，上面有些黑字。阿Q很气苦：因为这很像是带孝，而带孝是晦气的。然而同时他的两手反缚了，同时又被一直抓出衙门外去了。

阿Q被抬上了一辆没有蓬的车，几个短衣人物也和他同坐在一处。这车立刻走动了，前面是一班背着洋炮的兵们和团丁，两旁是许多张着嘴的看客，后面怎样，阿Q没有见。但他突然觉到了：这岂不是去杀头么？他一急，两眼发黑，耳朵里喤的一声，似乎发昏了。然而他又没有全发昏，有时虽然着急，有时却也泰然；他意思之间，似乎觉得人生天地间，大约本来有时也未免要杀头的。

他还认得路，于是有些诧异了：怎么不向着法场走呢？他不知道这是在游街，在示众。但即使知道也一样，他不过便以为人生天地间，大约本来有时也未免要游街要示众罢了。

他省悟了，这是绕到法场去的路，这一定是"嚓"的去杀头。他惘惘的向左右看，全跟着马蚁似的人，而在无意中，却在路旁的人丛中发见了一个吴妈。很久违，伊原来在城里做工了。阿Q忽然很羞愧自己没志气：竟没有唱几句戏。他的思想仿佛旋风似的在脑里一回旋：《小孤孀上坟》欠堂皇，《龙虎斗》里的"悔不该……"也太乏，还是"手执钢鞭将你打"罢。他同时想手一扬，才记得这两手原来都捆着，于是"手执钢鞭"也不唱了。

"过了二十年又是一个……"阿Q在百忙中，"无师自通"的说出半句从来不说的话。

"好!!!"从人丛里，便发出豺狼的嗥叫一般的声音来。

车子不住的前行，阿Q在喝采声中，轮转眼睛去看吴妈，似乎伊一向并没有见他，却只是出神的看着兵们背上的洋炮。

阿Q于是再看那些喝采的人们。

这刹那中，他的思想又仿佛旋风似的在脑里一回旋了。四年之前，他曾在山脚下遇见一只饿狼，永是不近不远的跟定他，要吃他的肉。他那时吓得几乎要死，幸而手里有一柄斫柴刀，才得仗这壮了胆，支持到未庄；可是永远记得那狼眼睛，又凶又怯，闪闪的像两颗鬼火，似乎远远的来穿透了他的皮肉。而这回他又看见从来没有见过的更可怕的眼睛了，又钝又锋利，不但已经咀嚼了他的话，并且还要咀嚼他皮肉以外的东西，永是不近不远的跟他走。

这些眼睛们似乎连成一气，已经在那里咬他的灵魂。

"救命，……"

然而阿Q没有说。他早就两眼发黑，耳朵里嗡的一声，觉得全身仿佛微尘似的迸散了。

至于当时的影响，最大的倒反在举人老爷，因为终于没有追赃，他全家都号咷了。其次是赵府，非特秀才因为上城去报官，被不好的革命党剪了辫子，而且又破费了二十千的赏钱，所以全家也号啕了。从这一天以来，他们便渐渐的都发生了遗老的气味。

至于舆论，在未庄是无异议，自然都说阿Q坏，被枪毙便是他的坏的证据：不坏又何至于被枪毙呢？而城里的舆论却不佳，他们多半不满足，以为枪毙并无杀头这般好看；而且那是怎样的一个可笑的死囚呵，游了那么久的街，竟没有唱一句戏：他们白跟一趟了。

一九二一年十二月。

《鲁迅经典大全集》，鲁迅著，高等教育出版社，2010年10月第1版

作品提示

《阿Q正传》是鲁迅先生最杰出的代表作品之一，是中国现代文学史上一座不朽的丰碑，也是世界文学宝库中的一颗明珠，是鲁迅先生唯一的一部中篇小说，最初发表于《晨报副刊》，后收入《呐喊》。《阿Q正传》具有丰富的思想内涵和突出的艺术成就。

《阿Q正传》具有丰富的思想内涵。小说通过"阿Q"和他周围人的冷漠形象地揭示了中国农民的麻木和不觉悟，揭示了人性的弱点，也折射出中国资产阶级革命的致命弱点。小说中的主人公——"阿Q"——的性格有着深刻的文化根源，它与近代中国屡遭外国侵略的屈辱历史相联系，是那种虽然破落，但还自认为是天朝上国的鸵鸟精神的折射；它也是中国小农经济社会的产物。中国小生产者的保守落后、不觉悟等弱点使阿Q这样的农民更容易染上"精神胜利法"。小说特别通过"阿Q"身上的"精神胜利法"揭露了中国的民族劣根性，揭示了病态社会人们的病苦，"以引起疗救者的注意"。同时，指出"阿Q"的性格还与传统的儒家文化尤其是道家和儒家文化相连接。回避现实和不敢面对现实，是阿Q和传统的道家和儒家文化的相通点。

《阿Q正传》突出的艺术成就是成功地塑造出阿Q这个世界画廊中的不朽的艺术形象。

鲁迅先生采用了现实主义文学基本创作方法，塑造出不仅是阿Q这一个体，而同时也是"国民性"的浓缩体的人物形象；小说不仅有头尾两部分议论，而且其他诸多地方都穿插有议论，这些议论具有批判与讽刺特色，是突出主题和刻画人物形象的主要部分；小说的语言艺术特色方面，首先表现在人物对话的性格化上，有时尽管是很简单的几句话，却能准确地表现人物的身份和突现人物的精神面貌。小说中使用了不少古语，如"谁料博雅如此公"等；语言中包含幽默感，好用反语，喜欢夸张，如"老Q"等；小说中，使用了大量口语，如"儿子打老子"等，小说语言准确、鲜明、生动，富于表现力。

迟 桂 花

——郁达夫

郁达夫（1896—1945年），原名郁文，笔名文、达、旭、春江钓徒、赵廉等，浙江富阳人；1912年开始旧体诗创作，1913年赴日本留学，1921年与郭沫若等创立创造社；是左联成立时列为发起人之一，后退出；1933年移居杭州，写了大量山水游记；抗战爆发后，赴武汉参加抗日宣传工作。他是二十世纪三十年代主情小说的代表人物。他的思想和创作受歌德、图格涅夫、卢梭的影响。1921年10月他出版的小说集《沉沦》，是第一部中国现代短篇小说集。小说处女作《银灰色的死》，代表作《沉沦》。1938年他到新加坡，主编《星周日报》；1945年，日本投降后，被日本宪兵杀害。

1922年前的小说主要是写"性的苦闷"，1922年7月回国后，作品的目光开始关注社会底层的被损害者和侮辱者，诉说"生的苦闷"。

郁达夫的小说一个主题是突出表现五四青年对人性解放的追求和被生活挤出轨道的"零余者"的哀怨，另一个主题是鲜明地表达了作者的爱国主义和人道主义情怀。

他的作品有《沉沦》《春风沉醉的晚上》《薄奠》《采石矶》《过去》《银灰色的死》《迟桂花》等。其主题：以青年人生为题材，以罕见的直率与真诚洞察人物灵魂深处的隐秘，表现人生的苦闷和变态心理的"零余者"形象，"赤裸裸地把我的心境写出来"。作品流露出一种感伤美与病态美，体现出当时的时代病。小说体现了郁达夫的中国名士气度和自由民主精神。

××兄：

突然间接着我这一封信，你或者会惊异起来，或者你简直会想不出这发信的翁某是什么人。但仔细一想，你也不在做官，而你的境遇，也未见得比我的好几多倍，所以将我忘了的这一回事，或者是还不至于的。因为这除非是要贵人或境遇很好的人才做得出来的事情。前两礼拜为了采办结婚的衣服家具之类，才下山去。有好久不上城里去了，偶尔去城里一看，真是像丁令威的化鹤归来，触眼新奇，宛如隔世重生的人。在一家书铺门口走过，一抬头就看见了几册关于你的传记评论之类的书。再踏进去一问，才知道你的著作竟积成了八九册之多了。将所有的你的和关于你的书全买将回来一读，仿佛是又接见了十余年不见的你那副音容笑语的样子。我忍不住了，一遍两遍的尽在翻读，愈读愈想和你通一次信，见一次面。但因这许多年数的不看报，不识世务，不亲笔砚的缘故，终于下了好几次决心，而仍不敢把这心愿来实现。现在好了，关于我的一切结婚的事情的准备，也已经料理到了十之七八，而我那年老的娘，又在打算着于明天一侵早就进城去，早就上床去躺下了。我那可怜的寡妹，也因为白天操劳过了度，这时候似乎也已经坠入了梦乡，所以我可以静静儿的来练这久未写作的笔，实现我这经怀念了有半个多月的心愿了。

提笔写将下来，到了这里，我真不知将如何的从头写起。和你相别以后，不通闻问的年数，隔得这么的多，读了你的著作以后，心里头触起的感觉情绪，又这么的复杂；现在当这一刻的中间，汹涌盘旋在我脑里想和你谈谈的话，的确，不止像一部二十四史那么的繁而且乱，简直是同将要爆发的火山内层那么的热而且烈，急遽寻不出一个头来。

我们自从房州海岸别来，到现在总也约莫有十多年光景了罢！我还记得那一天晴冬的早晨，你一个人立在寒风里送我上车回东京去的情形。你那篇《南迁》的主人公，写的是不是我？我自从那一年后，竟为这胸腔的恶病所压倒，与你再见一次面和通一封信的机会也没有，就此回国了。学校当然是中途退了学，连生存的希望都没有了的时候，哪里还顾得到将来的立身处世？哪里还顾得到身外的学艺修能？到这时候为止的我的少年豪气，我的绝大雄心，是你所晓得的。同级同乡的同学，只有你和我往来得最亲密。在同一公寓里同住得最长久的，也只有你一个人；时常劝我少用些功，多保养身体，预备将来为国家为人类致大用的，也就是你。每于风和日朗的晴天，拉我上多摩川上井之头公园及武藏野等近郊去散走闲游的，除你以外，更没有别的人了。那几年高等学校时代的愉快的生活，我现在只教一闭上眼，还历历透视得出来。看了你的许多初期的作品，这记忆更加新鲜了。我的所以愈读你的作品，愈想和你通一次信者，原因也就在这些过去的往事的追怀。这些都是你和我两人所共有的过去，我写也没有写得你那么好，就是不写你总也还记得的，所以我不想再说。我打算详详细细向你来作一个报告的，就是从那年冬天回故乡以后的十几年光景的山居养病的生活情形。

那一年冬天咯了血，和你一道上房州去避寒，在不意之中，又遇见了那个肺病少女——是真砂子罢？连她的名字我都忘了——无端惹起了那一场害人害己的恋爱事件。你送我回东京之后，住了一个多礼拜，我就回国来了。我们的老家在离城市有二十来里地的翁家山上，你是晓得的。回家住下，我自己对我的病，倒也没什么惊奇骇异的地方，可是我痰里的血丝，脸上的苍白，和身体的瘦削，却把我那已经守了好几年寡的老母急坏了，因为我那短命的父亲，也是患这同样的病而死去的。于是她就四处的去求神拜佛，采药求医，急得连粗茶淡饭都无心食用，头上的白发，也似乎一天一天的加多起来了。我哩！恋爱已经失败了，学业也已辍了，对于此生，原已没有多大的野心，所以就落得去由她摆布，积极地虽尽不得孝，便消极地尽了我的顺。初回家的一年中间，我简直门外也不出一步，各色各样的奇形的草药，和各色各样的异味的单方，差不多都尝了一个遍。但是怪得很，连我自己都满以为没有希望的这致命的病症，一到了回国后所经过的第二个春天，竟似乎有神助似地忽然减轻了，夜热也不再发，盗汗也居然止住，痰里的血丝早就没有了。

我的娘的喜欢，当然是不必说，就是在家里替我煮药缝衣，代我操作一切的我那位妹妹，也同春天的天气一样，时时展开了她的愁眉，露出了她那副特有的真真是讨人欢喜的笑容。到了初夏，我药也已经不服，有兴致的时候，居然也能够和她们一道上山前山后去采采茶，摘摘菜，帮她们去服一点小小的劳役了。是在这一年的——回家后第三年的——秋天，在我们家里，同时候发生了两件似喜而又可悲，说悲却也可喜的悲喜剧。第一，就是我那妹妹的出嫁，第二，就是我定在城里的那家婚约的解除。妹妹那年十九岁了，男家是只隔一支山岭的一家乡下的富家。他们来说亲的时候，原是因为我们祖上是世代读书的，总算是来和诗礼人家攀婚的意思。定亲已经定过了四五年了，起初我娘却嫌妹妹年纪太小，不肯马上准他们来迎娶，后来就因为我的病，一搁就又搁起了两三年。到了这一回，我的病总算已经恢复，而妹妹却早到了该结婚的年龄了。男家来一说，我娘也就应允了他们，也算完了她自己的一件心事。至于我的这家亲事呢，却是我父亲在死的前一年为我定下的，女家是城里的一家相当有名的旧家。那时候我的年纪虽还很小，而我们家里的不动产却着实还有一点可观。并且我又是一个长子，将来家里要培植我读书处世是无疑的，所以那一家旧家居然也应允了我的婚事。以现在的眼光看来，这门亲事，当然是我们去竭力高攀的，因为杭州人家的习俗，是吃粥的人家的女儿，非要去嫁吃饭的人家不可的。还有乡下姑娘，嫁往城里，倒是常事，城里的千金小姐，却不大会下嫁到乡下来的，所以当时的这个婚约，起初在根本上就有点儿不对。后来经我父亲的一死，我们家里，丧葬费用，就用去了不少。嗣后年复一年，母子三人，只吃着家里的死饭。亲族戚属，少不得又要对我们孤儿寡妇，时时加以一点剥削。母亲又忠厚无用，在出卖田地山场的时候，也不晓得市价的高低，大抵是任凭族人在从中勾搭。就因这种种关系的结果，到我考取了官费，上日本去留学的那一年，我们这一家世代读书的翁家山上的旧家，已经只剩得一点仅能维持衣食的住屋山场和几块荒田了。当我初次出国的时候，承蒙他们不弃，我那未来的亲家，还送了我些赆仪路费。后来于寒假暑假回国的期间，也曾央原媒来催过完姻。可是接着就是我那致命的病症的发生，与我的学业的中辍，于是两三年中，他们和我们的中间，便自然而然的断绝了交往。到了这一年的晚秋，当我那妹妹嫁后不久的时候，女家忽而又央了原媒来对母亲说："你们的大少爷，有病在身，婚娶的事情，当然是不大相宜的，而他家的小姐，也已经下了绝大的决心，立志终身不嫁了，所以这一个婚约，还是解除了的好。"说着就打开包裹，将我们传红时候交去的金玉如意，红绿帖子等，拿了出来，退还了母亲。我那忠厚老实的娘，人虽则无用，但面子却是死要的，一听了媒人的这一番说话，目瞪口僵，立时就滚下了几颗眼泪来。幸亏我在旁边，做好做歹的对娘劝慰了好久，她才含着眼泪，将女家的回礼及八字全帖等检出，交还了原媒。媒人去后，她又上山后我父亲的坟边去大哭了一场。直到傍晚，我和同族邻人等一道去拉她回来，她在路上，还流着满脸的眼泪鼻涕，在很伤心地呜咽。这一出赖婚的怪剧，在我只有高兴，本来是并没有什么大不了的，可是由头脑很旧的她看来，却似乎是翁家世代的颜面家声都被他们剥尽了。自此以后，一直下来，将近十年，我和她母子二人，就日日的寡言少笑，相对茕茕，直到前年的冬天，我那妹夫死去，寡妹回来为止，两人所过的，都是些在炼狱里似的沉闷的日子。

　　说起我那寡妹，她真也是前世不修。人虽则很长大，身体虽则很强壮，但她的天性，却永远是一个天真活泼的小孩子。嫁过去那一年，来回郎的时候，她还是笑嘻嘻地如同上城里去了一趟回来了的样子，但双满月之后，到年下边回来的时候，从来不晓得悲泣的她，竟对我母亲掉起眼泪来了。她们夫家的公公虽则还好，但婆婆的繁言吝啬，小姑的刻薄尖酸和男人的放荡凶暴，使她一天到晚过不到一刻安闲自在的生活。工作操劳本系是她在家里的时候所惯习的，倒并不以为苦，所最难受的，却是多用一枝火柴，也要受婆婆责备的那一种俭约到不可思议的生活状态。还有两位小姑，左一句尖话，右一句毒语，仿佛从前我娘的不准他们早来迎娶，致使她们的哥哥染上游荡的恶习，在外面养起了女人这一件事情，完全是我妹妹的罪恶。结婚之后，新郎的恶习，仍旧改不过来，反而是在城里他那旧情人家里过的日子多，在新房里过的日子少。这一笔账，当然又要写在我妹妹的身上。婆婆说她不会侍奉男人，小姑们说她不会劝，不会骗。有时候公公看得难受，替她申辩一声，婆婆就尖着喉咙，要骂上公公的脸去；"你这老东西！脸要不要，脸要不要，你这扒灰老！"因我那妹夫，过的是这一种不自然的生活，所以前年夏天，就染了急病死掉了，于是我那妹妹又多了一个克夫的罪名。妹妹年轻守寡，公公少不得总要对她客气一点，婆婆在这里就算抓住了扒灰的证据，三日一场吵，五日一场闹，还是小事，有几次在半夜里，两老夫妇还会大哭大骂的喧闹起来。我妹妹于有一回被骂被逼得特别厉害的争吵之后，就很坚决地搬回到了家里来住了。自从她回来之后，我娘非但得到了一个很大的帮手，就是我们家里的沉闷的空气，也缓和了许多。

　　这就是和你别后，十几年来，我在家里所过的生活的大概。平时非但不上城里去走走，当风雪盈途的冬季，我和我娘简直有好几个月不出门外的时候。我妹妹回来之后，生活又约略变过了。多年不做的焙茶事业，去年也竟出产了一二百斤。我的身体，经了十几年的静养，似乎也有一点把握了。从今年起，我并且在山上的晏公祠里参加入了一个训蒙的小学，居然也做了一位小学教师。但人生是动不得的，稍稍一动，就如滚石下山，变化便要接连不断的簇生出来。我因为在教教书，而家里头又勉强地干起了一点事业，今年夏季居然又有人来同我议婚了。新娘是近邻乡村里的一位老处女，今年二十七岁，家里虽称不得富有，可也是小康之家。这位新娘，因为从小就读了些书，曾在城里进过学堂，相貌也还过得去——好几年前，我曾经在一处市场上看见过她一眼的——故而高不凑，低不就，等闲便度过了她的锦样的青春。我在教书的学校里的那位名誉校长——也是我们的同族——本来和她是旧亲，所以这位校长就在中间做了个传红线的冰人。我独居已经惯了，并且身体也不见得分外强健，若一结婚，难保得旧病的不会复发，故而对这门亲事，当初是断然拒绝了的。可是我那年老的母亲，却仍是雄心未死，还在想我结一头亲，生下几个玉树芝兰来，好重振重振我们的这已经坠落了很久的家声，于是这亲事又同当年生病的时候服草药一样，勉强地被压上我的身上来了。我哩，本来也已经入了中年了，百事原都看得很穿，又加以这十几年的疏散和无为，觉得在这世上任你什么也没甚大不了的事情，落得随随便便的过去，横竖是来日也无多了。只教我母亲喜欢的话，那就是我稍稍牺牲一点意见也使得。于是这婚议，就在很短的时间里，成熟得妥妥帖帖，现在连迎娶的日期也已经拣好了，是旧历九月十二。

　　是因为这一次的结婚，我才进城里去买东西，才发见了多年不见的你这老友的存在，所以结婚之日，我想请你来我这里吃喜酒，大家来谈谈过去的事情。你的生活，从你的日记和著作中看来，本来也是同云游的僧道一样的。让出一点工夫来，上这一区僻静的乡间来住几日，或者也是你所喜欢的事情。你来，你一定来，我们又可以回顾回顾一去而不复返的少年时代。

　　我娘的房间里，有起响动来了，大约天总就快亮了罢。这一封信，整整地费了我一夜的时间和心血，通宵不睡，是我回国以后十几年来不曾有过的经验，你单只看取了我的这一点热忱，我想你也不好意思不来。

　　啊，鸡在叫了，我不想再写下去了，还是让我们见面之后再来谈罢！

一九三二年九月　翁则生上

　　刚在北平住了个把月，重回到上海的翌日，和我进出的一家书铺里，就送了这一封挂号加邮托转交的厚信来。我接到了这信，捏在手里，起初还以为是一位我认识的作家，寄了稿子来托我代售的。但翻转信背一看，却是杭州翁家山的翁某某所发，我立时就想起了那位好学不倦，面容妩媚，多年不相闻问的旧同学老翁。他的名字叫翁矩，则生是他的小名。人生得矮小娟秀，皮色也很白净，因而看起来总觉得比他的实际年龄要小五六岁。在我们的一班里，算他的年纪最小，操体操的时候，总是他立在最后的，但实际上他也只不过比我小了两岁。那一年寒假之后，和他同去房州避寒，他的左肺尖，已经被结核菌损蚀得很厉害了。住不上几天，一位也住在那近边养肺病的日本少女，很热烈地和他要好了起来，结果是那位肺病少女的因兴奋而病剧，他也就同失了舵的野船似地迁回到了中国。以后一直十多年，我虽则在大学里毕了业，但关于他的消息，却一向还不曾听见有人说起。拆开了这封长信，上书室去坐下，从头至尾细细读完之后，我呆视着远处，茫茫然如失了神的样子，脑子里也触起了许多感慨与回思。我远远的看出了他的那种柔和的笑容，听见了他的沉静而又清澈的声气。直到天将暗下去的时候，我一动也不动，还坐在那里呆想，而楼下的家人却来催吃晚饭了。在吃晚饭的中间，我就和家里的人谈起了这位老同学，将那封长信的内容约略说了一遍。家里的人，就劝我落得上杭州去旅行一趟，像这样的秋高气爽的时节，白白地消磨在煤烟灰土很深的上海，实在有点可惜，有此机会，落得去吃吃他的喜酒。

第二天仍旧是一天晴和爽朗的好天气，午后二点钟的时候，我已经到了杭州城站，在雇车上翁家山去了。但这一天，似乎是上海各洋行与机关的放假的日子，从上海来杭州旅行的人，特别的多。城站前面停在那里候客的黄包车，都被火车上下来的旅客雇走了，不得已，我就只好上一家附近的酒店去吃午饭。在吃酒的当中，问了问堂倌以去翁家山的路径，他便很详细地指示我说：

"你只教坐黄包车到旗下的陈列所，搭公共汽车到四眼井下来走上去好了。你又没有行李，天气又这么的好，坐黄包车直去是不上算的。"

得到了这一个指教，我就从容起来了，慢慢的喝完了半斤酒，吃了两大碗饭，从酒店出来，便坐车到了旗下。恰好是三点前后的光景，湖六段的汽车刚载满了客人，要开出去。我到了四眼井下车，从山下稻田中间的一条石板路走进满觉陇去的时候，太阳已经平西到了三五十度斜角度的样子，是牛羊下山，行人归舍的时刻了。在满觉陇的狭路中间，果然遇见了许多中学校的远足归来的男女学生的队伍。上水乐洞口去坐下喝了一碗清茶，又拉住了一位农夫，问了一声翁则生的名字，他就晓得的很详细似地告诉我说：

"是山上第二排的朝南的一家，他们那间楼房顶高，你一上去就可以看得见的。则生要讨新娘子了，这几天他们正在忙着收拾。这时候则生怕还在晏公祠的学堂里哩。"

谢过了他的好意，付了了茶钱，我就顺着上烟霞洞去的石级，一步一步的走上了山去。渐走渐高，人声人影是没有了，在将暮的晴天之下，我只看见了许多树影。在半山亭里立住歇了一歇，回头向东南一望，看得见的，只是些青葱的山和如云的树，在这些绿树丛中又是些这儿几点，那儿一簇的屋瓦与白墙。

"啊啊，怪不得他的病会得好起来了，原来翁家山是在这样的一个好地方。"

烟霞洞我儿时也曾来过的，但当这样晴爽的秋天，于这一个西下夕阳东上月的时刻，独立在山中的空亭里，来仔细赏玩景色的机会，却还不曾有过。我看见了东天的已经满过半弓的月亮，心里正在羡慕翁则生他们老家的处地的幽深，而从背后又吹来了一阵微风，里面竟含满着一种说不出的撩人的桂花香气。

"啊……"

我又惊异了起来：

"原来这儿到这时候还有桂花？我在以桂花著名的满觉陇里，倒不曾看到，反而在这一块冷僻的山里面来闻吸浓香，这可真也是奇事了。"

这样的一个人独自在心中惊异着，闻吸着，赏玩着，我不知在那空亭里立了多少时候。突然从脚下树从深处，却幽幽的有晚钟声传过来了，东嗡，东嗡地这钟声实在真来得缓慢而凄清。我听得耐不住了，拔起脚跟，一口气就走上了山顶，走到了那个山下农夫曾经教过我的烟霞洞西面翁则生家的近旁。约莫离他家还有半箭路远时候，我一面喘着气，一面就放大了喉咙向门里面叫了起来：

"喂，老翁！老翁！则生！翁则生！"

听见了我的呼声，从两扇关在那里的腰门里开出来答应的却不是被我所唤的翁则生自己，而是我从来也没有见过面的，比翁则生略高三五分的样子，身体强健，两颊微红，看起来约莫有二十四五的一位女性。

她开出了门，一眼看见了我，就立住脚惊疑似地略呆了一呆。同时我看见她脸上却涨起了一层红晕，一双大眼睛眨了几眨，深深地吞了一口气。她似乎已经镇静下去了，便很腼腆地对我一笑。在这一脸柔和的笑容里，我立时就看到了翁则生的面相与神气，当然她是则生的妹妹无疑了，走上了一步，我就也笑着问她说：

"则生不在家么？你是他的妹妹不是？"

听了我这一句问话，她脸上又红了一红，柔和地笑着，半俯了头，她方才轻轻地回答我说：

"是的，大哥还没有回来，你大约是上海来的客人罢？吃中饭的时候，大哥还在说哩！"

这沉静清澈的声气，也和翁则生的一色而没有两样。

"是的，我是从上海来的。"

我接着说：

"我因为想使则生惊骇一下，所以电报也不打一个来通知，接到他的信后，马上就动身来了。不过你们大哥的好日也太逼近了，实在可也没有写一封信来通知的时间余裕。"

"你请进来罢，坐坐吃碗茶，我马上去叫了他来。怕他听到了你来，真要惊喜得像疯了一样哩。"

走上台阶，我还没有进门，从客堂后面的侧门里，却走出了一位头发雪白，面貌清癯，大约有六十内外的老太太来。她的柔和的笑容，也是和她的女儿儿子的笑容一色一样的。似乎已经听见了我们在门口所交换过的谈话了，她一开口就对我说：

"是郁先生么？为什么不写一封快信来通知？则生中上还在说，说你若要来，他打算进城上车站去接你去的。请坐，请坐，晏公祠只有十几步路，让我去叫他来罢，怕他真要高兴得像什么似的哩。"说完了，她就朝向了女儿，吩咐她上厨下去烧碗茶来。她自己却踏着很平稳的脚步，走出大门，下台阶去通知则生去了。

"你们老太太倒还轻健得很。"

"是的，她老人家倒还好。你请坐罢，我马上起了茶来。"

她上厨下去起茶的中间，我一个人，在客堂里倒得了一个细细观察周围的机会。则生他们的住屋，是一间三开间而有后轩后厢房的楼房。前面阶沿外走落台阶，是一块可以造厅造厢楼的大空地。走过这块数丈见方的空地，再下两级台阶，便是村道了。越村道而下，再低数尺，又是一排人家的房子。但这一排房子，因为都是平屋，所以挡不杀翁则生他们家里的眺望。立在翁则生家的空地里，前山后山的山景，是依旧历历可见的。屋前屋后，一段一段的山坡上，都长着些不大知名的杂树，三株两株夹在这些杂树中间，树叶短狭，叶与细枝之间，满撒着锯末似的黄点的，却是木犀花树。前一刻在半山空亭里闻到的香气，源头原来就系出在这一块地方的。太阳似乎已下了山，澄明的光里，已经看不见日轮的金箭，而山脚下的树梢头，也早有一带晚烟笼上了。山上的空气，真静得可怜，老远老远的山脚下的村里，小儿在呼唤的声音，也清晰地听得出来。我在空地里立了一会，背着手又踱回到了翁家的客厅，向四壁挂在那里的书画一看，却使我想起了翁则生信里所说的事实。琳琅满目，挂在那里的东西，果然是件件精致，不像是乡下人家的俗恶的客厅。尤其使我看得有趣的，是陈豪写的一堂《归去来辞》的屏条，墨色的鲜艳，字迹的秀腴，有点像董香光而更觉得柔媚。翁家的世代书香，只须上这客厅里来一看就可以知道了。我立在那里看字画还没有看得周全，忽而背后门外老远的就飞来了几声叫声：

"老郁！老郁！你来得真快！"

翁则生从小学校里跑回来了，平时总很沉静的他，这时候似乎也感到了一点兴奋。一走进客堂，他握住了我的两手，尽在喘气，有好几秒钟说不出话来。等落在后面的他娘走到的时候，三人才各放声大笑了起来。这时候他妹妹也已经将茶烧好，在一个朱漆盘里放着三碗搬出来摆上桌子来了。

"你看，则生这小孩，他一听见我说你到了，就同猴子似的跳回来了。"他娘笑着对我说。

"老翁！说你生病生病，我看你倒仍旧不见得衰老得怎么样，两人比较起来，怕还是我老得多哩？"

我笑说着，将脸朝向了他的妹妹，去征她的同意。她笑着不说话，只在守视着我们的欢喜笑乐的样子。则生把头一扭，向他娘指了一指，就接着对我说：

"因为我们的娘在这里，所以我不敢老下去吓。并且媳妇儿也还不曾娶到，一老就得做老光棍了，那还了得！"

经他这么一说，四个人重又大笑起来了，他娘的老眼里几乎笑出了眼泪。则生笑了一会，就重新想起了似的替他妹妹介绍：

"这是我的妹妹，她的事情，你大约是晓得的罢？我在那信里是写得很详细的。"

"我们可不必你来介绍了，我上这儿来，头一个见到的就是她。"

"噢，你们倒是有缘啊！莲，你猜这位郁先生的年纪，比我大呢，还是比我小？"

他妹妹听了这一句话，面色又涨红了，正在嗫嚅困惑的中间，她娘却止住了笑，问我说：

"郁先生，大约是和则生上下年纪罢？"

"那里的话，我要比他大得多哩。"

"娘，你看还是我老呢，还是他老？"

则生又把这问题转向了他的母亲。他娘仔细看了我一眼，就对他笑骂般的说：

"自然是郁先生来得老成稳重，谁更像你那样的不脱小孩子脾气呢！"

说着，她就走近了桌边，举起茶碗来请我喝茶。我接过来喝了一口，在茶里又闻到了一种实在是令人欲醉的桂花香气。掀开了茶碗盖，我俯首向碗里一看，果然在绿莹莹的茶水里散点着有一粒一粒的金黄的花瓣。则生以为我在看茶叶，自己拿起了一碗喝了一口，他就对我说：

"这茶叶是我们自己制的，你说怎么样？"

"我并不在看茶叶，我只觉这触鼻的桂花香气，实在可爱得很。"

"桂花吗？这茶叶里的还是第一次开的早桂，现在在开的迟桂花，才有味哩！因为开得迟，所以日子也经得久。"

"是的是的，我一路上走来，在以桂花著名的满觉陇里，倒闻不着桂花的香气。看看两旁的树上，都只剩了一簇一簇的淡绿的桂花托子了，可是到了这里，却同做梦似地，所闻吸的尽是这种浓艳的气味。老翁，你大约是已经闻惯了，不觉得什么罢？我……我……"

说到了这里，我自家也忍不住笑了起来。则生尽管在追问我，"你怎么样？你怎么样？"到了最后，我也只好说了：

"我，我闻了，似乎要起性欲冲动的样子。"

则生听了，马上就大笑了起来，他的娘和妹妹虽则并没有明确地了解我们的说话的内容，但也晓得我们是在说笑话，母女俩便含着微笑，上厨下去预备晚饭去了。

我们两人在客厅上谈谈笑笑，竟忘记了点灯，一道银样的月光，从门里洒进来了。则生看见了月亮，就站起来想去拿煤油灯，我却止住了他，说：

"在月光底下清谈，岂不是很好么？你还记不记得起，那一年在井之头公园里的一夜游行？"

所谓那一年者，就是翁则生患肺病的那一年秋天。他因为用功过度，变成了神经衰弱症。有一天，他课也不去上，竟独自一个在公寓里发了一天的疯。到了傍晚，他饭也不吃，从公寓里跑出去了。我接到了公寓主人的注意，下学回来，就远远的在守视着他，看他走出了公寓，就也追踪着他，远远地跟他一道到了井之头公园。从东京到井之头公园去的高架电车，本来是有前后的两乘，所以在电车上，我和他并不遇着。直到下车出车站之后，我假装无意中和他冲见了似的同他招呼了。他红着双颊，问我这时候上这野外来干什么，我说是来看月亮的，记得那一晚正是和这天一样地有月亮的晚上。两人笑了一笑，就一道的在井之头公园的树林里走到了夜半方才回来。后来听他的自白，他是在那一天晚上想到井之头公园去自杀的，但因为遇见了我，谈了半夜，胸中的烦闷，有一半消散了，所以就同我一道又转了回来。"无限胸中烦闷事，一宵清话又成空！"他自白的时候，还念出了这两句诗来，借作解嘲。以后他就因伤风而发生了肺炎，肺炎愈后，就一直的为结核菌所压倒了。

谈了许多怀旧谈后，话头一转，我就提到了他的这一回的喜事。

"这一回的喜事么？我在那信里也曾和你说过。"

谈话的内容，一从空想追怀转向了现实，他的声气就低了下去，又回复了他旧日的沉静的态度。

"在我是无可无不可的，对这事情最起劲的，倒是我的那位年老的娘。这一回的一切准备麻烦，都是她老人家在替我忙的。这半个月中间，她差不多日日跑城里。现在是已经弄得完完全全，什么都预备好了，明朝一日，就要来搭灯彩，下午是女家送嫁妆来，后天就是正日。可是老郁，有一件事情，我觉得很难受，就是莲儿——这是我妹妹的小名——近来，似乎是很不高兴的样子，她话虽则不说，但因为她是很天真的缘故，所以在态度上表情上处处我都看得出来。你是初同她见面，所以并不觉得什么，平时她着实要活泼哩，简直活泼得同现代的那些时髦女郎一样，不过她的活泼是天性的纯真，而那些现代女郎，却是学来的时髦。……按说哩，这心绪的恶劣，也是应该的，她虽则是一个纯真的小孩子，但人非木石，究竟总有一点感情，看到了我们这里的婚事热闹，无论如何，总免不得要想起她自己的身世凄凉的。并且还有一个最重要的动机，仿佛是她在觉得自己今后的寄身无处。这儿虽是娘家，但她却是已经出过嫁的女儿了，哥哥讨了嫂嫂，她还有什么权利再寄食在娘家呢？所以我当这婚事在谈起的当初，就一次两次的对她说过了，不管它怎样，她总是我的妹妹，除非她要再嫁，则没有话说，要是不然的话，那她是一辈子有和我同居，和我对分财产的权利的，请她千万不要自己感到难过。这一层意思，她原也明白，我的性情，她是晓得的，可是不晓得怎么，她近来似乎总有点不大安闲的样子。你来得正好，顺便也可以劝劝她。并且明天发嫁妆结灯彩之类的事情，怕她看了又要想到自己的身世，我想明朝一早就叫她陪你出去玩去，省得她在家里一个人在暗中受苦。"

"那好极了，我明天就陪她出去玩一天回来。"

"那可不对，假使是你陪她出去玩的话，那是形迹更露，愈加要使她难堪了，非要装作是你要她去作陪不行。仿佛是你想出去玩，但我却没有工夫陪你，所以只好勉强请她和你一道出去。要这样，她才安逸。"

"好，好，就这么办，明天我要她陪我去逛五云山去。"

正谈到了这里，他的那位老母从客室后面的那扇侧门里走出来了，看到了我们坐在微明灰暗的客室里谈天，她又笑了起来说：

"十几年不见的一段总账，你们难道想在这几刻工夫里算它清来么？有什么话谈得那么起劲，连灯都忘了点一点？则生，你这孩子真像是疯了，快立起来，把那盏保险灯点上。"

说着她又跑回到了厨下，去拿了一盒火柴出来。则生爬上桌子，在点那盏悬在客室正中的保险灯的时候，她就问我吃晚饭之先，要不要喝酒。则生一边在点灯，一边就从肩背上叫他娘说：

"娘，你以为他也是肺痨病鬼么？郁先生是以喝酒出名的。"

"那么你快下来去开坛去罢，今天挑来的是那两坛酒，不晓得好不好，请郁先生尝尝看。"

他娘听了他的话后，就也昂起了头，一面在看他点灯，一面在催他下来去开酒去。

"幸而是酒，请郁先生先尝一尝新，倒还不要紧，要是新娘子，那可使不得。"

他笑说着从桌子上跳了下来，他娘眼睛望着了我，嘴唇却朝着了他啐了一声说：

"你看这孩子，说话老是这样不正经的！"

"因为他要做新郎官了，所以在高兴。"

我也笑着对他娘说了一声，旋转身就一个人踱出了门外，想看一看这翁家山的秋夜的月明，屋内且让他们母子俩去开酒去。

月光下的翁家山，又不相同了。从树枝里筛下来的千条万条银线，像是电影里的白天的外景。不知躲在什么地方的许多秋虫的鸣唱，骤听之下，满以为在下急雨。白天的热度，日落之后，忽然收敛了，于是草木很多的这深山顶上，就也起了一层白茫茫的透明雾障。山上电灯线似乎还没有接上，远近一家一家看得见的几点煤油灯光，仿佛是大海湾里的渔灯野火。一种空山秋夜的沉默的感觉，处处在高压着人，使人肃然会起一种畏敬之思。我独立在庭前的月光亮里看不上几分钟，心里就有点寒辣辣的怕了起来，回身再走回客室，酒菜杯筷，都已热气蒸腾的摆好在那里候客了。

四个人当吃晚饭的中间，则生又说了许多笑话。因为在前回听取了一番他所告诉我的衷情之后，我于举酒杯的瞬间，偷眼向她妹妹望望，觉得在她的柔和的笑脸上，的确似乎是有一种说不出的悲寂的表情流露在那里的样子。这一餐晚饭，吃尽了许多时间，我因为白天走路走得不少，而谈话之后又感到了一点兴奋，肚子有点饿了，所以酒和菜，竟吃得比平时要多一倍。到了最后将快吃完的当儿，我就向则生提出说：

"老翁，五云山我倒还没有去玩过，明天你可不可以陪我一道去玩一趟？"

则生仍复以他的那种滑稽的口吻回答我说：

"到了结婚的前一日，新郎官哪里走得开呢，还是改天再去罢。等新娘子来了之后，让新郎新娘抬了你去烧香，也还不迟。"

我却仍复主张着说，明天非去不行。则生就说：

"那么替你去叫一顶轿子来，你坐了轿子去，横竖是明天轿夫会来的。"

"不行不行，游山玩水，我是喜欢走的。"

"你认得路么？"

"你们这一种乡下的僻路，我哪里会认得呢？"

"那就怎么办呢？……"

则生抓着头皮，脸上露出了一脸为难的神气。停了一二分钟，他就举目向他的妹妹说：

"莲！你怎么样！你是一位女豪杰，走路又能走，地理又熟悉，你替我陪了郁先生去怎么样？"

他妹妹也笑了起来，举起眼睛来向她娘看了一眼。接着她娘就说：

"好的，莲，还是你陪了郁先生去罢，明天你大哥是走不开的。"

我一看她脸上的表情，似乎已经有了答应的意思了，所以又追问了她一声说：

"五云山可着实不近哩，你走得动的么？回头走到半路，要我来背，那可办不到。"

她听了这话，就真同从心坎里笑出来的一样笑着说：

"别说是五云山，就是老东岳，我们也一天要往返两次哩。"

从她的红红的双颊，挺突的胸脯，和肥圆的肩臂看来，这句话也决不是她夸的大口。吃完晚饭，又谈了一阵闲天，我们因为明天各有忙碌的操作在前，所以一早就分头到房里去睡了。

山中的清晓，又是一种特别的情景。我因为昨天夜里多喝了一点酒，上床去一睡，就同大石头掉下海里似的，一直就酣睡到天明。窗外面吱吱唧唧的鸟声喧噪得厉害，我满以为还是夜半，月明将野鸟惊醒了，但睁开眼掀开帐子来一望，窗内窗外已饱浸着晴天爽朗的清晨光线，窗子上面的一角，却已经有一缕朝阳的红箭射到了。急忙滚出了被窝，穿起衣服，跑下楼去一看，他们母子三人，也已梳洗得妥妥服服，说是已经在做了个把钟头的事情之后。平常他们总是于五点钟前后起床的。这一种日出而作，日入而息的山中住民的生活秩序，又使我对他们感到了无穷的敬意。四人一道吃过了早餐，我和则生的妹妹，就整了一整行装，预备出发。临行之际，他娘又叫我等一下子，她很迅速地跑上楼上去取了一枝黑漆手杖下来，说，这是则生生病的时候用过的，走山路的时候，用它来撑扶撑扶，力气要省得多。我谢过了她的好意，就让则生的妹妹上前带路，走出了他们的大门。

早晨的空气，实在澄鲜得可爱。太阳已经升高了，但它的领域，还只限于屋檐，树梢，山顶等突出的地方。山路两旁的细草上，露水还没有干，而一味清凉触鼻的绿色草气，和入在桂花香味之中，闻了好像是宿梦也能摇醒的样子。起初还在翁家山村内走着，则生的妹妹，对村中的同性，三步一招呼，五步一立谈的应接得忙不暇给。走尽了这村子的最后一家，沿了入谷的一条石板路走上下山面的时候，遇见的人也没有了，前面的眺望，也转换了一个样子。朝我们去的方向看去，原又是冈峦的起伏和别墅的纵横，但稍一住脚，掉头向东面一望，一片同呵了一口气的镜子似的湖光，却躺在眼下了。远远从两山之间的谷顶望去，并且还看得出一角城里的人家，隐约藏躲在尚未消尽的湖雾当中。

我们的路先朝西北，后又向西南，先下了山坡，后又上了山背，因为今天有一天的时间，可以供我们消磨，所以一离了村境，我就走得特别的慢。每这里看看，那里看看的看个不住。若看见了一件稍可注意的东西，那不管它是风景里的一点一堆，一山一水，或植物界的一草一木与动物界的一鸟一虫，我总要拉住了她，寻根究底的问得它仔仔细细。说也奇怪，小时候只在村里的小学校里念过四年书的她——这是她自己对我说的——对于我所问的东西，却没有一样不晓得的。关于湖上的山水古迹，庙宇楼台哩，那还不要去管它，大约是生长在西湖附近的人，个个都能够说出一个大概来的，所以她的知道得那么详细，倒还在情理之中，但我觉得最奇怪的，却是她的关于这西湖附近的区域之内的种种动植物的知识。无论是如何小的一只鸟，一个虫，一株草，一棵树，她非但各能把它们的名字叫出来，并且连几时孵化，几时他迁，几时鸣叫，几时脱壳，或几时开花，几时结实，花的颜色如何，果的味道如何等，都说得非常有趣而详尽，使我觉得仿佛是在读一部活的桦候脱的《赛儿鹏自然史》（G. White's *Natural History and Antiquities of Selborne*）。而桦候脱的书，却决没有叙述得她那么朴质自然而富于刺激，因为听听她那种舒徐清澈的语气，看看她那一双天生成像饱使过耐吻胭脂棒般的红唇，更加上以她所特有的那一脸微笑，在知识分子之外还不得不添一种情的成分上去，于书的趣味之上更要兼一层人的风韵在里头。我们慢慢的谈着天，走着路，不上一个钟头的光景，我竟恍恍惚惚，像又回复了青春时代似的完全为她迷倒了。

她的身体，也真发育得太完全，穿的虽是一件乡下裁缝做的不大合式的大绸夹袍，但在我的前面一步一步的走去，非但她的肥突的后部，紧密的腰部，和斜圆的胫部的曲线，看得要簇生异想，就是她的两只圆而且软的肩膊，多看一歇，也要使我贪鄙起来。立在她的前面和她讲话哩，则那一双水汪汪的大眼，那一个隆正的尖鼻，那一张红白相间的椭圆嫩脸，和因走路走得气急，一呼一吸涨落得特别快的那个高突的胸脯，又要使我恼杀。还有她那一头不曾剪去的黑发哩，梳的虽然是一个自在的懒髻，但一映到了她那个圆而且白的额上，和短而且腴的颈际，看起来，又格外的动人。总之，我在昨天晚上，不曾在她身上发见的康健和自然的美点，今天因这一回的游山，完全被我观察到了。此外我又在她的谈话之中，证实了翁则生也和我曾经讲到过的她的生性的活泼与天真。譬如我问她今年几岁了？她说，二十八岁。我说这真看不出，我起初还以为你只有二十三四岁，她说，女人不生产是不大会老的。我又问她，对于则生这一回的结婚，你有点什么感触？她说，另外也没有什么，不过以后长住在娘家，似乎有点对不起大哥和大嫂。像这一类的纯粹真率的谈话，我另外还听取了许多许多，她的朴素的天性，真真如翁则生之所说，是一个永久的小孩子的天性。

爬上了龙井狮子峰下的一处平坦的山顶，我于听了一段她所讲的如何栽培茶叶，如何摘取焙烘，与那时候的山家生活的如何紧张而有趣的故事之后，便在路旁的一块大岩石上坐下了。遥对着在晴天下太阳光里躺着的杭州城市，和近水遥山，我的双眼只凝视着苍空的一角，有半晌不曾说话。一边在我的脑里，却只在回想着德国的一位名延生（Jenson）的作家所著的一部小说《野紫薇爱立喀》（*Die Braune Erika*）。这小说后来又有一位英国的作家哈特生（Hodson）摹仿了，写了一部《绿阴》（*Green Mansions*）。两部小说里所描写的，都是一个极可爱的生长在原野里的天真的女性，而女主人公的结果，后来都是不大好的。我沉默着痴想了好久，她却从我背后用了她那只肥软的右手很自然地搭上了我的肩膀。

"你一声也不响的在那里想什么？"

我就伸上手去把她的那只肥手捏住了，一边就扭转了头微笑着看入了她的那双大眼，因为她是坐在我的背后的。我捏住了她的手又默默对她注视了一分钟，但她的眼里脸上却丝毫也没有羞惧兴奋的痕迹出现，她的微笑，还依旧同平时一点儿也没有什么的笑容一样。看了我这一种奇怪的形状，她过了一歇，反又很自然的问我说：

"你究竟在那里想什么？"

倒是我被她问得难为情起来了，立时觉得两颊就潮热了起来。先放开了那只被我捏住在那儿的她的手，然后干咳了两声，最后我就鼓动了勇气，发了一声同被绞出来似的答语：

"我……我在这儿想你！"

"是在想我的将来如何的和他们同住么？"

她的这句反问，又是非常的率真而自然，满以为我是在为她设想的样子。我只好沉默着把头点了几点，而眼睛里却酸溜溜的觉得有点热起来了。

"啊，我自己倒并没有想得什么伤心，为什么，你，你却反而为我流起眼泪来了呢？"

她像吃了一惊似的立了起来问我，同时我也立起来了，且在将身体起立的行动当中，乘机拭去了我的眼泪。我的心地开朗了，欲情也净化了，重复向南慢慢走上岭去的时候，我就把刚才我所想的心事，尽情告诉了她。我将那两部小说的内容讲给了她听，我将我自己的邪心说了出来，我对于我刚才所触动的那一种自己的心情，更下了一个严正的批判，末后，便这样的对她说：

"对于一个洁白得同白纸似的天真小孩，而加以玷污，是不可赦免的罪恶。我刚才的一念邪心，几乎要使我犯下这个大罪。幸亏是你的那颗纯洁的心，那颗同高山上的深雪似的心，却救我出了这一个险。不过我虽则犯罪的形迹没有，但我的心，却是已经犯过罪的。所以你要罚我的话，就是处我以死刑，我也毫无悔恨。你若以为我是那样卑鄙，而将来永没有改善的希望的话，那今天晚上回去之后，向你大哥母亲，将我的这一种行为宣布了也可以。不过你若以为这是我的一时糊涂，将来是永也不会再犯的话，那请你相信我的誓言，以后请你当我作你大哥一样那么的看待，你若有急有难，有不了的事情，我总情愿以死来代替着你。"

当我在对她作这些忏悔的时候，两人起初是慢慢在走的，后来又在路旁坐下了。说到了最后的一节，倒是她反同小孩子似的发着抖，捏住了我的两手，倒入了我的怀里，呜呜咽咽地哭了起来。我等她哭了一阵之后，就拿出了一块手帕来替她揩干了眼泪，将我的嘴唇轻轻的搁到了她的头上。两人偎抱着沉默了好久，我又把头俯了下去，问她，我所说的这段话的意思，究竟明白了没有。她眼看着了地上，把头点了几点。我又追问了她一声：

"那么你承认我以后做你的哥哥了不是？"

她又俯视着把头点了几点，我撒开了双手，又伸出去把她的头捧了起来，使她的脸正对着了我。对我凝视了一会，她的那双泪珠还没有收尽的水汪汪的眼睛，却笑起来了。我乘势把她一拉，就同她挽着手并立了起来。

"好，我们是已经决定了，我们将永久地结作最亲爱最纯洁的兄妹。时候已经不早了，让我们快一点走，赶上五云山去吃午饭去。"

我这样说着，挽着她向前一走，她也恢复了早晨刚出发的时候的元气，和我并排着走向了前面。

两人沉默着向前走了几十步之后，我侧眼向她一看，同奇迹似地忽而在她的脸上看出了一层一点儿忧虑也没有的满含着未来的希望和信任的圣洁的光耀来。这一种光耀，却是我在这一刻以前她的脸上从没有看见过的。我愈看愈觉得对她生起敬爱的心思来了，所以不知不觉，在走路的当中竟接连着看了她好几眼。本来只是笑嘻嘻地在注视着前面太阳光里的五云山的白墙头的她，因为我的脚步的迟乱，似乎也感觉到了我的注意力的分散，将头一侧，她的双眼，却和我的视线接成了两条轨道。她又笑起来了，同时也放慢了脚步。再向我看了一眼，她才腼腆地开始问我说：

"那我以后叫你什么呢？"

"你叫则生叫什么，就叫我也叫什么好了。"

"那么——大哥！"

大哥的两字，是很急速的紧连着叫出来的，听到了我的一声高声的"啊！"的应声之后，她就涨红了脸，撒开了手，大笑着跑上前面去了。一面跑，一面她又回转头来，"大哥！""大哥！"的接连叫了我好几声。等我一面叫她别跑，一面我自己也跑着追上了她背后的时候，我们的去路已经变成了一条很窄的石岭，而五云山的山顶，看过去也似乎是很近了。仍复了平时的脚步，两人分着前后，在那条窄岭上缓步的当中，我才觉得真真是成了她的哥哥的样子，满含着了慈爱，很正经地吩咐她说：

"走得小心，这一条岭多么险啊！"

走到了五云山的财神殿里，太阳刚当正午，庙里的人已经在那里吃中饭了。我们因为在太阳底下的半天行路，口已经干渴得像旱天的树木一样，所以一进客堂去坐下，就教他们先起茶来，然后再开饭给我们吃。洗了一个手脸，喝了两三碗清茶，静坐了十几分钟，两人的疲劳兴奋，都已平复了过去，这时候饥饿却抬起头来了，于是就又催他们快点开饭。这一餐只我和她两人对食的五云山上的中餐，对于我正敌得过英国诗人所幻想着的亚力山大王的高宴。若讲到心境的满足，和谐，与食欲的高潮允进，那恐怕亚力山大王还远不及当时的我。

吃过午饭，管庙的和尚又领我们上前后左右去走了一圈。这五云山，实在是高，立在庙中阁上，开窗向东北一望，湖上的群山，都像是青色的土堆了。本来西湖的山水的妙处，就在于它的比舞台上的布景又真实伟大一点，而比各处的名山大川又同盆景似地整齐渺小一点这地方。而五云山的气概，却又完全不同了。以其山之高与境的僻，一般脚力不健的游人是不会到的，就在这一点上，五云山已略备着名山的资格了，更何况前面远处，蜿蜒盘曲在青山绿野之间的，是一条历史上也着实有名的钱塘江水呢？所以若把西湖的山水，比作一只锁在铁笼子里的白熊来看，那这五云山峰与钱塘江水，便是一只深山的野鹿。笼里的白熊，是只能满足满足胆怯无力者的冒险雄心的；至于深山的野鹿，虽没有高原的狮虎那么雄壮，但一股自由奔放之情，却可以从它那里摄取得来。

我们在五云山的南面又看了一会钱塘江上的帆影与青山，就想动身上我们的归路了，可是举起头来一望，太阳还在中天，只西偏了没有几分。从此地回去，路上若没有耽搁，是不消两个钟头就能到翁家山上的；本来是打算出来把一天光阴消磨过去的我们，回去得这样的早，岂不是辜负了这大好的时间了么？所以走到五云山西南角的一条狭路边上的时候，我就又立了下来，拉着了她的手亲亲热热地问了她一声：

"莲，你还走得动走不动？"

"起码三十里路总还可以走的。"

她说这句话的神气，是富有着自信和决断，一点也不带些夸张卖弄的风情，真真是自然到了极点，所以使我看了不得不伸上手去，向她的下巴底下拨了一拨。她怕痒，缩着头颈笑起来了，我也笑开了大口，对她说：

"让我们索性上云栖去罢！这一条是去云栖的便道，大约走下去，总也没有多少路的，你若是走不动的话，我可以背你。"

两人笑着说着，似乎只转瞬之间，已经把那条狭窄的下山便道走尽了大半了。山下面尽是些绿玻璃似的翠竹，西斜的太阳晒到了这条坞里，一种又清新又寂静的淡绿色的光同清水一样，满浸在这附近的空气里在流动。我们到了云栖寺里坐下，刚喝完了一碗茶，忽而前面的大殿上，有嘈杂的人声起来了，接着就走进了两位穿着分外宽大的黑布和尚衣的老僧来。知客僧便指着他们夸耀似地对我们说：

"这两位高僧，是我们方丈的师兄，年纪都快八十岁了，是从城里某公馆里回来的。"

城里的某巨公，的确是一位佞佛的先锋，他的名字，我本系也听见过的，但我以为同和尚来谈这些俗天，也不大相称，所以就把话头扯了开去，问和尚大殿上的嘈杂的人声，是为什么而起的。知客僧轻鄙似地笑了一笑说：

"还不是城里的轿夫在敲酒钱，轿钱是公馆里付了来的，这些穷人心实在太凶。"

这一个伶俐世俗的知客僧的说话，我实在听得有点厌起来了，所以就要求他说：

"你领我们上寺前寺后去走走罢？"

我们看过了"御碑"及许多石刻之后，穿出大殿，那几个轿夫还在咕噜着没有起身。我一半也觉得走路走得太多了，一半也想给那个知客僧以一点颜色看看，所以就走了上去对轿夫说：

"我给你们两块钱一个人，你们抬我们两人回翁家山去好不好？"

轿夫们喜欢极了，同打过吗啡针后的鸦片嗜好者一样，立时将态度一变，变得有说有笑了。

知客僧又陪我们到了寺外的修竹丛中，我看了竹上的或刻或写在那里的名字诗句之类，心里倒有点奇怪起来，就问他这是什么意思。于是他也同轿夫他们一样，笑迷迷地对我说了一大串话。我听了他的解释，倒也觉得非常有趣，所以也就拿出了五圆纸币，递给了他，说：

"我们也来买两枝竹放放生罢！"

说着我就向立在我旁边的她看了一眼，她却正同小孩子得到了新玩意儿还不敢去抚摸的一样，微笑着靠近了我的身边轻轻地问我：

"两枝竹上，写什么名字好？"

"当然是一枝上写你的，一枝上写我的。"

她笑着摇摇头说：

"不好，不好，写名字也不好，两个人分开了写也不好。"

"那么写什么呢？"

"只教把今天的事情写上去就对。"

我静立着想了一会，恰好那知客僧向寺里去拿的油墨和笔也已经拿到了。我拣取了两株并排着的大竹，提起笔来，就各写上了"郁翁兄妹放生之竹"的八个字。将年月日写完之后，我搁下了笔，回头来问她八个字怎么样，她真像是心花怒放似的笑着，不说话而尽在点头。在绿竹之下的这一种她的无邪的憨态，又使我深深地，深深地受到了一个感动。

坐上轿子，向西向南的在竹荫之下走了六七里坂道，出梵村，到闸口西首，从九溪口折入九溪十八涧的山坳，登杨梅岭，到南高峰下的翁家山的时候，太阳已经悬在北高峰与天竺山的两峰之间了。他们的屋里，早已挂上了满堂的灯彩，上面的一对红灯，也已经点尽了一半的样子。嫁妆似乎已经在新房里摆好，客厅上看热闹的人，也早已散了。我们轿子一到，则生和她的娘，就笑着迎了出来。我付过轿钱，一踱进门槛，他娘就问我说：

"早晨拿出去的那枝手杖呢？"

我被她一问，方才想起，便只笑着摇摇头对她慢声的说：

"那一枝手杖么——做了我的祭礼了。"

"做了你的祭礼？什么祭礼？"则生惊疑似地问我。

"我们在狮子峰下，拜过天地，我已经和你妹妹结成了兄妹了。那一枝手杖，大约是忘记在那块大岩石的旁边了。"

正在这个时候，先下轿而上楼去换了衣服下来的他的妹妹，也嬉笑着，走到了我们的旁边。则生听了我的话后，就也笑着对他的妹妹说：

"莲，你们真好！我们倒还没有拜堂，而你和老郁，却已经在狮子峰拜过天地了，并且还把我的一枝手杖忘掉，作了你们的祭礼。娘！你说这事情应怎么罚罚他们？"

经他这一说，说得大家都笑了起来，我也情愿自己认罚，就认定后日馈房，算作是我一个人的东道。

这一晚翁家请了媒人，及四五个近族的人来吃酒，我和新郎官，在下面奉陪。做媒人的那位中老乡绅，身体虽则并不十分肥胖，但相貌态度，却也是很富裕的样子。我和他两人干杯，竟干满了十八九杯。因酒有点微醉，而日里的路，也走得很多，所以这一晚睡得比前一晚还要沉熟。

九月十二的那一天结婚正日，大家整整忙了一天。婚礼虽系新旧合参的仪式，但因两家都不喜欢铺张，所以百事也还比较简单。午后五时，新娘轿到，行过礼后，那位好好先生的媒人硬要拖我出来，代表来宾，说几句话。我推辞不得，就先把我和则生在日本念书时候的交情说了一说，末了我就想起了则生同我说的迟桂花的好处，因而就抄他的一段来恭祝他们：

"则生前天对我说，桂花开得愈迟愈好，因为开得迟，所以经得日子久。现在两位的结婚，比较起平常的结婚年龄来，似乎是觉得大一点了，但结婚结得迟，日子也一定经得久。明年迟桂花开的时候，我一定还要上翁家山来。我预先在这儿计算，大约明年来的时候，在这两株迟桂花的中间，总已经有一株早桂花发出来了。我们大家且等着，等到明年这个时候，再一同来吃他们的早桂的喜酒。"

说完之后，大家就坐拢来吃喜酒。猜猜拳，闹闹房，一直闹到了半夜，各人方才散去。当这一日的中间，我时时刻刻在注意着偷看则生的妹妹的脸色，可是则生所说而我也曾看到过的那一种悲寂的表情，在这一日当中却终日没有在她的脸上流露过一丝痕迹。这一日，她笑的时候，真是乐得难耐似的完全是很自然的样子。因了她的这一种心情的反射的结果，我当然可以不必说，就是则生和他的母亲，在这一日里，也似乎是愉快到了极点。

因为两家都喜欢简单成事的缘故，所以三朝回郎等繁缛的礼节，都在十三那一天白天行完了，晚上馈房，总算是我的东道。则生虽则很希望我在他家里多住几日，可以和他及他的妹妹谈谈笑笑，但我一则因为还有一篇稿子没有做成，想另外上一个更僻静点的地方去做文章，二则我觉得我这一次吃喜酒的目的也已经达到了，所以在馈房的翌日，就离开翁家山去乘早上的特别快车赶回上海。

送我到车站的，是翁则生和他的妹妹两个人。等开车的信号钟将打，而火车的机关头上在吐白烟的时候，我又从车窗里伸出了两手，一只捏着了则生，一只捏着了他的妹妹，很重很重的捏了一回。汽笛鸣后，火车微动了，他们兄妹俩又随车前走了许多步，我也俯出了头，叫他们说：

"则生！莲！再见，再见！但愿得我们都是迟桂花！"

火车开出了老远老远，月台上送客的人都回去了，我还看见他们兄妹俩直立在东面月台篷外的太阳光里，在向我挥手。

一九三二年十月在杭州写

读者注意！这小说中的人物事迹，当然都是虚拟的，请大家不要误会。

——作者附注

（原载一九三二年十二月一日《现代》第二卷第二期）

《沉沦》，郁达夫著，中国青年出版社，2004年1月第1版

作品提示

《迟桂花》是郁达夫于1932年避居杭州期间创作的一篇小说；是郁达夫后期较为成熟的作品，与他前期作品的风格迥然不同，这篇小说一扫苦闷、感伤、消沉、厌世的气息，体现出一种对沉静自得的安然之美，以及对顽强的生命意志的赞赏。文章给我的感觉就像桂花的香气一样清新、自然，香而不腻。

郁达夫用细腻的笔调对翁家山的景色进行了细致的刻画，营造出一种强烈的宁静之美。莲姑身上所展现的人格魅力，就像桂花所散发出香气一样，持久回味。莲姑本身是一个带有悲剧色彩的人物，在夫家受尽了屈辱与刁难，最终狼狈地回到了自己的家。在封建思想充斥在人们脑海里的年代，这种女人是要受到别人的异样眼光的。但莲姑并没有悲观绝望。在她的世界里依然是简单、乐观的，依旧像少女般纯洁无暇。这是小说中最吸引我的地方。在莲姑身上看到了一个人该具备的健全人性。

郁达夫在文中抒发了自己对大自然的热爱，他把莲姑比作"桂花"，更是对像莲姑这样在大自然的滋润下而具有美好人性人们的赞美。

这篇小说是郁达夫在艺术上最精致成熟的小说，也被认为是中国现代文学史上不可多得的具有浓郁抒情味的小说之一。

月 牙 儿

——老 舍

作者简介

老舍（1899—1966 年）是我国现代杰出的小说家和剧作家；原名舒庆春，字舍予，满族，北京人；从小饱受底层人民的忧患、酸辛。十四岁进免费的北京师范学校，毕业后任小学及中学教师多年；1924 年赴英国伦敦东方学院教中国语文，接触大量世界的名著，并开始文学创作。1926 年到 1929 年老舍接连发表《老张的哲学》《赵子曰》《二马》，这三部是以市民为题材的讽刺性长篇小说，并显示出幽默、通俗的艺术风格。1930 年回国后他任齐鲁大学和山东大学教授，又接连发表《小坡的生日》《猫城记》《离婚》《牛天赐传》等长篇小说。1936 年优秀长篇小说《骆驼祥子》的发表，标志着老舍创作进入一个崭新的阶段。他接着又写《骆驼祥子》的姊妹篇《我这一辈子》，写一个有能耐的巡警的悲惨下场，与此同时老舍还写了《黑白李》《断魂枪》等一系列优秀短篇小说。其中尤以《月牙儿》为最上乘的力作，该小说一变向来的幽默揶揄，而以严肃、抒情的笔调描写了一个母女两代相继沦为暗娼的悲惨故事。

抗战期间，他开始剧本的创作和鼓书词等民间文艺形成的创作，显示了老舍的多才多艺。抗战后期开始长篇小说《火葬》和《四世同堂》（第一部《惶惑》、第二部《偷生》）的写作。1946 年他赴美讲学，在美国完成《四世同堂》的第三部《饥荒》。这是一部反映抗日战争的诗史般的文学巨著，在国外（尤其是日本）享有很高的声誉。1949 年，应周恩来的召请回到新中国，担任全国文联、作协的副主席，并以巨大的热情从事创作，1950—1966 年共写出 23 个优秀剧本，其中《龙须沟》《茶馆》更是有口皆碑的力作。解放后，1951 年 12 月，彭真代表北京人民授予他"人民艺术家"称号。

老舍的作品大多取材于市民生活。他的写作多采用生活中的烦琐小事。他善于描绘城市贫民的生活和命运，尤其擅长刻画浸透了封建宗法观念的保守落后的中下层市民，在民族矛盾和阶级搏斗中，在新的历史潮流冲击下，惶惑、犹豫、寂寞的矛盾心理，和进退维谷、不知所措的可笑行径。他喜欢通过日常平凡的场景反映普遍的社会冲突，笔触往往延伸到民族精神的挖掘或者民族命运的思考，让人从轻快诙谐之中品味出生活的严峻和沉重。关于自然风光的色彩鲜艳的渲染和关于习俗人情的细致入微的描摹，增添了作品的生活气息和情趣。

一

是的，我又看见月牙儿了，带着点寒气的一钩儿浅金。多少次了。我看见跟现在这个月牙儿一样的月牙儿；多少次了，它带着种种不同的感情，种种不同的景物，当我坐定了看它，它一次一次的在我记忆中的碧云上斜挂着。它唤醒了我的记忆，像一阵晚风吹破一朵欲睡的花。

二

那第一次，带着寒气的月牙儿确是带着寒气。它第一次在我的云中是酸苦，它那一点点微弱的浅金光儿照着我的泪。那时候我也不过是七岁吧，一个穿着短红棉袄的小姑娘。戴着妈妈给我缝的一顶小帽儿，蓝布的，上面印着小小的花，我记得。我倚着那间小屋的门垛，看着月牙儿。屋里是药味，烟味，妈妈的眼泪，爸爸的病；我独自在台阶上看着月牙，没人招呼我，没人顾得给我做晚饭。我晓得屋里的惨凄，因为大家说爸爸的病……可是我更感觉自己的悲惨，我冷，饿，没人理我。一直的我立到月牙儿落下去。什么也没有了，我不能不哭。可是我的哭声被妈妈的压下去；爸，不出声了，面上蒙了块白布。我要掀开白布，再看看爸，可是我不敢。屋里只是那么点点地方，都被爸占了去。妈妈穿上白衣，我的红袄上也罩了个没缝襟边的白袍，我记得，因为不断地撕扯襟边上的白丝儿。大家都很忙，嚷嚷的声儿很高，哭得很恸，可是事情并不多，也似乎值不得嚷；爸爸就装入那么一个四块薄板的棺材里，到处都是缝子。然后，五六个人把他抬了走。妈和我在后边哭。我记得爸，记得爸的木匣。那个木匣结束了爸的一切；每逢我想起爸来，我就想到非打开那个木匣不能见着他。但是，那木匣是深深地埋在地里，我明知在城外哪个地方埋着它，可又像落在地上的一个雨点，似乎永难找到。

三

妈和我还穿着白袍，我又看见了月牙儿。那是个冷天，妈妈带我出城去看爸的坟。妈拿着很薄很薄的一罗儿纸。妈那天对我特别的好，我走不动便背我一程，到城门上还给我买了一些炒栗子。什么都是凉的，只有这些栗子是热的；我舍不得吃，用它们热我的手。走了多远，我记不清了，总该是很远很远吧。在爸出殡的那天，我似乎没觉得这么远，或者是因为那天人多；这次只是我们娘儿俩，妈不说话，我也懒得出声，什么都是静寂的；那些黄土路静寂得没有头儿。天是短的，我记得那个坟：小小的一堆儿土，远处有一些高土岗儿，太阳在黄土岗儿上头斜着。妈妈似乎顾不得我了，把我放在一旁，抱着坟头儿去哭。我坐在坟头的旁边，弄着手里那几个栗子。妈哭了一阵，把那点纸焚化了，一些纸灰在我眼前卷成一两个旋儿，而后懒懒地落在地上；风很小，可是很够冷的。妈妈又哭起来。我也想爸，可是我不想哭他；我倒是为妈妈哭得可怜而也落了泪。过去拉住妈妈的手："妈不哭！不哭！"妈妈哭得更恸了。她把我搂在怀里。眼看太阳就落下去，四外没有一个人，只有我们娘儿俩。妈似乎也有点怕了，含着泪，扯起我就走，走出老远，她回头看了看，我也转过身去；爸的坟已经辨不清了；土岗的这边都是坟头，一小堆一小堆，一直摆到土岗底下。妈妈叹了口气。我们紧走慢走，还没有走到城门，我看见了月牙儿。四外漆黑，没有声音，只有月牙儿放出一道儿冷光。我乏了，妈妈抱起我来。怎样进的城，我就不知道了，只记得迷迷糊糊的天上有个月牙儿。

四

刚八岁，我已经学会了去当东西。我知道，若是当不来钱，我们娘儿俩就不要吃晚饭；因为妈妈但分有点主意，也不肯叫我去。我准知道她每逢交给我个小包，锅里必是连一点粥底儿也看不见了。我们的锅有时干净得像个体面的寡妇。这一天，我拿的是一面镜子。只有这件东西似乎是不必要的，虽然妈妈天天得用它。这是个春天，我们的棉衣都刚脱下来就入了当铺。我拿着这面镜子，我知道怎样小心，小心而且要走得快，当铺是老早就上门的。我怕当铺的那个大红门，那个大高长柜台。一看见那个门，我就心跳。可是我必须进去，似乎是爬进去，那个高门坎儿是那么高。我得用尽了力量，递上我的东西，还得喊："当当！"得了钱和当票，我知道怎样小心的拿着，快快回家，晓得妈妈不放心。可是这一次，当铺不要这面镜子，告诉我再添一号来。我懂得什么叫"一号"。把镜子搂在胸前，我拼命的往家跑。妈妈哭了；她找不到第二件东西。我在那间小屋住惯了，总以为东西不少；及至帮着妈妈一找可当的衣物，我的小心里才明白过来，我们的东西很少，很少。妈妈不叫我去了。可是"妈妈咱们吃什么呢？"妈妈哭着递给我她头上的银簪——只有这一件东西是银的。我知道，她拔下过来几回，都没肯交给我去当。这是妈妈出门子时，姥姥家给的一件首饰。现在，她把这末一件银器给了我，叫我把镜子放下。我尽了我的力量赶回当铺，那可怕的大门已经严严地关好了。我坐在那门墩上，握着那根银簪。不敢高声地哭，我看着天，啊，又是月牙儿照着我的眼泪！哭了好久，妈妈在黑影中来了，她拉住了我的手，呕，多么热的手，我忘了一切的苦处，连饿也忘了，只要有妈妈这只热手拉着我就好。我抽抽搭搭地说："妈！咱们回家睡觉吧。明儿早上再来！"妈一声没出。又走了一会儿："妈！你看这个月牙；爸死的那天，它就是这么歪歪着。为什么她老这么斜着呢？"妈还是一声没出，她的手有点颤。

五

妈妈整天地给人家洗衣裳。我老想帮助妈妈，可是插不上手。我只好等着妈妈，非到她完了事，我不去睡。有时月牙儿已经上来，她还哼哧哼哧地洗。那些臭袜子，硬牛皮似的，都是铺子里的伙计们送来的。妈妈洗完这些"牛皮"就吃不下饭去。我坐在她旁边，看着月牙，蝙蝠专会在那条光儿底下穿过来穿过去，像银线上穿着个大菱角，极快的又掉到暗处去。我越可怜妈妈，便越爱这个月牙，因为看着它，使我心中痛快一点。它在夏天更可爱，它老有那么点凉气，像一条冰似的。我爱它给地上的那点小影子，一会儿就没了；迷迷糊糊的不甚清楚，及至影子没了，地上就特别的黑，星也特别的亮，花也特别的香——我们的邻居有许多花木，那棵高高的洋槐总把花儿落到我们这边来，像一层雪似的。

六

妈妈的手起了层鳞，叫她给搓搓背顶解痒痒了。可是我不敢常劳动她，她的手是洗粗了的。她瘦，被臭袜子熏的常不吃饭。我知道妈妈要想主意了，我知道。她常把衣裳推到一边，楞着。她和自己说话。她想什么主意呢？我可是猜不着。

七

妈妈嘱咐我不叫我别扭，要乖乖地叫"爸"；她又给我找到一个爸。这是另一个爸，我知道，因为坟里已经埋好一个爸了。妈嘱咐我的时候，眼睛看着别处。她含着泪说："不能叫你饿死！"呕，是因为不饿死我，妈才另给我找了个爸！我不明白多少事，我有点怕，又有点希望——果然不再挨饿的话。多么凑巧呢，离开我们那间小屋的时候，天上又挂着月牙。这次的月牙比哪一回都清楚，都可怕；我是要离开这住惯了的小屋了。妈坐了一乘红轿，前面还有几个鼓手，吹打得一点也不好听。轿在前边走，我和一个男人在后边跟着，他拉着我的手。那可怕的月牙放着一点光，仿佛在凉风里颤动。街上没有什么人，只有些野狗追着鼓手们咬；轿子走得很快。上哪去呢？是不是把妈抬到城外去，抬到坟地去？那个男人扯着我走，我喘不过气来，要哭都哭不出来。那男人的手心出了汗，凉得像个鱼似的，我要喊"妈"，可是不敢。一会儿，月牙像个要闭上的一道大眼缝，轿子进了个小巷。

八

我在三四年里似乎没再看见月牙。新爸对我们很好，他有两间屋子，他和妈住在里间，我在外间睡铺板。我起初还想跟妈妈睡，可是几天之后，我反倒爱"我的"小屋了。屋里有白白的墙，还有条长桌，一把椅子。这似乎都是我的。我的被子也比从前的厚实暖和了。妈妈也渐渐胖了点，脸上有了红色，手上的那层鳞也慢慢掉净。我好久没去当当了。新爸叫我去上学。有时候他还跟我玩一会儿。我不知道为什么不爱叫他"爸"，虽然我知道他很可爱。他似乎也知道这个，他常常对我那么一笑；笑的时候他有很好看的眼睛。可是妈妈偷告诉我叫爸，我也不愿十分的别扭。我心中明白，妈和我现在是有吃有喝的，都因为有这个爸，我明白。是的，在这三四年里我想不起曾经看见过月牙儿；也许是看见过而不大记得了。爸死时那个月牙，妈轿子前面那个月牙，我永远忘不了。那一点点光，那一点寒气，老在我心中，比什么都亮，都清凉，像块玉似的，有时候想起来仿佛能用手摸到似的。

九

我很爱上学。我老觉得学校里有不少的花，其实并没有；只是一想起学校就想到花罢了，正像一想起爸的坟就想起城外的月牙儿——在野外的小风里歪歪着。妈妈是很爱花的，虽然买不起，可是有人送给她一朵，她就顶喜欢地戴在头上。我有机会便给她折一两朵来；戴上朵鲜花，妈的后影还很年轻似的。妈喜欢，我也喜欢。在学校里我也很喜欢。也许因为这个，我想起学校便想起花来？

十

当我要在小学毕业那年，妈又叫我去当当了。我不知道为什么新爸忽然走了。他上了哪儿，妈似乎也不晓得。妈妈还叫我上学，她想爸不久就会回来的。他许多日子没回来，连封信也没有。我想妈又该洗臭袜子了，这使我极难受。可是妈妈并没这么打算。她还打扮着，还爱戴花；奇怪！她不落泪，反倒好笑；为什么呢？我不明白！好几次，我下学来，看她在门口儿立着。又隔了不久，我在路上走，有人"嗨"我了："嗨！给你妈捎个信儿去！""嗨！你卖不卖呀？小嫩的！"我的脸红得冒出火来，把头低得无可再低。我明白，只是没办法。我不能问妈妈，不能。她对我很好，而且有时候极郑重地说我："念书！念书！"妈是不识字的，为什么这样催我念书呢？我疑心；又常由疑心而想到妈是为我才作那样的事。妈是没有更好的办法。疑心的时候，我恨不能骂妈妈一顿。再一想，我要抱住她，央告她不要再做那个事。我恨自己不能帮助妈妈。所以我也想到：我在小学毕业后又有什么用呢？我和同学们打听过了，有的告诉我，去年毕业的有好几个做姨太太的。有的告诉我，谁当了暗门子。我不大懂这些事，可是由她们的说法，我猜到这不是好事。她们似乎什么都知道，也爱偷偷地谈论她们明知是不正当的事——这些事叫她们的脸红红的而显出得意。我更疑心妈妈了，是不是等我毕业好去作……这么一想，有时候我不敢回家，我怕见妈妈。妈妈有时候给我点心钱，我不肯花，饿着肚子去上体操，常常要晕过去。看着别人吃点心，多么香甜呢！可是我得省着钱，万一妈妈叫我去……我可以跑，假如我手中有钱。我最阔的时候，手中有一毛多钱！在这些时候，即使在白天，我也有时望一望天上，找我的月牙儿呢。我心中的苦处假若可以用个形状比喻起来，必是个月牙儿形的。它无倚无靠的在灰蓝的天上挂着，光儿微弱，不大会儿便被黑暗包住。

十一

叫我最难过的是我慢慢地学会了恨妈妈。可是每当我恨她的时候，我不知不觉地便想起她背着我上坟的光景。想到了这个，我不能恨她了。我又非恨她不可。我的心像——还是像那个月牙儿，只能亮那么一会儿，而黑暗是无限的。妈妈的屋里常有男人来了，她不再躲避着我。他们的眼像狗似地看着我，舌头吐着，垂着涎。我在他们的眼中是更解馋的，我看出来。在很短的期间，我忽然明白了许多的事。我知道我得保护自己，我觉出我身上好像有什么可贵的地方，我闻得出我已有一种什么味道，使我自己害羞，多感。我身上有了些力量，

95

可以保护自己，也可以毁了自己。我有时很硬气，有时候很软。我不知怎样好。我愿爱妈妈，这时候我有好些必要问妈妈的事，需要妈妈的安慰；可是正在这个时候，我得躲着她，我得恨她；要不然我自己便不存在了。当我睡不着的时节，我很冷静地思索，妈妈是可原谅的。她得顾我们俩的嘴。可是这个又使我要拒绝再吃她给我的饭菜。我的心就这么忽冷忽热，像冬天的风，休息一会儿，刮得更要猛；我静候着我的怒气冲来，没法儿止住。

十二

事情不容我想好方法就变得更坏了。妈妈问我，"怎样？"假若我真爱她呢，妈妈说，我应该帮助她。不然呢，她不能再管我了。这不像妈妈能说得出的话，但是她确是这么说了。她说得很清楚："我已经快老了，再过二年，想白叫人要也没人要了！"这是对的，妈妈近来擦许多的粉，脸上还露出摺子来。她要再走一步，去专伺候一个男人。她的精神来不及伺候许多男人了。为她自己想，这时候能有人要她——是个馒头铺掌柜的愿要她——她该马上就走。可是我已经是个大姑娘了，不像小时候那样容易跟在妈妈轿后走过去了。我得打主意安置自己。假若我愿意"帮助"妈妈呢，她可以不再走这一步，而由我代替她挣钱。代她挣钱，我真愿意；可是那个挣钱方法叫我哆嗦。我知道什么呢，叫我像个半老的妇人那样去挣钱？！妈妈的心是狠的，可是钱更狠。妈妈不逼着我走哪条路，她叫我自己挑选——帮助她，或是我们娘儿俩各走各的。妈妈的眼没有泪，早就干了。我怎么办呢？

十三

我对校长说了。校长是个四十多岁的妇人，胖胖的，不很精明，可是心热。我是真没了主意，要不然我怎会开口述说妈妈的……我并没和校长亲近过。当我对她说的时候，每个字都像烧红了的煤球烫着我的喉，我哑了，半天才能吐出一个字。校长愿意帮助我。她不能给我钱，只能供给我两顿饭和住处——就住在学校和个老女仆作伴儿。她叫我帮助文书写写字，可是不必马上就这么办，因为我的字还需要练习。两顿饭，一个住处，解决了天大的问题。我可以不连累妈妈了。妈妈这回连轿也没坐，只坐了辆洋车，摸着黑走了。我的铺盖，她给了我。临走的时候，妈妈挣扎着不哭，可是心底下的泪到底翻上来了。她知道我不能再找她去，她的亲女儿。我呢，我连哭都忘了怎么哭了，我只咧着嘴抽达，泪蒙住了我的脸。我是她的女儿、朋友、安慰。但是我帮助不了她，除非我得做那种我决不肯做的事。在事后一想，我们娘儿俩就像两个没人管的狗，为我们的嘴，我们得受着一切的苦处，好像我们身上没有别的，只有一张嘴。为这张嘴，我们得把其余一切的东西都卖了。我不恨妈妈了，我明白了。不是妈妈的毛病，也不是不该长那张嘴，是粮食的毛病，凭什么没有我们的吃食呢？这个别离，把过去一切的苦楚都压过去了。那最明白我的眼泪怎流的月牙这回会没出来，这回只有黑暗，连点萤火的光也没有。妈妈就在暗中像个活鬼似的走了，连个影子也没有。即使她马上死了，恐怕也不会和爸埋在一处了，我连她将来的坟在哪里都不会知道。我只有这么个妈妈，朋友。我的世界里剩下我自己。

十四

妈妈永不能相见了，爱死在我心里，像被霜打了的春花。我用心地练字，为是能帮助校长抄抄写写些不要紧的东西。我必须有用，我是吃着别人的饭。我不像那些女同学，她们一天到晚注意别人，别人吃了什么，穿了什么，说了什么；我老注意我自己，我的影子是我的朋友。"我"老在我的心上，因为没人爱我。我爱我自己，可怜我自己，鼓励我自己，责备我自己；我知道我自己，仿佛我是另一个人似的。我身上有一点变化都使我害怕，使我欢喜，使我莫名其妙。我在我自己手中拿着，像捧着一朵娇嫩的花。我只能顾目前，没有将来，也不敢深想。嚼着人家的饭，我知道那是晌午或晚上了，要不然我简直想不起时间来；没有希望，就没有时间。我好像钉在个没有日月的地方。想起妈妈，我晓得我曾经活了十几年。对将来，我不像同学们那样盼望放假，过节，过年；假期，节，年，跟我有什么关系呢？可是我的身体是往大了长呢，我觉得出。觉出我又长大了一些，我更渺茫，我不放心我自己。我越往大了长，我越觉得自己好看，这是一点安慰；美使我抬高了自己的身分。可是我根本没身分，安慰是先甜后苦的，苦到末了又使我自傲。穷，可是好看呢！这又使我怕：妈妈也是不难看的。

十五

我又老没看月牙了，不敢去看，虽然想看。我已毕了业，还在学校里住着。晚上，学校里只有两个老仆人，一男一女。他们不知怎样对待我好，我既不是学生，也不是先生，又不是仆人，可有点像仆人。晚上，我一个人在院中走，常被月牙给赶进屋来，我没有胆子去看它。可是在屋里，我会想象它是什么样，特别是在有点小风的时候。微风仿佛会给那点微光吹到我的心上来，使我想起过去，更加重了眼前的悲哀。我的心就好像在月光下的蝙蝠，虽然是在光的下面，可是自己是黑的；黑的东西，即使会飞，也还是黑的，我没有希望。我可是不哭，我只常皱着眉。

十六

我有了点进款：给学生织些东西，她们给我点工钱。校长允许我这么办。可是进不了许多，因为她们也会织。不过她们自己急于要用，而赶不来，或是给家中人打双手套或袜子，才来照顾我。虽然是这样，我的心似乎活了一点，我甚至想到：假若妈妈不走那一步，我是可以养活她的。一数我那点钱，我就知道这是梦想，可是这么想使我舒服一点。我很想看看妈妈。假若她看见我，她必能跟我来，我们能有方法活着，我想——可是不十分相信。我想妈妈，她常到我的梦中来。有一天，我跟着学生们去到城外旅行，回来的时候已经是下午四点多了。为是快点回来，我们抄了个小道。我看见了妈妈！在个小胡同里，有一家卖馒头的，门口放着个元宝筐，筐上插着个顶大的白木头馒头。顺着墙坐着妈妈，身儿一仰一弯地拉风箱呢。从老远我就看见了那个大木馒头与妈妈，我认识她的后影。我要过去抱住她。可是我不敢，我怕学生们笑话我，她们不许我有这样的妈妈。越走越近了，我的头低下去，从泪中看了她一眼，她没看见我。我们一群人擦着她的身子走过去，她好像是什么也没看见，专心地拉她的风箱。走出老远，我回头看了看，她还在那儿拉呢。我看不清她的脸，只看到她的头发在额上披散着点。我记住这个小胡同的名儿。

十七

像有个小虫在心中咬我似的，我想去看妈妈，非看见她我心中不能安静。正在这个时候，学校换了校长。胖校长告诉我得打主意，她在这儿一天便有我一天的饭食与住处，可是她不能保险新校长也这么办。我数了数我的钱，一共是两块七毛零几个铜子。这几个钱不会叫我在最近的几天中挨饿，可是我上哪儿呢？我不敢坐在那儿呆呆地发愁，我得想主意。找妈妈去是第一个念头。可是她能收留我吗？假若她不能收留我，而我找了她去，即使不能引起她与那个卖馒头的吵闹，她也必定很难过。我得为她想，她是我的妈妈，又不是我的妈妈，我们母女之间隔着一层用穷作成的障碍。想来想去，我不肯找她去了。我应当自己担着自己的苦处。可是怎么担着自己的苦处呢？我想不起。我觉得世界很小，没有安置我与我的小铺盖卷的地方。我还不如一条狗，狗有个地方便可以躺下睡；街上不准我躺着。是的，我是人，人可以不如狗。假若我扯着脸不走，焉知新校长不往外撵我呢？我不能等着人家往外推。这是个春天。我只看见花儿开了，叶儿绿了，而觉不到一点暖气。红的花只是红的花，绿的叶只是绿的叶，我看见些不同的颜色，只是一点颜色；这些颜色没有任何意义，春在我的心中是个凉的死的东西。我不肯哭，可是泪自己往下流。

十八

我出去找事了。不找妈妈，不依赖任何人，我要自己挣饭吃。走了整整两天，抱着希望出去，带着尘土与眼泪回来。没有事情给我作。我这才真明白了妈妈，真原谅了妈妈。妈妈还洗过臭袜子，我连这个都作不上。妈妈所走的路是唯一的。学校里教给我的本事与道德都是笑话，都是吃饱了没事时的玩艺。同学们不准我有那样的妈妈，她们笑话暗门子；是的，她们得这样看，她们有饭吃。我差不多要决定了：只要有人给我饭吃，什么我也肯干；妈妈是可佩服的。我才不去死，虽然想到过；不，我要活着。我年轻，我好看，我要活着。羞耻不是我造出来的。

十九

这么一想，我好像已经找到了事似的。我敢在院中走了，一个春天的月牙在天上挂着。我看出它的美来。天是暗蓝的，没有一点云。那个月牙清亮而温柔，把一些软光儿轻轻送到柳枝上。院中有点小风，带着南边的花香，把柳条的影子吹到墙角有光的地方来，又吹到无光的地方去；光不强，影儿不重，风微微地吹，都是温柔，什么都有点睡意，可又要轻软地活动着。月牙下边，柳梢上面，有一对星儿好像微笑的仙女的眼，逗着那歪歪的月牙和那轻摆的柳枝。墙那边有棵什么树，开满了白花，月的微光把这团雪照成一半儿白亮，一半儿略带点灰影，显出难以想到的纯净。这个月牙是希望的开始，我心里说。

二十

我又找了胖校长去，她没在家。一个青年把我让进去。他很体面，也很和气。我平素很怕男人，但是这个青年不叫我怕他。他叫我说什么，我便不好意思不说；他那么一笑，我心里就软了。我把找校长的意思对他说了，他很热心，答应帮助我。当天晚上，他给我送了两块钱来，我不肯收，他说这是他婶母——胖校长——给我的。他并且说他的婶母已经给我找好了地方住，第二天就可以搬过去。我要怀疑，可是不敢。他的笑脸好像笑到我的心里去。我觉得我要疑心便对不起人，他是那么温和可爱。

二十一

他的笑唇在我的脸上，从他的头发上我看着那也在微笑的月牙。春风像醉了，吹破了春云，露出月牙与一两对儿春星。河岸上的柳枝轻摆，春蛙唱着恋歌，嫩蒲的香味散在春晚的暖气里。我听着水流，像给嫩蒲一些生力，我想象着蒲梗轻快地往高里长。小蒲公英在潮暖的地上生长。什么都在溶化着春的力量，然后放出一些香味来。我忘了自己，我没了自己，像化在了那点春风与月的微光中。月儿忽然被云掩住，我想起来自己。我失去那个月牙儿，也失去了自己，我和妈妈一样了！

二十二

我后悔，我自慰，我要哭，我喜欢，我不知道怎样好。我要跑开，永不再见他；我又想他，我寂寞。两间小屋，只有我一个人，他每天晚上来。他永远俊美，老那么温和。他供给我吃喝，还给我做了几件新衣。穿上新衣，我自己看出我的美。可是我也恨这些衣服，又舍不得脱去。我不敢思想，也懒得思想，我迷迷糊糊的，腮上老有那么两块红。我懒得打扮，又不能不打扮，太闲在了，总得找点事作。打扮的时候，我怜爱自己；打扮完了，我恨自己。我的泪很容易下来，可是我设法不哭，眼终日老那么湿润润的，可爱。我有时候疯了似的吻他，然后把他推开，甚至于破口骂他；他老笑。

二十三

我早知道，我没希望；一点云便能把月牙遮住，我的将来是黑暗。果然，没有多久，春便变成了夏，我的春梦做到了头儿。有一天，也就是刚响午吧，来了一个少妇。她很美，可是美得不玲珑，像个磁人儿似的。她进到屋中就哭了。不用问，我已明白了。看她那个样儿，她不想跟我吵闹，我更没预备着跟她冲突。她是个老实人。她哭，可是拉住我的手："他骗了咱们俩！"她说。我以为她也只是个"爱人"。不，她是他的妻。她不跟我闹，只口口声声的说："你放了他吧！"我不知怎么才好，我可怜这个少妇。我答应了她。她笑了。看她这个样儿，我以为她是缺个心眼，她似乎什么也不懂，只知道要她的丈夫。

二十四

我在街上走了半天。很容易答应那个少妇呀，可是我怎么办呢？他给我的那些东西，我不愿意要；既然要离开他，便一刀两断。可是，放下那点东西，我还有什么呢？我上哪儿呢？我怎么能当天就有饭吃呢？好吧，我得要那些东西，无法。我偷偷的搬了走。我不后悔，只觉得空虚，像一片云那样的无倚无靠。搬到一间小屋里，我睡了一天。

二十五

我知道怎样俭省，自幼就晓得钱是好的。凑合着手里还有那点钱，我想马上去找个事。这样，我虽然不希望什么，或者也不会有危险了。事情可是并不因我长了一两岁而容易找到。我很坚决，这并无济于事，只觉得应当如此罢了。妇女挣钱怎么这么不容易呢！妈妈是对的，妇人只有一条路走，就是妈妈所走的路。我不肯马上就往那么走，可是知道它在不很远的地方等着我呢。我越挣扎，心中越害怕。我的希望是初月的光，一会儿就要消失。一两个星期过去了，希望越来越小。最后，我去和一排年轻的姑娘们在小饭馆受选阅。很小的一个饭馆，很大的一个老板；我们这群都不难看，都是高小毕业的少女们，等皇赏似的，等着那个破塔似的老板挑选。他选了我。我不感谢他，可是当时确有点痛快。那群女孩子们似乎很羡慕我，有的竟自含着泪走去，有的骂声"妈的!"女人够多么不值钱呢！

二十六

我成了小饭馆的第二号女招待。摆菜、端菜、算账、报菜名，我都不在行。我有点害怕。可是"第一号"告诉我不用着急，她也都不会。她说，小顺管一切的事；我们当招待的只要给客人倒茶，递手巾把，和拿账条；别的不用管。奇怪！"第一号"的袖口卷起来很高，袖口的白里子上连一个污点也没有。腕上放着一块白丝手绢，绣着"妹妹我爱你"。她一天到晚往脸上拍粉，嘴唇抹得血瓢似的。给客人点烟的时候，她的膝往人家腿上倚；还给客人斟酒，有时候她自己也喝了一口。对于客人，有的她伺候得非常的周到；有的她连理也不理，她会把眼皮一搭拉，假装没看见。她不招待的，我只好去。我怕男人。我那点经验叫我明白了些，什么爱不爱的，反正男人可怕。特别是在饭馆吃饭的男人们，他们假装义气，打架似的让座让账；他们拚命的猜拳，喝酒；他们野兽似的吞吃，他们不必要而故意的挑剔毛病，骂人。我低头递茶递手巾，我的脸发烧。客人们故意的和我说东说西，招我笑；我没心思说笑。晚上九点多钟完了事，我非常的疲乏了。到了我的小屋，连衣裳没脱，我一直地睡到天亮。醒来，我心中高兴了一些，我现在是自食其力，用我的劳力自己挣饭吃。我很早的就去上工。

二十七

"第一号"九点多才来，我已经去了两点多钟。她看不起我，可也并非完全恶意地教训我："不用那么早来，谁八点来吃饭？告诉你，丧气鬼，把脸别搭拉得那么长；你是女跑堂的，没让你在这儿送殡玩。低着头，没人多给酒钱；你干什么来了？不为挣子儿吗？你的领子太矮，咱这行全得弄高领子，绸子手绢，人家认这个！"我知道她是好意，我也知道设若我不肯笑，她也得吃亏，少分酒钱；小账是大家平分的。我也并非看不起她，从一方面看，我实在佩服她，她是为挣钱。妇女挣钱就得这么着，没第二条路。但是，我不肯学她。我仿佛看得很清楚：有朝一日，我得比她还开通，才能挣上饭吃。可是那得到了山穷水尽的时候；"万不得已"老在那儿等我们女人，我只能叫它多等几天。这叫我咬牙切齿，叫我心中冒火，可是妇女的命运不在自己手里。又干了三天，那个大掌柜的下了警告：再试我两天，我要是愿意往长了干呢，得照"第一号"那么办。"第一号"一半嘲弄，一半劝告的说："已经有人打听你，干吗藏着乖的卖傻的呢？咱们谁不知道谁是怎着？女招待嫁银行经理的，有的是；你当是咱们低贱呢？闯开脸儿干呀，咱们也他妈的坐儿天汽车！"这个，逼上我的气来，我问她："你什么时候坐汽车？"她把红嘴唇撇得要掉下去："不用你耍嘴皮子，干什么说什么；天生下来的香屁股，还不会干这个呢！"我干不了，拿了一块另五分钱，我回了家。

二十八

最后的黑影又向我迈了一步。为躲它，就更走近了它。我不后悔丢了那个事，可我也真怕那个黑影。把自己卖给一个人，我会。自从那回事儿，我很明白了些男女之间的关系。女人把自己放松一些，男人闻着味儿就来了。他所要的是肉，他发散了兽力，你便暂时有吃有穿；然后他也许打你骂你，或者停止了你的供给。女人就这么卖了自己，有时候还很得意，我曾经觉到得意。在得意的时候，说的净是一些天上的话；过了会儿，你觉得身上的疼痛与丧气。不过，卖给一个男人，还可以说些天上的话；卖给大家，连这些也没法说了，妈妈就没说过这样的话。怕的程度不同，使我没法接受"第一号"的劝告；"一个"男人到底使我少怕一点。可是，我并不想卖我自己。我并不需要男人，我还不到二十岁。我当初以为跟男人在一块儿必定有趣，谁知道到了一块他就要求那个我所害怕的事。是的，那时候我像把自己交给了春风，任凭人家摆布；过后一想，他是利用我的无知，畅快他自己。他的甜言蜜语使我走入梦里；醒过来，不过是一个梦，一些空虚；我得到的是两顿饭，几件衣服。我不想再这样挣饭吃，饭是实在的，实在地去挣好了。可是，若真挣不上饭吃，女人得承认自己是女人，得卖肉！一个多月，我找不到事做。

二十九

我遇见几个同学，有的升入了中学，有的在家里做姑娘。我不愿理她们，可是一说起话儿来，我觉得我比她们精明。原先，在学校的时候，我比她们傻；现在，"她们"显着呆傻了。她们似乎还都作梦呢。她们都打扮得很好，像铺子里的货物。她们的眼溜着年轻的男人，心里好像作着爱情的诗。我笑她们。是的，我必定得原谅她们，她们有饭吃，吃饱了当然只好想爱情，男女彼此织成了网，互相捕捉；有钱的，网大一些，捉住几个，然后从容地选择一个。我没有钱，我连个结网的屋角都找不到。我得直接地捉人，或是被捉，我比她们明白一些，实际一些。

三十

有一天，我碰见那个小媳妇，像磁人似的那个。她拉住了我，倒好像我是她的亲人似的。她有点颠三倒四的样儿。"你是好人！你是好人！我后悔了，"她很诚恳地说，"我后悔了！我叫你放了他，哼，还不如在你手里呢！他又弄了别人，更好了，一去不回头了！"由探问中，我知道她和他也是由恋爱而结的婚，她似乎还很爱他。他又跑了。我可怜这个小妇人，她也是还作着梦，还相信恋爱神圣。我问她现在的情形，她说她得找到他，她得从一而终。要是找不到他呢？我问。她咬上了嘴唇，她有公婆，娘家还有父母，她没有自由，她甚至于羡慕我，我没有人管着。还有人羡慕我，我真要笑了！我有自由，笑话！她有饭吃，我有自由；她没自由，我没饭吃，我俩都是女人。

三十一

自从遇上那个小磁人，我不想把自己专卖给一个男人了，我决定玩玩了；换句话说，我要"浪漫"地挣饭吃了。我不再为谁负着什么道德责任，我饿。浪漫足以治饿，正如同吃饱了才浪漫，这是个圆圈，从哪儿走都可以。那些女同学与小磁人都跟我差不多，她们比我多着一点梦想，我比她们更直爽，肚子饿是最大的真理。是的，我开始卖了。把我所有的一点东西都折卖了，作了一身新行头，我的确不难看。我上了市。

三十二

我想我要玩玩，浪漫。啊，我错了。我还是不大明白世故。男人并不像我想的那么容易勾引。我要勾引文明一些的人，要至多只赔上一两个吻。哈哈，大家不上那个当，人家要初次见面便得到便宜。还有呢，人家只请我看电影，或逛逛大街，吃杯冰激凌；我还是饿着肚子回家。所谓文明人，懂得问我在哪儿毕业，家里做什么事。那个态度使我看明白，他若是要你，你得给他相当的好处；你若是没有好处可贡献呢，人家只用一角钱的冰激凌换你一个吻。要卖，得痛痛快快地。我明白了这个。小磁人们不明白这个。我和妈妈明白，我很想妈了。

三十三

据说有些女人是可以浪漫地挣饭吃，我缺乏资本；也就不必再这样想了。我有了买卖。可是我的房东不许我再住下去，他是讲体面的人。我连瞧他也没瞧，就搬了家，又搬回我妈妈和新爸爸曾经住过的那两间房。这里的人不讲体面，可也更真诚可爱。搬了家以后，我的买卖很不错。连文明人也来了。文明人知道了我是卖，他们是买，就肯来了；这样，他们不吃亏，也不丢身分。初干的时候，我很害怕，因为我还不到二十岁。及至作过了几天，我也就不怕了。多嗜他们像了一摊泥，他们才觉得上了算，他们满意，还替我作义务的宣传。干过了几个月，我明白的事情更多了，差不多每一见面，我就能断定他是怎样的人。有的很有钱，这样的人一开口总是问我的身价，表示他买得起我。他也很嫉妒，总想包了我；逛暗娼他也想独占，因为他有钱。对这样的人，我不大招待。他闹脾气，我不怕，我告诉他，我可以找上他的门去，报告给他的太太。在小学里念了几年书，到底是没白念，他唬不住我。"教育"是有用的，我相信了。有的人呢，来的时候，手里就攥着一块钱，唯恐上了当。对这种人，我跟他细讲条件，他就乖乖地回家去拿钱，很有意思。最可恨的是那些油子，不但不肯花钱，反倒要占点便宜走，什么半盒烟卷呀，什么一小瓶雪花膏呀，他们随手拿去。这种人还是得罪不的，他们在地面上很熟，得罪了他们，他们会叫巡警跟我捣乱。我不得罪他们，我喂着他们；及至我认识了警官，才一个个的收拾他们。世界就是狼吞虎咽的世界，谁坏谁就占便宜。顶可怜的是那像学生样儿的，袋里装着一块钱，和几十铜子，叮当地直响，鼻子上出着汗。我可怜他们，可是也照常卖给他们。我有什么办法呢！还有老头子呢，都是些规矩人，或者家中已然儿孙成群。对他们，我不知道怎样好；但是我知道他们有钱，想在死前买些快乐，我只好供给他们所需要的。这些经验叫我认识了"钱"与"人"。钱比人更厉害一些，人若是兽，钱就是兽的胆子。

三十四

我发现了我身上有了病。这叫我非常的苦痛，我觉得已经不必活下去了。我休息了，我到街上去走；无目的，乱走。我想去看看妈，她必能给我一些安慰，我想象着自己已是快死的人了。我绕到那个小巷，希望见着妈妈；我想起她在门外拉风箱的样子。馒头铺已经关了门。打听，没人知道搬到哪里去。这使我更坚决了，我非找到妈妈不可。在街上丧胆游魂地走了几天，没有一点用。我疑心她是死了，或是和馒头铺的掌柜的搬到别处去，也许在千里以外。这么一想，我哭起来。我穿好了衣裳，擦上了脂粉，在床上躺着，等死。我相信我会不久就死去的。可是我没死。门外又敲门了，找我的。好吧，我伺候他，我把病尽力地传给他。我不觉得这对不起人，这根本不是我的过错。我又痛快了些，我吸烟，我喝酒，我好像已是三四十岁的人了。我的眼圈发青，手心发热，我不再管；有钱才能活着，先吃饱再说别的吧。我吃得并不错，谁肯吃坏的呢！我必须给自己一点好吃食，一些好衣裳，这样才稍微对得起自己一点。

三十五

一天早晨，大概有十点来钟吧，我正披着件长袍在屋中坐着，我听见院中有点脚步声。我十点来钟起来，有时候到十二点才想穿好衣裳，我近来非常的懒，能披着件衣服呆坐一两个钟头。我想不起什么，也不愿想什么，就那么独自呆坐。那点脚步声，向我的门外来了，很轻很慢。不久，我看见一对眼睛，从门上那块小玻璃向里面看呢。看了一会儿，躲开了；我懒得动，还在那儿坐着。待了一会儿，那对眼睛又来了。我再也坐不住，我轻轻的开了门。"妈！"

三十六

我们母女怎么进了屋，我说不上来。哭了多久，也不大记得。妈妈已老得不像样儿了：她的掌柜的回了老家，没告诉她，偷偷地走了，没给她留下一个钱。她把那点东西变卖了，辞退了房，搬到一个大杂院里去。她已找了我半个多月。最后，她想到上这儿来，并没希望找到我，只是碰碰看，可是竟自找到了我。她不敢认我了，要不是我叫她，她也许就又走了。哭完了，我发狂似的笑起来：她找到了女儿，女儿已是个暗娼！她养着我的时候，她得那样；现在轮到我养着她了，我得那样！女人的职业是世袭的，是专门的！

三十七

我希望妈妈给我点安慰。我知道安慰不过是点空话，可是我还希望来自妈妈的口中。妈妈都往往会骗人，我们把妈妈的诓骗叫作安慰。我的妈妈连这个都忘了。她是饿怕了，我不怪她。她开始检点我的东西，问我的进项与花费，似乎一点也不以这种生意为奇怪。我告诉她，我有了病，希望她劝我休息几天。没有；她只说出去给我买药。"我们老干这个吗？"我问她。她没言语。可是从另一方面看，她确是想保护我，心疼我。她给我做饭，问我身上怎样，还常常偷看我，像妈妈看睡着了的小孩那样。只是有一层她不肯说，就是叫我不用再干这行了。我心中很明白——虽然有一点不满意她——除了干这个，还想不到第二个事情作。我们母女得吃得穿——这个决定了一切。什么母女不母女，什么体面不体面，钱是无情的。

三十八

妈妈想照应我，可是她得听着看着人家蹂躏我。我想好好对待她，可是我觉得她有时候讨厌。她什么都要管管，特别是对于钱。她的眼已失去年轻时的光泽，不过看见了钱还能发点光。对于客人，她就自居为仆人，可是当客人给少了钱的时候，她张嘴就骂。这有时候使我很为难。不错，既干这个还不是为钱吗？可是干这个的也似乎不必骂人。我有时候也会慢待人，可是我有我的办法，使客人急不得恼不得。妈妈的方法太笨了，很容易得罪人。看在钱的面上，我们不应当得罪人。我的方法或者出于我还年轻，还幼稚；妈妈便不顾一切的单单站在钱上了，她应当如此，她比我大着好些岁。恐怕再过几年我也就这样了，人老心也跟着老，渐渐老得和钱一样的硬。是的，妈妈不客气。她有时候劈手就抢客人的皮夹，有时候留下人家的帽子或值钱一点的手套与手杖。我很怕闹出事来，可是妈妈说的好："能多弄一个是一个，咱们是拿十年当作一年活着的，等七老八十还有人要咱们吗？"有时候，客人喝醉了，她便把他架出去，找个僻静地方叫他坐下，连他的鞋都拿回来。说也奇怪，这种人倒没有来找账的，想是已人事不知，说不定也许病一大场。或者事过之后，想过滋味，也就不便再来闹了，我们不怕丢人，他们怕。

三十九

妈妈是说对了：我们是拿十年当一年活着。干了二三年，我觉出自己是变了。我的皮肤粗糙了，我的嘴唇老是焦的，我的眼睛里老灰渌渌的带着血丝。我起来的很晚，还觉得精神不够。我觉出这个来，客人们更不是瞎子，熟客渐渐少起来。对于生客，我更努力的伺候，可是也更厌恶他们，有时候我管不住自己的脾气。我暴躁，我胡说，我已经不是我自己了。我的嘴不由的老胡说，似乎是惯了。这样，那些文明人已不多照顾我，因为我丢了那点"小鸟依人"——他们唯一的诗句——的身段与气味。我得和野鸡学了。我打扮得简直不像个人，这才招得动那不文明的人。我的嘴擦得像个红血瓢，我用力咬他们，他们觉得痛快。有时候我似乎已看见我的死，接进一块钱，我仿佛死了一点。钱是延长生命的，我的挣法适得其反。我看着自己死，等着自己死。这么一想，便把别的思想全止住了。不必想了，一天一天地活下去就是了，我的妈妈是我的影子，我至好不过将来变成她那样，卖了一辈子肉，剩下的只是一些白头发与抽皱的黑皮。这就是生命。

四十

我勉强地笑，勉强地疯狂，我的痛苦不是落几个泪所能减除的。我这样的生命是没什么可惜的，可是它到底是个生命，我不愿撒手。况且我所作的并不是我自己的过错。死假如可怕，那只因为活着是可爱的。我决不是怕死的痛苦，我的痛苦久已胜过了死。我爱活着，而不应当这样活着。我想象着一种理想的生活，像作着梦似的；这个梦一会儿就过去了，实际的生活使我更觉得难过。这个世界不是个梦，是真的地狱。妈妈看出我的难过来，她劝我嫁人。嫁人，我有了饭吃，她可以弄一笔养老金。我是她的希望。我嫁谁呢？

四十一

因为接触的男子很多了，我根本已忘了什么是爱。我爱的是我自己，及至我已爱不了自己，我爱别人干什么呢？但是打算出嫁，我得假装说我爱，说我愿意跟他一辈子。我对好几个人都这样说了，还起了誓；没人接受。在钱的管领下，人都很精明。嫖不如偷，对，偷省钱。我要是不要钱，管保人人说爱我。

四十二

正在这个期间，巡警把我抓了去。我们城里的新官儿非常地讲道德，要扫清了暗门子。正式的妓女倒还照旧作生意，因为她们纳捐；纳捐的便是名正言顺的，道德的。抓了去，他们把我放在了感化院，有人教给我作工。洗、做、烹调、编织，我都会；要是这些本事能挣饭吃，我早就不干那个苦事了。我跟他们这样讲，他们不信，他们说我没出息，没道德。他们教给我工作，还告诉我必须爱我的工作。假如我爱工作，将来必定能自食其力，或是嫁个人。他们很乐观。我可没这个信心。他们最好的成绩，是已经有十几多个女的，经过他们感化而嫁了人。到这儿来领女人的，只须花两块钱的手续费和找一个妥实的铺保就够了。这是个便宜。从男人方面看；据我想，这是个笑话。我干脆就不受这个感化。当一个大官儿来检阅我们的时候，我唾了他一脸唾沫。他们还不肯放了我，我是带危险性的东西。可是他们也不肯再感化我。我换了地方，到了狱中。

四十三

狱里是个好地方，它使人坚信人类的没有起色；在我做梦的时候都见不到这样丑恶的玩艺。自从我一进来，我就不再想出去，在我的经验中，世界比这儿并强不了许多。我不愿死，假若从这儿出去而能有个较好的地方；事实上既不这样，死在哪儿不一样呢。在这里，在这里，我又看见了我的好朋友，月牙儿！多久没见着它了！妈妈干什么呢？我想起来一切。

《骆驼祥子·月牙儿》，老舍著，天津人民出版社，2009 年 7 月第 1 版

作品提示

《月牙儿》是老舍的一部以人物命运浮沉寄寓社会、人性和文化批判的杰作，读了它让

人受益匪浅。

月牙儿本是自然之物，在我国文坛因屡屡以这种身份被文人请进他们的作品的画镜中，似乎早已被确认为伤感的艺术形象。然而老舍却赋予它多种功能，这是该作品的灵气所在。在他笔下月牙儿却成了主人公孤独寂寞时唯一而又不可缺少的伴侣，成了主人公向黑暗社会控诉的代言人。月牙儿也称为作品贯穿始终的意象，从文章主人公张小月小的时候到她被关进感化院时，一直高高悬挂在夜空，它见证了她艰难困苦的一生，也是她在苦难经历中的唯一寄托和倾诉对象，它是主人公心灵的象征，同时也是整个社会的象征，微弱惨淡，没有足以照亮寒夜的璀璨光芒，转瞬即逝。

边 城

——沈从文

作者简介

沈从文（1902—1988年），原名沈岳焕，笔名休芸芸、懋琳、璇若、若琳等，苗族，湖南凤凰人。

（1）创作前期：1924—1927年。他主要写到北京后的碰壁、遭遇，受到的冷眼，主要是对生活的回忆，重在叙述人生经历。喜悦的、甜蜜的和厌恶的、憎恨的两种感情倾向都有。

（2）创作中期：1927—1931年，是由不成熟到成熟的文学创作自觉期的转折期。题材范围广，个人经历、乡村、都市都写。作品有《柏子》《萧萧》《烟斗》《绅士的太太》等。

（3）成熟期：1931—1947年。视野所关注的是整个社会人生，但以湘西世界为主。《边城》《长河》等代表作问世。

小说主要特点：

（1）理想人性和人生的追求者：湘西人性中的美与善的悲剧性思索。

（2. 现代文明中传统美好人性的迷失——对城市人性的丑陋描绘和讽刺两相对照中人的生存状态：城市系列小说《绅士的太太》《八骏图》《有学问的人》等。

（3）小说的诗意追求和散文化表达：田园牧歌的氛围和小说的抒情性特征。

（4）小说悲剧意识的呈现和悲剧文体的创造。

一

由四川过湖南去，靠东有一条官路。这官路将近湘西边境到了一个地方名为"茶峒"的小山城时，有一小溪，溪边有座白色小塔，塔下住了一户单独的人家。这人家只一个老人，一个女孩子，一只黄狗。

小溪流下去，绕山岨流，约三里便汇入茶峒的大河。人若过溪越小山走去，则只一里路就到了茶峒城边。溪流如弓背，山路如弓弦，故远近有了小小差异。小溪宽约二十丈，河床为大片石头作成。静静的水即或深到一篙不能落底，却依然清澈透明，河中游鱼来去皆可以计数。小溪既为川湘来往孔道，水常有涨落，限于财力不能搭桥，就安排了一只方头渡船。这渡船一次连人带马，约可以载二十位搭客过河，人数多时则反复来去。渡船头竖了一枝小小竹竿，挂着一个可以活动的铁环，溪岸两端水槽牵了一段废缆，有人过渡时，把铁环挂在废缆上，船上人就引手攀缘那条缆索，慢慢的牵船过对岸去。船将拢岸了，管理这渡船的，一面口中嚷着"慢点慢点"，自己霍的跃上了岸，拉着铁环，于是人货牛马全上了岸，翻过小山不见了。渡头为公家所有，故过渡人不必出钱。有人心中不安，抓了一把钱掷到船板上时，管渡船的必为一一拾起，依然塞到那人手心里去，俨然吵嘴时的认真神气："我有了口量，三斗米，七百钱，够了。谁要这个！"

但不成，凡事求个心安理得，出气力不受酬谁好意思，不管如何还是有人把钱的。管船人却情不过，也为了心安起见，便把这些钱托人到茶峒去买茶叶和草烟，将茶峒出产的上等草烟，一扎一扎挂在自己腰带边，过渡的谁需要这东西必慷慨奉赠。有时从神气上估计那远路人对于身边草烟引起了相当的注意时，便把一小束草烟扎到那人包袱上去，一面说，"不吸这个吗，这好的，这妙的，味道蛮好，送人也合适！"茶叶则在六月里放进大缸里去，用开水泡好，给过路人解渴。

管理这渡船的，就是住在塔下的那个老人。活了七十年，从二十岁起便守在这小溪边，五十年来不知把船来去渡了若干人。年纪虽那么老了。本来应当休息了，但天不许他休息，他仿佛便不能够同这一分生活离开。他从不思索自己的职务对于本人的意义，只是静静的很忠实的在那里活下去。代替了天，使他在日头升起时，感到生活的力量，当日头落下时，又不至于思量与日头同时死去的，是那个伴在他身旁的女孩子。他唯一的朋友为一只渡船与一只黄狗，唯一的亲人便只那个女孩子。

女孩子的母亲，老船夫的独生女，十五年前同一个茶峒军人，很秘密的背着那忠厚爸爸发生了暧昧关系。有了小孩子后，这屯戍军士便想约了她一同向下游逃去。但从逃走的行为上看来，一个违悖了军人的责任，一个却必得离开孤独的父亲。经过一番考虑后，军人见她无远走勇气，自己也不便毁去作军人的名誉，就心想：一同去生既无法聚首，一同去死当无人可以阻拦，首先服了毒。女的却关心腹中的一块肉，不忍心，拿不出主张。事情业已为作渡船夫的父亲知道，父亲却不加上一个有分量的字眼儿，只作为并不听到过这事情一样，仍然把日子很平静的过下去。女儿一面怀了羞惭一面却怀了怜悯，仍守在父亲身边，待到腹中小孩生下后，却到溪边吃了许多冷水死去了。在一种近于奇迹中，这遗孤居然已长大成人，一转眼间便十三岁了。为了住处两山多篁竹，翠色逼人而来，老船夫随便为这可怜的孤雏拾取了一个近身的名字，叫作"翠翠"。

翠翠在风日里长养着，把皮肤变得黑黑的，触目为青山绿水，一对眸子清明如水晶。自然既长养她且教育她，为人天真活泼，处处俨然如一只小兽物。人又那么乖，如山头黄麂一样，从不想到残忍事情，从不发愁，从不动气。平时在渡船上遇陌生人对她有所注意时，便把光光的眼睛瞅着那陌生人，作成随时皆可举步逃入深山的神气，但明白了人无机心后，就又从从容容的在水边玩耍了。

老船夫不论晴雨，必守在船头。有人过渡时，便略弯着腰，两手缘引了竹缆，把船横渡过小溪。有时疲倦了，躺在临溪大石上睡着了，人在隔岸招手喊过渡，翠翠不让祖父起身，就跳下船去，很敏捷的替祖父把路人渡过溪，一切皆溜刷在行，从不误事。有时又和祖父黄狗一同在船上，过渡时和祖父一同动手，船将近岸边，祖父正向客人招呼："慢点，慢点"时，那只黄狗便口衔绳子，最先一跃而上，且俨然懂得如何方为尽职似的，把船绳紧衔着拖船拢岸。

风日清和的天气，无人过渡，镇日长闲，祖父同翠翠便坐在门前大岩石上晒太阳。或把一段木头从高处向水中抛去，嗾使身边黄狗自岩石高处跃下，把木头衔回来。或翠翠与黄狗皆张着耳朵，听祖父说些城中多年以前的战争故事。或祖父同翠翠两人，各把小竹作成的竖笛，逗在嘴边吹着迎亲送女的曲子。过渡人来了，老船夫放下了竹管，独自跟到船边去，横溪渡人，在岩上的一个，见船开动时，于是锐声喊着：

"爷爷，爷爷，你听我吹，你唱！"

爷爷到溪中央便很快乐的唱起来，哑哑的声音同竹管声振荡在寂静空气里，溪中仿佛也热闹了一些。（实则歌声的来复，反而使一切更寂静一些了。）

有时过渡的是从川东过茶峒的小牛，是羊群，是新娘子的花轿，翠翠必争着作渡船夫，站在船头，懒懒的攀引缆索，让船缓缓的过去。牛羊花轿上岸后，翠翠必跟着走，站到小山头，目送这些东西走去很远了，方回转船上，把船牵靠近家的岸边。且独自低低的学小羊叫着，学母牛叫着，或采一把野花缚在头上，独自装扮新娘子。

茶峒山城只隔渡头一里路，买油买盐时，逢年过节祖父得喝一杯酒时，祖父不上城，黄狗就伴同翠翠入城里去备办东西。到了卖杂货的铺子里，有大把的粉条，大缸的白糖，有炮仗，有红蜡烛，莫不给翠翠很深的印象，回到祖父身边，总把这些东西说个半天。那里河边还有许多上行船，百十船夫忙着起卸百货。这种船只比起渡船来全大得多，有趣味得多，翠翠也不容易忘记。

二

茶峒地方凭水依山筑城，近山的一面，城墙如一条长蛇，缘山爬去。临水一面则在城外河边留出余地设码头，湾泊小小篷船。船下行时运桐油青盐，染色的栀子。上行则运棉花棉纱以及布匹杂货同海味。贯串各个码头有一条河街，人家房子多一半着陆，一半在水，因为余地有限，那些房子莫不设有吊脚楼。河中涨了春水，到水逐渐进街后，河街上人家，便各用长长的梯子，一端搭在屋檐口，一端搭在城墙上，人人皆骂着嚷着，带了包袱、铺盖、米缸，从梯子上进城里去，水退时又从城门口出城。某一年水若来得特别猛一些，沿河吊脚楼必有一处两处为大水冲去，大家皆在城上头呆望。受损失的也同样呆望着，对于所受的损失仿佛无话可说，与在自然安排下，眼见其他无可挽救的不幸来时相似。涨水时在城上还可望着骤然展宽的河面，流水浩浩荡荡，随同山水从上流浮沉而来的有房子、牛、羊、大树。于是在水势较缓处，税关趸船前面，便常常有人驾了小舢板，一见河心浮沉而来的是一匹牲畜，一段小木，或一只空船，船上有一个妇人或一个小孩哭喊的声音，便急急的把船桨去，在下游一些迎着了那个目的物，把它用长绳系定，再向岸边桨去。这些诚实勇敢的人，也爱利，也仗义，同一般当地人相似。不拘救人救物，却同样在一种愉快冒险行为中，做得十分敏捷勇敢，使人见及不能不为之喝彩。

那条河水便是历史上知名的酉水，新名字叫作白河。白河下游到辰州与沅水汇流后，便略显浑浊，有出山泉水的意思。若溯流而上，则三丈五丈的深潭皆清澈见底。深潭为白日所映照，河底小小白石子，有花纹的玛瑙石子，全看得明明白白。水中游鱼来去，全如浮在空气里。两岸多高山，山中多可以造纸的细竹，长年作深翠颜色，逼人眼目。近水人家多在桃杏花里，春天时只需注意，凡有桃花处必有人家，凡有人家处必可沽酒。夏天则晒晾在日光下耀目的紫花布衣裤，可以作为人家所在的旗帜。秋冬来时，房屋在悬崖上的，滨水的，无不朗然入目。黄泥的墙，乌黑的瓦，位置则永远那么妥贴，且与四围环境极其调和，使人迎面得到的印象，实在非常愉快。一个对于诗歌图画稍有兴味的旅客，在这小河中，蜷伏于一只小船上，作三十天的旅行，必不至于感到厌烦，正因为处处有奇迹，自然的大胆处与精巧处，无一处不使人神往倾心。

白河的源流，从四川边境而来，从白河上行的小船，春水发时可以直达川属的秀山。但属于湖南境界的，则茶峒为最后一个水码头。这条河水的河面，在茶峒时虽宽约半里，当秋冬之际水落时，河床流水处还不到二十丈，其余只是一滩青石。小船到此后，既无从上行，故凡川东的进出口货物，皆由这地方落水起岸。出口货物俱由脚夫用杉木扁担压在肩膊上挑抬而来，入口货物也莫不从这地方成束成担的用人力搬去。

这地方城中只驻扎一营由昔年绿营屯丁改编而成的戍兵，及五百家左右的住户。（这些住户中，除了一部分拥有了些山田同油坊，或放账屯油、屯米、屯棉纱的小资本家外，其余多数皆为当年屯戍来此有军籍的人家。）地方还有个厘金局，办事机关在城外河街下面小庙里，经常挂着一面长长的幡信。局长则住在城中。一营兵士驻扎老参将衙门，除了号兵每天上城吹号玩，使人知道这里还驻有军队以外，其余兵士皆仿佛并不存在。冬天的白日里，到城里去，便只见各处人家门前皆晾晒有衣服同青菜。红薯多带藤悬挂在屋檐下。用棕衣作成的口袋，装满了栗子榛子和其他硬壳果，也多悬挂在屋檐下。屋角隅各处有大小鸡叫着玩着。间或有什么男子，占据在自己屋前门限上锯木，或用斧头劈树，把劈好的柴堆到敞坪里去一座一座如宝塔。又或可以见到几个中年妇人，穿了浆洗得极硬的蓝布衣裳，胸前挂有白布扣花围裙，躬着腰在日光下一面说话一面作事。一切总永远那么静寂，所有人民每个日子皆在这种单纯寂寞里过去。一分安静增加了人对于"人事"的思索力，增加了梦。在这小城中生存的，各人也一定皆各在分定一份日子里，怀了对于人事爱憎必然的期待。但这些人想些什么？谁知道。住在城中较高处，门前一站便可以眺望对河以及河中的景致，船来时，远远的就从对河滩上看着无数纤夫。那些纤夫也有从下游地方，带了细点心洋糖之类，拢岸时却拿进城中来换钱的。船来时，小孩子的想象，当在那些拉船人一方面。大人呢，孵一巢小鸡，养两只猪，托下行船夫打副金耳环，带两丈官青布或一坛好酱油、一个双料的美孚灯罩回来，便占去了大部分作主妇的心了。

这小城里虽那么安静和平但地方既为川东商业交易接头处，因此城外小小河街，情形却不同了一点。也有商人落脚的客店，坐镇不动的理发馆。此外饭店、杂货铺、油行、盐栈、花衣庄，莫不各有一种地位，装点了这条河街。还有卖船上用的檀木活车、竹缆与罐锅铺子，介绍水手职业吃码头饭的人家。小饭店门前长案上，常有煎得焦黄的鲤鱼豆腐，身上装饰了红辣椒丝，卧在浅口钵头里，钵旁大竹筒中插着大把红筷子，不拘谁个愿意花点钱，这人就可以傍了门前长案坐下来，抽出一双筷子到手上，那边一个眉毛扯得极细脸上擦了白粉的妇人就走过来问："大哥，副爷，要甜酒？要烧酒？"男子火焰高一点的，谐趣的，对内掌柜有点意思的，必装成生气似的说："吃甜酒？又不是小孩，还问人吃甜酒！"那么，酽洌的烧酒，从大瓮里用竹筒舀出，倒进土碗里，即刻就来到身边案桌上了。杂货铺卖美孚油及点美孚油的洋灯，与香烛纸张。油行屯桐油。盐栈堆火井出的青盐。花衣庄则有白棉纱、大布、棉花以及包头的黑绉绸出卖。卖船上用物的，百物罗列，无所不备，且间或有重至百斤以外的铁锚搁在门外路旁，等候主顾问价。专以介绍水手为事业，吃水码头饭的，则在河街的家中，终日大门敞开着，常有穿青羽缎马褂的船主与毛手毛脚的水手进出，地方像茶馆却不卖茶，不是烟馆又可以抽烟。来到这里的，虽说所谈的是船上生意经，然而船只的上下，划船拉纤人大都有一定规矩，不必作数目上的讨论。他们来到这里大多数倒是在"联欢"。以"龙头管事"作中心，谈论点本地时事，两省商务上情形，以及下游的"新事"。邀会的，集款时大多数皆在此地，扒骰子看点数多少轮作会首时，也常常在此举行。真真成为他们生意经的，有两件事：买卖船只，买卖媳妇。

大都市随了商务发达而产生的某种寄食者，因为商人的需要，水手的需要，这小小边城的河街，也居然有那么一群人，聚集在一些有吊脚楼的人家。这种妇人不是从附近乡下弄来，便是随同川军来湘流落后的妇人，穿了假洋绸的衣服，印花标布的裤子，把眉毛扯得成一条细线，大大的发髻上敷了香味极浓俗的油类。白日里无事，就坐在门口做鞋子，在鞋尖上用红绿丝线挑绣双凤，或为情人水手挑绣花抱兜，一面看过往行人，消磨长日。或靠在临河窗口上看水手起货，听水手爬桅子唱歌。到了晚间，则轮流的接待商人同水手，切切实实尽一个妓女应尽的义务。

由于边地的风俗淳朴，便是作妓女，也永远那么浑厚，遇不相熟的人，做生意时得先交钱，再关门撒野，人既相熟后，钱便可有可无之间了。妓女多靠四川商人维持生活，但恩情所结，则多在水手方面。感情好的，互相咬着嘴唇咬着颈脖发了誓，约好了"分手后各人皆不许胡闹"，四十天或五十天，在船上浮着的那一个，同留在岸上的这一个，便皆呆着打发这一堆日子，尽把自己的心紧紧缚定远远的一个人。尤其是妇人感情真挚，痴到无可形容，男子过了约定时间不回来，做梦时，就总常常梦船拢了岸，一个人摇摇荡荡的从船跳板到了岸上，直向身边跑来。或日中有了疑心，则梦里必见男子在桅上向另一方面唱歌，却不理会自己。性格弱一点儿的，接着就在梦里投河吞鸦片烟，性格强一点儿的便手执菜刀，直向那水手奔去。他们生活虽那么同一般社会疏远，但是眼泪与欢乐，在一种爱憎得失间，揉进了这些人生活里时，也便同另外一片土地另外一些年轻生命相似，全个身心为那点爱憎所浸透，见寒作热，忘了一切。若有多少不同处，不过是这些人更真切一点，也更近于糊涂一点罢了。短期的包定，长期的嫁娶，一时间的关门，这些关于一个女人身体上的交易，由于民情的淳朴，身当其事的不觉得如何下流可耻，旁观者也就从不用读书人的观念，加以指摘与轻视。这些人既重义轻利，又能守信自约，即便是娼妓，也常常较之讲道德知羞耻的城市中人还更可信任。

掌水码头的名叫顺顺，一个前清时便在营伍中混过日子来的人物，革命时在著名的陆军四十九标做个什长。同样做什长的，有因革命成了伟人名人的，有杀头碎尸的，他却带少年喜事得来的脚疯痛，回到了家乡，把所积蓄的一点钱，买了一条六桨白木船，租给一个穷船主，代人装货在茶峒与辰州之间来往。气运好，半年之内船不坏事，于是他从所赚的钱上，又讨了一个略有产业的白脸黑发小寡妇。数年后，在这条河上，他就有了大小四只船，一个铺子，两个儿子了。

但这个大方洒脱的人，事业虽十分顺手，却因欢喜交朋结友，慷慨而又能济人之急，便不能同贩油商人一样大大发作起来。自己既在粮子里混过日子，明白出门人的甘苦，理解失意人的心情，故凡因船只失事破产的船家，过路的退伍兵士，游学文墨人，凡到了这个地方闻名求助的，莫不尽力帮助。一面从水上赚来钱，一面就这样洒脱散去。这人虽然脚上有点小毛病，还能泅水；走路难得其平，为人却那么公正无私。水面上各事原本极其简单，一切皆为一个习惯所支配，谁个船碰了头，谁个船妨害了别一个人别一只船的利益，皆照例有习惯方法来解决。惟运用这种习惯规矩排调一切的，必需一个高年硕德的中心人物。某年秋天，那原来执事人死去了，顺顺作了这样一个代替者。那时他还只五十岁，为人既明事明理，正直和平，又不爱财，故无人对他年龄怀疑。

到如今，他的儿子大的已十八岁，小的已十六岁。两个年青人皆结实如小公牛，能驾船，能泅水，能走长路。凡从小乡城里出身的年青人所能够作的事，他们无一不作，作去无一不精。年纪较长的，如他们爸爸一样，豪放豁达，不拘常套小节。年幼的则气质近于那个白脸黑发的母亲，不爱说话，眼眉却秀拔出群，一望即知其为人聪明而又富于感情。

两兄弟既年已长大，必需在各种生活上来训练他们，作父亲的就轮流派遣两个小孩子各处旅行。向下行船时，多随了自己的船只充伙计，甘苦与人相共。荡桨时选最重的一把，背纤时拉头纤二纤，吃的是干鱼，辣子，臭酸菜，睡的是硬帮帮的舱板。向上行从旱路走去，则跟了川东客货，过秀山、龙潭，酉阳作生意，不论寒暑雨雪，必穿了草鞋按站赶路。且佩了短刀，遇不得已必需动手，便霍的把刀抽出，站到空阔处去，等候对面的一个，接着就同这个人用肉搏来解决。帮里的风气，既为"对付仇敌必需用刀，联结朋友也必需用刀"，故需要刀时，他们也就从不让它失去那点机会。学贸易，学应酬，学习到一个新地方去生活，且学习用刀保护身体同名誉，教育的目的，似乎在使两个孩子学得做人的勇气与义气。一分

113

教育的结果，弄得两个人皆结实如老虎，却又和气亲人，不骄惰，不浮华，不倚势凌人，故父子三人在茶峒边境上为人所提及时，人人对这个名姓无不加以一种尊敬。

作父亲的当两个儿子很小时，就明白大儿子一切与自己相似，却稍稍见得溺爱那第二个儿子。由于这点不自觉的私心，他把长子取名天保，次子取名傩送。意思是天保佑的在人事上或不免有龃龉处，至于傩神所送来的，照当地习气，人便不能稍加轻视了。傩送美丽得很，茶峒船家人拙于赞扬这种美丽，只知道为他取出一个诨名为"岳云"。虽无什么人亲眼看到过岳云，一般的印象，却从戏台上小生岳云，得来一个相近的神气。

三

两省接壤处，十余年来主持地方军事的，注重在安辑保守，处置还得法，并无变故发生。水陆商务既不至于受战争停顿，也不至于为土匪影响，一切莫不极有秩序，人民也莫不安分乐生。这些人，除了家中死了牛，翻了船，或发生别的死亡大变，为一种不幸所绊倒觉得十分伤心外，中国其他地方正在如何不幸挣扎中的情形，似乎就永远不会为这边城人民所感到。

边城所在一年中最热闹的日子，是端午、中秋和过年。三个节日过去三五十年前如何兴奋了这地方人，直到现在，还毫无什么变化，仍能成为那地方居民最有意义的几个日子。

端午日，当地妇女小孩子，莫不穿了新衣，额角上用雄黄蘸酒画了个王字。任何人家到了这天必可以吃鱼吃肉。大约上午十一点钟左右，全茶峒人就吃了午饭，把饭吃过后，在城里住家的，莫不倒锁了门，全家出城到河边看划船。河街有熟人的，可到河街吊脚楼门口边看，不然就站在税关门口与各个码头上看。河中龙船以长潭某处作起点，税关前作终点。作比赛竞争。因为这一天军官税官以及当地有身分的人，莫不在税关前看热闹。划船的事各人在数天以前就早有了准备，分组分帮各自选出了若干身体结实手脚伶俐的小伙子，在潭中练习进退。船只的形式，与平常木船大不相同，形体一律又长又狭，两头高高翘起，船身绘着朱红颜色长线，平常时节多搁在河边干燥洞穴里，要用它时，拖下水去。每只船可坐十二个到十八个桨手，一个带头的，一个鼓手，一个锣手。桨手每人持一支短桨，随了鼓声缓促为节拍，把船向前划去。坐在船头上，头上缠裹着红布包头，手上拿两支小令旗，左右挥动，指挥船只的进退。擂鼓打锣的，多坐在船只的中部，船一划动便即刻蓬蓬镗镗把锣鼓很单纯的敲打起来，为划桨水手调理下桨节拍。一船快慢既不得不靠鼓声，故每当两船竞赛到剧烈时，鼓声如雷鸣，加上两岸人呐喊助威，便使人想起梁红玉老鹳河时水战擂鼓，牛皋水擒杨幺时也是水战擂鼓。凡把船划到前面一点的，必可在税关前领赏，一匹红，一块小银牌，不拘缠挂到船上某一个人头上去，皆显出这一船合作的光荣。好事的军人，且当每次某一只船胜利时，必在水边放些表示胜利庆祝的五百响鞭炮。

赛船过后，城中的戍军长官，为了与民同乐，增加这节日的愉快起见，便把三十只绿头长颈大雄鸭，颈脖上缚了红布条子，放入河中，尽善于泅水的军民人等，下水追赶鸭子。不抱谁把鸭子捉到，谁就成为这鸭子的主人。于是长潭换了新的花样，水面各处是鸭子，各处有追赶鸭子的人。

船与船的竞赛，人与鸭子的竞赛，直到天晚方能完事。

掌水码头的龙头大哥顺顺，年青时节便是一个泅水的高手，入水中去追逐鸭子，在任何情形下总不落空。但一到次子傩送年过十二岁时，已能入水闭铺籴着到鸭子身边，再忽然从水中冒水而出，把鸭子捉到，这作爸爸的便解嘲似的说："好，这种事有你们来作，我不必再下水了。"于是当真就不下水与人来竞争捉鸭子。但下水救人呢，当作别论。凡帮助人远离患难，便是入火，人到八十岁，也还是成为这个人一种不可逃避的责任！

天保傩送两人皆是当地泅水划船好选手。

端午又快来了，初五划船，河街上初一开会，就决定了属于河街的那只船当天入水。天保恰好在那天应向上行，随了陆路商人过川东龙潭送节货，故参加的就只傩送。十六个结实如牛犊的小伙子，带了香烛、鞭炮、同一个用生牛皮蒙好绘有朱红太极图的高脚鼓，到了搁船的河上游山洞边，烧了香烛，把船拖入水后，各人上了船，燃着鞭炮，擂着鼓，这船便如一枝箭似的，很迅速的向下游长潭射去。

那时节还是上午，到了午后，对河渔人的龙船也下了水，两只龙船就开始预习种种竞赛的方法。水面上第一次听到了鼓声，许多人从这鼓声中，感到了节日临近的欢悦。住临河吊脚楼对远方人有所等待有所盼望的，也莫不因鼓声想到远人。在这个节日里，必然有许多船只可以赶回，也有许多船只只合在半路过节，这之间，便有些眼目所难见的人事哀乐，在这小山城河街间，让一些人嬉事，也让一些人皱眉。

蓬蓬鼓声掠水越山到了渡船头那里时，最先注意到的是那只黄狗。那黄狗汪汪的吠着，受了惊似的绕屋乱走，有人过渡时，便随船渡过河东岸去，且跑到那小山头向城里一方面大吠。

翠翠正坐在门外大石上用棕叶编蚱蜢蜈蚣玩，见黄狗先在太阳下睡着，忽然醒来便发疯似的乱跑，过了河又回来，就问它骂它：

"狗，狗，你做什么！不许这样子！"

可是一会儿那声音被她发现了，她于是也绕屋跑着，且同黄狗一块儿渡过了小溪，站在小山头听了许久，让那点迷人的鼓声，把自己带到一个过去的节日里去。

四

还是两年前的事。五月端阳，渡船头祖父找人作了代替，便带了黄狗同翠翠进城，过大河边去看划船。河边站满了人，四只朱色长船在潭中滑着，龙船水刚刚涨过，河中水皆豆绿，天气又那么明朗，鼓声蓬蓬响着，翠翠抿着嘴一句话不说，心中充满了不可言说的快乐。河边人太多了一点，各人皆尽张着眼睛望河中，不多久，黄狗还在身边，祖父却挤得不见了。

　　翠翠一面注意划船，一面心想"过不久祖父总会找来的"。但过了许久，祖父还不来，翠翠便稍稍有点儿着慌了。先是两人同黄狗进城前一天，祖父就问翠翠："明天城里划船，倘若一个人去看，人多怕不怕？"翠翠就说："人多我不怕，但自己只是一个人可不好玩。"于是祖父想了半天，方想起一个住在城中的老熟人，赶夜里到城里去商量，请那老人来看一天渡船，自己却陪翠翠进城玩一天。且因为那人比渡船老人更孤单，身边无一个亲人，也无一只狗，因此便约好了那人早上过家中来吃饭，喝一杯雄黄酒。第二天那人来了，吃了饭，把职务委托那人以后，翠翠等便进了城。到路上时，祖父想起什么似的，又问翠翠，"翠翠，翠翠，人那么多，好热闹，你一个人敢到河边看龙船吗？"翠翠说："怎么不敢？可是一个人有什么意思。"到了河边后，长潭里的四只红船，把翠翠的注意力完全占去了，身边祖父似乎也可有可无了。祖父心想："时间还早，到收场时，至少还得三个时刻。溪边的那个朋友，也应当来看看年青人的热闹，回去一趟，换换地位还赶得及。"因此就问翠翠，"人太多了，站在这里看，不要动，我到别处去有事情，无论如何总赶得回来伴你回家。"翠翠正为两只竞速并进的船迷着，祖父说的话毫不思索就答应了。祖父知道黄狗在翠翠身边，也许比他自己在她身边还稳当，于是便回家看船去了。

　　祖父到了那渡船处时，见代替他的老朋文，正站在白塔下注意听远处鼓声。

　　祖父喊他，请他把船拉过来，两人渡过小溪仍然站到白塔下去。那人问老船夫为什么又跑回来，祖父就说想替他一会儿故把翠翠留在河边，自己赶回来，好让他也过河边去看看热闹，且说，"看得好，就不必再回来，只须见了翠翠问她一声，翠翠到时自会回家的。小丫头不敢回家，你就伴她走走！"但那替手对于看龙船已无什么兴味，却愿意同老船夫在这溪边大石上各自再喝两杯烧酒。老船夫十分高兴，把酒葫芦取出，推给城中来的那一个。两人一面谈些端午旧事，一面喝酒，不到一会，那人却在岩石上为烧酒醉倒了。

　　人既醉倒了，无从入城，祖父为了责任又不便与渡船离开，留在河边的翠翠便不能不着急了。

　　河中划船的决了最后胜负后，城里军官已派人驾小船在潭中放了一群鸭子，祖父还不见来。翠翠恐怕祖父也正在什么地方等着她，因此带了黄狗各处人丛中挤着去找寻祖父，结果还是不得祖父的踪迹。后来看看天快要黑了，军人扛了长凳出城看热闹的，皆已陆续扛了那凳子回家。潭中的鸭子只剩下三五只，捉鸭人也渐渐的少了。落日向上游翠翠家中那一方落去，黄昏把河面装饰了一层薄雾。翠翠望到这个景致，忽然起了一个怕人的想头，她想："假若爷爷死了？"

　　她记起祖父嘱咐她不要离开原来地方那一句话，便又为自己解释这想头的错误，以为祖父不来必是进城去或到什么熟人处去，被人拉着喝酒，故一时不能来的。正因为这也是可能的事，她又不愿在天未断黑以前，同黄狗赶回家去，只好站在那石码头边等候祖父。

　　再过一会，对河那两只长船已泊到对河小溪里去不见了，看龙船的人也差不多全散了。吊脚楼有娼妓的人家，已上了灯，且有人敲小斑鼓弹月琴唱曲子。另外一些人家，又有划拳行酒的吵嚷声音。同时停泊在吊脚楼下的一些船只，上面也有人在摆酒炒菜，把青菜萝卜之类，倒进滚热油锅里去时发出咻——的声音。河面已朦朦胧胧，看去好像只有一只白在潭中浮着，也只剩一个人追着这只鸭子。

翠翠还是不离开码头，总相信祖父会来找她，同她一起回家。

吊脚楼上唱曲子声音热闹了一些，只听到下面船上有人说话，一个水手说："金亭，你听你那婊子陪川东庄客喝酒唱曲子，我赌个手指，说这是她的声音！"另一个水手就说："她陪他们喝酒唱曲子，心里可想我。她知道我在船上！"先前那一个又说："身体让别人玩着，心还想着你；你有什么凭据？"另一个说："有凭据。"于是这水手吹着嗍哨，作出一个古怪的记号，一会儿，楼上歌声便停止了。歌声停止后，两个水手皆笑了。两人接着便说了些关于那个女人的一切，使用了不少粗鄙字眼，翠翠很不习惯把这种话听下去，但又不能走开。且听水手之一说，楼上妇人的爸爸是在棉花坡被人杀死的，一共杀了十七刀。翠翠心中那个古怪的想头，"爷爷死了呢？"便仍然占据到心里有一忽儿。

两个水手还正在谈话，潭中那只白鸭慢慢的向翠翠所在的码头边游来，翠翠想："再过来些我就捉住你！"于是静静的等着，但那鸭子将近岸边三丈远近时，却有个人笑着，喊那船上水手。原来水中还有个人，那人已把鸭子捉到手，却慢慢的"踹水"游近岸边的。船上人听到水面的喊声，在隐约里也喊道："二老，二老，你真干，你今天得了五只吧。"那水上人说："这家伙狡猾得很，现在可归我了。""你这时捉鸭子，将来捉女人，一定有同样的本领。"水上那一个不再说什么，手脚并用的拍着水傍了码头。湿淋淋的爬上岸时，翠翠身旁的黄狗，仿佛警问水中人似的，汪汪的叫了几声，那人方注意到翠翠。码头上已无别的人，那人问：

"是谁？"

"是翠翠！"

"翠翠又是谁？"

"是碧溪岨撑渡船的孙女。"

"你在这儿做什么？"

"我等我爷爷。我等他来好回家去。"

"等他来他可不会来，你爷爷一定到城里军营里喝了酒，醉倒后被人抬回去了！"

"他不会。他答应来，他就一定会来的。"

"这里等也不成。到我家里去，到那边点了灯的楼上去，等爷爷来找你好不好？"

翠翠误会邀他进屋里去那个人的好意，正记着水手说的妇人丑事，她以为那男子就是要她上有女人唱歌的楼上去，本来从不骂人，这时正因等候祖父太久了，心中焦急得很，听人要她上去，以为欺侮了她，就轻轻的说：

"你个悖时砍脑壳的！"

话虽轻轻的，那男的却听得出，且从声音上听得出翠翠年纪，便带笑说："怎么，你骂人！你不愿意上去，要呆在这儿，回头水里大鱼来咬了你，可不要叫喊！"

翠翠说："鱼咬了我也不管你的事。"

那黄狗好像明白翠翠被人欺侮了，又汪汪的吠起来。那男子把手中白鸭举起，向黄狗吓了一下，便走上河街去了。黄狗为了自己被欺侮还想追过去，翠翠便喊："狗，狗，你叫人也看人叫！"翠翠意思仿佛只在问给狗"那轻薄男子还不值得叫"，但男子听去的却是另外一种好意，男的以为是她要狗莫向好人叫，放肆的笑着，不见了。

又过了一阵，有人从河街拿了一个废缆做成的火炬，喊叫着翠翠的名字来找寻她，到身边时翠翠却不认识那个人。那人说：老船夫回到家中，不能来接她，故搭了过渡人口信来，问翠翠要她即刻就回去。翠翠听说是祖父派来的，就同那人一起回家，让打火把的在前引路，黄狗时前时后，一同沿了城墙向渡口走去。翠翠一面走一面问那拿火把的人，是谁问他就知道她在河边。那人说是二老问他的，他是二老家里的伙计，送翠翠回家后还得回转河街。

翠翠说："二老他怎么知道我在河边？"

那人便笑着说："他从河里捉鸭子回来，在码头上见你，他说好意请你上家里坐坐，等候你爷爷，你还骂过他！"

翠翠带了点儿惊讶轻轻的问："二老是谁？"

那人也带了点儿惊讶说："二老你都不知道？就是我们河街上的傩送二老！就是岳云！他要我送你回去！"

傩送二老在茶峒地方不是一个生疏的名字！

翠翠想起自己先前骂人那句话，心里又吃惊又害羞，再也不说什么，默默的随了那火把走去。

翻过了小山岨，望得见对溪家中火光时，那一方面也看见了翠翠方面的火把，老船夫即刻把船拉过来，一面拉船一面哑声儿喊问："翠翠，翠翠，是不是你？"翠翠不理会祖父，口中却轻轻的说："不是翠翠，不是翠翠，翠翠早被大河里鲤鱼吃去了。"翠翠上了船，二老派来的人，打着火把走了，祖父牵着船问："翠翠，你怎么不答应我，生我的气了吗？"

翠翠站在船头还是不作声。翠翠对祖父那一点儿埋怨，等到把船拉过了溪，一到了家中，看明白了醉倒的另一个老人后，就完事了。但另一件事，属于自己不关祖父的，却使翠翠沉默了一个夜晚。

五

两年日子过去了。

这两年来两个中秋节，恰好都无月亮可看，凡在这边城地方，因看月而起整夜男女唱歌的故事，皆不能如期举行，故两个中秋留给翠翠的印象，极其平淡无奇。两个新年却照例可以看到军营里与各乡来的狮子龙灯，在小教场迎春，锣鼓喧阗很热闹。到了十五夜晚，城中舞龙耍狮子的镇箪兵士，还各自赤裸着肩膊，往各处去欢迎炮仗烟火。城中军营里，税关局长公馆，河街上一些大字号，莫不预先截老毛竹筒，或镂空棕榈树根株，用洞硝拌和磺炭钢砂，一千捶八百捶把烟火做好。好勇取乐的军士，光赤着个上身，玩着灯打着鼓来了，小鞭炮如落雨的样子，从悬到长竿尖端的空中落到玩灯的肩背上，锣鼓催动急促的拍子，大家皆为这事情十分兴奋。鞭炮放过一阵后，用长凳绑着的大筒灯火，在敞坪一端燃起了引线，先是噬噬的流泻白光，慢慢的这白光便吼啸起来，作出如雷如虎惊人的声音，白光向上空冲去，高至二十丈，下落时便洒散着满天花雨。玩灯的兵士，在火花中绕着圈子，俨然毫不在意的样子。翠翠同他的祖父，也看过这样的热闹，留下一个热闹的印象，但这印象不知为什么原因，总不如那个端午所经过的事情甜而美。

翠翠为了不能忘记那件事，上年一个端午又同祖父到城边河街去看了半天船，一切玩得正好时，忽然落了行雨，无人衣衫不被雨湿透。为了避雨，祖孙二人同那只黄狗，走到顺顺吊脚楼上去，挤在一个角隅里。有人扛凳子从身边过去，翠翠认得那人是去年打了火把送她回家的人，就告给祖父：

"爷爷，那个人去年送我回家，他拿了火把走路时，真象个喽罗！"

祖父当时不作声，等到那人回头又走过面前时，就一把抓住那个人，笑嘻嘻说：

"嗨嗨，你这个人！要你到我家喝一杯也不成，还怕酒里有毒，把你这个真命天子毒死！"

那人一看是守渡船的，且看到了翠翠，就笑了。"翠翠，你长大了！二老说你在河边大鱼会吃你，我们这里河中的鱼，现在可吞不下你了。"

翠翠一句话不说，只是抿起嘴唇笑着。

这一次虽在这喽罗长年口中听到个"二老"名字，却不曾见及这个人。从祖父与那长年谈话里，翠翠听明白了二老是在下游六百里外青浪滩过端午的。但这次不见二老却认识了"大老"，且见着了那个一地出名的顺顺。大老把河中的鸭子捉回家里后，因为守渡船的老家伙称赞了那只肥鸭两次，顺顺就要大老把鸭子给翠翠。且知道祖孙二人所过的日子十分拮据，节日里自己不能包粽子，又送了许多尖角粽子。

那水上名人同祖父谈话时，翠翠虽装作眺望河中景致，耳朵却把每一句话听得清清楚楚。那人向祖父说翠翠长得很美，问过翠翠年纪，又问有不有人家。祖父则很快乐的夸奖了翠翠不少，且似乎不许别人来关心翠翠的婚事，故一到这件事便闭口不谈。

回家时，祖父抱了那只白鸭子同别的东西，翠翠打火把引路。两人沿城墙走去，一面是城，一面是水。祖父说："顺顺真是个好人，大方得很。大老也很好。这一家人都好！"翠翠说："一家人都好，你认识他们一家人吗？"祖父不明白这句话的意思所在，因为今天太高兴一点，便笑着说："翠翠，假若大老要你做媳妇，请人来做媒，你答应不答应？"翠翠就说："爷爷，你疯了！再说我就生你的气！"

祖父话虽不说了，心中却很显然的还转着这些可笑的不好的念头。翠翠着了恼，把火炬向路两旁乱晃着，向前快快的走去了。

"翠翠，莫闹，我摔到河里去，鸭子会走脱的！"

"谁也不希罕那只鸭子！"

祖父明白翠翠为什么事不高兴，祖父便唱起摇橹人驶船下滩时催橹的歌声，声音虽然哑沙沙的，字眼儿却稳稳当当毫不含糊。翠翠一面听着一面向前走去，忽然停住了发问：

"爷爷，你的船是不是正在下青浪滩呢？"

祖父不说什么，还是唱着，两人皆记顺顺家二老的船正在青浪滩过节，但谁也不明白另外一个人的记忆所止处。祖孙二人便沉默的一直走还家中。到了渡口，那代理看船的，正把船泊在岸边等候他们。几人渡过溪到了家中，剥粽子吃，到后那人要进城去，翠翠赶即为那人点上火把，让他有火把照路。人过了小溪上小山时，翠翠同祖父在船上望着，翠翠说："爷爷，看嗖罗上山了啊！"

祖父把手攀引着横缆，注目溪面的薄雾，仿佛看到了什么东西，轻轻的吁了一口气。祖父静静的拉船过对岸家边时，要翠翠先上岸去，自己却守在船边，因为过节，明白一定有乡下人上城里看龙船，还得乘黑赶回家去。

六

白日里，老船夫正在渡船上同个卖皮纸的过渡人有所争持。一个不能接受所给的钱，一个却非把钱送给老人不可。正似乎因为那个过渡人送钱气派，使老船夫受了点压迫，这撑渡船人就俨然生气似的，迫着那人把钱收回，使这人不得不把钱捏在手里。但船拢岸时，那人跳上了码头，一手铜钱向船舱里一撒，却笑眯眯的匆匆忙忙走了。老船夫手还得拉着船让别人上岸，无法去追赶那个人，就喊小山头的孙女："翠翠，翠翠，帮我拉着那个卖皮纸的小伙子，不许他走！"

翠翠不知道是怎么会事，当真便同黄狗去拦那第一个下山人。那人笑着说：

"不要拦我！……"

正说着，第二个商人赶来了，就告给翠翠是什么事情。翠翠明白了，更拉着卖纸人衣服不放，只说："不许走！不许走！"黄狗为了表示同主人的意见一致，也便在翠翠身边汪汪汪的吠着。其余商人皆笑着，一时不能走路。祖父气呼呼的赶来了，把钱强迫塞到那人手心里，且搭了一大束草烟到那商人担子上去，搓着两手笑着说："走呀！你们上路走！"那些人于是全笑着走了。

翠翠说：

"爷爷，我还以为那人偷你东西同你打架！"

祖父就说：

"他送我好些钱。我才不要这些钱！告他不要钱，他还同我吵，不讲道理！"

翠翠说："全还给他了吗？"

祖父抿着嘴把头摇摇，装成狡猾得意神气笑着，把扎在腰带上留下的那枚单铜子取出，送给翠翠。且说：

"他得了我们那把烟叶，可以吃到镇箪城！"

远处鼓声又蓬蓬的响起来了，黄狗张着两个耳朵听着。翠翠问祖父，听不听到什么声音。祖父一注意，知道是什么声音了，便说：

"翠翠，端午又来了。你记不记得去年天保大老送你那只肥鸭子。早上大老同一群人上川东去，过渡时还问你。你一定忘记那次落的行雨。我们这次若去，又得打火把回家；你记不记得我们两人用火把照路回家？"

翠翠还正想起两年前的端午一切事情哪。但祖父一问，翠翠却微带点儿恼着的神气，把头摇摇，故意说："我记不得，我记不得。"其实她那意思就是"我怎么记不得？！"

祖父明白那话里意思，又说："前年还更有趣，你一个人在河边等我，差点儿不知道回来，我还以为大鱼会吃掉你！"

提起旧事翠翠嗤的笑了。

"爷爷，你还以为大鱼会吃掉我？是别人家说我，我告给你的！你那天只是恨不得让城中的那个爷爷把装酒的葫芦吃掉！你这种记性！"

"我人老了，记性也坏透了。翠翠，现在你人长大了，一个人一定敢上城看船，不怕鱼吃掉你了。"

"人大了就应当守船哩。"

"人老了才当守船。"

"人老了应当歇憩！"

"你爷爷还可以打老虎，人不老！"祖父说着，于是，把膀子弯曲起来，努力使筋肉在局束中显得又有力又年青，且说："翠翠，你不信，你咬。"

翠翠睨着腰背微驼白发满头的祖父，不说什么话。远处有吹唢呐的声音，她知道那是什么事情，且知道唢呐方向，要祖父同她下了船，把船拉过家中那边岸旁去。为了想早早的看到那迎婚送亲的喜轿，翠翠还爬到屋后塔下去眺望。过不久，那一伙人来了，两个吹唢呐的，四个强壮乡下汉子，一顶空花轿，一个穿新衣的团总儿子模样的青年，另外还有两只羊，一个牵羊的孩子，一坛酒，一盒糍粑，一个担礼物的人。一伙人上了渡船后，翠翠同祖父也上了渡船，祖父拉船，翠翠却傍花轿站定，去欣赏每一个人的脸色与花轿上的流苏。拢岸后，团总儿子模样的人，从扣花抱肚里掏出了一个小红纸包封，递给老船夫。这是规矩，祖父再不能说不接收了。但得了钱祖父却说话了，问那个人，新娘是什么地方人，明白了，又问姓什么，明白了，又问多大年纪，一起皆弄明白了。吹唢呐的一上岸后又把唢呐呜呜喇喇吹起来，一行人便翻山走了。祖父同翠翠留在船上，感情仿佛皆追着那唢呐声音走去，走了很远的路方回到自己身边来。

祖父掂着那红纸包封的分量说："翠翠，宋家堡子里新嫁娘只十五岁。"

翠翠明白祖父这句话的意思所在，不作理会，静静的把船拉动起来。

到了家边，翠翠跑回家去取小小竹子做的双管唢呐，请祖父坐在船头吹"娘送女"曲子给她听，她却同黄狗躺到门前大岩石上荫处看天上的云。白日渐长，不知什么时节，祖父睡着了，翠翠同黄狗也睡着了。

七

到了端午。祖父同翠翠在三天前业已预先约好，祖父守船，翠翠同黄狗过顺顺吊脚楼去看热闹。翠翠先不答应，后来答应了。但过了一天，翠翠又翻悔回来，以为要看两人去看，要守船两人守船。祖父明白那个意思，是翠翠玩心与爱心相战争的结果。为了祖父的牵绊，应当玩的也无法去玩，这不成！祖父含笑说："翠翠，你这是为什么？说定了的又翻悔，同茶峒人平素品德不相称。我们应当说一是一，不许三心二意。我记性并不坏到这样子，把你答应了我的即刻忘掉！"祖父虽那么说，很显然的事，祖父对于翠翠的打算是同意的。但人太乖了，祖父有点怅然不乐了。见祖父不再说话，翠翠就说："我走了，谁陪你？"

祖父说："你走了，船陪我。"

翠翠把眉毛皱拢去苦笑着，"船陪你，嗨，嗨，船陪你。爷爷，你真是……"

祖父心想："你总有一天会要走的。"但不敢提这件事。祖父一时无话可说，于是走过屋后塔下小圃里去看葱，翠翠跟过去。

"爷爷，我决定不去，要去让船去，我替船陪你！"

"好，翠翠，你不去我去，我还得戴了朵红花，装刘姥姥进城去见世面！"

两人都为这句话笑了许久。

祖父理葱，翠翠却摘了一根大葱呜呜吹着。有人在东岸喊过渡，翠翠不让祖父占先，便忙着跑下去，跳上了渡船，援着横溪缆子拉船过溪去接人。一面拉船一面喊祖父：

"爷爷，你唱，你唱！"

祖父不唱，却只站在高岩上望翠翠，把手摇着，一句话不说。

祖父有点心事。心事重重的，翠翠长大了。

翠翠一天比一天大了，无意中提到什么时会红脸了。时间在成长她，似乎正催促她，使她在另外一件事情上负点儿责。她欢喜看扑粉满脸的新嫁娘，欢喜说到关于新嫁娘的故事，欢喜把野花戴到头上去，还欢喜听人唱歌。茶峒人的歌声，缠绵处她已领略得出。她有时仿佛孤独了一点，爱坐在岩石上去，向天空一起云一颗星凝眸。祖父若问："翠翠，想什么？"她便带着点儿害羞情绪，轻轻的说："在看水鸭子打架！"照当地习惯意思就是"翠翠不想什么"。但在心里却同时又自问："翠翠，你真在想什么？"同时自己也在心里答着："我想的很远，很多。可是我不知想些什么。"她的确在想，又的确连自己也不知在想些什么。这女孩子身体既发育得很完全，在本身上因年龄自然而来的一件"奇事"，到月就来，也使她多了些思索，多了些梦。

祖父明白这类事情对于一个女子的影响，祖父心情也变了些。祖父是一个在自然里活了七十年的人，但在人事上的自然现象，就有了些不能安排外。因为翠翠的长成，使祖父记起了些旧事，从掩埋在一大堆时间里的故事中，重新找回了些东西。

翠翠的母亲，某一时节原同翠翠一个样子。眉毛长，眼睛大，皮肤红红的。也乖得使人怜爱——也懂在一些小处，起眼动眉毛，使家中长辈快乐。也仿佛永远不会同家中这一个分开。但一点不幸来了，她认识了那个兵。到末了丢开老的和小的，却陪那个兵死了。这些事从老船夫说来谁也无罪过，只应"天"去负责。翠翠的祖父口中不怨天，心却不能完全同意这种不幸的安排。摊派到本身的一份，说来实在不公平！说是放下了，也正是不能放下的莫可奈何容忍到的一件事！

那时还有个翠翠。如今假若翠翠又同妈妈一样，老船夫的年龄，还能把小雏儿再育下去吗？人愿意神却不同意！人太老了，应当休息了，凡是一个良善的乡下人，所应得到的劳苦与不幸，全得到了。假若另外高处有一个上帝，这上帝且有一双手支配一切，很明显的事，十分公道的办法，是应把祖父先收回去，再来让那个年青的在新的生活上得到应分接受那幸或不幸，才合道理。

可是祖父并不那么想。他为翠翠担心。他有时便躺到门外岩石上，对着星子想他的心事。他以为死是应当快到了的，正因为翠翠人已长大了，证明自己也真正老了。无论如何，得让翠翠有个着落。翠翠既是她那可怜母亲交给他的，翠翠大了，他也得把翠翠交给一个人，他的事才算完结！交给谁？必需什么样的人方不委屈她？

前几天顺顺家天保大老过溪时，同祖父谈话，这心直口快的青年人，第一句话就说：

"老伯伯，你翠翠长得真标致，像个观音样子。再过两年，若我有闲空能留在茶峒照料事情，不必像老鸦到处飞，我一定每夜到这溪边来为翠翠唱歌。"

祖父用微笑奖励这种自白。一面把船拉动，一面把那双小眼睛瞅着大老。

于是大老又说：

"翠翠太娇了，我担心她只宜于听点茶峒人的歌声，不能作茶峒女子做媳妇的一切正经事。我要个能听我唱歌的情人，却更不能缺少个照料家务的媳妇。'又要马儿不吃草，又要马儿走得好，'唉，这两句话恰是古人为我说的！"

祖父慢条斯理把船掉了头，让船尾傍岸，就说：

"大老，也有这种事儿！你瞧着吧。"究竟是什么事，祖父可并不明白说下去。

那青年走去后，祖父温习着那些出于一个男子口中的真话，实在又愁又喜。翠翠若应当交把一个人，这个人是不是适宜于照料翠翠？当真交把了他，翠翠是不是愿意？

八

初五大清早落了点毛毛雨，上游且涨了点"龙船水"，河水全变作豆绿色。祖父上城买办过节的东西，戴了个粽粑叶"斗篷"，携带了一个篮子，一个装酒的大葫芦，肩头上挂了个褡裢，其中放了一吊六百钱，就走了。因为是节日，这一天从小村小寨带了铜钱担了货物上城去办货掉货的极多，这些人起身也极早，故祖父走后，黄狗就伴同翠翠守船。翠翠头上戴了一个崭新的斗篷，把过渡人一趟一趟的送来送去。黄狗坐在船头，每当船拢岸时必先跳上岸边去衔绳头，引起每个过渡人的兴味。有些过渡乡下人也携了狗上城，照例如俗话说的，"狗离不得屋"，一离了自己的家，即或傍着主人，也变得非常老实了。到过渡时，翠翠的狗必走过去嗅嗅，从翠翠方面讨取了一个眼色，似乎明白翠翠的意思，就不敢有什么举动。直到上岸后，把拉绳子的事情作完，眼见到那只陌生的狗上小山去了，也必跟着追去。或者向狗主人轻轻吠着，或者逐着那陌生的狗，必得翠翠带点儿嗔恼的嚷着："狗，狗，你狂什么？还有事情做，你就跑呀！"于是这黄狗赶快跑回船上来，且依然满船闻嗅不已。翠翠说："这算什么轻狂举动！跟谁学得的！还不好好蹲到那边去！"狗俨然极其懂事，便即刻到它自己原来地方去，只间或又像想起什么似的，轻轻的吠几声。

雨落个不止，溪面一片烟。翠翠在船上无事可作时，便算着老船夫的行程。她知道他这一去应到什么地方碰到什么人，谈些什么话，这一天城门边应当是些什么情形，河街上应当是些什么情形，"心中一本册"，她完全如同眼见到的那么明明白白。她又知道祖父的脾气，一见城中相熟粮子上人物，不管是马夫火夫，总会把过节时应有的颂祝说出。这边说，"副爷，你过节吃饱喝饱！"那一个便也将说，"划船的，你吃饱喝饱！"这边若说着如上的话，那边人说，"有什么可以吃饱喝饱？四两肉，两碗酒，既不会饱也不会醉！"那么，祖父必很诚实邀请这熟人过碧溪岨喝个够量。倘若有人当时就想喝一口祖父葫芦中的酒，这老船夫也从不吝啬，必很快的就把葫芦递过去。酒喝过了，那兵营中人卷舌子舔着嘴唇，称赞酒好，于是又必被勒迫着喝第二口。酒在这种情形下少起来了，就又跑到原来铺上去，加满为止。翠翠且知道祖父还会到码头上去同刚拢岸一天两天的上水船水手谈谈话，问问下河的米价盐价，有时且弯着腰钻进那带有海带鱿鱼味，以及其他油味、醋味、柴烟味的船舱里去，水手们从小坛中抓出一把红枣，递给老船夫，过一阵，等到祖父回家被翠翠埋怨时，这红枣便成为祖父与翠翠和解的东西。祖父一到河街上，且一定有许多铺子上商人送他粽子与其他东西，作为对这个忠于职守的划船人一点敬意，祖父虽嚷着"我带了那么一大堆，回去会把老骨头压断"，可是不管如何，这些东西多少总得领点情。走到卖肉案桌边去，他想"买肉"人家却不愿接钱，屠户若不接钱，他却宁可到另外一家去，决不想沾那点便宜。那屠户说，"爷爷，你为人那么硬算什么？又不是要你去做犁口耕田！"但不行，他以为这是血钱，不比别的事情，你不收钱他会把钱预先算好，猛的把钱掷到大而长的钱筒里去，攫了肉就走去的。卖肉的明白他那种性情，到他称肉时总选取最好的一处，且把分量故意加多，他见及时却将说："喂喂，大老板，我不要你那些好处！腿上的肉是城里人炒鱿鱼肉丝用的肉，莫同我开玩笑！我要夹项肉，我要浓的糯的，我是个划船人，我要拿去炖葫萝卜喝酒的！"得了肉，把钱交过手时，自己先数一次，又嘱咐屠户再数，屠户却照例不理会他，把一手钱哗的向长竹筒口丢去，他于是简直是妩媚的微笑着走了。屠户与其他买肉人，见到他这种神气，必笑个不止……

翠翠还知道祖父必到河街上顺顺家里去。

翠翠温习着两次过节两个日子所见所闻的一切，心中很快乐，好像目前有一个东西，同早间在床上闭了眼睛所看到那种捉摸不定的黄葵花一样，这东西仿佛很明朗的在眼前，却看不准，抓不住。

翠翠想："白鸡关真出老虎吗？"她不知道为什么忽然想起白鸡关。白鸡关是酉水中部一个地名，离茶峒两百多里路！

于是又想："三十二个人摇六匹橹，上水走风时张起个大篷，一百幅白布铺成的一片东西，先在这样大船上过洞庭湖，多可笑……"她不明白洞庭湖有多大，也就从没见过这种大船，更可笑的，还是她自己也不知道为什么却想到这个问题！

一群过渡人来了，有担子，有送公事跑差模样的人物，另外还有母女二人。母亲穿了新浆洗得硬朗的蓝布衣服，女孩子脸上涂着两饼红色，穿了不甚合身的新衣，上城到亲戚家中去拜节看龙船的。等待众人上船稳定后，翠翠一面望着那小女孩，一面把船拉过溪去。那小孩从翠翠估来年纪也将十三四岁了，神气却很娇，似乎从不曾离开过母亲。脚下穿的是一双尖头新油过的钉鞋，上面沾污了些黄泥。裤子是那种泛紫的葱绿布做的。见翠翠尽是望她，她也便看着翠翠，眼睛光光的如同两粒水晶球。有点害羞，有点不自在，同时也有点不可言说的爱娇。那母亲模样的妇人便问翠翠年纪有几岁。翠翠笑着，不高兴答应，却反问小女孩今年几岁。听那母亲说十三岁时，翠翠忍不住笑了。那母女显然是财主人家的妻女，从神气上就可看出。翠翠注视那女孩，发现了女孩子手上还戴得有一副麻花绞的银手镯，闪着白白的亮光，心中有点儿歆羡。船傍岸后，人陆续上了岸，妇人从身上摸出一铜子，塞到翠翠手中，就走了。翠翠当时竟忘了祖父的规矩了，也不说道谢，也不把钱退还，只望着这一行人中那个女孩子身后发痴。一行人正将翻过小山时，翠翠忽又忙匆匆的追上去，在山头上把钱还给那妇人。那妇人说："这是送你的！"翠翠不说什么，只微笑把头尽摇，且不等妇人来得及说第二句话，就很快的向自己渡船边跑去了。

到了渡船上，溪那边又有人喊过渡，翠翠把船又拉回去。第二次过渡是七个人，又有两个女孩子，也同样因为看龙船特意换了干净衣服，相貌却并不如何美观，因此使翠翠更不能忘记先前那一个。

今天过渡的人特别多，其中女孩子比平时更多，翠翠既在船上拉缆子摆渡，故见到什么好看的，极古怪的，人乖的，眼睛眶子红红的，莫不在记忆中留下个印象。无人过渡时，等着祖父祖父又不来，便尽只反复温习这些女孩子的神气。且轻轻的无所谓的唱着：

"白鸡关出老虎咬人，不咬别人，团总的小姐派第一。……大姐戴副金簪子，二姐戴副银钏子，只有我三妹没得什么戴，耳朵上长年戴条豆芽菜。"

城中有人下乡的，在河街上一个酒店前面，曾见及那个撑渡船的老头子，把葫芦嘴推让给一个年青水手，请水手喝他新买的白烧酒，翠翠问及时，那城中人就告给她所见到的事

125

情。翠翠笑祖父的慷慨不是时候，不是地方。过渡人走了，翠翠就在船上又轻轻的哼着巫师十二月里为人还愿迎神的歌玩——

你大仙，你大神，睁眼看看我们这里人！
他们既诚实，又年青，又身无疾病。
他们大人会喝酒，会作事，会睡觉；
他们孩子能长大，能耐饥，能耐冷；
他们牯牛肯耕田，山羊肯生仔，鸡鸭肯孵卵；
他们女人会养儿子，会唱歌，会找她心中欢喜的情人！

你大神，你大仙，排驾前来站两边。
关夫子身跨赤兔马，
尉迟公手拿大铁鞭！
你大仙，你大神，云端下降慢慢行！

张果老驴得坐稳，
铁拐李脚下要小心！
福禄绵绵是神恩，
和风和雨神好心，
好酒好饭当前陈，
肥猪肥羊火上烹！
洪秀全，李鸿章，
你们在生是霸王，
杀人放火尽节全忠各有道，
今来坐席又何妨！
慢慢吃，慢慢喝，
月白风清好过河。
醉时携手同归去，
我当为你再唱歌！

那首歌声音既极柔和，快乐中又微带忧郁。唱完了这歌，翠翠觉得心上有一丝儿凄凉。她想起秋末酬神还愿时田其中的火燎同鼓角。

远处鼓声已起来了，她知道绘有朱红长线的龙船这时节已下河了，细雨还依然落个不止，溪面一起烟。

九

祖父回家时，大约已将近平常吃早饭时节了，肩上手上全是东西，一上小山头便喊翠翠，要翠翠拉船过小溪来迎接他。翠翠眼看到多少人皆进了城，正在船上急得莫可奈何，听到祖父的声音，精神旺了，锐声答着："爷爷，爷爷，我来了！"老船夫从码头边上了渡船后，把肩上手上的东西搁到船头上，一面帮着翠翠拉船，一面向翠翠笑着，如同一个小孩子，神气充满了谦虚与羞怯。"翠翠，你急坏了，是不是？"翠翠本应埋怨祖父的，但她却回答说："爷爷，我知道你在河街上劝人喝酒，好玩得很。"翠翠还知道祖父极高兴到河街上去玩，但如此说来，将更使祖父害羞乱嚷了，因此话到口边却不提出。

翠翠把搁在船头的东西一一估记在眼里，不见了酒葫芦。翠翠嗤的笑了。

"爷爷，你倒大方，请副爷同船上人吃酒，连葫芦也吃到肚里去了！"

祖父笑着忙作说明：

"哪里，哪里，我那葫芦被顺顺大伯扣下了，他见我在河街上请人喝酒，就说：'喂，喂，摆渡的张横，这不成的。你不开槽坊，如何这样子！把你那个放下来，请我全喝了吧。'他当真那么说，'请我全喝了吧。'我把葫芦放下了。但我猜想他是同我闹着玩的。他家里还少烧酒吗？翠翠，你说，……"

"爷爷，你以为人家真想喝你的酒，便是同你开玩笑吗？"

"那是怎么的？"

"你放心，人家一定因为你请客不是地方，所以扣下你的葫芦，不让你请人把酒喝完。等等就会为你送来的，你还不明白，真是！——"

"唉，当真会是这样的！"

说着船已拢了岸，翠翠抢先帮祖父搬东西，但结果却只拿了那尾鱼，那个花褡裢；褡裢中钱已用光了，却有一包白糖，一包小芝麻饼子。

两人刚把新买的东西搬运到家中，对溪就有人喊过渡，祖父要翠翠看着肉菜免得被野猫拖去，争着下溪去做事，一会儿，便同那个过渡人嚷着到家中来了。原来这人便是送酒葫芦的。只听到祖父说："翠翠，你猜对了。人家当真把酒葫芦送来了！"

翠翠来不及向灶边走去，祖父同一个年纪轻轻的脸黑肩膊宽的人物，便进到屋里了。

翠翠同客人皆笑着，让祖父把话说下去。客人又望着翠翠笑，翠翠仿佛明白为什么被人望着，有点不好意思起来，走到灶边烧火去了。溪边又有人喊过渡，翠翠赶忙跑出门外船上去，把人渡过了溪。恰好又有人过溪。天虽落小雨，过渡人却分外多，一连三次。翠翠在船上一面作事一面想起祖父的趣处。不知怎么的，从城里被人打发来送酒葫芦的，她觉得好像是个熟人。可是眼睛里像是熟人，却不明白在什么地方见过面。但也正像是不肯把这人想到某方面去，方猜不着这来人的身分。

祖父在岩坎上边喊："翠翠，翠翠，你上来歇歇，陪陪客！"本来无人过渡便想上岸去烧

127

火，但经祖父一喊，反而不上岸了。

来客问祖父"进不进城看船"，老渡船夫就说"应当看守渡船"。两人又谈了些别的话。到后来客方言归正传：

"伯伯，你翠翠像个大人了，长得很好看！"

撑渡船的笑了。"口气同哥哥一样，倒爽快呢。"这样想着，却那么说："二老，这地方配受人称赞的只有你，人家都说你好看！'八面山的豹子，地地溪的锦鸡，'全是特为颂扬你这个人好处的警句！"

"但是，这很不公平。"

"很公平的！我听船上人说，你上次押船，船到三门下面白鸡关滩出了事，从急浪中你援救过三个人。你们在滩上过夜，被村子里女人见着了，人家在你棚子边唱歌一整夜，是不是真有其事？"

"不是女人唱歌一夜，是狼嗥。那地方著名多狼，只想得机会吃我们！我们烧了一大堆火，吓住了它们，才不被吃掉！"

老船夫笑了，"那更妙！人家说的话还是很对的。狼是只吃姑娘，吃小孩，吃十八岁标致青年，像我这种老骨头，它不要吃的！"

那二老说："伯伯，你到这里见过两万个日头，别人家全说我们这个地方风水好，出大人，不知为什么原因，如今还不出大人？"

"你是不是说风水好应出有大名头的人？我以为这种人不生在我们这个小地方，也不碍事。我们有聪明，正直，勇敢，耐劳的年青人，就够了。像你们父子兄弟，为本地也增光彩已经很多很多！"

"伯伯，你说得好，我也是那么想。地方不出坏人出好人，如伯伯那么样子，人虽老了，还硬朗得同棵楠木树一样，稳稳当当的活到这块地面，又正经，又大方，难得的咧。"

"我是老骨头了，还说什么。日头，雨水，走长路，挑分量沉重的担子，大吃大喝，挨饿受寒，自己分上的都拿过了，不久就会躺到这冰凉土地上喂蛆吃的。这世界有得是你们小伙子分上的一切，好好的干，日头不辜负你们，你们也莫辜负日头！"

"伯伯，看你那么勤快，我们年青人不敢辜负日头！"

说了一阵，二老想走了，老船夫便站到门口去喊叫翠翠，要她到屋里来烧水煮饭，掉换他自己看船。翠翠不肯上岸，客人却已下船了，翠翠把船拉动时，祖父故意装作埋怨神气说：

"翠翠，你不上来，难道要我在家里做媳妇煮饭吗？"

翠翠斜睨了客人一眼，见客人正盯着她，便把脸背过去，抿着嘴儿，很自负的拉着那条横缆，船慢慢拉过对岸了。客人站在船头同翠翠说话：

"翠翠，吃了饭，同你爷爷去看划船吧？"

翠翠不好意思不说话，便说："爷爷说不去，去了无人守这个船！"

"你呢?"

"爷爷不去我也不去。"

"你也守船吗?"

"我陪我爷爷。"

"我要一个人来替你们守渡船,好不好?"

砰的一下船头已撞到岸边土坎上了,船拢岸了。二老向岸上一跃,站在斜坡上说:

"翠翠,难为你!……我回去就要人来替你们,你们快吃饭,一同到我家里去看船,今天人多咧,热闹咧!"

翠翠不明白这陌生人的好意,不懂得为什么一定要到他家中去看船,抿着小嘴笑笑,就把船拉回去了。到了家中一边溪岸后,只见那个人还正在对溪小山上,好像等待什么,不即走开。翠翠回转家中,到灶口边去烧火,一面把带点湿气的草塞进灶里去,一面向正在把客人带回的那一葫芦酒试着的祖父询问:

"爷爷,那人说回去就要人来替你,要我们两人去看船,你去不去?"

"你高兴去吗?"

"两人同去我高兴。那个人很好,我像认得他,他是谁?"

祖父心想:"这倒对了,人家也觉得你好!"祖父笑着说:

"翠翠,你不记得你前年在大河边时,有个人说……?"

翠翠明白了,却仍然装不明白问:"他是谁?"

"你想想看,猜猜看。"

"一本《百家姓》好多人,我猜不着他是张三李四。"

"顺顺船总家的二老,他认识你你不认识他啊!"他抿了一口酒,像赞美酒又像赞美人,低低的说:"好的,妙的,这是难得的。"

过渡的人在门外坎下叫唤着,老祖父口中还是"好的,妙的……"匆匆下船做事去了。

十

吃饭时隔溪有人喊过渡,翠翠抢着下船,到了那边,方知道原来过渡的人,便是船总顺顺家派来作替手的水手,一见翠翠就说道:"二老要你们一吃了饭就去,他已下河了。"见了祖父又说:"二老要你们吃了饭就去,他已下河了。"

张耳听听,便可听出远处鼓声已较密,从鼓声里使人想到那些极狭的船,在长潭中笔直前进时,水面上画着如何美丽的长长的线路!

新来的人茶也不吃,便在船头站妥了,翠翠同祖父吃饭时,邀他喝一杯,只是摇头推辞。祖父说:

"翠翠,我不去,你同小狗去好不好?"

"要不去,我也不想去!"

"我去呢?"

"我本来也不想去,但我愿意陪你去。"

祖父微笑着,"翠翠,翠翠,你陪我去,好的,你陪我去!"

祖父同翠翠到城里大河边时河边早站满了人。细雨已经停止,地面还是湿湿的。祖父要翠翠过河街船总家吊脚楼上去看船,翠翠却以为站在河边较好。两人在河边站定不多久,顺顺便派人把他们请去了。吊脚楼上已有了很多的人。早上过渡时,为翠翠所注意的乡绅妻女,受顺顺家的款待,占据了最好窗口,一见到翠翠,那女孩子就说:"你来,你来!"翠翠带着点儿羞怯走去,坐在他们身后条凳上,祖父便走开了。

祖父并不看龙船竞渡,却为一个熟人拉到河上游半里路远近,到一个新碾坊看水碾子去了。老船夫对于水碾子原来就极有兴味的。倚山滨水来一座小小茅屋,屋中有那么一个圆石片子,固定在一个横轴上,斜斜的搁在石槽里。当水闸门抽去时,流水冲激地下的暗轮,上面的石片便飞转起来。作主人的管理这个东西,把毛谷倒进石槽中去,把碾好的米弄出放在屋角隅筛子里,再筛去糠灰。地上全是糠灰,主人头上包着块白布帕子,头上肩上也全是糠灰。天气好时就在碾坊前后隙地里种些萝卜、青菜、大蒜、四季葱。水沟坏了,就把裤子脱去,到河里去堆砌石头修理泄水处。水碾坝若修筑得好,还可装个小小鱼梁,涨小水时就自会有鱼上梁来,不劳而获!在河边管理一个碾坊比管理一只渡船多变化有趣味,情形一看也就明白了。但一个撑渡船的若想有座碾坊,那简直是不可能的妄想。凡碾坊照例是属于当地小财主的产业。那熟人把老船夫带到碾坊边时,就告给他这碾坊业主为谁。两人一面各处视察一面说话。

那熟人用脚踢着新碾盘说:

"中寨人自己坐在高山砦子上,却欢喜来到这大河边置产业;这是中寨王团总的,大钱七百吊!"

老船夫转着那双小眼睛,很羡慕的去欣赏一切,估计一切,把头点着,且对于碾坊中物件一一加以很得体的批评。后来两人就坐到那还未完工的白木条凳上去,熟人又说到这碾坊的将来,似乎是团总女儿陪嫁的妆奁。那人于是想起了翠翠,且记起大老托过他的事情来了,便问道:

"伯伯,你翠翠今年十几岁?"

"满十四进十五岁。"老船夫说过这句话后,便接着在心中计算过去的年月。

"十四岁多能干!将来谁得她真有福气!"

"有什么福气?又无碾坊陪嫁,一个光人。"

"别说一个光人,一个有用的人,两只手抵得五座碾坊!洛阳桥也是鲁班两只手造的!……"这样那样的说着,说到后来,那人笑了。

老船夫也笑了,心想:"翠翠有两只手将来也去造洛阳桥吧,新鲜事!"

那人过了一会又说:

"茶峒人年青男子眼睛光，选媳妇也极在行。伯伯，你若不多我的心时，我就说个笑话给你听。"

老船夫问："是什么笑话。"

那人说："伯伯你若不多心时，这笑话也可以当真话去听唦。"

接着说的下去就是顺顺家大老如何在人家赞美翠翠，且如何托他来探听老船夫口气那么一件事。末了同老船夫来转述另一回会话的情形。"我问他：'大老，大老，你是说真话还是说笑话？'他就说：'你为我去探听探听那老的，我欢喜翠翠，想要翠翠，是真话！'我说：'我这口钝得很，说出了口老的一巴掌打来呢？'他说：'你怕打，你先当笑话去说，不会挨打的！'所以，伯伯，我就把这件真事情当笑话来同你说了。你试想想，他初九从川东回来见我时，我应当如何回答他？"

老船夫记前一次大老亲口所说的话，知道大老的意思很真，且知道顺顺也欢喜翠翠，心里很高兴。但这件事照规矩得这个人带封点心亲自到碧溪岨家中去说，方见得慎重其事，老船夫就说："等他来时你说：老家伙听过了笑话后，自己也说了个笑话，他说，'车是车路，马是马路，各有走法。大老走的是车路，应当由大老爹爹作主，请了媒人来正正经经同我说。走的是马路，应当自己作主，站在渡口对溪高崖上，为翠翠唱三年六个月的歌。'"

"伯伯，若唱三年六个月的歌动得了翠翠的心，我赶明天就自己来唱歌了。"

"你以为翠翠肯了我还会不肯吗？"

"不唦，人家以为这件事你老人家肯了，翠翠便无有不肯呢。"

"不能那么说，这是她的事呵！"

"便是她的事，可是必需老的作主，人家也仍然以为在日头月光下唱三年六个月的歌，还不如得伯伯说一句话好！"

"那么，我说，我们就这样办，等他从川东回来时要他同顺顺去说明白。我呢，我也先问问翠翠；苦以为听了三年六个月的歌再跟那唱歌人走去有意思些，我就请你劝大老走他那弯弯曲曲的马路。"

"那好的。见了他我就说：'大老，笑话吗，我已说过了。真话呢，看你自己的命运去了。'当真看他的命运去了，不过我明白他的命运，还是在你老人家手上捏着的。"

"不是那么说！我若捏得定这件事，我马上就答应了。"

这里两人把话说妥后，就过另一处看一只顺顺新近买来的三舱船去了。河街上顺顺吊脚楼方面，却有了如下事情。

翠翠虽被那乡绅女孩喊到身边去坐，地位非常之好，从窗口望出去，河中一切朗然在望，然而心中可不安宁。挤在其他几个窗口看热闹的人，似乎皆常常把眼光从河中景物挪到这边几个人身上来。还有些人故意装成有别的事情样子，从楼这边走过那一边，事实上却全为得是好仔细看看翠翠这方面几个人。翠翠心中老不自在，只想借故跑去。一会儿河下的炮声响了，几只从对河取齐的船只，直向这方面划来。先是四条船皆相去不远，如四枝箭在水面射着，到了一半，已有两只船占先了些，再过一会子，那两只船中间便又有一只超过了并进的船只而前。看看船到了税局门前时，第二次炮声又响，那船便胜利了。这时节胜利的已判明属于河街人所划的一只，各处便皆响着庆祝的小鞭炮。那船于是沿了河街吊脚楼划去，鼓声蓬蓬作响，河边与吊脚楼各处，都同时呐喊表示快乐的祝贺。翠翠眼见在船头站定摇动小旗指挥进退头上包着红布的那个年青人，便是送酒葫芦到碧溪岨的二老，心中便印着三年前的旧事，"大鱼吃掉你！""吃掉不吃掉，不用你管！""狗，狗，你也看人叫！"想起狗，翠翠才注意到自己身边那只黄狗，已不知跑到什么地方去，便离了座位，在楼上各处找寻她的黄狗，把船头人忘掉了。

她一面在人丛里找寻黄狗，一面听人家正说些什么话。

一个大脸妇人问："是谁家的人，坐到顺顺家当中窗口前的那块好地方？"

一个妇人就说："是砦子上王乡绅家大姑娘，今天说是来看船，其实来看人，同时也让人看！人家命好，有福分坐那好地方！"

"看谁人？被谁看？"

"嗨，你还不明白，那乡绅想同顺顺打亲家呢。"

"那姑娘配什么人？是大老，还是二老？"

"说是二老呀，等等你们看这岳云，就会上楼来看他丈母娘的！"

另一个女人便插嘴说："事弄妥了，好得很呢！人家有一座崭新碾坊陪嫁，比十个长年还好一些。"

有人问："二老怎么样？可乐意？"

有人就轻轻的说："二老已说过了，这不必看。第一件事我就不想作那个碾坊的主人！"

"你听岳云二老亲口说吗？"

"我听别人说的。还说二老欢喜一个撑渡船的。"

"他又不是傻小二，不要碾坊，要渡船吗？"

"那谁知道。横顺人是'牛肉炒韭菜，各人心里爱'，只看各人心里爱什么就吃什么。渡船不会不如碾坊！"

当时各人眼睛对着河里，口中说着这些闲话，却无一个人回头来注意到身后边的翠翠。

翠翠脸发火发烧走到另外一处去，又听有两个人提到这件事。且说："一切早安排好了，只须要二老一句话。"又说："只看二老今天那么一股劲儿，就可以猜想得出这劲儿是岸上一个黄花姑娘给他的！"

谁是激动二老的黄花姑娘？听到这个，翠翠心中不免有点儿乱。

翠翠人矮了些，在人背后已望不见河中情形，只听到敲鼓声渐近渐激越，岸上呐喊声自远而近，便知道二老的船恰恰经过楼下。楼上人也大喊着，杂夹叫着二老的名字，乡绅太太那方面，且有人放小百子鞭炮。忽然又用另外一种惊讶声音喊着，且同时便见许多人出门向河下走去。翠翠不知出了什么事，心中有点迷乱，正不知走回原来座位边去好，还是依然站在人背后好。只见那边正有人拿了个托盘，装了一大盘粽子同细点心，在请乡绅太太小姐用点心，不好意思再过那边去，便想也挤出大门外到河下去看看。从河街一个盐店旁边甬道下河时，正在一排吊脚楼的梁柱间，迎面碰头一群人，拥着那个头包红布的二老来了。原来二老因失足落水，已从水中爬起来了。路太窄了一些，翠翠虽闪过一旁，与迎面来的人仍然得肘子触着肘子。二老一见翠翠就说：

"翠翠，你来了，爷爷也来了吗？"

翠翠脸还发着烧不便作声，心想："黄狗跑到什么地方去了呢？"

二老又说：

"怎不到我家楼上去看呢？我已要人替你弄了个好位子。"

翠翠心想："碾坊陪嫁，希奇事情咧。"

二老不能逼迫翠翠回去，到后便各自走开了。翠翠到河下时，小小心中充满了一种说不分明的东西。是烦恼吧，不是！是忧愁吧，不是！是快乐吧，不，有什么事情使这个女孩子快乐呢？是生气了吧，——是的，她当真仿佛觉得自己是在生一个人的气，又像是在生自己的气。河边人太多了，码头边浅水中，船桅船篷上，以至于吊脚楼的柱子上，也莫不有人。翠翠自言自语说："人那么多，有什么三脚猫好看？"先还以为可以在什么船上发现她的祖父，但搜寻了一阵，各处却无祖父的影子。她挤到水边去，一眼便看到了自己家中那条黄狗，同顺顺家一个长年，正在去岸数丈一只空船上看热闹。翠翠锐声叫喊了两声，黄狗张着耳叶昂头四面一望，便猛的扑下水中，向翠翠方面泅来了。到了身边时狗身上已全是水，把水抖着且跳跃不已，翠翠便说："得了，装什么疯。你又不翻船，谁要你落水呢？"

翠翠同黄狗找祖父去，在河街上一个木行前恰好遇着了祖父。

老船夫说："翠翠，我看了个好碾坊，碾盘是新的，水车是新的，屋上稻草也是新的！水坝管着一绺水，急溜溜的，抽水闸时水车转得如陀螺。"

翠翠带着点做作问："是什么人的？"

"是什么人的？住在山上的王团总的。我听人说是那中寨人为女儿作嫁妆的东西，好不阔气，包工就是七百吊大钱，还不管风车，不管家什！"

"谁讨那个人家的女儿？"

祖父望着翠翠干笑着，"翠翠，大鱼咬你，大鱼咬你。"

翠翠因为对于这件事心中有了个数目，便仍然装着全不明白，只询问祖父，"爷爷，谁个人得到那个碾坊？"

"岳云二老！"祖父说了又自言自语的说，"有人羡慕二老得到碾坊，也有人羡慕碾坊得到二老！"

"谁羡慕呢，爷爷？"

"我羡慕。"祖父说着便又笑了。

翠翠说："爷爷，你喝醉了。"

"可是二老还称赞你长得美呢。"

翠翠说："爷爷，你醉疯了。"

祖父说："爷爷不醉不疯……去，我们到河边看他们放鸭子去。"他还想说，"二老捉得鸭子，一定又会送给我们的。"话不及说，二老来了，站在翠翠面前微笑着。翠翠也微笑着。

于是三个人回到吊脚楼上去。

十一

有人带了礼物到碧溪岨，掌水码头的顺顺，当真请了媒人为儿子向渡船的攀亲戚来了。老船夫慌慌张张把这个人渡过溪口，一同到家里去。翠翠正在屋门前剥豌豆，来了客并不如何注意。但一听到客人进门说："贺喜贺喜"，心中有事，不敢再呆在屋门边，就装作追赶菜园地的鸡，拿了竹响篙唰唰的摇着，一面口中轻轻喝着，向屋后白塔跑去了。

来人说了些闲话，言归正传转述到顺顺的意见时，老船夫不知如何回答，只是很惊惶的搓着两只茧结的大手，好像这不会真有其事，而且神气中只像在说："那好，那好，"其实这老头子却不曾说过一句话。

马兵把话说完后，就问作祖父的意见怎么样。老船夫笑着把头点着说："大老想走车路，这个很好。可是我得问问翠翠，看她自己主意怎么样。"来人走后，祖父在船头叫翠翠下河边来说话。

翠翠拿了一簸箕豌豆下到溪边，上了船，娇娇的问他的祖父："爷爷，你有什么事？"祖父笑着不说什么，只偏着个白发盈颠的头看着翠翠，看了许久。翠翠坐到船头，低下头去剥豌豆，耳中听着远处竹篁里的黄鸟叫。翠翠想："日子长啊，爷爷话也长了。"翠翠心轻轻的跳着。

过了一会祖父说："翠翠，翠翠，先前来的那个伯伯来作什么，你知道不知道？"

翠翠说："我不知道。"说后脸同颈脖全红了。

祖父看看那种情景，明白翠翠的心事了，便把眼睛向远处望去，在空雾里望见了十五年前翠翠的母亲，老船夫心中异常柔和了。轻轻的自言自语说："每一只船总要有个码头，每一只雀儿得有个巢。"他同时想起那个可怜的母亲过去的事情，心中有了一点隐痛，却勉强笑着。

翠翠呢，正从山中黄鸟杜鹃叫声里，以及山谷中伐竹人嗻嗻一下一下的砍伐竹子声音里，想到许多事情。老虎咬人的故事，与人对骂时四句头的山歌，造纸作坊中的方坑，铁工厂熔铁炉里泄出的铁汁……耳朵听来的，眼睛看到的，她似乎都要去温习温习。她其所以这样作，又似乎全只为了希望忘掉眼前的一桩事而起。但她实在有点误会了。

祖父说："翠翠，船总顺顺家里请人来作媒，想讨你作媳妇，问我愿不愿。我呢，人老了，再过三年两载会过去的，我没有不愿的事情。这是你自己的事，你自己想想，自己来说。愿意，就成了；不愿意，也好。"

翠翠不知如何处理这个问题，装作从容，怯怯的望着老祖父。又不便问什么，当然也不好回答。

祖父又说："大老是个有出息的人，为人又正直，又慷慨，你嫁了他，算是命好！"

翠翠明白了，人来做媒的大老！不曾把头抬起，心忡忡的跳着，脸烧得厉害，仍然剥她的豌豆，且随手把空豆荚抛到水中去，望着它们在流水中从从容容的流去，自己也俨然从容了许多。

见翠翠总不作声，祖父于是笑了，且说："翠翠，想几天不碍事。洛阳桥并不是一个晚上造得好的，要日子咧。前次那人来的就向我说到这件事，我已经就告过他：车是车路，马是马路，各有规矩。想爸爸作主，请媒人正正经经来说是车路；要自己作主，站到对溪高崖竹林里为你唱三年六个月的歌是马路，——你若欢喜走马路，我相信人家会为你在日头下唱热情的歌，在月光下唱温柔的歌，一直唱到吐血喉咙烂！"

翠翠不作声，心中只想哭，可是也无理由可哭。祖父再说下去，便引到死去了的母亲来了。老人说了一阵，沉默了。翠翠悄悄把头摞过一些，祖父眼中业已酿了一汪眼泪。翠翠又惊又怕怯生生的说："爷爷，你怎么的？"祖父不作声，用大手掌擦着眼睛，小孩子似的咕咕笑着，跳上岸跑回家中去了。

翠翠心中乱乱的，想赶去却不赶去。

雨后放晴的天气，日头炙到人肩上背上已有了点儿力量。溪边芦苇水杨柳，菜园中菜蔬，莫不繁荣滋茂，带着一分有野性的生气。草丛里绿色蚱蜢各处飞着，翅膀搏动空气时窸窸作声。枝头新蝉声音已渐渐洪大。两山深翠逼人竹篁中，有黄鸟与竹雀杜鹃鸣叫。翠翠感觉着，望着，听着，同时也思索着：

"爷爷今年七十岁……三年六个月的歌——谁送那只白鸭子呢？……得碾子的好运气，碾子得谁更是好运气？……"

痴着，忽地站起，半簸箕豌豆便倾倒到水中去了。伸手把那簸箕从水中捞起时，隔溪有人喊过渡。

十二

翠翠第二天在白塔下菜园地里，第二次被祖父询问到自己主张时，仍然心儿忡忡的跳着，把头低下不作理会，只顾用手去掐葱。祖父笑着，心想："还是等等看，再说下去这一坪葱会全掐掉了。"同时似乎又觉得这其间有点古怪处，不好再说下去，便自己按捺到言语，用一个做作的笑话，把问题引到另外一件事情上去了。

天气渐渐的越来越热了。近六月时，天气热了些，老船夫把一个满是灰尘的黑陶缸子从屋角隅里搬出，自己还匀出闲工夫，拼了几方木板作成一个圆盖。又锯木头作成一个三脚架子，且削刮了个大竹筒，用葛藤系定，放在缸边作为舀茶的家具。自从这茶缸移到屋门溪边后，每早上翠翠就烧一大锅开水，倒进那缸子里去。有时缸里加些茶叶，有时却只放下一些用火烧焦的锅巴，乘那东西还燃着时便抛进缸里去。老船夫且照例准备了些发痧肚痛治疱疮疡子的草根木皮，把这些药搁在家中当眼处，一见过渡人神气不对，就忙匆匆的把药取来，善意的勒迫这过路人使用他的药方，且告人这许多救急丹方的来源（这些丹方自然全是他从城中军医同巫师学来的）。他终日裸着两只膀子，在方头船上站定，头上还常常是光光的，一头短短白发，在日光下如银子。翠翠依然是个快乐人，屋前屋后跑着唱着，不走动时就坐在门前高崖树荫下吹小竹管儿玩。爷爷仿佛把大老提婚的事早已忘掉，翠翠自然也早忘掉这件事情了。

可是那做媒的不久又来探口气了，依然是同从前一样，祖父把事情成否全推到翠翠身上去，打发了媒人上路。回头又同翠翠谈了一次，也依然不得结果。

老船夫猜不透这事情在这什么方面有个疙瘩，解除不去，夜里躺在床上便常常陷入一种沉思里去，隐隐约约体会到一件事情——翠翠爱二老不爱大老，想到了这里时，他笑了，为了害怕而勉强笑了。其实他有点忧愁，因为他忽然觉得翠翠一切全像那个母亲，而且隐隐约约便感觉到这母女二人共同的命运。一堆过去的事情蜂拥而来，不能再睡下去了，一个人便跑出门外，到那临溪高崖上去，望天上的星辰，听河边纺织娘以及一切虫类如雨的声音，许久许久还不睡觉。

这件事翠翠是毫不注意的，这小女孩子日里尽管玩着，工作着，也同时为一些很神秘的东西驰骋她那颗小小的心，但一到夜里，却甜甜的睡眠了。

不过一切皆得在一份时间中变化。这一家安静平凡的生活，也因了一堆接连而来的日子，在人事上把那安静空气完全打破了。

船总顺顺家中一方面，则天保大老的事已被二老知道了，傩送二老同时也让他哥哥知道了弟弟的心事。这一对难兄难弟原来同时爱上了那个撑渡船的外孙女。这事情在本地人说来并不希奇，边地俗话说："火是各处可烧的，水是各处可流的，日月是各处可照的，爱情是各处可到的。"有钱船总儿子，爱上一个弄渡船的穷人家女儿，不能成为希罕的新闻，有一点困难处，只是这两兄弟到了谁应取得这个女人作媳妇时，是不是也还得照茶峒人规矩，来一次流血的挣扎？

兄弟两人在这方面是不至于动刀的，但也不作兴有"情人奉让"如大都市懦怯男子爱与仇对面时作出的可笑行为。

那哥哥同弟弟在河上游一个造船的地方，看他家中那一只新船，在新船旁把一切心事全告给了弟弟，且附带说明，这点爱还是两年前植下根基的。弟弟微笑着，把话听下去。两人从造船处沿了河岸又走到王乡绅新碾坊去，那大哥就说：

"二老，你倒好，作了团总女婿，有座碾坊；我呢，若把事情弄好了，我应当接那个老的手来划渡船了。我欢喜这个事情，我还想把碧溪岨两个山头买过来，在界线上种大南竹，围着这一条小溪作为我的砦子！"

那二老仍然的听着，把手中拿的一把弯月形镰刀随意斫削路旁的草木，到了碾坊时，却站住了向他哥哥说：

"大老，你信不信这女子心上早已有了个人？"

"我不信。"

"大老，你信不信这碾坊将来归我？"

"我不信。"

两人于是进了碾坊。

二老说："你不必——大老，我再问你，假若我不想得这座碾坊，却打量要那只渡船，而且这念头也是两年前的事，你信不信呢？"

那大哥听来真着了一惊，望了一下坐在碾盘横轴上的傩送二老，知道二老不是开玩笑，于是站近了一点，伸手在二老肩上拍打了一下，且想把二老拉下来。他明白了这件事，他笑了。他说，"我相信的，你说的是真话！"

二老把眼睛望着他的哥哥，很诚实的说：

"大老，相信我，这是真事。我早就那么打算到了。家中不答应，那边若答应了，我当真预备去弄渡船的！——你告我，你呢？"

"爸爸已听了我的话，为我要城里的杨马兵做保山，向划渡船说亲去了！"大老说到这个求亲手续时，好像知道二老要笑他，又解释要保山去的用意，只是因为老的说车有车路，马有马路，我就走了车路。

"结果呢？"

"得不到什么结果。老的口上含李子，说不明白。"

"马路呢？"

"马路呢，那老的说若走马路，得在碧溪岨对溪高崖上唱三年六个月的歌。把翠翠心唱软，翠翠就归我了。"

"这并不是个坏主张！"

"是呀，一个结巴人话说不出还唱得出。可是这件事轮不到我了。我不是竹雀，不会唱歌。鬼知道那老的存心是要把孙女儿嫁个会唱歌的水车，还是预备规规矩矩嫁个人！"

"那你怎么样？"

"我想告那老的，要他说句实在话。只一句话。不成，我跟船下桃源去了；成呢，便是要我撑渡船，我也答应了他。"

"唱歌呢？"

"这是你的拿手好戏，你要去做竹雀你就去吧，我不会检马粪塞你嘴巴的。"

二老看到哥哥那种样子，便知道为这件事哥哥感到的是一种如何烦恼了。他明白他哥哥的性情，代表了茶峒人粗卤爽直一面，弄得好，掏出心子来给人也很慷慨作去，弄不好，亲舅舅也必一是一二是二。大老何尝不想在车路上失败时走马路；但他一听到二老的坦白陈述后，他就知道马路只二老有分，自己的事不能提了。因此他有点气恼，有点愤慨，自然是无从掩饰的。

二老想出了个主意，就是两兄弟月夜里同到碧溪岨去唱歌，莫让人知道是弟兄两个，两人轮流唱下去，谁得到回答，谁便继续用那张唱歌胜利的嘴唇，服侍那划渡船的外孙女。大老不善于唱歌，轮到大老时也仍然由二老代替。两人凭命运来决定自己的幸福，这么办可说是极公平了。提议时，那大老还以为他自己不会唱，也不想请二老替他作竹雀。但二老那种诗人性格，却使他很固持的要哥哥实行这个办法。二老说必需这样作，一切才公平一点。

大老把弟弟提议想想，作了一个苦笑。"×娘的，自己不是竹雀，还请老弟做竹雀！好，就是这样子，我们各人轮流唱，我也不要你帮忙，一切我自己来吧。树林子里的猫头鹰，声音不动听，要老婆时，也仍然是自己叫下去，不请人帮忙的！"

两人把事情说妥当后，算算日子，今天十四，明天十五，后天十六，接连而来的三个日子，正是有大月亮天气。气候既到了中夏，半夜里不冷不热，穿了白家机布汗褂，到那些月光照及的高崖上去，遵照当地的习惯，很诚实与坦白去为一个"初生之犊"的黄花女唱歌。露水降了，歌声涩了，到应当回家了时，就趁残月赶回家去。或过那些熟识的整夜工作不息的碾坊里去，躺到温暖的谷仓里小睡，等候天明。一切安排皆极其自然，结果是什么，两人虽不明白，但也看得极其自然。两人便决定了从当夜起始，来作这种为当地习惯所认可的竞争。

十三

黄昏来时翠翠坐在家中屋后白塔下，看天空为夕阳烘成桃花色的薄云。十四中寨逢场，城中生意人过中寨收买山货的很多，过渡人也特别多，祖父在渡船上忙个不息。天快夜了，别的雀子似乎都在休息了，只杜鹃叫个不息。石头泥土为白日晒了一整天，草木为白日晒了一整天，到这时节皆放散一种热气。空气中有泥土气味，有草木气味，且有甲虫类气味。翠翠看着天上的红云，听着渡口飘乡生意人的杂乱声音，心中有些儿薄薄的凄凉。

黄昏照样的温柔，美丽，平静。但一个人若体念到这个当前一切时，也就照样的在这黄昏中会有点儿薄薄的凄凉。于是，这日子成为痛苦的东西了。翠翠觉得好像缺少了什么。好像眼见到这个日子过去了，想在一件新的人事上攀住它，但不成。好像生活太平凡了，忍受不住。

"我要坐船下桃源县过洞庭湖，让爷爷满城打锣去叫我，点了灯笼火把去找我。"

她便同祖父故意生气似的，很放肆的去想到这样一件事，她且想象她出走后，祖父用各种方法寻觅全无结果，到后如何无可奈何躺在渡船上。

人家喊，"过渡，过渡，老伯伯，你怎么的，不管事！""怎么的！翠翠走了，下桃源县了！""那你怎么办？""怎么办吗？拿把刀，放在包袱里，搭下水船去杀了她！"……

翠翠仿佛当真听着这种对话，吓怕起来了，一面锐声喊着她的祖父，一面从坎上跑向溪边渡口去。见到了祖父正把船拉在溪中心，船上人喁喁说着话，小小心子还依然跳跃不已。

"爷爷，爷爷，你把船拉回来呀！"

那老船夫不明白她的意思，还以为是翠翠要为他代劳了，就说：

"翠翠，等一等，我就回来！"

"你不拉回来了吗？"

"我就回来！"

翠翠坐在溪边，望着溪面为暮色所笼罩的一切，且望到那只渡船上一群过渡人，其中有个吸旱烟的打着火镰吸烟，且把烟杆在船边剥剥的敲着烟灰，就忽然哭起来了。

祖父把船拉回来时，见翠翠痴痴的坐在岸边，问她是什么事，翠翠不作声。祖父要她去烧火煮饭，想了一会儿，觉得自己哭得可笑，一个人便回到屋中去，坐在黑黝黝的灶边把火烧燃后，她又走到门外高崖上去，喊叫她的祖父，要他回家里来，在职务上毫不儿戏的老船夫，因为明白过渡人皆是赶回城中吃晚饭的人，来一个就渡一个，不便要人站在那岸边呆等，故不上岸来。只站在船头告翠翠，且让他做点事，把人渡完事后，就回家里来吃饭。

翠翠第二次请求祖父，祖父不理会，她坐在悬崖上，很觉得悲伤。

天夜了，有一匹大萤火虫尾上闪着蓝光，很迅速的从翠翠身旁飞过去，翠翠想，"看你飞得多远！"便把眼睛随着那萤火虫的明光追去。杜鹃又叫了。

"爷爷，为什么不上来？我要你！"

在船上的祖父听到这种带着娇有点儿埋怨的声音，一面粗声粗气的答道："翠翠，我就来，我就来！"一面心中却自言自语："翠翠，爷爷不在了，你将怎么样？"

老船夫回到家中时，见家中还黑黝黝的，只灶间有火光，见翠翠坐在灶边矮条凳上，用手蒙着眼睛。

走过去才晓得翠翠已哭了许久。祖父一个下半天来，皆弯着个腰在船上拉来拉去，歇歇时手也酸了，腰也酸了，照规矩，一到家里就会嗅到锅中所焖瓜菜的味道，且可见到翠翠安排晚饭在灯光下跑来跑去的影子。今天情形竟不同了一点。

祖父说："翠翠，我来慢了，你就哭，这还成吗？我死了呢？"

翠翠不作声。

祖父又说："不许哭，做一个大人，不管有什么事都不许哭。要硬扎一点，结实一点，才配活到这块土地上！"

翠翠把手从眼睛边移开，靠近了祖父身边去，"我不哭了。"

两人吃饭时，祖父为翠翠说到一些有趣味的故事。因此提到了死去了的翠翠的母亲。两人在豆油灯下把饭吃过后，老船夫因为工作疲倦，喝了半碗白酒，因此饭后兴致极好，又同翠翠到门外高崖上月光下去说故事。说了些那个可怜母亲的乖巧处，同时且说到那可怜母亲性格强硬处，使翠翠听来神往倾心。

翠翠抱膝坐在月光下，傍着祖父身边，问了许多关于那个可怜母亲的故事。间或吁一口气，似乎心中压上了些分量沉重的东西，想挪移得远一点，才吁着这种气，可是却无从把那东西挪开。

月光如银子，无处不可照及，山上篁竹在月光下皆成为黑色。身边草丛中虫声繁密如落雨。间或不知道从什么地方，忽然会有一只草莺"落落落落嘘！"啭着它的喉咙，不久之间，这小鸟儿又好像明白这是半夜，不应当那么吵闹，便仍然闭着那小小眼儿安睡了。

祖父夜来兴致很好，为翠翠把故事说下去，就提到了本城人二十年前唱歌的风气，如何驰名于川黔边地。翠翠的父亲，便是唱歌的第一手，能用各种比喻解释爱与憎的结子，这些事也说到了。翠翠母亲如何爱唱歌，且如何同父亲在未认识以前在白日里对歌，一个在半山上竹篁里砍竹子，一个在溪面渡船上拉船，这些事也说到了。

翠翠问："后来怎么样？"

祖父说："后来的事长得很，最重要的事情，就是这种歌唱出了你。"

十四

老船夫做事累了睡了，翠翠哭倦了也睡了。翠翠不能忘记祖父所说的事情，梦中灵魂为一种美妙歌声浮起来了，仿佛轻轻的各处飘着，上了白塔，下了菜园，到了船上，又复飞窜过悬崖半腰——去作什么呢？摘虎耳草！白日里拉船时，她仰头望着崖上那些肥大虎耳草已极熟习。崖壁三五丈高，平时攀折不到手，这时节却可以选顶大的叶子作伞。

一切皆像是祖父说的故事，翠翠只迷迷胡胡的躺在粗麻布帐子里草荐上，以为这梦做得顶美顶甜。祖父却在床上醒着，张起个耳朵听对溪高崖上的人唱了半夜的歌。他知道那是谁唱的，他知道是河街上天保大老走马路的第一着，又忧愁又快乐的听下去。翠翠因为日里哭倦了，睡得正好，他就不去惊动她。

第二天天一亮，翠翠就同祖父起身了，用溪水洗了脸，把早上说梦的忌讳去掉了，翠翠赶忙同祖父去说昨晚上所梦的事情。

"爷爷，你说唱歌，我昨天就在梦里听到一种顶好听的歌声，又软又缠绵，我像跟了这声音各处飞，飞到对溪悬崖半腰，摘了一大把虎耳草，得到了虎耳草，我可不知道把这个东西交给谁去了。我睡得真好，梦的真有趣！"

祖父温和悲悯的笑着，并不告给翠翠昨晚上的事实。

祖父心里想："做梦一辈子更好，还有人在梦里作宰相中状元咧。"

昨晚上唱歌的，老船夫还以为是天保大老，日来便要翠翠守船，借故到城里去送药，探听情况。在河街见到了大老，就一把拉住那小伙子，很快乐的说：

"大老，你这个人，又走车路又走马路，是怎样一个狡猾东西！"

但老船夫却作错了一件事情，把昨晚唱歌人"张冠李戴"了。这两弟兄昨晚上同时到碧溪岨去，为了作哥哥的走车路占了先，无论如何也不肯先开腔唱歌，一定得让那弟弟先唱。弟弟一开口，哥哥却因为明知不是敌手，更不能开口了。翠翠同她祖父晚上听到的歌声，便全是那个傩送二老所唱的。大老伴弟弟回家时，就决定了同茶峒地方离开，驾家中那只新油船下驶，好忘却了上面的一切。这时正想下河去看新船装货。老船夫见他神情冷冷的，不明白他的意思，就用眉眼做了一个可笑的记号，表示他明白大老的冷淡是装成的，表示他有消息可以奉告。

他拍了大老一下，轻轻的说：

"你唱得很好，别人在梦里听着你那个歌，为那个歌带得很远，走了不少的路！你是第一号，是我们地方唱歌第一号。"

大老望着弄渡船的老船夫涎皮的老脸，轻轻的说：

"算了吧，你把宝贝孙女送给了会唱歌的竹雀吧。"

这句话使老船夫完全弄不明白它的意思。大老从一个吊脚楼甬道走下河去了，老船夫也跟着下去。到了河边，见那只新船正在装货，许多油篓子搁到岸边。一个水手正在用茅草扎成长束，备作船舷上挡浪用的茅把，还有人在河边用脂油擦桨板。老船夫问那个坐在大太阳下扎茅把的水手，这船什么日子下行，谁押船。那水手把手指着大老。老船夫搓着手说：

"大老，听我说句正经话，你那件事走车路，不对；走马路，你有分的！"

那大老把手指着窗口说："伯伯，你看那边，你要竹雀做孙女婿，竹雀在那里啊！"

老船夫抬头望到二老，正在窗口整理一个鱼网。

回碧溪岨到渡船上时，翠翠问：

"爷爷，你同谁吵了架，脸色那样难看！"

祖父莞尔而笑，他到城里的事情，不告给翠翠一个字。

十五

大老坐了那只新油船向下河走去了，留下傩送二老在家。老船夫方面还以为上次歌声既归二老唱的，在此后几个日子里，自然还会听到那种歌声。一到了晚间就故意从别样事情上，促翠翠注意夜晚的歌声。两人吃完饭坐在屋里，因屋前滨水，长脚蚊子一到黄昏就嗡嗡的叫着，翠翠便把蒿艾束成的烟包点燃，向屋中角隅各处晃着驱逐蚊子。晃了一阵，估计全屋子里已为蒿艾烟气熏透了，才搁到床前地上去，再坐在小板凳上来听祖父说话。从一些故事上慢慢的谈到了唱歌，祖父话说得很妙。祖父到后发问道：

"翠翠，梦里的歌可以使你爬上高崖去摘那虎耳草，若当真有谁来在对溪高崖上为你唱歌，你怎么样？"祖父把话当笑话说着的。

翠翠便也当笑话答道："有人唱歌我就听下去，他唱多久我也听多久！"

"唱三年六个月呢？"

"唱得好听，我听三年六个月。"

"这不公平吧。"

"怎么不公平？为我唱歌的人，不是极愿意我长远听他的歌吗？"

"照理说：炒菜要人吃，唱歌要人听。可是人家为你唱，是要你懂他歌里的意思！"

"爷爷，懂歌里什么意思？"

"自然是他那颗想同你要好的真心！不懂那点心事，不是同听竹雀唱歌一样了吗？"

"我懂了他的心又怎么样？"

祖父用拳头把自己腿重重的捶着，且笑着："翠翠，你人乖，爷爷笨得很，话也不说得温柔，莫生气。我信口开河，说个笑话给你听。你应当当笑话听。河街天保大老走车路，请保山来提亲，我告给过你这件事了，你那神气不愿意，是不是？可是，假若那个人还有个兄弟，走马路，为你来唱歌，向你求婚，你将怎么说？"

翠翠吃了一惊，低下头去。因为她不明白这笑话有几分真，又不清楚这笑话是谁诌的。

祖父说："你告诉我，愿意哪一个？"

翠翠便微笑着轻轻的带点儿恳求的神气说：

"爷爷莫说这个笑话吧。"翠翠站起身了。

"我说的若是真话呢？"

"爷爷你真是个……"翠翠说着走出去了。

祖父说："我说的是笑话，你生我的气吗？"

翠翠不敢生祖父的气，走近门限边时，就把话引到另外一件事情上去："爷爷看天上的月亮，那么大！"说着，出了屋外，便在那一派清光的露天中站定。站了一忽儿，祖父也从屋中出到外边来了。翠翠于是坐到那白日里为强烈阳光晒热的岩石上去，石头正散发日间所储的余热。祖父就说：

"翠翠，莫坐热石头，免得生坐板疮。"

但自己用手摸摸后，自己便也坐到那岩石上了。

月光极其柔和，溪面浮着一层薄薄白雾，这时节对溪若有人唱歌，隔溪应和，实在太美丽了。翠翠还记着先前祖父说的笑话。耳朵又不聋，祖父的话说得极分明，一个兄弟走马路，唱歌来打发这样的晚上，算是怎么回事？她似乎为了等着这样的歌声，沉默了许久。

她在月光下坐了一阵，心里却当真愿意听一个人来唱歌。久之，对溪除了一片草虫的清音复奏以外别无所有。翠翠走回家里去，在房门边摸着了那个芦管，拿出来在月光下自己吹着。觉吹得不好，又递给祖父要祖父吹。老船夫把那个芦管竖在嘴边，吹了个长长的曲子，翠翠的心被吹柔软了。

翠翠依傍祖父坐着，问祖父：

"爷爷，谁是第一个做这个小管子的人？"

"一定是个最快乐的人，因为他分给人的也是许多快乐；可又像是个最不快乐的人作的，因为他同时也可以引起人不快乐！"

"爷爷，你不快乐了吗？生我的气了吗？"

"我不生你的气。你在我身边，我很快乐。"

"我万一跑了呢？"

"你不会离开爷爷的。"

"万一有这种事，爷爷你怎么样？"

"万一有这种事，我就驾了这只渡船去找你。"

翠翠嗤的笑了。"凤滩、茨滩不为凶，下面还有绕鸡笼；绕鸡笼也容易下，青浪滩浪如屋大。爷爷，你渡船也能下凤滩、茨滩、青浪滩吗？那些地方的水，你不说过像疯子吗？"

祖父说："翠翠，我到那时可真像疯子，还怕大水大浪？"

翠翠俨然极认真的想了一下，就说："爷爷，我一定不走。可是，你会不会走？你会不会被一个人抓到别处去？"

祖父不作声了，他想到被死亡抓走那一类事情。

老船夫打量着自己被死亡抓走以后的情形，痴痴的看望天南角上一颗星子，心想："七月八月天上方有流星，人也会在七月八月死去吧？"又想起白日在河街上同大老谈话的经过，想起中寨人陪嫁的那座碾坊，想起二老，想起一大堆事情，心中有点儿乱。

翠翠忽然说："爷爷，你唱个歌给我听听，好不好？"

祖父唱了十个歌，翠翠傍在祖父身边，闭着眼睛听下去，等到祖父不作声时，翠翠自言自语说："我又摘了一把虎耳草了。"

祖父所唱的歌便是那晚上听来的歌。

十六

二老有机会唱歌却从此不再到碧溪岨唱歌。十五过去了，十六也过去了，到了十七，老船夫忍不住了，进城往河街去找寻那个年青小伙子，到城门边正预备入河街时，就遇着上次为大老作保山的杨马兵，正牵了一匹骡马预备出城，一见老船夫，就拉住了他：

"伯伯，我正有事情告你，碰巧你就来城里！"

"什么事？"

"天保大老坐下水船到茨滩出了事，闪不知这个人掉到滩下漩水里就淹坏了。早上顺顺家里得到这个信，听说二老一早就赶去了。"

这消息同有力巴掌一样重重的捆了他那么一下，他不相信这是当真的消息。他故作从容的说：

"天保大老淹坏了吗？从不听说有水鸭子被水淹坏的！"

"可是那只水鸭子仍然有那么一次被淹坏了……我赞成你的卓见，不让那小子走车路十分顺手。"

从马兵言语上，老船夫还十分怀疑这个新闻，但从马兵神气上注意，老船夫却看清楚这是个真的消息了。他惨惨的说：

"我有什么卓见可言？这是天意！一切都有天意……"老船夫说时心中充满了感情。

特为证明那马兵所说的话有多少可靠处，老船夫同马兵分手后，于是匆匆赶到河街上去。到了顺顺家门前，正有人烧纸钱，许多人围在一处说话。走近去听听，所说的便是杨马兵提到的那件事。但一到有人发现了身后的老船夫时，大家便把话语转了方向，故意来谈下河油价涨落情形了。老船夫心中很不安，正想找一个比较要好的水手谈谈。

一会船总顺顺从外面回来了，样子沉沉的，这豪爽正直的中年人，正似乎为不幸打倒努力想挣扎爬起的神气，一见到老船夫就说：

"老伯伯，我们谈的那件事情吹了吧。天保大老已经坏了，你知道了吧？"

老船夫两只眼睛红红的，把手搓着，"怎么的，这是真事！是昨天，是前天？"

另一个像是赶路同来报信的，插嘴说道："十六中上，船搁到石包子上，船头进了水，大老想把篙撑着，人就弹到水中去了。"

老船夫说："你眼见他下水吗？"

"我还与他同时下水！"

"他说什么？"

"什么都来不及说！这几天来他都不说话！"

老船夫把头摇摇，向顺顺那么怯怯的溜了一眼。船总顺顺像知道他心中不安处，就说："伯伯，一切是天，算了吧。我这里有大兴场人送来的好烧酒，你拿一点去喝罢。"一个伙计用竹筒上了一筒酒，用新桐木叶蒙着筒口，交给了老船夫。

老船夫把酒拿走，到了河街后，低头向河码头走去，到河边天保大前天上船处去看看。杨马兵还在那里放马到沙地上打滚，自己坐在柳树荫下乘凉。老船夫就走过去请马兵试试那大兴场的烧酒，两人喝了点酒后，兴致似乎皆好些了，老船夫就告给杨马兵，十四夜里二老过碧溪岨唱歌那件事情。

那马兵听到后便说：

"伯伯，你是不是以为翠翠愿意二老应该派归二老……"

话没说完，傩送二老却从河街下来了。这年青人正像要远行的样子，一见了老船夫就回头走去。杨马兵就喊他说："二老，二老，你来，有话同你说呀！"

二老站定了，很不高兴神气，问马兵"有什么话说"。马兵望望老船夫，就向二老说："你来，有话说！"

"什么话？"

"我听人说你已经走了——你过来我同你说，我不会吃掉你！"

那黑脸宽肩膊，样子虎虎有生气的傩送二老，勉强笑着，到了柳荫下时，老船夫想把空气缓和下来，指着河上游远处那座新碾坊说："二老，听人说那碾坊将来是归你的！归了你，派我来守碾子，行不行？"

二老仿佛听不惯这个询问的用意，便不作声。杨马兵看风头有点儿僵，便说："二老，你怎么的，预备下去吗？"那年青人把头点点，不再说什么，就走开了。

老船夫讨了个没趣，很懊恼的赶回碧溪岨去，到了渡船上时，就装作把事情看得极随便似的，告给翠翠。

"翠翠，今天城里出了件新鲜事情，天保大老驾油船下辰州，运气不好，掉到茨滩淹坏了。"

翠翠因为听不懂，对于这个报告最先好像全不在意。祖父又说：

"翠翠，这是真事。上次来到这里做保山的杨马兵，还说我早不答应亲事，极有见识！"

翠翠瞥了祖父一眼，见他眼睛红红的，知道他喝了酒，且有了点事情不高兴，心中想："谁撩你生气？"船到家边时，祖父不自然的笑着向家中走去。翠翠守船，半天不闻祖父声息，赶回家去看看，见祖父正坐在门槛上编草鞋耳子。

翠翠见祖父神气极不对，就蹲到他身前去。

"爷爷，你怎么的？"

"天保当真死了！二老生了我们的气，以为他家中出这件事情，是我们分派的！"

有人在溪边大声喊渡船过渡，祖父匆匆出去了。翠翠坐在那屋角隅稻草上，心中极乱，等等还不见祖父回来，就哭起来了。

十七

祖父似乎生谁的气，脸上笑容减少了，对于翠翠方面也不大注意了。翠翠像知道祖父已不很疼她，但又像不明白它的原因。但这并不是很久的事，日子一过去，也就好了。两人仍然划船过日子，一切依旧，惟对于生活，却仿佛什么地方有了个看不见的缺口，始终无法填补起来。祖父过河街去仍然可以得到船总顺顺的款待，但很明显的事，那船总却并不忘掉死去者死亡的原因。二老出北河下辰州走了六百里，沿河找寻那个可怜哥哥的尸骸，毫无结果，在各处税关上贴下招字，返回茶峒来了。过不久，他又过川东去办货，过渡时见到老船夫。老船夫看看那小伙子，好像已完全忘掉了从前的事情，就同他说话。

"二老，大六月日头毒人，你又上川东去，不怕辛苦？"

"要饭吃，头上是火也得上路！"

"要吃饭！二老家还少饭吃！"

"有饭吃，爹爹说年青人也不应该在家中白吃不作事！"

"你爹爹好吗？"

"吃得做得，有什么不好。"

"你哥哥坏了，我看你爹爹为这件事情也好象萎悴多了！"

二老听到这句话，不作声了，眼睛望着老船夫屋后那个白塔。他似乎想起了过去那个晚上那件旧事，心中十分惆怅。

老船夫怯怯的望了年青人一眼，一个微笑在脸上漾开。

"二老，我家翠翠说，五月里有天晚上，做了个梦……"说时他又望望二老，见二老并不惊讶，也不厌烦，于是又接着说，"她梦得古怪，说在梦中被一个人的歌声浮起来，上悬岩摘了一把虎耳草！"

二老把头偏过一旁去作了一个苦笑，心中想到"老头子倒会做作"。这点意思在那个苦笑上，仿佛同样泄露出来，仍然被老船夫看到了，老船夫就说："二老，你不信吗？"

那年青人说："我怎么不相信？因为我做傻子在那边岩上唱过一晚的歌！"

老船夫被一句料想不到的老实话窘住了，口中结结巴巴的说："这是真的……这是假的……"

"怎么不是真的？天保大老的死，难道不是真的！"

"可是，可是……"

老船夫的做作处，原意只是想把事情弄明白一点，但一起始自己叙述这段事情时，方法上就有了错处，因此反被二老误会了。他这时正想把那夜的情形好好说出来，船已到了岸边。二老一跃上了岸，就想走去。老船夫在船上显得更加忙乱的样子说：

"二老，二老，你等等，我有话同你说，你先前不是说到那个——你做傻子的事情吗？你并不傻，别人才当真叫你那歌弄成傻相！"

那年青人虽站定了，口中却轻轻的说："得了够了，不要说了。"

老船夫说："二老，我听人说你不要碾子要渡船，这是杨马兵说的，不是真的吧？"

那年青人说："要渡船又怎样？"

老船夫看看二老的神气，心中忽然高兴起来了，就情不自禁的高声叫着翠翠，要她下溪边来。可是，不知翠翠是故意不从屋里出来，还是到别处去了，许久还不见到翠翠的影子，也不闻这个女孩子的声音。二老等了一会，看看老船夫那副神气，一句话不说，便微笑着，大踏步同一个挑担粉条白糖货物的脚夫走去了。

过了碧溪岨小山，两人应沿着一条曲曲折折的竹林走去，那个脚夫这时节开了口：

"傩送二老，看那弄渡船的神气，很欢喜你！"

二老不作声，那人就又说道：

"二老，他问你要碾坊还是要渡船，你当真预备做他的孙女婿，接替他那只渡船吗？"

二老笑了，那人又说：

"二老，若这件事派给我，我要那座碾坊。一座碾坊的出息，每天可收七升米，三斗糠。"

二老说："我回来时向我爹爹去说，为你向中寨人做媒，让你得到那座碾坊吧。至于我呢，我想弄渡船是很好的。只是老家伙为人弯弯曲曲，不利索，大老是他弄死的。"

老船夫见二老那么走去了，翠翠还不出来，心中很不快乐。走回家去看看，原来翠翠并不在家。过一会，翠翠提了个篮子从小山后回来了，方知道大清早翠翠已出门掘竹鞭笋去了。

"翠翠，我喊了你好久，你不听到！"

"喊我做什么？"

"一个过渡……一个熟人，我们谈起你……我喊你你可不答应！"

"是谁？"

"你猜，翠翠。不是陌生人……你认识他！"

翠翠想起适间从竹林里无意中听来的话，脸红了，半天不说话。

老船夫问："翠翠，你得了多少鞭笋？"

翠翠把竹篮向地下一倒，除了十来根小小鞭笋外，只是一大把虎耳草。

老船夫望了翠翠一眼，翠翠两颊绯红跑了。

十八

日子平平的过了一个月，一切人心上的病痛，似乎皆在那份长长的白日下医治好了。天气特别热，各人只忙着流汗，用凉水淘江米酒吃，不用什么心事，心事在人生活中，也就留不住了。翠翠每天皆到白塔下背太阳的一面去午睡，高处既极凉快，两山竹篁里叫得使人发松的竹雀和其它鸟类又如此之多，致使她在睡梦里尽为山鸟歌声所浮着，做的梦也便常是顶荒唐的梦。

这并不是人的罪过。诗人们会在一件小事上写出整本整部的诗，雕刻家在一块石头上雕得出骨血如生的人像，画家一撒儿绿，一撒儿红，一撒儿灰，画得出一幅一幅带有魔力的彩画，谁不是为了恬着一个微笑的影子，或是一个皱眉的记号，方弄出那么些古怪成绩？翠翠不能用文字，不能用石头，不能用颜色把那点心头上的爱憎移到别一件东西上去，却只让她的心，在一切顶荒唐事情上驰骋。她从这分隐秘里，常常得到又惊又喜的兴奋。一点儿不可知的未来，摇撼她的情感极厉害，她无从完全把那种痴处不让祖父知道。

祖父呢，可以说一切都知道了的。但事实上他又却是个一无所知的人。他明白翠翠不讨厌那个二老，却不明白那小伙子二老怎么样。他从船总处与二老处，皆碰过了钉子，但他并不灰心。

"要安排得对一点，方合道理，一切有个命！"他那么想着，就更显得好事多磨起来了。睁着眼睛时，他做的梦比那个外孙女翠翠便更荒唐更寥阔。

他向各个过渡本地人打听二老父子的生活，关切他们如同自己家中人一样。但也古怪，因此他却怕见到那个船总同二老了。一见他们他就不知说些什么，只是老脾气把两只手搓来搓去，从容处完全失去了。二老父子方面皆明白他的意思，但那个死去的人，却用一个凄凉的印象，镶嵌到父子心中，两人便对于老船夫的意思，俨然全不明白似的，一同把日子打发下去。

明明白白夜来并不作梦，早晨同翠翠说话时，那作祖父的会说：
"翠翠，翠翠，我昨晚上做了个好不怕人的梦！"
翠翠问："什么怕人的梦？"
就装作思索梦境似的，一面细看翠翠小脸长眉毛，一面说出他另一时张着眼睛所做的好梦。不消说，那些梦原来都并不是当真怎样使人吓怕的。

一切河流皆得归海，话起始说得纵极远，到头来总仍然是归到使翠翠红脸那件事情上去。待到翠翠显得不大高兴，神气上露出受了点小窘时，这老船夫又才像有了一点儿吓怕，忙着解释，用闲话来遮掩自己所说到那问题的原意。

"翠翠，我不是那么说，我不是那么说。爷爷老了，糊涂了，笑话多咧。"
但有时翠翠却静静的把祖父那些笑话糊涂话听下去，一直听到后来还抿着嘴儿微笑。
翠翠也会忽然说道：
"爷爷，你真是有一点儿糊涂！"
祖父听过了不再作声，他将说，"我有一大堆心事，"但来不及说，恰好就被过渡人喊走了。

天气热了，过渡人从远处走来，肩上挑得是七十斤担子，到了溪边，贪凉快不即走路，必蹲在岩石下茶缸边喝凉茶，与同伴交换"吹吹棒"烟管，且一面与弄渡船的攀谈。许多子虚乌有的话皆从此说出口来，给老船夫听到了。过渡人有时还因溪水清洁，就溪边洗脚抹澡的，坐得更久话也就更多。祖父把些话转说给翠翠，翠翠也就学懂了许多事情。货物的价钱涨落呀，坐轿搭船的用费呀，放木筏的人把他那个木筏从滩上流下时，十来把大桡子如何活动呀，在小烟船上吃荤烟，大脚娘如何烧烟呀……无一不备。

傩送二老从川东押物回到了茶峒。时间已近黄昏了，溪面很寂静，祖父同翠翠在菜园地里看萝卜秧子。翠翠白日中觉睡久了些，觉得有点寂寞，好象听人嘶声喊过渡，就争先走下溪边去。下坎时，见两个人站在码头边，斜阳影里背身看得极分明，正是傩送二老同他家中的长年！翠翠大吃一惊，同小兽物见到猎人一样，回头便向山竹林里跑掉了。但那两个在溪边的人，听到脚步响时，一转身，也就看明白这件事情了。等了一下再也不见人来，那长年又嘶声音喊叫过渡。

老船夫听得清清楚楚，却仍然蹲在萝卜秧地上数菜，心里觉得好笑。他已见到翠翠走去，他知道必是翠翠看明白了过渡人是谁，故蹲在那高岩上不理会。翠翠人小不管事，过渡人求她不干，奈何她不得，故只好嘶着个喉咙叫过渡了。那长年叫了几声，见无人来，就停了，同二老说："这是什么玩意儿，难道老的害病弄翻了，只剩下翠翠一个人了吗？"二老说："等等看，不算什么！"就等了一阵。因为这边在静静的等着，园地上老船夫却在心里想："难道是二老吗？"他仿佛担心搅恼了翠翠似的，就仍然蹲着不动。

但再过一阵，溪边又喊起过渡来了，声音不同了一点，这才真是二老的声音。生气了吧？等久了吧？吵嘴了吧？老船夫一面胡乱估着一面跑到溪边去。到了溪边，见两个人业已上了船，其中之一正是二老。老船夫惊讶的喊叫：

"呀，二老，你回来了！"

年青人很不高兴似的，"回来了。——你们这渡船是怎么的，等了半天也不来个人！"

"我以为——"老船夫四处一望，并不见翠翠的影子，只见黄狗从山上竹林里跑来，知道翠翠上山了，便改口说，"我以为你们过了渡。"

"过了渡！不得你上船，谁敢开船？"那长年说着，一只水鸟掠着水面飞去，"翠鸟儿归窠了，我们还得赶回家去吃夜饭！"

"早啷，到河街早啷，"说着，老船夫已跳上了船，且在心中一面说着，"你不是想承继这只渡船吗！"一面把船索拉动，船便离岸了。

"二老，路上累得很！……"

老船夫说着，二老不置可否不动感情听下去。船拢了岸，那年青小伙子同家中长年挑担子翻山走了。那点淡漠印象留在老船夫心上，老船夫于是在两个人身后，捏紧拳头威吓了三下，轻轻的吼着，把船拉回去了。

十九

翠翠向竹林里跑去，老船夫半天还不下船，这件事从傩送二老看来，前途显然有点不利。虽老船夫言词之间，无一句话不在说明"这事有边"，但那畏畏缩缩的说明，极不得体，二老想起他的哥哥，便把这件事曲解了。他有一点愤愤不平，有一点儿气恼。回到家里第三天，中寨有人来探口风，在河街顺顺家中住下，把话问及顺顺，想明白二老是不是还有意接受那座新碾坊，顺顺就转问二老自己意见怎么样。

二老说："爸爸，你以为这事为你，家中多座碾坊多个人，你可以快活，你就答应了。若果为的是我，我要好好去想一下，过些日子再说它吧。我还不知道我应当得座碾坊，还是应当得一只渡船；我命里或只许我撑个渡船！"

探口风的人把话记住，回中寨去报命，到碧溪岨过渡时，到了老船夫，想起二老说的话，不由得不咪咪的笑着。老船夫问明白了他是中寨人，就又问他过茶峒作什么事。

那心中有分寸的中寨人说：

"什么事也不作，只是过河街船总顺顺家里坐了一会儿。"

"无事不登三宝殿，坐了一定就有话说！"

"话倒说了几句。"

"说了些什么话？"那人不再说了，老船夫却问道，"听说你们中寨人想把大河边一座碾坊连同家中闺女送给河街上顺顺，这事情有不有了点眉目？"

那中寨人笑了，"事情成了。我问过顺顺，顺顺很愿意同中寨人结亲家，又问过那小伙子……"

"小伙子意思怎么样？"

"他说：我眼前有座碾坊，有条渡船，我本想要渡船，现在就决定要碾坊吧。渡船是活动的，不如碾坊固定。这小子会打算盘呢。"

中寨人是个米场经纪人，话说得极有斤两，他明知道"渡船"指的是什么，但他可并不说穿。他看到老船夫口唇蠕动，想要说话，中寨人便又抢着说道：

"一切皆是命，半点不由人。可怜顺顺家那个大老，相貌一表堂堂，会淹死在水里！"

老船夫被这句话在心上戳了一下，把想问的话咽住了。中寨人上岸走去后，老船夫闷闷的立在船头，痴了许久。又把二老日前过渡时落漠神气温习一番，心中大不快乐。

翠翠在塔下玩得极高兴，走到溪边高岩上想要祖父唱唱歌，见祖父不理会她，一路埋怨赶下溪边去，到了溪边方见到祖父神气十分沮丧，不明白为什么原因。翠翠来了，祖父看看翠翠的快活黑脸儿，粗卤的笑笑。对溪有扛货物过渡的，便不说什么，沉默的把船拉过溪，到了中心却大声唱起歌来了。把人渡了过溪，祖父跳上码头走近翠翠身边来，还是那么粗卤的笑着，把手抚着头额。

翠翠说：

"爷爷怎么的，你发痧了？你躺到荫下去歇歇，我来管船！"

"你来管船，好，这只船归你管！"

老船夫似乎当真发了痧，心头发闷，虽当着翠翠还显出硬扎样子，独自走回屋里后，找寻得到一些碎瓷片，在自己臂上腿上扎了几下，放出了些乌血，就躺到床上睡了。

翠翠自己守船，心中却古怪的快乐，心想："爷爷不为我唱歌，我自己会唱！"

她唱了许多歌，老船夫躺在床上闭着眼睛，一句一句听下去，心中极乱。但他知道这不是能够把他打倒的大病，他明天就仍然会爬起来的。他想明天进城，到河街去看看，又想起许多旁的事情。

但到了第二天，人虽起了床，头还沉沉的。祖父当真已病了。翠翠显得懂事了些，为祖父煎了一罐大发药，逼着祖父喝，又在屋后菜园地里摘取蒜苗泡在米汤里作酸蒜苗。一面照料船只，一面还时时刻刻抽空赶回家里来看祖父，问这样那样。祖父可不说什么，只是为一个秘密痛苦着。躺了三天，人居然好了。屋前屋后走动了一下，骨头还硬硬的，心中惦念到一件事情，便预备进城过河街去。翠翠看不出祖父有什么要紧事情必须当天进城，请求他莫去。

老船夫把手搓着，估量到是不是应说出那个理由。翠翠一张黑黑的瓜子脸，一双水汪汪的眼睛，使他吁了一口气。

他说："我有要紧事情，得今天去！"

翠翠苦笑着说："有多大要紧事情，还不是……"

老船夫知道翠翠脾气，听翠翠口气已有点不高兴，不再说要走了，把预备带走的竹筒，同扣花褡裢搁到条几上后，带点儿谄媚笑着说："不去吧，你担心我会摔死，我就不去吧。我以为早上天气不很热，到城里把事办完了就回来——不去也得，我明天去！"

翠翠轻声的温柔的说："你明天去也好，你腿还软，好好的躺一天再起来。"

老船夫似乎心中还不甘服，洒着两手走出，门限边一个打草鞋的棒槌，差点儿把他绊了一大跤。稳住了时翠翠苦笑着说："爷爷，你瞧，还不服气！"老船夫拾起那棒槌，向屋角隅摔去，说道："爷爷老了！过几天打豹子给你看！"

到了午后，落了一阵行雨，老船夫却同翠翠好好商量，仍然进了城。翠翠不能陪祖父进城，就要黄狗跟去。老船夫在城里被一个熟人拉着谈了许久的盐价米价，又过守备衙门看了一会新买的骡马，才到河街顺顺家里去。到了那里，见到顺顺正同三个人打纸牌，不便谈话，就站在身后看了一阵牌，后来顺顺请他喝酒，借口病刚好点不敢喝酒，推辞了。牌既不散场，老船夫又不想即走，顺顺似乎并不明白他等着有何话说，却只注意手中的牌。后来老船夫的神气倒为另外一个人看出了，就问他是不是有什么事情。老船夫方扭扭怩怩照老方子搓着他那两只大手，说别的事没有，只想同船总说两句话。

那船总方明白在看牌半天的理由，回头对老船夫笑将起来。

"怎不早说？你不说，我还以为你在看我牌学张子！"

"没有什么，只是三五句话，我不便扫兴，不敢说出。"

船总把牌向桌上一撒，笑着向后房走去了，老船夫跟在身后。

"什么事？"船总问着，神气似乎先就明白了他来此要说的话，显得略微有点儿怜悯的样子。

"我听一个中寨人说，你预备同中寨团总打亲家，是不是真事？"

船总见老船夫的眼睛盯着他的脸，想得一个满意的回答，就说："有这事情。"那么答应，意思却是："有了你怎么样？"

老船夫说："真的吗？"

那一个又很自然的说："真的。"意思却依旧包含了"真的又怎么样？"

老船夫装得很从容的问："二老呢？"

船总说："二老坐船下桃源好些日子了！"

二老下桃源的事，原来还同他爸爸吵了一阵才走的。船总性情虽异常豪爽，可不愿意间接把第一个儿子弄死的女孩子，又来作第二个儿子的媳妇，这是很明白的事情。若照当地风气，这些事认为只是小孩子的事，大人管不着，二老当真欢喜翠翠，翠翠又爱二老，他也并不反对这种爱怨纠缠的婚姻。但不知怎么的，老船夫对于这件事的关心，使二老父子对于老船夫反而有了一点误会。船总想起家庭间的近事，以为全与这老而好事的船夫有关。虽不见诸形色，心中却有个疙瘩。

船总不让老船夫再开口了，就语气略粗的说道：

"伯伯，算了吧，我们的口只应当喝酒了，莫再只想替儿女唱歌！你的意思我全明白，你是好意。可是我也求你明白我的意思，我以为我们只应当谈点自己份上的事情，不适宜于想那些年青人的门路了。"

老船夫被一个闷拳打倒后，还想说两句话，但船总却不让他再有说话机会，把他拉出到牌桌边去。

老船夫无话可说，看看船总时，船总虽还笑着谈到许多笑话，心中却似乎很沉郁，把牌用力掷到桌上去。老船夫不说什么，戴起他那个斗笠，自己走了。

天气还早，老船夫心中很不高兴，又进城去找杨马兵。那马兵正在喝酒，老船夫虽推病，也免不了喝个三五杯。回到碧溪岨，走得热了一点，又用溪水去抹身子。觉得很疲倦，就要翠翠守船，自己回家睡去了。

黄昏时天气十分郁闷，溪面各处飞着红蜻蜓。天上已起了云，热风把两山竹篁吹得声音极大，看样子到晚上必落大雨。翠翠守在渡船上，看着那些溪面飞来飞去的蜻蜓，心也极乱。看祖父脸上颜色惨惨的，放心不下，便又赶回家中去。先以为祖父一定早睡了，谁知还坐在门限上打草鞋！

"爷爷，你要多少双草鞋，床头上不是还有十四双吗？怎么不好好的躺一躺？"

老船夫不作声，却站起身来昂头向天空望着，轻轻的说："翠翠，今晚上要落大雨响大雷的！回头把我们的船系到岩下去，这雨大哩。"

翠翠说："爷爷，我真吓怕！"翠翠怕的似乎并不是晚上要来的雷雨。

老船夫似乎也懂得那个意思，就说："怕什么？一切要来的都得来，不必怕！"

二十

夜间果然落了大雨，夹以吓人的雷声。电光从屋脊上掠过时，接着就是訇的一个炸电。翠翠在暗中抖着。祖父也醒了，知道她害怕，且担心她着凉，还起身来把一条布单搭到她身上去。祖父说：

"翠翠，不要怕！"

翠翠说："我不怕！"说了还想说："爷爷你在这里我不怕！"

訇的一个大雷，接着是一种超越雨声而上的洪大闷重倾圮声。两人都以为一定是溪岸悬崖崩塌了，担心到那只渡船会压在崖石下面去了。

祖孙两人便默默的躺在床上听雨声雷声。

但无论如何大雨，过不久，翠翠却依然睡着了。醒来时天已亮了，雨不知在何时业已止息，只听到溪两岸山沟里注水入溪的声音。翠翠爬起身来，看看祖父还似乎睡得很好，开了门走出去。门前已成为一个水沟，一股水便从塔后哗哗的流来，从前面悬崖直堕而下。并且各处都是那么一种临时的水道。屋旁菜园地已为山水冲乱了，菜秧皆掩在粗砂泥里了。再走过前面去看看溪里，才知道溪中也涨了大水，已漫过了码头，水脚快到茶缸边了。下到码头去的那条路，正同一条小河一样，哗哗的泄着黄泥水。过渡的那一条横溪牵定的缆绳，也被水淹没了，泊在崖下的渡船，已不见了。

翠翠看看屋前悬崖并不崩坍，故当时还不注意渡船的失去。但再过一阵，她上下搜索不到这东西，无意中回头一看，屋后白塔已不见了。一惊非同小可，赶忙向屋后跑去，才知道白塔业已坍倒，大堆砖石极凌乱的摊在那儿。翠翠吓慌得不知所措，只锐声叫她的祖父。祖父不起身，也不答应，就赶回家里去，到得祖父床边摇了祖父许久，祖父还不作声。原来这个老年人在雷雨将息时已死去了。

翠翠于是大哭起来。

过一阵，有从茶峒过川东跑差事的人，到了溪边，隔溪喊过渡，翠翠正在灶边一面哭着一面烧水预备为死去的祖父抹澡。

那人以为老船夫一家还不醒，急于过河，喊叫不应，就抛掷小石头过溪，打到屋顶上。翠翠鼻涕眼泪成一片的走出来，跑到溪边高崖前站定。

"喂，不早了！把船划过来！"

"船跑了！"

"你爷爷做什么事情去了呢？他管船，有责任！"

"他管船，管五十年的船——他死了啊！"

翠翠一面向隔溪人说着一面大哭起来。那人知道老船夫死了，得进城去报信，就说："真死了吗？不要哭吧，我回去通知他们，要他们弄条船带东西来！"

那人回到茶峒城边时，一见熟人就报告这件事，不多久，全茶峒城里外都知道这个消息了。河街上船总顺顺，派人找了一只空船，带了副白木匣子，即刻向碧溪岨撑去。城中杨马兵却同一个老军人，赶到碧溪岨去，砍了几十根大毛竹，用葛藤编作筏子，作为来往过渡的临时渡船。筏子编好后，撑了那个东西，到翠翠家中那一边岸下，留老兵守竹筏来往渡人，自己跑到翠翠家去看那个死者，眼泪湿莹莹的，摸了一会躺在床上硬僵僵的老友，又赶忙着做些应做的事情。到后帮忙的人来了，从大河船上运来棺木也来了，住在城中的老道士，还带了许多法器，一件旧麻布道袍，并提了一只大公鸡，来尽义务办理念经起水诸事，也从筏上渡过来了。家中人出出进进，翠翠只坐在灶边矮凳上呜呜的哭着。

到了中午，船总顺顺也来了，还跟着一个人扛了一口袋米，一坛酒，一腿猪肉。见了翠翠就说：

"翠翠，爷爷死了我知道了，老年人是必需死的，不要发愁，一切有我！"各方面看看，就回去了。

到了下午入了殓，一些帮忙的回的回家去了，晚上便只剩下了那老道士、杨马兵同顺顺家派来的两个年青长年。黄昏以前老道士用红绿纸剪了一些花朵，用黄泥作了一些烛台。天断黑后，棺木前小桌上点起黄色九品蜡，燃了香，棺木周围也点了小蜡烛，老道士披上那件蓝麻布道服，开始了丧事中绕棺仪式。老道士在前拿着小小纸幡引路，孝子第二，马兵殿后，绕着那寂寞棺木慢慢转着圈子。两个长年则站在灶边空处，胡乱的打着锣钹。老道士一面闭了眼睛走去，一面且唱且哼，安慰亡灵。提到关于亡魂所到西方极乐世界花香四季时，老马兵就把木盘里的纸花，向棺木上高高撒去，象征西方极乐世界情形。

到了半夜，事情办完了，放过爆竹，蜡烛也快熄灭了，翠翠泪眼婆婆的，赶忙又到灶边去烧火，为帮忙的人办宵夜。吃了宵夜，老道士歪到死人床上睡着了。剩下几个人还得照规矩在棺木前守灵，老马兵为大家唱丧堂歌，用个空的量米木升子，当作小鼓，把手剥剥剥的一面敲着一面唱下去——唱"王祥卧冰"的事情，唱"黄香扇枕"的事情。

翠翠哭了一整天，同时也忙了一整天，到这时已倦极，把头靠在棺前眯着了。两长年同马兵吃了宵夜，喝过两杯酒，精神还虎虎的，便轮流把丧堂歌唱下去。但只一会儿，翠翠又醒了，仿佛梦到什么，惊醒后明白祖父已死，于是又幽幽的哭起来。

"翠翠，翠翠，不要哭啦，人死了哭不回来的！"

秃头陈四四接着就说了一个做新嫁娘的人哭泣的笑话，话语中夹杂了三五个粗野字眼儿，因此引起两个长年咕咕的笑了许久。黄狗在屋外吠着，翠翠开了大门，到外面去站了一下，耳听到各处是虫声，天上月色极好，大星子嵌进透蓝天空里，非常沉静温柔。翠翠想：

"这是真事吗？爷爷当真死了吗？"

老马兵原来跟在她的后边，因为他知道女孩子心门儿窄，说不定一炉火闷在灰里，痕迹不露，见祖父去了，自己一切无望，跳崖悬梁，想跟着祖父一块儿去，也说不定！故随时小心监视到翠翠。

老马兵见翠翠痴痴的站着，时间过了许久还不回头，就打着咳叫翠翠说：

"翠翠，露水落了，不冷么？"

"不冷。"

"天气好得很！"

"呀……"一颗大流星使翠翠轻轻的喊了一声。

接着南方又是一颗流星划空而下。对溪有猫头鹰叫。

"翠翠，"老马兵业已同翠翠并排一块块儿站定了，很温和的说，"你进屋里睡去吧，不要胡思乱想！"

翠翠默默的回到祖父棺木前面，坐在地上又呜咽起来。守在屋中两个长年已睡着了。

杨马兵便幽幽的说道："不要哭了！不要哭了！你爷爷也难过咧，眼睛哭胀喉咙哭嘶有什么好处。听我说，爷爷的心事我全都知道，一切有我。我会把一切安排得好好的，对得起你爷爷。我会安排，什么事都会。我要一个爷爷欢喜你也欢喜的人来接收这渡船！不能如我们的意，我老虽老，还能拿镰刀同他们拼命。翠翠，你放心，一切有我！……"

远处不知什么地方鸡叫了，老道士在那边床上糊糊涂涂的自言自语："天亮了吗？早咧！"

二十一

大清早，帮忙的人从城里拿了绳索杠子赶来了。

老船夫的白木小棺材，为六个人抬着到那个倾圮了的塔后山岨上去埋葬时，船总顺顺，马兵，翠翠，老道士，黄狗皆跟在后面。到了预先掘就的方阱边，老道士照规矩先跳下去，把一点朱砂颗粒同白米安置到阱中四隅及中央，又烧了一点纸钱，爬出阱时就要抬棺木的人动手下埋。翠翠哑着喉咙干号，伏在棺木上不起身。经马兵用力把她拉开，方能移动棺木。一会儿，那棺木便下了阱，拉去绳子，调整了方向，被新土掩盖了，翠翠还坐在地上呜咽。老道士要回城去替人做斋，过渡走了。船总把一切事托给老马兵，也赶回城去了。帮忙的皆到溪边去洗手，家中各人还有各人的事，且知道这家人的情形，不便再叨扰，也不再惊动主人，过渡回家去了。于是碧溪岨便只剩下三个人，一个是翠翠，一个是老马兵，一个是由船总家派来暂时帮忙照料渡船的秃头陈四四。黄狗因被那秃头打了一石头，对于那秃头仿佛很不高兴，尽是轻轻的吠着。

到了下午，翠翠同老马兵商量，要老马兵回城去把马托给营里人照料，再回碧溪岨来陪她。老马兵回转碧溪岨时，秃头陈四四被打发回城去了。

翠翠仍然自己同黄狗来弄渡船，让老马兵坐在溪岸高崖上玩，或嘶着个老喉咙唱歌给她听。

　　过三天后船总来商量接翠翠过家里去住，翠翠却想看守祖父的坟山，不愿即刻进城。只请船总过城里衙门去为说句话，许杨马兵暂时同她住住，船总顺顺答应了这件事，就走了。

　　杨马兵既是个上五十岁了的人，说故事的本领比翠翠祖父高一筹，加之凡事特别关心，做事又勤快又干净，因此同翠翠住下来，使翠翠仿佛去了一个祖父，却新得了一个伯父。过渡时有人问及可怜的祖父，黄昏时想起祖父，皆使翠翠心酸，觉得十分凄凉。但这分凄凉日子过久一点，也就渐渐淡薄些了。两人每日在黄昏中同晚上，坐在门前溪边高崖上，谈点那个躺在湿土里可怜祖父的旧事，有许多是翠翠先前所不知道的，说来便更使翠翠心中柔和。又说到翠翠的父亲，那个又要爱情又惜名誉的军人，在当时按照绿营军勇的装束，如何使女孩子动心。又说到翠翠的母亲，如何善于唱歌，而且所唱的那些歌在当时如何流行。

　　时候变了，一切也自然不同了，皇帝已不再坐江山，平常人还消说！杨马兵想起自己年青作马夫时，牵了马匹到碧溪岨来对翠翠母亲唱歌，翠翠母亲不理会，到如今这自己却成为这孤雏的唯一靠山唯一信托人，不由得不苦笑。

　　因为两人每个黄昏必谈祖父以及这一家有关系的事情，后来便说到了老船夫死前的一切，翠翠因此明白了祖父活时所不提到的许多事。二老的唱歌，顺顺大儿子的死，顺顺父子对于祖父的冷淡，中寨人用碾坊作陪嫁妆奁诱惑傩送二老，二老既记忆着哥哥的死亡，且因得不到翠翠理会，又被家中逼着接受那座碾坊，意思还在渡船，因此赌气下行，祖父的死因，又如何与翠翠有关……凡是翠翠不明白的事，如今可全明白了。翠翠把事弄明白后，哭了一个夜晚。

　　过了四七，船总顺顺派人来请马兵进城去，商量把翠翠接到他家中去，作为二老的媳妇。但二老人既在辰州，先就莫提这件事，且搬过河街去住，等二老回来时再看二老意思。马兵以为这件事得问翠翠。回来时，把顺顺的意思向翠翠说过后，又为翠翠出主张，以为名分既不定妥，到一个生人家里去不好，还是不如在碧溪岨等，等到二老驾船回来时，再看二老意思。

　　这办法决定后，老马兵以为二老不久必可回来的，就依然把马匹托营上人照料，在碧溪岨为翠翠作伴，把一个一个日子过下去。

　　碧溪岨的白塔，与茶峒风水有关系，塔圮坍了，不重新作一个自然不成。除了城中营管，税局以及各商号各平民捐了些钱以外，各大寨子也有人拿册子去捐钱。为了这塔成就并不是给谁一个人的好处，应尽每个人来积德造福，尽每个人皆有捐钱的机会，因此在渡船上也放了个两头有节的大竹筒，中部锯了一口，尽过渡人自由把钱投进去，竹筒满了马兵就捎进城中首事人处去，另外又带了个竹筒回来。过渡人一看老船夫不见了，翠翠辫子上扎了白线，就明白那老的已作完了自己分上的工作，安安静静躺到土坑里去了，必一面用同情的眼色瞧着翠翠，一面就摸出钱来塞到竹筒中去。"天保佑你，死了的到西方去，活下的永保平安。"翠翠明白那些捐钱人的意思，心里酸酸的，忙把身子背过去拉船。

到了冬天，那个圮坍了的白塔，又重新修好了。可是那个在月下唱歌，使翠翠在睡梦里为歌声把灵魂轻轻浮起的年青人，还不曾回到茶峒来。

……

这个人也许永远不回来了，也许"明天"回来！

一九三三年冬至一九三四年春完成

《边城·长河》，沈从文著，天津人民出版社，2010 年 1 月第 1 版

作品提示

  《边城》作于 1934 年，是沈从文的代表作，被誉为"现代文学史上最纯净的一个小说文本"，"中国现代文学牧歌传说中的顶峰之作"。小说以兼具抒情诗和小品文的优美笔触，表现自然、民风和人性的美，描绘了水边船上所见到的风物、人情，是一幅诗情浓郁的湘西风情画，充满牧歌情调和地方色彩，形成别具一格的抒情乡土小说。

  《边城》首次描绘了那清澈见底的河流、那凭水依山的小城、那河街上的吊脚楼、那攀引缆索的渡船、那关系茶峒"风水"的白塔、那深翠逼人的竹篁中鸟雀的交递鸣叫等富有地方色彩的优美风景；其次展现了一个质朴而又清新的世界，一个近乎"世外桃源"式的乡村社会，表现出仁厚、纯朴的土性乡风，这种原始野性的风情和田园牧歌的情调淡化了社会矛盾；最后，作者通过少女翠翠着力表现一种"人生的形式"，一种"优美、健康而又不悖乎人性的人生形式"，渲染了一种强烈的人性美和人情美。

思考题

1. 为什么说《边城》是一部浪漫的抒情写意小说？
2. 谈谈沈从文中篇小说《边城》的思想和艺术特色。

157

金 锁 记

——张爱玲

作者简介

　　张爱玲（1920—1995 年），生于天津，长于上海，1937 年毕业于上海圣玛丽女校，1939年入香港大学，1955 年赴美，一生从事中国文化的研究和文学创作工作。祖父张佩纶是晚清名流（曾经做过中法战争的首领），父亲属遗少型人物。张爱玲是晚清重臣李鸿章的曾外孙女。她的主要作品有中短篇小说集《传奇》（1944）、散文集《流言》（1945）、长篇小说《十八春》（1952 年），中篇小说《小艾》（1952）、《秧歌》（1954）、《赤地之恋》（1954），是享誉世界的华人女性作家。1995 年她在美国寂然辞世。

　　张爱玲小说艺术特点：

　　（1）意象化：一是孤独文学的意象，如镜子、月亮等，显得陈旧而迷茫；二是意象充满了丰富的象征意味；三是对颜色、声音等独特的感觉与强调，充满了视觉性；四是以具体的意象写抽象的感情；五是意象具有鲜明的视觉性。

　　（2）语言感官化：既具有古典小说的根底，又具有市井小说的特点，具有浓郁的《红楼梦》风格。作品充满了世俗的华丽与热闹，在浮华热闹的世俗背景下展示惊心动魄的人性的委顿与失落。张爱玲的小说是"旧小说情调与现代趣味的统一"，华丽、通俗，充满张力。

　　（3）意蕴苍凉：张爱玲的小说在日常生活的庸常中展示精神的不安，在华丽的景致里揭示心灵的梦魇，是乱世中说不完的苍凉故事。"他们唱歌走了板，跟不上生命的胡琴"（《倾城之恋》），"日常的一切都有点儿不对"《自己的文章》，"生命是一袭华美的袍，上面长满了虱子"。

　　三十年前的上海，一个有月亮的晚上……我们也许没赶上看见三十年前的月亮。年轻的人想着三十年前的月亮该是铜钱大的一个红黄的湿晕，像朵云轩信笺上落了一滴泪珠，陈旧而迷糊。老年人回忆中的三十年前的月亮是欢愉的，比眼前的月亮大，圆，白；然而隔着三十年的辛苦路望回看，再好的月色也不免带点凄凉。

　　月光照到姜公馆新娶的三奶奶的陪嫁丫鬟凤箫的枕边。凤箫睁眼看了一看，只见自己一只青白色的手搁在半旧高丽棉的被面上，心中便道："是月亮光么？"凤箫打地铺睡在窗户底下。那两年正忙着换朝代，姜公馆避兵到上海来，屋子不够住的，因此这一间下房里横七竖八睡满了底下人。

　　凤箫恍惚听见大床背后有窸窸窣窣的声音，猜着有人起来解手，翻过身去，果见布帘子一掀，一个黑影趿着鞋出来了，约莫是伺候二奶奶的小双，便轻轻叫了一声"小双姐姐。"小双笑嘻嘻走来，踢了踢地上的褥子道："吵醒你了。"她把两手抄在青莲色旧绸夹袄里，下面系着明油绿裤子。凤箫伸手捻了捻那裤脚，笑道："现在颜色衣服不大有人穿了。下江人时兴的都是素净的。"小双笑道："你不知道，我们家哪比得旁人家？我们老太太古板，连奶奶小姐们尚且做不得主呢，何况我们丫头？给什么，穿什么——一个个打扮得庄稼人似的！"她一蹲身坐在地铺上，捡起凤箫脚头一件小袄来，问道："这是你们小姐出阁，给你们新添的？"凤箫摇头道："三季衣裳，就只外场上看见的那两套是新制的，余下的还不是拿上头人穿剩下的贴补贴补！"小双道："这次办喜事，偏赶着革命党造反，可委屈了你们小姐！"凤箫叹道："别提了，就说省些吧，总得有个谱子！也不能太看不上眼了。我们那一位，嘴里不言语，心里岂有不气的？"小双道："也难怪三奶奶不乐意。你们那边的嫁妆，也还凑付着，我们这边的排场，可太凄惨了。就连那一年娶咱们二奶奶，也还比这一趟强些！"凤箫楞了一楞道："怎么？你们二奶奶……"

小双脱下了鞋，赤脚从凤箫身上跨过去，走到窗户跟前，笑道："你也起来看看月亮。"凤箫一骨碌爬起来，低声问道："我早就想问你了，你们二奶奶……"小双弯腰拾起那件小袄来替她披上了，道："仔细招了凉。"凤箫一面扣钮子，一面笑道："不行，你得告诉我！"小双笑道："是我说话不留神，闯了祸！"凤箫道："咱们这都是自家人了，干吗这么见外呀？"小双道："告诉你，你可别告诉你们小姐去！咱们二奶奶家里是开麻油店的。"凤箫哟了一声道："开麻油店！打哪儿想起的？像你们大奶奶，也是公侯人家的小姐，我们那一位虽比不上大奶奶，也还不是低三下四的人——"小双道："这里头自然有个缘故。咱们二爷你也见过了，是个残废，做官人家的女儿谁肯给他？老太太没奈何，打算替二爷置一房姨奶奶，做媒的给找了这曹家的，是七月里生的，就叫七巧。"凤箫道："哦，是姨奶奶。"小双道："原来是姨奶奶的，后来老太太想着，既然不打算替二爷另娶了，二房里没个当家的媳妇，也不是事，索性聘了来做正头奶奶，好教她死心塌地服侍二爷。"凤箫把手扶着窗台，沉吟道："怪道呢！我虽是初来，也瞧料了两三分。"小双道："龙生龙，凤生凤，这话是有的。你还没听见她的谈吐呢！当着姑娘们，一点忌讳也没有。亏得我们家一向内言不出，外言不入，姑娘们什么都不懂。饶是不懂，还臊得没处躲！"凤箫扑嗤一笑道："真的？她这些村话，又是从哪儿听来的？就连我们丫头——"小双抱着胳膊道："麻油店的活招牌，站惯了柜台，见多识广的，我们拿什么去比人家？"凤箫道："你是她陪嫁来的么？"小双冷笑说："她也配！我原是老太太跟前的人，二爷成天的吃药，行动都离不了人，屋里几个丫头不够使，把我拨了过去。怎么着？你冷哪？"凤箫摇摇头。小双道："瞧你缩着脖子这娇模样儿！"一语未完，凤箫打了个喷嚏，小双忙推她道："睡罢！睡罢！快窝一窝。"凤箫跪了下来脱袄子，笑道："又不是冬天，哪儿就至于冻着了？"小双道："你别瞧这窗户关着，窗户眼儿里吱溜溜的钻风。"

两人各自睡下。凤箫悄悄的问道:"过来了也有四五年了罢?"小双道:"谁?"凤箫道:"还有谁?"小双道:"哦,她,可不是有五年了。"凤箫道:"也生男育女的——倒没闹出什么话柄儿?"小双道:"还说呢!话柄儿就多了!前年老太太领着合家上下到普陀山进香去,她做月子没去,留着她看家。舅爷脚步儿走得勤了些,就丢了一票东西。"凤箫失惊道:"也没查出个究竟来?"小双道:"问得出什么好的来?大家面子上下不去!那些首饰左不过将来是归大爷二爷三爷的。大爷大奶奶碍着二爷,没好说什么。三爷自己在外头流水似的花钱。欠了公账上不少,也说不响嘴。"

她们俩隔着丈来远交谈。虽是极力的压低了喉咙,依旧有一句半句声音大了些,惊醒了大床上睡着的赵嬷嬷。赵嬷嬷唤道:"小双。"小双不敢答应。赵嬷嬷道:"小双,你再混说,让人家听见了,明儿仔细揭你的皮!"小双还是不做声。赵嬷嬷又道:"你别以为还是从前住的深堂大院哪,由得你疯疯癫癫!这儿可是挤鼻子挤眼睛的,什么事瞒得了人?趁早别讨打!"屋里顿时鸦雀无声。赵嬷嬷害眼,枕头里塞着菊花叶子,据说是使人眼目清凉的。她欠起头来按一按髻上横缩的银簪,略一转侧,菊叶便沙沙作响。赵嬷嬷翻了个身,吱吱格格牵动了全身的骨节,她唉了一声道:"你们懂得什么!"小双与凤箫依旧不敢接嘴。久久没有人开口,也就一个个的朦胧睡去了。

天就快亮了。那扁扁的下弦月,低一点,低一点,大一点,像赤金的脸盆,沉了下去。天是森冷的蟹壳青,天底下黑漆漆的只有些矮楼房,因此一望望得很远。地平线上的晓色,一层绿、一层黄、又一层红,如同切开的西瓜——是太阳要上来了,渐渐马路上有了小车与塌车辘辘推动,马车蹄声得得。卖豆腐花的挑着担子悠悠吆喝着,只听见那漫长的尾声:"花……呕!花……呕!"再去远些,就只听见"哦……呕!哦……呕!"

屋子里丫头老妈子也起身了,乱着开房门、打脸水、叠铺盖、挂帐子、梳头。凤箫伺候三奶奶兰仙穿了衣裳,兰仙凑到镜子前面仔细望了一望,从腋下抽出一条水绿洒花湖纺手帕,擦了擦鼻翅上的粉,背对着床上的三爷道:"我先去替老太太请安罢。等你,准得误了事。"正说着,大奶奶玳珍来了,站在门槛上笑道:"三妹妹,咱们一块儿去。"兰仙忙迎了出去道:"我正担心着怕晚了,大嫂原来还没上去。二嫂呢?"玳珍笑道:"她还有一会儿耽搁呢。"兰仙道:"打发二哥吃药?"玳珍四顾无人,便笑道:"吃药还在其次——"她把拇指抵着嘴唇,中间的三个指头握着拳头,小指头翘着,轻轻的"嘘"了两声。兰仙诧异道:"两个人都抽这个?"玳珍点头道:"你二哥是过了明路的,她这可是瞒着老太太的,叫我们夹在中间为难,处处还得替她遮盖遮盖。其实老太太有什么不知道?有意的装不晓得,照常的派她差使,零零碎碎给她罪受,无非是不肯让她抽个痛快罢了。其实也是的,年纪轻轻的妇道人家,有什么了不得的心事,要抽这个解闷儿?"

玳珍兰仙手挽手一同上楼,各人后面跟着贴身丫鬟,来到老太太卧室隔壁的一间小小的起坐间里。老太太的丫头榴喜迎了出来,低声道:"还没醒呢。"玳珍抬头望了望挂钟,笑道："今儿老太太也晚了。"榴喜道："前两天说是马路上人声太杂，睡不稳。这现在想是惯了，今儿补足了一觉。"

紫榆百龄小圆桌上铺着红毡条，二小姐姜云泽一边坐着，正拿着小钳子磕核桃呢，因丢下了站起来相见。玳珍把手搭在云泽肩上，笑道："还是云妹妹孝心，老太太昨儿一时高兴，叫做糖核桃，你就记住了。"兰仙玳珍便围着桌子坐下了，帮着剥核桃衣子。云泽手酸了，放下了钳子，兰仙接了过来。玳珍道："当心你那水葱似的指甲，养得这么长了，断了怪可惜的！"云泽道："叫人去拿金指甲套子去。"兰仙笑道："有这些麻烦的，倒不如叫他们拿到厨房里去剥了！"

众人低声说笑着，榴喜打起帘子，报道："二奶奶来了。"兰仙云泽起身让坐，那曹七巧且不坐下，一只手撑着门，一只手撑住腰，窄窄的袖口里垂下一条雪青洋绉手帕，身上穿着银红衫子，葱白线镶滚，雪青闪蓝如意小脚裤子，瘦骨脸儿，朱口细牙，三角眼，小山眉，四下里一看，笑道："人都齐了。今儿想必我又晚了！怎怪我不迟到——摸着黑梳的头！谁教我的窗户冲着后院子呢？单单就派了那么间房给我，横竖我们那位眼看是活不长的，我们净等着做孤儿寡妇了——不欺负我们，欺负谁？"玳珍淡淡的并不接口，兰仙笑道："二嫂住惯了北京的屋子，怪不得嫌这儿憋闷得慌。"云泽道："大哥当初找房子的时候，原该找个宽敞些的，不过上海像这样，只怕也算敞亮的了。"兰仙道："可不是！家里人实在多，挤是挤了点——"七巧挽起袖口，把手帕子掖在翡翠镯子里，瞟了兰仙一眼，笑道："三妹妹原来也嫌人太多了。连我们都嫌人多，像你们没满月的自然更嫌人多了！"兰仙听了这话，还没有怎么，玳珍先红了脸，道："玩是玩，笑是笑，也得有个分寸，三妹妹新来乍到的，你让她想着咱们是什么样的人家？"七巧扯起手绢子的一角掩住了嘴唇道："知道你们都是清门净户的小姐，你倒跟我换一换试试，只怕你一晚上也过不惯。"玳珍啐道："不跟你说了，越说你越上头上脸的。"七巧索性上前拉住玳珍的袖子道："我可以赌得咒——这三年里头我可以赌得咒！你敢赌么？你敢不赌么？"玳珍也撑不住噗嗤一笑，咕噜了一句道："怎么你孩子也有了两个？"七巧道："真的，连我也不知道这孩子是怎么生出来的！越想越不明白！"玳珍摇手道："够了，够了，少说两句罢。就算你拿三妹妹当自己人，没有什么背讳，现放着云妹妹在这儿呢，待会儿老太太跟着一告诉，管叫你吃不了兜着走！"

云泽早远远的走开了，背着手站在阳台上，撅尖了嘴逗芙蓉鸟。姜家住的虽然是早期的最新式洋房，堆花红砖大柱支着巍峨的拱门，楼上阳台却是木板铺的地。黄杨木阑干里面，放着一溜大篾篓子，晾着笋干。敝旧的太阳弥漫在空气里像金的灰尘，微微呛人的金灰，揉进眼睛里去，昏昏的。街上小贩遥遥摇着拨浪鼓，那懵懂的"不楞登……不楞登"里面有着无数老去的孩子们的回忆。包车叮叮地跑过，偶尔也有一辆汽车叭叭叫两声。

七巧自己也知道这屋子里的人都瞧不起她，因此和新来的人分外亲热些，倚在兰仙的椅背上问长问短，携着兰仙的手左看右看，夸赞了一回她的指甲，又道："我去年小拇指上养的比这个足足还长半寸呢，掐花给弄断了。"兰仙早看穿了七巧的为人和她在姜家的地位，微笑尽管微笑着，也不大答理她。七巧自觉无趣，趄到阳台上来，拾起云泽的辫梢来抖了一抖，搭讪着笑道："呦！小姐的头发怎么这样稀朗朗的？去年还是乌油油的一头好头发，该掉了不少吧？"云泽闪过身去护着辫子，笑道："我掉两根头发，也要你管！"七巧只顾端详她，叫道："大嫂你来看看，云妹妹的确瘦多了，小姐莫不是有了心事了？"云泽啪的一声打掉了她的手，恨道："你今儿个真的发了疯了！平日还不够讨人嫌的？"七巧把两手筒在袖子里，笑嘻嘻的道："小姐脾气好大！"

玳珍探出头来道："云妹妹，老太太起来了。"众人连忙扯扯衣襟，摸摸鬓脚，打帘子进隔壁房里去，请了安，伺候老太太吃早饭。婆子们端着托盘从起坐间穿了过去，里面的丫头接过碗碟，婆子们依旧退到外间来守候着。里面静悄悄的，难得有人说句把话，只听见银筷子头上的细银链条窣窣颤动。老太太信佛。饭后照例要做两个时辰的功课，众人退了出来。云泽背地里向玳珍道："二嫂不忙着过瘾去，还挨在屋里做什么？"玳珍道："想是有两句私房话要说。"云泽不由得笑了起来道："她的话，老太太哪里听得进？"玳珍冷笑道："那倒也说不定，老年人心思总是活动的，成天在耳边聒絮着，十句里头相信一两句，也未可知。"

兰仙坐着磕核桃，玳珍和云泽便顺着脚走到阳台上，虽不是存心偷听正房里的谈话，老太太上了年纪，有点聋，喉咙特别高些，有意无意之间不免有好些话吹到阳台上的人的耳朵里来。云泽把脸气得雪白，先是握紧了拳头，又把两只手使劲一洒，便向走廊的另一头跑去。跑了两步，又站住了，身子向前伛偻着，捧着脸呜呜哭起来。玳珍赶上去扶着劝道："妹妹快别这么着！快别这么着！不犯着跟她这样的人计较！谁拿她的话当桩事！"云泽甩开了她，一径往自己屋里奔去。玳珍回到起坐间里来，一拍手道："这可闯出祸来了！"兰仙忙道："怎么了？"玳珍道："你二嫂去告诉了老太太，说女大不中留，让老太太写信给彭家，叫他们早早把云妹妹娶过去罢。你瞧，这算什么话！"兰仙也怔了一怔道："女家说出这种话来，可不是自己打脸么？"玳珍道："姜家没面子，还是一时的事，云妹妹将来嫁了过去，叫人家怎么瞧得起她？她这一辈子还要做人呢！"兰仙道："老太太是明白人，不见得跟那一位一样的见识。"玳珍道："老太太起先自然是不爱听，说咱们家的孩子，决不会生这样的心。她就说：'呦！您不知道现在的女孩子跟您从前做女孩子时候的女孩子，哪儿能够打比呀？时世变了，人也变了，要不怎么天下大乱呢？'你知道，年岁大的人就爱听这一套，说得老太太也有点疑疑惑惑起来。"兰仙叹道："好端端怎么想起来的，造这样的谣言！"玳珍两肘支在桌子上，伸着小指剔眉毛，沉吟了一会，嗤的一笑道："她自己以为她是特别的体贴云妹妹呢！要她这样体贴我，我可受不了！"兰仙拉了她一把道："你听——不能是云妹妹吧？"后房似乎有人在那里大放悲声，蹬得铜床柱子一片响。嘈嘈杂杂还有人在那里解劝，只是劝不住。玳珍站起身来道："我去看看。别瞧这位小姐好性儿，逼急了她，也不是好惹的。"

玳珍出去了，那姜三爷姜季泽却一路打着呵欠进来了。季泽是个结实小伙子，偏于胖的一方面，脑后拖一根三股油松大辫，生得天圆地方，鲜红的腮颊，往下坠着一点，青湿眉毛，水汪汪的黑眼睛里永远透着三分不耐烦，穿一件竹根青窄袖长袍，酱紫芝麻地一字襟珠扣小坎肩，问兰仙道："谁在里头吱吱喳喳跟老太太说话？"兰仙道："二嫂。"季泽抿着嘴摇摇头。兰仙笑道："你也怕了她？"季泽一声儿不言语，拖过一把椅子，将椅背抵着桌缘，把袍子高高的一撩，骑着椅子坐了下来，下巴搁在椅背上，手里只管把核桃仁一个一个拈来吃。兰仙睇了他一眼道："人家剥了这一晌午，是专诚孝敬你的么？"正说着，七巧掀着帘子出来了，一眼看见了季泽，身不由主的就走了过来，绕到兰仙椅子背后，两手兜在兰仙脖子上，把脸凑了下去，笑道："这么一个人才出众的新娘子！三弟你还没谢谢我哪！要不是我催着他们早早替你办了这件事，这一耽搁，等打完了仗，指不定要十年八年呢！可不把你急坏了！"兰仙生平最大的憾事便是出阁的日子正赶着非常时期，潦草成了家，诸事都欠齐全，因此一听见这不入耳的话，她那小长挂子脸便往下一沉。季泽望了兰仙一眼，微笑道："二嫂，自古好心没有好报，谁都不承你的情！"七巧道："不承情也罢！我也惯了。我进了你姜家的门，别的不说，单只守着你二哥这些年，衣不解带的服侍他，也就是个有功无过的人——谁见我的情来？谁有半点好处到我头上？"季泽道："你一开口就是满肚子的牢骚！"七巧长长的吁了一口气，只管拨弄兰仙衣襟上扣着的金三事儿和钥匙。半响，忽道："总算你这一个来月没出去胡闹过。真亏了新娘子留住了你。旁人跪下地来求你也留不住！"季泽笑道："是吗？嫂子并没有留过我，怎见得留不住？"一面笑，一面向兰仙使了个眼色。七巧笑得直不起腰道："三妹妹，你也不管管他！这么个猴儿崽子，我眼看他长大的，他倒占起我的便宜来了！"

她嘴里说笑着，心里发烦，一双手也不肯闲着，把兰仙揣着捏着，捶着打着，恨不得把她挤得走了样才好。兰仙纵然有涵养，也忍不住要恼了；一性急，磕核桃使差了劲，把那二寸多长的指甲齐根折断。七巧哟了一声道："快拿剪刀来修一修。我记得这屋里有一把小剪子的。"便唤："小双！榴喜！来人哪！"兰仙立起身来道："二嫂不用费事，我上我屋里铰去。"便抽身出去。七巧就在兰仙的椅子上坐下了，一手托着腮，抬高了眉毛，斜睨着季泽道："她跟我生了气么？"季泽笑道："她干吗生你的气？"七巧道："我正要问呀——我难道说错了话不成？留你在家倒不好？她倒愿意你上外头逛去？"季泽笑道："这一家子从大哥大嫂起，齐了心管教我，无非是怕我花了公账上的钱罢了。"七巧道："阿弥陀佛，我保不定别人不安着这个心，我可不那么想。你就是闹了亏空，押了房子卖了田，我若皱一皱眉头，我也不是你二嫂了。谁叫咱们是骨肉至亲呢？我不过是要你当心你的身子。"季泽嗤的一笑道："我当心我的身子，要你操心？"七巧颤声道："一个人，身子第一要紧。你瞧你二哥弄的那样儿，还成个人吗？还能拿他当个人看？"季泽正色道："二哥比不得我，他一下地就是那样儿，并不是自己作践的。他是个可怜的人，一切全仗二嫂照护他了。"七巧直挺挺的站了起来，两手扶着桌子，垂着眼皮，脸庞的下半部抖得像嘴里含着滚烫的蜡烛油似的，用尖细的声音逼出两句话道："你去扶着你二哥坐坐！你去挨着你二哥坐坐！"她试着在季泽身边坐下，只搭着他的椅子的一角，她将手贴在他腿上，道："你碰过他的肉没有？是软的、重的，就像人的脚有时发麻了，摸上去那感觉……"季泽脸上也变了色，然而他仍旧轻佻地笑了一声，俯下腰，伸手去捏她的脚道："倒要瞧瞧你的脚现在麻不麻！"七巧道："天哪，你没挨着他的肉，你不知道没病的身子是多好的……多好的……"她顺着椅子溜下去，蹲在地上，脸枕着袖子，听不见她哭，只看见发髻上插的风凉针，针头上的一粒钻石的光，闪闪掣动着。发髻的心子里扎着一小截粉红丝线，反映在金刚钻微红的光焰里。她的背影一挫一挫，俯伏了下去。她不像在哭，简直像在翻肠搅胃地呕吐。

季泽先是愣住了，随后就立起来道："我走就是了。你不怕人，我还怕人呢。也得给二哥留点面子！"七巧扶着椅子站了起来，呜咽道："我走。"她扯着衫袖里的手帕子揾了揾脸忽然微微一笑道："你这样卫护二哥！"季泽冷笑道："我不护卫他，还有谁卫护他？"七巧向门走去，哼了一声道："你又是什么好人？趁早不用在我跟前假撇清！且不提你在外头怎样荒唐，单只在这屋里……老娘眼睛是揉不下沙子去！别说我是你嫂子了，就是我是你奶妈，只怕你也不在乎。"季泽笑道："我原是个随随便便的人，哪禁得你挑眼儿？"七巧待要出去，又把背心贴在门下，低声道："我就不懂，我有什么地方不如人？我有什么地方不好……"季泽笑道："好嫂子，你有什么不好？"七巧笑了一声道："难不成我跟了个残废的人，就过上了残废的气，沾都沾不得？"她睁着眼直勾勾朝前望着，耳朵上的实心小金坠子像两只铜钉把她钉在门上——玻璃匣子里蝴蝶的标本，鲜艳而凄怆。

季泽看着她，心里也动了一动。可是那不行，玩尽管玩，他早抱定了宗旨不惹自己家里人，一时的兴致过去了，躲也躲不掉，踢也踢不开，成天在面前，是个累赘。何况七巧的嘴这样敞，脾气这样躁，如何瞒得了人？何况她的人缘这样坏，上上下下谁肯代她包涵一点，她也许是豁出去了，闹穿了也满不在乎。他可是年纪轻轻的，凭什么要冒那个险？他侃侃说道："二嫂，我虽年纪小，并不是一味胡来的人。"

仿佛有脚步声，季泽一撩袍子，钻到老太太屋子里去了，临走还抓了一大把核桃仁。七巧神志还不很清楚，直到有人推门，她方才醒了过来，只得将计就计，藏在门背后，见玳珍走了进来，她便夹脚跟出来，在玳珍背上打了一下。玳珍勉强一笑道："你的兴致越发好了！"又望了望桌上道："咦？那么些个核桃，吃得差不多了。再也没有别人，准是三弟。"七巧倚着桌子，面向阳台立着，只是不言语。玳珍坐了下来，嘟哝道："害人家剥了一早上，便宜他享现成的！"七巧捏着一片锋利的胡桃壳，在红毡条上狠命刮着，左一刮，右一刮，看看那毡子起了毛，就要破了。她咬着牙道："钱上头何尝不是一样？一味的叫咱们省，省下来让人家拿出去大把的花！我就不服这口气！"玳珍看了她一眼，冷冷的道："那可没有办法。人多了，明里不去，暗里也不见得不去。管得了这个，管不了那个。"七巧觉得她话中有刺，正待反唇相讥，小双进来了，鬼鬼祟祟走到七巧跟前，嗫嚅道："奶奶，舅爷来了。"

七巧骂道："舅爷来了，又不是背人的事，你嗓子眼里长了疗是怎么着？蚊子哼哼似的！"小双倒退了一步，不敢言语。玳珍道："你们舅爷原来也到上海来了。咱们这儿亲戚倒都全了。"七巧移步出房道："不许他到上海来？内地兵荒马乱的，穷人也一样的要命呀！"她在门槛上站住了，问小双道："回过老太太没有？"小双道："还没呢。"七巧想了一想，毕竟不敢进去告诉一声，只得悄悄下楼去了。

玳珍问小双道："舅爷一个人来的？"小双道："还有舅奶奶，携着四只提篮盒。"玳珍格的一笑道："倒破费了他们。"小双道："大奶奶不用替他们心疼。装得满满的进来，一样装得满满的出去。别说金的银的圆的扁的，就连零头鞋面儿裤腰都是好的！"玳珍笑道："别那么缺德了！你下去罢。她娘家人难得上门，伺候不周到，又该大闹了。"

小双赶了出去，七巧正在楼梯口盘问榴喜老太太可知道这件事。榴喜道："老太太念佛呢，三爷趴在窗口看野景，说大门口来了客。老太太问是谁，三爷仔细看了看，说不知是不是曹家舅爷，老太太就没追问下去。"七巧听了，心头火起，跺了跺脚，喃喃呐呐骂道："敢情你装不知道就算了！皇帝还有草鞋亲呢！这会子有这么势利的，当初何必三媒六聘的把我抬过来？快刀斩不断的亲戚，别说你今儿是装死，就是你真死了，他也不能不到你的灵前磕三个头，你也不能不受着他的！"一面说，一面下去了。

她那间房，一进门便有一堆金漆箱笼迎面拦住，只隔开几步见方的空地。她一掀帘子，只见她嫂子蹲下身去将提篮盒上面的一屉盒子卸了下来，检视下面一屉里的菜可曾泼出来。她哥哥曹大年背着手弯着腰看着。七巧止不住一阵心酸，倚着箱笼，把脸偎在那沙蓝棉套子上，纷纷落下泪来。她嫂子慌忙站直了身子，抢步上前，两只手捧住她一只手，连连叫着姑娘。曹大年也不免抬起袖子来擦眼睛。七巧把那只空着的手去解箱套子上的钮扣，解了又扣上，只是开不得口。

她嫂子回过头去睐了她哥哥一眼道："你也说句话呀！成日家念叨着，见了妹妹的面，又像锯了嘴的葫芦似的！"七巧颤声道："也不怪他没有话——他哪儿有脸来见我！"又向她哥哥道："我只道你这一辈子不打算上门了！你害得我好！你扔崩一走，我可走不了。你也不顾我的死活！"曹大年道："这是什么话？旁人这么说还罢了，你也这么说！你不替我遮盖遮盖，你自己脸上也不见得光鲜。"七巧道："我不说，我可禁不住人家不说。就为你，我气出了一身病在这里。今日之下，亏你还拿这话来堵我！"她嫂子忙道："是他的不是，是他的不是！姑娘受了委屈了。姑娘受的委屈也不止这一件，好歹忍着吧，总有个出头之日。"她嫂子那句"姑娘受的委屈也不止这一件"的话却深深打进她心坎儿里去。七巧哀哀哭了起来，急得她嫂子直摇手道："看吵醒了姑爷。"房那边暗昏昏的紫楠大床上，寂寂吊着珠罗纱帐子。七巧的嫂子又道："姑爷睡着了罢？惊动了他，该生气了。"七巧高声叫道："他要有点人气，倒又好了！"她嫂子吓得掩住她的嘴道："姑奶奶别！病人听见了，心里不好受！"七巧道："他心里不好受，我心里好受吗？"她嫂子道："姑爷还是那软骨症？"七巧道："就这一件还不够受了，还禁得起添什么？这儿一家子都忌讳痨病这两个字，其实还不就是骨痨！"她嫂子道："整天躺着，有时候也坐起来一会儿么？"七巧哧哧的笑了起来道："坐起来，脊梁骨直溜下去，看上去还没有我那三岁的孩子高哪！"她嫂子一时想不出劝慰的话，三个人都愣住了。七巧猛的蹬脚道："走吧，走吧，你们！你们来一趟，就害得我把前因后果重新在心里过一过。我禁不起这么折腾！你快给我走！"

曹大年道："妹妹你听我一句话。别说你现在心里不舒坦，有个娘家走动着，多少好些，就是你有了出头之日了，姜家是个大族，长辈动不动就拿大帽子压人，平辈小辈一个个如狼似虎的，哪一个是好惹的？替你打算，也得要个帮手。将来你用得着你哥哥你侄儿的时候多着呢。"七巧啐了一声道："我靠你帮忙，我也倒了霉了！我早把你看得透里透——斗得过他们，你到我跟前来邀功要钱，斗不过他们，你往那边一倒。本来见了做官的就魂都没有了，头一缩，死活随我去。"大年涨红了脸冷笑道："等钱到了你手里，你再防着你哥哥分你的，也还不迟。"七巧道："你既然知道钱还没到我手里，你来缠我做什么？"大年道："远迢迢赶来看你，倒是我们的不是了！走！我们这就走！凭良心说，我就用你两个钱，也是该。当初我若贪图财礼，问姜家多要几百两银子，把你卖给他们做姨太太，也就卖了。"七巧道："奶奶不胜似姨奶奶吗？长线放远鹞，指望大着呢！"大年待要回嘴，他媳妇拦住他道："你就少说一句罢！以后还有见面的日子呢。将来姑奶奶想到你的时候，才知道她就只这一个亲哥哥了！"大年督促他媳妇整理了提篮盒，拎起就待走。七巧道："我希罕你？等我有了钱了，我不愁你不来，只愁打发你不开。"嘴里虽然硬着，熬不住那呜咽的声音，一声响似一声，憋了一上午的满腔幽恨，借着这因由尽情发泄了出来。

她嫂子见她分明有些留恋之意，便做好做歹劝住了她哥哥，一面半搀半拥把她引到花梨炕上坐下了，百般譬解，七巧渐渐收了泪。兄妹姑嫂叙了些家常。北方情形还算平静，曹家的麻油铺还照常营业着。大年夫妇此番到上海来，却是因为他家没过门的女婿在人家当账房，光复的时候恰巧在湖北，后来辗转跟主人到上海来了，因此大年亲自送了女儿来完婚，顺便探望妹子。大年问候了姜家阖宅上下，又要参见老太太，七巧道："不见也罢了，我正跟她怄气呢。"大年夫妇都吃了一惊，七巧道："怎么不怄气呢？一家子都往我头上踩，我要是好欺负的，早给作践死了，饶是这么着，还气得我七病八痛的！"她嫂子道："姑娘近来还抽烟不抽？倒是鸦片烟，平肝导气，比什么药都强。姑娘自己千万保重，我们又不在跟前，谁是个知疼着热的人？"

七巧翻箱子取出几件新款尺头送与她嫂子，又是一副四两重的金镯子，一对披霞莲蓬簪，一床丝棉被胎，侄女们每人一只金挖耳，侄儿们或是一只金锞子，或是一顶貂皮暖帽，另送了她哥哥一只珐琅金蝉打簧表，她哥嫂道谢不迭。七巧道："你们来得不巧，若是在北京，我们正要上路的时候，带不了的东西，分了几箱给丫头老妈子，白便宜了他们。"说得她哥嫂讪讪的。临行的时候，她嫂子道："忙完了闺女，再来瞧姑奶奶。"七巧笑道："不来也罢了，我应酬不起！"

大年夫妇出了姜家的门，她嫂子便道："我们这位姑奶奶怎么换了个人？没出嫁的时候不过要强些，嘴头子上琐碎些，就连后来我们去瞧她，虽是比前暴躁些，也还有个分寸，不似如今疯疯傻傻，说话有一句没一句，就没一点儿得人心的地方。"

七巧立在房里，抱着胳膊看小双祥云两个丫头把箱子抬回原处，一只一只叠了上去。从前的事又回来了：临着碎石子街的馨香的麻油店，黑腻的柜台，芝麻酱桶里竖着木匙子，油缸上吊着大大小小的铁匙子。漏斗插在打油的人的瓶里，一大匙再加上两小匙正好装满一瓶——一斤半。熟人呢，算一斤四两。有时她也上街买菜，蓝夏布衫裤，镜面乌绫镶滚。隔着密密层层的一排吊着猪肉的铜钩，她看见肉铺里的朝禄。朝禄赶着她叫曹大姑娘。难得叫声巧姐儿，她就一巴掌打在钩子背上，无数的空钩子荡过去锥他的眼睛，朝禄从钩子上摘下尺来宽的一片生猪油，重重的向肉案一抛，一阵温风直扑到她脸上，腻滞的死去的肉体的气味……她皱紧了眉毛。床上睡着的她的丈夫，那没有生命的肉体……

风从窗子里进来，对面挂着的回文雕漆长镜被吹得摇摇晃晃，磕托磕托敲着墙。七巧双手按住了镜子。镜子里反映着的翠竹帘子和一副金绿山水屏条依旧在风中来回荡漾着，望久了，便有一种晕船的感觉。再定睛看时，翠竹帘子已经褪了色，金绿山水换为一张她丈夫的遗像，镜子里的人也老了十年。

去年她戴了丈夫的孝，今年婆婆又过世了。现在正式挽了叔公九老太爷出来为他们分家。今天是她嫁到姜家来之后一切幻想的集点。这些年了，她戴着黄金的枷锁，可是连金子的边都啃不到，这以后就不同了。七巧穿着白香云纱衫，黑裙子，然而她脸上像抹了胭脂似的，从那揉红了的眼圈儿到烧热的颧骨。她抬起手来搵了一搵脸。脸上烫，身子却冷得打颤。她叫祥云倒了杯茶来，（小双早已嫁了，祥云也配了个小厮。）茶给喝了下去，沉重地往腔子里流，一颗心便在热茶里扑通扑通跳。她背向着镜子坐下了，问祥云道："九老太爷来了这一下午，就在堂屋里跟马师爷查账？"祥云应了一声是。七巧又道："大爷大奶奶三爷三奶奶都不在跟前？"祥云又应了一声是。七巧道："还到谁的屋里去过？"祥云道："就到哥儿们的书房里兜了一兜。"七巧道："好在咱们白哥儿的书倒不怕他查考……今年这孩子就吃亏在他爸爸他奶奶接连着出了事，他若还有心念书，他也不是人养的！"她把茶吃完了，吩咐祥云下去看看堂屋里大房三房的人可都齐了，免得自己去早了，显得性急，被人耻笑。恰巧大房里也差了一个丫头出来探看，和祥云打了个照面。

七巧终于款款下楼来了。堂屋里临时布置了一张镜面乌木大餐台，九老太爷独当一面坐了，面前乱堆着青布面，梅红签的账簿，又捆着一只瓜楞茶碗。四周除了马师爷之外，又有特地邀请的"公亲"，近于陪审员的性质。各房只派了一个男子作代表，大房是大爷，二房二爷没了，是二奶奶，三房是三爷。季泽很知道这总清算的日子于他没有什么好处，因此他到得最迟。然而来既来了，他决不愿意露出焦灼懊丧的神气。腮帮子上依旧是他那点丰肥的，红色的笑。眼睛里依旧是他那点潇洒的不耐烦。

九老太爷咳嗽了一声，把姜家的经济状况约略报告了一遍，又翻着账簿子读出重要的田地房产的所在与按年的收入。七巧两手紧紧扣在肚子上，身子向前倾着，努力向她自己解释他的每一句话，与她往日调查所得一一印证。青岛的房子、天津的房子、北京城外的地，上海的房子……三爷在公账上拖欠过巨，他的一部分遗产被抵消了之后，还净欠六万，然而大房二房也只得就此算了，因为他是一无所有的人。他所仅有的那一幢花园洋房，他为一个姨太太买的，也已经抵押了出去。其余只有老太太陪嫁过来的首饰，由兄弟三人均分，季泽的那一份也不便充公，因为是母亲留下的一点纪念。七巧突然叫了起来道："九老太爷，那我们太吃亏了！"

堂屋里本就肃静无声，现在这肃静却是沙沙有声，直锯进耳朵里去，像电影配音机器损坏之后的锈轧。九老太爷睁了眼望着她道："怎么？你连他娘丢下的几件首饰也舍不得给他？"七巧道："亲兄弟，明算账，大哥大嫂不言语，我可不能不老着脸开口说句话。我须不得大哥大嫂——我们死掉的那个若是有能耐出去做两任官，手头活便些，我也乐得放大方些，哪怕把从前的旧账一笔勾销呢？可怜我们那一个病病哼哼一辈子，何尝有过一文半文进账，丢下我们孤儿寡妇，就指着这两个死钱过活。我是个没脚蟹，长白还不满十四岁，往后苦日子有得过呢！"说着，流下泪来。九老太爷道："依你便怎样？"七巧呜咽道："哪儿由得我出主意呢？只求九老太爷替我们做主！"季泽冷着脸只不做声，满屋子的人都觉不便开口。九老太爷按捺不住一肚子的火，哼了一声道："我倒想替你出主意呢，只怕你不爱听！二房里有田地没人照管，三房里有人没有地，我待要叫三爷替你照管，你多少贴他些，又怕你不要他！"七巧冷笑道："我倒想依你呢，只怕死掉的那个不依！来人哪！祥云你把白哥儿给我找来！长白，你爹好苦呀！一下地就是一身的病，为人一场，一天舒坦日子也没过着，临了丢下你这点骨血，人家还看不得你，千方百计图谋你的东西！长白谁叫你爹拖着一身病，活着人家欺负他，死了人家欺负他的孤儿寡妇！我还不打紧，我还能活个几十年么？至多我到老太太灵前把话说明白了，把这条命跟人拼了。长白你可是年纪小着呢，就是喝西北风你也得活下去呀！"九老太爷气得把桌子一拍道："我不管了！是你们求爹爹拜奶奶邀了我来的，你道我喜欢自找麻烦么？"站起来一脚踢翻了椅子，也不等人挽扶，一阵风走得无影无踪。众人面面相觑，一个个悄没声儿溜走了。惟有那马师爷忙着拾掇账簿子，落后了一步，看看屋里人全走光了，单剩下二奶奶一个人坐在那里捶着胸脯嚎啕大哭，自己若无其事的走了，似乎不好意思，只得走上前去，打躬作揖叫道："二太太！二太太！……二太太！"七巧只顾把袖子遮住脸，马师爷又不便把她的手拿开，急得把瓜皮帽摘下来扇着汗。

维持了几天的僵局，到底还是无声无息照原定计划分了家。孤儿寡妇还是被欺负了。

七巧带着儿子长白，女儿长安另租了一幢屋子住下了，和姜家各房很少来往。隔了几个月，姜季泽忽然上门来了。老妈子通报上来，七巧怀着鬼胎，想着分家的那一天得罪了他，不知他有什么手段对付。可是兵来将挡，她凭什么要怕他？她家常穿着佛青实地纱袄子，特地系上一条玄色铁线纱裙，走下楼来。季泽却是满面春风的站起来问二嫂好，又问白哥儿可是在书房里，安姐儿的湿气可大好了。七巧心里便疑惑他是来借钱的，加意防备着，坐下笑道："三弟你近来又发福了。"季泽笑道："看我像一点儿心事都没有的人。"七巧笑道："有福之人不在忙吗！你一向就是无牵无挂的。"季泽笑道："等我把房子卖了，我还要无牵无挂呢！"七巧道："就是你做了押款的那房子，你要卖？"季泽道，"当初造它的时候，很费了点心思，有许多装置都是自己心爱的，当然不愿意脱手。后来你是知道的，那边地皮值钱了，前年把它翻造了。弄堂房子，一家一家收租，跟那些住小家的打交道，我实在嫌麻烦，索性打算卖了它，图个清净。"七巧暗地里说道："口气好大！我是知道你的底细的，你在我眼前充什么阔大爷！"

虽然他不向她哭穷，但凡谈到银钱交易，她总觉得有点危险，便岔了开去道："三妹妹好么？腰子病近来发过没有？"季泽笑道："我也有许久没见过她的面了。"七巧道："这是什么话？你们吵了嘴么？"季泽笑道："这些时我们倒也没吵过嘴。不得已在一起说两句话，也是难得的，也没那闲情逸致吵嘴。"七巧道："何至于这样？我就不相信！"季泽两肘撑在藤椅的扶手上，交叉十指，手搭凉棚，影子落在眼睛上，深深的唉了一声。七巧笑道："没有别的，要不就是你在外头玩得太厉害了。自己做错了事，还唉声叹气的仿佛谁害了你似的。你们姜家就没有一个好人！"说着，举起白团扇，作势要打。季泽把那交叉着的十指往下移了一移，两只大拇指按在嘴唇上，两只食指缓缓抚摸着鼻梁，露出一双水汪汪的眼睛来。那眼珠却是水仙花缸底的黑石子，上面汪着水，下面冷冷的没有表情。看不出他在想什么。七巧道："我非打你不可！"季泽的眼睛里突然冒出一点笑泡儿，道："你打，你打！"七巧待要打，又掣回手去，重新一鼓作气道："我真打！"抬高了手，一扇子劈下来，又在半空中停住了，吃吃笑起来。季泽带笑将肩膀耸了一耸，凑了上去道："你倒是打我一下罢！害得我浑身骨头痒着，不得劲儿！"七巧把扇子向背后一藏，越发笑得格格的。

季泽把椅子换了个方向，面朝墙坐着，人向椅背上一靠，双手蒙住了眼睛，又是长长的叹了口气。七巧啃着扇子柄，斜瞟着他道："你今儿是怎么了？受了暑吗？"季泽道："你哪里知道？"半晌，他低低的一个字一个字说道："你知道我为什么跟家里的那个不好，为什么我拚命的在外头玩，把产业都败光了？你知道这都是为了谁？"七巧不知不觉有些胆寒，走得远远的，倚在炉台上，脸色慢慢的变了。季泽跟了过来。七巧垂着头，肘弯撑在炉台上，手里擎着团扇，扇子上的杏黄穗子顺着她的额角拖下来。季泽在她对面站住了，小声道："二嫂！……七巧！"

七巧背过脸去淡淡笑道："我要相信你才怪呢！"季泽便也走开了，道："不错。你怎么能够相信我？自从你到我家来，我在家一刻也待不住，只想出去。你没来的时候我并没有那么荒唐过，后来那都是为了躲你。娶了兰仙来，我更玩得凶了，为了躲你之外又要躲她。见了你，说不了两句话我就要发脾气——你哪儿知道我心里的苦楚？你对我好，我心里更难受——我得管着我自己——我不能平白的坑坏了你，家里人多眼杂，让人知道了，我是个男子汉，还不打紧，你可了不得！"七巧的手直打颤，扇柄上的杏黄须子在她额上苏苏磨擦着。季泽道："你信也罢，不信也罢！信了又怎样？横竖我们半辈子已经过去了，说也是白说。我只求你原谅我这一片心。我为你吃了这些苦，也就不算冤枉了。"

七巧低着头，沐浴在光辉里，细细的音乐，细细的喜悦……这些年了，她跟他捉迷藏似的，只是近不得身，原来还有今天！可不是，这半辈子已经完了——花一般的年纪已经过去了。人生就是这样的错综复杂，不讲理。当初她为什么嫁到姜家来？为了钱么？不是的，为了要遇见季泽，为了命中注定她要和季泽相爱。她微微抬起脸来，季泽立在她跟前，两手合在她扇子上，面颊贴在她扇子上。他也老了十年了，然而人究竟还是那个人呵！他难道是哄她么？他想她的钱——她卖掉她的一生换来的几个钱？仅仅这一转念便使她暴怒起来。就算她错怪了他，他为她吃的苦抵得过她为他吃的苦么？好容易她死了心了，他又来撩拨她。她恨他。他还在看着她。他的眼睛——虽然隔了十年，人还是那个人呵！就算他是骗她的，迟一点儿发现不好么？即使明知是骗人的，他太会演戏了，也跟真的差不多罢？

不行！她不能有把柄落在这厮手里。姜家的人是厉害的，她的钱只怕保不住。她得先证明他是真心不是。七巧定了一定神，向门外瞧了一瞧，轻轻惊叫道："有人！"便三脚两步赶出门去，到下房里吩咐潘妈替三爷弄点心去，快些端了来，顺便带芭蕉扇进来替三爷打扇。七巧回到屋里来，故意皱着眉道："真可恶，老妈子在门口探头探脑的，见了我抹过头去就跑，被我赶上去喝住了。若是关上了门说两句话，指不定造出什么谣言来呢！饶是独门独户住了，还没个清净。"潘妈送了点心与酸梅汤进来，七巧亲自拿筷子替季泽拣掉了蜜层糕上的玫瑰与青梅，道："我记得你是不爱吃红绿丝的。"有人在跟前，季泽不便说什么，只是微笑。七巧似乎没话找话说似的，问道："你卖房子，接洽得怎样了？"季泽一面吃，一面答道："有人出八万五，我还没打定主意呢。"七巧沉吟道："地段倒是好的。"季泽道："谁都不赞成我脱手，说还要涨呢。"七巧又问了些详细情形，便道："可惜我手头没有这一笔现款，不然我倒想买。"季泽道："其实呢，我这房子倒不急，倒是咱们乡下你那些田，早早脱手的好。自从改了民国，接二连三的打伏，何尝有一年闲过，把地面上糟踏得不成样子，中间还被收租的、师爷、地头蛇一层一层勒唣着，莫说这两年不是水就是旱，就遇着了丰年，也没有多少进账轮到我们头上。"七巧寻思着，道："我也盘算过来，一直挨着没有办。先晓得把它卖了，这会子想买房子，也不至于钱不凑手了。"季泽道："你那田要卖趁现在就得卖，听说直鲁又要开仗了。"七巧道："急切间你叫我卖给谁去？"季泽顿了一顿道："我去替你打听打听，也成。"七巧耸了耸眉毛笑道："得了，你那些狐群狗党里头，又有谁是靠得住的？"季泽把咬开的饺子在小碟子里蘸了点醋，闲闲说出两个靠得住的人名，七巧便认真仔细盘问他起来，他果然回答得有条不紊，显然他是筹之已熟的。

七巧虽是笑吟吟的，嘴里发干，上嘴唇黏在牙仁上，放不下来。她端起盖碗来吸了一口茶，舐了舐嘴唇，突然把脸一沉，跳起身来，将手里的扇子向季泽头上滴溜溜掷过去，季泽向左偏了一偏，那团扇敲在他肩膀上，打翻了玻璃杯，酸梅汤淋淋漓漓溅了他一身。七巧骂道："你要我卖了田去买你的房子？你要我卖田？钱一经你的手，还有得说么？你哄我——你拿那样的话来哄我——你拿我当傻子——"她隔着一张桌子探身过去打他，然而她被潘妈下死劲抱住了。潘妈叫唤起来，祥云等人都奔了来，七手八脚按住了她，七嘴八舌求告着。七巧一头挣扎，一头叱喝着，然而她的一颗心直往下坠——她很明白她这举动太蠢——太蠢——她在这儿丢人出丑。

季泽脱下了他那湿濡的白云纱长衫，潘妈绞了毛巾来代他揩擦，他理也不理，把衣服夹在手臂上，竟自扬长出门去了，临行的时候向祥云道："等白哥儿下了学，叫他替他母亲请个医生来看看。"祥云吓糊涂了，连声答应着，被七巧兜脸给了她一个耳刮子。季泽走了。丫头老妈子也都给七巧骂跑了。酸梅汤沿着桌子一滴一滴朝下滴，像迟迟的夜漏——一滴，一滴……一更，二更……一年，一百年。真长，这寂寂的一刹那。七巧扶着头站着，倏地掉转身来上楼去，提着裙子，性急慌忙，跌跌跄跄，不住的撞到那阴暗的绿粉墙上，佛青袄子上沾了大块的淡色的灰。她要在楼上的窗户里再看他一眼。无论如何，她从前爱过他。她的爱给了她无穷的痛苦。单只这一点，就使她值得留恋。多少回了，为了要按捺她自己，她进得全身的筋骨与牙根都酸楚了。今天完全是她的错。他不是个好人，她又不是不知道。她要他，就得装糊涂，就得容忍他的坏。她为什么要戳穿他？人生在世，还不就是那么一回事？归根究底，什么是真的，什么是假的？

她到了窗前，揭开了那边上缀有小绒球的墨绿洋式窗帘，季泽正在弄堂里往外走，长衫搭在臂上，晴天的风像一群白鸽子钻进他的纺绸裤褂里去，哪儿都钻到了，飘飘拍着翅子。

七巧眼前仿佛挂了冰冷的珍珠帘，一阵热风来了，把那帘子紧紧贴在她脸上，风去了，又把帘子吸了回去，气还没透过来，风又来了，没头没脸包住她——一阵凉一阵热，她只是流着眼泪。

玻璃窗的上角隐隐约约反映出弄堂里一个巡警的缩小的影子，晃着膀子踱过去，一辆黄包车静静在巡警身上辗过。小孩把袍子掖在裤腰里，一路踢着球，奔出玻璃的边缘。绿色的邮差骑着自行车，复印在巡警身上，一溜烟掠过。都是些鬼，多年前的鬼，多年后的没投胎的鬼……什么是真的，什么是假的？

过了秋天又是冬天，七巧与现实失去了接触。虽然一样的使性子，打丫头，换厨子，总有些失魂落魄的。她哥哥嫂子到上海来探望了她两次，住不上十来天，末了永远是给她絮叨得站不住脚，然而临走的时候她也没少给他们东西。她侄子曹春熹上城来找事，耽搁在她家里。那春熹虽是个浑头浑脑的年青人，却也本本分分的。七巧的儿子长白，女儿长安，年纪到了十三四岁，只因身材瘦小，看上去才只七八岁的光景。在年下，一个穿着品蓝摹本缎棉袍，一个穿着葱绿遍地锦棉袍，衣服太厚了，直挺挺撑开了两臂，一般都是薄薄的两张白脸，并排站着，纸糊的人儿似的。这一天午饭后，七巧还没起身，那曹春熹陪着他兄妹俩掷骰子，长安把压岁钱输光了，还不肯歇手。长白把桌上的铜板一搂，笑道："不跟你来了。"长安道："我们用糖莲子来赌。"春熹道："糖莲子揣在口袋里，看脏了衣服。"长安道："用瓜子也好，柜顶上就有一罐。"便搬过一张茶几来，踩了椅子爬上去拿。慌得春熹叫道："安姐儿你可别摔跤，回头我担不了这干系！"正说着，只见长安猛可里向后一仰，若不是春熹扶住了，早是一个倒栽葱。长白在旁拍手大笑，春熹嘟嘟哝哝骂着，也撑不住要笑，三人笑成一片。春熹将她抱下地来，忽然从那红木大橱的穿衣镜里瞥见七巧蓬着头叉着腰站在门口，不觉一怔，连忙放下长安，回身道："姑妈起来了。"七巧汹汹奔了过来，将长安向自己身后一推，长安立脚不稳，跌了一跤。七巧只顾将身子挡住了她，向春熹厉声道："我把你这狼心狗肺的东西！我三茶六饭款待你这狼心狗肺的东西，什么地方亏待了你，你欺负我女儿？你那狼心狗肺，你道我揣摩不出么？你别以为你教坏了我女儿，我就不能不捏着鼻子把她许配给你，你好霸占我们的家产！我看你这混蛋，也还想不出这等主意来，敢情是你爹娘把着手儿教的！我把那两个狼心狗肺忘恩负义的老浑蛋！齐了心想我的钱，一计不成，又生一计！"春熹气得白瞪眼，欲待分辩，七巧道："你还有脸顶撞我！你还不给我快滚，别等我乱棒打出去！"说着，把儿女们推推搡搡送了出去，自己也喘吁吁扶着个丫头走了。春熹究竟年纪轻火性大，赌气卷了铺盖，顿时离了姜家的门。

七巧回到起坐间里，在烟榻上躺下了。屋里暗昏昏的，拉上了丝绒窗帘。时而窗户缝里漏了风进来，帘子动了，方才在那墨绿小绒球底下毛茸茸地看见一点天色。只有烟灯和烧红的火炉的微光。长安吃了吓，呆呆坐在火炉边一张小凳上。七巧道："你过来。"长安只道是要打，只是延挨着，搭讪把火炉边的洋铁围屏上晾着的小红格子法布衬衫翻了一翻，道："快烤糊了。"衬衫发出热烘烘的毛气。

七巧却不像要责打她的光景，只数落了一番，道："你今年过了年也有十三岁了，也该放明白些。表哥虽不是外人，天下的男子都是一样混账。你自己要晓得当心，谁不想你的钱？"一阵风过，窗帘上的绒球与绒球之间露出白色的寒天，屋子里暖热的黑暗给打上了一排小洞。烟灯的火焰往下一挫，七巧脸上的影子仿佛更深了一层。她突然坐起身来，低声道："男人……碰都碰不得！谁不想你的钱？你娘这几个钱不是容易得来的，也不是容易守得住。轮到你们手里，我可不能眼睁睁看着你们上人的当——叫你以后提防着些，你听见了没有？"长安垂着头道："听见了。"

七巧的一只脚有点麻，她探身去捏一捏她的脚。仅仅是一刹那，她眼睛里蠢动着一点温柔的回忆。她记起了想她的钱的一个男人。

她的脚是缠过的，尖尖的缎鞋里塞了棉花，装成半大的文明脚。她瞧着那双脚，心里一动，冷笑一声道："你嘴里尽管答应着，我怎么知道你心里是明白还是糊涂？你人也有这么大了，又是一双大脚，哪里去不得？我就是管得住你，也没那个精神成天看着你。按说你今年十三了，裹脚已经嫌晚了，原怪我耽误了你。马上这就替你裹起来，也还来得及。"长安一时答不出话来，倒是旁边的老妈子们笑道："如今小脚不时兴了，只怕将来给姐儿定亲的时候麻烦。"七巧道："没的扯淡！我不愁我的女儿没人要，不劳你们替我担心！真没人要，养活她一辈子，我也养得起！"当真替长安裹起脚来，痛得长安鬼哭神号的。这时连姜家这样守旧的人家，缠过脚的也都已经放了脚了，别说是没缠过的，因此都拿长安的脚传作笑话奇谈。裹了一年多，七巧一时的兴致过去了，以经亲戚们劝着，也就渐渐放松了，然而长安的脚可不能完全恢复原状了。

姜家大房三房里的儿女都进了洋学堂读书，七巧处处存心跟他们比赛着，便也要送长白去投考。长白除了打小牌之外，只喜欢跑跑票房，正在那里朝夕用功吊嗓子，只怕进学校要耽搁了他的功课，便不肯去。七巧无奈，只得把长安送到沪范女中，托人说了情，插班进去。长安换上了蓝爱国布的校服，不上半年，脸色也红润了，胳膊腿腕也粗了一圈。住读的学生洗换衣服，照例是送学校里包着的洗衣作里去的。长安记不清自己的号码，往往失落了枕套手帕种种零件，七巧便闹着说要去找校长说话。这一天放假回家，检点了一下，又发现有一条褥单是丢了。七巧暴跳如雷，准备明天亲自上学校去大兴问罪之师。长安着了急，拦阻了一声，七巧便骂道："天生的败家精，拿你娘的钱不当钱。你娘的钱是容易得来的？——将来你出嫁，你看我有什么陪送给你！——给也是白给！"长安不敢做声，却哭了一晚上。她不能在她的同学跟前丢这个脸。对于十四岁的人，那似乎有天大的重要。她母亲去闹一场，她以后拿什么脸去见人？她宁死也不到学校里去了。她的朋友们，她所喜欢的音乐教员，不久就会忘记了有这么一个女孩子，来了半年，又无缘无故悄悄地走了。走得干净，她觉得她这牺牲是一个美丽的，苍凉的手势。

半夜里她爬下床来，伸手到窗外试试，漆黑的，是下了雨么？没有雨点。她从枕头边摸出一只口琴，半蹲半坐在地上，偷偷吹了起来。犹疑地，"Long Long Ago"的细小的调子在庞大的夜里袅袅漾开，不能让人听见了。为了竭力按捺着，那呜呜的口琴忽断忽续，如同婴儿的哭泣。她接不上气来，歇了半晌，窗格子里，月亮从云里出来了。墨灰的天，几点疏星，模糊的缺月，像石印的图画，下面白云蒸腾，树顶上透出街灯淡淡的圆光。长安又吹起口琴来。"告诉我那故事，往日我最心爱的那故事，许久以前，许久以前……"

第二天她大着胆子告诉她母亲："娘，我不想念下去了。"七巧睁着眼道："为什么？"长安道："功课跟不上，吃的太苦，我过不惯。"七巧脱下一只鞋来，顺手将鞋底抽了她一下，恨道："你爹不如人，你也不如人？养下你来又不是个十不全，就不肯替我争口气！"长安反剪着一双手，垂着眼睛，只不言语。旁边老妈子们便劝道："姐儿也大了，学堂里人杂，的确有些不方便。其实不去也罢了。"七巧沉吟道："学费总得想法子拿回来。白便宜了他们不成？"便要领了长安一同去索讨，长安抵死不肯去，七巧带着两个老妈子去了一趟回来了，据她自己补叙，钱虽然没收回来，却也着实羞辱了那校长一场。长安以后在街上遇着了同学，脸上红一阵白一阵，无地自容，只得装做不看见，急急走了过去。朋友寄了信来，她拆也不敢拆，原封退了回去。她的学校生活就此告一结束。

有时她也觉得牺牲得有点不值得，暗自懊悔着，然而也来不及挽回了。她渐渐放弃了一切上进的思想，安分守己起来。她学会了挑是非，使小坏，干涉家里的行政。她不时地跟母亲怄气，可是她的言谈举止越来越像她母亲了。每逢她单叉着裤子，揸开了两腿坐着，两只手按在胯间露出的凳子上，歪着头，下巴搁在心口上凄凄惨惨瞅住了对面的人说道："一家有一家的苦处呀，表嫂——一家有一家的苦处！"——谁都说她是活脱的一个七巧。她打了一根辫子，眉眼的紧俏有似当年的七巧，可是她的小小的嘴过于瘪进去，仿佛显老一点。她再年轻些也不过是一棵较嫩的雪里红——盐腌过的。

也有人来替她做媒。若是家境推板一点的，七巧总疑心人家是贪她们的钱。若是那有财有势的，对方却又不十分热心，长安不过是中等姿色，她母亲出身既低，又有个不贤惠的名声，想必没有什么家教。因此高不成，低不就，一年一年耽搁了下去。那长白的婚事却不容耽搁。长白在外面赌钱，捧女戏子，七巧还没甚话说，后来渐渐跟着他三叔姜季泽逛起窑子来，七巧方才着了慌，手忙脚乱替他定亲，娶了一个袁家的小姐，小名芝寿。

行的是半新式的婚礼，红色盖头是蠲免了，新娘戴着蓝眼镜，粉红喜纱，穿着粉红彩绣裙袄，进了洞房，除去了眼镜，低着头坐在湖色帐幔里。闹新房的人围着打趣，七巧只看了一看便出来了。长安在门口赶上了她，悄悄笑道："皮色倒还白净，就是嘴唇太厚了些。"七巧把手撑着门，拔下一只金挖耳来搔搔头，冷笑道："还说呢！你新嫂子这两片嘴唇，切切倒有一大碟子！"旁边一个太太便道："说是嘴唇厚的人天性厚哇！"七巧哼了一声，将金挖耳指住了那太太，倒剔起一只眉毛，歪着嘴微微一笑道："天性厚，并不是什么好话。当着姑娘们，我也不便多说——但愿咱们白哥儿这条命别送在她手里！"七巧天生着一副高爽的喉咙，现在因为苍老了些，不那么尖了，可是扁扁的依旧四面刮得人疼痛，像剃刀片。这两句话，说响不响，说轻也不轻。人丛里的新娘子的平板的脸与胸震了一震——多半是龙凤烛的火光的跳动。

三朝过后，七巧嫌新娘子笨，诸事不如意，每每向亲戚们诉说着。便有人劝道："少奶奶年纪轻，二嫂少不得要费点心教导教导她。谁叫这孩子没心眼儿呢！"七巧啐道："你们瞧咱们新少奶奶老实呀——一见了白哥儿，她就得去上马桶！真的！你信不信？"这话传到芝寿耳朵里，急得芝寿只待寻死。然而这还是没满月的时候，七巧还顾些脸面，后来索性这一类的话当着芝寿的面也说了起来，芝寿哭也不是，笑也不是，若是木着脸装不听见，七巧便一拍桌子嗟叹起来道："在儿子媳妇手里吃口饭，可真不容易！动不动就给人脸子看！"

这天晚上，七巧躺着抽烟，长白盘踞在烟铺跟前的一张沙发椅上嗑瓜子，无线电里正唱着一出冷戏，他捧着戏考，一个字一个字跟着哼，哼上了劲，甩过一条腿去骑在椅背上，来回摇着打拍子。七巧伸过脚去踢了他一下道："白哥儿你来替我装两筒。"长白道："现放着烧烟的，偏要支使我！我手上有蜜是怎么着？"说着，伸了个懒腰，慢腾腾移身坐到烟灯前的小凳上，卷起了袖子。七巧笑道："我把你这不孝的奴才！支使你，是抬举你！"她眯缝着眼望着他。这些年来她的生命里只有这一个男人。只有他，她不怕他想她的钱——横竖钱都是他的。可是，因为他是她的儿子，他这一个人还抵不了半个……现在，就连这半个人她也保留不住——他娶了亲。他是个瘦小白皙的年青人，背有点驼，戴着金丝眼镜，有着工细的五官，时常茫然地微笑着，张着嘴，嘴里闪闪发着光的不知道是太多的唾沫水还是他的金牙。他敞着衣领，露出里面的珠羔里子和白小褂。七巧把一只脚搁在他肩膀上，不住的轻轻踢着他的脖子，低声道："我把你这不孝的奴才！打几时起变得这么不孝了？"长安在旁笑道："娶了媳妇忘了娘吗！"七巧道："少胡说！我们白哥儿倒不是那们样的人！我也养不出那们样的儿子！"长白只是笑。七巧斜着眼看定了他，笑道："你若还是我从前的白哥儿，你今儿替我烧一夜的烟！"长白笑道："那可难不倒我！"七巧道："盹着了，看我捶你！"

起坐间的帘子撤下送去洗濯了。隔着玻璃窗望出去，影影绰绰乌云里有个月亮，一搭黑，一搭白，像个戏剧化的狰狞的脸谱。一点，一点，月亮缓缓的从云里出来了，黑云底下透出一线炯炯的光，是面具底下的眼睛。天是无底洞的深青色。久已过了午夜。长安早去睡了，长白打着烟泡，也前仰后合起来。七巧斟了杯浓茶给他，两人吃着蜜饯糖果，讨论着东邻西舍的隐私。七巧忽然含笑问道："白哥儿你说，你媳妇儿好不好？"长白笑道："这有什么可说的？"七巧道："没有可批评的，想必是好的了？"长白笑着不做声。七巧道："好，也有个怎么个好呀！"长白道"谁说她好来着？"七巧道："她不好？哪一点不好？说给娘听。"长白起初只是含糊对答，禁不起七巧再三盘问，只得吐露一二。旁边递茶递水的老妈子们都背过脸去笑得格格的，丫头们都掩着嘴忍着笑回避出去了。七巧又是咬牙，又是笑，又是喃喃咒骂，卸下烟斗来狠命磕里面的灰，敲得托托一片响。长白说溜了嘴，止不住要说下去，足足说了一夜。

次日清晨，七巧吩咐老妈子取过两床毯子来打发哥儿在烟榻上睡觉。这时芝寿也已经起了身，过来请安。七巧一夜没合眼，却是精神百倍，邀了几家女眷来打牌，亲家母也在内。在麻将桌上一五一十将她儿子亲口招供的她媳妇的秘密宣布了出来，略加渲染，越发有声有色。众人竭力的打岔，然而说不出两句闲话，七巧笑嘻嘻的转了个弯，又回到她媳妇身上来了。逼得芝寿的母亲脸皮紫涨，也无颜再见女儿，放下牌，乘了包车回去了。

七巧接连着要长白为她烧了两晚上的烟。芝寿直挺挺躺在床上，搁在肋骨上的两只手蜷曲着像死去的鸡的脚爪。她知道她婆婆又在那里盘问她丈夫，她知道她丈夫又在那里叙说一些什么事，可是天知道他还有什么新鲜的可说！明天他又该涎着脸到她跟前来了。也许他早料到她会把满腔的怨毒都结在他身上，就算她没本领跟他拼命，最不济也得质问他几句，闹上一场。多半他准备先声夺人，借酒盖住了脸，找点岔子，摔上两件东西。她知道他的脾气。末后他会坐到床沿上来，耸起肩膀，伸手到白绸小褂里面去抓痒，出人意料之外地一笑。他的金丝眼镜上抖动着一点光，他嘴里抖动着一点光，不知道是唾沫还是金牙。他摘去了他的眼镜。……芝寿猛然坐起身来，哗啦揭开了帐子。这是个疯狂的世界，丈夫不像个丈夫，婆婆也不像个婆婆。不是他们疯了，就是她疯了。今天晚上的月亮比哪一天都好，高高的一轮满月，万里无云，像是漆黑的天上一个白太阳。遍地的蓝影子，帐顶上也是蓝影子，她的一双脚也在那死寂的蓝影子里。

芝寿待要挂起帐子来，伸手去摸索帐钩，一只手臂吊在那铜钩上，脸偎住了肩膀，不由得就抽噎起来。帐子自动的放了下来。昏暗的帐子里除了她之外没有别人，然而她还是吃了一惊，仓皇地再度挂起了帐子。窗外还是那使人汗毛凛凛的反常的明月——漆黑的天上一个灼灼的小而白的太阳。屋里看得分明那玫瑰紫绣花椅披桌布，大红平金五凤齐飞的围屏，水红软缎对联，绣着盘花篆字。梳妆台上红绿丝网络着银粉缸、银漱盂、银花瓶，里面满满盛着喜果，帐檐上季下五彩攒金绕绒花球、花盆、如意、粽子，下面滴溜溜坠着指头大的琉璃珠和尺来长的桃红穗子。偌大一间房里充塞着箱笼、被褥、铺陈，不见得她就找不出一条汗巾子来上吊，她又倒到床上去。月光里，她的脚没有一点血色——青、绿、紫，冷去的尸身的颜色。她想死，她想死。她怕这月亮光，又不敢开灯。明天她婆婆会说："白哥儿给我多烧了两口烟，害得我们少奶奶一宿没睡觉，半夜三更点着灯等他回来——少不了他吗！"芝寿的眼泪顺着枕头不停的流。她不用手帕去擦眼睛，擦肿了，她婆婆又该说了："白哥儿一晚上没回房去睡，少奶奶就把眼睛哭得桃儿似的！"

七巧虽然把儿子媳妇描摹成这样热情的一对，长白对于芝寿却不甚中意，芝寿也把长白恨得牙痒痒的。夫妻不和，长白渐渐又往花街柳巷里走动。七巧把一个丫头绢儿给了他做小，还是牢笼不住他。七巧又变着方儿哄他吃烟。长白一向就喜欢玩两口，只是没上瘾，现在吸得多了，也就收了心不大往外跑了，只在家守着母亲与新姨太太。

他妹子长安二十四岁那年生了痢疾，七巧不替她延医服药，只劝她抽两筒鸦片，果然减轻了不少痛苦。病愈之后，也就上了瘾。那长安更与长白不同，未出阁的小姐，没有其它的消遣，一心一意的抽烟，抽的倒比长白还要多。也有人劝阻，七巧道："怕什么！莫说我们姜家还吃得起，就是我今天卖了两顷地给他们姐儿俩抽烟，又有谁敢放半个屁？姑娘赶明儿聘了人家，少不得有她这一份嫁妆。她吃自己的，喝自己的，姑爷就是舍不得，也只好干望着她罢了！"

话虽如此说，长安的婚事毕竟受了点影响。来做媒的本就不十分踊跃，如今竟绝迹了。长安到了近三十的时候，七巧见女儿注定了是要做老姑娘的了，便又换了一种论调，道："自己长得不好，嫁不掉，还怨我做娘的耽搁了她！成天挂搭着个脸，倒像我该她二百钱似的。我留她在家里吃一碗闲茶闲饭，可没打算留她在家里给我气受呢！"

姜季泽的女儿长馨过二十岁生日，长安去给她堂房妹子拜寿。那姜季泽虽然穷了，幸喜他交游广阔，手里还算兜得转。长馨背地里向她母亲道："妈想法子给安姐姐介绍个朋友罢，瞧她怪可怜的。还没提起家里的情形，眼圈儿就红了。"兰仙慌忙摇手道："罢！罢！这个媒我不敢做！你二妈那脾气是好惹的？"长馨年少好事，哪里理会得？歇了些时，偶然与同学们说起这件事，恰巧那同学有个表叔新从德国留学回来，也是北方人，仔细攀认起来，与姜家还沾着点老亲。那人名唤童世舫，叙起来比长安略大几岁。长馨竟自作主张，安排了一切，由那同学的母亲出面请客。长安这边瞒得家里铁桶相似。

　　七巧身子一向硬朗，只因她媳妇芝寿得了肺痨，七巧嫌她乔张做致，吃这个，吃那个，累又累不得，比寻常似乎多享了一些福，自己一赌气便也病了。起初不过是气虚血亏，却也将合家支使得团团转，哪儿还能够兼顾到芝寿？后来七巧认真得了病，卧床不起，越发鸡犬不宁。长安乘乱里便走开了，把裁缝唤到她三叔家里，由长馨出主意替她制了新装。赴宴的那天晚上，长馨先陪她到理发店去用钳子烫了头发，从天庭到鬓角一路密密贴着细小的发圈，耳朵上戴了二寸来长的玻璃翠宝塔坠子，又换上了苹果绿乔琪纱旗袍，高领圈，荷叶边袖子，腰以下是半西式的百褶裙。一个小大姐蹲在地上为她扣揿钮，长安在穿衣镜里端详着自己，忍不住将两臂虚虚的一伸，裙子一踢，摆了个葡萄仙子的姿势，一扭头笑了起来道："把我打扮得天女散花似的！"长馨在镜子里向那小大姐做了个媚眼，两人不约而同也都笑了起来。长安妆罢，便向高椅上端端正正坐下了。长馨道："我去打电话叫车。"长安道："还早呢！"长馨看了看表道："约的是八点，已经八点过五分了。"长安道："晚个半个钟头，想必也不碍事。"长馨猜她是存心要搭点架子，心中又好气又好笑，打开银丝手提包来检点了一下，借口说忘了带粉镜子，径自走到她母亲屋里来，如此这般告诉了一遍，又道："今儿又不是姓童的请客，她这架子是冲着谁搭的？我也懒得去劝她，由她挨到明儿早上去，也不干我事。"兰仙道："瞧你这糊涂！人是你约的，媒是你做的，你怎么卸得了这干系？我埋怨过你多少回了——你早该知道了，安姐儿就跟她娘一样的小家子气，不上台盘。待会儿出乖露丑的，说起来是你姐姐，你丢人也是活该，谁叫你把这些是是非非，揽上身来，敢是闲疯了？"长馨唔嘟着嘴在她母亲屋里坐了半晌，兰仙笑道："看这情形，你姐姐是等着人催请呢。"长馨道："我才不去催她呢！"兰仙道："傻丫头，要你催，中什么用？她等着那边来电话哪！"长馨失声笑道："又不是新娘子，要三请四催的，逼着上轿！"兰仙道："好歹你打个电话到饭店里去，叫他们打个电话来，不就结了？快九点了，再挨下去，事情可真要崩了！"长馨只得依言做去，这边方才动了身。

　　长安在汽车里还是兴兴头头，谈笑风生的，到了菜馆子里，突然矜持起来，跟在长馨后面，悄悄掩进了房间，怯怯地褪去了苹果绿鸵鸟毛斗篷，低头端坐，拈了一只杏仁，每隔两分钟轻轻啃去了十分之一，缓缓咀嚼着。她是为了被看而来的。她觉得她浑身的装束，无懈可击，任凭人家多看两眼也不妨事，可是她的身体完全是多余的，缩也没处缩，她始终缄默着，吃完了一顿饭。等着上甜菜的时候，长馨把她拉到窗子跟前去观看街景，又托故走开了，那童世舫便踱到窗前，问道："姜小姐这儿来过么？"长安细声道："没有。"童世舫道："我也是第一次。菜倒是不坏，可是我还是吃不大惯。"长安道："吃不惯？"世舫道："可不是！外国菜比较清淡些，中国菜要油腻得多。刚回来，连着几天亲戚朋友们接风，很容易的就吃坏了肚子。"长安反复地看她的手指，仿佛一心一意要数数一共有几个指纹是螺形的，几个是畚箕……

玻璃窗上面，没来由开了小小的一朵霓虹灯的花——对过一家店面里反映过来的，绿心红瓣，是尼罗河祀神的莲花，又是法国王室的百合徽章……

世舫多年没见过故国的姑娘，觉得长安很有点楚楚可怜的韵致，倒有几分喜欢。他留学以前早就定了亲，只因他爱上了一个女同学，抵死反对家里的亲事，路远迢迢，打了无数的笔墨官司，几乎闹翻了脸，他父母曾经一度断绝了他的接济，使他吃了不少的苦，方才依了他，解了约。不幸他的女同学别有所恋，抛下了他，他失意之余，倒埋头读了七八年的书。他深信妻子还是旧式的好，也是由于反应作用。

和长安见了这一面之后，两下里都有了意。长馨想着送佛送到西天，自己再热心些，也没有资格出来向长安的母亲说话，只得央及兰仙。兰仙执意不肯道："你又不是不知道，你爹跟你二妈仇人似的，向来是不见面的。我虽然没跟她红过脸，再好些也有限，何苦去自讨没趣？"长安见了兰仙，只是垂泪，兰仙却不过情面，只得答应去走一遭。妯娌相见，问候了一番，兰仙便说明了来意。七巧初听见了，倒也欣然，因道："那就拜托了三妹妹罢！我病病哼哼的，也管不得了，偏劳了三妹妹。这丫头就是我的一块心病。我做娘的也不能说是对不起她了；行的是老法规矩，我替她裹脚，行的是新派规矩，我送她上学堂——还要怎么着？照我这样扒心扒肝调理出来的人，只要她不疤不麻不瞎，还会没人要吗？怎奈这丫头天生的是扶不起的阿斗，恨得我只嚷嚷：多咱我一闭眼去了，男婚女嫁，听天由命罢！"

当下议妥了，由兰仙请客，两方面相亲。长安与童世舫只做没见过面模样，只会晤了一次。七巧病在床上，没有出场，因此长安便风平浪静的订了婚。在筵席上，兰仙与长馨强行拉着长安的手，递到童世舫手里，世舫当众替她套上了戒指。女家也回了礼，文房四宝虽然免了，却用新式的丝绒文具盒来代替，又添上了一只手表。

订婚之后，长安遮遮掩掩竟和世舫单独出去了几次。晒着秋天的太阳，两人并排在公园里走，很少说话，眼角里带着一点对方的衣服与移动着的脚，女子的粉香，男子的淡巴菰气，这单纯而可爱的印象便是他们身边的栏杆，栏杆把他们与众人隔开了。空旷的绿草地上，许多人跑着、笑着、谈着，可是他们走的是寂寂的绮丽的回廊——走不完的寂寂的回廊。不说话，长安并不感到任何缺陷。她以为新式的男女间的交际也就"尽于此矣"。童世舫呢，因为过去的痛苦的经验，对于思想的交换根本抱着怀疑的态度。有个人在身边，他也就满足了。从前，他顶讨厌小说上的男人，向女人要求同居的时候，只说："请给我一点安慰。"安慰是纯粹精神上的，这里却做了肉欲的代名词。但是他现在知道精神与物质的界限不能分得这么清。言语究竟没有用。久久的握手，就是妥协的安慰，因为会说话的人很少，真正有话说的人还要少。

有时在公园里遇着了雨，长安撑起了伞，世舫为她擎着。隔着半透明的蓝绸伞，千万粒雨珠闪着光，像一天的星。一天的星到处跟着他们，在水珠银烂的车窗上，汽车驰过了红灯、绿灯，窗子外营营飞着一窠红的星，又是一窠绿的星？

长安带了点星光下的乱梦回家来，人变得异常沉默了，时时微笑着。七巧见了，不由得有气，便冷言冷语道："这些年来，多多怠慢了姑娘，不怪姑娘难得开个笑脸。这下子跳出了姜家的门，称了心愿了，再快活些，可也别这么摆在脸上呀——叫人寒心！"依着长安素日的性子，就要回嘴，无如长安近来像换了个人似的，听了也不计较，自顾自努力去戒烟。七巧也奈何她不得。

长安订婚那天，大奶奶玳珍没去，隔了些天来补道喜。七巧悄悄唤了声大嫂，道："我看咱们还得在外头打听打听哩，这事可冒失不得！前天我耳朵里仿佛刮着一点，说是乡下有太太，外洋还有一个。"玳珍道："乡下的那个没过门就退了亲。外洋那个也是这样，说是做了几年的朋友了，不知怎么又没成功。"七巧道："那还有个为什么？男人的心，说声变，就变了，他连三媒六聘的还不认账，何况那不三不四的歪辣货？知道他在外洋还有旁人没有？我就只这一个女儿，可不能糊里糊涂断送了她的终身，我自己是吃过媒人的苦的！"

长安坐在一旁用指甲去掐手掌心，手掌心掐红了，指甲却挣得雪白。七巧一抬眼望见了她，便骂道："死不要脸的丫头，竖着耳朵听呢！这话是你听得的吗？我们做姑娘的时候，一声提起婆婆家，来不迭的躲开了。你姜家枉为世代书香，只怕你还要到你开麻油店的外婆家去学点规矩哩！"长安一头奔了出去。七巧拍着枕头唉了一声道："姑娘急着要嫁，叫我也没法子。腥的臭的往家里拉。名为是她三婶给找的人，其实不过是拿她三婶做个幌子。多半是生米煮成了熟饭了，这才挽了三婶出来做媒。大家齐打伙儿糊弄我一个人……糊弄着也好！说穿了，叫做娘的做哥哥的脸往哪儿去放？"

又一天，长安托辞溜了出去，回来的时候，不等七巧查问，待要报告自己的行踪，七巧叱道："得了，得了，少说两句罢！在我面前糊什么鬼？有朝一日你让我抓着了真凭实据——哼！别以为你大了，订了亲了，我打不得你了！"长安急了道："我给馨妹妹送鞋样子去，犯了法了？娘不信，娘问三婶去！"七巧道："你三婶替你寻了个汉子来，就是你的重生父母，再养爹娘！也没见你这样的轻骨头！……一转眼就不见你的人了。你家里供养了你这些年，就只差买个小厮伺候你，哪一处对你不住了，你在家里一刻也坐不稳？"长安红了脸，眼泪直掉下来。七巧缓过一口气来，又道："当初多少好的都不要，这会子去嫁个不成器的，人家拣剩下来的，岂不是自己打嘴？他若是个人，怎么活到三十来岁，飘洋过海的，跑上十万里地，一房老婆还没弄到手？"

然而长安一味的执迷不悟。因为双方的年纪都不小了，订了婚不上几月，男方便托了兰

179

仙来议定婚期。七巧指着长安道:"早不嫁,迟不嫁,偏赶着这两年钱不凑手!明年若是田上收成好些,嫁妆也还整齐些。"兰仙道:"如今新式结婚,倒也不讲究这些了。就照新派办法,省着点也好。"七巧道:"什么新派旧派?旧派无非排场大些,新派实惠些,一样还是娘家的晦气!"兰仙道:"二嫂看着办就是了,难道安姐儿还会争多论少不成?"一屋子的人全笑了,长安也不觉微微一笑。七巧破口骂道:"不害臊!你是肚子里有了搁不住的东西是怎么着?火烧眉毛,等不及的要过门!嫁妆也不要了——你情愿,人家倒许不情愿呢?你就拿准了他是图你的人?你好不自量,你有哪一点叫人看得上眼?趁早别自骗自了!姓童的还不是看中了姜家的门第!别瞧你们家轰轰烈烈,公侯将相的,其实全不是那么回事!早就是外强中干,这两年连空架子也撑不起了。人呢,一代坏似一代,眼里哪儿还有天地君亲?少爷们是什么都不懂,小姐们就知道霸钱要男人——猪狗都不如!我娘家当初千不该万不该跟姜家结了亲,坑了我一世,我待要告诉那姓童的趁早别像我似的上了当!"

自从吵闹过这一番,兰仙对于这头亲事便洗手不管了。七巧的病渐渐痊愈,略略下床走动,便逐日骑着门坐着,遥遥的向长安屋里叫喊道:"你要野男人你尽管去找,只别把他带上门来认我做丈母娘,活活的气死了我!我只图个眼不见,心不烦。能够容我多活两年,便是姑娘的恩典了!"颠来倒去几句话,嚷得一条街上都听得见。亲戚丛中自然更将这事沸沸扬扬传了开去。

七巧又把长安唤到跟前,忽然滴下泪来道:"我的儿,你知道外头人把你怎么长怎么短糟踏得一个钱也不值!你娘自从嫁到姜家来,上上下下谁不是势利的,狗眼看人低,明里暗里我不知受了他们多少气。就连你爹,他有什么好处到我身上,我要替他守寡?我千辛万苦守了这二十年,无非是指望你姐儿俩长大成人,替我争回一点面子来。不承望今日之下,只落得这等的收场!"说着,呜咽起来。

长安听了这话,如同轰雷掣顶一般。她娘尽管把她说得不成人,外头人尽管把她说得不成人,她管不了这许多。唯有童世舫——他——他该怎么想?他还要她么?上次见面的时候,他的态度有点改变么?很难说……她太快乐了,小小的不同的地方她不会注意到……被戒烟期间身体上的痛苦与种种刺激两面夹攻着,长安早就有点受不了,可是硬撑着也就撑了过去,现在她突然觉得浑身的骨骼都脱了节,向他解释么?他不比她的哥哥,他不是她母亲的儿女,他决不能彻底明白她母亲的为人。他果真一辈子见不到她母亲,倒也罢了,可是他迟早要认识七巧。这是天长地久的事,只有千年做贼的,没有千年防贼的——她知道她母亲会放出什么手段来?迟早要出乱子,迟早要决裂。这是她的生命里顶完美的一段,与其让别人给它加上一个不堪的尾巴,不如她自己早早结束了它。一个美丽而苍凉的手势……她知道她会懊悔的,她知道她会懊悔的,然而她抬了抬眉毛,做出不介意的样子,说道:"既然娘不愿意结这大亲,我去回掉他们就是了。"七巧正哭着,忽然住了声,停了一停,又抽搭抽搭哭了起来。

长安定了一定神，就去打了个电话给童世舫。世舫当天没有空，约了明天下午。长安所最怕的就是中间隔的这一晚，一分钟，一刻、一刻，啃进她心里去。次日，在公园里的老地方，世舫微笑着迎上前来，没跟她打招呼——这在他是一种亲昵的表示。他今天仿佛是特别的注意她，并肩走着的时候，屡屡地望着她的脸。太阳煌煌的照着，长安越发觉得眼皮肿得抬不起来了，趁他不在看她的时候把话说了罢。她用哭哑的喉咙轻轻唤了一声"童先生"。世舫没听见。那么，趁他看她的时候把话说了罢。她诧异她脸上还带着点笑，小声道："童先生，我想——我们的事也许还是——还是再说罢。对不起得很。"她褪下戒指来塞在他手里，冷涩的戒指，冷湿的手。她放快了步子走去，他愣了一会，便追上来，问道："为什么呢？对于我有不满意的地方么？"长安笔直向前望着，摇了摇头。世舫道："那么，为什么呢？。长安道："我母亲……"世舫道："你母亲并没有看见过我。"长安道："我告诉过你了，不是因为你。与你完全没有关系。我母亲……"世舫站定了脚。这在中国是很充分的理由了罢？他这么略一踌躇，她已经走远了。

园子在深秋的日头里晒了一上午又一下午，像烂熟的水果一般，往下坠着，坠着，发出香味来。长安悠悠忽忽听见了口琴的声音，迟钝地吹出了 Long LongAgo——"告诉我那故事，往日我最心爱的那故事。许久以前，许久以前……"这是现在，一转眼也就变了许久以前了，什么都完了。长安着了魔似的，去找那吹口琴的人——去找她自己。迎着阳光走着，走到树底下，一个穿着黄短裤的男孩骑在树桠枝上颠颠着，吹着口琴，可是他吹的是另一个调子，她从来没听见过的。不大的一棵树，稀稀朗朗的梧桐叶在太阳里摇着像金的铃铛。长安仰面看着，眼前一阵黑，像骤雨似的，泪珠一串串的披了一脸。世舫找到了她，在她身边悄悄站了半晌，方道："我尊重你的意见。"长安举起了她的皮包来遮住了脸上的阳光。

他们继续来往了一些时。世舫要表示新人物交女朋友的目的不仅限于择偶，因此虽然与长安解除了婚约，依旧常常的邀她出去。至于长安呢，她是抱着什么样的矛盾的希望跟着他出去，她自己也不知道——知道了也不肯承认。订着婚的时候，光明正大的一同出去，尚且要瞒了家里，如今更成了幽期密约了。世舫的态度始终是坦然的。固然，她略略伤害了他的自尊心，同时他对于她多少也有点惋惜，然而"大丈夫何患无妻？"男子对于女子最隆重的赞美是求婚。他割舍了他的自由，送了她这一份厚礼，虽然她是"心领璧还"了，他可是尽了他的心。这是惠而不费的事。

无论两人之间的关系是怎样的微妙而尴尬，他们认真的做起朋友来了。他们甚至谈起话来。长安的没见过世面的话每每使世舫笑起来，说："你这人真有意思！"长安渐渐的也发现了她自己原来是个"很有意思"的人。这样下去，事情会发展到什么地步，连世舫自己也会惊奇。

然而风声吹到了七巧的耳朵里。七巧背着长安吩咐长白下帖子请童世舫吃便饭。世舫猜着姜家是要警告他一声，不准他和他们小姐藕断丝连，可是他同长白在那阴森高敞的餐室里吃了两盅酒，说了一回话，天气、时局、风土人情，并没有一个字沾到长安身上，冷盘撤了下去，长白突然手按着桌子站了起来。世舫回过头去，只见门口背着光立着一个小身材的老太太，脸看不清楚，穿一件青灰团龙宫织缎袍，双手捧着大红热水袋，身旁夹峙着两个高大的女仆。门外日色昏黄，楼梯上铺着湖绿花格子漆布地衣，一级一级上去，通入没有光的所在。世舫直觉地感到那是个疯子——无缘无故的，他只是毛骨悚然。长白介绍道："这就是家母。"

世舫挪开椅子站起来，鞠了一躬。七巧将手搭在一个佣妇的胳膊上，款款走了进来，客套了几句，坐下来便敬酒让菜。长白道："妹妹呢？来了客，也不帮着张罗张罗。"七巧道："她再抽两筒就下来了。"世舫吃了一惊，睁眼望着她。七巧忙解释道："这孩子就苦在先天不足，下地就得给她喷烟。后来也是为了病，抽上了这东西。小姐家，够多不方便哪！也不是没戒过，身子又娇，又是由着性儿惯了的，说丢，哪儿就丢得掉呀？戒戒抽抽，这也有十年了。"世舫不由得变了色，七巧有一个疯子的审慎与机智。她知道，一不留心，人们就会用嘲笑的，不信任的眼光截断了她的话锋，她已经习惯了那种痛苦。她怕话说多了要被人看穿。因此及早止住了自己，忙着添酒布菜。隔了些时，再提起长安的时候，她还是轻描淡写的把那几句话重复了一遍。她那平扁而尖利的喉咙四面割着人像剃刀片。

长安悄悄地走下楼来，玄色花绣鞋与白丝袜停留在日色昏黄的楼梯上。停了一会，又上去了。一级一级，走进没有光的所在。

七巧道："长白你陪童先生多喝两杯，我先上去了。"佣人端上一品锅来，又换上了新烫的竹叶青。一个丫头慌里慌张站在门口将席上伺候的小厮唤了出去，叽咕了一会，那小厮又进来向长白附耳说了几句，长白仓皇起身，向世舫连连道歉，说："暂且失陪，我去去就来。"三脚两步也上楼去了，只剩下世舫一人独酌。那小厮也觉过意不去，低低的告诉了他："我们绢姑娘要生了。"世舫道："绢姑娘是谁？"小厮道："是少爷的姨奶奶。"

世舫拿上饭来胡乱吃了两口，不便放下碗来就走，只得坐在花梨炕上等着，酒酣耳热。忽然觉得异常的委顿，便躺了下来。卷着云头的花梨炕，冰凉的黄藤心子，柚子的寒香……姨奶奶添了孩子了。这就是他所怀念着的古中国……他的幽娴贞静的中国闺秀是抽鸦片的！他坐了起来，双手托着头，感到了难堪的落寞。

他取了帽子出门，向那个小厮道："待会儿请你对上头说一声，改天我再面谢罢！"他穿过砖砌的天井，院子正中生着树，一树的枯枝高高印在淡青的天上，像磁上的冰纹。长安静静的跟在他后面送了出来，她的藏青长袖旗袍上有着浅黄的雏菊。她两手交握着，脸上现出稀有的柔和。世舫回过身来道："姜小姐……"她隔得远远的站定了，只是垂着头。世舫微微鞠了一躬，转身就走了。长安觉得她是隔了相当的距离看这太阳里的庭院，从高楼上望下来，明晰、亲切，然而没有能力干涉，天井、树、曳着萧条的影子的两个人，没有话——不多的一点回忆，将来是要装在水晶瓶里双手捧着看的——她的最初也是最后的爱。

芝寿直挺挺躺在床上，搁在肋骨上的两只手蜷曲着像宰了的鸡的脚爪。帐子吊起了一半。不分昼夜她不让他们给她放下帐子来，她怕。

外面传进来说绢姑娘生了个小少爷。丫头丢下了热气腾腾的药罐子跑出去凑热闹。敞着房门，一阵风吹了进来，帐钩豁朗朗乱摇，帐子自动地放了下来，然而芝寿不再抗议了。她的头向右一歪，滚到枕头外面去。她并没有死——又挨了半个月光景才死的。

绢姑娘扶了正，做了芝寿的替身。扶了正不上一年就吞了生鸦片自杀了。长白不敢再娶了，只在妓院里走走。长安更是早就断了结婚的念头。

七巧似睡非睡横在烟铺上。三十年来她戴着黄金的枷。她用那沉重的枷角劈杀了几个人，没死的也送了半条命。她知道她儿子女儿恨毒了她，她婆家的人恨她，她娘家的人恨她。她摸索着腕上的翠玉镯子，徐徐将那镯子顺着骨瘦如柴的手臂往上推，一直推到腋下。她自己也不能相信她年轻的时候有过滚圆的胳膊。就连出了嫁之后几年，镯子里也只塞得进一条洋绉手帕。十八九岁做姑娘的时候，高高挽起了大镶大滚的蓝夏布衫袖，露出一双雪白的手腕，上街买菜去。喜欢她的有肉店里的朝禄，她哥哥的结拜弟兄丁玉根、张少泉，还有沈裁缝的儿子。喜欢她，也许只是喜欢跟她开开玩笑。然而如果她挑中了他们之中的一个，往后日子久了，生了孩子，男人多少对她有点真心。七巧挪了挪头底下的荷叶边小洋枕，凑上脸去揉擦了一下，那一面的一滴眼泪她就懒怠去揩拭，由它挂在腮上，渐渐自己干了。

七巧过世以后，长安和长白分了家搬出来住。七巧的女儿是不难解决她自己的问题的，谣言说她和一个男子在街上一同走，停在摊子跟前，他为她买了一双吊袜带。也许她用的是她自己的钱，可是无论如何是由男子的袋里掏出来的。……当然这不过是谣言。

三十年前的月亮早已沉了下去，三十年前的人也死了，然而三十年前的故事还没完——完不了。

《倾城之恋》，张爱玲著，北京十月文艺出版社，2009年3月第1版

作品提示

《金锁记》写于1943年，是张爱玲最重要的代表作之一，曾得到许多批评家的赞誉，傅雷先生誉之为"文坛最美的收获"，夏志清教授称之为"中国从古以来最伟大的中篇小说"。小说描写了一个小商人家庭出身的女子曹七巧的心灵变迁历程。七巧做过残疾人的妻子，欲爱而不能爱，几乎像疯子一样在姜家过了30年。在财欲与情欲的压迫下，她的性格终于被扭曲，行为变得乖戾，不但破坏儿子的婚姻，致使儿媳被折磨而死，还拆散女儿的爱情。"30年来她戴着黄金的枷。她用那沉重的枷角劈杀了几个人，没死的也送了半条命。"张爱玲在小说中在空前深刻的程度上表现了现代社会两性心理的基本意蕴，将现代中国心理分析小说推向了极致，细微地镂刻着人物变态的心理，那利刃一般毒辣的话语产生了令人惊心动

魄的艺术效果。《金锁记》在叙述体貌上还借鉴了民族旧小说的经验，明显反映了类似《红楼梦》之类的小说手法已被作者用来表现她所要表现的华洋杂处的现代都市生活。

思考题

1. 试分析曹七巧形象。
2. 试分析《金锁记》的思想内容和艺术特色。

百 合 花

——茹志鹃

茹志鹃（1925—　　），浙江杭州人，自幼随祖母在上海、杭州以做手工维持生活，11 岁才上小学。祖母去世后，她被孤儿院收养，后进上海妇女文化班学习，1942 年初中毕业，1943 年随兄参加新四军，在军区话剧团当演员，后调到军区文工团创作组，1947 年加入中国共产党。短篇小说《生活》是她的第一篇作品，于 1943 年 11 月 22 日发表在上海《申报》副刊《白茅》第 36 期。1955 年夏，她由南京军区转业到上海作协分会，任《文艺月报》编辑，1958 年 3 月，在《延河》月刊发表短篇小说《百合花》，歌颂解放军和人民之间的血肉关系，茅盾称赞这是一篇具有清新、俊逸风格的好作品，此后有影响的小说还有《静静的产院》等。《剪辑错了的故事》是作者在粉碎"四人帮"之后写的短篇小说，通过正反对比手法，把现实和历史加以对照，揭露了极"左"思潮泛滥时期造成的虚假浮夸给党和人民带来巨大的灾难。此外，她还写过很多短篇小说和散文。她的文笔细腻、人物性格鲜明动人，颇得好评。她现任中国作协上海分会副主席。

一九四六年的中秋。

这天打海岸的部队决定晚上总攻。我们文工团创作室的几个同志，就由主攻团的团长分派到各个战斗连去帮助工作。大概因为我是个女同志吧！团长对我抓了半天后脑勺，最后才叫一个通讯员送我到前沿包扎所去。

包扎所就包扎所吧！反正不叫我进保险箱就行。我背上背包，跟通讯员走了。

早上下过一阵小雨，现在虽放了晴，路上还是滑得很，两边地里的秋庄稼，却给雨水冲洗得青翠水绿，珠烁晶莹。空气里也带有一股清鲜湿润的香味。要不是敌人的冷炮，在间歇地盲目地轰响着，我真以为我们是去赶集的呢！

通讯员撒开大步，一直走在我前面。一开始他就把我撩下几丈远。我的脚烂了，路又滑，怎么努力也赶不上他。我想喊他等等我，却又怕他笑我胆小害怕；不叫他，我又真怕一个人摸不到那个包扎所。我开始对这个通讯员生起气来。

嗳！说也怪，他背后好像长了眼睛似的，倒自动在路边站下了。但脸还是朝着前面，没看我一眼。等我紧走慢赶地快要走近他时，他又蹬蹬蹬地自个向前走了，一下又把我甩下几丈远。我实在没力气赶了，索性一个人在后面慢慢晃。不过这一次还好，他没让我撩得太远，但也不让我走近，总和我保持着丈把远的距离。我走快，他在前面大踏步向前；我走慢，他在前面就摇摇摆摆。奇怪的是，我从没见他回头看我一次，我不禁对这通讯员发生了兴趣。

刚才在团部我没注意看他，现在从背后看去，只看到他是高挑挑的个子，块头不大，但从他那副厚实实的肩膀看来，是个挺棒的小伙，他穿了一身洗淡了的黄军装，绑腿直打到膝盖上。肩上的步枪筒里，稀疏地插了几根树枝，这要说是伪装，倒不如算作装饰点缀。

没有赶上他，但双脚胀痛得像火烧似的。我向他提出了休息一会后，自己便在做田界的石头上坐了下来。他也在远远的一块石头上坐下，把枪横搁在腿上，背向着我，好像没我这个人似的。凭经验，我晓得这一定又因为我是个女同志的缘故。女同志下连队，就有这些困难。我着恼的带着一种反抗情绪走过去，面对着他坐下来。这时，我看见他那张十分年轻稚气的圆脸，顶多有十八岁。他见我挨他坐下，立即张惶起来，好像他身边埋下了一颗定时炸弹，局促不安，掉过脸去不好，不掉过去又不行，想站起来又不好意思。我拼命忍住笑，随便地问他是哪里人。他没回答，脸涨得像个关公，讷讷半晌，才说清自己是天目山人。原来他还是我的同乡呢！

"在家时你干什么？"

"帮人拖毛竹。"

我朝他宽宽的两肩望了一下，立即在我眼前出现了一片绿雾似的竹海，海中间，一条窄窄的石级山道，盘旋而上。一个肩膀宽宽的小伙，肩上垫了一块老蓝布，扛了几枝青竹，竹梢长长的拖在他后面，刮打得石级哗哗作响……这是我多么熟悉的故乡生活啊！我立刻对这位同乡，越加亲热起来。我又问：

"你多大了？"

"十九。"

"参加革命几年了？"

"一年。"

"你怎么参加革命的？"我问到这里自己觉得这不像是谈话，倒有些像审讯。不过我还是禁不住地要问。

"大军北撤时我自己跟来的。"

"家里还有什么人呢？"

"娘，爹，弟弟妹妹，还有一个姑姑也住在我家里。"

"你还没娶媳妇吧？"

"……"他飞红了脸，更加忸怩起来，两只手不停地数摸着腰皮带上的扣眼；半晌他才低下了头，憨憨地笑了一下，摇了摇头。我还想问他有没有对象，但看到他这样子，只得把嘴里的话，又咽了下去。

两人闷坐了一会，他开始抬头看看天，又掉过来扫了我一眼，意思是在催我动身。

当我站起来要走的时候，我看见他摘了帽子，偷偷地在用毛巾拭汗。这是我的不是，人家走路都没出一滴汗，为了我跟他说话，却害他出了这一头大汗，这都怪我了。

我们到包扎所，已是下午两点钟了。这里离前沿有三里路，包扎所设在一个小学里，大小六个房子组成品字形，中间一块空地长了许多野草，显然，小学已有多时不开课了。我们到时屋里已有几个卫生员在弄着纱布棉花，满地上都是用砖头垫起来的门板，算作病床。

我们刚到不久，来了一个乡干部，他眼睛熬得通红，用一片硬拍纸插在额前的破毡帽下，低低地遮在眼睛前面挡光。他一肩背枪，一肩挂了一杆秤；左手挎了一篮鸡蛋，右手提了一口大锅，呼哧呼哧的走来。他一边放东西，一边对我们又抱歉又诉苦，一边还喘息地喝着水，同时还从怀里掏出一包饭团来嚼着。我只见他迅速地做着这一切，他说的什么我就没大听清。好像是说什么被子的事，要我们自己去借。我问清了卫生员，原来因为部队上的被子还没发下来，但伤员流了血，非常怕冷，所以就得向老百姓去借。哪怕有一二十条棉絮也好。我这时正愁工作插不上手，便自告奋勇讨了这件差事，怕来不及就顺便也请了我那位同乡，请他帮我动员几家再走。他踌躇了一下，便和我一起去了。

我们先到附近一个村子，进村后他向东，我往西，分头去动员。不一会，我已写了三张借条出去，借到两条棉絮，一条被子，手里抱得满满的，心里十分高兴，正准备送回去再来借时，看见通讯员从对面走来，两手还是空空的。

"怎么，没借到？"我觉得这里老百姓觉悟高，又很开通，怎么会没有借到呢，我有点惊奇地问。

"女同志，你去借吧！……老百姓死封建……"

"哪一家？你带我去。"我估计一定是他说话不对，说崩了。借不到被子事小，得罪了老百姓影响可不好。我叫他带我去看看。但他执拗地低着头，像钉在地上似的，不肯挪步，我走近他，低声地把群众影响的话对他说了。他听了，果然就松松爽爽地带我走了。

我们走进老乡的院子里，只见堂屋里静静的，里面一间房门上，垂着一块蓝布红额的门帘，门框两边还贴着鲜红的对联。我们只得站在外面向里"大姐大嫂"的喊，喊了几声，不见有人应，但响动是有了。一会，门帘一挑，露出一个年轻媳妇来。这媳妇长得很好看，高高的鼻梁，弯弯的眉，额前一绺蓬松松的刘海。穿的虽是粗布，倒都是新的。我看她头上已硬翘翘挽了个髻，便大嫂长大嫂短的向她道歉，说刚才这个同志来，说话不好别见怪等等。她听着，脸扭向里面，尽咬着嘴唇笑。我说完了，她也不作声，还是低头咬着嘴唇，好像忍了一肚子的笑料没笑完。这一来，我倒有些尴尬了，下面的话怎么说呢！我看通讯员站在一边，眼睛一眨不眨的看着我，好像在看连长做示范动作似的。我只好硬了头皮，讪讪的向她开口借被子了，接着还对她说了一遍共产党的部队，打仗是为了老百姓的道理。这一次，她不笑了，一边听着，一边不断向房里瞅着。我说完了，她看看我，看看通讯员，好像在掂量我刚才那些话的斤两。半晌，她转身进去抱被子了。

通讯员乘这机会，颇不服气地对我说道：

"我刚才也是说的这几句话,她就是不借,你看怪吧!……"

我赶忙白了他一眼,不叫他再说。可是来不及了,那个媳妇抱了被子,已经在房门口了。被子一拿出来,我方才明白她刚才为什么不肯借的道理了。这原来是一条里外全新的新花被子,被面是假洋缎的,枣红底,上面撒满白色百合花。她好像是在故意气通讯员,把被子朝我面前一送,说:"抱去吧。"

我手里已捧满了被子,就一努嘴,叫通讯员来拿。没想到他竟扬起脸,装作没看见。我只好开口叫他,他这才绷了脸,垂着眼皮,上去接过被子,慌慌张张地转身就走。不想他一步还没有走出去,就听见"嘶"的一声,衣服挂住了门钩,在肩膀处,挂下一片布来,口子撕得不小。那媳妇一面笑着,一面赶忙找针拿线,要给他缝上。通讯员却高低不肯,挟了被子就走。

刚走出门不远,就有人告诉我们,刚才那位年轻媳妇,是刚过门三天的新娘子,这条被子就是她惟一的嫁妆。我听了,心里便有些过意不去,通讯员也皱起了眉,默默地看着手里的被子。我想他听了这样的话一定会有同感吧!果然,他一边走,一边跟我嘟哝起来了。

"我们不了解情况,把人家结婚被子也借来了,多不合适呀!……"我忍不住想给他开个玩笑,便故作严肃地说:

"是呀!也许她为了这条被子,在做姑娘时,不知起早熬夜,多干了多少零活,才积起了做被子的钱,或许她曾为了这条花被,睡不着觉呢。可是还有人骂她死封建……"

他听到这里,突然站住脚,呆了一会,说:

"那!……那我们送回去吧!"

"已经借来了,再送回去,倒叫她多心。"我看他那副认真、为难的样子,又好笑,又觉得可爱。不知怎么的,我已从心底爱上了这个傻呼呼的小同乡。

他听我这么说,也似乎有理,考虑了一下,便下了决心似的说:

"好,算了。用了给她好好洗洗。"他决定以后,就把我抱着的被子,通统抓过去,左一条、右一条的披挂在自己肩上,大踏步地走了。

回到包扎所以后,我就让他回团部去。他精神顿时活泼起来了,向我敬了礼就跑了。走不几步,他又想起了什么,在自己挂包里掏了一阵,摸出两个馒头,朝我扬了扬,顺手放在路边石头上,说:

"给你开饭啦!"说完就脚不点地的走了。我走过去拿起那两个干硬的馒头,看见他背的枪筒里不知在什么时候又多了一枝野菊花,跟那些树枝一起,在他耳边抖抖地颤动着。

他已走远了,但还见他肩上撕挂下来的布片,在风里一飘一飘。我真后悔没给他缝上再走。现在,至少他要裸露一晚上的肩膀了。

包扎所的工作人员很少。乡干部动员了几个妇女,帮我们打水,烧锅,做些零碎活。那位新媳妇也来了,她还是那样,笑眯眯的抿着嘴,偶然从眼角上看我一眼,但她时不时的东张西望,好像在找什么。后来她到底问我说:

"那位同志弟到哪里去了?"我告诉她同志弟不是这里的,他现在到前沿去了。她不好意思地笑了一下说:"刚才借被子,他可受我的气了!"说完又抿了嘴笑着,动手把借来的几十条被子、棉絮,整整齐齐的分铺在门板上、桌子上(两张课桌拼起来,就是一张床)。我看见她把自己那条白百合花的新被,铺在外面屋檐下的一块门板上。

天黑了,天边涌起一轮满月。我们的总攻还没发起。敌人照例是忌怕夜晚的,在地上烧起一堆堆的野火,又盲目地轰炸,照明弹也一个接一个地升起,好像在月亮下面点了无数盏的汽油灯,把地面的一切都赤裸裸地暴露出来了。在这样一个"白夜"里来攻击,有多困难,要付出多大的代价啊!我连那一轮皎洁的月亮,也憎恶起来了。

乡干部又来了,慰劳了我们几个家做的干菜月饼。原来今天是中秋节了。

啊!中秋节,在我的故乡,现在一定又是家家门前放一张竹茶几,上面供一副香烛,几碟瓜果月饼。孩子们急切地盼那炷香快些焚尽,好早些分摊给月亮娘娘享用过的东西。他们在茶几旁边跳着唱着:"月亮堂堂,敲锣买糖……"或是唱着:"月亮嬷嬷,照你照我……"我想到这里,又想起我那个小同乡,那个拖毛竹的小伙,也许,几年以前,他还唱过这些歌吧!……我咬了一口美味的家做月饼,想起那个小同乡大概现在正趴在工事里,也许在团指挥所,或者是在那些弯弯曲曲的交通沟里走着哩!……

一会儿,我们的炮响了,天空划过几颗红色的信号弹,攻击开始了。不久,断断续续地有几个伤员下来,包扎所的空气立即紧张起来。

我拿着小本子,去登记他们的姓名、单位,轻伤的问问,重伤的就得拉开他们的符号,或是翻看他们的衣襟。我拉开一个重彩号的符号时,"通讯员"三个字使我突然打了个寒战,心跳起来。我定了下神才看到符号上写着×营的字样。啊!不是,我的同乡他是团部的通讯员。但我又莫名其妙地想问问谁,战地上会不会漏掉伤员。通讯员在战斗时,除了送信,还干什么——我不知道自己为什么要问这些没意思的问题。

战斗开始后的几十分钟里,一切顺利,伤员一次次带下来的消息,都是我们突破第一道鹿砦,第二道铁丝网,占领敌人前沿工事打进街了。但到这里,消息忽然停顿了,下来的伤员,只是简单地回答说"在打",或是"在街上巷战。"但从他们满身泥泞,极度疲乏的神色上,甚至从那些似乎刚从泥里掘出来的担架上,大家明白,前面在进行着一场什么样的战斗。

包扎所的担架不够了,好几个重彩号不能及时送后方医院,耽搁下来。我不能解除他们任何痛苦,只得带着那些妇女,给他们拭脸洗手,能吃得的喂他们吃一点,带着背包的,就给他们换一件干净衣裳,有些还得解开他们的衣服,给他们拭洗身上的污泥血迹。

做这种工作,我当然没什么,可那些妇女又羞又怕,就是放不开手来,大家都要抢着去烧锅,特别是那新媳妇。我跟她说了半天,她才红了脸,同意了。不过只答应做我的下手。

前面的枪声,已响得稀落了。感觉上似乎天快亮了,其实还只是半夜。外边月亮很明,也比平日悬得高。前面又下来一个重伤员。屋里铺位都满了,我就把这位重伤员安排在屋檐下的那块门板上。担架员把伤员抬上门板，但还围在床边不肯走。一个上了年纪的担架员，大概把我当做医生了，一把抓住我的膀子说："大夫，你可无论如何要想办法治好这位同志呀！你治好他，我……我们全体担架队员给你挂匾！……"他说话的时候，我发现其他的几个担架员也都睁大了眼盯着我，似乎我点一点头，这伤员就立即会好了似的。我心想给他们解释一下，只见新媳妇端着水站在床前，短促地"啊"了一声。我急拨开他们上前一看，我看见了一张十分年轻稚气的圆脸，原来棕红的脸色，现已变得灰黄。他安详地闭着眼，军装的肩头上，露着那个大洞，一片布还挂在那里。

"这都是为了我们……"那个担架员负罪地说道，"我们十多副担架挤在一个小巷子里，准备往前运动，这位同志走在我们后面，可谁知道狗日的反动派不知从哪个屋顶上撂下颗手榴弹来，手榴弹就在我们人缝里冒着烟乱转，这时这位同志叫我们快趴下，他自己就一下扑在那个东西上了……"

新媳妇又短促地"啊"了一声。我强忍着眼泪，给那些担架员说了些话，打发他们走了。我回转身看见新媳妇已轻轻移过一盏油灯，解开他的衣服；她刚才那种忸怩羞涩已经完全消失，只是庄严而虔诚地给他拭着身子。这位高大而又年轻的小通讯员无声地躺在那里……我猛然醒悟地跳起身，磕磕绊绊地跑去找医生。等我和医生拿了针药赶来，新媳妇正侧着身子坐在他旁边。

她低着头，正一针一针地在缝他衣肩上那个破洞。医生听了听通讯员的心脏，默默地站起身说："不用打针了。"我过去一摸，果然手都冰冷了。新媳妇却像什么也没看见，什么也没听到，依然拿着针，细细地、密密地缝着那个破洞。我实在看不下去了，低声地说："不要缝了。"她却对我异样地瞟了一眼，低下头，还是一针一针地缝。我想拉开她，我想推开这沉重的氛围，我想看见他坐起来，看见他羞涩的笑。但我无意中碰到了身边一个什么东西，伸手一摸，是他给我开的饭，两个干硬的馒头……

卫生员让人抬了一口棺材来，动手揭掉他身上的被子，要把他放进棺材去。新媳妇这时脸发白，劈手夺过被子，狠狠地瞪了他们一眼。自己动手把半条被子平展展地铺在棺材底，半条盖在他身上。卫生员为难地说："被子……是借老百姓的。"

"是我的——"她气汹汹地嚷了半句，就扭过脸去。在月光下，我看见她眼里晶莹发亮，我也看见那条枣红底色上洒满白色百合花的被子，这象征纯洁与感情的花，盖上了这位平常的、拖毛竹的青年人的脸。

1958 年 3 月

《中国当代短篇小说排行榜 上》，中国作家协会《小说选刊》杂志社选编，漓江出版社，2004 年 9 月第 1 版

作品提示

《百合花》是茹志鹃的成名作，最初发表在《延河》1958 年第 3 期。同年，《人民文学》第 6 期转载，后收入《百合花》《茹志鹃小说选》等小说集中。作家写这篇小说时，正值反右斗争处于紧锣密鼓之际，她的亲人也未能幸免于此。面对冷酷的现实，她不由怀念起战时的生活和那时的同志关系。于是，这象征着纯洁与感情的"百合花"便在作家"匝匝忧虑"、"不无悲凉的思念"之中灿然开放，给当时文坛带来一股沁人的清香。

茅盾曾评价这篇小说是"我最近读过的几十个短篇中间最使我满意，也最使我感动的一篇。"《百合花》在表现革命战争军民关系这类庄严主题时，突破了当时流行的条条框框，显示出清新俊逸的风格，令人耳目一新。作者选择的人物都是普通的战士和老百姓，他们有血有泪，个性鲜明，与通常那种高大式的英雄形象显然不同。

思考题

1. 试分析作家是怎样描写小通讯员、新媳妇两个可爱的形象的？
2. 《百合花》在艺术上有哪些突破和特色？

受　戒

—— 汪曾祺

作者简介

汪曾祺（**1920—1997 年**），江苏高邮人，当代作家、散文家、戏剧家；毕业于西南联大，历任中学教师、北京市文联干部、《北京文艺》编辑、北京京剧院编辑；在短篇小说创作上颇有成就，著有小说集《邂逅集》，小说《受戒》《大淖记事》，散文集《蒲桥集》，大部分作品被收录在《汪曾祺全集》中。

他小时候受过正规的传统教育，1939 年考入西南联大中国文学系，1940 年开始写小说，受到当时中文系教授沈从文的指导。1943 年毕业后他在昆明、上海执教于中学，出版了小说集《邂逅集》。1948 年到北平，他在历史博物馆任职，不久参加中国人民解放军四野南下工作团，行至武汉被留下接管文教单位，1950 年调回北京，在文艺团体、文艺刊物工作。1956 年他发表京剧剧本《范进中举》。1958 年他被划成右派，下放张家口的农业研究所；1962 年调北京市京剧团任编剧。1963 年他出版儿童小说集《羊舍的夜晚》。"文革"中他参与样板戏《沙家浜》的定稿，1979 年重新开始创作。20 世纪 80 年代以后写了许多描写民国时代风俗人情的小说，受到很高的赞誉，出版了小说集《晚饭花集》《汪曾祺短篇小说选》，论文集《晚翠文谈》等。所作《大淖记事》获 1981 年全国优秀短篇小说奖。比较有影响的作品还有《受戒》《异秉》等。所作小说多写童年、故乡，写记忆里的人和事，在浑朴自然、清淡委婉中表现和谐的意趣。他力求淡泊，脱离外界的喧哗和干扰，精心营构自己的艺术世界，自觉吸收传统文化，具有浓郁的乡土气息，显示出沈从文的师承。在小说散文化方面，他开风气之先。

明海出家已经四年了。

他是十三岁来的。

这个地方的地名有点怪，叫庵赵庄。赵，是因为庄上大都姓赵。叫做庄，可是人家住得很分散，这里两三家，那里两三家。一出门，远远可以看到，走起来得走一会，因为没有大路，都是弯弯曲曲的田埂。庵，是因为有一个庵。庵叫菩提庵，可是大家叫讹了，叫成荸荠庵，连庵里的和尚也这样叫。"宝刹何处？"——"荸荠庵。"庵本来是住尼姑的。"和尚庙"、"尼姑庵"嘛。可是荸荠庵住的是和尚。也许因为荸荠庵不大，大者为庙，小者为庵。

明海在家叫小明子。他是从小就确定要出家的。他的家乡不叫"出家"，叫"当和尚"。他的家乡出和尚。就像有的地方出劁猪的，有的地方出织席子的，有的地方出箍桶的，有的地方出弹棉花的，有的地方出画匠，有的地方出婊子，他的家乡出和尚。人家弟兄多，就派一个出去当和尚。当和尚也要通过关系，也有帮。这地方的和尚有的走得很远。有到杭州灵隐寺的、上海静安寺的、镇江金山寺的、扬州天宁寺的。一般的就在本县的寺庙。明海家田少，老大、老二、老三，就足够种的了。他是老四。他七岁那年，他当和尚的舅舅回家，他爹、他娘就和舅舅商议，决定叫他当和尚。他当时在旁边，觉得这实在是在情在理，没有理由反对。当和尚有很多好处。一是可以吃现成饭，哪个庙里都是管饭的。二是可以攒钱。只要学会了放瑜伽焰口，拜梁皇忏，可以按例分到辛苦钱。积攒起来，将来还俗娶亲也可以；不想还俗，买几亩田也可以。当和尚也不容易，一要面如朗月，二要声如钟磬，三要聪明记性好。他舅舅给他相了相面，叫他前走几步，后走几步，又叫他喊了一声赶牛打场的号子："格当嘚——"，说是"明子准能当个好和尚，我包了！"要当和尚，得下点本，——念几年书。哪有不认字的和尚呢！于是明子就开蒙入学，读了《三字经》《百家姓》《四言杂字》《幼学琼林》《上论、下论》《上孟、下孟》，每天还写一张仿。村里都夸他字写得好，很黑。

舅舅按照约定的日期又回了家，带了一件他自己穿的和尚领的短衫，叫明子娘改小一点，给明子穿上。明子穿了这件和尚短衫，下身还是在家穿的紫花裤子，赤脚穿了一双新布鞋，跟他爹、他娘磕了一个头，就随舅舅走了。

他上学时起了个学名，叫明海。舅舅说，不用改了。于是"明海"就从学名变成了法名。

过了一个湖。好大一个湖！穿过一个县城。县城真热闹：官盐店，税务局，肉铺里挂着成边的猪，一个驴子在磨芝麻，满街都是小磨香油的香味，布店，卖茉莉粉、梳头油的什么斋，卖绒花的，卖丝线的，打把式卖膏药的，吹糖人的，耍蛇的，……他什么都想看看。舅舅一劲地推他："快走！快走！"

到了一个河边，有一只船在等着他们。船上有一个五十来岁的瘦长瘦长的大伯，船头蹲着一个跟明子差不多大的女孩子，在剥一个莲蓬吃。明子和舅舅坐到舱里，船就开了。

明子听见有人跟他说话，是那个女孩子。

"是你要到荸荠庵当和尚吗？"

明子点点头。

"当和尚要烧戒疤呕！你不怕？"

明子不知道怎么回答，就含含糊糊地摇了摇头。

"你叫什么？"

"明海。"

"在家的时候？"

"叫明子。"

"明子！我叫小英子！我们是邻居。我家挨着荸荠庵。——给你！"

小英子把吃剩的半个莲蓬扔给明海，小明子就剥开莲蓬壳，一颗一颗吃起来。

大伯一桨一桨地划着，只听见船桨拨水的声音：

"哗——许！哗——许！"

荸荠庵的地势很好，在一片高地上。这一带就数这片地势高，当初建庵的人很会选地方。门前是一条河。门外是一片很大的打谷场。三面都是高大的柳树。山门里是一个穿堂。迎门供着弥勒佛。不知是哪一位名士撰写了一副对联：

大肚能容容天下难容之事

开颜一笑笑世间可笑之人

弥勒佛背后，是韦驮。过穿堂，是一个不小的天井，种着两棵白果树。天井两边各有三间厢房。走过天井，便是大殿，供着三世佛。佛像连龛才四尺来高。大殿东边是方丈，西边是库房。大殿东侧，有一个小小的六角门，白门绿字，刻着一副对联：

一花一世界

三藐三菩提

进门有一个狭长的天井，几块假山石，几盆花，有二间小房。

小和尚的日子清闲得很。一早起来，开山门，扫地。庵里的地铺的都是箩底方砖，好扫得很，给弥勒佛、韦驮烧一炷香，正殿的三世佛面前也烧一炷香、磕三个头、念三声"南无阿弥陀佛"，敲三声磬。这庵里的和尚不兴做什么早课、晚课，明子这三声磬就全都代替了。然后，挑水，喂猪。然后，等当家和尚，即明子的舅舅起来，教他念经。

教念经也跟教书一样，师父面前一本经，徒弟面前一本经，师父唱一句，徒弟跟着唱一句。是唱哎。舅舅一边唱，一边还用手在桌上拍板。一板一眼，拍得很响，就跟教唱戏一样。是跟教唱戏一样，完全一样哎。连用的名词都一样。舅舅说，念经：一要板眼准，二要合工尺。说：当一个好和尚，得有条好嗓子。说：民国二十年闹大水，运河倒了堤，最后在清水潭合龙，因为大水淹死的人很多，放了一台大焰口，十三大师——十三个正座和尚，各大庙的方丈都来了，下面的和尚上百。谁当这个首座？推来推去，还是石桥——善因寺的方丈！他往上一坐，就跟地藏王菩萨一样，这就不用说了；那一声"开香赞"，围看的上千人立时鸦雀无声。说：嗓子要练，夏练三伏，冬练三九，要练丹田气！说：要吃得苦中苦，方为人上人！说：和尚里也有状元、榜眼、探花！要用心，不要贪玩！舅舅这一番大法说得明海和尚实在是五体投地，于是就一板一眼地跟着舅舅唱起来：

"炉香乍爇……"

"炉香乍爇……"

"法界蒙薰……"

"法界蒙薰……"

"诸佛现金身……"

"诸佛现金身……"

……

等明海学完了早经，——他晚上临睡前还要学一段，叫做晚经，——荸荠庵的师父们就都陆续起床了。

这庵里人口简单，一共六个人。连明海在内，五个和尚。

有一个老和尚，六十几了，是舅舅的师叔，法名普照，但是知道的人很少，因为很少人叫他法名，都称之为老和尚或老师父，明海叫他师爷爷。这是个很枯寂的人，一天关在房里，就是那"一花一世界"里。也看不见他念佛，只是那么一声不响地坐着。他是吃斋的，过年时除外。

下面就是师兄弟三个，仁字排行：仁山、仁海、仁渡。庵里庵外，有的称他们为大师父、二师父；有的称之为山师父、海师父。只有仁渡，没有叫他"渡师父"的，因为听起来不像话，大都直呼之为仁渡。他也只配如此，因为他还年轻，才二十多岁。

仁山，即明子的舅舅，是当家的。不叫"方丈"，也不叫"住持"，却叫"当家的"，是很有道理的，因为他确确实实干的是当家的职务。他屋里摆的是一张账桌，桌子上放的是账簿和算盘。账簿共有三本。一本是经账，一本是租账，一本是债账。和尚要做法事，做法事要收钱，——要不，当和尚干什么？常做的法事是放焰口。正规的焰口是十个人。一个正座，一个敲鼓的，两边一边四个。人少了，八个，一边三个，也凑合了。荸荠庵只有四个和尚，要放整焰口就得和别的庙里合伙。这样的时候也有过，通常只是放半台焰口。一个正座，一个敲鼓，另外一边一个。一来找别的庙里合伙费事；二来这一带放得起整焰口的人家也不多。有的时候，谁家死了人，就只请两个，甚至一个和尚咕噜咕噜念一通经，敲打几声法器就算完事。很多人家的经钱不是当时就给，往往要等秋后才还。这就得记账。另外，和尚放焰口的辛苦钱不是一样的。就像唱戏一样，有份子。正座第一份。因为他要领唱，而且还要独唱。当中有一大段"叹骷髅"，别的和尚都放下法器休息，只有首座一个人有板有眼地慢声吟唱。第二份是敲鼓的。你以为这容易呀？哼，单是一开头的"发擂"，手上没功夫就敲不出迟疾顿挫！其余的，就一样了。这也得记上：某月某日、谁家焰口半台，谁正座，谁敲鼓……省得到年底结账时赌咒骂娘。……这庵里有几十亩庙产，租给人种，到时候要收租。庵里还放债。租债一向倒很少亏欠，因为租佃借钱的人怕菩萨不高兴。这三本账就够仁山忙的了。另外香烛灯火、油盐"福食"，这也得随时记记账呀。除了账簿之外，山师父的方丈的墙上还挂着一块水牌，上漆四个红字："勤笔免思"。

仁山所说当一个好和尚的三个条件，他自己其实一条也不具备。他的相貌只要用两个字就说清楚了：黄，胖。声音也不像钟磬，倒像母猪。聪明么？难说，打牌老输。他在庵里从不穿袈裟，连海青直裰也免了。经常是披着件短僧衣，袒露着一个黄色的肚子。下面是光脚趿拉着一对僧鞋，——新鞋他也是踏拉着。他一天就是这样不衫不履地这里走走，那里走走，发出母猪一样的声音："嗯——嗯——"。

二师父仁海。他是有老婆的。他老婆每年夏秋之间来住几个月，因为庵里凉快。庵里有六个人，其中之一，就是这位和尚的家眷。仁山、仁渡叫她嫂子，明海叫她师娘。这两口子都很爱干净，整天的洗涮。傍晚的时候，坐在天井里乘凉。白天，闷在屋里不出来。

三师父是个很聪明精干的人。有时一笔账大师兄扒了半天算盘也算不清，他眼珠子转两转，早算得一清二楚。他打牌赢的时候多，二三十张牌落地，上下家手里有些什么牌，他就差不多都知道了。他打牌时，总有人爱在他后面看歪头胡。谁家约他打牌，就说"想送两个钱给你。"他不但经忏俱通（小庙的和尚能够拜忏的不多），而且身怀绝技，会"飞铙"。七月间有些地方做盂兰会，在旷地上放大焰口，几十个和尚，穿绣花袈裟，飞铙。飞铙就是把十多斤重的大铙钹飞起来。到了一定的时候，全部法器皆停，只几十副大铙紧张急促地敲起来。忽然起手，大铙向半空中飞去，一面飞，一面旋转。然后，又落下来，接住。接住不是平平常常地接住，有各种架势，"犀牛望月"、"苏秦背剑"……这哪是念经，这是耍杂技。也许是地藏王菩萨爱看这个，但真正因此快乐起来的是人，尤其是妇女和孩子。这是年轻漂亮的和尚出风头的机会。一场大焰口过后，也像一个好戏班子过后一样，会有一个两个大姑娘、小媳妇失踪，——跟和尚跑了。他还会放"花焰口"。有的人家，亲戚中多风流子弟，在不是很哀伤的佛事——如做冥寿时，就会提出放花焰口。所谓"花焰口"就是在正焰口之后，叫和尚唱小调，拉丝弦，吹管笛，敲鼓板，而且可以点唱。仁渡一个人可以唱一夜不重头。仁渡前几年一直在外面，近二年才常住在庵里。据说他有相好的，而且不止一个。他平常可是很规矩，看到姑娘媳妇总是老老实实的，连一句玩笑话都不说，一句小调山歌都不唱。有一回，在打谷场上乘凉的时候，一伙人把他围起来，非叫他唱两个不可。他却情不过，说："好，唱一个。不唱家乡的。家乡的你们都熟，唱个安徽的。"

姐和小郎打大麦，

一转子讲得听不得。

听不得就听不得，

打完了大麦打小麦。

唱完了，大家还嫌不够，他就又唱了一个：

姐儿生得漂漂的，

两个奶子翘翘的。

有心上去摸一把，

心里有点跳跳的。

……

这个庵里无所谓清规，连这两个字也没人提起。

仁山吃水烟，连出门做法事也带着他的水烟袋。

他们经常打牌。这是个打牌的好地方。把大殿上吃饭的方桌往门口一搭，斜放着，就是牌桌。桌子一放好，仁山就从他的方丈里把筹码拿出来，哗啦一声倒在桌上。斗纸牌的时候多，搓麻将的时候少。牌客除了师兄弟三人，常来的是一个收鸭毛的，一个打兔子兼偷鸡的，都是正经人。收鸭毛的担一副竹筐，串乡串镇，拉长了沙哑的声音喊叫：

"鸭毛卖钱——！"

偷鸡的有一件家什——铜蜻蜓。看准了一只老母鸡，把铜蜻蜓一丢，鸡婆子上去就是一口。这一啄，铜蜻蜓的硬簧绷开，鸡嘴撑住了，叫不出来了。正在这鸡十分纳闷的时候，上去一把薅住。

明子曾经跟这位正经人要过铜蜻蜓看看。他拿到小英子家门前试了一试，果然！小英的娘知道了，骂明子：

"要死了！儿子！你怎么到我家来玩铜蜻蜓了！"

小英子跑过来：

"给我！给我！"

她也试了试，真灵，一个黑母鸡一下子就把嘴撑住，傻了眼了！

下雨阴天，这二位就光临荸荠庵，消磨一天。

有时没有外客，就把老师叔也拉出来，打牌的结局，大都是当家和尚气得鼓鼓的："×妈妈的！又输了！下回不来了！"

他们吃肉不瞒人。年下也杀猪。杀猪就在大殿上。一切都和在家人一样，开水、木桶、尖刀。捆猪的时候，猪也是没命地叫。跟在家人不同的，是多一道仪式，要给即将升天的猪念一道"往生咒"，并且总是老师叔念，神情很庄重：

"……一切胎生、卵生、息生，来从虚空来，还归虚空去。往生再世，皆当欢喜。南无阿弥陀佛！"

三师父仁渡一刀子下去，鲜红的猪血就带着很多沫子喷出来。

……

明子老往小英子家里跑。

小英子的家像一个小岛，三面都是河，西面有一条小路通到荸荠庵。独门独户，岛上只有这一家。岛上有六棵大桑树，夏天都结大桑椹，三棵结白的，三棵结紫的；一个菜园子，瓜豆蔬菜，四时不缺。院墙下半截是砖砌的，上半截是泥夯的。大门是桐油油过的，贴着一副万年红的春联：

向阳门第春常在

积善人家庆有余

门里是一个很宽的院子。院子里一边是牛屋、碓棚；一边是猪圈、鸡窠，还有个关鸭子的栅栏。露天地放着一具石磨。正北面是住房，也是砖基土筑，上面盖的一半是瓦，一半是草。房子翻修了才三年，木料还露着白茬。正中是堂屋，家神菩萨的画像上贴的金还没有发黑。两边是卧房。隔扇窗上各嵌了一块一尺见方的玻璃，明亮亮的，——这在乡下是不多见的。房檐下一边种着一棵石榴树，一边种着一棵栀子花，都齐房檐高了。夏天开了花，一红一白，好看得很。栀子花香得冲鼻子。顺风的时候，在荸荠庵都闻得见。

这家人口不多。他家当然是姓赵，一共四口人：赵大伯、赵大妈，两个女儿，大英子、小英子。老两口没有儿子。因为这些年人不得病，牛不生灾，也没有大旱大水闹蝗虫，日子过得很兴旺。他们家自己有田，本来够吃的了，又租种了庵上的十亩田。自己的田里，一亩种了荸荠，——这一半是小英子的主意，她爱吃荸荠，一亩种了茨菇。家里喂了一大群鸡鸭，单是鸡蛋鸭毛就够一年的油盐了。赵大伯是个能干人。他是一个"全把式"，不但田里场上样样精通，还会罩鱼、洗磨、凿碓、修水车、修船、砌墙、烧砖、箍桶、劈篾、绞麻绳。他不咳嗽，不腰疼，结结实实，像一棵榆树。人很和气，一天不声不响。赵大伯是一棵摇钱树，赵大娘就是个聚宝盆。大娘精神得出奇。五十岁了，两个眼睛还是清亮亮的。不论什么时候，头都是梳得滑溜溜的，身上衣服都是格挣挣的。像老头子一样，她一天不闲着。煮猪食，喂猪，腌咸菜，她腌的咸萝卜干非常好吃，春粉子，磨小豆腐，编蓑衣，织芦筚。

她还会剪花样子。这里嫁闺女，陪嫁妆，磁坛子、锡罐子，都要用梅红纸剪出吉祥花样，贴在上面，讨个吉利，也才好看："丹凤朝阳"呀、"白头到老"呀、"子孙万代"呀、"福寿绵长"呀。二三十里的人家都来请她："大娘，好日子是十六，你哪天去呀？"——"十五，我一大清早就来！"

"一定呀！"——"一定！一定！"

两个女儿，长得跟她娘像一个模子里托出来的。眼睛长得尤其像，白眼珠鸭蛋青，黑眼珠棋子黑，定神时如清水，闪动时像星星。浑身上下，头是头，脚是脚。头发滑溜溜的，衣服格挣挣的。——这里的风俗，十五六岁的姑娘就都梳上头了。这两个丫头，这一头的好头发！通红的发根，雪白的簪子！娘女三个去赶集，一集的人都朝她们望。

姐妹俩长得很像，性格不同。大姑娘很文静，话很少，像父亲。小英子比她娘还会说，一天咭咭呱呱地不停。大姐说：

"你一天到晚咭咭呱呱——"

"像个喜鹊！"

"你自己说的！——吵得人心乱！"

"心乱？"

"心乱！"

"你心乱怪我呀！"

二姑娘话里有话。大英子已经有了人家。小人她偷偷地看过，人很敦厚，也不难看，家道也殷实，她满意。已经下过小定，日子还没有定下来。她这二年，很少出房门，整天赶她的嫁妆。大裁大剪，她都会。挑花绣花，不如娘。她可又嫌娘出的样子太老了。她到城里看过新娘子，说人家现在绣的都是活花活草。这可把娘难住了。最后是喜鹊忽然一拍屁股："我给你保举一个人！"

这人是谁？是明子。明子念"上孟下孟"的时候，不知怎么得了半套《芥子园》，他喜欢得很。到了荸荠庵，他还常翻出来看，有时还把旧账簿子翻过来，照着描。小英子说：

"他会画！画得跟活的一样！"

小英子把明海请到家里来，给他磨墨铺纸，小和尚画了几张，大英子喜欢得了不得：

"就是这样！就是这样！这就可以乱掺！"——所谓"乱掺"是绣花的一种针法：绣了第一层，第二层的针脚插进第一层的针缝，这样颜色就可由深到淡，不露痕迹，不像娘那一代绣的花是平针，深浅之间，界限分明，一道一道的。小英子就像个书童，又像个参谋：

"画一朵石榴花！"

"画一朵栀子花！"

她把花掐来，明海就照着画。

到后来，凤仙花、石竹子、水蓼、淡竹叶，天竺果子、腊梅花，他都能画。

大娘看着也喜欢，搂住明海的和尚头：

"你真聪明！你给我当一个干儿子吧！"

小英子捺住他的肩膀，说：

"快叫！快叫！"

小明子跪在地下磕了一个头，从此就叫小英子的娘做干娘。

大英子绣的三双鞋，三十里方圆都传遍了。很多姑娘都走路坐船来看。看完了，就说"啧啧啧，真好看！这哪是绣的，这是一朵鲜花！"她们就拿了纸来央大娘求了小和尚来画。有求画帐檐的，有求画门帘飘带的，有求画鞋头花的。每回明子来画花，小英子就给他做点好吃的，煮两个鸡蛋，蒸一碗芋头，煎几个藕团子。

因为照顾姐姐赶嫁妆，田里的零碎生活小英子就全包了。她的帮手，是明子。

这地方的忙活是栽秧、车高田水，薅头遍草、再就是割稻子、打场了。这几荐重活，自己一家是忙不过来的。这地方兴换工。排好了日期，几家顾一家，轮流转。不收工钱，但是吃好的。一天吃六顿，两头见肉，顿顿有酒。干活时，敲着锣鼓，唱着歌，热闹得很。其余的时候，各顾各，不显得紧张。

薅三遍草的时候，秧已经很高了，低下头看不见人。一听见非常脆亮的嗓子在一片浓绿里唱：

栀子哎开花哎六瓣头哎……

姐家哎门前哎一道桥哎……

明海就知道小英子在哪里，三步两步就赶到，赶到就低头薅起草来，傍晚牵牛"打汪"，是明子的事——水牛怕蚊子。这里的习惯，牛卸了轭，饮了水，就牵到一口和好泥水的"汪"里，由它自己打滚扑腾，弄得全身都是泥浆，这样蚊子就咬不透了。低田上水，只要一挂十四轧的水车，两个人车半天就够了。明子和小英子就伏在车杠上，不紧不慢地踩着车轴上的拐子，轻轻地唱着明海向三师父学来的各处山歌。打场的时候，明子能替赵大伯一会，让他回家吃饭。——赵家自己没有场，每年都在荸荠庵外面的场上打谷子。他一扬鞭子，喊起了打场号子：

"格当嘚——"

这打场号子有音无字，可是九转十三弯，比什么山歌号子都好听。赵大娘在家，听见明子的号子，就侧起耳朵：

"这孩子这条嗓子！"

连大英子也停下针线：

"真好听！"

小英子非常骄傲地说：

"一十三省数第一！"

晚上，他们一起看场。——荸荠庵收来的租稻也晒在场上。他们并肩坐在一个石碌子上，听青蛙打鼓，听寒蛇唱歌，——这个地方以为蝼蛄叫是蚯蚓叫，而且叫蚯蚓叫"寒蛇"，听纺纱婆子不停地纺纱，"唦——"，看萤火虫飞来飞去，看天上的流星。

"呀！我忘了在裤带上打一个结！"小英子说。

这里的人相信，在流星掉下来的时候在裤带上打一个结，心里想什么好事，就能如愿。

……

"搯"荸荠，这是小英子最爱干的生活。秋天过去了，地净场光，荸荠的叶子枯了，——荸荠的笔直的小葱一样的圆叶子里是一格一格的，用手一搯，哔哔地响，小英子最爱搯着玩，——荸荠藏在烂泥里。赤了脚，在凉浸浸滑滑溜的泥里踩着，——哎，一个硬疙瘩！伸手下去，一个红紫红紫的荸荠。她自己爱干这生活，还拉了明子一起去。她老是故意用自己的光脚去踩明子的脚。

她挎着一篮子荸荠回去了，在柔软的田埂上留了一串脚印。明海看着她的脚印，傻了。五个小小的趾头，脚掌平平的，脚跟细细的，脚弓部分缺了一块。明海身上有一种从来没有过的感觉，他觉得心里痒痒的。这一串美丽的脚印把小和尚的心搞乱了。

……

明子常搭赵家的船进城，给庵里买香烛，买油盐。闲时是赵大伯划船；忙时是小英子去，划船的是明子。

从庵赵庄到县城，当中要经过一片很大的芦花荡子。芦苇长得密密的，当中一条水路，四边不见人。划到这里，明子总是无端端地觉得心里很紧张，他就使劲地划桨。

小英子喊起来：

"明子！明子！你怎么啦？你发疯啦？为什么划得这么快？"

……

明海到善因寺去受戒。

"你真的要去烧戒疤呀？"

"真的。"

"好好的头皮上烧十二个洞，那不疼死啦？"

"咬咬牙。舅舅说这是当和尚的一大关，总要过的。"

"不受戒不行吗？"

"不受戒的是野和尚。"

"受了戒有啥好处？"

"受了戒就可以到处云游，逢寺挂褡。"

"什么叫'挂褡'？"

"就是在庙里住。有斋就吃。"

"不把钱？"

"不把钱。有法事，还得先尽外来的师父。"

"怪不得都说'远来的和尚会念经'。就凭头上这几个戒疤？"

"还要有一份戒牒。"

"闹半天，受戒就是领一张和尚的合格文凭呀！"

"就是！"

"我划船送你去。"

"好。"

小英子早早就把船划到荸荠庵门前。不知是什么道理，她兴奋得很。她充满了好奇心，想去看看善因寺这座大庙，看看受戒是个啥样子。

善因寺是全县第一大庙，在东门外，面临一条水很深的护城河，三面都是大树，寺在树林子里，远处只能隐隐约约看到一点金碧辉煌的屋顶，不知道有多大。树上到处挂着"谨防恶犬"的牌子。这寺里的狗出名的厉害。平常不大有人进去。放戒期间，任人游看，恶狗都锁起来了。

好大一座庙！庙门的门坎比小英子的肐膝都高。迎门矗着两块大牌，一边一块，一块写着斗大两个大字："放戒"，一块是："禁止喧哗"，这庙里果然是气象庄严，到了这里谁也不敢大声咳嗽。明海自去报名办事，小英子就到处看看。好家伙，这哼哈二将、四大天王，有三丈多高，都是簇新的，才装修了不久。天井有二亩地大，铺着青石，种着苍松翠柏。"大雄宝殿"，这才真是个"大殿"！一进去，凉嗖嗖的。到处都是金光耀眼。释迦牟尼佛坐在一个莲花座上。单是莲座，就比小英子还高。抬起头来也看不全他的脸，只看到一个微微闭着的嘴唇和胖敦敦的下巴。两边的两根大红蜡烛，一搂多粗。佛像前的大供桌上供着鲜花、绒花、绢花，还有珊瑚树，玉如意、整根的大象牙。香炉里烧着檀香。小英子出了庙，闻着自己的衣服都是香的。挂了好些幡。这些幡不知是什么缎子的，那么厚重，绣的花真细。这么大一口磬，里头能装五担水！这么大一个木鱼，有一头牛大，漆得通红的。她又去转了转罗汉堂，爬到千佛楼上看了看。真有一千个小佛！她还跟着一些人去看了看藏经楼。藏经楼没有什么看头，都是经书！妈吔！逛了这么一圈，腿都酸了。小英子想起还要给家里打油，替姐姐配丝线，给娘买鞋面布，给自己买两个坠围裙飘带的银蝴蝶，给爹买旱烟，就出庙了。

等把事情办齐，晌午了。她又到庙里看了看，和尚正在吃粥。好大一个"膳堂"，坐得下八百个和尚。吃粥也有这样多讲究：正面法座上摆着两个锡胆瓶，里面插着红绒花，后面盘膝坐着一个穿了大红满金绣袈裟的和尚，手里拿了戒尺。这戒尺是要打人的。哪个和尚吃粥吃出了声音，他下来就是一戒尺。不过他并不真的打人，只是做个样子。真稀奇，那么多的和尚吃粥，竟然不出一点声音！他看见明子也坐在里面，想跟他打个招呼又不好打。想了想，管他禁止不禁止喧哗，就大声喊了一句："我走啦！"她看见明子目不斜视地微微点了点头，就不管很多人都朝自己看，大摇大摆地走了。

第四天一大清早小英子就去看明子。她知道明子受戒是第三天半夜，——烧戒疤是不许人看的。她知道要请老剃头师傅剃头，要剃得横摸顺摸都摸不出头发茬子，要不然一烧，就会"走"了戒，烧成了一片。她知道是用枣泥子先点在头皮上，然后用香头子点着。她知道烧了戒疤就喝一碗蘑菇汤，让它"发"，还不能躺下，要不停地走动，叫做"散戒"。这些都是明子告诉她的。明子是听舅舅说的。

她一看，和尚真在那里"散戒"，在城墙根底下的荒地里。一个一个，穿了新海青，光光的头皮上都有十二个黑点子。——这黑疤掉了，才会露出白白的、圆圆的"戒疤"。和尚都笑嘻嘻的，好像很高兴。她一眼就看见了明子。隔着一条护城河，就喊他：

"明子！"

"小英子！"

"你受了戒啦？"

"受了。"

"疼吗?"

"疼。"

"现在还疼吗?"

"现在疼过去了。"

"你哪天回去?"

"后天。"

"上午? 下午?"

"下午。"

"我来接你!"

"好!"

……

小英子把明海接上船。

小英子这天穿了一件细白夏布上衣,下边是黑洋纱的裤子,赤脚穿了一双龙须草的细草鞋,头上一边插着一朵栀子花,一边插着一朵石榴花。她看见明子穿了新海青,里面露出短褂子的白领子,就说:"把你那外面的一件脱了,你不热呀!"

他们一人一把桨。小英子在中舱,明子扳艄,在船尾。

她一路问了明子很多话,好像一年没有看见了。

她问,烧戒疤的时候,有人哭吗? 喊吗?

明子说,没有人哭,只是不住地念拂。有个山东和尚骂人:

"俺日你奶奶! 俺不烧了!"

她问善因寺的方丈石桥是相貌和声音都很出众吗?

"是的。"

"说他的方丈比小姐的绣房还讲究?"

"讲究。什么东西都是绣花的。"

"他屋里很香?"

"很香。他烧的是伽楠香,贵得很。"

"听说他会做诗,会画画,会写字?"

"会。庙里走廊两头的砖额上,都刻着他写的大字。"

"他是有个小老婆吗?"

"有一个。"

"才十九岁?"

"听说。"

"好看吗？"

"都说好看。"

"你没看见？"

"我怎么会看见？我关在庙里。"

明子告诉她，善因寺一个老和尚告诉他，寺里有意选他当沙弥尾，不过还没有定，要等主事的和尚商议。

"什么叫'沙弥尾'？"

"放一堂戒，要选出一个沙弥头，一个沙弥尾。沙弥头要老成，要会念很多经。沙弥尾要年轻，聪明，相貌好。"

"当了沙弥尾跟别的和尚有什么不同？"

"沙弥头，沙弥尾，将来都能当方丈。现在的方丈退居了，就当。石桥原来就是沙弥尾。"

"你当沙弥尾吗？"

"还不一定哪。"

"你当方丈，管善因寺？管这么大一个庙？！"

"还早呐！"

划了一气，小英子说："你不要当方丈！"

"好，不当。"

"你也不要当沙弥尾！"

"好，不当。"

又划了一气，看见那一片芦花荡子了。

小英子忽然把桨放下，走到船尾，趴在明子的耳朵旁边，小声地说：

"我给你当老婆，你要不要？"

明子眼睛鼓得大大的。

"你说话呀！"

明子说："嗯。"

"什么叫'嗯'呀！要不要，要不要？"

明子大声地说："要！"

"你喊什么！"

明子小小声说："要——！"

"快点划！"

英子跳到中舱，两只桨飞快地划起来，划进了芦花荡。

芦花才吐新穗。紫灰色的芦穗，发着银光，软软的，滑溜溜的，像一串丝线。有的地方结了蒲棒，通红的，像一枝一枝小蜡烛。青浮萍，紫浮萍。长脚蚊子，水蜘蛛。野菱角开着四瓣的小白花。惊起一只青桩（一种水鸟），擦着芦穗，扑鲁鲁鲁飞远了。

一九八〇年八月十二日

写四十三年前的一个梦

《小说月报 30 年 卷 1 1980－1984》，小说月报编辑部编，

百花文艺出版社，2010 年 2 月第 1 版

作品提示

　　汪曾祺是一位具有强烈生命意识和人道主义的作家。《受戒》是其在 20 世纪 80 年代创作的代表作之一，原载于《北京文学》1980 年第 10 期，后收入《汪曾祺短篇小说选》。在这部作品中，汪曾祺选择了一个与当时的社会、政治相对疏离的充满桃源理想的乌托邦水乡世界作为描写对象，从人与自然的和谐理念出发，努力去营造一个美丽而温馨的艺术世界，使被现实缠绕得疲惫的身心获得暂时的宁静和抚慰，体现出作者对人的生存状态的关注和思考，凸显出一种诗意自然以及诗意生存的整体和谐之美；同时作品还将风物、习俗和民情等传统文学中视为次要的、只起烘托作用的事物，提高到了与人物相等的地位，成为审美观的主体对象，让人们在欣赏人物形象的同时，欣赏到一种令人赏心悦目的风俗形象；最后，小说还采用了散文化的风格。

思考题

1. 小说向读者展现了一个怎样的世界？其风俗民情有什么不同？
2. 试结合作品，谈汪曾祺小说的艺术风格。

现实一种

——余 华

余华（1960— ），浙江海盐县人，祖籍山东高唐县；1960 年 4 月 3 日出生于浙江杭州，后来随当医生的父亲华自治、母亲余佩文（父母的姓，是余华名字的来源）迁居海盐县。中学毕业后，他曾当过牙医，五年后弃医从文，先后进县文化馆和嘉兴文联。余华曾两度进入北京鲁迅文学院进修深造，在鲁院期间，结识了后来成为他妻子的女诗人陈虹。因陈虹在北京工作，余华后来迁居北京十余年，现居浙江杭州。

余华 1984 年开始发表小说，是中国大陆先锋派小说的代表人物，并与苏童、格非等人齐名。他著有中短篇小说《十八岁出门远行》《鲜血梅花》《一九八六年》《四月三日事件》《世事如烟》《难逃劫数》《河边的错误》《古典爱情》《战栗》等，长篇小说《在细雨中呼喊》《活着》《许三观卖血记》《兄弟》，也写了不少散文、随笔、文论及音乐评论。其作品被翻译成英文、法文、德文、俄文、意大利文、荷兰文、挪威文、韩文、日文等在国外出版。长篇小说《活着》和《许三观卖血记》同时入选百位批评家和文学编辑评选的"九十年代最具有影响的十部作品"；1998 年获意大利格林扎纳·卡佛文学奖，2002 年获澳大利亚悬念句子文学奖，2004 年获法国文学骑士勋章。长篇小说《活着》由张艺谋执导拍成电影。

一

那天早晨和别的早晨没有两样，那天早晨正下着小雨。因为这雨断断续续下了一个多星期，所以在山岗和山峰兄弟俩的印象中，晴天十分遥远，仿佛远在他们的童年里。

天刚亮的时候，他们就听到母亲在抱怨什么骨头发霉了。母亲的抱怨声就像那雨一样滴滴答答。那时候他们还躺在床上，他们听着母亲向厨房走去的脚步声。

她折断了几根筷子，对两个儿媳妇说："我夜里常常听到身体里有这种筷子被折断的声音。"两个媳妇没有回答，她们正在做早饭。她继续说："我知道那是骨头正一根一根断了。"

兄弟俩是这时候起床的，他们从各自的卧室里走出来，都在嘴里嘟哝了一句："讨厌。"像是在讨厌不停的雨，同时又像是讨厌母亲雨一样的抱怨。

现在他们像往常一样围坐在一起吃早饭了，早饭由米粥和油条组成。

老太太常年吃素，所以在桌旁放着一小碟咸菜，咸菜是她自己腌制的。她现在不再抱怨骨头发霉，她开始说："我胃里好像在长出青苔来。"

于是兄弟俩便想起蚯蚓爬过的那种青苔，生长在井沿和破旧的墙角，那种有些发光的绿色。他们的妻子似乎没有听到母亲的话，因为她们脸上的神色像泥土一样。

山岗四岁的儿子皮皮没和大人同桌，他坐在一只塑料小凳上，他在那里吃早饭，他没吃油条，母亲在他的米粥里放了白糖。

刚才他爬到祖母身旁，偷吃一点咸菜。因此祖母此刻还在眼泪汪汪，她喋喋不休地说着："你今后吃的东西多着呢，我已经没有多少日子可以吃了。"因此他被父亲一把拖回到塑料小凳子上。所以他此刻心里十分不满，他用匙子敲打着碗边，嘴里叫着："太少了，吃不够。"

他反复叫着，声音越来越响亮，可大人们没有理睬他，于是他就决定哭一下。而这时候他的堂弟嘹亮地哭起来，堂弟正被婶婶抱在怀中。他看到婶婶把堂弟抱到一边去换尿布了。于是他就走去站在旁边。堂弟哭得很激动，随着身体的扭动，那叫小便的玩意儿一颤一颤的。他很得意地对婶婶说："他是男的。"但是婶婶没有理睬他，换毕尿布后她又坐到刚才的位子上去了。他站在原处没有动。这时候堂弟不再哭了，堂弟正用两个玻璃球一样的眼睛看着他。他有点沮丧地走开了。他没有回到塑料小凳上，而是走到窗前。他太矮，于是就仰起头来看着窗玻璃，屋外的雨水打在玻璃上，像蚯蚓一样扭动着滑了下来。

这时早饭已经结束。山岗看着妻子用抹布擦着桌子。山峰则看着妻子抱着孩子走进了卧室，门没有关上，不一会妻子又走了出来，妻子走出来以后走进了厨房。山峰便转回头来，看着嫂嫂擦着桌子的手，那手上有几条静脉时隐时现。山峰看了一会才抬起头来，他望着窗玻璃上纵横交叉的水珠对山岗说："这雨好像下了一百年了。"

山岗说："好像是有这么久了。"

他们的母亲又在喋喋不休了。她正坐在自己房中，所以她的声音很轻微。母亲开始咳嗽了，她咳嗽的声音很夸张。接着是吐痰的声音。那声音很有弹性。他们知道她是将痰吐在手心里，她现在开始观察痰里是否有血迹了。他们可以想象这时的情景。

不久以后他们的妻子从各自的卧室走了出来，手里都拿着两把雨伞，到了去上班的时候了。兄弟俩这时才站起来，接过雨伞后四个人一起走了出去，他们将一起走出那条胡同，然后兄弟俩往西走，他们的妻子则往东走去。兄弟两人走在一起，像是互不相识一样。他们默默无语一直走到那所中学的门口，然后山峰拐弯走上了桥，而山岗继续往前走。他们的妻子走在一起的时间十分短，她们总是一走出胡同就会碰到各自的同事，于是便各自迎上去说几句话后和同事一起走了。

他们走后不久，皮皮依然站在原处，他在听着雨声，现在他已经听出了四种雨滴声，雨滴在屋顶上的声音让他感到是父亲用食指在敲打他的脑袋；而滴在树叶上时仿佛跳跃了几下。另两种声音来自屋前水泥地和屋后的池塘，和滴进池塘时清脆的声响相比，来自水泥地的声音显然沉闷了。

207

于是孩子站了起来，他从桌子底下钻过去，然后一步一步走到祖母的卧室门口，门半掩着，祖母如死去一般坐在床沿上。孩子说："现在正下着四场雨。"祖母听后打了一个响亮的嗝。孩子便嗅到一股臭味，近来祖母打出来的嗝越来越臭了。所以他立刻离开，他开始走向堂弟。

堂弟躺在摇篮里，眼睛望着天花板，脸上笑眯眯的，孩子就对堂弟说："现在正下着四场雨。"

堂弟显然听到了声音，两条小腿便活跃起来，眼睛也开始东张西望。可是没有找到他。他就用手去摸摸堂弟的脸，那脸像棉花一样松软。他禁不住使劲拧了一下，于是堂弟"哇"地一声灿烂地哭了起来。

这哭声使他感到莫名的喜悦，他朝堂弟惊喜地看了一会，随后对准堂弟的脸打去一个耳光。他看到父亲经常这样揍母亲。挨了一记耳光后堂弟突然窒息了起来，嘴巴无声地张了好一会，接着一种像是暴风将玻璃窗打开似的声音冲击而出。这声音嘹亮悦耳，使孩子异常激动。然而不久之后这哭声便跌落下去，因此他又给了他一个耳光。堂弟为了自卫而乱抓的手在他手背上留下了两道血痕，他一点也没觉察。他只是感到这一次耳光下去那哭声并没有窒息，不过是响亮一点，远没有刚才那么动人。所以他使足劲又打去一个，可是情况依然如此，那哭声无非是拖得长一点而已。于是他就放弃了这种办法，他伸手去卡堂弟的喉管，堂弟的双手便在他手背上乱抓起来。当他松开时，那如愿以偿的哭声又响了起来。他就这样不断去卡堂弟的喉管又不断松开，他一次次地享受着那爆破似的哭声。后来当他再松开手时，堂弟已经没有那种充满激情的哭声了，只不过是张着嘴一颤一颤地吐气，于是他开始感到索然无味，便走开了。

他重新站在窗下，这时窗玻璃上已经没有水珠在流动，只有杂乱交错的水迹，像是一条条路。孩子开始想象汽车在上面奔驰和相撞的情景。随后他发现有几片树叶在玻璃上摇晃，接着又看到有无数金色的小光亮在玻璃上闪烁，这使他惊讶无比。于是他立刻推开窗户，他想让那几片树叶到里面来摇晃，让那些小光亮跳跃起来，围住他翩翩起舞。那光亮果然一涌而进，但不是雨点那样一滴一滴，而是一片，他发现天晴了，阳光此刻贴在他身上。刚才那几片树叶现在清晰可见，屋外的榆树正在伸过来，树叶绿得晶亮，正慢慢地往下滴着水珠，每滴一颗树叶都要轻微地颤抖一下，这优美的颤抖使孩子笑了起来。

然后孩子又出现在堂弟的摇篮旁，他告诉他："太阳出来了。"堂弟此刻已经忘了刚才的一切，笑眯眯地看着他。他说："你想去看太阳吗？"堂弟这时蹬起了两条腿，嘴里"哎哎"地叫了起来。他又说："可是你会走路吗？"堂弟这时停止了喊叫，开始用两只玻璃球一样的眼睛看着他，同时两条胳膊伸出来像是要他抱。"我知道了，你是要我抱你。"他说着用力将他从摇篮里抱了出来，像抱那只塑料小凳一样抱着他。他感到自己是抱着一大块肉。堂弟这时又"哎哎"地叫起来。"你很高兴，对吗？"他说。他有点费力地走到屋外。

那时候远处一户人家正响着鞭炮声，而隔壁院子里正在生煤球炉子，一股浓烟越过围墙滚滚而来。堂弟一看到浓烟高兴地哇哇大叫，他对太阳不感兴趣。他也没空对太阳感兴趣，因为此刻有几只麻雀从屋顶上斜飞下来，逗留在树枝上，那几根树枝随着它们喳喳的叫声而上下起伏。

然而孩子感到越来越沉重了，他感到这沉重来自手中抱着的东西，所以他就松开了手，他听到那东西掉下去时同时发出两种声音，一种沉闷一种清脆，随后什么声音也没有了。现在他感到轻松自在，他看到几只麻雀在树枝间跳来跳去，因为树枝的抖动，那些树叶像扇子似地一扇一扇。他那么站了一会后感到口渴，所以他就转身往屋里走去。

他没有一下子就找到水，在卧室桌上有一只玻璃杯放着，可是里面没有水。于是他又走进了厨房，厨房的桌上放着两只搪瓷杯子，盖着盖。他没法知道里面是否有水，因为他够不着，所以他重新走出去，将塑料小凳搬进来。在抱起塑料小凳时他蓦然想起他的堂弟，他记得自己刚才抱着他走到屋外，现在却只有他一人了。他觉得奇怪，但他没往下细想。他爬到小凳上去，将两只杯子拖过来时感到它们都是有些沉，两只杯子都有水，因此他都喝了几口。随后他又惦记起刚才那几只麻雀，便走了出去。而屋外榆树上已经没有鸟在跳跃，鸟已经飞走了。他看到水泥地开始泛出了白色，随即看到了堂弟，他的堂弟正舒展四肢仰躺在地上。他走到近旁蹲下去推推他，堂弟没有动，接着他看到堂弟头部的水泥地上有一小摊血。他俯下身去察看，发现血是从脑袋里流出来的，流在地上像一朵花似的在慢吞吞开放着。而后他看到有几只蚂蚁从四周快速爬了过来，爬到血上就不再动弹。只有一只蚂蚁绕过血而爬到了他的头发上。沿着几根被血凝固的头发一直爬进了堂弟的脑袋，从那往外流血的地方爬了进去。他这时才站起来，茫然地朝四周望望，然后走回屋中。

他看祖母的门依旧半掩着，就走过去，祖母还是坐在床上。他就告诉她："弟弟睡着了。"祖母转过头来看了看他，他发现她正眼泪汪汪。他感到没意思，就走到厨房里，在那只小凳上坐了下来。他这时才感到右手有些疼痛，右手被抓破了。他想了很久才回忆起是在摇篮旁被堂弟抓破的，接着又回忆自己怎样抱着堂弟走到屋外，后来他怎样松手。因为回忆太累，所以他就不再往下想。他把头往墙上一靠，马上就睡着了。

很久以后，她才站起来，于是她又听到体内有筷子被折断一样的声音。声音从她松弛的皮肤里冲出来后变得异常轻微，尽管她有些耳聋，可还是清晰地听到了。因此这时她又眼泪汪汪起来，她觉得自己活不久了，因为每天都有骨头在折断。她觉得自己不久以后不仅没法站和没法坐，就是躺着也不行了。那时候她体内已经没有完整的骨骼，却是一堆长短形状粗细都不一样的碎骨头不负责任地挤在一起。那时候她脚上的骨头也许会从腹部顶出来，而手臂上的骨头可能会插进长满青苔的胃。

她走出了卧室，此后她没再听到那种响声，可她依旧忧心忡忡。此刻从那敞开的门窗涌进来的阳光使她两眼昏花，她看到的是一片闪烁的东西，她不知道那是什么，便走到了门口。阳光照在她身上，使她看到双手黄得可怕。接着她看到一团黄黄的东西躺在前面。她仍然不知道那是什么。于是她就跨出门，慢吞吞地走到近旁，她还没认出这一团东西就是她孙儿时，她已经看到了那一摊血，她吓了一跳，赶紧走回自己的卧室。

二

孩子的母亲是提前下班回家的。她在一家童车厂当会计。在快要下班的前一刻，她无端地担心起孩子会出事。因此她坐不住了，她向同事说一声要回去看儿子。这种担心在路上越发强烈。当她打开院子的门时，这种担心得到了证实。

她看到儿子躺在阳光下，和他的影子躺在一起。一旦担心成为现实，她便恍惚起来。她在门口站了一会，她似乎看到儿子头部的地上有一摊血迹。血迹在阳光下显得不太真实，于是那躺着的儿子也仿佛是假的。随后她才走了过去，走到近旁她试探性地叫了几声儿子的名字，儿子没有反应。这时她似乎略有些放心，仿佛躺着的并不是她的儿子。她挺起身子，抬头看了看天空，她感到天空太灿烂，使她头晕目眩。然后她很费力地朝屋中走去，走入屋中她觉得阴沉觉得有些冷。卧室的门敞开着，她走进去。她在柜前站住，拉开抽屉往里面寻找什么，抽屉里堆满羊毛衫。她在里面翻了一阵，没有她要找的东西，她又拉开柜门，里面挂着她和丈夫山峰的大衣，也没有她要找的东西。她又去拉开写字台的全部抽屉，但她只是看一眼就走开了。她在一把椅子上坐了下来，眼睛开始在屋内搜查起来。她的目光从刚才的柜子上晃过，又从圆桌的玻璃上滑下，斜到那只三人沙发里；接着目光又从沙发里跳出来到了房上。然后她才看到摇篮。这时她猛然一惊，立刻跳起来。摇篮里空空荡荡，没有她的儿子。于是她蓦然想起躺在屋外的孩子，她疯一般地冲到屋外，可是来到儿子身旁她又不知所措了。但是她想起了山峰，便转身走出去。

她在胡同里拼命地走着，她似乎感到有人从对面走来向她打招呼。但她没有答理，她横冲直撞地往胡同口走去。可走到胡同口她又站住。一条大街横在眼前，她不知该朝哪个方向走，她急得直喘气。

山峰这时候出现了，山峰正和一个什么人说着话朝她走来。于是她才知道该往那个方向去。当她断定山峰已经看到她时，她终于响亮地哭了起来。不一会她感到山峰抓住了她的手臂，她听到丈夫问："出了什么事？"她张了张嘴却没有声音。她听到丈夫又问："到底出了什么事？"可她依旧张着嘴说不出话来。"是不是孩子出事了？"丈夫此刻开始咆哮了。这时她才费力地点了点头。山峰便扔开她往家里跑去。她也转身往回走，她感到四周有很多人，还有很多声音。她走得很慢，不一会她看到丈夫抱着儿子跑了过来，从她身边一擦而过。于是重新转回身去。她想走得快一点好赶上丈夫，她知道丈夫一定是去医院了。可她怎么也走不快。现在她不再哭了。她走到胡同口时又不知该往何处去，就问一个走来的人，那人用手向西一指，她才想起医院在什么地方。她在人行道上慢吞吞地往西走去，她感到自己的身体像一片树叶一样被风吹得摇摇晃晃。她一直走到那家百货商店时，才恢复了一些感觉。她知道医院已经不远了。而这时她却看到丈夫抱着儿子走来了。山峰脸上僵硬的神色使她明白了一切，所以她又号啕大哭了。山峰走到她眼前，咬牙切齿地说："回家去哭。"她不敢再哭，她抓住山峰的衣服，跟着他往回走去。

山岗回家的时候，他的妻子已在厨房里了。他走进自己的卧室，在沙发里坐了下来。他感到无所事事，他在等着吃午饭。皮皮是在这时出现在他眼前的。皮皮因为母亲走进厨房而醒了，醒来以后他感到全身发冷，他便对母亲说了。正在忙午饭的母亲就打发他去穿衣服。于是他就哆哆嗦嗦地出现在父亲的跟前。他的模样使山岗有些不耐烦。

山岗问："你这是干什么？"

"我冷。"皮皮回答。

山岗不再答理，他将目光从儿子身上移开，望着窗玻璃。他发现窗户没有打开，就走过去打开了窗户。

"我冷。"皮皮又说。

山岗没有去理睬儿子，他站在窗口，阳光晒在他身上使他感到很舒服。

这时山峰抱着孩子走了进来，他妻子跟在后面，他们的神色使山岗感到出了什么事。兄弟俩看了一眼，谁也没有说话。山岗听着他们迟缓的脚步跨入屋中，然后一声响亮的关门声。这一声使山岗坚定了刚才的想法。

皮皮此刻又说了："我冷。"

山岗走出了卧室，他在餐桌旁坐了下来，这时妻子正从厨房里将饭菜端了出来，皮皮已经坐在了那只塑料小凳上。他听到山峰在自己房间里吼叫的声音。他和妻子互相望了一眼，妻子也坐了下来。她问山岗："要不要去叫他们一声？"

山岗回答："不用。"

老太太这时走了出来，手里拿着一碟咸菜。她从来不用他们叫，总会准时地出现在餐桌旁。

山峰屋中除了吼叫的声音外，增加了另外一种声音。山岗知道那是什么声音。他嘴里咀嚼着，眼睛却通过敞开的门窗看到外面去了。不一会他听到母亲在一旁抱怨，他便转过脸来，看到母亲正愁眉苦脸望着那一碗米饭，他听到她在说："我看到血了。"他重新将头转过去，继续看着屋外的阳光。

山峰抱着孩子走入自己的房门，把孩子放入摇篮以后，用脚狠命一蹬关上了卧室的门。然后看着已经坐在床沿上的妻子说："你现在可以哭了。"

他妻子却神情恍惚地望着他，仿佛没有听到他的话，那双睁着的眼睛似乎已经死去，但她的坐姿很挺拔。

山峰又说："你可以哭了。"

可她只是将眼睛移动了一下。

山峰往前走了一步，问："你为什么不哭。"

她这时才动弹了一下，抬起头疲倦地望着山峰的头发。

山峰继续说："哭吧，我现在想听你哭。"

两颗眼泪于是从她那空洞的眼睛里滴了出来，迟缓而下。

"很好。"山峰说，"最好再来点声音。"

但她只是无声地流泪。

这时山峰终于爆发了，他一把揪住妻子的头发吼道："为什么不哭得响亮一点。"

她的眼泪骤然而止，她害怕地望着丈夫。

"告诉我，是谁把他抱出去的？"山峰再一次吼叫起来。

她茫然地摇摇头。

"难道是孩子自己走出去的？"

她这次没有摇头，但也没有点头。

"你什么都不知道，是吗？"山峰不再吼叫，而是咬牙切齿地问。

她想了很久才点点头。

"这么说你回家时孩子已经躺在那里了？"

她又点点头。

"所以你就跑出来找我？"

她的眼泪这时又淌了下来。

山峰咆哮了："你当时为什么不把他抱到医院去，你就成心让他死去。"

她慌乱地摇起了头，她看着丈夫的拳头挥了起来，瞬间之后脸上挨了重重的一拳。她倒在了床上。

山峰俯身抓住她的头发把她提起来，接着又往她脸上揍去一拳。这一拳将她打在地上，但她仍然无声无息。

山峰把她再拉起来，她被拉起来后双手护住了脸。可山峰却是对准她的乳房揍去，这一拳使她感到天昏地暗，她窒息般地呜咽了一声后倒了下去。

当山峰再去拉起她的时候感到特别沉重，她的身体就像掉入水中一样直往下沉。于是山峰就屈起膝盖顶住她的腹部，让她贴在墙上，然后抓住她的头发狠命地往墙上撞了三下。山峰吼道："为什么死的不是你。"吼毕才松开手，她的身体便贴着墙壁滑了下去。

随后山峰打开房门走到了外间。那时候山岗已经吃完了午饭，但他仍坐在那里。他的妻子正将碗筷收去，留下的两双是给山峰他们的。山岗看到山峰杀气腾腾地走了出来，走到母亲身旁。

此刻母亲仍端坐在那里喋喋不休地抱怨着她看到血了。那一碗米饭纹丝未动。

山峰问母亲："是谁把我儿子抱出去的？"

母亲抬起头来看看儿子，愁眉苦脸地说："我看到血了。"

"我问你。"山峰叫道，"是谁把我儿子抱出去的？"

母亲仍然没对儿子的问话感兴趣，但她希望儿子对她看到血感兴趣，她希望儿子来关心一下她的胃口。所以她再次说："我看到血了。"

然而山峰却抓住了母亲的肩膀摇了起来："是谁？"

坐在一旁的山岗这时开口了，他平静地说："别这样。"

山峰放开了母亲的肩膀，他转身朝山岗吼道："我儿子死啦！"

山岗听后心里一怔，于是他就不再说什么。

山峰重新转回身去问母亲："是谁？"

这时母亲眼泪汪汪地嘟哝起来："你把我的骨头都摇断了。"她对山岗说："你来听听，我身体里全是骨头断的声音。"

山岗点点头，说："我听到了。"但他坐着没动。

山峰几乎是最后一次吼叫了："是谁把我儿子抱出去的？"

此时坐在塑料小凳上的皮皮用比山峰还要响亮的声音回答："我抱的。"当山峰第一次这样问母亲时，皮皮没去关心。后来山峰的神态吸引了他，他有些费力地听着山峰的吼叫，刚一听懂他就迫不及待地叫了起来，然后他非常得意地望望父亲。

于是山峰立刻放开母亲，他朝皮皮走去。他凶猛的模样使山岗站了起来。

皮皮依旧坐在小凳上，他感到山峰那双血红的眼睛很有趣。

山峰在山岗面前站住，他叫道："你让开。"

山岗十分平静地说："他还是孩子。"

"我不管。"

"但是我要管。"山岗回答，声音仍然很平静。

于是山峰对准山岗的脸狠击一拳，山岗只是歪了一下头却没有倒下。

"别这样。"山岗说。

"你让开。"山峰再次吼道。

"他还是孩子。"山岗又说。

"我不管，我要他偿命。"山峰说完又朝山岗打去一拳，山岗仍是歪一下头。

这情景使老太太惊愕不已，她连声叫着："吓死我了。"然而却坐着未动，因为山峰的拳头离她还有距离。此时山岗的妻子从厨房里跑了出来，她朝山岗叫道："这是怎么了？"

山岗对她说："把孩子带走。"

可是皮皮却不愿意离开，他正兴致勃勃地欣赏着山峰的拳头。父亲没有倒下使他兴高采烈。因此当母亲将他一把拖起来时，他不禁愤怒地大哭了。

213

　　这时山峰转身去打皮皮，山岗伸手挡住了他的拳头，随即又抓住山峰的胳膊，不让他挨近皮皮。

　　山峰就提起膝盖朝山岗腹部顶去，这一下使山岗疼弯了腰，他不由呻吟了几下。但他仍抓住山峰的胳膊，直到看着妻子把孩子带入卧室关上门后，才松开手，然后挪几步坐在了凳子上。

　　山峰朝那扇门狠命地踢了起来，同时吼着："把他交出来。"

　　山岗看着山峰疯狂地踢门，同时听着妻子在里面叫他的名字，还有孩子的哭声。他坐着没有动。他感到身旁的母亲正站起来离开，母亲嘟嘟哝哝像是嘴里塞着棉花。

　　山峰狠命地踢了一阵后才收住脚，接着他又朝门看了很久，然后才转过身来，他朝山岗看了一眼，走过去也在凳子上坐下，他的眼睛继续望着那扇门，目光像是钉在那上面，山岗坐在那里一直看着他。

　　后来，山岗感到山峰的呼吸声平静下来了，于是他站起身，朝卧室的门走去。他感到山峰的目光将自己的身体穿透了。他在门上敲了几下，说："是我，开门吧。"同时听着山峰是否站了起来，山峰坐在那里没有声息。他放心了，继续敲门。

　　门战战兢兢地打开了，他看到妻子不安的脸。他对她轻轻说："没事了。"但她还是迅速地将门关上。

　　她仰起头看着他，说："他把你打成这样。"

　　山岗轻轻一笑，他说："过几天就没事了。"

　　说着山岗走到泪汪汪的儿子身旁，用手摸他的脑袋，对他说："别哭。"接着他走到衣柜的镜子旁，他看到一个脸部肿胀的陌生人。他回头问妻子："这人是我吗？"

　　妻子没有回答，她正怔怔地望着他。

　　他对她说："把所有的存折都拿出来。"

　　她迟疑了一下后就照他的话去办了。

　　他继续逗留在镜子旁。他发现额头完整无损，下巴也是原来的，而其余的都已经背叛他了。

　　这时妻子将存折递了过去，他接过来后问："多少钱？"

　　"三千元。"她回答。

　　"就这么多？"他怀疑地问。

　　"可我们总该留一点。"她申辩道。

　　"全部拿出来。"他坚定地说。

　　她只得将另外两千元递过去，山岗拿着存折走到了外间。

　　此刻山峰仍然坐在原处，山岗打开门走出来时，山峰的目光便离开了门而钉在山岗的腹部，现在山岗向他走来，目光就开始缩短。山岗在他面前站住，目光就上升到了山岗的胸膛。他看到山岗的手正在伸过来，手中捏着十多张存折。

"这里是五千元。"山岗说，"这事就这样结束吧。"

"不行。"山峰斩钉截铁地回答，他的嗓音沙哑了。

"我所有的钱都在这里了。"山岗又说。

"你滚开。"山峰说。因为山岗的胸膛挡住了他的视线，他没法看到那扇门。

山岗在他身旁默默地站了很久，他一直看着山峰的脸，他看到那脸上有一种傻乎乎的神色。然后他才转过身，重新走回卧室。他把存折放在妻子手中。

"他不要？"她惊讶地问。

他没有回答，而是走到儿子身旁，用手拍拍他的脑袋说："跟我来。"

孩子看了看母亲后就站了起来，他问父亲："到哪里去？"

这时她明白了，她挡住山岗，她说："不能这样，他会打死他的。"

山岗用手推开她，另一只手拉着儿子往外走去，他听到她在后面说："我求你了。"

山岗走到了山峰面前，他把儿子推上去说："把他交给你了。"

山峰抬起头来看了一下皮皮和山岗，他似乎想站起来，可身体只是动了一下。然后他的目光转了个弯，看到屋外院子里去了。于是他看到了那一摊血。血在阳光下显得有些耀眼。他发现那一摊血在发出光亮，像阳光一样的光亮。

皮皮站在那里显然是兴味索然，他仰起头来看看父亲，父亲脸上没有表情，和山峰一样。于是他就东张西望，他看到母亲不知什么时候起也站在他身后了。

山峰这时候站了起来，他对山岗说："我要他把那摊血舔干净。"

"以后呢？"山岗问。

山峰犹豫了一下才说："以后就算了。"

"好吧。"山岗点点头。

这时孩子的母亲对山峰说："让我舔吧，他还不懂事。"

山峰没有答理，他拉着孩子往外走。于是她也跟了出去。山岗迟疑了一下后走回了卧室，但他只走到卧室的窗前。

山岗看到妻子一走近那摊血迹就俯下身去舔了，妻子的模样十分贪婪。山岗看到山峰朝妻子的臀部蹬去一脚，妻子摔向一旁然后跪起来拼命地呕吐了，她喉咙里发出了那种令人毛骨悚然的声音。接着他看到山峰把皮皮的头按了下去，皮皮便趴在了地上。他听到山峰用一种近似妻子呕吐的声音说："舔。"

皮皮趴在那里，望着这摊在阳光下亮晶晶的血，使他想起某一种鲜艳的果浆。他伸出舌头试探地舔了一下，于是一种崭新的滋味油然而生。接下去他就放心去舔了，他感到水泥上的血很粗糙，不一会舌头发麻了，随后舌尖上出现了几丝流动的血，这血使他觉得更可口，但他不知道那是自己的血。

215

山岗这时看到弟媳伤痕累累地出现了，她嘴里叫着"咬死你"扑向了皮皮。与此同时山峰飞起一脚踢进了皮皮的胯里。皮皮的身体腾空而起，随即脑袋朝下撞在了水泥地上，发出一声沉重的声音。他看到儿子挣扎了几下后就舒展四肢瘫痪似的不再动了。

三

那时候老太太听到"咕咚"一声，这声音使她大吃一惊。声音是从腹部钻出来的。仿佛已经憋了很久总算散发出来，声音里充满了怨气。她马上断定那是肠子在腐烂，而且这种腐烂似乎已经由来已久。紧接着她接连听到了两声"咕咚"，这次她听得更为清楚，她觉得这是冒出气泡来的声音。由此看来，肠子已经彻底腐烂了。她想象不出腐烂以后的颜色，但她却能揣摩出它们的形态。是很稠的液体在里面蠕动时冒出的气泡。接下去她甚至嗅到了腐烂的那种气息，这种气息正是从她口中溢出。不久之后她感到整个房间已经充满了这种腐烂气息，仿佛连房屋也在腐烂了。所以她才知道为什么不想吃东西。

她试着站起来，于是马上感到腹内的腐烂物往下沉去，她感到往大腿里沉了。她觉得吃东西实在是一桩危险的事情，因为她的腹腔不是一个无底洞。有朝一日将身体里全部的空隙填满了以后，那么她的身体就会胀破。那时候，她会像一颗炸弹似的爆炸了。她的皮肉被炸到墙壁上以后就像标语一样贴在上面，而她的已经断得差不多了的骨头则像一堆乱柴堆在地上。

她的脑袋可以想象如皮球一样在地上滚了起来，滚到墙角后就搁在那里不再动了。

所以她又眼泪汪汪了，她感到眼泪里也在散发着腐烂气息，而眼泪从脸颊上滚下去时，也比往常重得多。她朝门口走去时感到身体重得像沙袋。这时她看到山岗抱着皮皮走进来，山岗抱着皮皮就像抱着玩具，山岗没有走到她面前，他转弯进了自己的卧室。在山岗转弯的一瞬间，她看到了皮皮脑袋上的血迹，这是她这一天里第二次看到血迹，这次血迹没有上次那么明亮，这次血迹很阴沉。她现在感到自己要呕吐了。

山岗看着儿子像一块布一样飞起来，然后迅速地摔在了地上。接下去他什么也看不到了，他只觉得眼前杂草丛生，除此以外还有一口绿得发亮的井。

那时候山岗的妻子已经抬起头来了。她没看到儿子被山峰一脚踢起的情景，但是那一刻里她那痉挛的胃一下子舒展了。而她抬起头来所看到的，正是儿子挣扎后四肢舒展开来，像她的胃一样，这情景使她迷惑不解，她望着儿子发怔。儿子头部的血这时候慢慢流出来了，那血看去像红墨水。

然后她失声大叫一声："山岗。"同时转回身去，对着站在窗前的丈夫又叫了一声。可山岗一动不动，他眯着眼睛仿佛已经睡去。于是她重新转回身，对站在那里也一动不动的山峰说："我丈夫吓傻了。"然后她又对儿子说："你父亲吓傻了。"接着她自言自语："我该怎么办呢？"

杂草和井是在这时消失的，刚才的情景复又出现，山岗再一次看到儿子如一块布飘起来和掉下去。然后他看到妻子正站在那里望着自己，他心想："干吗这样望着我。"他看到山峰在东张西望，看到他后就若无其事地走来了，他那伤痕累累的妻子跟在后面，儿子没有爬起来，还躺在地上。他觉得应该去看一下儿子，于是他就走了出去。

山峰往屋中走去时，感到妻子跟在后面的脚步声让他心烦意乱，所以他就回头对她说："别跟着我。"然后他在门口和山岗相遇，他看到山岗向他微笑了一下，山岗的微笑捉摸不透。山岗从他身旁擦过，像是一股风闪过。他发现妻子还在身后，于是他就吼叫起来："别跟着我。"

山岗一直走到妻子面前，妻子怔怔地对他说："你吓傻了。"

他摇摇头说："没有。"然后他走到儿子身旁，他俯下身去，发现儿子的头部正在流血，他就用手指按住伤口，可是血依旧在流，从他手指上淌过，他摇摇头，心想没办法了。接着他伸开手掌挨近儿子的嘴，感觉到一点微微的气息，但是这气息正在减弱下去。不久之后就没了。他就移开手去找儿子的脉搏，没有找到。这时他看到有几只蚂蚁正朝这里爬来，他对蚂蚁不感兴趣。所以他站起，对妻子说："已经死了。"

妻子听后点点头，她说："我知道了。"随后她问："怎么办呢？"

"把他葬了吧。"山岗说。

妻子望望还站在屋门口的山峰，对山岗说："就这样？"

"还有什么？"山岗问。他感到山峰正望着自己，便朝山峰望去，但这时山峰已经转身走进去了。于是山岗像是想起来什么似的返身走到儿子身旁，把儿子抱了起来，他感到儿子很沉。然后他朝屋内走去。

他走进门后看到母亲从卧室走出来，他听到母亲说了一句什么话，但这时他已走入自己的卧室。他把儿子放在床上，又拉过来一条毯子盖上去。然后他转身对走进来的妻子说："你看，他睡着了。"

妻子这时又问："就这样算了？"

他莫名其妙地望着她，仿佛没明白妻子的话。

"你被吓傻了。"妻子说。

"没有。"他说。

"你是胆小鬼。"妻子又说。

"不是。"他继续争辩。

"那么你就出去。"

"上哪去？"

"去找山峰算帐。"妻子咬牙切齿地说。他微微笑了起来，走到妻子身旁，拍拍她的肩膀说："你别生气。"

妻子则是冷冷一笑，她说："我没生气，我只是要你去找他。"

这时山峰出现在门口，山峰说："不用找了。"他手里拿着两把菜刀。他对山岗说："现在轮到我们了。"说着将一把菜刀递了过去。

山岗没去接，他只是望着山峰的脸，他感到山峰的脸色异常苍白。他就说："你的脸色太差了。"

"别说废话。"山峰说。

山岗看到妻子走上去接过了菜刀，然后又看到妻子把菜刀递过来。他就将双手插入裤袋，他说："我不需要。"

"你是胆小鬼。"妻子说。

"我不是。"

"那你就拿住菜刀。"

"我不需要。"

妻子朝他的脸看了很久，接着点点头表示知道了。她将菜刀送回山峰手中。"你听着。"她对他说，"我宁愿你死去，也不愿看你这样活着。"

他摇摇头，表示无可奈何。他又对山峰说："你的脸色太差了。"

山峰不再站下去，而是转身走进了厨房。从厨房里出来时他手里已没有菜刀。他朝站在墙角惊恐万分的妻子说："我们吃饭吧。"然后走到桌旁坐了下来。他妻子也走了过去。

山峰坐下来后没有立刻吃饭，他的眼睛仍然看着山岗。他看到山岗右手伸进口袋里摸着什么，那模样像是在找钥匙。然后山岗转身朝外面走去了。于是他开始吃饭。他将饭菜送入嘴中咀嚼时感到如同咀嚼泥土，而坐在身旁的妻子还在微微颤抖。所以他非常恼火，他说："抖什么。"说毕将那口饭咽了下去。然后他扭头对纹丝不动的妻子说："干嘛不吃？"

"我不想吃。"妻子回答。

"不吃你就走开。"他越发恼火了。同时他又往嘴中送了一口饭。他听到妻子站起来走进了卧室，然后在一把椅子上坐了下来，是靠近墙角的一把椅子。于是他又咀嚼起来，这次使他感到恶心。但他还是将这口饭咽了下去。

他不再吃了，他已经吃得气喘吁吁了，额头的汗水也往下淌。他用手擦去汗珠，感到汗珠像冰粒。这时他看到山岗的妻子从卧室里走了出来。她在门口阴森森地站了一会后，朝他走来了。她走来时的模样使他感到像是飘出来的。她一直飘到他对面，然后又飘下去坐在了凳子上。接着用一种像身体一样飘动的目光看着他。这目光使他感到不堪忍受，于是他就对她说："你滚开。"

她将胳膊肘搁在桌上，双手托住下巴仔细地将他观瞧。

"你给我滚开！"他吼了起来。

可是她却像是凝固了一般没有动。

于是他便将桌上所有的碗都摔在了地上，然后又站起来抓住凳子往地上狠狠摔去。

待这一阵杂响过去后，她轻轻说："你为何不一脚踢死我。"

这使他暴跳如雷了。他走到她眼前，举起拳头对她叫道："你想找死！"

山岗这时候回来了。他带了一大包东西回来，后面还跟着一条黄色的小狗。

看到山岗走了进来，山峰便收回拳头，他对山岗说："你让她滚开。"

山岗将东西放在了桌上，然后走到妻子身旁对她说："你回卧室去吧。"

她抬起头来，很奇怪地问："你为什么不揍他一拳？"

山岗将她扶起来，说："你应该去休息了。"

她开始朝卧室走去，走到门口她又站住了脚，回头对山岗说："你起码也得揍他一拳。"

山岗没有说话，他将桌上的东西打了开来，是一包肉骨头。这时他又听到妻子在说："你应该揍他一拳。"随后，他感到妻子已经进屋去了。

此刻山峰在另一只凳子上坐了下来，他往地上指了指，对山岗说："你收拾一下。"

山岗点点头，说："等一下吧。"

"我要你马上就收拾。"山峰怒气冲冲地说。

于是山岗就走进厨房，拿出簸箕和扫帚将地上的碎碗片收拾干净，又将散架了的凳子也从地上捡起。一起拿到院子里。当他走进来时，山峰指着那条此刻正在屋中转悠的狗问山岗："哪来的？"

"在街上碰上的。它一直跟着我，就跟到这里来了。"山岗说。

"把它赶出去。"山峰说。

"好吧。"山岗说着走到那条小狗近旁，俯下身把小狗招呼过来，一把抱起它后山岗就走入了卧室。他出来时随手将门关紧。然后问山峰："还有什么事吗？"

山峰没理睬他，也不再坐在那里，他站起来走入了自己的卧室。

那时妻子仍然坐在墙角，她的目光在摇篮里。她儿子仰躺在里面，无声无息像是睡去了一样。她的眼睛看着儿子的腹部，她感到儿子的腹部正在一起一伏，所以她觉得儿子正在呼吸。这时她听到了丈夫的脚步声。于是她就抬起了头。不知为何她的身体也站了起来。

"你站起来干什么？"山峰说着也往摇篮里看了一眼，儿子舒展四肢的形象让他感到有些张牙舞爪。因此他有些恶心，便往床上躺了下去。

这时他妻子又坐了下去。山峰感到很疲倦，他躺在床上将目光投到窗外。他觉得窗外的景色乱七八糟，同时又什么都没有。所以他就将目光收回，在屋内瞟来瞟去。于是他发现妻子还坐在墙角，仿佛已经坐了多年。这使他感到厌烦，他便坐起来说："你干吗总坐在那里？"

她吃惊地望着他，似乎不知道他刚才在说些什么。

他又说："你别坐在那里。"

219

她立刻站了起来，而站起来后该怎么办，她却没法知道。

于是他恼火了，他朝她吼道："你他妈的别坐在那里。"

她马上离开墙角，走到另一端的衣架旁。那里也有一把椅子，但她不敢坐下去。她小心翼翼地看看丈夫，丈夫没朝她看。这时山峰已经躺下了，而且似乎还闭上了眼睛。她犹豫了一下，才十分谨慎地坐了下去。可这时山峰又开口了，山峰说："你别看着我。"

她立刻将目光移开，她的目光在屋内颤抖不已，因为她担心稍不留心目光就会滑到床上去。后来她将目光固定在大衣柜的镜子上。因为角度关系，那镜子此刻看去像一条亮闪闪的光芒。她不敢去看摇篮，她怕目光会跳跃一下进入床里。可是随即她又听到了那个怒气冲冲的声音："别看着我。"

她霍地站起，这次她不再迟疑或者犹豫。因为她看到了那扇门，于是她就从那里走了出去。她来到外间时，看到山岗走进他们卧室的背影。那背影很结实，可只在门口一闪就消失了。她四下望了望，然后朝院子里走去。院子里的阳光使她头晕目眩。她觉得自己快站不住了，便在门前的台阶上坐下去。然后看起了那两摊血迹。她发现血迹在阳光下显得特别鲜艳，而且仿佛还在流动。

山岗没有洗那些肉骨头，他将它们放入了锅子以后，也不放作料就拿进厨房，往里面加了一点水后便放在煤气灶上烧起来。随后他从厨房走出来，走进了自己的卧室。

妻子正坐在床沿，坐在他儿子身旁，但她没看着儿子。她的目光和山岗刚才一样也在窗外。窗外有树叶，她的目光在某一片树叶上。

他走到床前，儿子的头朝右侧去，创口隐约可见。儿子已经不流血了，枕巾上只有一小摊血迹，那血迹像是印在上面的某种图案。他那么看了一会后，走过去把儿子的头摇向右侧，这样创口便隐蔽起来，那图案也隐蔽了起来，图案使他感到有些可惜。

那条小狗从床底下钻出来，跑到他脚上，玩弄起了他的裤管。他这时眼睛也看到窗外去，看着一片树叶，但不是妻子望着的那片树叶。"你为什么不揍他一拳。"他听到妻子这样说。妻子的声音像树叶一样在他近旁摇晃。

"我只要你揍他一拳。"她又说。

四

老太太将门锁上以后，就小心翼翼地重新爬到床上去。她将棉被压在枕头下面，这样她躺下去时上身就抬了起来。她这样做是为了提防腹内腐烂的肠子侵犯到胸口。她决定不再吃东西了，因为这样做实在太危险。她很明白自己体内已经没有多少空隙了。为了不使那腐烂的肠子像水一样在她体内涌来涌去，她躺下以后就不再动弹。现在她感到一点声音都没有，她对此很满意。她不再忧心忡忡，相反她因为自己的高明而很得意。她一直看着屋顶上的光线，从上午到傍晚，她看着光线如何扩张和如何收缩。现在对她来说只有光线还活着，别的全都死了。

翌日清晨，山峰从睡梦中醒来时感到头疼难忍，这疼痛使他觉得胸袋都要裂开了。所以他就坐起来，坐起来后疼痛似乎减轻了一些，但脑袋仍处在胀裂的危险中，他没法大意。于是他就下了床，走到五斗柜旁，从最上面的抽屉里找出一根白色的布条，然后绑在了脑袋上，他觉得安全多了。因此他就开始穿衣服。

穿衣服的时候，他看到了袖管上的黑纱，他便想起昨天下午山岗拿着黑纱走进门来。那时他还躺在床上。尽管头疼难忍，但他还是记得山岗很亲切地替他戴上了黑纱。他还记得自己当时怒气冲冲地向山岗吼叫，至于吼叫的内容他此刻已经忘了。再后来，山岗出去借了一辆劳动车，劳动车就停在院门外面。山岗抱着皮皮走出去他没看到，他只看到山岗走进来将他儿子从摇篮里抱了出去。他是在那个时候跟着出去的。然后他就跟着劳动车走了，他记得嫂嫂和妻子也跟着劳动车走了。那时候他刚刚感到头疼。他记得自己一路骂骂咧咧，但骂的都是阳光，那阳光都快使他站不住了。他在那条路上走了过去，又走了回来。路上似乎碰到很多熟人，但他一个都没有认真认出来。他们奇怪地围了上来，他们的说话声让他感到是一群麻雀在喳喳叫唤。他看到山岗在回答他们的问话。山岗那时候好像若无其事，但山岗那时候又很严肃。他们回来时已是傍晚。那时候那两个孩子已经放进两只骨灰盒里了。他记得他很远就看到那个高耸入云的烟囱。然后走了很久，走过了一座桥，又走入了一个很大的院子，院子里满是青松翠柏。那时候刚好有一大群人哭哭啼啼走出来，他们哭哭啼啼走出来使他感到恶心。然后他站在一个大厅里了，大厅里只有他们四个人。因为只有四个人，所以那厅特别大，大得有点像广场。他在那里站了很久后，才听到一种非常熟悉的音乐，这音乐使他非常想睡觉。音乐过去之后他又不想睡了，这时山岗转过身来脸对着他，山岗说了几句话，他听懂了山岗的话，山岗是在说那两个孩子的事，他听到山岗在说："由于两桩不幸的事故。"他心里觉得很滑稽。很久以后，那时候天色已经黑下来了，他才回到现在的位置上。他在床上躺了下来，闭上眼睛以后觉得有很多蜜蜂飞到脑袋里来嗡嗡乱叫，而且整整叫了一个晚上。直到刚才醒来时才算消失，可他感到头痛难忍了。

现在他已经穿好了衣服，他正站到地上去时，看到山岗走了进来，于是他就重新坐在床上。他看到山岗亲切地朝自己微笑，山岗拖过来一把椅子也坐下，山岗和他挨得很近。

山岗起床以后先是走到厨房里。那时候两个女人已在里面忙早饭了。她们像往常一样默不作声，仿佛什么也没发生，或者说发生的一切已经十分遥远，远得已经走出了她们的记忆。山岗走进厨房是要揭开那锅盖，揭以后他看到昨天的肉骨头已经烧糊了，一股香味洋溢而出。然后山岗满意地走出了厨房，那条小狗一直跟着他。昨天锅子里挣扎出来的香味使它叫个不停，它的叫声使山岗心里很踏实。现在它紧随在山岗后面，这又使山岗很放心。

山岗从厨房里出来以后就在餐桌旁坐了下来，他把狗放在膝盖上，对它说："待会儿就得请你帮忙了。"然后他眯起眼睛看着窗外，他在想是不是先让山峰吃了早饭。那条小狗在山岗腿上很安静。他那么想了一阵以后决定不让山峰吃早饭了。"早饭有什么意思。"他在心里对自己说。于是他就站起来，把狗放在地上，朝山峰的卧室走去，那条狗又跟在了后面。

山峰卧室的门虚掩着，山岗就推门而入，狗也跟了进去。他看到山峰神色疲倦地站在床前，头上绑着一根白布条。山峰看到他进来后就一屁股坐在了床上，那身体像是掉下去似的。山岗就拉过去一把椅子也坐下。在刚才推门而入的一瞬间，山岗就预感到接下去所有的一切都会非常顺利。那时他心里这样想："山峰完全垮了。"

他对山峰说："我把儿子交给你了，现在你拿谁来还？"

山峰怔怔地望了他很久，然后皱起眉头问："你的意思是？"

"很简单。"山岗说："把你妻子交给我。"

山峰这时想到自己儿子已死了，又想到皮皮也死了。他感到这两次死中间有某种东西。这种东西是什么他实在难以弄清，他实在太疲倦了。但是他知道这种东西联系着两个孩子的死去。

所以山峰说："可是我的儿子也死了。"

"那是另一桩事。"山岗果断地说。

山峰糊涂了。他觉得儿子的死似乎是属于另一桩事，似乎是与皮皮的死无关。而皮皮，他想起来了，是他一脚踢死的。可他为何要这样做？这又使他一时无法弄清。他不愿再这样想下去，这样想下去只会使他更加头晕目眩。他觉得山岗刚才说过一句什么话，他便问："你刚才说什么？"

"把你妻子交给我。"山岗回答。

山峰疲倦地将头靠在床栏上，他问："你怎样处置她？"

"我想把她绑在那棵树下。"山岗用手指了指窗外那棵树，"就绑一小时。"

山峰扭回头去看了一下，他感到树叶在阳光里闪闪发亮，使他受不了。他立刻扭回头来，又问山岗："以后呢？"

"没有以后了。"山岗说。

山峰说："好吧。"他想点点头，可没力气。接着他又补充道："还是绑我吧。"

山岗轻轻一笑，他知道结果会是这样，他问山峰："是不是先吃了早饭？"

"不想吃。"山峰说。

"那么就抓紧时间。"山岗说着站了起来。山峰也跟着站起来，他站起来时感到身体沉重得像是里面灌满了泥沙。他对山岗说："我觉得自己快要死了。"山岗回过头来说："你说得很有道理。"

两人走出房间后，山岗就走进了自己的卧室，他出来时手里拿着两根麻绳，他递给山峰，同时问："你觉得合适吗？"

山峰接过来后觉得麻绳很重，他就说："好像太重了。"

"绑在你身上就不会重了。"山岗说。

"也许是吧。"现在山峰能够点点头了。

然后两人走到了院子里，院子里的阳光太灿烂，山峰觉得天旋地转。他对山岗说："我站不住了。"

山岗朝前面那棵树一指说："你就坐到树阴下面去。"

"可是我觉得太远。"山峰说。

"很近。才两三米远。"山岗说着扶住山峰，将他扶到树阴下。然后将山峰的身体往下一压，山峰便倒了下去。山峰倒下去后身体刚好靠在树干上。

"现在舒服多了。"他说。

"等一下你会更舒服。"

"是吗？"山峰吃力地仰起脑袋看着山岗。

"等一下你会哈哈乱笑。"山岗说。

山峰疲倦地笑了笑，他说："就让我坐着吧。"

"当然可以。"山岗回答。

接着山峰感到一根麻绳从他胸口绕了过去，然后是紧紧将他贴在树干上，他觉得呼吸都困难起来，他说："太紧了。"

"你马上就会习惯的。"山岗说着将他上身捆绑完毕。

山峰觉得自己被什么包了起来。他对山岗说："我好像穿了很多衣服。"

这时山岗已经进屋了。不一会他拿着一块木板和那只锅子出来，又来到了山峰身旁。那条小狗也跟了出来，在山峰身旁绕来绕去。

山峰对他说："你摸摸我的额头。"

山岗便伸手摸了一下。

"很烫吧。"山峰问。

"是的。"山岗回答，"有四十度。"

"肯定有。"山峰吃力地表示同意。

这时山岗蹲下身去，将木块垫在山峰双腿下面，然后用另一根麻绳将木板和山峰的腿一起绑了起来。

"你在干什么？"山峰问。

"给你按摩。"山岗回答。

山峰就说："你应该在太阳穴上按摩。"

"可以。"此刻山岗已将他的双腿捆结实了，便站起来用两个拇指在山峰太阳穴上按摩了几下，他问："怎么样？"

"舒服多了，再来几下吧。"

山岗就往前站了站，接下去他开始认认真真替山峰按摩了。

山峰感到山岗的拇指在他太阳穴上有趣地扭动着，他觉得很愉快，这时他看到前面水泥地上有两摊红红的什么东西。他问山岗："那是什么？"

山岗回答："是皮皮的血迹。"

"那另一摊呢？"他似乎想起来其中一摊血迹不是皮皮的。

"也是皮皮的。"山岗说。

他觉得自己也许弄错了，所以他不再说话。过了一会他又说："山岗，你知道吗？"

"知道什么？"

"其实昨天我很害怕，踢死皮皮以后我就很害怕了。"

"你不会害怕的。"山岗说。

"不。"山峰摇摇头，"我很害怕，最害怕的时候是递给你菜刀。"

山岗停止了按摩，用手亲切地拍拍他的脸说："你不会害怕的。"

山峰听后微微笑了起来，他说："你不肯相信我。"

这时山岗已经蹲下身去脱山峰的袜子。

"你在干什么？"山峰问他。

"替你脱袜子。"山岗回答。

"干嘛要脱袜子？"

这次山岗没有回答。他将山峰的袜子脱掉后，就揭开锅盖，往山峰脚底心上涂烧烂了的肉骨头了。那条小狗此刻闻到香味马上跑了过来。

"你在涂些什么？"山峰又问。

"清凉油。"山岗说。

"又错了。"山峰笑笑说，"你应该涂在太阳穴上。"

"好吧。"山岗用手将小狗推开，然后伸进锅子里抓了两把像扔烂泥似的扔到山峰两侧的太阳穴上。接着又盖上了锅盖，山峰的脸便花里胡哨了。

"你现在像个花花公子。"山岗说。

山峰感到什么东西正缓慢地在脸上流淌。"好像不是清凉油。"他说，接着他伸伸腿，可是和木板绑在一起的腿没法弯曲。

他就说："我实在太累了。"

"你睡一下吧。"山岗说，"现在是七点半，到八点半我就放开你。"

这时候那两个女人几乎同时出现在门口。山岗看到她们怔怔地站着。接着他听到一声令人毛骨悚然的嗷叫，他看到弟媳扑了上来，他的衣服被扯住了。他听到她在喊叫："你要干什么？"于是他说："与你无关。"

她愣了一下，接着又叫："你放开他。"

山岗轻轻一笑，他说："那你得先放开我。"当她松开手以后，他就用力一推，将她推到一旁摔倒在地了。然后山岗朝妻子看去，妻子仍然站在那里，他就朝她笑了笑，于是他看到妻子也朝自己笑了笑。当他扭回头来时，那条小狗已向山峰的脚走去了。

山峰看到妻子从屋内扑了出来，他看到她身上像是装满电灯似地闪闪发亮，同时又像一条船似的摇摇晃晃。他似乎听到她在喊叫些什么，然后又看到山岗用手将她推倒在地。妻子摔倒时的模样很滑稽。接着他觉得脖子有些酸就微微扭回头来，于是他又看到刚才见过的那两摊血了。他看到两摊血相隔不远，都在阳光下闪闪烁烁，他们中间几滴血从各自的地方跑了出来，跑到一起了。这时候想起来了，他想起来另一摊血不是皮皮的，是他儿子的。他还想起来是皮皮将他儿子摔死的。于是他为何踢死皮皮的答案也找到了。他发现山岗是在欺骗他，所以他就对山岗叫了起来："你放开我！"可是山岗没有声音，他就再叫："你放开我。"

然而这时一股奇异的感觉从脚底慢慢升起，又往上面爬了过来，越爬越快，不一会就爬到胸口。他第三次喊叫还没出来，他就由不得自己将脑袋一缩，然后拼命地笑了起来。他要缩回腿，可腿没法弯曲，于是他只得将双腿上下摆动。身体尽管乱扭起来可一点也没有动。他的脑袋此刻摇得令人眼花缭乱。山峰的笑声像是两张铝片刮出来一样。

山岗这时的神色令人愉快，他对山峰说："你可真高兴啊。"随后他回头对妻子说："高兴得都有点让我妒忌了。"妻子没有望着他，她的眼睛正望着那条狗，小狗贪婪地用舌头舔着山峰赤裸的脚底。他发现妻子的神色和狗一样贪婪。接着他又去看弟媳，弟媳还坐在地上，她已经被山峰古怪的笑声弄糊涂了。她呆呆地望着狂笑的山峰，她因为莫名其妙都有点神志不清了。

现在山峰已经没有力气摆动双腿和摇晃脑袋了，他所有的力气都用在了脖子上，他脖子拉直了哈哈乱笑。狗舔脚底的奇痒使他笑得连呼吸的空隙都快没有了。

山岗一直亲切地看着他，现在山岗这样问他："什么事这么高兴？"

山峰回答他的是笑声，现在山峰的笑声里出现了打嗝。所以那笑声像一口一口从嘴中抖出来似的，每抖一口他都微微吸进一点氧气。那打嗝的声音有点像在操场里发生的哨子声，节奏鲜明嘹亮。

山岗于是又对站在门口的妻子说："这么高兴的人我从来没有见过。"而他妻子依然贪婪地看着小狗。他继续："你高兴得连呼吸都不需要了。"然后他俯下身去问山峰："什么事这么高兴？"此刻的笑声不再节奏鲜明，开始杂乱无章了。他就挺起身对弟媳说："他不肯告诉我。"山峰的妻子仍坐在地上，她脸上的神色让人感到她在远处。

这时候那条小狗缩回了舌头，它弓起身体抖了几下。然后似乎是心安理得地坐了下来。它的眼睛一会儿望望那双脚，一会儿望望山岗。

山岗看到山峰的脑袋耷拉了下去，但山峰仍在呼吸。山岗便说："现在可以告诉我了，什么事这么高兴。"可是山峰没有反应，他在挣扎着呼吸，他似乎奄奄一息了。于是山岗又走到那只锅子旁，揭开盖子往里抓了一把，又涂在山峰的脚底。那条狗立刻扑了上去继续舔了。

山峰这次不再哈哈大笑，他耷拉着脑袋"呜呜"地笑着，那声音像是深更半夜刮进胡同里来的风声。声音越拉越长，都快没有间隙了。然而不久之后山峰的脑袋突然昂起，那笑声像是爆炸似的疯狂地响了起来。这笑声持续了近一分钟，随后戛然而止。山峰的脑袋猛然摔了下去，摔在胸前像是挂在了那里。而那条狗则依然满足地舔着他的脚底。

山岗走上前，伸手托住山峰的下巴，他感到山峰的脑袋特别沉重。他将那脑袋托起来，看到了一张扭曲的脸。他那么看了一会才松开手，于是山峰的脑袋跌落下去，又挂在了胸前。山岗看了看表，才过去四十分钟。于是他转过身，朝屋内走去。他在屋门口站住了脚，他听到妻子这样问他："死了吗？"

"死了。"他答。

进屋后他在餐桌旁坐了下来，早餐像仪仗队似的在桌上迎候他，依旧由米粥油条组成。这时妻子也走了进来。妻子一直看着他，但妻子没在他旁边坐下，也没说什么。她脸上的神色让人觉得什么都没有发生。她走进了卧室。

山岗通过敞开的门，望着坐在地上死去的山峰。山峰的模样像是在打瞌睡。此刻有一条黑黑的影子向山峰爬去，不一会弟媳出现在了他的视线中。他看到她正在山峰旁边站了很久，然后才俯下身去。他想她是在和山峰说话。过了一会他看到她直起身体，随后像不知所措似的东张西望。后来她的目光从门口进来了，一直来到他脸上。她那么看了一会后朝他走来。她一直走到他身旁，她皱着眉头看着他，似乎是在看着一件叫她烦恼的事。而后她才说："你把我丈夫杀了。"

山岗感到她的声音和山峰的笑声一样刺耳，他没有回答。

"你把我丈夫杀害了。"她又说。

"没有。"山岗这次回答了。

"你杀害了我的丈夫。"她咬牙切齿地说道。

"没有，"山岗说，"我只是把他绑上，并没有杀他。"

"是你！"她突然神经质地大叫一声。

山岗继续说："不是我，是那条狗。"

"我要去告你。"她开始流泪了。

"你那是诬告。"山岗说。"而且诬告有罪。"说完他轻轻一笑。

她似乎有些不知所措，她迷惑地望着山岗，很久后她才轻轻说："我要去告你。"然后她转身朝门外走去。

山岗看着她一步一步出去。她在山峰旁边站了一会，然后她抬起手去擦眼睛。山岗心想：她现在哭得像样一点了。接着她就走出了院门。

山岗的妻子这时从卧室走了出来。她手里提着一个塞得鼓鼓的黑包。她将黑包放在桌上，对山岗说："你的换洗衣服和所有的现钱都放在里面了。"

山岗似乎不明白她的意思，他望着她有些发怔。

因此她又说："你该逃走了。"

山岗这才点点头。接着他又看了看手表，八点半还差一分钟。于是他就说："再坐一分钟吧。"说完他继续望着坐在树下的山峰，山峰的模样仍然像是在打瞌睡。同时他感到妻子在他对面坐了下来。

他站起来时没有看表，他只是觉得差不多过去了一分钟。他走到了院子里。那时候那条小狗已将山峰的脚底舔干净了，它正在舔着山峰的太阳穴。山岗走到近旁用脚轻轻踢开小狗，随后蹲下去解开绑在山峰腿上的绳子，接着又解开了绑在他身上的绳子。此后他站起来往外走去。没走几步他听到身后有一声沉重的声响，他回头看到山峰的身体已经倒在了地上。于是他就走回去将山峰扶起来，仍然把他靠在树上。然后他才走出院门。

他走在那条胡同里。胡同里十分阴沉，像是要下雨了。可他抬起头来看到了灿烂的阳光。他觉得很奇怪。他一直往前走，他感到身旁有人在走来走去，那些人像是转得很慢的电扇叶子一样，在他身旁一闪一闪。

在走到那家渔行时，他站住了脚。里面有几个人在抽烟聊天。他对他们说："这腥味受不了。"可是他们谁也没有理睬他，所以他又说了一遍。这次里面有人开口了，那人说："那你还站着干什么？"他听后依旧站着不走开。于是他们都笑了起来。他皱皱眉，又说："这腥味受不了。"说完还是站了一会。然后他感到有些无聊，便继续往前走了。

来到胡同口他开始犹豫不决，他没法决定往哪个方向走。那条大街就躺在眼前，街上乱七八糟。他看到人和自行车以及汽车手扶拖拉机还有手推车挤在一起像是买电影票一样乱哄哄。后来他看到一个鞋匠坐在一根电线杆下面在修鞋，于是他就走了过去。他默默地看了一阵后，就抬起自己脚上的皮鞋问鞋匠那皮质如何。鞋匠只是瞟了一眼就回答："一般。"这个回答显然没使他满意，所以他就告诉鞋匠那可是牛皮，可是鞋匠却告诉他那不是牛皮，不过是打光了的猪皮。这话使他大失所望，因此他便走开了。

他现在正往西走去。他走在人行道上，他对街上的自行车汽车什么的感到害怕。就是走在人行道上他也是小心翼翼，免得被人撞倒在地，像山峰一样再也爬不起来。走了没多久，他走到了一所厕所旁，这时候他想小便了，便走了过去。里面有几个人站在小便池旁正痛痛快快地撒尿，他也挤了过去。将那玩意揪出来对准小便池。他那么站了很久，可他听到的都是别人小便的声音，他不知为何居然尿不出来。他两旁的人在不停地更换着，可他还那么站着。随后他才发现了什么，他对自己说："原来我不是来撒尿的。"然后他就走了出去，依然走在人行道上。但他忘了将那玩意放进去，所以那玩意露在外面，随着他走路的节奏正一颤一颤，十分得意。他一直那么走着。起先居然没人发现。后来走到影剧院旁时，才被几个迎面走来的年青人看到了。他看到前面走来的几个年青人突然像虾一样弯下了腰，接着又像山峰一样哈哈乱笑起来。他从他们中间走过去后，听到他们用一种断断续续又十分滑稽的声音在喊："快来看。"但他没在意，他继续往前走。然而他随即发现所有的人都在顷刻之间变了模样，都前仰后合或者东倒西歪了。一些女人像是遇上强盗一样避得远远的。他心里觉得很滑稽，于是就笑了起来。

他一直那么走着，后来他在一幢尚未竣工的建筑物前站住了脚，他朝这幢建筑物打量了好一阵，接着就走进去。他感到里面很潮湿，但他很满意这个地方。里面有很多房间，都还没有装门。他挨个将这些房间审视一遍，随后决定走入其中一间。那是比较阴暗的一间。他走进去后就找了个角落坐了下来。他将身体靠在墙上，此刻他觉得可以心安理得地休息一下，因为他实在太疲倦。所以他闭上眼睛后马上就睡着了。

三小时以后他被人推醒，他看到几个武警站在他面前，其中一个人对他说："请你把那东西放进去。"

五

一个月以后，山岗被押上了一辆卡车，一伙荷枪的武警像是保护似的站在他周围。他看到四周的人像麻雀一样汇集过来，他们仰起脑袋看着他。而他则低下头去看他们，他感到他们的脸是画出来似的。这时前面那辆警车发出了西北风一样的呼叫后往前开了，可卡车只是放屁似地响了几声竟然不动。那时候山岗心里已经明白。自从他在那幢建筑里被人叫醒后，他就在等着这一刻来到。现在终于来了。于是他就转过脸去对一个武警说："班长，请手脚干净点。"

那武警的眼睛看着前方，没去答理山岗。因此山岗将脸转向另一边，对另一个武警说："班长，求你一枪结束我吧。"这个武警也一样无动于衷。

山岗看到很多自行车像水一样往前面流去了。这时候卡车抖动了几下，然后他感到风呼呼地刮在他的两只耳朵上，而前面密集的自行车井然有序地闪向两旁。路旁伸出来的树叶有几次像巴掌一样打在他脸上。不久之后那一块杂草丛生的绿地出现在了他的视线中，他知道自己马上就要站在这块绿地的中央。和绿地同时出现的是那杂草丛生一般的人群。他还看到一辆救护车，救护车停在绿地附近。公路两旁已经挤满自行车了，自行车在那里东倒西歪。他感到救护车为他而来。他觉得他们也许要一枪把他打个半死之后，再用救护车送他去医院救活他。这样想着的时候，卡车又抖动了一下，他的胸肋狠狠地撞在车栏上，但他居然不疼。随后他感到有人把他接了过去，于是他就转过身来。他看到几个武警跳下了卡车，他也被推着跳了下去。他跳下去跪在了地上，随后又被拖起。他感到自己被簇拥着朝前走去，他觉得自己被五花大绑的上身正在失去知觉。而他的双腿却莫名其妙地在摆动。他似乎看到了很多东西，又似乎眼前什么也没有。在他朝前走去时，他开始神情恍惚起来。不一会他被几只手抓住，他没法往前再走，于是他就站在那里。

他站在那里似乎有些莫名其妙。脚下长长的杂草伸进了他的裤管，于是他有了痒的感觉。他便低下头去看了看，可是他什么都没有看到。他只得把头重新抬起来，脸上出现了滑稽的笑容。慢慢地他开始听到嘈杂的人声，这声音使他发现四周像茅草一样遍地的人群。于是他如梦初醒般重又知道了自己的处境。他知道不一会就要脑袋开花了。

现在他想起来了，想起先前他常来这里。几乎每一次枪毙犯人他都挤在前排观瞧。可是站在这个位置上倒是第一次，所以现在的处境使他感到十分新奇。他用眼睛寻找他以前常站的位置，但是他竟然找不到了。而这时候他又突然想小便，他就对身旁的武警说："班长，我要尿尿了。"

"可以。"武警回答。

"请你替我把那东西拿出来。"他又说。

"就尿在裤子里吧。"武警说。

他感到四周的人在嬉皮笑脸，他不知道他们为何高兴成这样。他微微叉开双腿，开始愁眉苦脸起来。

过了一会武警问："好了没有？"

"尿不出来。"他痛苦地说。

"那就算了。"武警说。

他点点头表示同意。接着他开始朝远处眺望。他的目光从矮个的头上飘了过去，又从高个的耳沿上滑过，然后他看到了那条像静脉一样的柏油公路。这时他感到腿弯里被人蹬了一脚，他双腿一软跪在了地上。他没法看到那条静脉颜色的公路了。

一个武警在他身后举起了自动步枪，举起以后开始瞄准。接着"砰"地响了一声。

山岗的身体随着这一枪竟然翻了个筋斗，然后他惊恐万分地站起来，他朝四周的人问："我死了没有？"

没有人回答他，所有的人都在哈哈大笑，那笑声像雷阵雨一样向他倾泻而来。于是他就惊慌失措哇哇大哭起来，因为他不知道自己是死是活。他的耳朵被打掉了，血正畅流而出。他又问："我死了没有？"

这次有人回答他了，说："你还没死。"

山岗又惊又喜，他拼命地叫道："快送我去医院。"随后他感到腿弯里又挨了一脚，他又跪在了地上。他还没明白过来，第二枪又出现了。

第二枪打进了山岗的后脑勺，这次山岗没翻筋斗，而是脑袋沉重地撞在了地上，脑袋将他的屁股高高支起。他仍然没有死，他的屁股像是受寒似的抖个不停。

那武警上前走了一步，将枪口贴在山岗的脑袋上，打出了第三枪，像是有人往山岗腹部踢了一脚，山岗一翻身仰躺在地了。他被绑着的双手压在下面，他的双腿则弯曲了起来，随后一松也躺在了地上。

六

这天早晨山岗的妻子看到一个人走了进来，这人只有半个脑袋。那时刚刚进入黎明。她记得自己将门锁得很好，可他进来时却让她感到门是敞开的。尽管他只有半个脑袋，但他还是一眼认出他就是山岗。

"我被释放了。"山岗说。

他的声音嗡嗡的，于是她就问："你感冒了？"

"也许是吧。"他回答。

她想起抽屉里有速效感冒胶囊，她就问他是否需要。

他摇摇头，说他没有感冒，他身体很好，只是半个脑袋没有了。

她问他那半个脑袋是不是让一颗子弹打掉的。他回答说记不起来了。然后他就在一把椅子里坐了下来。坐下后他说饿了。要她给一点零钱买早点吃。她就拿了半斤粮票和一元钱给他。他接过钱以后便站起来走了。他走出去时没有随手关门，于是她就去关门，可发现门关得很严实。她并没有感到惊奇，她脱掉衣服上床去睡觉了。

那个时候胡同里响起了单纯的脚步声，是一个人在往胡同口走去。她是在这个时候醒过来的，这时候黎明刚刚来临，她看到房间里正在明亮起来。四周很静，因此她清楚地听着那声音似乎是从她梦里走出去的脚步声。她觉得这脚步声似乎是从她梦里走出去的，然后又走出了这所房子，现在快要走出胡同了。

她开始穿衣服，脚步声是她穿好衣服时消失的。于是她走到窗前，拉开窗帘后阳光便涌现进来，阳光这时候还是鲜红的。不久以后就会变成肝炎那种黄色。她叠好被子后就坐在梳妆台前，她看看镜中自己的脸，她感到索然无味。因此她站起身走出了卧室。在外间她看到山峰的妻子已在那里吃早饭了。于是她就走进厨房准备自己的早饭。她点燃煤气灶后，就站在一旁刷牙洗脸。

五分钟以后，她端着自己的早饭走了出来，在弟媳对面坐下，然后默不作声地吃了起来。那时候弟媳却站起身走入厨房，她吃完了。她听到弟媳在厨房里洗碗时发出很响的声音。不一会弟媳就走出来了，走进了卧室。然后又从卧室里走出，锁上门以后她就往外走了。

她继续吃着早饭，吃得很艰难，她一点胃口也没有。她眼睛便望着窗外那棵树上，那棵树此刻看去像是塑料制成的。她一直看着。后来她想起了什么，她将目光收回来在屋内打量起来。她想起已有很多日子没有见到婆婆了。她的目光停留在婆婆卧室的门上。但是不久之后她就将目光移开，继续又看门外那棵树。

在山峰死去的第六天早晨，老太太也溘然长逝。那天早晨她醒来时感到一阵异样的兴奋。她甚至能够感到那种兴奋如何在她体内流动。而同时她又感到自己的身体正在局部地死去。她明显地觉得脚趾头是最先死去的，然后是整双脚，接着又伸延到腿上。她感到脚的死去像冰雪一样无声无息。死亡在她腹部逗留了片刻，以后就像潮水一样涌过了腰际，涌过腰际后死亡就肆无忌惮地蔓延开来。这时她感到双手离她远去了，脑袋仿佛正被一条小狗一口一口咬去。最后只剩下心脏了，可死亡已经包围了心脏，像是无数蚂蚁似的从四周爬向心脏。她觉得心脏有些痒滋滋的。这时她睁开的眼睛看到有无数光芒透过窗帘向她奔涌过来，她不禁微微一笑，于是这笑容像是相片一样固定了下来。

山峰的妻子显然知道这天早晨发生了一些什么，所以她很早就起床了。现在她已经走出了胡同，她走在大街上。这时候阳光开始黄起来了。她很明白自己该去什么地方。她朝天宁寺走去，因为在天宁寺的旁边就是拘留所。这天早晨山岗被人从里面押出来。

她在街上走着的时候，就听到有人在议论山岗。而且很多人显然和她一样往那里走去。这镇上已有一年多时间没枪毙人了，今天这日子便显得与众不同。

一个月以来，她常去法院询问山岗的案子，她自称是山岗的妻子（尽管一个月前她作为原告的身份是山峰的妻子，但是谁也没有注意到这一点）。直到前天他们才告诉她今天这种结果。她很满意，她告诉他们，她愿将山岗的尸体献给国家。法院的人听了这话并不兴高采烈，但他们表示接受。她知道医生们会兴高采烈的。她在街上走着的时候，脑子里已经开始想象着医生们如何瓜分山岗，因此她的嘴角始终挂着微笑。

七

在这间即将拆除的房屋中央，一只一千瓦的电灯悬挂着。此刻灯亮着，光芒辉煌四射。电灯下面是两张乒乓桌，已经破旧。乒乓桌下面是泥地。几个来自上海和杭州的医生此时站在门口聊天，他们在等着那辆救护车来到。那时候他们就有事可干了。

现在他们显得悠闲自在。在不远处有一口池塘，池塘水面上飘着水草，而池塘四周则杨柳环绕。池塘旁边是一片金黄灿烂的菜花地。在这种地方聊天自然悠闲自在。

救护车此刻在那条泥路上驶来了，车子后面扬起了如帐篷一般的灰尘。救护车一直驰到医生们身旁才停车。于是医生们就转过脸去看了看。车后门打开后，一个人跳了下来，那人跳下来后立刻转身从车内拖出了两条腿，接着身体也出现了。另一个人抓住山岗的两条胳膊也跳下了车。这两人像是提着麻袋一样提着山岗进屋了。

医生们则继续站在门口聊天，他们仿佛对山岗不感兴趣，他们感兴趣的是刚才的话题，刚才的话题是有关物价。进去的两个人这时走了出来。这两人常去镇上医院卖血。现在他们还不能走，他们还有事要干，待会儿他们还要挖个坑把山岗扔进去埋掉。那时的山岗由一些脂肪和肌肉以及头发牙齿这一类医生不要的东西组成。所以他们走到池塘旁坐了下来。他们对今天的差使很满意，因为不久之后他们就会从某一个人手中接过钱来，然后放入自己的口袋。

医生们又在门口站了一会，然后才一个一个走了进去，走到各自带来的大包旁。他们开始换衣服了，换上手术服，戴上手术帽和口罩，最后戴上了手术手套。接着开始整理各自的手术器械。

山岗此刻仰躺在乒乓桌上，他的衣服已被刚才那两个人剥去。他赤裸裸的身体在一千瓦的灯光下像是涂上了油彩，闪闪烁烁。

首先准备完毕的一个男医生走了过去，他没带手术器械，他是来取山岗的骨骼的，他要等别人将山岗的皮剥去，将山岗的身体掏空后，才上去取骨骼。所以他走过去时显得漫不经心。他打量了一下山岗，然后伸手去捏捏山岗的胳膊和小腿，接着转回身对同行们说："他很结实。"

来自上海的那个三十来岁的女医生穿着高跟鞋第二个朝山岗走去。因为下面的泥地凹凸不平，她走过去时臀部扭得有些夸张。她走到山岗的右侧。她没有捏他的胳膊，而是用手摸了摸山岗的皮肤，她转过头对那男医生说："不错。"

然后她拿起解剖刀，从山岗颈下的胸骨上凹一刀切进去，然后往下切一直切到腹下。这一刀切得笔直，使得站在一旁的男医生赞叹不已。于是她就说："我在中学学几何时从不用尺画线。"那长长的切口像是瓜一样裂了开来，里面的脂肪便炫耀出了金黄的色彩，脂肪里均匀地分布着小红点。接着她拿起像宝剑一样的尸体解剖刀从切口插入皮下，用力地上下游离起来。不一会山岗胸腹的皮肤已经脱离了身体像是一块布一样盖在上面。她又拿起解剖刀去取山岗两条胳膊的皮了。她从肩峰下刀一直切到手背。随后去切腿，从腹下髂前上棘向下切到脚背。切完后再用尸体解剖刀插入切口上下游离。游离完毕她休息了片刻。然后对身旁的男医生说："请把他翻过来。"那男医生便将山岗翻了个身。于是她又在山岗的背上划了一条直线，再用尸体解剖刀游离。此刻山岗的形象好似从头到脚披着几块布条一样。她放下尸体解剖刀，拿起解剖刀切断皮肤的联结，于是山岗的皮肤被她像捡破烂似的一块一块捡了起来。背面的皮肤取下后，又将山岗重新翻过来，不一会山岗正面的皮肤也荡然无存。

失去了皮肤的包围，那些金黄的脂肪便松散开来。首先是像棉花一样微微鼓起，接着开始流动了，像是泥浆一样四散开去。于是医生们仿佛看到了刚才在门口所见的阳光下的菜花地。

女医生抱着山岗的皮肤走到乒乓桌的一角，将皮一张一张摊开刮了起来，她用尸体解剖刀像是刷衣服似的刮着皮肤上的脂肪组织。发出声音如同车轮陷在沙子里无可奈何地叫唤。

几天以后山岗的皮肤便覆盖在一个大面积烧伤了的患者身上，可是才过三天就液化坏死，于是山岗的皮肤就被扔进了污物桶，后又被倒入那家医院的厕所。

这时站在一旁的几个医生全上去了。没在右边挤上位置的两个人走到左侧，可在左侧够不到，于是这两人就爬到乒乓桌上去，蹲在桌上瓜分山岗，那个胸外科医生在山岗胸肋交间处两边切断软骨，将左右胸膛打开，于是肺便暴露出来，而在腹部的医生只是刮除了脂肪组织和切除肌肉后，他们需要的胃、肝、肾脏便历历在目了。眼科医生此刻已经取出了山岗一只眼球。口腔科医生用手术剪刀将山岗的脸和嘴剪得稀烂后，上颚骨和下颚骨全部出现。但是他发现上颚骨被一颗子弹打坏了。这使他沮丧不已，他便嘟哝了一句："为什么不把眼睛打坏。"子弹只要稍稍偏上，上颚骨就会安然无恙，但是眼睛要倒霉了。正在取山岗第二只眼球的医生听了这话不禁微微一笑，他告诉口腔科医生那执刑的武警也许是某一个眼科医生的儿子。他此刻显得非常得意。当他取出第二只眼球离开时，看到口腔科医生正用手术锯子卖力地锯着下颌骨，于是他就对他说："木匠，再见了。"眼科医生第一个离开，他要在当天下午赶回杭州，并在当天晚上给一个患者进行角膜移植。这时那女医生也将皮肤刮净了。她把皮肤像衣服一样叠起来后，也离开了。

胸外科医生已将肺取出来了，接下去他非常舒畅地切断了山岗的肺动脉和肺静脉，又切断了心脏主动脉，以及所有从心脏里出来的血管和神经。他切着的时候感到十分痛快。因为给活人动手术时他得小心翼翼地避开它们，给活人动手术他感到压抑。现在他大手大脚地干，干得兴高采烈。他对身旁的医生说："我觉得自己是在挥霍。"这话使旁边的医生感到妙不可言。

那个泌尿科医生因为没挤上位置所以在旁边转悠，他的口罩有个"尿"字。尿医生看着他们在乒乓桌上穷折腾，不禁忧心忡忡起来，他一遍一遍地告诫在山岗腹部折腾的医生，他说："你们可别把我的睾丸搞坏了。"

山岗的胸膛首先被掏空了，接着腹腔也被掏空了。一年之后在某地某一个人体知识展览上，山岗的胃和肝以及肺分别浸在福尔马林中供人观赏。他的心脏和肾脏都被作了移植。心脏移植没有成功，那患者死在手术台上。肾脏移植却极为成功，患者已经活了一年多了，看样子还能再凑合着活下去。但是患者却牢骚满腹，他抱怨移植肾脏太贵，因为他已经花了三万元钱了。

现在屋子里只剩下三个医生了。尿医生发现他的睾丸完好无损后，就心安理得地将睾丸切除下来。口腔医生还在锯下颌骨，但他也已经胜利在望。那个取骨骼的医生则仍在一旁转悠，于是尿医生就提醒他："你可以开始了。"但他却说："不急。"

口腔科医生和泌尿科医生是同时出去的，他们手里各自拿着下颌骨和睾丸。他们接下去要干的也一样都是移植。口腔科医生将一个活人的下颌骨锯下来，再把山岗的下颌骨装进去。对这种移植他具有绝对的信心。山岗身上最得意的应该是睾丸了。尿医生将他的睾丸移植在一个因车祸而睾丸被碾碎的年青人身上。不久之后年青人居然结婚了，而且他妻子立刻就怀孕，十个月后生下一个十分壮实的儿子。这一点山峰的妻子万万没有想到，因为是她成全了山岗，山岗后继有人了。

他等到他们拿着下颌骨和睾丸出去后，他才开始动手。他先从山岗的脚下手，从那里开始一点一点切除在骨骼上的肌肉与筋膜组织。他将切除物整齐地堆在一旁。他的工作是缓慢的，但他有足够的耐心去对付。当他的工作发展到大腿时，他捏捏山岗腿上粗鲁的肌肉对山岗说："尽管你很结实，但我把你的骨骼放在我们教研室时，你就会显得弱不禁风。"

一九八七年九月二十九日

《余华作品集》，余华著，北岳文艺出版社，2004 年 11 月第 1 版

作品提示

《现实一种》以纯粹零度的情感介入，异常冷静理智、有条不紊地叙述了一个亲人间相互残杀的故事。他企图建构一个封闭的个人的小说世界，通过这种世界，赋予外部世界一个他认为是真实的图像模型。这显示出一种强烈的解释世界的冲动，仿佛一个少年人突然发现他掌握着世界的秘密后迫不及待地要将之到处宣讲，他表面摹拟的老成中夹杂着一种错愕：事实上，正是后者而不是前者产生了一种新的观察世界的视角，也确实发现了世界的另一面。与传统的故事讲法不同，余华设计了一个冷漠的叙述者，并借助这个叙述者提供了观察世界的另一种视角，这种视角极端而直截了当地使人看到另一副世界图景与人的兽性的一面。这个叙述者使得他将这个残忍的故事貌似不动声色地讲述出来。这也在小说的叙述态度中表现出来，小说中叙述者特权的使用尽量降低，既不作过多的议论，也不对人物进行心理分析，更不作价值评判，仿佛是从天外俯视世间的愚昧与凶残。

《现实一种》的形式是造作的，或者用余华的话说，是"虚伪的形式"，然而借助于这种"虚伪的形式"，余华对他发现的这种"另一部分真实"作了成功的表现。也许因为他为世界制造图像模型的艺术理想太过强烈，他这一时期的思维方式在《现实一种》中"已经成熟和固定下来"，趋于定型化。定型意味着死亡，这逼迫他以后的创作发生新的变化。

透明的红萝卜

——莫　言

作者简介

莫言（1955—　　），原名管谟业，山东高密人，中国当代著名作家；1976 年入伍，1984 年考入解放军艺术学院文学系。他自 1980 年代中以一系列乡土作品崛起，充满着"怀乡"以及"怨乡"的复杂情感，被归类为"寻根文学"作家。当 1985 年中篇小说方兴未艾时，莫言以他的中篇处女作《透明的红萝卜》震动了文坛，随之而至的中篇《球状闪电》《爆炸》《金发婴儿》和短篇《枯河》《老枪》等使人目不暇接。1986 年莫言写了《红高粱家族》系列，一篇《红高粱》便使得整个文坛沸沸扬扬，直到电影《红高粱》获得多项国际大奖，其"红高粱"的余波还在整个文艺界呈现出此起彼伏之状。莫言在小说中构造独特的主观感觉世界，天马行空的叙述，陌生化的处理，塑造神秘超验的对象世界，带有明显的"先锋"色彩。2011 年 8 月，凭长篇小说《蛙》他获第八届茅盾文学奖。2012 年 10 月 11 日，莫言因其"用魔幻现实主义将民间故事、历史和现代融为一体"而获得诺贝尔文学奖。

莫言在思想上和艺术上受了哥伦比亚魔幻现实主义作家加夫列尔·加西亚·马尔克斯和美国意识流小说作家威廉·福克纳的影响，"用一颗悲怆的心灵"去揭开我们民族文化心理的世界，去寻觅我们民族"迷失的温暖的精神家园"的。莫言以一种奇异的然而是新鲜的艺术感觉重新认知我们民族的生命和文化心理。

一

秋天的一个早晨，潮气很重，杂草上，瓦片上都凝结着一层透明的露水。槐树上已经有了浅黄色的叶片，挂在槐树上的红锈斑斑的铁钟也被露水打得湿漉漉的。队长披着夹袄，一手里拎着一块高粱面饼子，一手里捏着一棵剥皮的大葱，慢吞吞地朝着钟下走。走到钟下时，手里的东西全没了，只有两个腮帮子像秋田里搬运粮草的老田鼠一样饱满地鼓着。他拉动钟绳，钟锤撞击钟壁，"喤喤喤"响成一片。老老少少的人从胡同里涌出来，汇集到钟下，眼巴巴地望着队长，像一群木偶。队长用力把食物吞咽下去，抬起袖子擦擦被络腮胡子包围着的嘴。人们一齐瞅着队长的嘴，只听到那张嘴一张开——那张嘴一张开就骂："他娘的腿！公社里这些狗娘养的，今日抽两个瓦工，明日调两个木工，几个劳力全被他们给零打碎敲了。小石匠，公社要加宽村后的滞洪闸，每个生产队里抽调一个石匠，一个小工，只好你去了。"队长对着一个高个子宽肩膀的小伙子说。

小石匠长得很潇洒，眉毛黑黑的，牙齿是白的，一白一黑，衬托得满面英姿。他把脑袋轻轻摇了一下，一绺滑到额头上的头发轻轻地甩上去。他稍微有点口吃地问队长去当小工的人是谁，队长怕冷似的把膀子抱起来，双眼像风车一样旋转着，嘴里嘈嘈地说："按说去个妇女好，可妇女要拾棉花。去个男劳力又屈了料。"最后，他的目光停在墙角上。墙角上站着一个十岁左右的男孩子。孩子赤着脚，光着脊梁，穿一条又肥又长的白底带绿条条的大裤头子，裤头上染着一块块的污渍，有的像青草的汁液，有的像干结的鼻血。裤头的下沿齐着膝盖。孩子的小腿上布满了闪亮的小疤点。

"黑孩儿，你这个小狗日的还活着？"队长看着孩子那凸起的瘦胸脯，说，"我寻思着你该去见阎王了。打摆子好了吗？"

孩子不说话，只是把两只又黑又亮的眼睛直盯着队长看。他的头很大，脖子细长，挑着这样一个大脑袋显得随时都有压折的危险。

"你是不是要干点活儿挣几个工分？你这个熊样子能干什么？放个屁都怕把你震倒。你跟上小石匠到滞洪闸上去当小工吧，怎么样？回家找把小锤子，就坐在那儿砸石头子儿，愿意动弹就多砸几块，不愿动弹就少砸几块，根据历史的经验，公社的差事都是糊弄洋鬼子的干活。"

孩子慢慢地蹭到小石匠身边，扯扯小石匠的衣角。小石匠友好地拍拍他的光葫芦头，说："回家跟你后娘要把锤子，我在桥头上等你。"

孩子向前跑了。有跑的动作，没有跑的速度，两只细胳膊使劲甩动着，像谷地里被风吹动着的稻草人。人们的目光都追着他，看着他光着的背，忽然都感到身上发冷。队长把夹袄使劲扯了扯，对着孩子喊："回家跟你后娘要件褂子穿着！嗜，你这个小可怜虫儿。"

他蹑手蹑脚地走进家门。一个挂着两条清鼻涕的小男孩正蹲在院子里和着尿泥，看着他来了，便扬起那张扁乎乎的脸，奓煞着手叫："可……可……抱……"黑孩弯腰从地上拣起一个浅红色的杏树叶儿，给后母生的弟弟把鼻涕擦了，又把粘着鼻涕的树叶像贴传单一样"巴唧"拍到墙上。对着弟弟摆摆手，他向屋里溜去，从墙角上找到一把铁柄羊角锤子，又悄悄地溜出来。小男孩又冲着他叫唤，他找了一根树枝，围着弟弟画了一个大大的圆圈，扔掉树枝，匆匆向村后跑去。他的村子后边是一条不算大也不算小的河，河上有一座九孔石桥。河堤上长满垂柳，由于夏天大水的浸泡，树干上生满了红色的须根。现在水退了，须根也干巴了。柳叶已经老了，橘黄色的落叶随着河水缓缓地向前漂。几只鸭子在河边上游动着，不时把红色的嘴插到水草中，"呱唧呱唧"地搜索着，也不知吃到什么没有。

孩子跑上河堤，已经累得气喘吁吁，凸起的胸脯里像有只小母鸡在打鸣。

"黑孩！"小石匠站在桥头上大声喊他，"快点跑！"

黑孩用跑的姿势走到小石匠跟前，小石匠看了他一眼，问："你不冷？"

黑孩怔怔地盯着小石匠。小石匠穿着一条劳动布的裤子，一件劳动布夹克式上装，上装里套着一件火红色的运动衫，运动衫领子耀眼地翻出来，孩子盯着领口，像盯着一团火。

"看着我干什么？"小石匠轻轻拨拉了一下孩子的头，孩子的头像货郎鼓一样晃了晃。"你呀，"小石匠说，"生被你后娘给打傻了。"

小石匠吹着口哨，手指在黑孩头上轻轻地敲着鼓点，两人一起走上了九孔桥。黑孩很小心地走着，尽量使头处在最适宜小石匠敲打的位置上。小石匠的手指骨节粗大，坚硬得像小棒槌，敲在光头上很痛。黑孩忍着，一声不吭，只是把嘴角微微吊起来。小石匠的嘴非常灵巧，两片红润的嘴唇忽而噘起，忽而张开，从他唇间流出百灵鸟的婉啭啼声，响、脆，直冲到云霄里去。

过了桥上了对面的河堤，向西走半里路，就是滞洪闸。滞洪闸实际上也是一座桥，与桥不同的是它插上闸板能挡水，拔开闸板能放洪。河堤的漫坡上栽着一簇簇蓬松的紫穗槐。河堤里边是几十米宽的河滩地，河滩细软的沙土上，长着一些大水落后匆匆生出来的野草。河堤外边是辽阔的原野，连年放洪，水里挟带的沙土淤积起来，改良了板结的黑土，土地变得特别肥沃。今年洪水不大，没有危及河堤，滞洪闸没开闸滞洪，放洪区里种植了大片的孟加拉国黄麻。黄麻长得像原始森林一样茂密。正是清晨，还有些薄雾缭绕在黄麻梢头，远远看去，雾下的黄麻地像深邃的海洋。

小石匠和黑孩悠悠逛逛地走到滞洪闸上时，闸前的沙地上已集合了两堆人。一堆男，一堆女，像两个对垒的阵营。一个公社干部拿着一个小本子站在男人和女人之间说着什么，他的胳膊忽而扬起来，忽而垂下去。小石匠牵着黑孩，沿着闸头上的水泥台阶，走到公社干部面前。小石匠说："刘副主任，我们村来了。"小石匠经常给公社出官差，刘副主任经常带领人马完成各类工程，彼此认识。黑孩看着刘副主任那宽阔的嘴巴。那构成嘴巴的两片紫色嘴唇碰撞着，发出一连串音节："小石匠，又是你这个滑头小子！你们村真他妈的会找人，派你这个笊篱捞不住的滑蛋来，够我淘的啦。小工呢？"

孩子感到小石匠的手指在自己头上敲了敲。

"这也算个人？"刘副主任捏着黑孩的脖子摇晃了几下，黑孩的脚跟几乎离了地皮。"派这么个小瘦猴来，你能拿动锤子吗？"刘副主任虎着脸问黑孩。

"行了，刘副主任，刘太阳。社会主义优越性嘛，人人都要吃饭。黑孩家三代贫农，社会主义不管他谁管他？何况他没有亲娘跟着后娘过日子，亲爹鬼迷心窍下了关东，一去三年没个影，不知是被熊瞎子舔了，还是被狼崽子啖了。你的阶级感情哪儿去了？"小石匠把黑孩从刘太阳副主任手里拽过来，半真半假地说。黑孩被推搡得有点头晕。刚才靠近刘副主任时，他闻到了那张阔嘴里喷出了一股酒气。一闻到这种味儿他就恶心，后娘嘴里也有这种味。爹走了以后，后娘经常让他拿着地瓜干子到小卖铺里去换酒。后娘一喝就醉，喝醉了他就要挨打、挨拧、挨咬。

"小瘦猴！"刘副主任骂了黑孩一句，再也不管他，继续训起话来。

黑孩提着那把羊角铁锤，焉儿古唧地走上滞洪闸。滞洪闸有一百米长，十几米高，闸的北面是一个和闸身等长的方槽，方槽里还残留着夏天的雨水。孩子站在闸上，把着石栏杆，望着水底下的石头，几条黑色的瘦鱼在石缝里笨拙地游动。滞洪闸两头连结着高高的河堤，河堤也就是通往县城的道路。闸身有五米宽，两边各有一道半米高的石栏杆。前几年，有几个骑自行车的人被马车搡到闸下，有的摔断了腿，有的摔折了腰，有的摔死了。那时候他比现在当然还小，但比现在身上肉多，那时候父亲还没去关东，后娘也不喝酒。他跑到闸上来看热闹，他来得晚了点，摔到闸下的人已被拉走了，只有闸下的水槽里还有几团发红发浑的地方。他的鼻子很灵，嗅到了水里飘上来的血腥味……

他的手扶住冰凉的白石栏杆，羊角锤在栏杆上敲了一下，栏杆和锤子一齐响起来。倾听着羊角铁锤和白石栏杆的声音，往事便从眼前消散了。太阳很亮地照着闸外大片的黄麻，他看到那些薄雾匆匆忙忙地在黄麻里钻来钻去。黄麻太密了，下半部似乎还有间隙，上半部的枝叶挤在一起，湿漉漉、油亮亮。他继续往西看，看到黄麻地西边有一块地瓜地，地瓜叶子紫勾勾的亮。黑孩知道这种地瓜是新品种，蔓儿短，结瓜多，面大味道甜，白皮红瓤儿，煮熟了就爆炸。地瓜地的北边是一片菜园，社员的自留地统统归了公，队里只好种菜园。黑孩知道这块菜园和地瓜都是五里外的一个村庄的，这个村子挺富。菜园里有白菜，似乎还有萝卜。萝卜缨儿绿得发黑，长得很旺。菜园子中间有两间孤独的房屋，住着一个孤独的老头，孩子都知道。菜园的北边是一望无际的黄麻。菜园的西边又是一望无际的黄麻。三面黄麻一面堤，使地瓜地和菜地变成一个方方的大井。孩子想着，想着，那些紫色的叶片，绿色的叶片，在一瞬间变成井中水，紧跟着黄麻也变成了水，几只在黄麻梢头飞蹿的麻雀变成了绿色的翠鸟，在水面上捕食鱼虾……

刘副主任还在训话。他的话的大意是，为了农业学大寨，水利是农业的命脉，八字宪法水是一法，没有水的农业就像没有娘的孩子，有了娘，这个娘也没有奶子，有了奶子，这个奶子也是个瞎奶子，没有奶水，孩子活不了，活了也像那个瘦猴（刘副主任用手指指着闸上的黑孩。黑孩背对着人群，他脊梁上有两块大疤癞，被阳光照得忽啦忽啦打闪电）。而且这个闸太窄，不安全，年年摔死人，公社革委特别重视，认真研究后决定加宽这个滞洪闸，因此调来了全公社各大队共合二百余名民工。第一阶段的任务是这样的，姑娘媳妇半老婆子加上那个瘦猴（他又指指闸上的孩子，阳光照着大疤癞，像照着两面小镜子），把那五百方石头砸成柏子养心丸或者是鸡蛋黄那么大的石头子儿。石匠们要把所有的石料按照尺寸剥磨整齐。这两个是我们的铁匠（他指着两个棕色的人，这两个人一个高，一个低，一个老，一个少），负责修理石匠们秃了尖的钢钻子之类。吃饭嘛，离村近的回家吃，离村远的到前边村里吃，我们开了一个伙房。睡觉嘛，离村近的回家睡，离村远的睡桥洞（他指指滞洪闸下那几十个桥洞）。女的从东边向西睡，男的从西边向东睡。桥洞里铺着麦秸草，暗得像钢丝床，舒服死你们这些狗日的。

"刘副主任，你也睡桥洞吗？"

"我是领导。我有自行车。我愿意在这儿睡不愿意在这儿睡是我的事，你别操心烂了肺。官长骑马士兵也骑马吗？狗日的，好好干，每天工分不少挣，还补你们一斤水利粮，两毛水利钱，谁不愿干就滚蛋。连小瘦猴也得一份钱粮，修完闸他保证要胖起来……"

刘副主任的话，黑孩一句也没听到。他的两根细胳膊拐在石栏杆上，双手夹住羊角锤。他听到黄麻地里响着鸟叫般的音乐和音乐般的秋虫鸣唱。逃逸的雾气碰撞着黄麻叶子和深红或是淡绿的茎杆，发出震耳欲聋的声响。蚂蚱剪动翅羽的声音像火车过铁桥。他在梦中见过一次火车，那是一个独眼的怪物，趴着跑，比马还快，要是站着跑呢？那次梦中，火车刚站起来，他就被后娘的扫炕笤帚打醒了。后娘让他去河里挑水。笤帚打在他屁股上，不痛，只有热乎乎的感觉。打屁股的声音好像在很远的地方有人用棍子抽一麻袋棉花。他把扁担钩儿挽上去一扣，水桶刚刚离开地皮。担着满满两桶水，他听到自己的骨头"咯嘣咯嘣"地响，肋条跟胯骨连在了一起。爬陡峭的河堤时，他双手扶着扁担，摇摇晃晃。上堤的小路被一棵棵柳树扭得弯弯曲曲。柳树干上像装了磁铁，把铁皮水桶吸得摇摇摆摆。树撞了桶，桶把水撒在小路上，很滑，他一脚踏上去，像踩着一块西瓜皮。不知道用什么姿势他趴下了，水像瀑布一样把他浇湿了。他的脸碰破了，鼻子尖成了一个平面，一根草梗在平面上印了一个小沟沟。几滴鼻血流到嘴里，他吐了一口，咽了一口。铁桶一路欢唱着滚到河里去了。他爬起来，去追赶铁桶。两个桶一个歪在河边的水草里，一个被河水载着向前漂。他沿着水边追上去，脚下长满了四个棱的他和一般孩子们称之为"狗蛋子"的野草。尽管他用脚指头使劲扒着草根，还是滑到了河里。河水温暖，没到了他的肚脐。裤头湿了，漂起来，围在他的腰间，像一团海蜇皮。他呼呼隆隆蹚着水追上去，抓住水桶，逆着水往回走。他把两只胳膊叉煞开，一只手拖着桶，另一只手一下一下划着水。水很硬，顶得他趔趔趄趄。他把身体斜起来，弓着脖子往前用力。好像有一群鱼把他包围了，两条大腿之间有若干温柔的鱼嘴在吻他。他停下来，仔细体会着，但一停住，那种感觉顿时就消逝了。水面忽地一暗，好像鱼群惊惶散开。一走起来，愉快的感觉又出现了，好像鱼儿又聚拢过来。于是他再也不停，半闭着眼睛，向前走啊，走……

"黑孩！"

"黑孩！"

他猛然惊醒，眼睛大睁开，那些鱼儿又忽地消失了。羊角铁锤从他手中挣脱了，笔直地钻到闸下的绿水里，溅起了一朵白菊花一样的水花。

"这个小瘦猴，脑子肯定有毛病。"刘太阳上闸去，拧着黑孩的耳朵，大声说，"过去，跟那些娘儿们砸石子去，看你能不能从里边认个干娘。"

小石匠也走上来，摸摸黑孩凉森森的头皮，说："去吧，去摸上你的锤子来。砸几块，算几块，砸够了就要要。"

"你敢偷奸磨滑我就割下你的耳朵下酒。"刘太阳张着大嘴说。

黑孩哆嗦了一下。他从栏杆空里钻出去,双手勾住最下边一根石杆,身子一下子挂在栏杆下边。

"你找死!"小石匠惊叫着,猫腰去扯孩子的手。黑孩往下一缩,身体贴在桥墩菱状突出的石棱上,轻巧地溜了下去。黑孩子贴在白桥墩上,像粉墙上一只壁虎。他哧溜到水槽里,把羊角锤摸上来,然后爬出水槽,钻进桥洞不见了。

"这小瘦猴!"刘太阳摸着下巴说,"他妈的这个小瘦猴!"

黑孩从桥洞里钻出来,畏畏缩缩地朝着那群女人走去。女人们正在笑骂着,话很脏,有几个姑娘夹杂在里边,想听又怕听,脸儿一个个红扑扑的像鸡冠子花。男孩黑黑地出现在她们面前时,她们的嘴一下子全封住了。愣了一会儿,有几个咬着耳朵低语,看着黑孩没反应,声音就渐渐大了起来。

"瞧瞧,这个可怜样儿!都什么节气了还让孩子光着身子"。

"不是自己腔里养出来的就是不行。"

"听说他后娘在家里干那行呢……"

黑孩转过身去,眼睛望着河水,不再看这些女人。河水一块红一块绿,河南岸的柳叶像蜻蜓一样飞舞着。

一个蒙着一条紫红色方头巾的姑娘站在黑孩背后,轻轻地问:"哎,小孩,你是哪个村的?"

黑孩歪歪头,用眼角扫了姑娘一下。他看到姑娘的嘴上有一层细细的金黄色的茸毛,她的两眼很大,但由于眼睫毛太多,毛茸茸的,显出一副睡眼惺忪的样子。

"小孩,你叫什么名字?"

黑孩正和沙地上一棵老蒺藜作战,他用脚指头把一个个六个尖或是八个尖的蒺藜撕下来,用脚掌去碾。他的脚像骒马的硬蹄一样,蒺藜尖一根根断了,蒺藜一个个碎了。

姑娘愉快地笑起来,"真有本事,小黑孩,你的脚像挂着铁掌一样。哎,你怎么不说话?"姑娘用两个手指戳着孩子的肩头说,"听到了没有,我问你话呢!"

黑孩感觉到那两个温暖的手指顺着他的肩头滑下去,停到他背上的伤疤上。

"哎,这,是怎么弄的?"

孩子的两个耳朵动了动。姑娘这才注意到他的两耳长得十分夸张。

"耳朵还会动,哟,小兔一样。"

黑孩感觉到那只手又移到他的耳朵上,两个指头在捻着他漂亮的耳垂。

"告诉我,黑孩,这些伤疤——"姑娘轻轻地扯着男孩的耳朵把他的身体掉转过来,黑孩齐着姑娘的胸口。他不抬头,眼睛平视着,看见的是一些由红线交叉成的方格,有一条梢儿发黄的辫子躺在方格布上。"是狗咬的?生疮啦?上树拉的?你这个小可怜……"

黑孩感动地仰起脸来，望着姑娘浑圆的下巴。他的鼻子吸了一下。

"菊子，想认个干儿吗？"一个脸盘肥大的女人冲着姑娘喊。

黑孩的眼睛转了几下，眼白像灰蛾儿扑楞。

"对，我就叫菊子，前屯的，离这儿十里，你愿意说话就叫我菊子姐好啦。"姑娘对黑孩说。

"菊子，是不是看上他了？想招个小女婿吗？那可够你熬的，这只小鸭子上架得要几年哩……"

"臭老婆，张嘴就喷粪。"姑娘骂着那个胖女人。她把黑孩牵到像山岭一样的碎石堆前，找了一块平整的石头摆好，说，"就坐在这儿吧，靠着我，慢慢砸。"她自己也找了一块光滑石头，给自己弄了个座位，靠着男孩坐下来。很快，滞洪闸前这一片沙地上，就响起了"噼噼啪啪"的敲打石头声。女人们以黑孩为话题议论着人世的艰难和造就这艰难的种种原因，这些"娘儿们哲学"里，永恒真理掺杂着胡说八道。菊子姑娘一点都没往耳里入，她很留意地观察着孩子。黑孩起初还以那双大眼睛的偶然一瞥来回答姑娘的关注，但很快就像入了定一样，眼睛大睁着，也不知他看着什么，姑娘紧张地看着他。他左手摸着石头块儿，右手举着羊角锤，每举一次都显得筋疲力竭，锤子落下时好像猛抛重物一样失去控制。有时姑娘几乎要惊叫起来，但什么也没发生，羊角铁锤在空中划着曲里拐弯的轨迹，但总能落到石头上。

黑孩的眼睛本来是专注地看着石头的，但是他听到了河上传来了一种奇异的声音，很像鱼群在唼喋，声音细微，忽远忽近，他用力地捕捉着，眼睛与耳朵并用。他看到了河上有发亮的气体起伏上升，声音就藏在气体里。只要他看着那神奇的气体，美妙的声音就逃跑不了。他的脸色渐渐红润起来，嘴角上漾起动人的微笑。他早忘记了自己坐在什么地方干什么，仿佛一上一下举着的手臂是属于另一个人的。后来，他感到右手食指一阵麻木，右胳膊也不由自主地抽搐了一下。他的嘴里突然迸出了一个音节，像哀叫又像叹息。低头看时，发现食指指甲盖已经破成好几半，几股血从指甲破缝里渗出来。

"小黑孩，砸着手了是不？"姑娘耸身站起，两步跨到孩子面前蹲下，"亲娘哟，砸成了什么样子？哪里有像你这样干活的？人在这儿，心早飞到不知哪国去了。"

姑娘数落着黑孩。黑孩用右手抓起一把土按到砸破的手指上。

"黑孩，你昏了？土里什么脏东西都有！"姑娘拖起黑孩向河边走去，孩子的脚板很响地扇着油光光的河滩地。在水边上蹲下，姑娘抓住孩子的手浸到河水里。一股小小的黄浊流在孩子的手指前形成了。黄土冲光后，血丝又渗出来，像红线一样在水里抖动，孩子的指甲像砸碎的玉片。

"痛吗？"

他不吱声。这时候他的眼睛又盯住了水底的河虾，河虾身体透亮，两根长须冉冉飘动，十分优美。

姑娘掏出一条绣着月季花的手绢，把他的手指包起来。牵着他回到石堆旁，姑娘说："行了，坐着耍吧，没人管你，冒失鬼。"

女人们也都停下了手中的锤子，把湿漉漉的目光投过来，石堆旁一时很静。一群群绵羊般的白云从青蓝蓝的天上飞奔而过，投下一团团稍纵即逝的暗影，时断时续地笼罩着苍白的河滩和无可奈何的河水。女人们脸上都出现一种荒凉的表情，好像寸草不生的盐碱地。待了好长一会儿，她们才如梦初醒，重新砸起石子来，锤声寥落单调，透出了一股无可奈何的情绪。

黑孩默默地坐着，目不转睛地看着手绢上的红花儿。在红花旁边又有一朵花儿出现了，那是指甲里的血渗出来了。女人们很快又忘了他，"嘎嘎咕咕"地说笑起来。黑孩把伤手举起来放在嘴边，用牙齿咬开手绢的结儿，又用右手抓起一把土，按到伤指上。姑娘刚要开口说话，却发现他用牙齿和右手又把手绢扎好了。她长长地叹了一口气，举起锤子，沉重地打在一块酱红色的石片上。石片很坚硬，石棱儿像刀刃一样，石棱与锤棱相接，碰出了几个很大的火星，大白天也看得清。

中午，刘副主任骑着辆乌黑的自行车从黑孩和小石匠的村子里窜出来，他站在滞洪闸上吹响了收工哨。他接着宣布，伙房已经开伙，离家五里以外的民工才有资格去吃饭。人们匆匆地收拾着工具。姑娘站起来。孩子站起来。

"黑孩，你离家几里？"

黑孩不理她，脑袋转动着，像在寻找什么。姑娘的头跟着黑孩的头转动，当黑孩的头不动了时，她也把头定住，眼睛向前望，正碰上小石匠活泼的眼睛，两人对视了几十秒钟。小石匠说："黑孩，走吧，回家吃饭。你不用瞪眼，瞪眼也是白瞪眼，咱俩离家不到二里，没有吃伙房的福分。"

"你们俩是一个村的？"姑娘问小石匠。

小石匠兴奋地口吃起来，他用手指指村子，说他和黑孩就是这村人，过了桥就到了家。姑娘和小石匠说了一些平常但很热乎的话。小石匠知道了姑娘家住前屯，可以吃伙房，可以睡桥洞。姑娘说，吃伙房愿意，睡桥洞不愿意。秋天里刮秋风，桥洞凉。姑娘还悄悄地问小石匠黑孩是不是哑巴。小石匠说绝对不是，这孩子可灵性哩，他四五岁时说起话来就像竹筒里晃豌豆，嘎嘣嘎嘣脆。可是后来，话越来越少，动不动就像尊小石像一样发呆，谁也不知道他寻思着什么。你看看他那双眼睛吧，黑洞洞的，一眼看不到底。姑娘说看得出来这孩子灵性，不知为什么我很喜欢他，就像我的小弟弟一样。小石匠说，那是你人好心眼儿善良。

小石匠、姑娘、黑孩儿，不知不觉落到了最后边，他和她谈得很热乎，恨不得走一步退两步。黑孩跟在他俩身后，高抬腿、轻放脚，那神情和动作很像一只沿着墙边巡逻的小公猫。在九孔桥上，刚刚在紫穗槐树丛里耽误了时间的刘太阳骑着车子"嘎嘎啦啦"地赶上来，桥很窄，他不得不跳下车子。

"你们还在这儿磨蹭？黑猴，今天上午干得怎么样？噢，你的爪子怎么啦？"

"他的手让锤子打破了。"

"他妈的。小石匠，你今天中午就去找你们队长，让他趁早换人，出了人命我可担不起。"

"他这是工伤，你忍心撵他走？"姑娘大声说。

"刘主任，咱俩多年的老交情了，你说，这么大个工地，还多这么个孩子？你让他瘸着只手到队里去干什么？"小石匠说。

"瘦猴儿，真你妈的。"刘太阳沉吟着说，"给你调个活儿吧，给铁匠炉拉风匣，怎么样？会不会？"

孩子求援似的看看小石匠，又看看姑娘。

"会拉！是不是黑孩？"小石匠说。

姑娘也冲着他鼓励地点点头。

二

黑孩在铁匠炉上拉风箱拉到第五天，赤裸的身体变得像优质煤块一样乌黑发亮；他全身上下，只剩下牙齿和眼白还是白的。这样一来，他的眼睛就更加动人，当他闭紧嘴角看着谁的时候，谁的心就像被热铁烙着一样难受。他的鼻翼两侧的沟沟里落满煤屑，头发长出有半寸长了，半寸长的头发间也全是煤屑。现在，全工地的男人女人们都叫他"黑孩儿"，他谁也不理，连认真看你一眼也不。只有菊子姑娘和小石匠来跟他说话时，他才用眼睛回答他们。昨天中午，工地上的人们全去吃饭了，铁匠师傅的一把小锤和一个淬火用的新水桶被人偷走了。刘太阳在滞洪闸上大骂了半个小时。他分派给黑孩一个新任务：每天中午放工吃饭后，留在工地看守工具，午饭由铁匠师傅从伙房里带来。刘副主任说，便宜黑孩这个狗小子一顿午饭。

人全走了，喧闹了一上午的工地静得很。黑孩走出桥洞，在闸前的沙地上慢慢地踱步。他倒背着胳膊，双手捂着屁股，蹙着眉毛，额头上出现三道深深的皱纹。他翻来覆去地数着桥洞，从两片嘴唇间"叽儿叽儿"地吐出一个个小泡泡儿。在第七个桥墩前，他站住了，然后双腿夹住桥墩的菱状石棱，一耸一耸地往上爬。爬到半截时，他滑了下来，肚皮上擦破了一大块，渗出一层血珠来。他弯腰抓起一把土，按到肚子上。然后倒退几步，抬起手掌打着眼罩，看着桥墩与桥面相接处那道石缝，他放心了。

很快地他又走到了妇女们砸石子的地方，他曾经坐过的那块石头没有了。他很准地找到了菊子姑娘的座位，他认识她那把六棱石匠锤。他坐在姑娘的座位上，不断地扭动着身体，变换着姿势，一直等调整到眼睛跟第七个桥墩上那条石缝成一条直线时，才稳稳地坐住，双眼紧盯着石缝里那个东西……

那天中午，他早早地跑到滞洪闸下，在西边第一个桥洞里蹲下来。他眼睛一遍遍地抚摸红炉、铁钳、大锤、小锤、铁桶、煤铲，甚至每块煤，甚至每块煤渣。快到上工时间了，他右手拿起煤铲，捅开了压住火的红炉，左手用力一拉风箱，煤烟和着煤灰飞起来，迷了眼睛，他使劲揉着，眼眶处充血发了紫。风箱里新勒的鸡毛，很沉，他一只手拉起来有些吃力。右手食指被碰了一下。看手指时才想起那条包着伤指的手绢。手绢已经不白了，月季花还是鲜红的。他转了一个念头，走出桥洞，四下打量着。在第七个桥墩前，他解下手绢用口叼着，费力地爬上去，把手绢塞到石缝里……三捅两戳，火灭了。他的额上沁出一层汗珠。这时桥洞外响起踢踢踏踏的脚步声，他惶恐地倒退着，一直退到脊背贴着凉凉的石壁。黑孩看到一个短腿的青年弯着腰走进桥洞，那姿势好像要证明桥洞很低他人很高。黑孩咧了咧嘴。短腿青年看着被捅灭的火炉和拉出半截的风箱，又看看紧贴石壁站着的他，骂一声："小狗崽子！你来折腾什么？火也捅灭了，风匣也拉歪了，欠揍的小浑蛋"。黑孩听到头上响起一阵风声，感到有一个带棱角的巴掌在自己头皮上扇过去，紧接着听到一个很脆的响，像在地上摔死一只青蛙。

"滚出去砸你的石头子儿，小浑蛋！"青年人骂着。

黑孩这才知道这就是小铁匠。小铁匠的脸上布满密集的粉刺疙瘩，鼻子像牛犊的鼻子一样，扁扁的，平平的，上边布满汗珠。黑孩看到小铁匠麻利地清理炉膛。又看着他从桥洞的角上抓过一把金黄的麦秸塞到炉膛里，点燃，轻轻地拉几下风箱，麦秸先冒出又轻又白的烟，紧跟着窜出火苗。小铁匠铲了一铲湿漉漉的煤，薄薄地撒在正在燃烧的麦秸上，拉风箱的手一直不停。又撒了一层煤。又撒了一层煤。炉里窜起焦黄的烟，烟里夹带着呛鼻子的煤味。小铁匠用铁铲尖儿把炉中煤一戳，几缕强劲有力的暗红色的火苗窜了出来，煤着了。

黑孩兴奋地"噢"了一声。

"你还不滚，小浑蛋！"

一个又高又瘦的老头子慢吞吞地走进桥洞，问小铁匠："不是压住火了吗？怎么又生？"他的语声沉闷，声音像是从胸膈以下发出来的。

"被这个小浑蛋给捅灭了。"小铁匠抬起煤铲指指黑孩。

"你让他拉吧。"老头说。他把一块蛋黄色的油布围在腰间，把两块蛋黄色的油布绑在脚脖子上护住了脚面。油布上布满了火星烧成的洞洞眼眼。黑孩知道这就是老铁匠了。

"让他拉风匣，你专管打锤，这样你也轻松一点。"老铁匠说。

"让这么个毛孩子拉风匣？你看他瘦得那个猴样，在火炉边还不给烤成干柴棍儿！"小铁匠不满意地嘟哝着。

刘太阳一步闯进来，翻着眼皮说："怎么啦？不是你说的要个拉火的吗？"

"要拉火的不要他！刘副主任，你看看他瘦得那个样子，恐怕连他妈的煤铲都拿不动。

你派他来干什么？臭杞摆碟凑样数！"

"我知道你小子的鬼心眼子。你想要个大姑娘来给你拉火是不是？挑个最漂亮的，让那个蒙着紫红色方头巾的来？美得你这个臊包狗蛋！黑孩，拉风箱吧。"刘太阳冲着小铁匠说，"你他妈的好好教教他！"

黑孩畏畏缩缩地走到风箱前站定，目光却期待什么似的望着老铁匠的脸。孩子发现，老铁匠的脸色像炒焦了的小麦，鼻子尖像颗熟透了的山楂。他走上前来，教给黑孩一些烧火的要领。黑孩的耳朵抖动着，把老铁匠的话儿全听进去了。

刚开始拉火时，他手忙脚乱，满身都是汗水，火焰烤得他的皮肤像针尖刺着一样疼痛。老铁匠面部没有表情，僵硬犹如瓦片，连看也不看他一眼。黑孩咬着下嘴唇，不断地抬起黑胳膊擦着流到眼睛上边的汗水。他的鸡胸脯一起一伏，嘴和鼻孔像风箱一样"呼哧呼哧"喷着气。

小石匠送来磨秃的钢钻待修，看着黑孩那副样子，说："能不能挺住？挺不住就吱了声，还去砸你的石头子儿。"

黑孩连头都没抬。

"这倔种！"小石匠把钢钻扔在地上，走了。但很快他又折了回来，和菊子姑娘一起。菊子把方头巾扎在脖子上，整个脸显得更加完整。

桥洞里的小铁匠忽然感到眼前一亮，使劲咽了一口唾液，又用肥厚的舌头舔了舔干裂的嘴唇。他的两只眼睛不比黑孩的眼睛小，但右眼里有一个鸭蛋皮色的"萝卜花"遮盖了瞳孔。天长日久地用左眼看东西，养成了脑袋往右歪的习惯。他的头枕在右肩上，左眼里射出一道灼热的光，直盯着姑娘红扑扑的脸膛。十八磅的大铁锤头朝下站在他的两腿间，他手扶锤把子，像拄着一根拐棍。

炉中烟火升腾，黑烟挟带着火星直冲到桥面上，又愤怒地反扑下来。孩子的脸笼罩在烟雾里，他咳嗽着，胸脯里"咝咝"地响。老铁匠冷冷地看了黑孩一眼，从磨得油亮的皮口袋里掏出烟袋，慢吞吞地装上烟，就着炉火点燃，把两股白色烟喷进黑色烟里，鼻孔里两撮黑毛抖动着，他从烟雾里漠然地看了一眼桥洞口的小石匠和菊子，这才对黑孩说："少加煤，撒匀一点。"

孩子急促地拉着风箱，瘦身子前倾后仰，炉火照着他汗湿的胸脯，每一根肋巴条都清清楚楚。左胸脯的肋条缝中，他的心脏像只小耗子一样可怜巴巴地跳动着。老铁匠说："拉长一点，一下是一下。"

菊子姑娘看到黑孩的下唇流出深红的血，眼睛里顿时充满泪水。她喊道："黑孩，不给他们干了。走，回去跟我砸石子儿。"她走到风箱前，捏住了黑孩那两条干柴棍一样的细胳膊。黑孩拼命挣扎着，喉咙里呜呜地响着，像一条要咬人的小狗。他身体很轻，姑娘架着他的胳膊把他端出了桥洞，他粗糙的脚趾划着地面，地上的碎石片儿哗哗地响着。

245

"黑孩，咱不给他们干了，你顶不住烟熏火燎，你这么瘦，流光了汗，就烤成锅巴啦。还是跟姐姐去砸石子儿轻松。"姑娘一边说着，一边把他放下，用一只手拖着他往石堆那边走。她的胳膊粗壮有力，手很大很柔软，捏着黑孩的手腕，像捏着一条小山羊腿。黑孩打着坠，脚后跟哗哗啦啦犁着地上的碎石片。"小傻瓜，小拗种，好好跟我走。"姑娘停住脚，回头对他说着，手用力捏捏他的腕子，"看看你这小狗腿，我要一用劲，保准捏碎了。那么重的活你怎么干得了？"黑孩恨恨地盯了她一眼，猛地低下头，在姑娘胖胖的手腕上狠狠地咬了一口。她"哎哟"了一声，松开手，黑孩转身跑回了桥洞。

黑孩的牙齿十分锋利，姑娘的手腕上被咬出了两排深深的牙印。他的犬齿是两个锥牙儿，这两个锥牙在姑娘腕上钻出了两个流血的小洞。小石匠关切地走上前去，掏出一条皱巴巴的手绢要给姑娘包扎。她推开他，眼睛也不看他，弯腰从地上抓起一把土，按在伤口上。

"有病菌！"小石匠吃惊地叫喊。

姑娘走回乱石堆前，寻着自己的座位坐下来，呆呆地瞅着河水上层出不穷的波纹，一块石头儿也不砸。

"看看，又傻了一个。"

"黑孩八成会使魔法。"

女人们咬着耳朵低语。

"黑孩，你给我滚出来！狗崽子，狗咬吕洞宾，不识好人心。"小石匠骂着往铁匠炉所在的桥洞里走。

一股脏兮兮、热烘烘的水泼出来，劈头盖脸蒙住了小石匠。小石匠对得正，桥洞里瞄得准，半桶水几乎没浪费一滴。他柔软的黄头发上，劳动布夹克衫上、大红运动衫翻领上，沾满了铁屑和煤灰，脏水像小溪一样从头往脚流。

"瞎了狗眼了！"小石匠大骂着冲进桥洞，"谁干的？说，谁干的？"

没有人答理他。桥洞里黑烟散尽，炉火正旺，紫红色的老铁匠用一把长长的铁钳子把一根烧得发白透亮的钢钻子从炉里夹出来，钻子尖上"噼噼"地爆着耀眼的钢花。老铁匠把钻子放在铁砧上，用小叫锤敲了一下铁砧的边缘，铁砧清脆地回答着他。他的左手操着长把铁钳，铁钳夹着钻子，钻子按着他的意思翻滚着；右手的小石锤很快地敲着钢钻。他的小锤敲到哪儿，独眼小铁匠的十八磅大铁锤就打到哪儿。老铁匠的小锤像鸡啄米一样迅疾，小铁匠的大锤一步不让，桥洞里习习生出热风。在惊心动魄的锻打声中，钢钻子火星四溅，火星溅到老铁匠和小铁匠围腰护脚的油布上，"滋滋"地冒着白色的烟。火星也飞到了黑孩裸露的皮肤上，他咧着嘴，龇出两排雪白的小狼牙齿。钢火在他肚皮上烫起几个大燎泡，他一点都没有痛的表情，眼睛里跳动着心荡神迷的火苗，两个瘦削的肩头耸起来，脖子使劲缩着，双臂交叠在胸前，手捂着下巴和嘴巴，挤得鼻子上满是皱纹。

秃钻子被打出了尖，颜色暗淡下来——先是殷红，继而是银白。地下落着一层灰白的铁屑，铁屑引燃了一根草梗，草梗悠闲地冒着袅袅的白烟。

"谁他妈的泼了我？"小石匠盯着小铁匠骂。

"老子泼的，怎么着？"小铁匠遍体放光，双手拄着锤把，优雅地歪着头，说。

"你瞎眼了吗？"

"瞎了一个。老爹泼水你走路，碰上了算你运气。"

"你讲理不讲？"

"这年头，拳头大就有理。"小铁匠捏起拳头，胳膊上的肉隆起来。

"来吧，独眼龙！老子今天把你这只狗眼也打瞎。"小石匠怒气冲冲地靠了前，老铁匠好像无意地往前跨了一步，撞了他一下。小石匠猛然觉得老人那双深深地眍瞜着的眼窝里射出了一股物质，好像暗示着什么，他顿时感到浑身肌肉松弛。老铁匠微微扬起脸，极随便地哼唱了一句说不出是什么味道的戏文或是歌词来。

恋着你刀马娴熟通晓诗书少年英武，跟着你闯荡江湖风餐露宿吃尽了世上千般苦。

老铁匠只唱了这一句，声音戛然而止，听得出他把一大截悲怆凄楚的尾音咽进了肚子。老铁匠又看了小石匠一眼，低下头去给刚打出尖的钻子淬火。淬火前，他捋起右手衣袖，把手伸进水桶里试着水温，他的小臂上有一个深紫色的伤疤，圆圆的，中间凸出。尽管这个伤疤不像一只眼睛，但小石匠却觉得这个紫疤像一只古怪的眼睛盯着自己。他撇了一下嘴，恍恍惚惚像中了魔症，飘飘地出了桥洞，红炉这边，一下午没见到他的影子。

……孩子的眼睛酸了，头皮也晒得发烫。他从姑娘的座位上站起来，踱回到铁匠炉边。桥洞里很暗，他摸摸索索地坐在老铁匠的马扎上，什么都不想的时候，双手便火烧火燎地痛起来，他把手放在凉森森的石壁上，赶快去想过去的事情。

三天前，老铁匠请假回家拿棉衣和铺盖，他说人老了腿值钱，不愿天天往家跑，在红炉边絮个铺，冻不着的（黑孩抬眼看看老铁匠的铺。桥洞的北边已经用闸板堵起来了。几缕亮光从板缝里漏进来，斜照着老铁匠那件油晃晃的棉袄和那条狗毛脱落的皮褥子）。老师傅回了家，小铁匠成了一洞之主。那天上午进桥洞来，他挺着胸，凸着肚，好颜好色地说："黑孩，生火，老东西回家了，咱们俩干。"

黑孩看着他。

"瞪什么眼，兔崽子！你瞧不起老子是不？老子跟着老东西已经熬了整三年啦，他那点把戏我全知道。"小铁匠说。

黑孩懒洋洋地生起火来。小铁匠得意地哼着什么。他把几支头天没来得及修的钢钻插进炉膛烧着。黑孩把火拉得很旺，照着自己的黑脸透出红来。小铁匠忽然笑起来，说："黑孩，你小子冒充老红军准行，浑身是疤。"

孩子使劲拉火。

"这几天怎么也不见你那个浪干娘来看你啦？你咬了她一口，把她得罪啦，狗儿子。她的胳膊什么味儿？是酸的还是甜的？你狗日的好口福。要是让我捞到她那条白嫩胳膊，我像吃黄瓜一样啃着吃了。"

黑孩提起长钳，夹起一根烧透了的钢钻扔到砧子上。

"哟，儿子，好快！"小铁匠抄起一把比大锤小比小锤大的中锤，一手掌钳，一手抢锤，狠狠地打起来。黑孩呆呆地看着。小铁匠一身好力气，铁锤耍得出神入鬼，打出的钢钻尖儿棱角分明，像支削好的铅笔。黑孩很悲哀地看着老铁匠那把小叫锤儿。小铁匠用铁钳夹着打好的钢钻到桶边淬火，他淬火的动作跟老铁匠一模一样。黑孩背过脸，又去看那把躺在砧子旁边的小叫锤，小叫锤的木把儿像老牛的角尖一样又光又滑。

小铁匠好马快刀，一会儿工夫就修好十几支钢钻。他得意地坐在师傅的马扎上卷烟。卷好烟，插进嘴，吩咐黑孩夹过一块通红的炭给他点着。

"儿子，看到了吧？没有老梆子我们照样干！"

小铁匠正得意着，刚才拿走钻子的石匠们找他来了。

"小铁匠，你淬得什么鸟火？不是崩头就是弯尖，这是剥石头，不是打豆腐。没有弯弯肚子，别吞镰头刀子。等你师傅回来吧，别拿着我们的钢钻练功夫。"

石匠们把那十几支坏钻子扔在地上，走了。小铁匠脸变了色，咋呼着黑孩拉火烧钻子。一会儿工夫他又把钻子打好，淬好，亲自抱着送到工地上。他前脚进了桥洞，石匠们后脚就跟来了。坏钻子扔在地上，脏话扔在小铁匠头上："去你娘的蛋，别耍我们的大头了，看看你淬的火！全崩了你娘的尖啦！"

黑孩看看小铁匠，嘴角上漾出两道纹来，谁也不知道他是高兴还是难过。小铁匠把工具摔得"噼里啪啦"响，蹲到地上，呼呼地吐闷气。他抽了一支烟，那只独眼骨碌碌地转着，射出迷茫暴躁的光线，两条大蝌蚪一样的眉毛急遽地扭动着。他扔掉烟屁股，站起来，说：

"妈的，就不信羊不吃蒿子！黑孩，拉火再干！"

黑孩无精打采地拉着风箱，动作一下比一下迟缓。小铁匠催他、骂他，他连头都不抬。钻子又烧好了。小铁匠草草打了几锤，就急不可耐地到桶边淬火。这次他改变了方式，不是像老铁匠那样一点点地淬，而是把整个钻子一下插到水里。桶里的水吱吱地叫着，一股白气绞着麻花冲起来。小铁匠把钢钻提起来，举到眼前，歪着头察看花纹和颜色。看了一阵，他就把这支钻子放在砧子上，用锤轻轻一敲，钢钻断成两半。他沮丧地把锤子扔到地上，把那半截钻子用力甩到桥洞外边去。坏钻子躺在洞前石片上，怎么看都难受。

"去把那根钻子捡回来！"小铁匠怒冲冲地吩咐黑孩。黑孩的耳朵动了动，脚却没有动。他的屁股上挨了一脚，肩膀上被捅了一钳子，耳边响起打雷一样的吼声："去把钻子捡回来。"

黑孩垂着头走到钻子前，一点一点弯下腰去，伸手把钻子抓起来。他听到手里"嗞嗞啦啦"地响，像握着一只知了。鼻子里也嗅到炒猪肉的味道。钻子沉重地掉在地上。

小铁匠一愣，紧接着大笑起来："兔崽子，老子还忘了钻子是热的，烫熟了猪爪子，啃吧！"

黑孩走回桥洞，一眼也不看小铁匠，把烫熟了皮肉的手淹到水桶里泡了泡，又慢悠悠走出桥洞。他弯下腰去，仔细地端详着那半截钢钻子。钢钻是银灰色的，表面粗糙，有好多小颗粒。地上的湿土在钢钻下冒着白气，那白气很细，若有若无。他更低地俯下身去，屁股高高地翘起来，大裤头全褪到屁股上，露出比小腿颜色略浅的大腿。他的一只手捂在背上，一只手从肩前垂下去，慢慢地接近钢钻，水珠沿着指尖滴下去，钢钻子嗤啦一声响。水珠在钻子上跳动着，叫着，缩小着，变成一圈波纹，先扩大一下，立即收缩，终于消逝了。他的指尖已经感到了钢钻的灼热，这种灼热感一直传导到他心里去。

"你他妈的在那儿干什么，弯腰撅腚，冒充走资派吗？"小铁匠在桥洞里喊他。

他一把攥住钢钻，哆嗦着，左手使劲抓着屁股，不慌不忙走回来。小铁匠看到黑孩手里冒出黄烟，眼像风瘫病人一样乜斜着叫："扔，扔掉！"他的嗓子变了调，像猫叫一样，"扔掉呀，你这个小浑蛋！"

黑孩在小铁匠面前蹲下，松开手，抖了两抖，钻子打了两滚儿躺在小铁匠脚前。然后就那么蹲着，仰望着小铁匠的脸。

小铁匠浑身哆嗦起来："别看我，狗小子，别看我。"他拧过脸去。黑孩站起来，走出桥洞……他记得他走出桥洞后望了一会儿西天，天上连一丝云彩也没有，只有半个又白又薄的月亮，像一块小小的云……

他想得很累，耳朵里有蜜蜂的叫声。从马扎子上起来，走到老铁匠的铺前躺下来。头枕着棉袄，眼皮不知不觉合上了。他感到有一个人在抚摸自己的脸，抚摸自己的手。痛，他忍着。有两滴沉甸甸的水珠落下来，一滴落在两片唇间，他咽下了；一滴打到鼻尖上，鼻子被砸得酸溜溜的。

"黑孩、黑孩，醒醒，吃饭啦。"

他觉得鼻子酸得厉害，匆忙爬起来，看着姑娘。有两股水儿想从眼窝里滚出来，他使劲憋住，终于让水儿流进喉咙。

"给你。"姑娘解开那条紫红色头巾。头巾里包着两个窝窝头，一个窝窝头的眼里塞着一根腌黄瓜，一个窝窝头眼里栽着一根大葱。一根长长的梢儿发黄的头发沾在窝窝头上。姑娘用两个指头拈起头发，轻轻一弹。头发落地时声音很响，黑孩听到了。

"吃吧，你这条小狗！"姑娘摸着他的脖子说。

黑孩咬葱咬黄瓜咬窝窝头，一边咀嚼一边看姑娘。

"手是怎么烫的？是不是独眼龙使坏？还咬我吗？看看你的狗牙多快。"

孩子的耳朵使劲忽扇着，左手举起窝窝头，右手举起大葱腌黄瓜，遮住了脸。

三

夜里，莫名其妙地下了一场雷阵雨。清晨上工时，人们看到工地上的石头子儿被洗得干干净净，沙地被拍打得平平整整。闸下水槽里的水增了两拃，水面蓝汪汪地映出天上残余的乌云。天气仿佛一下子冷了，秋风从桥洞里穿过来，和着海洋一样的黄麻地里的窸窣之声，使人感到从心里往外冷。老铁匠穿上了他那件亮甲似的棉袄，棉袄的扣子全掉光了，只好把两扇襟儿交错着掩起来，拦腰捆上一根红色胶皮电线。黑孩还是只穿一条大裤头子，光背赤足，但也看不出他有半点瑟缩。他原来扎腰的那根布条儿不知是扔了还是藏了，他腰里现在也扎着一节红胶皮电线。他的头发这几天像发疯一样地长，已经有二寸长，头发根根竖起，像刺猬的硬毛。民工们看着他赤脚踩着石头上积存的雨水走过工地，脸上都表现出怜悯加敬佩的表情来。

"冷不冷？"老铁匠低声问。

黑孩惶惑地望着老铁匠，好像根本不理解他问话的意思。"问你哩！冷吗？"老铁匠提高了声音。惶惑的神色从他眼里消失了，他垂下头，开始生火。他左手轻拉风箱，右手持煤铲，眼睛望着燃烧的麦秸草。老铁匠从草铺上拿起一件油腻腻的褂子给黑孩披上。黑孩扭动着身体，显出非常难受的样子。老铁匠一离开，他就把褂子脱下来，放回到铺上去。老铁匠摇摇头，蹲下去抽烟。

"黑孩，怪不得你死活不离开铁匠炉，原来是图着烤火暖和哩！妈的，人小心眼儿不少。"小铁匠打了一个百无聊赖的哈欠，说。

工地上响起哨子声，刘副主任说，全体集合。民工们集合到闸前向阳的地方，男人抱着膀子、女人纳着鞋底子。黑孩偷觑着第七个桥墩上的石缝，心里忐忑不安。刘副主任说，天就要冷，因此必须加班赶，争取结冰前浇完混凝土底槽。从今天起每晚七点到十点为加班时间，每人发给半斤粮，两毛钱。谁也没提什么意见。二百多张脸上各有表情。黑孩看到小石匠的白脸发红发紫，姑娘的红脸发灰发白。

当天晚上，滞洪闸工地上点亮了三盏汽灯。汽灯发着白炽刺眼的光，一盏照耀石匠们的工场，一盏照着妇女们砸石子儿的地方。妇女们多数有孩子和家务，半斤粮食两毛钱只好不挣。灯下只围着十几个姑娘。她们都离村较远，大着胆子挤在一个桥洞里睡觉，桥洞两头都堵上了闸板，只在正面留了个洞，钻进钻出。菊子姑娘有时钻桥洞，有时去村里睡（村里有她一个姨表姐，丈夫在县城当临时工，有时晚上不回家睡，表姐就约她去做伴）。第三盏汽灯放在铁匠炉的桥洞里，照着老年青年和少年。石匠工场上锤声叮当，钢钻子啃着石头，不时迸出红色的火星。石匠们干得还算卖劲，小石匠脱掉夹克衫，大红运动衣像火炬一样燃烧着。姑娘们围灯坐着，产生许多美妙联想。有时嘎嘎大笑，有时窃窃私语，砸石子的声音零零落落。在她们发出的各种声音的间隙里，充填着河上的流水声。菊子放下锤子，悄悄站起来，向河边走去。灯光把她的影子长长地投在沙地上。"当心被光棍子把你捉去。"一个姑娘在菊子身后说。菊子很快走出灯光的圈子。这时她看到的灯光像几个白亮亮的小刺球，球刺儿伸到她面前停住了，刺尖儿是红的、软的。后来她又迎着灯光走上去。她忽然想去看看黑孩儿在干什么，便躲避着灯光，闪到第一个桥墩的暗影里。

她看到黑孩儿像个小精灵一样活动着，雪亮的灯光照着他赤裸的身体，像涂了一层釉彩。仿佛这皮肤是刷着铜色的陶瓷橡皮，既有弹性又有韧性，撕不烂也扎不透。黑孩似乎胖了一点点，肋条和皮肤之间疏远了一些。也难怪嘛，每天中午她都从伙房里给他捎来好吃的。黑孩很少回家吃饭，只是晚上回家睡觉，有时候可能连家也不回——姑娘有天早晨发现他从桥洞里钻出来，头发上顶着麦秸草。黑孩双手拉着风箱，动作轻柔舒展，好像不是他拉着风箱而是风箱拉着他。他的身体前倾后仰，脑袋像在舒缓的河水中漂动着的西瓜，两只黑眼睛里有两个亮点上下起伏着，如萤火虫优雅地飞动。

小铁匠在铁砧子旁边以他一贯的姿势立着，双手拄着锤柄，头歪着，眼睛瞪着，像一只深思熟虑的小公鸡。

老铁匠从炉子里把一支烧熟的大钢钻夹了出来，黑孩把另一支坏钻子捅到大钢钻腾出的位置上。烧透的钢钻白里透着绿。老铁匠把大钢钻放到铁砧上，用小叫锤敲敲砧子边，小铁匠懒洋洋地抄起大锤，像抢麻秆一样抢起来，大锤轻飘飘地落在钢钻子上，钢花立刻光彩夺目地向四面八方飞溅。钢花碰到石壁上，破碎成更多的小钢花落地，钢花碰到黑孩微微凸起的肚皮，软绵绵地弹回去，在空中画出一个个漂亮的半圆弧，坠落下去。钢花与黑孩肚皮相撞以及反弹后在空中飞行时，空气摩擦发热发声。打过第一锤，小铁匠如同梦中猛醒一般绷紧肌肉，他的动作越来越快，姑娘看到石壁上一个怪影在跳跃，耳边响彻"咣咣咣咣"的钢铁声。小铁匠塑铁成形的技术已经十分高超，老铁匠右手的小叫锤只剩下干敲砧子边的份儿。至于该打钢钻的什么地方，小铁匠是一目了然。老铁匠翻动钢钻，眼睛和意念刚刚到了钢钻的某个需要锻打的部位，小铁匠的重锤就敲上去了，甚至比他想的还要快。

姑娘目瞪口呆地欣赏着小铁匠的好手段，同时也忘不了看着黑孩和老铁匠。打得最精彩的时候，是黑孩最麻木的时候（他连眼睛都闭上了，呼吸和风箱同步），也是老铁匠最悲哀的时候，仿佛小铁匠不是打钢钻而是打他的尊严。

钢钻锻打成形，老铁匠背过身去淬火，他意味深长地看了小铁匠一眼，两个嘴角轻蔑地往下撇了撇。小铁匠直勾勾地看着师傅的动作。姑娘看到老铁匠伸出手试试桶里的水，把钻子举起来看了看，然后身体弯着像对虾，眼瞅着桶里的水，把钻子尖儿轻轻地、试试探探地触及水面，桶里水"嗞嗞"地响着，一股很细的蒸气蹿上来，笼罩住老铁匠的红鼻子。一会儿，老铁匠把钢钻提起来举到眼前，像穿针引线一样瞄着钻子尖，好像那上边有美妙的画图，老头脸上神采飞扬，每条皱纹里都溢出欣悦。他好像得出一个满意答案似的点点头，把钻子全淹到水里，蒸气轰然上升，桥洞里形成一个小小的蘑菇烟云。汽灯光变得红殷殷的，

251

一切全都朦胧晃动。雾气散尽，桥洞里恢复平静，依然是黑孩梦幻般拉风箱，依然是小铁匠公鸡般冥思苦想，依然是老铁匠如枣脸如漆者眼如屎壳郎者臂上疤痕。

老铁匠又提出一支烧熟的钢钻，下面是重复刚才的一切，一直到老铁匠要淬火时，情况才发生了一些变化。老铁匠伸手试水温。加凉水。满意神色。正当老铁匠要为手中的钻子淬火时，小铁匠耸身一跳到了桶边，非常迅速地把右手伸进了水桶。老铁匠连想都没想，就把钢钻戳到小伙子的右小臂上。一股烧焦皮肉的腥臭味儿从桥洞里飞出来，钻进姑娘的鼻孔。

小铁匠"嗷"地号叫一声，他直起腰，对着老铁匠恶狠狠地笑着，大声喊："师傅，三年啦！"

老铁匠把钢钻扔在桶里，桶里翻滚着热浪头，蒸气又一次弥漫桥洞。姑娘看不清他们的脸子，只听到老铁匠在雾中说："记住吧！"

没等烟雾散尽她就跑了，她使劲捂住嘴，有一股苦涩的味儿在她胃里翻腾着。坐在石堆前，旁边一个姑娘调皮地问她："菊子，这一大会儿才回来，是跟着大青年钻黄麻地了吗？"她没有回腔，听凭着那个姑娘奚落。她用两个手指捏着喉咙，极力不让自己发出声音。

收工的哨声响了。三个钟头里姑娘恍惚在梦幻中。"想汉子了吗？菊子？""走吧，菊子。"她们招呼着她。她坐着不动，看着灯光下幢幢的人影。

"菊子，"小石匠板板正正地站在她身后说，"你表姐让我捎信给你，让你今夜去做伴，咱们一道走吗？"

"走吗？你问谁呢？"

"你怎么啦？是不是冻病啦？"

"你说谁冻病啦？"

"说你哩！"

"别说我。"

"走吗？"

"走。"

石桥下水声响亮，她站住了。小石匠离她只有一步远。她回过头去，看到滞洪闸西边第一个桥洞还是灯火通明，其他两盏汽灯已经熄灭。她朝滞洪闸工地走去。

"找黑孩吗？"

"看看他。"

"我们一块去吧，这小浑蛋，别迷迷糊糊掉下桥。"

菊子感觉到小石匠离自己很近了，似乎能听到他"怦怦"的心跳声。走着，走着。她的头一倾斜，立刻就碰到小石匠结实的肩膀，她又把身子往后一仰，一只粗壮的胳膊便把她揽住了。小石匠把自己一只大手捂在姑娘窝窝头一样的乳房上，轻轻地按摩着，她的心在乳房下像鸽子一样乱扑棱。脚不停地朝着闸下走，走进亮圈前，她把他的手从自己胸前移开。他通情达理地松开了她。

"黑孩!"她叫。

"黑孩!"他也叫。

小铁匠用只眼看着她和他，腮帮子抽动一下。老铁匠坐在自己的草铺上，双手端着烟袋，像端着一杆盒子炮。他打量了一下深红色的菊子和淡黄色的小石匠，疲惫而宽厚地说："坐下等吧，他一会儿就来。"

黑孩提着一只空水桶，沿着河堤往上爬。收工后，小铁匠伸着懒腰说："饿死啦。黑孩，提上桶，去北边扒点地瓜，拔几个萝卜来，我们开夜餐。"

黑孩睡眼迷蒙地看看老铁匠。老铁匠坐在草铺上，像只羽毛凌乱的败阵公鸡。

"瞅什么？狗小子，老子让你去你尽管去。"小铁匠腰挺得笔直，脖子一抻一抻地说。他用眼扫了一下瘫坐在铺上的师傅。胳膊上的烫伤很痛，但手上愉快的感觉完全压倒了臂上的伤痛，那个温度可是绝对的舒适绝对的妙。

黑孩拎起一只空水桶，踢踢踏踏往外走。走出桥洞，仿佛"扑通"一声掉下了井，四周黑得使他的眼睛里不时迸出闪电一样的虚光。他胆怯地蹲下去，闭了一会儿眼睛。当他睁开眼睛时，天色变淡了，天空中的星光暖暖地照着他，也照着瓦灰色的大地……

河堤上的紫穗槐枝条交叉伸展着，他用一只手分拨着枝条，仄着肩膀往上走。他的手捋着湿漉漉的枝条和枝条顶端一串串结实饱满的树籽，微带苦涩的槐枝味儿直往他面上扑。他的脚忽然碰到一个软绵绵热乎乎的东西，脚下响起一声"唧喳"，没及他想起这是只花脸鹌，这只花脸鹌就晕头转向地飞起来，像一块黑石头一样落到堤外的黄麻地里。他惋惜地用脚去摸花脸鹌适才趴窝的地方，那儿很干燥，有一簇干草，草上还留着鸟儿的体温。站在河堤上，他听到姑娘和小石匠喊他。他拍了一下铁桶，姑娘和小石匠不叫了。这时他听到了前边的河水明亮地向前流动着，村子里不知哪棵树上有只猫头鹰凄厉地叫了一声。后娘一怕天打雷，二怕猫头鹰叫。他希望天天打雷，夜夜有猫头鹰在后娘窗前啼叫。槐枝上的露水把他的胳膊濡湿了，他在裤头上擦擦胳膊，穿过河堤上的路走下堤去。这时他的眼睛适应了黑暗，看东西非常清楚，连咖啡色的泥土和紫色的地瓜叶儿的细微色调差异也能分辨。他在地里蹲下，用手扒开瓜垅儿，把地瓜撕下来，"叮叮当当"地扔到桶里。扒了一会儿，他的手指上有什么东西掉下，打得地瓜叶儿哆嗦着响了一声。他用右手摸摸左手，才知道那个被打碎的指甲盖儿整个儿脱落了。水桶已经很重，他提着水桶往北走。在萝卜地里，他一个挨一个地拔了六个萝卜，把缨儿拧掉扔在地上，萝卜装进水桶……

"你把黑孩弄到哪儿去了?"小石匠焦急地问小铁匠。

"你急什么？又不是你儿子!"小铁匠说。

"黑孩呢?"姑娘两只眼盯着小铁匠一只眼问。

"等等，他扒地瓜去了。你别走，等着吃烤地瓜。"小铁匠温和地说。

"你让他去偷？"

"什么叫偷？只要不拿回家去就不算偷！"小铁匠理直气壮地说。

"你怎么不去扒？"

"我是他师傅。"

"狗屁！"

"狗屁就狗屁吧！"小铁匠眼睛一亮，对着桥洞外骂道，"黑孩，你他妈的去哪里扒地瓜？是不是到了阿尔巴尼亚？"

黑孩歪着肩膀，双手提着桶鼻子，趔趔趄趄地走进桥洞。他浑身沾满了泥土，像在地里打过滚一样。

"哟，我的儿，真够下狠的了，让你去扒几个，你扒来一桶！"小铁匠高声地埋怨着黑孩，说，"去，把萝卜拿到池子里洗洗泥。"

"算了，你别指使他了。"姑娘说，"你拉火烤地瓜，我去洗萝卜。"

小铁匠把地瓜转着圈子垒在炉火旁，轻松地拉着火。菊子把萝卜提回来，放在一块干净石头上。一个小萝卜滚下来，沾了一身铁屑停在小石匠脚前，他弯腰把它捡起来。

"拿来，我再去洗洗。"

"算了，光那五个大萝卜就尽够吃了。"小石匠说着，顺手把那个小萝卜放在铁砧子上。

黑孩走到风箱前，从小铁匠手里把风箱拉杆接过来。小铁匠看了姑娘一眼，对黑孩说："让你歇歇哩，狗日的。闲着手痒痒？好吧，给你，这可不怨我，慢着点拉，越慢越好，要不就烤煳了。"

小石匠和菊子并肩坐在桥洞的西边石壁前。小铁匠坐在黑孩后边。老铁匠面南坐在北边铺上，烟锅里的烟早烧透了，但他还是双手捧烟袋，双肘支在膝盖上。

夜已经很深了，黑孩温柔地拉着风箱，风箱吹出的风犹如婴孩的鼾声。河上传来的水声越加明亮起来，似乎它既有形状又有颜色，不但可闻，而且可见。河滩上影影绰绰，如有小兽在追逐，尖细的趾爪踩在细沙上，声音细微如同毫毛纤毫毕现，有一根根又细又长的银丝儿，刺透河的明亮音乐穿过来。闸北边的黄麻地里，"泼剌剌"一声响，麻秆儿碰撞着，摇晃着，好久才平静。全工地上只剩下这盏汽灯了，开初在那两盏汽灯周围寻找过光明的飞虫们，经过短暂的迷惘之后，一齐麇集到铁匠炉边来，为了追求光明，把汽灯的玻璃罩子撞得"哗哗啪啪"响。小石匠走到汽灯前，捏着汽杆，"噗唧噗唧"打气。汽灯玻璃罩破了一个洞，一只蝼蛄猛地撞进去，炽亮的石棉纱罩撞掉了，桥洞里一团黑暗。待了一会儿，才能彼此看清嘴脸。黑孩的风箱把炉火吹得如几片柔软的红绸布在抖动，桥洞里充溢着地瓜熟了的香味。小铁匠用铁钳把地瓜挨个翻动一遍。香味越来越浓，终于，他们手持地瓜红萝卜吃起来。扒掉皮的地瓜白气袅袅，他们一口凉，一口热，急一口，慢一口，咯咯吱吱，吸吸溜溜，鼻尖上吃出汗珠。小铁匠比别人多吃了一个萝卜两个地瓜。老铁匠一点也没吃，坐在那儿如同石雕。

"黑孩,回家吗?"姑娘问。

黑孩伸出舌头,舔掉唇上残留的地瓜渣儿,他的小肚子鼓鼓的。

"你后娘能给你留门吗?"小石匠说,"钻麦秸窝儿吗?"

黑孩咳嗽了一声。把一块地瓜皮扔到炉火里,拉了几下风箱,地瓜皮卷曲,燃烧,桥洞里一股焦煳味。

"烧什么你,小杂种?"小铁匠说,"别回家,我收你当个干儿吧,又是干儿又是徒弟,跟着我闯荡江湖,保你吃香的喝辣的。"

小铁匠一语未了,桥洞里响起凄凉亢奋的歌唱声。小石匠浑身立时暴起一层幸福的鸡皮疙瘩,这歌词或是戏文他那天听过一个开头:

恋着你刀马娴熟,通晓诗书,少年英武,跟着你闯荡江湖,风餐露宿,受尽了世上千般苦——

老头子把脊梁靠在闸板上,从板缝里吹进来的黄麻地里的风掠过他的头顶,他头顶上几根花白的毛发随着炉里跳动不止的煤火轻轻颤动。他的脸无限感慨,腮上很细的两根咬肌像两条蚯蚓一样蠕动着,双眼恰似两粒燃烧的炭火:

……你全不念三载共枕,如云如雨,一片恩情,当作粪土。奴为你夏夜打扇,冬夜暖足,怀中的香瓜,腹中的火炉……你骏马高官,良田万亩,丢弃奴家招赘相府,我我我我是苦命的奴呀……

姑娘的心高高悬着,嘴巴半张开,睫毛也不眨动一下地瞅着老铁匠微微仰起的表情无限丰富的脸和他细长的脖颈上那个像水银珠一样灵活地上下移动着的喉结。凄婉哀怨的旋律如同秋雨抽打着她心中的田地,她正要哭出来时,那旋律又变得昂扬壮丽浩渺无边,她的心像风中的柳条一样飘荡着,同时,有一种麻酥酥的感觉从脊椎里直冲到头顶,于是她的身体非常自然地歪在小石匠肩上,双手把玩着小石匠那只厚茧重重的大手,眼里泪光点点,身心沉浸在老铁匠的歌里意里。老铁匠的瘦脸上焕发出夺目的光彩,她仿佛从那儿发现了自己像歌声一样的未来……

小石匠怜爱地用胳膊揽住姑娘,那只大手又轻轻地按在姑娘硬梆梆的乳房上。小铁匠坐在黑孩背后,但很快他就坐不住了,他听到老铁匠像头老驴一样叫着,声音刺耳,难听。一会儿,他连驴叫声也听不到了。他半蹲起来,歪着头,左眼几乎竖了起来,目光像一只爪子,在姑娘的脸上撕着、抓着。小石匠温存地把手按到姑娘胸脯上时,小铁匠的肚子里燃起了火,火苗子直冲到喉咙,又从鼻孔里、嘴巴里喷出来。他感到自己蹲在一根压缩的弹簧上,稍一松神就会被弹射到空中,与滞洪闸半米厚的钢筋混凝土桥面相撞。他忍着,咬着牙。

黑孩双手扶着风箱杆儿,炉中的火已经很弱了,一绺蓝色火苗和一绺黄色火苗在煤结上跳跃着。有时，火苗儿被气流托起来，离开炉面很高，在空中浮动着，人影一晃动，两个火苗又落下去。孩子目中无人，他试图用一只眼睛盯住一个火苗，让一只眼黄一只眼蓝，可总也办不到，他没法把双眼视线分开。于是他懊丧地从火上把目光移开，左右睃巡着，忽然定在了炉前的铁砧上。铁砧踞伏着，像只巨兽。他的嘴第一次大张着，发出一声感叹（感叹声淹没在老铁匠高亢的歌声里）。黑孩的眼睛原本大而亮，这时更变得如同电光源。他看到了一幅奇特美丽的图画：光滑的铁砧子，泛着青幽幽蓝幽幽的光。泛着青蓝幽幽光的铁砧子上，有一个金色的红萝卜。红萝卜的形状和大小都像一个大个阳梨，还拖着一条长尾巴，尾巴上的根根须须像金色的羊毛。红萝卜晶莹透明，玲珑剔透。透明的、金色的外壳里包孕着活泼的银色液体。红萝卜的线条流畅优美，从美丽的弧线上泛出一圈金色的光芒。光芒有长有短，长的如麦芒，短的如睫毛，全是金色……老铁匠的歌唱被推出去很远很远，像一个小蝇子的嗡嗡声。他像个影子一样飘过风箱，站在铁砧前，伸出了沾满泥土煤屑、挨过砸伤烫伤的小手。小手抖抖索索……当黑孩的手就要捉住小萝卜时，小铁匠猛地蹿起来，他踢翻了一个水桶，水汨汨地流着，渍湿了老铁匠的草铺。他一把将那个萝卜抢过来，那只独眼充着血："狗日的！公狗！母狗！你也配吃萝卜？老子肚里着火，嗓里冒烟，正要它解渴！"小铁匠张开牙齿焦黑的大嘴就要啃那个萝卜。黑孩以少有的敏捷跳起来，两只细胳膊插进小铁匠的臂弯里，身体悬空一挂，又嘟噜滑下来，萝卜落到了地上。小铁匠对准黑孩的屁股踢了一脚，黑孩一头扎到姑娘怀里，小石匠大手一翻，稳稳地托住了他。

老铁匠停下了嘶哑的歌喉，慢慢地站起来。姑娘和小石匠也站起来。六只眼睛一起瞪着小铁匠。黑孩头很晕，眼前的一切都在转动。使劲晃晃头，他看到小铁匠又拿着萝卜往嘴里塞。他抓起一块煤渣投过去，煤渣擦着小铁匠腮边飞过，碰到闸板上，落在老铁匠铺上。

"日你娘，看我打死你！"小铁匠咆哮着。

小石匠跨前一步，说："你要欺负孩子？"

"把萝卜还给他！"姑娘说。

"还给他？老子偏不。"小铁匠冲出桥洞，扬起胳膊猛力一甩，萝卜带着飕飕的风声向前飞去，很久，河里传来了水面的破裂声。

黑孩的眼前出现了一道金色的长虹，他的身体软软地倒在小石匠和姑娘中间。

四

那个金色红萝卜砸在河面上，水花飞溅起来。萝卜漂了一会儿，便慢慢沉入水底。在水底下它慢慢滚动着，一层层黄沙很快就掩埋了它。从萝卜砸破的河面上，升腾起沉甸甸的迷雾，凌晨时分，雾积满了河谷，河水在雾下伤感地呜咽着。几只早起的鸭子站在河边，忧悒地盯着滚动的雾。有一只大胆的鸭子耐不住了，蹒跚着朝河里走。在蓬生的水草前，浓雾像帐子一样挡住了它。它把脖子向左向右向前伸着，雾像海绵一样富于伸缩性，它只好退回来，"嘎嘎"地发着牢骚。后来，太阳钻出来了，河上的雾被剑一样的阳光劈开了一条条胡同和隧道。从胡同里，鸭子们望见一个高个子老头儿挑着一卷铺盖和几件沉甸甸的铁器，沿着河边往西走去了。老头的背驼得很厉害，担子沉重，把它的肩膀使劲压下去，脖子像天鹅一样伸出来。老头子走了，又来了一个光背赤脚的黑孩子。那只公鸭子跟它身边那只母鸭子交换了一个眼神，意思是说：记得吧？那次就是他，水桶撞翻柳树滚下河，人在堤上做狗趴，最后也下了河拖着桶残水，那只水桶差点没把麻鸭那个臊包砸死……母鸭子连忙回应：是呀是呀是呀，麻鸭那个讨厌家伙，天天追着我说下流话，砸死它倒利索……

黑孩在水边慢慢地走着，眼睛极力想穿透迷雾，他听到河对岸的鸭子在"嘎嘎嘎嘎"地乱叫着。他蹲下去，大脑袋放在膝盖上，双手抱住凉森森的小腿。他感觉到太阳出来了，阳光晒着背，像在身后生着一个铁匠炉。夜里他没回家，猫在一个桥洞里睡。公鸡啼鸣时他听到老铁匠在桥洞里很响地说了几句话，后来一切归于沉寂。他再也睡不着，便踏着冰凉的沙土来到河边。他看到了老铁匠伛偻的背影，正想追上去，不料脚下一滑，摔了一个屁股墩，等他爬起来时，老铁匠已经消逝在迷雾中了。现在他蹲着，看着阳光把河雾像切豆腐一样分割开，他望见了河对岸的鸭子，鸭子也用高贵的目光看着他。露出来的水面像银子一样耀眼，看不到河底，他非常失望。他听到工地上吵嚷起来，刘太阳副主任响亮地骂着："娘的，铁匠炉里出了鬼了，老混蛋连招呼都不打就卷了铺盖，小混蛋也没了影子，还有没有组织纪律性？"

"黑孩！"

"黑孩！"

"那不是黑孩吗？瞧，在水边蹲着。"

姑娘和小石匠跑过来，一人架着一只胳膊把他拉起来。

"小可怜，蹲在这儿干什么？"姑娘伸手摘掉他头顶上的麦秸草，说，"别蹲在这儿，怪冷的。"

"昨夜里还剩下些地瓜，让独眼龙给你烤烤。"

"老师傅走了。"姑娘沉重地说。

"走了。"

"怎么办？让他跟着独眼？要是独眼折磨他呢？"

"没事，这孩子没有吃不了的苦。再说，还有我们呢，谅他不敢太过火的。"

两个人架着黑孩往工地上走，黑孩一步一回头。

"傻蛋，走吧，走吧，河里有什么好看的？"小石匠捏捏黑孩的胳膊。

"我以为你狗日的让老猫叼去了呢！"刘太阳冲着黑孩说。他又问小铁匠："怎么样你？把老头挤兑走了，活儿可不准给我误了。淬不出钻子来我剜了你的独眼。"

小铁匠傲慢地笑笑，说："请看好吧，刘头。不过，老头儿那份钱粮可得给我补贴上，要不我不干。"

"我要先看看你的活儿。中就中，不中你也滚他妈的蛋！"

"生火，干活儿。"小铁匠命令黑孩。

整整一个上午，黑孩就像丢了魂一样，动作杂乱，活儿毛糙。有时，他把一大铲煤塞到炉里，使桥洞里黑烟滚滚；有时，他又把钢钻倒头儿插进炉膛，该烧的地方不烧，不该烧的地方反而烧化了。"狗日的，你的心到哪儿去啦？"小铁匠恼怒地骂着。他忙得满身是汗，绝技在身的兴奋劲儿从汗珠缝里不停地流溢出来。黑孩看到他在淬火前先把手插到桶里试试水温，手臂上被钢钻烫伤的地方缠着一道破布，似乎有一股臭鱼烂虾的味道从伤口里散出来。黑孩的眼里蒙着一层淡淡的云翳，情绪非常低落。九点钟以后，阳光异常美丽，阴暗的桥洞里，一道光线照着西壁，折射得满洞辉煌。小铁匠把钢钻淬好，亲自拿着送给石匠师傅去鉴定。黑孩扔下手中工具，蹑手蹑脚溜出桥洞，突然的光明也像突然的黑暗一样使他头晕眼光。略微迟疑了一下，他便飞跑起来，只用了十几秒钟，他就站在河水边缘上了。那些四个棱的狗蛋子草好奇地望着他，开着紫色花朵的水芡和擎着咖啡色头颅的香附草贪婪地嗅着他满身的煤烟味儿。河上飘逸着水草的清香和鲢鱼的微腥，他的鼻翼翕动着，肺叶像活泼的斑鸠在展翅飞翔。河面上一片白，白里掺着黑和紫。他的眼睛生涩刺痛，但还是目不转睛，好像要看穿水面上漂着的这层水银般的亮色。后来，他双手提起裤头的下沿，试试探探下了水，跳舞般向前走。河水起初只淹到他的膝盖，很快淹到大腿，他把裤头使劲捲起来，两半葡萄色的小屁股露了出来。这时候他已经立在河的中央了，四周的光一齐往他身上扑，往他身上涂，往他眼里钻，把他的黑眼睛染成了坝上青香蕉一样的颜色。河水湍急，一股股水流撞着他的腿。他站在河的硬硬的沙底上，但一会儿，脚下的沙便被流水掏走了。他站在沙坑里，裤头全湿了，一半贴着大腿，一半在屁股后漂起来，裤头上的煤灰把一部分河水染黑了。沙土从脚下卷起来，抚摸着他的小腿，两颗琥珀色的水珠挂在他的腮上，他的嘴角使劲抽动着。他在河中走动起来，用脚试探着，摸索着，寻找着。

"黑孩！黑孩！"

他听到小铁匠在桥洞前喊叫着。

"黑孩，想死吗？"

他听到小铁匠到了水边，连头也不回，小铁匠只能看到他青色的背。

"上来呀！"小铁匠挖起一块泥巴，对准黑孩投过去。泥巴擦着他的头发梢子落到河水里，河面上荡开椭圆形的波纹。又一坨泥巴扔过来，正打着他的背，他往前扑了一下，嘴唇沾到了河水。他转回身，"呼呼隆隆"地蹚着水往河边上走。黑孩遍身水珠儿，站在小铁匠面前。水珠儿从皮肤上往下滚动，一串一串的，"嘟噜噜"地响。大裤头子贴在身上，小鸡子像蚕蛹一样硬梆梆地翘着。小铁匠举起那只熊掌一样的大巴掌刚要扇下去，忽然觉得心脏让猫爪子给剚了一下子，黑孩的眼睛直盯着他的脸。

"快去拉火。师傅我淬出的钢钻，不比老家伙差。"他得意地拍拍黑孩的脖颈。

铁匠炉上暂时没有活儿，小铁匠把昨夜剩下的生地瓜放在炉边烤着。黄麻地里的风又轻轻地吹进来了。阳光很正地射进桥洞。小铁匠用铁钳翻动着烤出焦油的地瓜，嘴里得意地哼着："从北京到南京，没见过裤裆里拉电灯。黑孩，你见过裤裆里拉电灯吗？你干娘裤裆里拉电灯哩……"小铁匠忽然记起似的对黑孩说，"快点，拔两个萝卜去，拔回来赏你两个地瓜。"黑孩的眼睛猛然一亮，小铁匠从他肋条缝里看到他那颗小心儿使劲地跳了两下，正想说什么没及开口，孩子就像家兔一样跑走了。

黑孩爬上河堤时，听到菊子姑娘远远地叫了他一声。他回过头，阳光捂住了他的眼。他下了河堤，一头钻出黄麻地。黄麻是散种的，不成垅也不成行，种子多的地方黄麻秆儿细如手指、铅笔；种子少的地方，麻秆如镰柄、手臂。但全都是一样高矮。他站在大堤上望麻田时，如同望着微波荡漾的湖水。他用双手分拨着粗粗细细的麻秆往前走，麻秆上的硬刺儿扎着他的皮肤，成熟的麻叶纷纷落地。他很快就钻到和萝卜地平行着的地方，拐了一个直角往西走。接近萝卜地时，他趴在地上，慢慢往外爬。很快他就看到了满地墨绿色的萝卜缨子。萝卜缨子的间隙里，阳光照着一片通红的萝卜头儿。他刚要钻出黄麻地，又悄悄地缩回来。一个老头正在萝卜埂里爬行着，一边爬一边从口袋里往外掏着麦粒，一穴一穴地点种在萝卜埂沟中间。骄傲的秋阳晒着他的背，他穿着一件白布褂儿，脊沟湿湿了，微风扬起灰尘，使汗湿的地方发了黄。黑孩又膝行着退了几米远，趴在地上，双手支起下巴，透过麻秆的间隙，望着那些萝卜。萝卜田里有无数的红眼睛望着他，那些萝卜缨子也在一瞬间变成了乌黑的头发，像飞鸟的尾羽一样耸动不止……

一个红脸膛汉子从地瓜地里大步走过来，站在老头背后，猛不丁地说："哎，老生，你说昨天夜里遭了贼？"

老头手忙脚乱地爬起来，垂着手回答："遭了，偷了六个萝卜，缨子留下了，地瓜八墩，蔓子留下了。"

"怕是让修闸的那些狗日的偷去了，加点小心，中饭晚点回去吃。"

"我听着啦，队长。"老头儿说。

黑孩和老头一起，目送着红脸汉子走上大堤。老头坐在萝卜地里，面对着孩子。黑孩又慌乱地往后退出一节，这时，密密麻麻的黄麻把他的视线遮住了。

"黑孩！"

"黑孩！"

姑娘和小石匠站在大堤上，对着黄麻地喊着。他们背对着正晌的太阳，阳光照着散工的人群。

"我看到他钻到黄麻地里，我还以为他去撒尿拉屎了呢！"姑娘说。

"独眼龙难道又欺负他了？"小石匠说。

"黑孩!"

"黑孩!"

姑娘和小石匠的男女声二重喊贴着黄麻梢头像燕子一样滑翔,正在黄麻梢头捕食灰色小蛾的家燕被惊吓得高飞,好一会儿才落下来。小铁匠站在桥洞前边,独眼望着这并膀站着的男女,感到肚子越胀越大。方才姑娘和小石匠来找黑孩,那语气那神态就像找他们的孩子。"等着吧,丫头养的你们!"他恨恨地低语着。

"黑孩!黑孩!"姑娘说,"他怕是钻到黄麻地里睡着了。"

"去看看吗?"小石匠乞求地看着姑娘。

"去吗?去吧。"

两个人拉着手下了堤,钻到黄麻地里。小铁匠尾追着冲上河堤,他看到黄麻叶子像波浪一样翻滚着,黄麻杆子"刷啦啦"地响着,一男一女的声音在喊叫黑孩,声音像从水里传上来的一样……

黑孩趴累了,舒了一口气,翻了一个身,仰面朝天躺起来。他的身下是干燥的沙土,沙上铺着一层薄薄的黄麻落叶。他后脑勺枕着双手,肚子很瘪地凹陷着,一个带着红点的黄叶飘飘地落下来,盖住了他满是煤灰的肚脐。他望着上方,看到一缕粗一缕细的蓝色光线从黄麻叶缝中透下来,黄麻叶片好像成群的金麻雀在飞舞。成群的金麻雀有时又像一簇簇的葫芦蛾,蛾翅上的斑点像小铁匠眼中那个棕色的萝卜花一样愉快地跳动。

"黑孩!"

"黑孩!"

熟悉的声音把他从梦幻中唤醒,他坐起来,用手臂摇了一下身边那棵粗大的黄麻。

"这孩子,睡着了吗?"

"不会的,我们这么大声喊。他肯定是溜回家去了。"

"这小东西……"

"这里真好……"

"是好……"

声音越来越低,像两只鱼儿在水面上吐水泡。黑孩身上像有细小的电流通过,他有点紧张,双膝跪着,扭动着耳朵,调整着视线。目光终于通过了无数障碍,看到了他的朋友被麻秆分割得影影绰绰的身躯。一时间静极了的黄麻地里掠过了一阵小风,风吹动了部分麻叶,麻秆儿全没动。又有几个叶片落下来,黑孩听到了它们振动空气的声音。他很惊异很新鲜地看到一根紫红色头巾轻飘飘地落到黄麻秆上,麻秆上的刺儿挂住了围巾,像挑着一面沉默的旗帜,那件红格儿上衣也落到地上。成片的黄麻像浪潮一样对着他涌过来。他慢慢地站起来,背过身,一直向前走,一种异样的感觉猛烈冲击着他。

五

一连十几天，姑娘和小石匠好像把黑孩忘记了，再也不结伴到桥洞里来看望他。每当中午和晚上，黑孩就听到黄麻地里响起百灵鸟婉转的歌唱声，他的脸上浮起冰冷的微笑，好像他知道这只鸟在叫着什么。小铁匠是比黑孩晚好几天才注意到百灵鸟的叫声的。他躲在桥洞里仔细观察着，终于发现了奥秘：只要百灵鸟叫起来，工地上就看不见小石匠的影子，菊子姑娘就坐立不安，眼睛四下打量，很快就会扔下锤子溜走。姑娘溜走后一会儿，百灵鸟就歇了歌喉。这时，小铁匠的脸色就变得更加难看，脾气变得更加暴躁。他开始喝起酒来。黑孩每天都要走过石桥到村里小卖部给他装一瓶地瓜烧酒。

这天晚上，月光皎皎如水，百灵鸟又叫起来了。黄麻地里的熏风像温柔的爱情扑向工地。小铁匠攥着酒瓶子，把半瓶烧酒一气灌下去，那只眼睛被烧得泪汪汪的。刘太阳副主任这些天回家娶儿媳妇去了，工地上人心涣散，加夜班的石匠们多半躺在桥洞里吸烟，没有钻子要修理，炉火半死不活地跳动着。

"黑孩……去，给老子拔几个萝卜来……"酒精烧着小铁匠的胃，他感到口中要喷火。

黑孩像木棍一样立在风箱边上，看着小铁匠。

"你，等着老子揍你吗？去……"

黑孩走进月光地，绕着月光下无限神秘的黄麻地，穿过花花绿绿的地瓜地，到了晃动着沙漠蜃影的萝卜地。等他提着一个萝卜走回桥洞时，小铁匠已经歪在草铺上呼呼地睡了。黑孩把萝卜放在铁砧子上，手颤抖着拨亮炉火，可再也弄不出那一蓝一黄升腾到空中的火苗。他变换着角度，瞅那个放在铁砧子上的萝卜，萝卜像蒙着一层暗红色的破布，难看极了，孩子沮丧地垂下头。

这天夜里，黑孩没有睡好。他躺在一个桥洞里，翻来覆去地打着滚。刘副主任不在，民工们全都跑回家去睡觉。桥洞里只剩下一层薄薄的麦秸草。月光斜斜地照进桥洞，桥洞里一片清冷光辉，河水声、黄麻声、小铁匠在最西边桥洞里发出的鼾声，以及其他一些莫名其妙的声音，一齐钻进了他的耳朵。石头上的麦草闪闪烁烁，直扎着他的眼睛。他把所有的麦秸草都收拢起来，堆成一个小草岭，然后钻进去，风还是能从草缝里钻进来，他使劲蜷缩着，不敢动了。他想让自己睡觉，可总是睡不着。他总是想着那个萝卜，那是个什么样的萝卜呀。金色的，透明。他一会儿好像站在河水中，一会儿又站在萝卜地里，他到处找呀，到处找……

第二天早晨，太阳还没出来，月亮还没完全失去光彩，成群的黑老鸹惊慌失措地叫着从工地上空掠过，滞洪闸上留下了它们脱落的肮脏羽毛。东边的地平线上，立着十几条大树一样的灰云，枝杈上挂满了破烂的布条。黑孩从桥洞里一钻出来就感到浑身发冷，像他前些日子打摆子时寒战上来一样滋味。刘副主任昨天回来了，检查了工地上的情况，他非常生气，大骂了所有的民工。所以今天人们来得都很早，干活也卖力，工地上的锤声像池塘里的蛙鸣连成一片。今天要修的钢钻很多，小铁匠的工作态度也非常认真，活儿干得又麻利又漂亮。来换钢钻的石匠们不断地夸奖他，说他的淬火功夫甚至超过了老铁匠，淬出的钢钻又快又韧，下下都咬石头。

太阳两竿子高的时候，小石匠送来两支钢钻待修。这是两支新钻，每支要值四五块钱。小铁匠瞥瞥神采焕发的小石匠，独眼里射出一道冷光。小石匠没觉察到小铁匠的表情，幸福的眼睛里看到的全是幸福。黑孩儿感到心里害怕：他看出小铁匠要作弄小石匠了。小铁匠把那两支钢钻烧得像银子一样白，草草地在砧子上打出尖儿，然后一下子浸到水里去……

小石匠提着钢钻走了，小铁匠嘴上滑过一个得意的笑容，他对着黑孩眨眨眼，说："孙子，他妈的也配使老子淬出的钻子？儿子，你说他配吗？"黑孩缩在角落里，使劲打着哆嗦。一会儿，小石匠回到铁匠炉边，他把两支钻子扔到小铁匠跟前，骂道："独眼龙，你这是淬的什么火？"

"孙子，叫唤什么？"小铁匠说。

"睁开你那只独眼看看！"

"这是你的钻子不好。"

"放屁，你这是成心作弄老子。"

"作弄你又怎么着？爷们看着你就长气！"

"你、你，"小石匠气得脸色煞白，说，"有种你出来！"

"老子怕你不成！"小铁匠撕下腰间扎着的油布，光着背，像只棕熊一样蹀过去。

小石匠站在闸前的沙地上，把夹克衫和红运动衣脱下来，只穿一件小背心。他身材高大，面孔像个书生，身体壮得像棵树。小铁匠脚上还扎着那两块防烫的油布，脚掌踩得地上尖利的石片嗷嗷地响，他的臂长腿短，上身的肌肉非常发达。

"文打还是武打？"小铁匠不屑一顾地说。

"随你的便。"小石匠也不屑一顾地说。

"你最好回家让你爹立个字据，打死了别让我赔儿子。"

"你最好回家先钉口棺材。"

骂着阵，两个人靠在了一起。黑孩远远地蹲着，一直没停地打着哆嗦。他看到，小铁匠和小石匠最初的交锋很像开玩笑。小石匠卷着舌头啐了小铁匠一脸唾沫，小铁匠扬起长臂，把拳头捅过去，小石匠一退，这一拳打空了。又啐。又一拳。又退。闪空。但小石匠的第三口唾沫没迸出唇，肩头上就被小铁匠猛捅了一拳，他的身体不由自主地转了一圈。

人们惊叫着围拢上来，高喊着："别打了，别打了。"但没有人上前拉架。后来，连喊声也没有了，大家都睁大眼，屏住气，看着这两个身段截然不同的小伙子比试力气。菊子姑娘脸色灰白，使劲地抓住她身边一个姑娘的肩头。当他的情人吃了小铁匠的铁拳时，她就低声呻唤着，眼睛像一朵盛开的墨菊。

决斗还难分高低，你打我一拳，我也打你一拳。小石匠个头高，拳头打得漂亮潇洒，但显然有点飘，有点花哨，力量不很足；小铁匠动作稍慢一点，但出拳凶狠扎实，被他闷上一拳，小石匠就要转一个圈。后来，小铁匠头上挨了一拳，有点晕头转向，小石匠趁机上前，雨点般的拳头打得小铁匠的身体嘭嘭地响。小铁匠一猫腰，钻进了小石匠腋下，两只长臂像两条鳗鱼一样缠住了小石匠的腰，小石匠急忙夹住小铁匠的头，两个人前进、后退，后退，又前进，小石匠支持不住，仰面朝天摔在沙地上。

人群里爆发了一阵欢呼。

小铁匠站起来，吐吐口中的血沫子，歪着头，像只斗胜的公鸡。

小石匠爬起来，向着小铁匠扑过去，一白一黑两个身体又扭在一起。这次小石匠把身体伏得很低，保护着自己的下三路不让小铁匠得手。四只胳膊紧紧地纠缠着，有时候，小石匠把小铁匠撩起来，转着圈抡动，但并不能把小铁匠摔出去。小石匠气喘吁吁，满身都是汗水，小铁匠却连一个汗珠都没掉。小石匠体力不支，步伐错乱，眼前出现重影，稍一懈怠，手臂便被拨开，小铁匠抱住他的腰，箍得他出气不匀，他再次仰天倒地。

第三个回合小石匠败得更惨，小铁匠一个癞狗钻裆把他扛起来，摔出去足有两米远。

菊子姑娘哭着扑上去，扶起了小石匠。在菊子姑娘的哭声中，小铁匠脸上的喜色顿时消逝，换上了满面凄凉。他呆呆地站着。小石匠爬起来，拨开菊子的手，抓起一把沙土，对准小铁匠的脸打上去。沙土迷住了小铁匠的独眼，他像野兽一样号叫着，使劲搓着眼睛。小石匠趁机扑上去，卡着小铁匠的脖子把他按倒，拳头像擂鼓一样对着小铁匠的脑袋乱打……

这时候，从人们的腿缝里，钻出了一个黑色的影子。这是黑孩。他像只大鸟一样飞到小石匠背后，用他那两只鸡爪一样的黑手抓住小石匠的腮帮子使劲往后扳，小石匠龇着牙、咧着嘴，"嗷嗷"地叫着，又一次沉重地倒在沙地上。

小铁匠挣扎着坐起来，两只大手摸起地上的碎石片儿，向着四周抛撒。"畜牲！狗！"骂声和着石头片儿，像冰雹一样横扫着周围的人群，人们慌乱地躲闪着。菊子姑娘突然惨叫了一声。小铁匠的手像死了一样停住了。他的独眼里的沙土已被泪水冲积到眼角上，露出了瞳孔。他蒙眬地看到菊子姑娘的右眼里插着一块白色的石片，好像眼里长出一朵银耳。他怪叫一声，捂着眼睛，躺在地上痛苦地扭动着。

黑孩听到姑娘的惨叫，便松开了自己的手。他的手指把小石匠的腮帮子抓出两排染着煤灰的血印。趁着人们慌乱的时候，他悄悄地跑回桥洞，蹲在最黑暗的角落上，牙齿"得得"地打着战，偷眼望着工地上乱纷纷的人群。

六

第二天，滞洪闸工地上消失了小石匠和菊子姑娘的影子，整个工地笼罩着沉闷压抑的气氛。太阳像抽风般颤抖着，一股股萧杀的秋风把黄麻吹得像大海一样波浪起伏，一群群麻雀惊恐不安地在黄麻梢头噪叫声。风穿过桥洞，扬起尘土，把半边天都染黄了。一直到九点多钟，风才停住，太阳也慢慢恢复正常。

刚娶完儿媳妇回来的刘太阳副主任碰上了这些事，心里窝着一腔火，他站在铁匠炉前，把小铁匠骂得狗血淋头，并扬言要抠出他那只独眼给菊子姑娘补眼。小铁匠一声不吭，黑脸上的粉刺疙瘩一粒粒憋得通红，他大口喘着气，大口喝着酒。

石匠们不知被什么力量催动着，玩儿命地干活，钢钻子磨秃了一大批，堆在红炉旁等着修理。小铁匠像大虾一样蜷曲在草铺上，咕咕地灌着酒，桥洞里酒气扑鼻。

刘副主任发火了，用脚端着小铁匠骂："你害怕了？装孙子了？躺着装死就没事了？滚起来修钻子，这样也许能将功补过。"

小铁匠把手中的酒瓶向上抛起来，酒瓶在桥面上砰的一声撞碎，碎玻璃掺着烧酒落了刘副主任一头。小铁匠跳起来，一路歪斜跑出去，喊着："老子怕什么，老子天都不怕，死都不怕，还怕什么？"他爬上滞洪闸，继续高叫着："我谁都不怕！"他的腿碰到了石栏杆，身子歪歪扭扭，桥下有人喊："小铁匠，当心掉下桥。""掉下桥？"他哈哈大笑起来，笑着攀上石栏杆，一松手，抖抖擞擞地站在石栏杆上。桥下的人都中了魔，入了定，呼吸也不敢用力。

小铁匠双臂夵煞开，一上一下起伏着，像两只羽毛丰满的翅膀。他在窄窄的石栏杆上走起来，身体晃来晃去。他慢走变成快走，快走变成小跑，桥下的人捂住眼睛，又松手露出眼睛。

小铁匠一起一伏晃晃悠悠地在石栏杆上跑着，栏杆下乌蓝的水里映出他变了形的身影。他从西头跑到东头，又从东头跑回来，一边跑一边唱起来："南京到北京，没见过裤裆里拉电灯，格里隆格里格隆，里格隆，里格隆，南京到北京，没见过裤裆里打弹弓……"

几个大胆的石匠跑上闸去，把小铁匠拖了下来。他拼命挣扎着，骂着："别他妈的管我，老子是杂技英豪，那些大姐在电影上走绳子，老子在闸上走栏杆，你们说，谁他妈的厉害……"几个人累得气喘吁吁，总算把他弄回桥洞里。他像块泥巴一样瘫在铺上，嘴里吐着白沫，手撕着喉咙，哭叫着："亲娘哟，难受死了！黑孩，好徒弟，救救师傅吧，去拔个萝卜来……"

人们突然发现，黑孩穿上了一件包住屁股的大褂子，褂子是用崭新的又厚又重的小帆布缝的。这种布非常结实，五年也穿不破。那条大裤头子在褂子下边露出很短的一截，好像褂子的一个花边。黑孩的脚上穿着一双崭新的回力球鞋，由于鞋子太大，只好紧紧地系住鞋带，球鞋变得像两条丑陋的胖头鲇鱼。

"黑孩，听到了吗？你师傅让你去干什么？"一个老石匠用烟袋杆子戳着黑孩的背说。

黑孩走出桥洞，爬上河堤，钻进黄麻地。黄麻地里已经有了一条依稀可辨的小径，麻杆儿都向两边分开。走着走着，他停住脚。这儿一片黄麻倒地，像有人打过滚。他用手背揉揉眼睛，抽泣了一声，继续向前走。走了一会儿，他趴下，爬进萝卜地。那个瘦老头不在，他直起腰，走到萝卜地中央，蹲下去，看到萝卜垅里点种的麦子已经钻出紫红的锥芽。他双膝跪地，拔出了一个萝卜，萝卜的细根与土壤分别时发出水泡破裂一样的声响。黑孩认真地听着这声响，一直追着它飞到天上去。天上纤云也无，明媚秀丽的秋阳一无遮拦地把光线投下来。黑孩把手中那个萝卜举起来，对着阳光察看。他希望还能看到那天晚上从铁砧上看到的奇异景象，他希望这个萝卜在阳光照耀下能像那个隐藏在河水中的萝卜一样晶莹剔透，泛出一圈金色的光芒。但是这个萝卜使他失望了。它不剔透也不玲珑，既没有金色光圈，更看不到金色光圈里苞孕着的活泼的银色液体。他又拔出一个萝卜，又举到阳光下端详，他又失望了。以后的事情就变得很简单了。他膝行一步，拔两个萝卜，举起来看看，扔掉。又膝行一步，拔，举，看，扔……

看菜园的老头子眼睛像两滴混浊的水，他蹲在白菜地里捉拿钻心虫儿。捉一个用手指捏死，再捉一个还捏死。天近中午了，他站起来，想去叫醒正在看院屋子里睡觉的队长。队长夜里误了觉，白天村里不安宁，难以补觉，看院屋子里只能听到秋虫浅吟，正好睡觉。老头儿一直起腰，就听到脊椎骨"吧哽吧哽"响。他恍然看到阳光下的萝卜地一片通红，好像遍地是火苗子。老头打起眼罩，急步向前走，一直走到萝卜地里，他才看得那遍地通红的竟是拔出来的还没有完全长成的萝卜。

"作孽啊！"老头子大叫一声。他看到一个孩子正跪在那儿，举着一个大萝卜望太阳。孩子的眼睛是那么大、那么亮，看着就让人难受。但老头子还是不客气地抓住他，扯起来，拖到看园屋子里，叫醒了队长。

"队长，坏了，萝卜，让这个小熊给拔了一半。"

队长睡眼惺忪地跑到萝卜地里看了看，走回来时他满脸杀气。对着黑孩的屁股他狠踢了一脚，黑孩半天才爬起来。队长没等他清醒过来，又给了他一耳巴子。

"小兔崽子，你是哪个村的？"

黑孩迷惘的眼睛里满是泪水。

"谁让你来搞破坏？"

黑孩的眼睛清澈如水。

"你叫什么名字？"

黑孩的眼睛里水光潋滟。

"你爹叫什么名字？"

两行泪水从黑孩眼里流下来。

"他娘的，是个小哑巴。"

黑孩的嘴唇轻轻嚅动着。

"队长，行行好，放了他吧。"瘦老头说。

"放了他？"队长笑着说，"是要放了他。"

队长把黑孩的新褂子、新鞋子、大裤头子全剥下来，团成一堆，扔到墙角上，说："回家告诉你爹，让他来给你拿衣裳。滚吧！"

黑孩转身走了，起初他还好像害羞似的用手捂住小鸡儿，走了几步就松开了手。老头子看着这个一丝不挂的男孩，抽抽嗒嗒地哭起来。

黑孩钻进了黄麻地，像一条鱼儿游进了大海。扑簌簌黄麻叶儿抖，明晃晃秋天阳光照。黑孩——黑孩——

（原载《中国作家》1985年第2期）

《欢乐》，莫言著，上海文艺出版社，2010年8月第1版

作品提示

《透明的红萝卜》是莫言的成名作，创作于1984年冬天，在恩师著名作家徐怀中的启发指导下创作，具有自传色彩，1985年在《中国作家》第2期发表的中篇小说。小说主要围绕黑孩在滞洪闸做小工的经历和身边的人所发生的故事展开叙述的，描述了主人公黑孩受到后娘残酷的虐待，过早地背上了生活的重负，和大人一样参加劳动挣工分，还要承受某些人的羞辱和痛打，坚忍地活在苦痛的现实中。作品写出了一个孩子的内心世界，写出了外在世界生活中的人和事在一个孩子心中的折射，写出了一个孩子的心态。在他孤独的内心中，各种感觉异常敏锐。

这篇文章对农村美丽的风景作了鲜活的描写，而人与人之间的故事就像在放一部朴实无奇的黑白电影，然而这正是这篇文章的魅力和艺术特色所在。

诗　歌　编

蝴　蝶

——胡　适

作者简介

胡适 (1891—1962 年)，原名洪骍，字适之，诗人、学者，1891 年生于安徽绩溪，1904 年到上海读书，信奉进化论；1910 年考取清华学堂庚款留美官费生，先后在康奈尔大学、哥伦比亚大学修习农学、哲学、文学，师从主张实用主义哲学的哲学家杜威，1915 年获博士学位，1917 年毕业回国，曾任北京大学教授、哲学系主任、文学院院长、北京大学校长等职务；1938 年任驻美大使，美国国会图书馆名誉顾问，哈佛、哥伦比亚、加利福尼亚、普林斯顿大学教授，获得过 35 个博士头衔，1958 年回台湾任中央研究院院长。他一生在文学、哲学、史学、古典文学考证等方面卓有成就。

两个黄蝴蝶，双双飞上天。
不知为什么，一个忽飞远。
剩下那一个，孤单怪可怜；
也无心上天，天上太孤单。

《中国现当代文学作品精选．诗歌卷》，高永年主编，凤凰出版社，2011 年 3 月第 1 版

作品提示

《蝴蝶》选自胡适的白话诗集《尝试集》，诗名原为《朋友》。胡适写白话诗也在实践他的作诗如作文的主张，因此本诗具有散文化的特点。

朋友来了总会走，走后总会让我们产生寂寥的情绪，但我们却不能埋怨朋友不该来，正如胡适本人所说，本诗"并不含有埋怨我的朋友的意思"，诗人借助于飞来又飞走的蝴蝶表现出自己的一种孤单寂寞的感触。

该诗已摆脱了旧体诗的束缚，用自由平易的白话来表现诗人的情感和思想，但没有诗歌的节律，内涵上还不够丰满。

繁 星（节选）

——冰 心

作者简介

冰心（1900—1999年），原名谢婉莹，福建长乐人，1918年进入协和女子大学学医，后改学文学；是新文学初期重要的女作家之一（也是新文学史上最早的女作家之一）。她受基督教的泛爱思想和西方人道主义观念的影响，把人生理解为爱，主要歌颂母爱、童心和大自然（大海）。其作品具有浓厚的宗教情怀和女性意识。解放后她曾任中国文联副主席。

小说创作以问题小说开始，主要是探究人生的意义，如《斯人独憔悴》《两个家庭》《秋分秋雨愁煞人》《去国》等，后来小说的题材开始关注广阔的社会生活，以创作去改良人生，具有敏锐的社会意识，如《超人》《烦闷》《悟》（爱的三部曲）等，宣扬爱的哲学。20世纪30年代后的作品中有了明确的阶级观念。

在语言文体上的创作，形成了冰心体，提倡"白话文言化"，"中文西文化"。艺术上不事情节铺排，重写人物的心理活动；宣扬爱的哲学，以女性的温婉之心来观照生活；风格清新、飘逸、感伤；语言典雅秀逸、清丽淡远、含蓄凝练、诗情洋溢。

三三

母亲啊！
撇开你的忧愁，
容我沉酣在你的怀里，
只有你是我灵魂的安顿。

五五

成功的花，
人们只惊慕她现时的明艳！
然而当初她的芽儿，
浸透了奋斗的泪泉，
洒遍了牺牲的血雨。

一五九

母亲呵，
天上的风雨来了，
鸟儿躲到它的巢里；
心中的风雨来了，
我只躲到你的怀里。

《冰心诗文名篇》，冰心著，时代文艺出版社，2010 年 1 月第 1 版

作品提示

　　冰心的《繁星》较多的是抒写诗人心中的"爱的哲学"。"母爱"是其诗歌的主要主题。

　　《繁星》（五五）是一首哲理小诗。诗人把人生事业的成功比喻为花，当人们获得学习、工作以及事业的成功时，人们总会投以惊奇的目光，却很少关心成功是如何经历"奋斗"和"牺牲"的，诗人对这一现象不是简单的描绘，而是凝练成"人们只惊慕她现时的明艳"，具有很强的艺术概括力。

　　《繁星》（一五九）抒发了儿女对母亲的眷恋之情，同时也唱出了对母爱的礼赞。一切关于母亲的情感——恋母、爱母、敬母——都融入简短的诗句中。诗人将自然现象和人的感情体验巧妙融合，使诗歌内涵丰富，隽永绵长。

伊 底 眼

—— 汪静之

汪静之（1902—1996年），原籍绩溪县上庄乡余村。他是"五四"时期全国142位著名作家之一。汪静之早年求学于屯溪茶务学校，1921年考入浙江省第一师范学校，由于深受"五四"运动新思潮的影响，是年下半年，与潘漠华发起成立了有柔石、魏金枝、冯雪峰等参加的，由叶圣陶、朱自清为顾问的"晨光文学社"。1922年3月，他与潘漠华、应修人、冯雪峰等组织了我国现代文学史上最早的新诗团——湖畔诗社，1926年秋在芜湖一所中学执教，10月，经郭沫若介绍任北伐军总政治部宣传科编纂，次年任《革命军报》特刊编辑兼武汉国民政府劳工部《劳工月刊》编辑；1928—1936年在上海、南京、安庆、汕头、杭州、青岛任中学语文教员及建设大学、安徽大学、暨南大学中文系教授；1947年8月任上海复旦大学中文系教授；1952年调北京人民出版社古典文学编辑部任编辑；1955年调中国作协，其后，一直担任湖畔诗社社长。汪静之同志是我国现代著名的作家、诗人。他的作品有《蕙的风》《耶苏的吩咐》《翠黄及其夫的故事》《鬻命》《寂寞的国》《人肉》《父与子》《作家的条件》《诗歌的原理》《李杜研究》《爱国诗选》《爱国文选》《诗廿一首》，并发表过大量文章，其中诗集《蕙的风》1922年出版，在全国掀起巨大反响。鲁迅很赏识他的诗作，并对其作品给予较高的评价，曾亲自为他修改作品，多次给他教诲和鼓励。"《蕙的风》的内容对于当时封建礼教具有更大的冲击力，它的出版，无疑是向旧社会道德投下了一颗猛烈无比的炸弹，在我国文艺界引起了一场'文艺与道德'的论战"。

伊底眼是温暖的太阳；
不然，何以伊一望着我，
我受了冻的心就热了呢？

伊底眼是解结的剪刀；
不然，何以伊一瞧着我，
我被镣铐的灵魂就自由了呢？

伊底眼是快乐的钥匙；
不然，何以伊一瞅着我，

我就住在乐园里了呢？

伊底眼变成忧愁的引火线了；
不然，何以伊一盯着我，
我就沉溺在愁海里了呢？

1922 年 6 月 4 日

《中国新诗鉴赏大辞典》，吴奔星主编，江苏文艺出版社，1988 年 12 月第 1 版

作品提示

　　朱自清曾评价汪静之的诗有"孩子们洁白的心声，坦率的少年的气度"，本诗就以其直白，表露出爱的柔情。

　　诗人将爱情中对方的眼神比作"温暖的太阳"、"解结的剪刀"、"快乐的钥匙"，当接触到对方的眼神，诗人就感觉热血沸腾，灵魂自由，爱人的眼神也是"忧愁的引火线"，一旦接触便沉溺到思念之中，无法自拔。诗人以率真的语言直露地歌唱至情至性的爱情，大胆袒露地表现沉浸在爱情中青年男女的心绪，可以说是对封建传统和伦理道德观念的一种大胆挑战。

蛇

——冯 至

冯至（1905—1993年），浪漫主义诗人，有诗集《昨日之歌》（1927年）、《北游及其他》（1929年）、《十四行集》（1942年）等。他被鲁迅誉为"中国最为杰出的抒情诗人"。他的诗歌注重诗意的提炼和表达；情感深沉含蓄；形式上追求整饬的节奏美，舒缓柔美；语言上明净纯洁；手法上平中见奇。他的诗歌最大的特点是艺术的节制性，将纷繁复杂的外部世界化为单纯明朗的形象，将内心激越的情绪通过外形的节制化为客观物象或蕴含在简单的情节之中。他的诗歌创作受到德国诗人海涅、歌德、席勒的影响较深。

我的寂寞是一条蛇，
静静地没有言语。
你万一梦到它时，
千万啊，莫要悚惧！

它是我忠诚的侣伴，
心里害着热烈的乡思：
它想那茂密的草原——
你头上的浓郁的乌丝。

它月影一般轻轻地，
从你那儿轻轻走过；
它把你的梦境衔了来，
像一只绯红的花朵。

《中国现当代文学作品精选．诗歌卷》，高永年主编，凤凰出版社，2011年3月第1版

《蛇》是冯至早期抒情诗的名篇，写于1926年。作为一个接受了"五四"现代意识的时代青年，他有着美好的理想，然而军阀混战、民不聊生的现实生活使冯至陷入了理想与现实矛盾的思索之中，并将其渗透到本诗的内容与形式之中。

　　在诗歌的意象上，诗人选取了寂寞的"蛇"的形象，并且是"月影一般轻轻地""静静地没有言语"，这就使全诗贯穿着一种感伤苦闷的情绪，并用冷峻的笔触客观展示了蛇对"草原"、"乌丝"的深情眷恋，并由此表明诗人心中深深的乡愁和对未来美好的向往。而且在诗的韵律上采取半格律的形式，节奏舒缓，音韵柔美，体现出冯至诗歌所特有的"幽婉的风格"。

思考题

　　试分析该诗中的意象"蛇"所具有的独特含义。

死　水

——闻一多

作者简介

闻一多（1899—1946年），原名闻家骅，湖北浠水人；著名的诗人、杰出的学者、英勇的民主战士；著有诗集《红烛》《死水》。他具有鲜明的东方绅士气质，生活小心、严肃、拘谨、沉稳、质朴、严以律己；曾留学美国，受到西方文化的浸染，是一个具有敏锐的现代感受，强烈的生命意志力与个性自觉的现代知识分子，同时，又对传统有着深切的依恋，对传统有着多方的怀疑，这种文化和价值取向的矛盾造成了闻一多精神、思想、创作上的矛盾，体现在他的诗歌创作和人生实践之中。他以特殊的方式满怀真情地捍卫传统，又义无返顾地反叛着传统。唯美的感伤和神秘色彩，强烈的爱国主义精神是其诗歌的主要特征。

闻一多在《诗的格律》中提出诗歌创作的"三美"的追求，即音乐美、绘画美和建筑美。所谓"音乐美"，指的是诗歌创作时注重音尺，对仗严谨，注重诗歌的音乐美和节奏感；所谓"绘画美"，指的是诗歌创作时注重词藻的选择，色彩浓烈、绚丽，以加强表达；所谓"建筑美"，指的是诗句在整齐中富于变化，呈现出建筑的整饬美。"诗的格式是相体裁衣"应该臻于"精神与形体调和的美"。他提倡"由我们自己的意匠随时构造"。

闻一多的诗歌呈现出沉郁凝重的风格，深沉、凝练、厚重。

这是一沟绝望的死水，
清风吹不起半点漪沦。
不如多扔些破铜烂铁，
爽性泼你的剩菜残羹。

也许铜的要绿成翡翠，
铁罐上锈出几瓣桃花；
再让油腻织一层罗绮，
霉菌给他蒸出些云霞。

让死水酵成一沟绿酒，
飘满了珍珠似的白沫；
小珠们笑声变成大珠，
又被偷酒的花蚊咬破。

那么一沟绝望的死水，

也就夸得上几分鲜明。

如果青蛙耐不住寂寞，

又算死水叫出了歌声。

这是一沟绝望的死水，

这里断不是美的所在，

不如让给丑恶来开垦，

看他造出个什么世界。

《闻一多作品精选》，凡尼、郁苇主编，漓江出版社，2004 年 1 月第 1 版

作品提示

《死水》是闻一多的杰作。1925 年诗人回国后，目睹了国内军阀混战、民不聊生的惨状，产生了怒其不争的愤激情绪。诗人把黑暗腐败的旧中国现实，比喻为"一沟绝望的死水"，通过对"死水"这一具有象征意义的意象的多角度、多层面的谱写，揭露和讽刺了腐败不堪的旧社会，表达了诗人对丑恶现实的绝望、愤慨和深沉的爱国主义感情。

诗中的"一沟绝望的死水"是半封建半殖民地旧中国的象征。诗人抓住死水之"死"，节节逼近，把"绝望"的感情表现得淋漓尽致。诗的最后一节，既表现他对黑暗不存幻想，坚信丑恶产生不了美；但也并非心如死灰，发出"不如让给丑恶来开垦，看他造出个什么世界"的愤激之言。朱自清在《闻一多全集·序》中说："是索性让'丑恶'早些'恶贯满盈'，'绝望'里才有希望。"在绝望中饱含着希望，在冷峻里灌注着一腔爱国主义的热情之火，是这首诗的思想特色。

闻一多是最早提倡和实践新格律诗的诗人，《死水》也是闻一多先生自认"第一次在音节上最满意的实验"，是先生实验他的"三美"新格律体的典型，为建立和形成新诗的格律作了严肃的卓有成效的探索。

思考题

《死水》的建筑美、绘画美及音乐美是如何体现的？该诗对新诗创作有什么启示？

雪花的快乐

——徐志摩

徐志摩（1896—1931年），名章垿，浙江海宁人，生于一个民族资产阶级家庭，游学欧美，受欧洲资产阶级的影响较深；1921年开始写诗。其主要有《志摩的诗》《翡翠冷的一夜》《猛虎集》《云游集》等，抒写美与爱、光明与自由的追求，略带感受情调。

其诗歌显现出的特点有：

（1）构思精巧，意象新颖。诗歌的意象化表达，对诗意的寻觅。多采用和谐温馨、和谐的古典意境来表现现代感受。

（2.）韵律和谐，富于音乐美。内在的音乐化为诗歌的旋律与节奏，诗歌具有内在音乐的和谐，旋律和节奏感与诗人情感、情绪彼此契合。

（3）词藻华美，风格清丽，呈现出明显的色彩美。

（4）章法整饬，形式灵活。讲究诗歌的形式美，整齐中富于变化。

（5）单纯化人生的表现。徐志摩的人生缺少活力与张扬。徐志摩的人生观"真是一种'单纯信仰'，这里只有三个大字：一个是爱，一个是自由，一个是美。"（胡适《追忆志摩》）。徐志摩的诗句是"从心灵暖处来的诗句"，飘逸中含着温柔，忧郁中带着潇洒。徐志摩以诗人艺术性的方式生活、恋爱，诗人的气质成就了他诗歌的美丽，但诗化的人生限制了他人生的完善，反过来他的诗歌又失去了的大气。

假如我是一朵雪花，
翩翩的在半空里潇洒，
　我一定认清我的方向——
　　飞飏，飞飏，飞飏，——
这地面上有我的方向。

不去那冷寞的幽谷，
不去那凄清的山麓，
　也不上荒街去惆怅——
　　飞飏，飞飏，飞飏，——
你看，我有我的方向！

在半空里娟娟的飞舞，
认明了那清幽的住处，
　等着她来花园里探望——
　　飞飏，飞飏，飞飏，——
啊，她身上有朱砂梅的清香！

那时我凭借我的身轻，
盈盈的，沾住了她的衣襟，
　贴近她柔波似的心胸——
　　消溶，消溶，消溶——
溶入了她柔波似的心胸！

《志摩的诗》，徐志摩著，江苏文艺出版社，2009 年 10 月第 1 版

作品提示

277

本诗写于 1924 年 12 月 30 日，发表于 1925 年 1 月 17 日《现代评论》第一卷第 6 期。

在徐志摩的诗中，爱情诗是他全部诗作中最有特色的部分，这些爱情诗抒唱了他对爱与美的追求。他有时以自己的感情基础，有时则以假想的异性为对象。而在《雪花中的快乐》中，诗人把它作了升华，即把对爱情的追求与改变现实社会的理想联系在一起，包含着反封建伦理道德、要求个体解放的积极因素，热烈而清新，真挚而自然，真切地表达了诗人对一切美好事物的执着追求。

本诗具有启承转合的章法结构之美，诗人避开现实藩篱，把一切展开建筑在"假如"之上。"假如"使这首诗定下了柔美、朦胧的格调，使其中的热烈和自由无不笼罩于淡淡的忧伤的光环里。雪花的旋转、延宕和最终归宿完全吻合诗人优美灵魂的自由、坚定和执著。诗歌也体现出作者对"三美"的实践。

雨　巷

——戴望舒

　　戴望舒（1905—1950 年），现代著名诗人、文学翻译家，原名戴梦鸥，浙江杭州人，是现代诗派最重要和最有代表性的诗人。其主要作品有诗集《我的记忆》（1929 年），《望舒草》（1933 年），《望舒诗稿》（1937 年），《灾难的岁月》（1948 年）等。早期诗歌创作是忠于自我，后期创作是忠于自我和人民的结合，具有革命的进步性，其诗歌体现了 20 世纪 20～40 年代的历史风云，也包含着一代知识分子曲折的思想历程，记载了中国现代主义诗歌从幼稚到成熟的成长道路。

　　戴望舒的诗歌多写爱情苦闷和个人忧郁；苦闷的孤独者和飘忽的少女是他诗歌中重要的形象；忧郁感伤的情绪是主要的精神状态；诗歌忧伤的律动中始终徘徊着一个寻梦者倔强的灵魂。

　　《雨巷》是他的代表作，《雨巷》是诗人在黑暗现实和孤寂的生活中一种美好而朦胧的理想象征。作者希望找回那失落的理想，然而，这位"丁香姑娘"有着"丁香一样的颜色"和"芬芳"，也有着"丁香一样的忧愁"，"哀怨又彷徨"，有着"太息一样的眼光"，"像梦一般地凄婉迷茫"的幻想。整首诗如一首迷离飘忽的梦幻曲，回荡着浓重的感伤情绪。

撑着油纸伞，独自
彷徨在悠长，悠长
又寂寥的雨巷，
我希望逢着
一个丁香一样地
结着愁怨的姑娘。

她是有
丁香一样的颜色，
丁香一样的芬芳，
丁香一样的忧愁，
在雨中哀怨，
哀怨又彷徨；

她彷徨在这寂寥的雨巷，
撑着油纸伞
像我一样，
像我一样地
默默彳亍着，
冷漠，凄清，又惆怅。

她默默地走近
走近，又投出
太息一般的眼光，
她飘过
像梦一般地，
像梦一般地凄婉迷茫。

像梦中飘过
一枝丁香地，
我身旁飘过这女郎；
她静默地远了，远了，
到了颓圮的篱墙，
走尽这雨巷。

在雨的哀曲里，
消了她的颜色，
散了她的芬芳，
消散了，甚至她的
太息般的眼光，
丁香般的惆怅。

撑着油纸伞，独自
彷徨在悠长、悠长
又寂寥的雨巷，
我希望飘过
一个丁香一样地
结着愁怨的姑娘。

《雨巷》，中国现代文学馆编，华夏出版社，2008 年 10 月第 3 次印刷

作品提示

《雨巷》是戴望舒的成名作和前期的代表作，他曾因此而赢得了"雨巷诗人"的雅号。

这首诗写于1927年夏天。当时全国处于白色恐怖之中，戴望舒因曾参加进步活动而不得不避居于松江的友人家中，在孤寂中咀嚼着大革命失败后的幻灭与痛苦，心中充满了迷惘的情绪和朦胧的希望。《雨巷》一诗就是他的这种心情的表现，其中交织着失望和希望、幻灭和追求的双重情调。这种情怀在当时是有一定的普遍性的。

《雨巷》运用了象征性的抒情手法。诗中那狭窄阴沉的雨巷，在雨巷中徘徊的独行者，以及那个像丁香一样结着愁怨的姑娘，都是象征性的意象。这些意象又共同构成了一种象征性的意境，含蓄地暗示出作者既迷惘感伤又有期待的情怀，并给人一种朦胧而又幽深的美感。

富于音乐性是《雨巷》的另一个突出的艺术特色。诗歌中灰暗的语言，为读者营造出一个伤感的氛围。"愁怨"、"哀怨"、"彷徨"、"寂寥"、"冷漠"、"凄清"、"惆怅"等词语的运用，超越时间和空间的限制，唤起了读者心中的共鸣，造成一种荡气回肠的旋律和流畅的音乐美。其中的寂寞和痛苦，萦绕心头，久久不散。

诗中运用了复沓、叠句、重唱等手法，造成了回环往复的旋律和宛转悦耳的乐感。因此叶圣陶先生称赞这首诗为中国新诗的音节开了一个"新纪元"。

思考题

该诗中使用了哪些象征意象？并指出其象征意义。

断 章

——卞之琳

作者简介

卞之琳（1910—2000 年），生于江苏海门汤门镇，祖籍江苏溧水，曾用笔名季陵，是"汉园三诗人"之一、文学评论家、翻译家；1929 年毕业于上海浦东中学入北京大学英文系就读，较多地接近英国浪漫派、法国象征派诗歌，并开始新诗创作；1933 年毕业于北京大学英文系，就学期间曾师从徐志摩，深受赏识，为中国的文化教育事业做了很大贡献。

他 20 世纪 30 年代出现于诗坛，受过"新月派"的影响，但其很快就走向了现代诗风，醉心于法国象征派，并且善于从中国古典诗词中汲取营养，形成自己独特的风格。其前期诗作，内容多写下层社会生活，并探索宇宙与人生哲理。卞之琳以"我"为主，将传统的"意境"与西方的小说化、典型化、非个人化的"戏剧性处境"融汇在一起，并将传统的"含蓄"与西方的"重暗示性"和"亲切感"融汇在一起，形成了"平淡中出奇"，"用冷淡掩深挚，从玩笑出辛酸"的特殊风格。他的诗显示出一种着意克制感情的自我表现，追求思辨美的"非个性"倾向的特色。在语言上，他则追求在口语基础上实现欧化词汇、句法与中国文言词汇、句法的杂糅。他的诗精巧玲珑，联想丰富，跳跃性强，尤其注意理智化、戏剧化和哲理化，善于从日常生活中发现诗的内容并进一步挖掘出常人意料不到的深刻内涵，诗意偏于晦涩深曲，冷僻奇兀，耐人寻味。

他著有诗集《三秋草》(1933)、《鱼目集》(1935)、《数行集》（收入《汉园集》1936)、《慰劳信集》(1940)、《十年诗草》(1942)、《雕虫纪历 1930—1958》(1979) 等。

你站在桥上看风景，
看风景的人在楼上看你。

明月装饰了你的窗子，
你装饰了别人的梦。

《卞之琳作品新编》，高恒文编，人民文学出版社，2009 年 12 月第 1 版

作品提示

《断章》写于 1935 年 10 月，原为诗人一首长诗中的片段，后将其独立成章，因此标题

名之为《断章》。这是中国现代文学史上文字简短、然而意蕴丰富而又朦胧的著名短诗。

节选四句精巧短小、明白如话，全诗没有一个生僻的字眼，也没有一句复杂的句式，写得明白如话，字面上是不难懂的，细思量却觉得意味无穷。李健吾认为它是在"装饰"二字上做诗，暗示人生不过是互相装饰，其中蕴含着无可奈何的悲哀情怀。诗人本人不同意这种评解，明确地表白"我的意思也是着重在'相对'上"。后李健吾则又说这两种解释，"与其看作冲突，不如说做有相成之美。"

诗人通过简单的几个对象：人、明月、窗子、梦，表达了世间万物相互关联、平衡相对、彼此依存的哲理。可是这些经过作者精心的选择、调度安排，营造了两个优美的意境，同时带着深深的感伤，使得诗作具有"诗中有画""画中有诗"的魅力，在读者中产生经久不衰的艺术魅力。

太 阳

——艾 青

艾青（1910—1996 年），原名蒋海澄，生于浙江金华县一个地主家庭。艾青是发表《大堰河——我的保姆》开始使用的笔名。艾青自幼喜欢美术，1928 年初中毕业后考入杭州国立西湖艺术学院绘画系，翌年赴法留学，专攻绘画艺术，同时也接触了大量西方哲学和文学作品，受到惠特曼、叶赛宁、兰波、波德莱尔等的影响。1932 年回国后他加入中国左翼美术家联盟，不久以"颠覆政府"罪名被捕入狱，饱受了三年牢狱之苦，在狱中正式开始了诗歌创作，1933 年写下了《大堰河——我的保姆》这一著名诗篇而成名，成为这个阶段最有影响的诗人之一。20 世纪 30 年代末 40 年代中期可称为"艾青的时代"，他的创作开一代诗风，是七月派诗歌的代表，也深刻影响了这一时期乃至 40 年代后期诗歌的创作。

他坚持中国诗歌会"忠实于现实"的战斗传统，同时克服和扬弃了"幼稚的叫喊"的弱点，是把西方诗歌技艺和传统诗歌技艺结合对现代新诗创作进行整合的诗人。他出版的有诗歌集《大堰河——我的保姆》《北方》《向太阳》等。

从远古的坟茔
从黑暗的年代
从人类死亡之流的那边
震惊沉睡的山脉
若火轮飞旋于沙丘之上
太阳向我滚来……

它以难遮掩的光芒
使生命呼吸
使高树繁枝向它舞蹈
使河流带着狂歌奔向它去

当它来时，我听见
冬蛰的虫蛹转动于地下
群众在旷场上高声说话

城市从远方

用电力与钢铁召唤它

于是我的心胸

被火焰之手撕开

陈腐的灵魂

搁弃在河畔

我乃有对与人类再生之确信

《艾青短诗选》，艾青著，花城出版社，1984 年 5 月第 1 版

作品提示

这首诗不长，却写得恢宏大气。诗人是从三个方面入手，构成了这首诗。

第一节是写"太阳向我滚来"的气势。这几句诗之所以气势磅礴，关键是"太阳向我滚来"一句，一下子在读者面前展开了恢宏的画面。而这一句中，关键的又是一个"滚"字，有了这一"滚"字，其气势一下子出来了。也可以说这一"滚"字，是全诗的诗眼。前面几句，都是为"太阳向我滚来"这一句服务的。而这几句诗，又都有一种暗喻。"太阳"是从历史的远处滚来，不管这漫长的历史多么黑暗，又多么艰难，"太阳"以它不可阻挡的气势，光亮亮地滚来了。诗人在这里指明，历史是不可阻挡的，光明的到来是必然的。

第二节是诗人写太阳来了之后的巨大影响。这里诗人要告诉读者的是，太阳来后，大地上的万物都在复苏，充满了一派生气。这种万物复苏的景象本来可以写出许多，但诗人惜墨如金，只几句，就把这复苏的景象描绘出来了。"生命"、"高树"、"河流"；"虫蛹"、"群众"、"城市"，一句一种形态，构成了丰富的画面。

第三节，诗人转向了写自己，写自己的太阳来了之后的心情。太阳的到来，使诗人自己也获得再生，由此，使诗人确信了人类之再生。这里，诗人写"我的心胸被火焰之手撕开"，使人看到了动作，也仿佛听到了声音。这一个"撕"字，把太阳的火焰之力，把"我"的决心之大，写得痛快淋漓。不仅和整个诗的格调协调，而且和前面那个"滚"字相呼应，加强了这首诗的力度。

思考题

1. 请简要解释七月诗派。

2. 谈谈艾青诗歌的艺术特色。

春

——穆 旦

作者简介

　　穆旦（1918—1977年），生于天津，原籍浙江宁海，原名查良铮，另有"梁真"等笔名。他读书时开始诗歌创作，并参加抗日救国活动；1935年考入清华大学英文系。1938年，北大、清华、南开三校组成西南联大，穆旦入其外文系学习，随后留校任教。之后，他的创作走向成熟，创作了《合唱》《防空洞里的抒情诗》《从空虚到充实》《赞美》等具有代表的作品，成为了当时有名的青年诗人。1945年他到沈阳，创办《新报》，任主编；同年出版了他的第一部诗集《探险队》；1947年5月，自印出版第二部诗集《穆旦诗集》（1939—1945年），1948年2月，出版社又出版了他的第三部诗集《旗》。抗战胜利前后，他创作了20余首"抗战诗录"，把战争和战争中的人放在人类、文化及历史的高度予以思考，同奥登1939年创作的"十四行诗"《在战时》较接近。这时，他的作品大多发表于上海的《诗创造》和《中国新诗》杂志，正式成为"九叶诗派"中的一员。解放后他曾一度停止了诗歌创作，但一直坚持诗歌翻译，用他的本名"查良铮"和笔名"梁真"出版了普希金、拜伦、雪莱、济慈、布莱克、朗费罗、艾略特等著名诗人的诗集十余种，由一个著名诗人成为了一个著名的文学翻译家。1975年，在"文革"结束前夕，他突然又重新开始了诗歌创作，写出了《智慧之歌》《停电以后》《冬》等著名作品，特别是他的《神的变形》以"诗剧"的形式，通过"神、魔、权、人"这四个人物的戏剧性冲突，展示了一个寓言式的人类悲喜剧，充满苦涩的智慧。1977年2月26日他不幸病逝。

　　穆旦是中国新诗派的重要人物。他追求"思维的复杂化，情感的线团化"，建立现代新诗的现代思维方式与情感方式，坚持"使诗的形象现代生活化"，将非诗意的辞句写成诗。他的诗歌以丰富复杂的内涵，内在饱满的激情，娴熟繁复的诗歌技艺，把新诗的审美品质提高到了新的维度。

绿色的火焰在草上摇曳，
他渴求着拥抱你，花朵。
反抗着土地，花朵伸出来，
当暖风吹来烦恼，或者欢乐。
如果你是醒了，推开窗子，
看这满园的欲望多么美丽。

蓝天下，为永远的谜蛊惑着的
是我们二十岁的紧闭的肉体，
一如那泥土做成的鸟的歌，
你们被点燃，卷曲又卷曲，却无处归依。
呵，光，影，声，色，都已经赤裸，
痛苦着，等待伸入新的组合。

《穆旦诗集1939—1945》，穆旦著，北京：人民文学出版社，2000年7月

作品提示

在穆旦这首诗中，我们可以发现三组不同色调的词语。其一是强烈而动感的：火焰、摇曳、渴求、拥抱、反抗、伸、推、点燃，其二是静态的：绿色、土地、看、归依；这是草与花朵的对立，春天内在的对立；也是"醒"与"蛊惑"的对立，是人生青春期燥动的欲望与诗人沉思形象的对立。"窗子"是一种媒介，它分隔又联系了"欲望"与"看"，从而带来第三组体现着张力共存的词语：紧闭、卷曲、组合。这三组词汇相互交织，组构了诗歌的基本框架，也奠定了诗歌沉挚、坚实、富有现代感的抒情基调，紧凑而充满张力的语言以及饱满的节奏和集中的意象。

那么，春到底是什么样的呢？它是醒来，是第一次的诞生和再生，但也是欲望与沉迷的诱惑；是飞扬的歌声与敞开的欢乐，也是沉滞的泥土与紧闭的肉体；是燃烧、分散、反抗，也是散乱之后新的组合与新生。它是自然的春天也是人生的青春，是诗人春心的萌动和诗心的勃发。黎明、早春、二十岁的青春三位一体，恰如光、影、声、色的赤裸与感官的和思想的敞荡，它们共同等待新的组合的出现。

这一系列充满对抗、冲突的词语和意象组织在一起，无不体现出诗歌内在的张力和戏剧性，从而形成错综、复杂而又强烈的抒情形式。而这也正是现代诗歌的一个重要特点。

思考题

请简要解释九叶诗派。

有 的 人
——纪念鲁迅有感

—— 臧克家

作者简介

  臧克家（1905—2004 年），山东诸城人，笔名少全、何嘉，是诗人闻一多先生的高徒；1923 年考入山东省立第一师范，期间，阅读了大量新文学作品，并开始习作新诗。1925 年首次在全国性刊物《语丝》上发表作品，署名少全；1929 年，在青岛《民国日报》上第一次发表新诗《默静在晚林中》，署名克家。他创作的《难民》《老马》《有的人》等诗篇，以凝练的诗句描写了旧中国农民忍辱负重的悲苦生活；长诗《罪恶的黑手》，揭露了帝国主义的罪恶和伪善的面目，这些诗是他早期诗歌的代表作，已成为我国现代诗史上的经典之作。1932 年他开始发表新作，以一篇《老马》成名；1933 年出版第一部诗集《烙印》，得到闻一多、茅盾等前辈的好评；次年，诗集《罪恶的黑手》问世，从此蜚声诗坛。1934 年至 1937 年间出版诗集《运河》和长诗《自己的写照》，创作了散文集《乱莠集》。他曾历任华北大学文艺学院文学创作研究室研究员，出版总署、人民出版社编审，《新华月报》编委，主编《新华月报》文艺栏。1956 年，臧克家同志调任中国作家协会书记处书记，1957 年至 1965 年任《诗刊》主编。经他联系，由《诗刊》创刊号首次发表的毛泽东诗词十八首，在全国产生了巨大影响。1957 年，他和周振甫合著的《毛主席诗词讲解》，对毛泽东诗词的传播和普及，起了重要的作用。2004 年他在北京逝世，享年 99 岁。

有的人活着
他已经死了；
有的人死了
他还活着。

有的人
骑在人民头上："呵，我多伟大！"
有的人
俯下身子给人民当牛马。

有的人把名字刻入石头想"不朽"；
有的人
情愿作野草，等着地下的火烧。

有的人
他活着别人就不能活；
有的人
他活着为了多数人更好地活。

骑在人民头上的
人民把他摔垮；
给人民作牛马的
人民永远记住他！

把名字刻石头的
名字比尸首烂得更早；
只要春风吹到的地方，
到处是青青的野草。

他活着别人就不能活的人，
他的下场可以看到；
他活着为了多数人更好活的人，
群众把他抬举得很高，很高。

1949年11月1日

《烙印》，郑雪芹编选，华夏出版社，2009年3月第三次印刷

作品提示

　　这首诗的艺术构思看似平常，却也奇特。题目下面的副标题"纪念鲁迅有感"，诗人既然是"有感"而作，就从"美感"出发。但是，什么是真善美，什么是假丑恶？诗人并不贴标签，也不喊口号，只从对人世间两种的深刻感受出发，运用通俗、亲切、生动的语言，写出自己真实的感受。一般人对这首诗的分析，都说诗人运用了对照或对比的艺术技巧，这当然也说得不错。的确，诗的每一节都用了对比，把真的、美的、好的和假的、丑的、坏的作了对比。但是，诗人的这种对比，并不限于某一节诗，而是贯穿整体，诗人是用"铺陈"的方法来安排对比的。所谓"铺陈"就是传统的表现手法"赋"。《有的人》的作者正是为了"铺陈善恶"而运用对比的。诗人铺陈了三种对比：第一种对比即第一节的总帽，是两种截然不同的人的对比，它统摄全诗。第二种对比，主要是比形象，比形象的斗争的过程。第三种对比主要是比下场，比两种形象在历史风云和时代潮流激荡下的不同结果。诗人正是把这样三种对比铺陈开来，成为一首既整齐又错综的抒情诗。

回　答

——北　岛

作者简介

　　北岛（1949—　　），本名赵振开，曾用笔名北岛、石默，祖籍浙江湖州，生于北京；1978 年同诗人芒克创办民间诗歌刊物《今天》；1990 年旅居美国，现任教于加利福尼亚州戴维斯大学。出版的诗集有《陌生的海滩》（1978 年）、《北岛诗选》（1986 年）、《在天涯》（1993 年）、《午夜歌手》（1995 年）、《零度以上的风景线》（1996 年）、《开锁》（1999 年），其他作品有《波动》及英译本（1984 年）、《归来的陌生人》（1987 年）、《蓝房子》（1999 年），散文《失败之书》（2004 年），散文集《青灯》（2008 年 1 月）。北岛的作品已被译成20 多种文字出版。代表作包括作于 1976 年天安门"四五运动"期间的《回答》，其中的"卑鄙是卑鄙者的通行证，高尚是高尚者的墓志铭"已经成为中国新诗名句。在美国，其作品由 Zephyr Press 出版；曾多次获诺贝尔文学奖提名，是当今影响最大，也最受国际承认的中国诗人。

卑鄙是卑鄙者的通行证，
高尚是高尚者的墓志铭，
看吧，在镀金的天空中，
飘满了死者弯曲的倒影。

冰川纪过去了，
为什么到处都是冰凌？
好望角发现了，
为什么死海里千帆相竞？

我来到这个世界上，
只带着纸、绳索和身影，
为了在审判前，
宣读那些被判决的声音：

告诉你吧，世界
我—不—相—信！

纵使你脚下有一千名挑战者，

那就把我算作第一千零一名。

我不相信天是蓝的；

我不相信雷的回声；

我不相信梦是假的；

我不相信死无报应；

如果海洋注定要决堤，

就让所有的苦水都注入我心中；

如果陆地注定要上升，

就让人类重新选择生存的峰顶。

新的转机和闪闪星斗，

正在缀满没有遮拦的天空。

那是五千年的象形文字，

那是未来人们凝视的眼睛。

《北岛作品精选》，北岛著，长江文艺出版社，2011年1月第1版

作品提示

诗人经历了充满悖谬的十年浩劫，面对沉闷的社会现实，诗人以深刻的怀疑和理性精神对动乱的社会和丑陋、荒廖、黑暗的现实提出了有力的指控，愤怒地说出"卑鄙是卑鄙者的通行证，高尚是高尚者的墓志铭。"以警醒的诗句高度概括了"文革"中扭曲、颠倒的时代特点，诗人用"我—不—相—信！"这一坚定的口吻表达了对暴力世界的怀疑，并代表从迷茫到觉醒的一代中国人对历史和生活做出了充满英雄主义的"回答"，诗用几个连用的"我不相信"表现出对现实不妥协的决绝。面对着希望的被无情扼制，他看到"镀金的天空中，飘满了死者弯曲的倒影"。诗意深刻，充满寓意：虚假的辉煌乃是以死亡为代价。

北岛在诗中将新颖的意象和丰富的情感巧妙组结，语言简洁，充满力量。本诗带有明显的朦胧诗特点，是朦胧诗的代表作。

思考题

试分析《回答》所体现出的"朦胧诗"的特点。

致 橡 树

——舒 婷

作者简介

舒婷（1952—　），原名龚佩瑜，福建泉州人，当代诗人，朦胧诗派的代表作家之一。《致橡树》是朦胧诗潮的代表作之一。1969 年她下乡插队，1972 年返城当工人。1979 年开始发表诗歌作品，1980 年到福建省文联工作，从事专业写作。著有诗集《双桅船》《会唱歌的鸢尾花》《始祖鸟》，散文集《心烟》《秋天的情绪》《硬骨凌霄》《露珠里的"诗想"》《舒婷文集》（3 卷）、《真水无香》等。诗歌《祖国啊，我亲爱的祖国》获 1980 年全国中青年优秀诗歌作品奖，并被编选入苏教版高一语文必修（三）和人教版语文九年级下册，《双桅船》获全国首届新诗优秀诗集奖、1993 年庄重文文学奖；《真水无香》获第六届华语文学传媒盛典"年度散文家授奖"。另《在那颗星子下——中学时代的一件事》节选之沪教版六年级下的语文教材，十分准确地写出了孩提时代的人的心声。

舒婷擅长于自我情感律动的内省，在把捉复杂细致的情感体验方面特别表现出女性独有的敏感。情感的复杂、丰富性常常通过假设、让步等特殊句式表现得曲折尽致。舒婷又能在一些常常被人们漠视的常规现象中发现尖锐深刻的诗化哲理（《神女峰》《惠安女子》），并把这种发现写得既富有思辩力量，又楚楚动人。

舒婷的诗，有明丽隽美的意象，缜密流畅的思维逻辑，从这方面说，她的诗并不"朦胧"。只是多数诗的手法采用隐喻、局部或整体象征，很少以直抒告白的方式，表达的意象有一定的多义性。

> 我如果爱你——
> 绝不像攀援的凌霄花，
> 借你的高枝炫耀自己；
> 我如果爱你——
> 绝不学痴情的鸟儿，
> 为绿荫重复单调的歌曲；
> 也不止像泉源，
> 常年送来清凉的慰藉；
> 也不止像险峰，
> 增加你的高度，衬托你的威仪。

甚至日光。

甚至春雨，

不，这些都还不够！

我必须是你近旁的一株木棉，

作为树的形象和你站在一起。

根，紧握在地下，

叶，相触在云里。

每一阵风过，

我们都互相致意，

但没有人

听懂我们的言语。

你有你的铜枝铁干，

像刀，像剑，

也像戟；

我有我红硕的花朵，

像沉重的叹息，

又像英勇的火炬。

我们分担寒潮、风雷、霹雳，

我们共享雾霭、流岚、虹霓。

仿佛永远分离，

却又终生相依。

这才是伟大的爱情，

坚贞就在这里：

爱——

不仅爱你伟岸的身躯，

也爱你坚持的位置，足下的土地。

《舒婷诗文自选集》，舒婷著，漓江出版社，1997 年 6 月第 1 版

作品提示

　　《致橡树》是舒婷表现独立女性爱情意识的诗歌作品。在诗中诗人对于三种爱情观进行了分析，并表现出对依附型、奉献型爱情观的否定态度，以新奇瑰丽的意象、恰当贴切的比喻表达了诗人心中平等独立的爱情观。诗歌采用了内心独白的抒情方式，坦诚、开朗地直抒诗人的心灵世界。表达细腻沉静，富有浪漫主义气息。

　　诗中比肩而立，各自以独立的姿态深情相对的橡树和木棉，成为我国爱情诗中一组品格崭新的象征形象。

弧 线

——顾 城

顾城（1956—1993 年），朦胧诗主要代表人物，被称为以一颗童心看世界的"童话诗人"。他"文革"前即开始写诗，1973 年开始学画，并进入社会性作品写作阶段，1974 年起于《北京文艺》《山东文艺》《少年文艺》等报刊零星发表作品，1977 年起重新进入纯净写作，在《蒲公英》小报发表诗作后在诗歌界引起强烈反响和巨大争论，并成为朦胧诗派的主要代表。他早期的诗歌有孩子般的纯稚风格、梦幻情绪，用直觉和印象式的语句来咏唱童话般的少年生活；1985 年加入中国作家协会，1987 年应邀出访欧美进行文化交流、讲学活动，1988 年赴新西兰，讲授中国古典文学，被聘为奥克兰大学亚语系研究员，后辞职隐居激流岛，1992 年重访欧美并创作；1992 年，获德国学术交流中心（DAAD）创作年金，1993 年，又获德国伯尔创作基金，在德国写作。1993 年 10 月 8 日他在其新西兰寓所辞世，留下大量诗、文、书法、绘画等作品。其作品被译成英、法、德、西班牙、瑞典等十多种文字。

作品《一代人》中的一句"黑夜给了我黑色的眼睛/我却用它寻找光明"成为中国新诗的经典名句。

293

鸟儿在疾风中
迅速转向

少年去拾捡
一枚分币

葡萄藤因幻想
而延伸的触丝

海浪因退缩
而耸起的背脊

《百年新诗 人生卷 下》，谢冕主编，百花文艺出版社，2013 年 1 月第 1 版

诗人不仅要具备超过常人的感受力，还要有胜过常人的概括力，有时甚至还要把别人看

来是互不关联的事物连接在一起，完成一种境界的创造。从字面上看，《弧线》是最简单不过了，从描绘的对象看，也只不过是生活中常见的四种现象——用形象的语言来表述，这首诗共有四个画面，用"弧线"这一共同特征串成一个整体。用新诗的形式，通过具象画面表现事物抽象的线条美，顾城是一个创造。疾风中转向的鸟，捡拾分币的少年，葡萄藤的触丝，海浪耸起的背脊，从形象上看都包含着弧线。诗人将四个弧线的意象并行排列，给人一种暗示，一种理性思考。作者曾解释："《弧线》外表是动物、植物、人类社会、物质世界的四个剪接画面，用一个共同的'弧线'相连，似乎在说：一切在运动，一切进取和退避，都是采用'弧线'的形式。在潜在内容上，《弧线》却有一种叠加在一起的赞美和嘲讽：对其中展现的自然美是赞叹的，对其中隐含的社会现象是嘲讽的"（《关于＜小诗六首＞的通信》）。

意象单纯是小诗的一个特点。诗由四个单纯的视觉意象组成，诗人用并列的结构把它们组合起来，构成一个视觉的和弦。它们的结合，暗示一个意义丰富深刻的崭新面貌的意象。它是读者"思而得之"的创造的产物，因而含有无穷余味。

峨日朵雪峰之侧

——昌 耀

作者简介

昌耀（1936—2000年），原名王昌耀，湖南省桃源县人，诗人；1950年4月参加中国人民解放军，任宣传队员，同年，响应祖国号召，赴朝鲜参加抗美援朝，期间，推出处女作《人桥》，从此与诗歌艺术结下不解之缘。1953年，在朝鲜战场上负伤后他转入河北省荣军学校读书，1954年开始发表诗作，1955年调青海省文联，1958年被划成右派，后颠沛流离于青海垦区，1979年平反，1982年后参与"新边塞诗"运动，是新边塞诗派主要代表之一，后调任中国作协青海分会专业作家，晚年随团出访俄罗斯。

代表作有《划呀，划呀，父亲们！》《慈航》《意绪》《哈拉库图》等。诗集有《昌耀抒情诗集》（1986）、《命运之书》（1994）、《一个挑战的旅行者步行在上帝的沙盘》（1996）、《昌耀的诗》（1998）等。2000年诗人过世后有《昌耀诗歌总集》行世。

昌耀在中国新诗史上是一座高峰，其历史地位已为人共识。他的诗以张扬生命在深重困境中的亢奋见长，感悟和激情融于凝重、壮美的意象之中，将饱经沧桑的情怀、古老开阔的西部人文背景、博大的生命意识，构成协调的整体。诗人后期的诗作趋向反思静悟，语言略趋平和，很多诗作以不分行来表达，有很强的知性张力，形成宏大的诗歌个性。昌耀是中国诗坛一位有待人们进一步评价和认识和重要诗人。经过40余年的默默努力与追求，他早已成长为一棵诗歌巨树。他的诗中所葆有的理想主义与浪漫气质、悲剧精神和苦难意识，是与整个人类精神传统相接的；他在诗歌中的冒险历程和由此创造的天籁般的意境、独特的意象群落、极富个性的象征系统坚持并拓展了诗歌史的疆域，显示出了巨匠品格；又由于他在语言在矿山和熔炉炼取了真正的精金美玉，古语新用，旧词重铸，使他在汉语言的遗产面前成为了当之无愧的继承人和创造者。

这是我此刻仅能征服的高度了：
我小心地探出前额
惊异于薄壁那边
朝向峨日朵之薛彷徨许久的太阳
正决然跃入一片引力无穷的山海
石砾不时滑坡引动棕色深渊自上而下的一派嚣鸣

　　　　　　像军旅远去的喊杀声。
　　　　　　我的指关节铆钉一样
　　　　　　楔入巨石的罅隙。
　　　　　　血滴，从脚下撕裂的千层掌鞋底渗出
　　　　　　呵，真渴望有一只雄鹰或雪豹与我为伍
　　　　　　在锈蚀的岩壁但有一只小得可怜的蜘蛛
　　　　　　与我一同默享着这大自然赐予的
　　　　　　快慰

　　　　　　　　　　　　　　　　　　　　　　　1962．8．2

　　　　《昌耀诗文总集》，昌耀著，青海人民出版社，2000 年 7 月第一版

作品提示

　　本诗是昌耀早期的创作，定格了昌耀所有诗歌的情绪基调和精神向度，是他生命精神质量的承载，更是他对生命本质强力的确认。生命，是昌耀诗歌的总主题，呈示生命，是昌耀全部诗歌的根本目的和内在逻辑。昌耀将深刻体验到的生命理念、立场、情感，倾注、融贯到精心选择的生命意象中，雕铸了一幅幅真实而顽强的生命图画。

　　在这首诗中，诗人塑造了众多审美意象，有峨日朵之雪和石岩壁蜘蛛，它们共同营造出一个凝重壮美的氛围，将饱含沧桑的情怀，古老开阔的高原背景，博大的生命意识，构成一个协调的整体。通过意象之间的的变化与相互作用，描绘出诗人内心深处向往的乌托邦，那是一个仅存于诗人心中的天堂。

面朝大海，春暖花开

——海 子

海子（1964—1989 年），原名查海生，安徽省安庆市查湾村人，在农村长大；1979 年 15 岁时考入北京大学法律系，大学期间开始诗歌创作；1983 年自北大毕业后分配至北京中国政法大学哲学教研室工作；1989 年 3 月 26 日在山海关与龙家营之间的火车慢行道上卧轨自杀。在诗人短暂的生命里，他保持了一颗圣洁的心。他曾长期不被世人理解，但他是中国 20 世纪 70 年代新文学史中一位全力冲击文学与生命极限的诗人。他凭着辉煌的才华、奇迹般的创造力、敏锐的直觉和广博的知识，在极端贫困、单调的生活环境里创作了将近 200 万字的诗歌、小说、戏剧、论文。其主要作品有长诗《但是水，水》、长诗《土地》、诗剧《太阳》（未完成）、第一合唱剧《弥赛亚》、第二合唱剧残稿、长诗《大扎撒》（未完成）、话剧《弑》及约 200 首抒情短诗。他曾与西川合印过诗集《麦地之瓮》。他曾于 1986 年获北京大学第一届艺术节五四文学大奖赛特别奖，于 1988 年获第三届《十月》文学奖荣誉奖。其部分作品被收入近 20 种诗歌选集，但其大部分作品尚待整理出版。他认为，诗就是那把自由和沉默还给人类的东西。（西川撰文）（注：2001 年 4 月 28 日，海子与诗人郭路生（食指）共同获得第三届人民文学奖诗歌奖。）海子的第一首诗是《亚洲铜》，最后一首短诗是《春天，十个海子》。海子是中国新诗史上最优秀的诗人之一。

> 从明天起，做一个幸福的人
> 喂马，劈柴，周游世界
> 从明天起，关心粮食和蔬菜
> 我有一所房子，面朝大海，春暖花开
>
> 从明天起，和每一个亲人通信
> 告诉他们我的幸福
> 那幸福的闪电告诉我的
> 我将告诉每一个人
>
> 给每一条河每一座山取一个温暖的名字
> 陌生人，我也为你祝福

愿你有一个灿烂的前程

愿你有情人终成眷属

愿你在尘世获得幸福

我只愿面朝大海，春暖花开

《百年新诗 人生卷 下》，谢冕主编，百花文艺出版社，2013 年 1 月第 1 版

作品提示

　　海子是一个性格孤僻的人，本诗表达了海子对世俗生活的向往，但也透露出诗人心目中的世俗生活与他周围的实际生活有很大的差别。在诗人的潜意识里，他想要的"幸福"生活实际上是一种与众不同、离群索居的隐士生活。

　　这首诗在艺术上是成功的，语言平易、朴实；意象单纯、明净；内涵也比较丰富，但思想却是矛盾的、复杂的。既有对世俗幸福的向往，又有不愿与众人混同的清高。

错　误

——郑愁予

作者简介

郑愁予（1933—　　），本名郑文韬，为郑成功第十五代裔孙，现为中国海洋大学驻校作家，现代诗诗人。他15岁开始创作新诗，1949年举家赴台，1956年参与创立现代派诗社，1958年毕业于台湾中兴大学，在台湾出版了第一本诗集《梦土上》，1968年应邀参加爱荷华大学的"国际写作计划"，1970年入爱荷华大学英文系创作班进修，获艺术硕士学位；2003年接受美国加州注册世界文艺学院荣誉学位。出版诗集包括《郑愁予诗选集》《郑愁予诗集Ⅰ》《郑愁予诗选》等。《郑愁予诗集Ⅰ》被列为"影响台湾三十年的三十本书"之一。

诗人思维敏捷，感慨殊深，融合古今体悟，汲取国内外经验，创作力充沛。他的诗作以优美、潇洒、富有抒情韵味著称，意象多变，温柔华美，自成风格。他被称为"浪子诗人""中国的中国诗人"。

我打江南走过
那等在季节里的容颜如莲花的开落

东风不来，三月的柳絮不飞
你底心如小小的寂寞的城
恰若青石的街道向晚
跫音不响，三月的春帷不揭
你底心是小小的窗扉紧掩

我达达的马蹄是美丽的错误
我不是归人，是个过客……

《百年新诗 社会卷》，谢冕主编，百花文艺出版社，2012年6月第1版

作品提示

《错误》发表于1954年，是郑愁予广被传诵的名诗，被誉为"现代抒情诗的绝唱"。这首小诗轻巧清隽，是一首至今仍脍炙人口的佳作。如果说，郑愁予的作品最能引起共鸣、最能打动人心灵深处的地方，莫过于美与情，那么《错误》这首诗可谓其中的佼佼者，为诗人

奠定了他在台湾诗坛上不可忽视的地位和影响。

　　这首诗共九行，九十四个字，全篇幅不长，但所表现的艺术技巧不仅被人称道，更被人在口头上传诵。从结构上看，隐含着纵横两条线索。明显可见的纵线是自大景到小景，层次分明。开头两句先以广阔的江南为背景，再将镜头推移到小城，然后到街道、帷幕、窗扉，最后落在马蹄上及打破前面一片寂静的马蹄声。全诗构思独特，想象丰富，全诗词句明朗，却是蕴藉深沉，令人回味无穷，如入梦幻之境。

　　诗歌深得宋词的长处，意境幽婉而朦胧。诗歌的表现手法纯熟，句式整饬，语调轻快，富于节奏感。开头和结尾的两句都使用了短句，这恰恰是对过客的描写：匆匆而来，匆匆而去，来不及停下就消逝在岁月的长河里。中间的句子都是用长句，采用轻俏的词语，如柔柔的柳枝。那是在写妇人，悠悠的，如女主人的相思和怀念。

　　诗歌恰如其分地运用意象、潜心于语言的锤炼，营造出美妙而迷幻的意境，流溢着唐诗宋词一般的隽永、幽美，使作者无愧于一位"绝对的现代的""最中国的中国诗人"（杨牧语）。

舞 者

——洛 夫

作者简介

　　洛夫（1928— ），1928 年生于湖南衡阳，1949 年离乡去台湾，1996 年移居加拿大。他潜心现代诗歌的创作，写诗、译诗 40 多年，对台湾现代诗的发展产生了重要的影响，目前已出版诗集 31 部，散文集 6 部，诗论集 5 部。1999 年，洛夫的诗集《魔歌》被评选为台湾文学经典之一，2001 年又凭借长诗《漂木》获得诺贝尔文学奖提名。洛夫早年为超现实主义诗人，表现手法近乎魔幻，曾被诗坛誉为"诗魔"。台湾出版的《中国当代十大诗人选集》如此评称："从明朗到艰涩，又从艰涩返回明朗，洛夫在自我否定与肯定的追求中，表现出惊人的韧性，他对语言的锤炼，意象的营造，以及从现实中发掘超现实的诗情，乃得以奠定其独特的风格，其世界之广阔、思想之深致、表现手法之繁复多变，可能无出其右者。"吴三连文艺奖的评语对他更为肯定："自《魔歌》以后，风格渐渐转变，由繁复趋于简洁，由激动趋于静观，师承古典而落实生活，成熟之艺术已臻虚实相生，动静皆宜之境地。他的诗直探万物之本质，穷究生命之意义，且对中国文字锤炼有功。"

　　　　　　　呛然

　　　　　　　钹声中飞出一只红蜻蜓

　　　　　　　贴着水面而过的

　　　　　　　柔柔腹肌

　　　　　　　静止住

　　　　　　　全部眼睛的狂啸

　　　　　　　江河江河

　　　　　　　自你腰际迤俪而东

　　　　　　　而入海的

　　　　　　　竟是我们胸臆中的一声呜咽

　　　　　　　飞花飞花

　　　　　　　你的手臂

　　　　　　　岂是五弦七弦所能缚住的

　　　　　　　挥洒间

　　　　　　　豆荚炸裂

群蝶乱飞

升起，再升起

缓缓转过身子

一株水莲猛然张开千指

扣响着

我们心中的高山流水

《中国新诗总系 6 1969—1979》，谢冕总主编，人民文学出版社，2010 年 9 月第 1 版

作品提示

洛夫的诗歌在 20 世纪 70 年代回到明朗的风格，但又不是早期的直抒胸臆，而是对人生和艺术彻悟之后的又一种宁静。本诗就以一种明朗的节奏歌唱了一个舞者通过舞蹈带给人们的一种宁静。

从音乐的起始处，舞者犹如一只红蜻蜓开始翩翩起舞，舞者流畅的舞姿引领着作者的思绪，音乐的节奏并不能束缚舞者的自由起舞，随着音乐的起伏，舞者演绎着生命的真谛，人生总会受到各种各样的束缚，但人心不能因此而受缚。在经历世事后，人们的心灵会回到禅的宁静。

散 文 编

故乡的野菜

——周作人

作者简介

周作人（1885—1967 年），原名櫆树、遐寿，号启孟、启明、知堂、星杓，浙江绍兴人，鲁迅之弟；现代散文大师；"五四"时期发表了《人的文学》《平民的文学》《思想革命》等论文，推动了文学革命由形式改革转向内容革新的深入发展，是文学研究会发起人之一，宣扬"人的文学"观念；早期思想是革命的、进步的。1928 年后，他思想逐渐消沉，归于恬淡隐逸，研究民俗学和民间文学；抗战中变节附逆，出任伪职；华北沦陷后，在敌伪报刊上发表文章为敌伪歌功颂德的汉奸文学，1945 年因汉奸罪被捕被判刑，解放后获释，定居北京；有"立身谨严，文章放荡"的座右铭。周作人属于一个民主主义、自由主义知识分子。

我的故乡不止一个，凡我住过的地方都是故乡。故乡对于我并没有什么特别的情分，只因钓于斯游于斯的关系，朝夕会面，遂成相识，正如乡村里的邻舍一样，虽然不是亲属，别后有时也要想念到他。我在浙东住过十几年，南京东京都住过六年，这都是我的故乡；现在住在北京，于是北京就成了我的家乡了。

日前我的妻往西单市场买菜回来，说起有荠菜在那里卖着，我便想起浙东的事来。荠菜是浙东人春天常吃的野菜，乡间不必说，就是城里只要有后园的人家都可以随时采食，妇女小儿各拿一把剪刀一只"苗篮"，蹲在地上搜寻，是一种有趣味的游戏的工作。那时小孩们唱道，"荠菜马兰头，姊姊嫁在后门头。"后来马兰头有乡人拿来进城售卖了，但荠菜还是一种野菜，须得自家去采。关于荠菜向来颇有风雅的传说，不过这似乎以吴地为主。《西湖游览志》云，"三月三日男女皆戴荠菜花。谚云，三春戴荠花，桃李羞繁华。"顾禄的《清嘉录》上亦说，"荠菜花俗呼野菜花，因谚有三月三蚂蚁上灶山之语，三日人家皆以野菜花置灶陉上，以厌虫蚁，侵晨村童叫卖不绝。或妇女簪髻上以祈清目，俗号眼亮花。"但浙东却不很理会这些事情，只是挑来做菜或炒年糕吃罢了。

黄花麦果通称鼠曲草，系菊科植物，叶小微圆互生，表面有白毛，花黄色，簇生梢头。春天采嫩叶，捣烂去汁，和粉作糕，称黄花麦果糕。小孩们有歌赞美之云，

黄花麦果韧结结，

关得大门自要吃：

半块拿弗出，一块自要吃。

清明前后扫墓时，有些人家——大约是保存古风的人家——用黄花麦果做供，但不做饼状，做成小颗如指顶大，或细条如小指，以五六个作一攒，名曰茧果，不知是什么意思，或因蚕上山时设祭，也用这种食品，故有是称，亦未可知。自从十二三岁时外出不参与外祖家扫墓以后，不复见过茧果，近来住在北京，也不再见黄花麦果的影子了。日本称作"御形"，与荠菜同为春天的七草之一，也采来做点心用，状如艾饺，名曰"草饼"，春分前后多食之，在北京也有，但是吃去总是日本风味，不复是儿时的黄花麦果糕了。

扫墓时候所常吃的还有一种野菜，俗名草紫，通称紫云英。农人在收获后，播种田内，用作肥料，是一种很被贱视的植物，但采取嫩茎瀹食，味颇鲜美，似豌豆苗。花紫红色，数十亩接连不断，一片锦绣，如铺着华美的地毯，非常好看，而且花朵状若蝴蝶，又如鸡雏，尤为小孩所喜。间有白色的花，相传可以治痢，很是珍重，但不易得。日本《徘句大辞典》云，"此草与蒲公英同是习见的东西，从幼年时代便已熟识。在女人里边，不曾采过紫云英的人，恐未必有罢。"中国古来没有花环，但紫云英的花球却是小孩常玩的东西，这一层我还替那些小人们欣幸的。浙东扫墓用鼓吹，所以少年们常随了乐音去看"上坟船里的姣姣"；没有钱的人家虽没有鼓吹，但是船头上篷窗下总露出些紫云英和杜鹃的花束，这也就是上坟船的确实的证据了。

一九二四年二月

《往事随想 周作人》，唐文一，刘屏主编，四川人民出版社，2000 年 1 月第 1 版

作品提示

《故乡的野菜》是周作人小品散文的名篇之一，通过对故乡几种野菜的介绍，描绘了浙东乡间的民情风俗，表达了对故乡的怀想和对童年的眷恋。

第一段先用淡淡的笔墨掩盖起浓浓的乡情。表面看，作者对故乡似乎没有什么"特别的情分"，其实，"故乡"、"家乡"界定，已经撩起故乡之思。第二段由妻子说西单有荠菜，引起对故乡的追忆。小儿关于荠菜的歌谣，极富地域特点。吴地与浙东风俗不同，凸现了"故乡"的与众不同。第三段介绍黄花麦果时，既写了黄花麦果糕的制作过程和浙东用茧果做贡的独特风俗，又写出了多年不见黄花麦果的惆怅，表达出一种追怀过往的故园深情。第四段

写紫云英的白花可治痢疾的传说，这种知识得之于乡间，"故乡"二字隐含其间。调皮小孩听到上坟船鼓吹声或发现棚窗下的紫云英（还有杜鹃），就带着好奇和新鲜的冲动去追看，生活情趣非常浓郁，对故乡的怀想和对童年的眷念可见一斑。

笔下是故乡的野菜，心头实是浓得化不开的乡情，纠缠在对故乡风物的欣赏与赞美之中，但回顾总有种"不复是儿时的黄花麦果糕了"的遗憾与依恋。欣赏与赞美越多，遗憾与依恋越深，这份乡情也就越发醇厚、深沉。作者笔下无一"情"字，却写出了血浓于水的乡情。全文淡笔浓情，意味深长。

思考题

试分析周作人散文的语言特色。

丑　石

——贾平凹

作者简介

　　贾平凹（1952— ），原名贾平娃，中国当代著名作家；1974 年开始发表作品，中国海洋大学驻校作家。贾平凹是我国当代文坛屈指可数的文学奇才，被誉为"鬼才"。他是当代中国一位最具叛逆性、创造精神和广泛影响的作家，也是当代中国可以进入世界文学史册的为数不多的著名文学家之一。《腊月·正月》获中国作协第 3 届全国优秀中篇小说奖；《满月》获 1978 年全国优秀短篇小说奖；《废都》获 1997 年法国费米娜文学奖；《浮躁》获 1987 年美国美孚飞马文学奖，茅盾文学奖；《秦腔》获得第七届茅盾文学奖。

　　贾平凹的作品主要以独特的视角准确而深刻地表现了 20 世纪末到 21 世纪初，中国在三十年来的现代化进程中痛苦而悲壮的社会转型，不仅完整地复原和再现了现实生活中芸芸众生的生存本相，作品极富想象力，通俗中有真情，平淡中见悲悯，寄托深远，笔力丰富，在一种原生态叙事中，深入当代中国人的心灵世界，突现了中华民族在现代化的全球语境中所遭遇的空前尴尬。他以中国传统美的表现方式，真实地表达了现代中国人的生活与情绪，为中国文学的民族化和走向世界做出了突出贡献。

　　我常常遗憾我家门前的那块丑石呢：它黑黝黝地卧在那里，牛似的模样；谁也不知道是什么时候留在这里的，谁也不去理会它。只是麦收时节，门前摊了麦子，奶奶总是要说：这块丑石，多碍地面哟，多时把它搬走吧。

　　于是，伯父家盖房，想以它垒山墙，但苦于它极不规则，没棱角儿，也没平面儿；用錾破开吧，又懒得花那么大气力，因为河滩并不甚远，随便去捎一块回来，哪一块也比它强。房盖起来，压铺台阶，伯父也没有看上它。有一年，来了一个石匠，为我家洗一台石磨，奶奶又说：用这块丑石吧，省得从远处搬动。石匠看了看，摇着头，嫌它石质太细，也不采用。

　　它不像汉白玉那样的细腻，可以凿下刻字雕花，也不像大青石那样的光滑，可以供来浣纱捶布；它静静地卧在那里，院边的槐荫没有庇覆它，花儿也不再在它身边生长。荒草便繁衍出来，枝蔓上下，慢慢地，竟锈上了绿苔、黑斑。我们这些做孩子的，也讨厌起它来，曾合伙要搬它走，但力气又不足；虽时时咒骂它，嫌弃它，也无可奈何，只好任它留在那里去了。

　　稍稍能安慰我们的，是在那石上有一个不大不小的坑凹儿，雨天就盛满了水。常常雨过三天了，地上已经干燥，那石凹里水儿还有，鸡儿便去那里渴饮。每每到了十五的夜晚，我们盼着满月出来，就爬到其上，翘望天边；奶奶总是要骂的，害怕我们摔下来。果然那一次就摔了下来，磕破了我的膝盖呢。

人都骂它是丑石，它真是丑得不能再丑的丑石了。

终有一日，村子里来了一个天文学家。他在我家门前路过，突然发现了这块石头，眼光立即就拉直了。他再没有走去，就住了下来；以后又来了好些人，说这是一块陨石，从天上落下来已经有二三百年了，是一件了不起的东西。不久便来了车，小心翼翼地将它运走了。

这使我们都很惊奇！这又怪又丑的石头，原来是天上的呢！它补过天，在天上发过热，闪过光，我们的先祖或许仰望过它，它给了他们光明，向往，憧憬；而它落下来了，在污土里，荒草里，一躺就是几百年了？

奶奶说："真看不出！它那么不一般，却怎么连墙也垒不成，台阶也垒不成呢？"

"它是太丑了"。天文学家说。

"真的，是太丑了"。

"可这正是它的美"天文学家说，"它是以丑为美的。"

"以丑为美？"

"是的，丑到极处，便是美到极处。正因为它不是一般的顽石，当然不能去做墙，做台阶，不能去雕刻，捶布。它不是做这些小顽意儿的，所以常常就遭到一般世俗的讥讽。"

奶奶脸红了，我也脸红了。

我感到自己的可耻，也感到了丑石的伟大；我甚至怨恨它这么多年竟会默默地忍受着这一切？而我又立即深沉地感到它那种不屈于误解、寂寞的生存的伟大。

《贾平凹文集 第11卷》，王永生主编，陕西人民出版社，1998年

作品提示

贾平凹的大部分散文都闪烁着哲理的火花，而且这种哲理多出自作家对生活的体验和感悟，极富情致和个性。作者往往用简单而平实的文字去承载他厚实而深刻的思想内容，率真，自然，情感充沛，令人回味不已。

文章以自家门前的丑石为叙述对象，采用欲扬先抑的手法，通过强烈的对比，说明了一个道理：人们的无知，并不能掩盖和抹杀那"默默忍受"多年，而"不屈于误解、寂寞的生存的伟大"。在形象的贬值里，精神增值了！我们不能仅凭事物的外表，去评论它的价值。眼睛看到的不一定是真的，只有用心灵看到的才是真的。

本文较好地体现了贾平凹的散文风格，语言直白、朴实，没有在结构上刻意求新，没有任何华丽的辞藻，平平淡淡地将一块石头的遭际娓娓道来，全然没有雕琢的痕迹，带有一种乡村的自然风味。但就是这块丑石却能引起我们心灵上的震撼和共鸣。它不像一般的散文，仅能给我们带来轻松和愉悦，它分明是一篇包含极深人生道理的哲理散文，引人深思。

莫 高 窟

——余秋雨

余秋雨（1946—　），浙江省余姚人，文学家、散文家、作家、当代著名艺术理论家、国际著名文化史学者，现任中国艺术研究院秋雨书院院长、澳门科技大学人文艺术学院院长，曾任上海戏剧学院院长、上海剧协副主席、青歌赛评委。海内外读者高度评价他集"深度研究、亲历考察、有效传播"于一身，以整整二十年的不懈努力，为守护和解读中华文化作出了先于他人的杰出贡献。

1962 年，开始发表作品，著有系列散文集《文化苦旅》《山居笔记》《霜冷长河》《千年一叹》《行者无疆》《摩挲大地》《寻觅中华》《何谓文化》等，文化通史《问学余秋雨》，长篇记忆文学《借我一生》《我等不到了》等，出版专著多部，曾于 1987 年被授予"国家级突出贡献专家"、"上海市十大高教精英"等荣誉称号。

余秋雨先生的散文是一种典型的文化散文，它摆脱了沉湎于自我小天地的小家子气，而表现为一种情怀更为慷慨豪迈的大散文，体现出一种沉甸甸的历史感和沧桑感，一种浩然而衷毫不矫情的雍容与大气，一种俯仰天地古今的内在冲动与感悟，一种涌动着激情与灵性的智慧与思考。他的散文在丰富的文化联想与想象中完成对所表现的对象的理性阐释，融合了庄子哲学散文的天马行空，汪洋恣肆的思维与两汉赋体铺叙夸饰，华美凝重的修辞方式，从而表现出浸润了理性精神与内在理趣的诗化特征。落笔如行云流水，舒卷之间灵性激溅，有博雅的文化内涵，笔端饱蘸着深切的民族忧患意识，字里行间充盈着越迈千年的睿智哲思。

一

莫高窟对面，是三危山。《山海经》记，"舜逐三苗于三危"。可见它是华夏文明的早期屏障，早得与神话分不清界线。那场战斗怎么个打法，现在已很难想象，但浩浩荡荡的中原大军总该是来过的。当时整个地球还人迹稀少，哒哒的马蹄声显得空廓而响亮。让这么一座三危山来做莫高窟的映壁，气概之大，人力莫及，只能是造化的安排。

公元 366 年，一个和尚来到这里。他叫乐樽，戒行清虚，执心恬静，手持一枝锡杖，云游四野。到此已是傍晚时分，他想找个地方栖宿。正在峰头四顾，突然看到奇景：三危山金光灿烂，烈烈扬扬，像有千佛在跃动。是晚霞吗？不对，晚霞就在西边，与三危山的金光遥遥相对应。

三危金光之谜，后人解释颇多，在此我不想议论。反正当时的乐樽和尚，刹那间激动万分。他怔怔地站着，眼前是腾燃的金光，背后是五彩的晚霞，他浑身被照得通红，手上的锡杖也变得水晶般透明。他怔怔地站着，天地间没有一点声息，只有光的流溢，色的笼罩。他有所憬悟，把锡杖插在地上，庄重地跪下身来，朗声发愿，从今要广为化缘，在这里筑窟造像，使它真正成为圣地。和尚发愿完毕，两方光焰俱黯，苍然暮色压着茫茫沙原。

不久，乐樽和尚的第一个石窟就开工了。他在化缘之时广为播扬自己的奇遇，远近信士也就纷纷来朝拜胜景。年长日久，新的洞窟也一一挖出来了，上自王公，下至平民，或者独筑，或者合资，把自己的信仰和祝祈，全向这座陡坡凿进。从此，这个山岙的历史，就离不开工匠斧凿的叮当声。

工匠中隐潜着许多真正的艺术家。前代艺术家的遗留，又给后代艺术家以默默的滋养。于是，这个沙漠深处的陡坡，浓浓地吸纳了无量度的才情，空灵灵又胀鼓鼓地站着，变得神秘而又安详。

二

从哪一个人口密集的城市到这里，都非常遥远。在可以想象的将来，还只能是这样。它因华美而矜持，它因富有而远藏。它执意要让每一个朝圣者，用长途的艰辛来换取报偿。

我来这里时刚过中秋，但朔风已是铺天盖地。一路上都见鼻子冻得通红的外国人在问路，他们不懂中文，只是一叠连声地喊着："莫高！莫高！"声调圆润，如呼亲人。国内游客更是拥挤，傍晚闭馆时分，还有一批刚刚赶到的游客，在苦苦央求门卫，开方便之门。

我在莫高窟一连呆了好几天。第一天入暮，游客都已走完了，我沿着莫高窟的山脚来回徘徊。试着想把白天观看的感受在心头整理一下，很难；只得一次次对着这堵山坡傻想，它究竟是个什么样的存在？

比之于埃及的金字塔，印度的山奇大塔，古罗马的斗兽场遗迹，中国的许多文化遗迹常常带有历史的层累性。别国的遗迹一般修建于一时，兴盛于一时，以后就以纯粹遗迹的方式保存着，让人瞻仰。中国的长城就不是如此，总是代代修建、代代拓抻。长城，作为一种空间蜿蜒，竟与时间的蜿蜒紧紧对应。中国历史太长、战乱太多、苦难太深，没有哪一种纯粹的遗迹能够长久保存，除非躲在地下，躲在坟里，躲在不为常人注意的秘处。阿房宫烧了，滕王阁坍了，黄鹤楼则是新近重修。成都的都江堰所以能长久保留，是因为它始终发挥着水利功能。因此，大凡至今轰传的历史胜迹，总是生生不息、吐纳百代的独特秉赋。

莫高窟可以傲视异邦古迹的地方，就在于它是一千多年的层层累聚。看莫高窟，不是看死了一千年的标本，而是看活了一千年的生命。一千年而始终活着，血脉畅通、呼吸匀停，这是一种何等壮阔的生命！一代又一代艺术家前呼后拥向我们走来，每个艺术家又牵连着喧闹的背景，在这里举行着横跨千年的游行。纷杂的衣饰使我们眼花缭乱，呼呼的旌旗使我们满耳轰鸣。在别的地方，你可以蹲下身来细细玩索一块碎石、一条土埂，在这儿完全不行，你也被裹卷着，身不由主，踉踉跄跄，直到被历史的洪流消融。在这儿，一个人的感官很不够用，那干脆就丢弃自己，让无数双艺术巨手把你碎成轻尘。

因此，我不能不在这暮色压顶的时刻，在山脚前来回徘徊，一点点地找回自己，定一定被震撼了的惊魂。晚风起了，夹着细沙，吹得脸颊发疼。沙漠的月亮，也特别清冷。山脚前有一泓泉流，汩汩有声。抬头看看，侧耳听听，总算，我的思路稍见头绪。

白天看了些什么，还是记不大清。只记得开头看到的是青褐浑厚的色流，那应该是北魏的遗存。色泽浓沉着得如同立体，笔触奔放豪迈得如同剑戟。那个年代战事频繁，驰骋沙场的又多北方骠壮之士，强悍与苦难汇合，流泻到了石窟的洞壁。当工匠们正在这洞窟描绘的时候，南方的陶渊明，在破残的家园里喝着闷酒。陶渊明喝的不知是什么酒，这里流荡着的无疑是烈酒，没有什么芬芳的香味，只是一派力、一股劲，能让人疯了一般，拔剑而起。这里有点冷、有点野，甚至有点残忍；

色流开始畅快柔美了，那一定是到了隋文帝统一中国之后。衣服和图案都变得华丽，有了香气，有了暖意，有了笑声。这是自然的，隋炀帝正乐呵呵地坐在御船中南下，新竣的运河碧波荡漾，通向扬州名贵的奇花。隋炀帝太凶狠，工匠们不会去追随他的笑声，但他们已经变得大气、精细，处处预示着，他们手下将会奔泻出一些更惊人的东西。

色流猛地一下涡漩卷涌，当然是到了唐代。人世间能有的色彩都喷射出来，但又喷得一点儿也不野，舒舒展展地纳入细密，流利的线条，幻化为壮丽无比的交响乐章。这里不再仅仅是初春的气温，而已是春风浩荡，万物苏醒，人们的每一缕筋肉都想跳腾。这里连禽鸟都在歌舞，连繁花都裹卷成图案，为这个天地欢呼。这里的雕塑都有脉搏和呼吸，挂着千年不枯的吟笑和娇嗔。这里的每一个场面，都非双眼能够看尽，而每一个角落，都够你留连长久。这里没有重复，真正的欢乐从不重复。这里不存在刻板，刻板容不下真正的人性。这里什么也没有，只有人的生命在蒸腾。一到别的洞窟还能思忖片刻，而这里，一进入就让你燥热，让你失态，让你只想双足腾空。不管它画的是什么内容，一看就让你在心底惊呼，这才是人，这才是生命。人世间最有吸引力的，莫过于一群活得很自在的人发出的生命信号。这种信号是磁，是蜜，是涡卷方圆的魔井。没有一个人能够摆脱这种涡卷，没有一个人能够面对着它们而保持平静。唐代就该这样，这样才算唐代。我们的民族，总算拥有这么个朝代，总算有过这么一个时刻，驾驭那些瑰丽的色流，而竟能指挥若定；

色流更趋精细，这应是五代。唐代的雄风余威未息，只是由炽热走向温煦，由狂放渐趋沉着。头顶的蓝天好像小了一点，野外的清风也不再鼓荡胸襟；

终于有点灰黯了，舞蹈者仰首看到变化了的天色，舞姿也开始变得拘谨。仍然不乏雅丽，仍然时见妙笔，但欢快的整体气氛，已难于找寻。洞窟外面，辛弃疾、陆游仍在握剑长歌，美妙的音色已显得孤单，苏东坡则以绝世天才与陶渊明呼应。大宋的国土，被下坡的颓势，被理学的层云，被重重的僵持，遮得有点阴沉；

色流中很难再找到红色了，那该是到了元代；

……

这些朦胧的印象，稍一梳理，已颇觉劳累，像是赶了一次长途的旅人。据说把莫高窟的壁画连起来，整整长达 60 华里。我只不信，60 华里的路途对我轻而易举，哪有这般劳累？

夜已深了，莫高窟已经完全沉睡。就像端详一个壮汉的睡姿一般，看它睡着了，也没有什么奇特，低低的、静静的、荒秃秃的，与别处的小山一样。

三

第二天一早，我又一次投入人流，去探寻莫高窟的底蕴，尽管毫无自信。

游客各种各样。有的排着队，在静听讲解员讲述佛教故事；有的捧着画具，在洞窟里临摹；有的不时拿出笔记写上几句，与身旁的伙伴轻声讨论着学术课题。他们就像焦距不一的镜头，对着同一个拍摄对象，选择着自己所需要的清楚和模糊。

莫高窟确实有着层次丰富的景深（depthoffield），让不同的游客摄取。听故事，学艺术，探历史，寻文化，都未尝不可。一切伟大的艺术，都不会只是呈现自己单方面的生命。它们为观看者存在，它们期待着仰望的人群。一堵壁画，加上壁画前的唏嘘和叹息，才是这堵壁画的立体生命。游客们在观看壁画，也在观看自己。于是，我眼前出现了两个长廊：艺术的长廊和观看者的心灵长廊；也出现了两个景深：历史的景深和民族心理的景深。

如果仅仅为了听佛教故事，那么它多姿的神貌和色泽就显得有点浪费。如果仅仅为了学绘画技法，那么它就吸引不了那么多普通的游客。如果仅仅为了历史和文化，那么它至多只能成为厚厚著述中的插图。它似乎还要深得多，复杂得多，也神奇得多。

它是一种聚会，一种感召。它把人性神化，付诸造型，又用造型引发人性，于是，它成了民族心底一种彩色的梦幻、一种圣洁的沉淀、一种永久的向往。

它是一种狂欢，一种释放。在它的怀抱里神人交融，时空飞腾，于是，它让人走进神话、走进寓言，走进宇宙意识的霓虹。在这里，狂欢是天然秩序，释放是天赋人格，艺术的天国是自由的殿堂。

它是一种仪式、一种超越宗教的宗教。佛教理义已被美的火焰蒸馏，剩下了仪式应有的玄秘、洁净和高超。只要知闻它的人，都会以一生来投奔这种仪式，接受它的洗礼和熏陶。

这个仪式如此宏大，如此广袤。甚至，没有沙漠，也没有莫高窟，没有敦煌。仪式从沙漠的起点已经开始，在沙窝中一串串深深的脚印间，在一个个夜风中的帐篷里，在一具具洁白的遗骨中，在长毛飘飘的骆驼背上。流过太多眼泪的眼睛，已被风沙磨钝，但是不要紧，迎面走来从那里回来的朝拜者，双眼是如此晶亮。我相信，一切为宗教而来的人，一定能带走超越宗教的感受，在一生的潜意识中蕴藏。蕴藏又变作遗传，下一代的苦旅者又浩浩荡荡。为什么甘肃艺术家只是在这里撷取了一个舞姿，就能引起全国性的狂热？为会么张大千举着油灯从这里带走一些线条，就能风靡世界画坛？只是仪式，只是人性，只是深层的蕴藏。过多地捉摸他们的技法没有多大用处，他们的成功只在于全身心地朝拜过敦煌。蔡元培在20世纪初提出过以美育代宗教，我在这里分明看见，最高的美育也有宗教的风貌。或许，人类的将来，就是要在这颗星球上建立一种有关美的宗教？

四

离开敦煌后，我又到别处旅行。

我到过另一个佛教艺术胜地，那里山清水秀，交通便利。思维机敏的讲解员把佛教故事与今天的社会新闻、行为规范联系起来，讲了一门古怪的道德课程。听讲者会心微笑，时露愧色。我还到过一个山水胜处，奇峰竞秀，美不胜收。一个导游指着几座略似人体的山峰，讲着一个个贞节故事，如画的山水立时成了一座座道德造型。听讲者满怀兴趣，扑于船头，细细指认。

我真怕，怕这块土地到处是善的堆垒，挤走了美的踪影。

为此，我更加思念莫高窟。

什么时候，哪一位大手笔的艺术家，能告诉我莫高窟的真正奥秘？日本井上靖的《敦煌》显然不能令人满意，也许应该有中国的赫尔曼·黑塞，写一部《纳尔齐斯与歌尔德蒙》（*Narziss and Goldmund*），把宗教艺术的产生，刻画得如此激动人心，富有现代精神。

不管怎么说，这块土地上应该重新会聚那场人马喧腾、载歌载舞的游行。

我们，是飞天的后人。

《文化苦旅》，余秋雨著，东方出版中心，2006年1月

作品提示

《莫高窟》全文四个部分。作者用充满激情的、诗一般的语言尽情讴歌了伟大的敦煌艺术，给人以强烈的感染。作品从莫高窟的地理位置和开凿时间写起，用充满激情地勾勒了莫高窟艺术各个不同历史时期的特点，表达了作者意犹未尽、无以忘怀的感情。人离开了敦煌，离开了莫高窟，但心情却无法平静。到另一个佛教艺术胜地旅行，仍然罹莫高窟，进一步点出莫高窟艺术给自己带来的强烈的震撼。也告诉我们：尽管中国古代文明曾屡遭不幸，但我们这个民族毕竟有着世界文明史上最伟大最灿烂的文化。这种文化凝聚成的生命精神，孕育了它的生生不息，吐纳百代的独特秉赋，因此，莫高窟所代表的中国古代文明至今仍然笑傲世界。

巩乃斯的马

——周 涛

作者简介

周涛（1946—　），诗人、散文家，祖籍山西，少年随父迁徙新疆，1969 年毕业于新疆大学中文系，现为新疆军区创作室主任；出有诗集、散文集 20 余种，曾获全国诗集奖，第一届鲁迅（散文）奖和全军八一奖等；著有诗集《神山》《野马群》及散文《巩乃斯的马》《哈拉沙尔随笔》等，深得读者喜爱。

没话找话就招人讨厌，话说得没意思就让人觉得无聊，还不如听吵架提神。吵架骂仗是需要激情的。

我发现，写文章的时候就像一匹套在轭具和辕木中的马，想到那片水草茂盛的地方去，却不能摆脱道路、更摆脱不了车夫的驾驭，所以走来走去，永远在这条枯燥的路面上。

我向往草地，但每次走到的，却总是马厩。

我一直对不爱马的人怀有一点偏见，认为那是由于生气不足和对美的感觉迟钝所造成的，而且这种缺陷很难弥补。有时候读传记，看到有些了不起的人物以牛或骆驼自喻，就有点替他们惋惜，他们一定是没见过真正的马。

在我眼里，牛总是有点落后的象征的意思，一副安贫知命的样子，这大概是由于过分提倡"老黄牛"精神引起的生理反感。骆驼却是沙漠的怪胎，为了适应严酷的环境，把自己改造得那么丑陋畸形。至于毛驴，顶多是个黑色幽默派的小丑，难当大用。它们的特性和模样，都清清楚楚地写着人类对动物的征服，生命对强者的屈服，所以我不喜欢。它们不是作为人类朋友的形象出现的，而是俘虏，是仆役。有时候，看到小孩子鞭打牛，高大的骆驼在妇人面前下跪，发情的毛驴被缚在车套里龇牙大鸣，我心里便产生一种悲哀和怜悯。

那卧在盐车之下哀哀嘶鸣的骏马和诗人臧克家笔下的"老马"，不也是可悲的吗？但是不同。那可悲里含有一种不公，这一层含义在别的畜牲中是没有的。在南方，我也见到过矮小的马，样子有些滑稽，但那不是它的过错。既然桔树有自己的土壤，马当然有它的故乡了，自古好马生塞北，在伊犁，在巩乃斯大草原，马作为茫茫天地之间的一种尤物，便呈现了它的全部魅力。

那是一九七零年，我在一个农场接受"再教育"，第一次触摸到了冷酷、丑恶、冰凉的生活实体。不正常的政治气候像潮闷险恶的黑云一样压在头顶上，使人压抑到不能忍受的地步。强度的体力劳动并不能打击我对生活的热爱，精神上的压抑却有可能摧毁我的信念。

终于，有一天夜晚，我和一个外号叫"蓝毛"的长着古希腊人脸型的上士一起爬起来，偷偷摸进马棚，解下两匹喉咙里滚动着咴咴低鸣的骏马，在冬夜旷野的雪地上奔驰开了。

天低云暗，雪地一片模糊，但是马不会跑进巩乃斯河里去。雪原右侧是巩乃斯河，形成了沿河的一道陡直的不规则的土壁。光背的马儿驮着我们在土壁顶上的雪原轻快地小跑，喷着鼻息，四蹄发出嚓嚓的有节奏的声音，最后大颠着狂奔起来。随着马的奔驰、起伏、跳跃和喘息，我们的心情变得开朗、舒展，压抑消失，豪兴顿起，在空旷的雪野上打着嗯哨乱喊，在颠簸的马背上感受自由的亲切和驾驭自己命运的能力，是何等的痛快舒畅啊！我们高兴得大笑，笑得从马背上栽下来，躺在深雪里还是止不住地狂笑，直到笑得眼睛里流出了泪水……

那两匹可爱的光背马，这时已在近处缓缓停住，低垂着脖颈，一副歉疚的想说"对不起"的神态，它们温柔的眼睛里仿佛充满了怜悯和抱怨，还有一点诧异，弄不懂我们这两个人究竟是怎么了。我拍拍马的脖颈，抚摸一会儿它的鼻梁和嘴唇，它会意了，抖抖鬃毛像抖掉疑虑，跟着我们慢慢走回去。一路上，我们谈着马，闻着身后热烘烘的马汗味和四围里新鲜刺鼻的气息，觉得好像不是走在冬夜的雪原上。

马能给人以勇气，给人以幻想，这也不是笨拙的动物所能有的。在巩乃斯后来的那些日子里，观察马渐渐成了我的一种艺术享受。

我喜欢看一群马，那是一个马的家族在夏牧场上游移，散乱而有秩序，首领就是那里面一眼就望得出的种公马。它是马群的灵魂，作为这群马的首领当之无愧，因为它的确是无与伦比的强壮和美丽。匀称高大，毛色闪闪发光，最明显的特征是颈上披散着垂地的长鬃，有的浓黑，流泻着力与威严；有的金红，燃烧着火焰般的光彩。它管理着保护着这群牝马和顽皮的长腿短身子马驹儿，眼光里保持着父爱般的尊严。

在马的这种社会结构中，首领的地位是由强者在竞争中确立的，任何一匹马都可以争群，通过追逐、撕咬、拼斗，使最强的马成为公认的首领。为了保证这群马的品种不至于退化，就不能搞"指定"，不能看谁和种公马的关系好，也不能凭血缘关系接班。

生存竞争的规律使一切生物把生存下去作为第一意识，而人却有时候会忘记，造成许多误会。

唉，天似穹庐，笼盖四野。在巩乃斯草原度过的那些日子里，我与世界隔绝，生活单调；人与人互相警惕，唯恐失一言而遭灭顶之祸，心灵寂寞。只有一个乐趣，看马。好在巩乃斯草原马多，不像书可以被焚，画可以被禁，知识可以被践踏，马总不至于被驱逐出境吧？这样，我就从马的世界里找到了奔驰的诗韵。油画般的辽阔草原、夕阳落照中兀立于荒原的群雕、大规模转场时铺散在山坡上的好文章、熊熊篝火边的通宵马经、毡房里悠长暗哑的长歌在烈马苍凉的嘶鸣中展开、醉酒的哈萨克青年在群犬的追逐中纵马狂奔，东倒西歪地俯身鞭打猛犬，这一切，使我蓦然感受到生活不朽的壮美和那时潜藏在我们心里的共同忧郁……

哦，巩乃斯的马，给了我一个多么完整的世界！凡是那时被取消的，你都重新又给予了我！弄得我直到今天听到马蹄踏过大地的有力声响时，还会在屋子里坐卧不宁，总想出去看看，是一匹什么样儿的马走过去了。而且我还听不得马嘶，一听到那铜号般高亢、鹰啼般苍凉的声音，我就热血陡涌、热泪盈眶，大有战士出征走上古战场，"风萧萧兮易水寒"的悲壮之慨。

有一次我碰上巩乃斯草原夏日迅疾猛烈的暴雨，那雨来势之快，可以使悠然在晴空盘旋的孤鹰来不及躲避而被击落，雨脚之猛，竟能把牧草覆盖的原野一瞬间打得烟尘滚滚。就在那场暴雨的豪打下，我见到了最壮阔的马群奔跑的场面。仿佛分散在所有山谷里的马都被赶到这儿来了，好家伙，被暴雨的长鞭抽打着，被低沉的怒雷恐吓着，被刺进大地倏忽消逝的闪电激奋着，马，这不肯安分的牲灵从无数谷口、山坡涌出来，山洪奔泻似地在这原野上汇聚了，小群汇成大群，大群在运动中扩展，成为一片喧叫、纷乱、快速移动的集团冲锋！争先恐后，前呼后应，披头散发，淋漓尽致！有的疯狂地向前奔驰，像一队尖兵，要去踏住那闪电；有的来回奔跑，俨然像临危不惧、收拾残局的大将；小马跟着母马认真而紧张地跑，不再顽皮、撒欢，一下子变得老练了许多；牧人在不可收拾的潮水中被携裹，大喊大叫，却毫无声响，喊声像一块小石片跌进奔腾喧嚣的大河。

雄浑的马蹄声在大地奏出鼓点，悲怆苍劲的嘶鸣、叫喊在拥挤的空间碰撞、飞溅，划出一条条不规则的曲线，扭住、缠住漫天雨网，和雷声雨声交织成惊心动魄的大舞台。而这一切，得在飞速移动中展现，几分钟后，马群消失，暴雨停歇，你再看不见了。

我久久地站在那里，发愣、发痴、发呆。我见到了，见过了，这世间罕见的奇景，这无可替代的伟大的马群，这古战场的再现，这交响乐伴奏下的复活的雕塑群和油画长卷！我把这几分钟间见到的记在脑子里，相信，它所给予我的将使我终身受用不尽……

马就是这样，它奔放有力却不让人畏惧，毫无凶暴之相；它优美柔顺却不任人随意欺凌，并不懦弱，我说它是进取精神的象征，是崇高感情的化身，是力与美的巧妙结合恐怕也并不过分。屠格涅夫有一次在他的庄园里说托尔斯泰"大概您在什么时候当过马"，因为托尔斯泰不仅爱马、写马，并且坚信"这匹马能思考并且是有感情的"。它们常和历史上的那些伟大的人物、民族的英雄一起被铸成铜像屹立在最醒目的地方。

过去我认为，只有《静静的顿河》才是马的史诗；离开巩乃斯之后，我不这么看了。巩乃斯的马，这些古人称之为骐骥、称之为汗血马的英气勃勃的后裔们，日出而撒欢，日入而又优美，它们好像永远是这样散漫而又有所期待，这样原始而又有感知，这样不假雕饰而又优美，这样我行我素而又不会被世界所淘汰。成吉思汗的铁骑作为一个兵种已经消失，六根棍马车作为一种代步工具已被淘汰，但是马却不会被什么新玩艺儿取代，它有它的价值。

牛从鞔车变为食用，仍然是实用物；毛驴和骆驼将会成为动物园里的展览品，因为它们只会越来越稀少；而马，车辆只是在实用意义上取代了它，解放了它，它从实用物进化为一种艺术品的时候恰恰开始了。

值得自豪的是我们中国有好马。从秦始皇的兵马俑、铜车马到唐太宗的六骏，从马踏飞燕的奇妙构想到大宛汗血马的美妙传说，从关云长的赤兔马到朱德总司令的长征坐骑……纵览马的历史，还会发现它和我们民族的历史紧密相联着。这也难怪，骏马与武士与英雄本有着难以割舍的亲缘关系呢，彼此作用的相互发挥、彼此气质的相互补益，曾创造出多少叱咤风云的壮美形象？纵使有一天马终于脱离了征战这一辉煌事业，人们也随时会从军人的身上发现马的神韵和遗风。我们有多少关于马的故事呵，我们是十分爱马的民族呢。至今，如同我们的一切美好传统都像黄河之水似地遗传下来那样，我们的历代名马的筋骨、血脉、气韵、精神也都遗传下来了。那种"龙马精神"，就在巩乃斯的马身上——

此马非凡马，

房星是本星；

向前敲瘦骨，

犹自带铜声。

我想，即便我一直固执地对不爱马的人怀一点偏见，恐怕也是可以得到谅解的吧。

《周涛散文 游牧卷》，周涛著，新疆人民出版社，2009年9月第1版

作品提示

《巩乃斯的马》是周涛散文代表作品之一，作者因为接受"再教育"来到巩乃斯，在这里体验到巩乃斯马的品格，它给作者以勇气和幻想，从马的世界里找到了奔驰的诗韵，感受到生活不朽的壮美。通过对马的观照，表现了作者对人类美好精神的向往、追求。

《巩乃斯的马》非常具有震撼力，它将深刻的思想和感性的文辞、粗放的笔法结合起来，形成特有的深邃大气的风格，它观照出马的精神与灵魂，寻找到人生存应具有的自由勃发、酣畅淋漓的生命状态，它是人与自然相互激发、相互领悟、相互融合的最好见证。其艺术特色主要是情感浓烈饱满，无论是描写、抒情，还是议论，都围绕着作者的爱马之心，对马的情有独钟；意境阔大雄壮，以巩乃斯大草原为背景，健壮优美的巩乃斯名马，无论是雪夜驰马，还是夏牧场上马群游移，都具有阔大雄壮的特色；将思想的表现与感性的叙述、描写结合起来，形成特有的清澈而又深邃的风格。另外《巩乃斯的马》的艺术特色还有结构严谨，文章以"对不爱马的人有一点偏见"起始，将马和其他动物作比，接着描述了巩乃斯马的三幅壮丽图景，然后展开联想，揭示和赞美马的品性，最后回到自己的"偏见"作结，照应开头，首尾呼应。

我 与 地 坛

——史铁生

史铁生（1951— ），北京人，中国当代著名作家、思想家，1958 年入北京市东城区王大人小学读书，1967 年毕业于清华附中初中部，而后，于 1969 年到陕北延安地区"插队"，三年后因双腿瘫痪回到北京，在北新桥街道工厂工作，后因病情加重回家疗养，1979 年开始发表作品。

史铁生是当代中国最令人敬佩的作家之一。他的写作与他的生命完全同构在了一起，在自己的"写作之夜"，史铁生用残缺的身体，说出了最为健全而丰满的思想。他体验到的是生命的苦难，表达出的却是存在的明朗和欢乐，他睿智的言辞，照亮的反而是我们日益幽暗的内心。他的《病隙碎笔》作为二〇〇二年度中国文学最为重要的收获，一如既往地思考着生与死、残缺与爱情、苦难与信仰、写作与艺术等重大问题，并解答了"我"如何在场、如何活出意义来这些普遍性的精神难题。当多数作家在消费主义时代里放弃面对人的基本状况时，史铁生却居住在自己的内心，仍旧苦苦追索人之为人的价值和光辉，仍旧坚定地向存在的荒凉地带进发，坚定地与未明事物作斗争，这种勇气和执着，深深地唤起了我们对自身所处境遇的警醒和关怀。

史铁生初期有的小说，如《午餐半小时》等，带有暴露"阴暗面"文学的特征。发表于 1983 年的《我的遥远的清平湾》，既是史铁生，也是当时小说创作的重要作品。它在多个层面上被阐释：或说它拓展了"知青文学"的视野，或称它在文学"寻根"上的意义。在"寻根"问题上，作者表达了这样的见解，"'根'和'寻根'又是绝不相同的两回事。一个仅仅是，我们从何处来以及为什么要来。另一个还为了：我们往何处去，并且怎么去"。关于后者，他认为"这是看出了生活的荒诞，去为精神找一个可靠的根据"（《礼拜日·代后记》，华夏出版社 1983 年版）。

史铁生肉体残疾的切身体验，使他的部分小说写到伤残者的生活困境和精神困境。但他超越了伤残者对命运的哀怜和自叹，由此上升为对普遍性生存，特别是精神"伤残"现象的关切。和另外的小说家不同，他并无对民族、地域的感性生活特征的执著，他把写作当作个人精神历程的叙述和探索。"宇宙以其不息的欲望将一个歌舞炼为永恒。这欲望有怎样一个人间的姓名，大可忽略不计"（史铁生《我与地坛》）。这种对于"残疾人"（在史铁生看来，所有的人都是残疾的，有缺陷的）的生存的持续关注，使他的散文有着浓重的哲理意味。他的叙述由于有着亲历的体验而贯穿一种温情、然而宿命的感伤；但又有对于荒诞和宿命的抗争。《命若琴弦》就是一个抗争荒诞以获取生存意义的寓言故事。

他著有长篇小说《务虚笔记》，短篇小说《命若琴弦》，散文《我与地坛》等。

《我的遥远的清平湾》《奶奶的星星》分别获 1983 年、1984 年全国优秀短篇小说奖，《老屋小记》获首届鲁迅文学奖。

一

我在好几篇小说中都提到过一座废弃的古园，实际就是地坛。许多年前旅游业还没有开展，园子荒芜冷落得如同一片野地，很少被人记起。

地坛离我家很近。或者说我家离地坛很近。总之，只好认为这是缘分。地坛在我出生前四百多年就座落在那儿了，而自从我的祖母年轻时带着我父亲来到北京，就一直住在离它不远的地方——五十多年间搬过几次家，可搬来搬去总是在它周围，而且是越搬离它越近了。我常觉得这中间有着宿命的味道：仿佛这古园就是为了等我，而历尽沧桑在那儿等待了四百多年。

它等待我出生，然后又等待我活到最狂妄的年龄上忽地残废了双腿。四百多年里，它一面剥蚀了古殿檐头浮夸的琉璃，淡褪了门壁上炫耀的朱红，坍记了一段段高墙又散落了玉砌雕栏，祭坛四周的老柏树愈见苍幽，到处的野草荒藤也都茂盛得自在坦荡。这时候想必我是该来了。十五年前的一个下午，我摇着轮椅进入园中，它为一个失魂落魄的人把一切都准备好了。那时，太阳循着亘古不变的路途正越来越大，也越红。在满园弥漫的沉静光芒中，一个人更容易看到时间，并看见自己的身影。

自从那个下午我无意中进了这园子，就再没长久地离开过它。我一下子就理解了它的意图。正如我在一篇小说中所说的："在人口密聚的城市里，有这样一个宁静的去处，像是上帝的苦心安排。"

两条腿残废后的最初几年，我找不到工作，找不到去路，忽然间几乎什么都找不到了，我就摇了轮椅总是到它那儿去，仅为着那儿是可以逃避一个世界的另一个世界。我在那篇小说中写道："没处可去我便一天到晚耗在这园子里。跟上班下班一样，别人去上班我就摇了轮椅到这儿来。""园子无人看管，上下班时间有些抄近路的人们从园中穿过，园子里活跃一阵，过后便沉寂下来。""园墙在金晃晃的空气中斜切下一溜荫凉，我把轮椅开进去，把椅背放倒，坐着或是躺着，看书或者想事，撅一杈树枝左右拍打，驱赶那些和我一样不明白为什么要来这世上的小昆虫。""蜂儿如一朵小雾稳稳地停在半空；蚂蚁摇头晃脑捋着触须，猛然间想透了什么，转身疾行而去；瓢虫爬得不耐烦了，累了祈祷一回便支开翅膀，忽悠一下升空了；树干上留着一只蝉蜕，寂寞如一间空屋；露水在草叶上滚动，聚集，压弯了草叶轰然坠地摔开万道金光。""满园子都是草木竞相生长弄出的响动，窸窸窣窣片刻不息。"这都是真实的记录，园子荒芜但并不衰败。

除去几座殿堂我无法进去，除去那座祭坛我不能上去而只能从各个角度张望它，地坛的每一棵树下我都去过，差不多它的每一米草地上都有过我的车轮印。无论是什么季节，什么天气，什么时间，我都在这园子里呆过。有时候呆一会儿就回家，有时候就呆到满地上都亮起月光。记不清都是在它的哪些角落里了，我一连几小时专心致志地想关于死的事，也以同样的耐心和方式想过我为什么要出生。这样想了好几年，最后事情终于弄明白了：一个人，出生了，这就不再是一个可以辩论的问题，而只是上帝交给他的一个事实；上帝在交给我们这件事实的时候，已经顺便保证了它的结果，所以死是一件不必急于求成的事，死是一个必然会降临的节日。这样想过之后我安心多了，眼前的一切不再那么可怕。比如你起早熬夜准备考试的时候，忽然想起有一个长长的假期在前面等待你，你会不会觉得轻松一点？并且庆幸并且感激这样的安排？

剩下的就是怎样活的问题了，这却不是在某一个瞬间就能完全想透的、不是能够一次性解决的事，怕是活多久就要想它多久了，就像是伴你终生的魔鬼或恋人。所以，十五年了，我还是总得到那古园里去，去它的老树下或荒草边或颓墙旁，去默坐，去呆想，去推开耳边的嘈杂理一理纷乱的思绪，去窥看自己的心魂。十五年中，这古园的形体被不能理解它的人肆意雕琢，幸好有些东西是任谁也不能改变它的。譬如祭坛石门中的落日，寂静的光辉平铺的一刻，地上的每一个坎坷都被映照得灿烂；譬如在园中最为落寞的时间，一群雨燕便出来高歌，把天地都叫喊得苍凉；譬如冬天雪地上孩子的脚印，总让人猜想他们是谁，曾在那儿做过些什么，然后又都到哪儿去了；譬如那些苍黑的古柏，你忧郁的时候它们镇静地站在那儿，你欣喜的时候它们依然镇静地站在那儿，它们没日没夜地站在那儿从你没有出生一直站到这个世界上又没了你的时候；譬如暴雨骤临园中，激起一阵阵灼烈而清纯的草木和泥土的气味，让人想起无数个夏天的事件；譬如秋风忽至，再有一场早霜，落叶或飘摇歌舞或坦然安卧，满园中播散着熨帖而微苦的味道。味道是最说不清楚的。味道不能写只能闻，要你身临其境去闻才能明了。味道甚至是难于记忆的，只有你又闻到它你才能记起它的全部情感和意蕴。所以我常常要到那园子里去。

二

现在我才想到，当年我总是独自跑到地坛去，曾经给母亲出了一个怎样的难题。

她不是那种光会疼爱儿子而不懂得理解儿子的母亲。她知道我心里的苦闷，知道不该阻止我出去走走，知道我要是老呆在家里结果会更糟，但她又担心我一个人在那荒僻的园子里整天都想些什么。我那时脾气坏到极点，经常是发了疯一样地离开家，从那园子里回来又中了魔似的什么话都不说。母亲知道有些事不宜问，便犹犹豫豫地想问而终于不敢问，因为她自己心里也没有答案。她料想我不会愿意她跟我一同去，所以她从未这样要求过，她知道得给我一点独处的时间，得有这样一段过程。她只是不知道这过程得要多久，和这过程的尽头究竟是什么。每次我要动身时，她便无言地帮我准备，帮助我上了轮椅车，看着我摇车拐出小院；这以后她会怎样，当年我不曾想过。

有一回我摇车出了小院；想起一件什么事又返身回来，看见母亲仍站在原地，还是送我走时的姿势，望着我拐出小院去的那处墙角，对我的回来竟一时没有反应。待她再次送我出门的时候，她说："出去活动活动，去地坛看看书，我说这挺好。"许多年以后我才渐渐听出，母亲这话实际上是自我安慰，是暗自的祷告，是给我的提示，是恳求与嘱咐。只是在她猝然去世之后，我才有余暇设想。当我不在家里的那些漫长的时间，她是怎样心神不定坐卧难宁，兼着痛苦与惊恐与一个母亲最低限度的祈求。现在我可以断定，以她的聪慧和坚忍，在那些空落的白天后的黑夜，在那不眠的黑夜后的白天，她思来想去最后准是对自己说："反正我不能不让他出去，未来的日子是他自己的，如果他真的要在那园子里出了什么事，这苦难也只好我来承担。"在那段日子里——那是好几年长的一段日子，我想我一定使母亲作过了最坏的准备了，但她从来没有对我说过："你为我想想"。事实上我也真的没为她想过。那时她的儿子，还太年轻，还来不及为母亲想，他被命运击昏了头，一心以为自己是世上最不幸的一个，不知道儿子的不幸在母亲那儿总是要加倍的。她有一个长到二十岁上忽然截瘫了的儿子，这是她唯一的儿子；她情愿截瘫的是自己而不是儿子，可这事无法代替；她想，只要儿子能活下去哪怕自己去死呢也行，可她又确信一个人不能仅仅是活着，儿子得有一条路走向自己的幸福；而这条路呢，没有谁能保证她的儿子终于能找到。——这样一个母亲，注定是活得最苦的母亲。

有一次与一个作家朋友聊天，我问他学写作的最初动机是什么？他想了一会说："为我母亲。为了让她骄傲。"我心里一惊，良久无言。回想自己最初写小说的动机，虽不似这位朋友的那般单纯，但如他一样的愿望我也有，且一经细想，发现这愿望也在全部动机中占了很大比重。这位朋友说："我的动机太低俗了吧？"我光是摇头，心想低俗并不见得低俗，只怕是这愿望过于天真了。他又说："我那时真就是想出名，出了名让别人羡慕我母亲。"我想，他比我坦率。我想，他又比我幸福，因为他的母亲还活着。而且我想，他的母亲也比我的母亲运气好，他的母亲没有一个双腿残废的儿子，否则事情就不这么简单。

在我的头一篇小说发表的时候，在我的小说第一次获奖的那些日子里，我真是多么希望我的母亲还活着。我便又不能在家里呆了，又整天整天独自跑到地坛去，心里是没头没尾的沉郁和哀怨，走遍整个园子却怎么也想不通：母亲为什么就不能再多活两年？为什么在她儿子就快要碰撞开一条路的时候，她却忽然熬不住了？莫非她来此世上只是为了替儿子担忧，却不该分享我的一点点快乐？她匆匆离我去时才只有四十九呀！有那么一会，我甚至对世界对上帝充满了仇恨和厌恶。后来我在一篇题为"合欢树"的文章中写道："我坐在小公园安静的树林里，闭上眼睛，想，上帝为什么早早地召母亲回去呢？很久很久，迷迷糊糊地我听见了回答：'她心里太苦了，上帝看她受不住了，就召她回去。'我似乎得了一点安慰，睁开眼睛，看见风正从树林里穿过。"小公园，指的也是地坛。

只是到了这时候，纷纭的往事才在我眼前幻现得清晰，母亲的苦难与伟大才在我心中渗透得深彻。上帝的考虑，也许是对的。

摇着轮椅在园中慢慢走，又是雾罩的清晨，又是骄阳高悬的白昼，我只想着一件事：母亲已经不在了。在老柏树旁停下，在草地上在颓墙边停下，又是处处虫鸣的午后，又是鸟儿归巢的傍晚，我心里只默念着一句话：可是母亲已经不在了。把椅背放倒，躺下，似睡非睡挨到日没，坐起来，心神恍惚，呆呆地直坐到古祭坛上落满黑暗然后再渐渐浮起月光，心里才有点明白，母亲不能再来这园中找我了。

曾有过好多回，我在这园子里呆得太久了，母亲就来找我。她来找我又不想让我发觉，只要见我还好好地在这园子里，她就悄悄转身回去，我看见过几次她的背影。我也看见过几回她四处张望的情景，她视力不好，端着眼镜像在寻找海上的一条船，她没看见我时我已经看见她了，待我看见她也看见我了我就不去看她，过一会我再抬头看她就又看见她缓缓离去的背影。我单是无法知道有多少回她没有找到我。有一回我坐在矮树丛中，树丛很密，我看见她没有找到我；她一个人在园子里走，走过我的身旁，走过我经常呆的一些地方，步履茫然又急迫。我不知道她已经找了多久还要找多久，我不知道为什么我决意不喊她——但这绝不是小时候的捉迷藏，这也许是出于长大了的男孩子的倔强或羞涩？但这倔强只留给我痛悔，丝毫也没有骄傲。我真想告诫所有长大了的男孩子，千万不要跟母亲来这套倔强，羞涩就更不必，我已经懂了可我已经来不及了。

儿子想使母亲骄傲，这心情毕竟是太真实了，以致使"想出名"这一声名狼藉的念头也多少改变了一点形象。这是个复杂的问题，且不去管它了罢。随着小说获奖的激动逐日暗淡，我开始相信，至少有一点我是想错了：我用纸笔在报刊上碰撞开的一条路，并不就是母亲盼望我找到的那条路。年年月月我都到这园子里来，年年月月我都要想，母亲盼望我找到的那条路到底是什么。母亲生前没给我留下过什么隽永的哲言，或要我恪守的教诲，只是在她去世之后，她艰难的命运，坚忍的意志和毫不张扬的爱，随光阴流转，在我的印象中愈加鲜明深刻。

有一年，十月的风又翻动起安详的落叶，我在园中读书，听见两个散步的老人说："没想到这园子有这么大。"我放下书，想，这么大一座园子，要在其中找到她的儿子，母亲走过了多少焦灼的路。多年来我头一次意识到，这园中不单是处处都有过我的车辙，有过我的车辙的地方也都有过母亲的脚印。

三

如果以一天中的时间来对应四季，当然春天是早晨，夏天是中午，秋天是黄昏，冬天是夜晚。如果以乐器来对应四季，我想春天应该是小号，夏天是定音鼓，秋天是大提琴，冬天是圆号和长笛。要是以这园子里的声响来对应四季呢？那么，春天是祭坛上空漂浮着的鸽子的哨音，夏天是冗长的蝉歌和杨树叶子哗啦啦地对蝉歌的取笑，秋天是古殿檐头的风铃响，冬天是啄木鸟随意而空旷的啄木声。以园中的景物对应四季，春天是一径时而苍白时而黑润的小路，时而明朗时而阴晦的天上摇荡着串串杨花；夏天是一条条耀眼而灼人的石凳，或阴凉而爬满了青苔的石阶，阶下有果皮，阶上有半张被坐皱的报纸；秋天是一座青铜的大钟，在园子的西北角上曾丢弃着一座很大的铜钟，铜钟与这园子一般年纪，浑身挂满绿锈，文字已不清晰；冬天，是林中空地上几只羽毛蓬松的老麻雀。以心绪对应四季呢？春天是卧病的季节，否则人们不易发觉春天的残忍与渴望；夏天，情人们应该在这个季节里失恋，不然就似乎对不起爱情；秋天是从外面买一棵盆花回家的时候，把花搁在阔别了的家中，并且打开窗户把阳光也放进屋里，慢慢回忆慢慢整理一些发过霉的东西；冬天伴着火炉和书，一遍遍坚定不死的决心，写一些并不发出的信。还可以用艺术形式对应四季，这样春天就是一幅画，夏天是一部长篇小说，秋天是一首短歌或诗，冬天是一群雕塑。以梦呢？以梦对应四季呢？春天是树尖上的呼喊，夏天是呼喊中的细雨，秋天是细雨中的土地，冬天是干净的土地上的一只孤零的烟斗。

因为这园子，我常感恩于自己的命运。

我甚至现在就能清楚地看见，一旦有一天我不得不长久地离开它，我会怎样想念它，我会怎样想念它并且梦见它，我会怎样因为不敢想念它而梦也梦不到它。

四

现在让我想想，十五年中坚持到这园子来的人都是谁呢？好像只剩了我和一对老人。

十五年前，这对老人还只能算是中年夫妇，我则货真价实还是个青年。他们总是在薄暮时分来园中散步，我不大弄得清他们是从哪边的园门进来，一般来说他们是逆时针绕这园子走。男人个子很高，肩宽腿长，走起路来目不斜视，胯以上直至脖颈挺直不动；他的妻子攀了他一条胳膊走，也不能使他的上身稍有松懈。女人个子却矮，也不算漂亮，我无端地相信她必出身于家道中衰的名门富族；她攀在丈夫胳膊上像个娇弱的孩子，她向四周观望似总含着恐惧，她轻声与丈夫谈话，见人走近就立刻怯怯地收住话头。我有时因为他们而想起冉阿让与柯赛特，但这想法并不巩固，他们一望即知是老夫老妻。两个人的穿着都算得上考究，但由于时代的演进，他们的服饰又可以称为古朴了。他们和我一样，到这园子里来几乎是风雨无阻，不过他们比我守时。我什么时间都可能来，他们则一定是在暮色初临的时候。刮风时他们穿了米色风衣，下雨时他们打了黑色的雨伞，夏天他们的衬衫是白色的裤子是黑色的或米色的，冬天他们的呢子大衣又都是黑色的，想必他们只喜欢这三种颜色。他们逆时针绕这园子一周，然后离去。他们走过我身旁时只有男人的脚步响，女人像是贴在高大的丈夫身上跟着漂移。我相信他们一定对我有印象，但是我们没有说过话，我们互相都没有想要接近的表示。十五年中，他们或许注意到一个小伙子进入了中年，我则看着一对令人羡慕的中年情侣不觉中成了两个老人。

曾有过一个热爱唱歌的小伙子，他也是每天都到这园中来，来唱歌，唱了好多年，后来不见了。他的年纪与我相仿，他多半是早晨来，唱半小时或整整唱一个上午，估计在另外的时间里他还得上班。我们经常在祭坛东侧的小路上相遇，我知道他是到东南角的高墙下去唱歌，他一定猜想我去东北角的树林里做什么。我找到我的地方，抽几口烟，便听见他谨慎地整理歌喉了。他反反复复唱那么几首歌。文化革命没过去的时候，他唱"蓝蓝的天上白云飘，白云下面马儿跑……"我老也记不住这歌的名字。文革后，他唱《货郎与小姐》中那首最为流传的咏叹调。"卖布——卖布嘞，卖布——卖布嘞！"我记得这开头的一句他唱得很有声势，在早晨清澈的空气中，货郎跑遍园中的每一个角落去恭维小姐。"我交了好运气，我交了好运气，我为幸福唱歌曲……"然后他就一遍一遍地唱，不让货郎的激情稍减。依我听来，他的技术不算精到，在关键的地方常出差错，但他的嗓子是相当不坏的，而且唱一个上午也听不出一点疲惫。太阳也不疲惫，把大树的影子缩小成一团，把疏忽大意的蚯蚓晒干在小路上，将近中午，我们又在祭坛东侧相遇，他看一看我，我看一看他，他往北去，我往南去。日子久了，我感到我们都有结识的愿望，但似乎都不知如何开口，于是互相注视一下终又都移开目光擦身而过；这样的次数一多，便更不知如何开口了。终于有一天——一个丝毫没有特点的日子，我们互相点了一下头。他说："你好。"我说："你好。"他说："回去啦？"我说："是，你呢？"他说："我也该回去了。"我们都放慢脚步（其实我是放慢车速），想再多说几句，但仍然是不知从何说起，这样我们就都走过了对方，又都扭转身子面向对方。他说："那就再见吧。"我说："好，再见。"便互相笑笑各走各的路了。但是我们没有再见，那以后，园中再没了他的歌声，我才想到，那天他或许是有意与我道别的，也许他考上了哪家专业的文工团或歌舞团了吧？真希望他如他歌里所唱的那样，交了好运气。

还有一些人，我还能想起一些常到这园子里来的人。有一个老头，算得一个真正的饮者；他在腰间挂一个扁瓷瓶，瓶里当然装满了酒，常来这园中消磨午后的时光。他在园中四处游逛，如果你不注意你会以为园中有好几个这样的老头，等你看过了他卓尔不群的饮酒情状，你就会相信这是个独一无二的老头。他的衣着过分随便，走路的姿态也不慎重，走上五六十米路便选定一处地方，一只脚踏在石凳上或土埂上或树墩上，解下腰间的酒瓶，解酒瓶的当儿眯起眼睛把一百八十度视角内的景物细细看一遍，然后以迅雷不及掩耳之势倒一大口酒入肚，把酒瓶摇一摇再挂向腰间，平心静气地想一会什么，便走下一个五六十米去。还有一个捕鸟的汉子，那岁月园中人少，鸟却多，他在西北角的树丛中拉一张网，鸟撞在上面，羽毛饯在网眼里便不能自拔。他单等一种过去很多而现在非常罕见的鸟，其他的鸟撞在网上他就把它们摘下来放掉，他说已经有好多年没等到那种罕见的鸟，他说他再等一年看看到底还有没有那种鸟，结果他又等了好多年。早晨和傍晚，在这园子里可以看见一个中年女工程师；早晨她从北向南穿过这园子去上班，傍晚她从南向北穿过这园子回家。事实上我并不了解她的职业或者学历，但我以为她必是学理工的知识分子，别样的人很难有她那般的素朴并优雅。当她在园子穿行的时刻，四周的树林也仿拂更加幽静，清淡的日光中竟似有悠远的琴声，比如说是那曲《献给艾丽丝》才好。我没有见过她的丈夫，没有见过那个幸运的男人是什么样子，我想象过却想象不出，后来忽然懂了想象不出才好，那个男人最好不要出现。她走出北门回家去。我竟有点担心，担心她会落入厨房，不过，也许她在厨房里劳作的情景更有另外的美吧，当然不能再是《献给艾丽丝》，是个什么曲子呢？还有一个人，是我的朋友，他是个最有天赋的长跑家，但他被埋没了。他因为在文革中出言不慎而坐了几年牢，出来后好不容易找了个拉板车的工作，样样待遇都不能与别人平等，苦闷极了便练习长跑。那时他总来这园子里跑，我用手表为他计时。他每跑一圈向我招一下手，我就记下一个时间。每次他要环绕这园子跑二十圈，大约两万米。他盼望以他的长跑成绩来获得政治上真正的解放，他以为记者的镜头和文字可以帮他做到这一点。第一年他在春节环城赛上跑了第十五名，他看见前十名的照片都挂在了长安街的新闻橱窗里，于是有了信心。第二年他跑了第四名，可是新闻橱窗里只挂了前三名的照片，他没灰心。第三年他跑了第七名、橱窗里挂前六名的照片，他有点怨自已。第四年他跑了第三名，橱窗里却只挂了第一名的照片。第五年他跑了第一名——他几乎绝望了，橱窗里只有一幅环城容群众场面的照片。那些年我们俩常一起在这园子里呆到天黑，开怀痛骂，骂完沉默着回家，分手时再互相叮嘱：先别去死，再试着活一活看。现在他已经不跑了，年岁太大了，跑不了那么快了。最后一次参加环城赛，他以三十八岁之龄又得了第一名并破了纪录，有一位专业队的教练对他说："我要是十年前发现你就好了。"他苦笑一下什么也没说，只在傍晚又来这园中找到我，把这事平静地向我叙说一遍。不见他已有好几年了，现在他和妻子和儿子住在很远的地方。

这些人现在都不到园子里来了，园子里差不多完全换了一批新人。十五年前的旧人，现在就剩我和那对老夫老妻了。有那么一段时间，这老夫老妻中的一个也忽然不来，薄暮时分唯男人独自来散步，步态也明显迟缓了许多，我悬心了很久，怕是那女人出了什么事。幸好过了一个冬天那女人又来了，两个人仍是逆时针绕着园子走，一长一短两个身影恰似钟表的两支指针；女人的头发白了许多，但依旧攀着丈夫的胳膊走得像个孩子。"攀"这个字用得不恰当了，或许可以用"搀"吧，不知有没有兼具这两个意思的字。

五

我也没有忘记一个孩子——一个漂亮而不幸的小姑娘。十五年前的那个下午，我第一次到这园子里来就看见了她，那时她大约三岁，蹲在斋宫西边的小路上捡树上掉落的"小灯笼"。那儿有几棵大梨树，春天开一簇簇细小而稠密的黄花，花落了便结出无数如同三片叶子合抱的小灯笼，小灯笼先是绿色，继尔转白，再变黄，成熟了掉落得满地都是。小灯笼精巧得令人爱惜，成年人也不免捡了一个还要捡一个。小姑娘咿咿呀呀地跟自己说着话，一边捡小灯笼；她的嗓音很好，不是她那个年龄所常有的那般尖细，而是很圆润甚或是厚重，也许是因为那个下午园子里太安静了。我奇怪这么小的孩子怎么一个人跑来这园子里？我问她住在哪儿？她随便指一下，就喊她的哥哥，沿墙根一带的茂草之中便站起一个七八岁的男孩，朝我望望，看我不像坏人便对他的妹妹说："我在这儿呢"，又伏下身去，他在捉什么虫子。他捉到螳螂，蚂蚱，知了和蜻蜓，来取悦他的妹妹。有那么两三年，我经常在那几棵大梨树下见到他们，兄妹俩总是在一起玩，玩得和睦融洽，都渐渐长大了些。之后有很多年没见到他们。我想他们都在学校里吧，小姑娘也到了上学的年龄，必是告别了孩提时光，没有很多机会来这儿玩了。这事很正常，没理由太搁在心上，若不是有一年我又在园中见到他们，肯定就会慢慢把他们忘记。

那是个礼拜日的上午。那是个晴朗而令人心碎的上午，时隔多年，我竟发现那个漂亮的小姑娘原来是个弱智的孩子。我摇着车到那几棵大栾树下去，恰又是遍地落满了小灯笼的季节；当时我正为一篇小说的结尾所苦，既不知为什么要给它那样一个结尾，又不知何以忽然不想让它有那样一个结尾，于是从家里跑出来，想依靠着园中的镇静，看看是否应该把那篇小说放弃。我刚刚把车停下，就见前面不远处有几个人在戏耍一个少女，作出怪样子来吓她，又喊又笑地追逐她拦截她，少女在几棵大树间惊惶地东跑西躲，却不松手揪卷在怀里的裙裾，两条腿袒露着也似毫无察觉。我看出少女的智力是有些缺陷，却还没看出她是谁。我正要驱车上前为少女解围，就见远处飞快地骑车来了个小伙子，于是那几个戏耍少女的家伙望风而逃。小伙子把自行车支在少女近旁，怒目望着那几个四散逃窜的家伙，一声不吭喘着粗气。脸色如暴雨前的天空一样一会比一会苍白。这时我认出了他们，小伙子和少女就是当年那对小兄妹。我几乎是在心里惊叫了一声，或者是哀号。世上的事常常使上帝的居心变得可疑。小伙子向他的妹妹走去。少女松开了手，裙裾随之垂落了下来，很多很多她捡的小灯笼便洒落了一地，铺散在她脚下。她仍然算得漂亮，但双眸迟滞没有光彩。她呆呆地望那群跑散的家伙，望着极目之处的空寂，凭她的智力绝不可能把这个世界想明白吧？大树下，破碎的阳光星星点点，风把遍地的小灯笼吹得滚动，仿佛暗哑地响着无数小铃铛。哥哥把妹妹扶上自行车后座，带着她无言地回家去了。

无言是对的。要是上帝把漂亮和弱智这两样东西都给了这个小姑娘，就只有无言和回家去是对的。

谁又能把这世界想个明白呢？世上的很多事是不堪说的。你可以抱怨上帝何以要降诸多苦难给这人间，你也可以为消灭种种苦难而奋斗，并为此享有崇高与骄傲，但只要你再多想一步你就会坠入深深的迷茫了：假如世界上没有了苦难，世界还能够存在么？要是没有愚钝，机智还有什么光荣呢？要是没了丑陋，漂亮又怎么维系自己的幸运？要是没有了恶劣和卑下，善良与高尚又将如何界定自己又如何成为美德呢？要是没有了残疾，健全会否因其司空见惯而变得腻烦和乏味呢？我常梦想着在人间彻底消灭残疾，但可以相信，那时将由患病者代替残疾人去承担同样的苦难。如果能够把疾病也全数消灭，那么这份苦难又将由（比如说）像貌丑陋的人去承担了。就算我们连丑陋，连愚昧和卑鄙和一切我们所不喜欢的事物和行为，也都可以统统消灭掉，所有的人都一样健康、漂亮、聪慧、高尚，结果会怎样呢？怕是人间的剧目就全要收场了，一个失去差别的世界将是一条死水，是一块没有感觉没有肥力的沙漠。

看来差别永远是要有的。看来就只好接受苦难——人类的全部剧目需要它，存在的本身需要它。看来上帝又一次对了。

于是就有一个最令人绝望的结论等在这里：由谁去充任那些苦难的角色？又由谁去体现这世间的幸福，骄傲和快乐？只好听凭偶然，是没有道理好讲的。

就命运而言，休论公道。

那么，一切不幸命运的救赎之路在哪里呢？

设若智慧的悟性可以引领我们去找到救赎之路，难道所有的人都能够获得这样的智慧和悟性吗？

我常以为是丑女造就了美人。我常以为是愚氓举出了智者。我常以为是懦夫衬照了英雄。我常以为是众生度化了佛祖。

六

设若有一位园神，他一定早已注意到了，这么多年我在这园里坐着，有时候是轻松快乐的，有时候是沉郁苦闷的，有时候优哉游哉，有时候栖惶落寞，有时候平静而且自信，有时候又软弱，又迷茫。其实总共只有三个问题交替着来骚扰我，来陪伴我。第一个是要不要去死？第二个是为什么活？第三个，我干嘛要写作？

现在让我看看，它们迄今都是怎样编织在一起的吧。

你说，你看穿了死是一件无需乎着急去做的事，是一件无论怎样耽搁也不会错过的事，便决定活下去试试？是的，至少这是很关健的因素。为什么要活下去试试呢？好像仅仅是因为不甘心，机会难得，不试白不试，腿反正是完了，一切仿佛都要完了，但死神很守信用，试一试不会额外再有什么损失。说不定倒有额外的好处呢是不是？我说过，这一来我轻松多了，自由多了。为什么要写作呢？作家是两个被人看重的字，这谁都知道。为了让那个躲在园子深处坐轮椅的人，有朝一日在别人眼里也稍微有点光彩，在众人眼里也能有个位置，哪怕那时再去死呢也就多少说得过去了，开始的时候就是这样想，这不用保密，这些现在更不用保密了。

我带着本子和笔，到园中找一个最不为人打扰的角落，偷偷地写。那个爱唱歌的小伙子在不远的地方一直唱。要是有人走过来，我就把本子合上把笔叼在嘴里。我怕写不成反落得尴尬。我很要面子。可是你写成了，而且发表了。人家说我写的还不坏，他们甚至说：真没想到你写得这么好。我心说你们没想到的事还多着呢。我确实有整整一宿高兴得没合眼。我很想让那个唱歌的小伙子知道，因为他的歌也毕竟是唱得不错。我告诉我的长跑家朋友的时候，那个中年女工程师正优雅地在园中穿行；长跑家很激动，他说好吧，我玩命跑，你玩命写。这一来你中了魔了，整天都在想哪一件事可以写，哪一个人可以让你写成小说。是中了魔了，我走到哪儿想到哪儿，在人山人海里只寻找小说，要是有一种小说试剂就好了，见人就滴两滴看他是不是一篇小说；要是有一种小说显影液就好了，把它泼满全世界看看都是哪儿有小说。中了魔了，那时我完全是为了写作活着。结果你又发表了几篇，并且出了一点小名，可这时你越来越感到恐慌。我忽然觉得自己活得像个人质，刚刚有点像个人了却又过了头，像个人质，被一个什么阴谋抓了来当人质，不定哪天被处决，不定哪天就完蛋。你担心要不了多久你就会文思枯竭，那样你就又完了。凭什么我总能写出小说来呢？凭什么那些适合作小说的生活素材就总能送到一个截瘫者跟前来呢？人家满世界跑都有枯竭的危险，而我坐在这园子里凭什么可以一篇接一篇地写呢？你又想到死了。我想见好就收吧。当一名人质实在是太累了太紧张了，太朝不保夕了。我为写作而活下来，要是写作到底不是我应该干的事，我想我再活下去是不是太冒傻气了？你这么想着你却还在绞尽脑汁地想写。我好歹又拧出点水来，从一条快要晒干的毛巾上。恐慌日甚一日，随时可能完蛋的感觉比完蛋本身可怕多了，所谓不怕贼偷就怕贼惦记，我想人不如死了好，不如不出生的好，不如压根儿没有这个世界的好。可你并没有去死。我又想到那是一件不必着急的事。可是不必着急的事并不证明是一件必要拖延的事呀？你总是决定活下来，这说明什么？是的，我还是想活。人为什么活着？因为人想活着，说到底是这么回事，人真正的名字叫做：欲望。可我不怕死，有时候我真的不怕死。有时候，——说对了。不怕死和想去死是两回事，有时候不怕死的人是有的，一生下来就不怕死的人是没有的。我有时候倒是怕活。可是怕活不等于不想活呀？可我为什么还想活呢？因为你还想得到点什么，你觉得你还是可以得到点什么的，比如说爱情，比如说价值之类，人真正的名字叫欲望。这不对吗？我不该得到点什么吗？没说不该。可我为什么活得恐慌，就像个人质？后来你明白了，你明白你错了，活着不是为了写作，而写作是为了活着。你明白了这一点是在一个挺滑稽的时刻。那天你又说你不如死了好，你的一个朋友劝你：你不能死，你还得写呢，还有好多好作品等着你去写呢。这时候你忽然明白了，你说：只是因为我活着，我才不得不写作。或者说只是因为你还想活下去，你才不得不写作。是的，这样说过之后我竟然不那么恐慌了。就像你看穿了死之后所得的那份轻松？一个人质报复一场阴谋的最有效的办法是把自己杀死。我看出我得先把我杀死在市场上，那样我就不用参加抢购题材的风潮了。你还写吗？还写。你真的不得不写吗？人都忍不住要为生存找一些牢靠的理由。你不担心你会枯竭了？我不知道，不过我想，活着的问题在死前是完不了的。

这下好了，您不再恐慌了不再是个人质了，您自由了。算了吧你，我怎么可能自由呢？别忘了人真正的名字是：欲望。所以您得知道，消灭恐慌的最有效的办法就是消灭欲望。可是我还知道，消灭人性的最有效的办法也是消灭欲望。那么，是消灭欲望同时也消灭恐慌呢？还是保留欲望同时也保留人生？

我在这园子里坐着，我听见园神告诉我，每一个有激情的演员都难免是一个人质。每一个懂得欣赏的观众都巧妙地粉碎了一场阴谋。每一个乏味的演员都是因为他老以为这戏剧与自己无关。每一个倒霉的观众都是因为他总是坐得离舞台太近了。

我在这园子里坐着，园神成年累月地对我说：孩子，这不是别的，这是你的罪孽和福祉。

七

要是有些事我没说，地坛，你别以为是我忘了，我什么也没忘，但是有些事只适合收藏。不能说，也不能想，却又不能忘。它们不能变成语言，它们无法变成语言，一旦变成语言就不再是它们了。它们是一片朦胧的温馨与寂寥，是一片成熟的希望与绝望，它们的领地只有两处：心与坟墓。比如说邮票，有些是用于寄信的，有些仅仅是为了收藏。

如今我摇着车在这园子里慢慢走，常常有一种感觉，觉得我一个人跑出来已经玩得太久了。有一天我整理我的旧相册，一张十几年前我在这圈子里照的照片——那个年青人坐在轮椅上，背后是一棵老柏树，再远处就是那座古祭坛。我便到园子里去找那棵树。我按着照片上的背景找很快就找到了它，按着照片上它枝干的形状找，肯定那就是它。但是它已经死了，而且在它身上缠绕着一条碗口粗的藤萝。有一天我在这园子碰见一个老太太，她说："哟，你还在这儿哪？"她问我："你母亲还好吗？""您是谁？""你不记得我，我可记得你。有一回你母亲来这儿找你，她问我'您看没看见一个摇轮椅的孩子？'……"我忽然觉得，我一个人跑到这世界上来真是玩得太久了。有一天夜晚，我独自坐在祭坛边的路灯下看书，忽然从那漆黑的祭坛里传出一阵阵唢呐声；四周都是参天古树，方形祭坛占地几百平米空旷坦荡独对苍天，我看不见那个吹唢呐的人，唯唢呐声在星光寥寥的夜空里低吟高唱，时而悲怆时而欢快，时而缠绵时而苍凉，或许这几个词都不足以形容它，我清清醒醒地听出它响在过去，响在现在，响在未来，回旋飘转亘古不散。

必有一天，我会听见喊我回去。

那时您可以想象一个孩子，他玩累了可他还没玩够呢。心里好些新奇的念头甚至等不及到明天。也可以想象是一个老人，无可质疑地走向他的安息地，走得任劳任怨。还可以想象一对热恋中的情人，互相一次次说"我一刻也不想离开你"，又互相一次次说"时间已经不早了"，时间不早了可我一刻也不想离开你，一刻也不想离开你可时间毕竟是不早了。

　　我说不好我想不想回去。我说不好是想还是不想，还是无所谓。我说不好我是像那个孩子，还是像那个老人，还是像一个热恋中的情人。很可能是这样：我同时是他们三个。我来的时候是个孩子，他有那么多孩子气的念头所以才哭着喊着闹着要来，他一来一见到这个世界便立刻成了不要命的情人，而对一个情人来说，不管多么漫长的时光也是稍纵即逝，那时他便明白，每一步每一步，其实一步步都是走在回去的路上。当牵牛花初开的时节，葬礼的号角就已吹响。

　　但是太阳，它每时每刻都是夕阳也都是旭日。当它熄灭着走下山去收尽苍凉残照之际，正是它在另一面燃烧着爬上山巅布散烈烈朝辉之时。那一天，我也将沉静着走下山去，扶着我的拐杖。有一天，在某一处山洼里，势必会跑上来一个欢蹦的孩子，抱着他的玩具。

　　当然，那不是我。

　　但是，那不是我吗？

　　宇宙以其不息的欲望将一个歌舞炼为永恒。这欲望有怎样一个人间的姓名，大可忽略不计。

《我与地坛》，史铁生著，人民文学出版社，2011年第3次印刷

作品提示

　　《我与地坛》是史铁生的散文代表作，是他十五年来摇着轮椅在地坛思索的结果，文章中饱含了作者对人生的感悟，对亲情的讴歌，朴实的文字间洋溢着作者心灵深处的情感，是一部不可多得的优秀作品。文学家们评论过，就算全年只有《我与地坛》的发表，中国的文坛也不会寂寞，因为这是一篇感悟生命的散文。

　　《我与地坛》起着文化导向的作用，它赞扬伟大的母爱，号召人们思索人生，增进对社会的关怀，给人们引导了正确的方向。《我与地坛》对年青人给予了警示——要勇敢面对挫折，正确对待人生，不要轻言放弃，要懂得理解，要坚强等等，让读者学会了感恩，学会了坚强，学会了正视。让他们进行一次对心灵的搜索和对生命的诘问，对生命的意义又加深理解。

　　另外散文界认为《我与地坛》艺术风格独特，向人们提供了散文写作的新的可能性，它不是一般意义上的与创作主体有一定距离的创作散文，而是带有自传、自省、自诉的意味，创作主体以真实的身份投入到作品之中，坦诚地表现自己。在内容上，它打破了抒情、议论与叙事、写景的间隔，以思辨为主导，而又自始至终饱含情感，从容地辟出专章写景、叙事、绘人，容量丰富，内涵饱满。

家书两则

——傅 雷

　　傅雷（1908—1966年），翻译家、文学评论家，字怒安，号怒庵，上海市南汇县（现南汇区）人；长子傅聪，次子傅敏。20世纪20年代初他曾在上海天主教创办的徐汇公学读书，因反迷信反宗教，言论激烈，被学校开除。五卅运动时，他参加在街头的讲演游行。北伐战争时他又参加大同大学附中学潮，在国民党逮捕的威胁和恐吓之下，被寡母强迫避离乡下。1927年冬他离沪赴法，在巴黎大学文科听课；同时专攻美术理论和艺术评论；1931年春访问意大利时，曾在罗马演讲过《国民军北伐与北洋军阀斗争的意义》，猛烈抨击北洋军阀的反动统治；留学期间游历瑞士、比利时、意大利等国。1931年秋回国后，傅雷即致力于法国文学的翻译与介绍工作，译作丰富，行文流畅，文笔传神，翻译态度严谨。"文化大革命"期间，58岁的翻译大师因不堪忍受红卫兵的殴打、凌辱，从被单上撕下两条长结，打圈，系在铁窗横框上自尽。两小时后，他的夫人朱梅馥从一块浦东土布做成的被单上撕下两条长结，打圈，系在铁窗横框上，尾随夫君而去。为纪念傅雷，发扬和传播傅雷文化与精神，2008年2月，上海市南汇区周浦八一中学更名为上海市傅雷中学。

　　傅雷翻译的作品，共30余种，主要为法国文学作品。其中巴尔扎克占15部：有《高老头》《亚尔培·萨伐龙》《欧也妮·葛朗台》《贝姨》《邦斯舅舅》《夏倍上校》《奥诺丽纳》《禁治产》《于絮尔·弥罗埃》《赛查·皮罗多盛衰记》《搅水女人》《都尔的本堂神父》《比哀兰德》《幻灭》《猫儿打球记》（译文在"文化大革命"期间被抄）。罗曼·罗兰4部：即《约翰·克利斯朵夫》及三名人传《贝多芬传》《米开朗琪罗传》《托尔斯泰传》。服尔德（现通译伏尔泰）4部：《老实人》《天真汉》《如此世界》《查第格》。梅里美2部：《嘉尔曼》《高龙巴》。莫罗阿3部：《服尔德传》《人生五大问题》《恋爱与牺牲》。此外还译有苏卜的《夏洛外传》，杜哈曼的《文明》，丹纳的《艺术哲学》，英国罗素的《幸福之路》和牛顿的《英国绘画》等书。20世纪60年代初，傅雷因在翻译巴尔扎克作品方面的卓越贡献，被法国巴尔扎克研究会吸收为会员。他的全部译作，现经家属编定，交由安徽人民出版社编成《傅雷译文集》，从1981年起分15卷出版，现已出齐。傅雷写给长子傅聪的家书，辑录为《傅雷家书》（1981），整理出版后，也为读者所注目。

　　聪，亲爱的孩子：收到九月二十二日晚发的第六封信，很高兴。我们并没有为你前信感到什么烦恼或是不安。我在第八封信中还对你预告，这种精神消沉的情形，以后是还会有的。我是过来人，决不至于大惊小怪。你也不必为此担心，更不必硬压在肚里不告诉我们。心中的苦闷不在家信中发泄，又哪里去发泄呢？孩子不向父母诉苦向谁诉呢。我们不来安慰你，又该谁来安慰你呢？人一辈子都在高潮——低潮中浮沉，惟有庸碌的人，生活才如死水一般；或者要有极高的修养，方能廓然无累，真正的解脱。只要高潮不过分使你紧张，低潮不过分使你颓废，就好了。太阳太强烈，会把五谷晒焦；雨水太猛，也会淹死庄稼。我们只求心理相对平衡，不至于受伤而已。你也不是栽了筋斗爬不起来的人。我预料在国外这几年，对你整个的人生也有很大帮助。这次来信所说的痛苦，我都理会得；我很同情，我愿意尽量安慰你，鼓舞你。克利斯朵夫不是经过多少回这种情形吗？他不是一切艺术家的缩影与结晶吗？慢慢的你会养成另一种心情对付过去的事：就是能够想到而不再惊心动魄，能够从客观的立场分析前因后果，做将来的借鉴，以免重蹈覆辙。一个人惟有敢于正视现实，正视错误，用理智分析，彻底感悟，终不至于被回忆侵蚀。我相信你逐渐会学会这一套，越来越坚强的。我以前在信中和你提过感情的 ruin（创伤，覆灭），就是要你把这些事当做心灵的灰烬看，看的时候当然不免感触万端，但不要刻骨铭心的伤害自己，而要像对着古战场一般的存着凭吊的心怀。倘若你认为这些话是对的，对你有些启发作用，那么将来在遇到因回忆而痛苦的时候（那一定免不了会再来的），拿出这封信来重读几遍。

1955 年 1 月 26 日

　　早预算新年中必可接到你的信．我们都当做等待什么礼物一般地等着。果然昨天早上收到你来信，而且是多少可喜的消息。孩子！要是我们在会场上，一定会禁不住涕泗横梳的。世界上最高的最纯洁的欢乐，莫过于欣赏艺术，更莫过于欣赏自己的孩子的手和心传达出来的艺术。其次，我们也因为你替祖国增光而快乐！更因为你能借音乐而使多少人欢笑而快乐！想到你将来一定有更大的成就，没有止境的进步。为更多的人更广大的群众服务，鼓舞他们的心情，抚慰他们的创痛，我们真是心都要跳出来了！能够把不朽的大师的不朽的作品发扬光大，传布到地球上每一个角落去，真是多神圣，多光荣的使命！孩子，你太幸福了．天待你太厚了。我更高兴的更安慰的是：多少过分的诹诃与夸奖，都没有使你丧失自知之明，众人的掌声、拥抱，名流的赞美，都没有减少你对艺术的谦卑！总算我的教育没有白费，你二十年的折磨没有白受！你能坚强（不为胜利冲昏了头脑是坚强的最好的证据），只要你能坚强，我就一辈子放了心！成就的大小、高低，是不在我们掌握之内的，一半靠人力，一半靠天赋，但只要坚强，就不怕失败，不怕挫折，不怕打击，不管是人事上的，生活上的，技术上的打击；学习上的打击；从此以后你可以孤军奋斗了。何况事实上有多少良师益友在周围帮助你，扶掖你。还加上古今的名著，时时刻刻给你精神上的养料！孩子，从今以后，你永远不会孤独的了，即使孤独也不怕的了！

　　赤子之心这句话，我也一直记住的。赤子便是不知道孤独的。赤子孤独了，会创造一个世界，创造许多心灵的朋友！永远保持赤子之心，到老也不会落伍，永远能够与普天下的赤子之心相接相契相抱！你那位朋友说得不错，艺术表现得动人，一定是从心灵的纯洁来的！

不是纯洁到像明镜一般，怎能体会到前人的心灵？怎能打动听众的心灵？

斯曼齐安卡说的萧邦协奏曲的话是我想起前二信你说 Richter（李赫特）弹柴可夫斯基协奏曲的话，一切真实的成就，必有人真正的赏识。

音乐院长说你的演奏像流水、像河；更令我想到克利斯朵夫的象征。那天舅舅说你小时候常以克利斯朵夫自命；而你的个性居然和罗曼·罗兰的理想有些相像了。莱茵河、江声浩荡……钟声复起，天已黎明……中国正到了"复旦"的黎明时期，但愿你做中国的——新中国的——钟声，响遍世界，响遍每个人的心！滔滔不竭的流水，流到每个人的心坎里去，把大家都带着，跟你一块到无边无岸的音响的海洋中去吧！名闻世界的扬子江与黄河，比莱茵的气势还要大呢！……黄河之水天上来，奔流到海不复回！……无边落木萧萧下，不尽长江滚滚来！……有这种诗人灵魂的传统的民族，应该有气吞牛斗的表现才对。

你说常在矛盾与快乐之中，但我相信艺术家没有矛盾不会进步，不会演变，不会深入。有矛盾正是生机蓬勃的明证。眼前你感到的还不过是技巧与理想的矛盾，将来你还有反复不已更大的矛盾呢：形式与内容的枘凿，自己内心的许许多多不可预料的矛盾，都在前途等着你。别担心，解决一个矛盾，便是前进一步！矛盾是解决不完的，所以艺术没有止境，没有perfect（完美，十全十美）的一天，人生也没有 perfect（完美，十全十美）的一天！唯其如此，才需要我们日以继夜，终生的追求、苦练；要不然大家做了羲皇上人，垂手而天下治，做人也太腻了！

《傅雷文集 书信卷》，傅雷、傅敏主编，当代世界出版社，2006 年 9 月第 1 版

作品提示

《傅雷家书》共收录了 1954—1966 年间傅雷寄给他的孩子傅聪的 125 封、寄给傅敏的两封，附其妻朱梅馥寄傅聪的一封信。《傅雷家书》出版 18 年来，5 次重版，19 次重印，发行已达 100 多万册，曾荣获"全国首届优秀青年读物"。《傅雷家书》是一本"充满着父爱的苦心孤诣、呕心沥血的教子篇"；也是"最好的艺术学徒修养读物"；更是既平凡又典型的"不聪明"的近代中国知识分子的深刻写照。《傅雷家书》中感情十分纯真和挚朴。家书因自然亲切而容易贴近读者心灵，而且家书饱含感人的真情，第一次读，有与其他小说不同的感觉，因为书信都是人们给亲近的人而写，一般不对外发表，随意而且自然，所以书信是文字真切和诚实。写下的一切文字都是即时即刻的内心所想，想到哪里，就写哪里。所以，读信实际上读的就是亲情、读的就是爱。

读傅雷家书让读者读到的是傅雷一家人的那种积极向上的精神和只有家才有的温馨。《傅雷家书》中傅雷夫妻为中国父母的典范，一生苦心孤诣，呕心沥血培养的两个孩子，都很有成就。傅聪——著名钢琴大师、傅敏——英语特级教师，是他们先做人、后成"家"，超脱小我，独立思考，因材施教等教育思想的成功体现。

听听那冷雨

——余光中

　　惊蛰一过，春寒加剧。先是料料峭峭，继而雨季开始，时而淋淋漓漓，时而淅淅沥沥，天潮潮地湿湿，即使在梦里，也似乎有把伞撑着。而就凭一把伞，躲过一阵潇潇的冷雨，也躲不过整个雨季。连思想也都是潮润润的。每天回家，曲折穿过金门街到厦门街迷宫式的长巷短巷，雨里风里，走入霏霏令人更想入非非。想这样子的台北凄凄切切完全是黑白片的味道，想整个中国整部中国的历史无非是一张黑白片子，片头到片尾，一直是这样下着雨的。这种感觉，不知道是不是从安东尼奥尼那里来的。不过那一块土地是久违了，二十五年，四分之一的世纪，即使有雨，也隔着千山万山，千伞万伞。二十五年，一切都断了，只有气候，只有气象报告还牵连在一起，大寒流从那块土地上弥天卷来，这种酷冷吾与古大陆分担。不能扑进她怀里，被她的裙边扫一扫吧也算是安慰孺慕之情。

　　这样想时，严寒里竟有一点温暖的感觉了。这样想时，他希望这些狭长的巷子永远延伸下去，他的思路也可以延伸下去，不是金门街到厦门街，而是金门到厦门。他是厦门人，至少是广义的厦门人，二十年来，不住在厦门，住在厦门街，算是嘲弄吧，也算是安慰。不过说到广义，他同样也是广义的江南人，常州人，南京人，川娃儿，五陵少年。杏花春雨江南，那是他的少年时代了。再过半个月就是清明。安东尼奥尼的镜头摇过去，摇过去又摇过来。残山剩水犹如是。皇天后土犹如是。纭纭黔首、纷纷黎民从北到南犹如是。那里面是中国吗？那里面当然还是中国，永远是中国。只是杏花春雨已不再，牧童遥指已不再，剑门细雨渭城轻尘也都已不再。然则他日思夜梦的那片土地，究竟在哪里呢？

　　在报纸的头条标题里吗？还是香港的谣言里？还是傅聪的黑键白键马思聪的跳弓拨弦？还是安东尼奥尼的镜底勒马洲的望中？还是呢，故宫博物院的壁头和玻璃柜内，京戏的锣鼓声中太白和东坡的韵里？

　　杏花。春雨。江南。六个方块字，或许那片土就在那里面。而无论赤县也好神州也好中国也好，变来变去，只要仓颉的灵感不灭，美丽的中文不老，那形象，那磁石一般的向心力当必然长在。因为一个方块字是一个天地。太初有字，于是汉族的心灵他祖先的回忆和希望便有了寄托。譬如凭空写一个"雨"字，点点滴滴，滂滂沱沱，淅沥淅沥淅沥，一切云情雨意，就宛然其中了。视觉上的这种美感，岂是什么 rain 也好 pluie 也好所能满足？翻开一部《辞源》或《辞海》，金木水火土，各成世界，而一入"雨"部，古神州的天颜千变万化，便悉在望中，美丽的霜雪云霞，骇人的雷电霹雹，展露的无非是神的好脾气与坏脾气，气象台百读不厌门外汉百思不解的百科全书。

　　听听，那冷雨。看看，那冷雨。嗅嗅闻闻，那冷雨，舔舔吧，那冷雨。雨在他的伞上，

333

这城市百万人的伞上，雨衣上，屋上，天线上。雨下在基隆港，在防波堤，海峡的船上，清明这季雨。雨是女性，应该最富于感性。雨气空濛而迷幻，细细嗅嗅，清清爽爽新新，有一点点薄荷的香味。浓的时候，竟发出草和树沐发后特有的淡淡土腥气，也许那竟是蚯蚓和蜗牛的腥气吧，毕竟是惊蛰了啊。也许地上的地下的生命，也许古中国层层叠叠的记忆皆蠢蠢而蠕，也许是植物的潜意识和梦吧，那腥气。

　　第三次去美国，在高高的丹佛他山居了两年。美国的西部，多山多沙漠，千里干旱，天，蓝似安格罗·萨克逊人的眼睛；地，红如印第安人的肌肤；云，却是罕见的白鸟，落矶山簇簇耀目的雪峰上，很少飘云牵雾。一来高，二来干，三来森林线以上，杉柏也止步，中国诗词里"荡胸生层云"，或是"商略黄昏雨"的意趣，是落矶山上难睹的景象。落矶山岭之胜，在石，在雪。那些奇岩怪石，相叠互倚，砌一场惊心动魄的雕塑展览，给太阳和千里的风看。那雪，白得虚虚幻幻，冷得清清醒醒，那股皑皑不绝一仰难尽的气势，压得人呼吸困难，心寒眸酸。不过要领略"白云回望合，青霭入看无"的境界，仍须回中国。台湾湿度很高，最饶云气氤氲雨意迷离的情调。两度夜宿溪头，树香沁鼻，宵寒袭肘，枕着润碧湿翠苍苍交叠的山影和万籁都歇的岑寂，仙人一样睡去。山中一夜饱雨，次晨醒来，在旭日未升的原始幽静中，冲着隔夜的寒气，踏着满地的断柯折枝和仍在流泻的细股雨水，一径探入森林的秘密，曲曲弯弯，步上山去。溪头的山，树密雾浓，蓊郁的水气从谷底冉冉升起，时稠时稀，蒸腾多姿，幻化无定，只能从雾破云开的空处，窥见乍现即隐的一峰半壑，要纵览全貌，几乎是不可能的。至少入山两次，只能在白茫茫里和溪头诸峰玩捉迷藏的游戏，回到台北，世人问起，除了笑而不答心自闲，故作神秘之外，实际的印象，也无非山在虚无之间罢了。云缭烟绕，山隐水迢的中国风景，由来予人宋画的韵味。那天下也许是赵家的天下，那山水却是米家的山水。而究竟，是米氏父子下笔像中国的山水，还是中国的山水上只像宋画，恐怕是谁也说不清楚了吧？

　　雨不但可嗅，可亲，更可以听。听听那冷雨。听雨，只要不是石破天惊的台风暴雨，在听觉上总是一种美感。大陆上的秋天，无论是疏雨滴梧桐，或是骤雨打荷叶，听去总有一点凄凉，凄清，凄楚。于今在岛上回味，则在凄楚之外，再笼上一层凄迷了。饶你多少豪情侠气，怕也经不起三番五次的风吹雨打。一打少年听雨，红烛昏沉。二打中年听雨，客舟中，江阔云低。三打白头听雨在僧庐下。这便是亡宋之痛，一颗敏感心灵的一生：楼上，江上，庙里，用冷冷的雨珠子串成。十年前，他曾在一场摧心折骨的鬼雨中迷失了自己。雨，该是一滴湿漓漓的灵魂，在窗外喊谁。

　　雨打在树上和瓦上，韵律都清脆可听。尤其是铿铿敲在屋瓦上，那古老的音乐，属于中国。王禹偁在黄冈，破如椽的大竹为屋瓦。据说住在竹楼上面，急雨声如瀑布，密雪声比碎玉。而无论鼓琴，咏诗，下棋，投壶，共鸣的效果都特别好。这样岂不像住在竹筒里面，任何细脆的声响，怕都会加倍夸大，反而令人耳朵过敏吧。

　　雨天的屋瓦，浮漾湿湿的流光，灰而温柔，迎光则微明，背光则幽黯，对于视觉，是一种低沉的安慰。至于雨敲在鳞鳞千瓣的瓦上，由远而近，轻轻重重轻轻，夹着一股股的细流沿瓦槽与屋檐潺潺泻下，各种敲击音与滑音密织成网，谁的千指百指在按摩耳轮。"下雨了"，温柔的灰美人来了，她冰冰的纤手在屋顶拂弄着无数的黑键啊灰键，把响午一下子奏成了黄昏。

在古老的大陆上，千屋万户是如此。二十多年前，初来这岛上，日式的瓦屋亦是如此，先是天暗了下来，城市像罩在一块巨幅的毛玻璃里，阴影在户内延长复加深。然后凉凉的水意弥漫在空间，风自每一个角落里旋起，感觉得到，每一个屋顶上呼吸沉重都覆着灰云。雨来了，最轻的敲打乐敲打这城市，苍茫的屋顶，远远近近，一张张敲过去，古老的琴，那细细密密的节奏，单调里自有一种柔婉与亲切，滴滴点点滴滴，似幻似真，若孩时在摇篮里，一曲耳熟的童谣摇摇欲睡，母亲吟哦鼻音与喉音。或是在江南的泽国水乡，一大筐绿油油的桑叶被嚙于千百头蚕，细细琐琐屑屑，口器与口器咀咀嚼嚼。雨来了，雨来的时候瓦这么说，一片瓦说千亿片瓦说，说轻轻地奏吧沉沉地弹，徐徐地叩吧挞挞地打，间间歇歇敲一个雨季，即兴演奏从惊蛰到清明，在零落的坟上冷冷奏挽歌，一片瓦吟千亿片瓦吟。

在日式的古屋里听雨，听四月霏霏不绝的黄梅雨，朝夕不断，旬月绵延，湿粘粘的苔藓从石阶下一直侵到他舌底，心底。到七月，听台风台雨在古屋顶上一夜盲奏，千寻海底的热浪沸沸被狂风挟来，掀翻整个太平洋只为向他的矮屋檐重重压下，整个海在他的蜗壳上哗哗泻过。不然便是雷雨夜，白烟一般的纱帐里听羯鼓一通又一通，滔天的暴雨滂滂沛沛扑来，强劲的电琵琶忐忐忑忑忐忐忑忑，弹动屋瓦的惊悸腾腾欲掀起。不然便是斜斜的西北雨斜斜，刷在窗玻璃上，鞭在墙上打在阔大的芭蕉叶上，一阵寒濑泻过，秋意便弥漫日式的庭院了。

在日式的古屋里听雨，春雨绵绵听到秋雨潇潇，从少年听到中年，听听那冷雨。雨是一种单调而耐听的音乐，是室内乐是室外乐，户内听听，户外听听，冷冷，那音乐。雨是一种回忆的音乐，听听那冷雨，回忆江南的雨下得满地是江湖，下在桥上和船上，也下在四川在秧田和蛙塘肥了嘉陵江下湿布谷咕咕的啼声。雨是潮潮润润的音乐下在渴望的唇上舐舐那冷雨。

因为雨是最最原始的敲打乐从记忆的彼端敲起。瓦是最最低沉的乐器灰濛濛的温柔覆盖着听雨的人，瓦是音乐的雨伞撑起。但不久公寓的时代来临，台北你怎么一下子长高了，瓦的音乐竟成了绝响。千片万片的瓦翻翻，美丽的灰蝴蝶纷纷飞走，飞入历史的记忆。现在雨下下来下在水泥的屋顶和墙上，没有音韵的雨季。树也砍光了，那月桂，那枫树，柳树和擎天的巨椰，雨来的时候不再有丛叶嘈嘈切切，闪动湿湿的绿光迎接。鸟声减了啾啾，蛙声沉了阁阁，秋天的虫吟也减了卿卿。七十年代的台北不需要这些，一个乐队接一个乐队便遣散尽了。要听鸡叫，只有去诗经的韵里寻找。现在只剩下一张黑白片，黑白的默片。

正如马车的时代去后，三轮车的时代也去了。曾经在雨夜，三轮车的油布篷挂起，送她回家的途中，篷里的世界小得多可爱，而且躲在警察的辖区以外。雨衣的口袋越大越好，盛得下他的一只手里握一只纤纤的手。台湾的雨季这么长，该有人发明一种宽宽的双人雨衣，

335

一人分穿一只袖子，此外的部分就不必分得太苛。而无论工业如何发达，一时似乎还废不了雨伞。只要雨不倾盆，风不横吹，撑一把伞在雨中仍不失古典的韵味。任雨点敲在黑布伞或是透明的塑料伞上，将骨柄一旋，雨珠向四方喷溅，伞缘便旋成了一圈飞檐。跟女友共一把雨伞，该是一种美丽的合作吧。最好是初恋，有点兴奋，更有点不好意思，若即若离之间，雨不妨下大一点。真正初恋，恐怕是兴奋得不需要伞的，手牵手在雨中狂奔而去，把年轻的长发的肌肤交给漫天的淋淋漓漓，然后向对方的唇上颊上尝凉凉甜甜的雨水。不过那要非常年轻且激情，同时，也只能发生在法国的新潮片里吧。

大多数的雨伞想不会为约会张开。上班下班，上学放学，菜市来回的途中。现实的伞，灰色的星期三。握着雨伞，他听那冷雨打在伞上。索性更冷一些就好了，他想。索性把湿湿的灰雨冻成干干爽爽的白雨，六角形的结晶体在无风的空中回回旋旋地降下来，等须眉和肩头白尽时，伸手一拂就落了。二十五年，没有受故乡白雨的祝福，或许头发上下一点白霜是一种变相的自我补偿吧。一位英雄，经得起多少次雨季？他的额头是水成岩削成还是火成岩？他的心底究竟有多厚的苔藓？他的厦门街的雨巷走了二十年与记忆等长，一座无瓦的公寓在巷底等他，一盏灯在楼上的雨窗子里，等他回去，向晚餐后的沉思冥想去整理青苔深深的记忆。前尘隔海。古屋不再。听听那冷雨。

1974 年春分之夜

《余光中经典作品》，余光中著，当代世界出版社，2007 年 9 月第 2 版

作品提示

《听听那冷雨》是余光中的散文代表作之一，正如《荷塘月色》之于朱自清，《茶花赋》之于杨朔一样，比较集中地反映了作家的创作主张及艺术风格。

余光中是诗人兼散文家，他用诗人丰富奇妙的想象，用诗人形象化的抒情语言来写散文。散文《听听那冷雨》中作者通过对台湾春寒料峭中漫长雨季的细腻感受的描写，真切地勾画出一个冷雨中孑然独行的白发游子的形象，委婉地传达出一个漂泊他乡者浓重的孤独感和思乡之情，表现了一个远离故土的知识分子对传统文化的深情依恋和赞美。作者调动了听、视、嗅等多种感觉方式，将少年生活的回忆、古诗画的意境和现实观感等会聚在一起，编织成一曲情感委婉浓郁、意境深广幽远、旋律节奏优美的文字乐章。作者通过娴熟的语言手段，突出了冷雨的听觉感受，大雨滂沱，小雨淅沥，其精妙，可以与唐代诗人白居易的《琵琶行》媲美。散文想象奇丽而多变，并多处采用了比喻、对照、联想、烘托等表现手法；文字典雅而富于弹性，巧妙地熔古典语汇与白话于一炉，擅于通过双声叠字的运用、长短相间的句式和绵密的意象叠加来渲染情感和把握徐疾交错的节奏，是一篇优美的抒情散文。

中国人，你为什么不生气？

——龙应台

作者简介

　　龙应台（1952— ），祖籍湖南衡山，1952 年生于台湾高雄县，1974 年毕业于成功大学外文系，后赴美深造，攻读英美文学，1982 年获得堪萨斯州立大学英文系博士学位后，一度在纽约市立大学及梅西大学外文系任副教授；1983 年回台湾，先在"中央大学"外文系任副教授，后去淡江大学外国文学所任研究员；1984 年出版的《龙应台评小说》一上市即告罄，多次再版，余光中称之为"龙卷风"。1985 年以来，她在台湾《中国时报》等报刊发表大量杂文，小说评论，掀起轩然大波，成为知名度极高的报纸专栏作家，以专栏文章结集的《野火集》，印行 100 版，销售 20 万册，风靡台湾，是 20 世纪 80 年代对台湾社会发生巨大影响的一本书。1986—1988 年龙应台因家庭因素旅居瑞士，专心育儿；1988 年迁居德国，开始在海德堡大学汉学系任教，开台湾文学课程，每年导演学生戏剧，并为《法兰克福汇报》撰写专栏。1988 年底，作为第一个台湾女记者，她应苏联政府邀请，赴莫斯科访问了 10 天。1996 年以后龙应台不断在欧洲报刊上发表作品，对欧洲读者呈现一个中国知识分子的见解，颇受注目。自 1995 年起，龙应台在上海《文汇报》"笔会"副刊写"龙应台专栏"。与大陆读者及文化人的接触，使她开始更认真地关心大陆的文化发展。受台北市市长马英九之邀，1999 年龙应台出任台北市文化局局长，2003 年辞职；2008 年在香港大学教授任上获聘为"孔梁巧玲杰出人文学者"。

　　在昨晚的电视新闻中，有人微笑着说："你把检验不合格的厂商都揭露了，叫这些生意人怎么吃饭？"

　　我觉得恶心，觉得愤怒。但我生气的对象不是这位人士，而是台湾一千八百万懦弱自私的中国人。

　　我所不能了解的是：中国人，你为什么不生气？

　　包德莆的《苦海余生》英文原本中有一段他在台湾的经验：他看见一辆车子把小孩子撞伤了，一脸的血。过路的人很多，却没有一个人停下来帮助受伤的小孩，或谴责肇事的人。我在美国读到这一段，曾经很肯定的跟朋友说：不可能！中国人以人情味自诩，这种情况简直不可能！

　　回来一年了，我瞪大眼睛，发觉包德莆所描述的不只可能，根本就是每天都在发生，随地可见的生活常态。在台湾，最容易生存的不是蟑螂，而是"坏人"，因为中国人怕事，自私，只要不杀到他床上去，他宁可闭着眼假寐。

我看见摊贩占据着你家的骑楼，在那儿烧火洗锅，使走廊垴上一层厚厚的油污，腐臭的菜叶塞在墙角。半夜里，吃客喝酒猜拳作乐，吵得鸡犬不宁。

你为什么不生气？你为什么不跟他说"滚蛋"！

哎呀！不敢呀！这些摊贩都是流氓，会动刀子的。

那么为什么不找警察呢？

警察跟摊贩相熟，报了也没有用；到时候曝了光，那才真招祸上门了。

所以呢！

所以忍呀！反正中国人讲忍耐！你耸耸肩，摇摇头！

在一个法治上轨道的国家里，人是有权生气的。受折磨的你首先应该双手叉腰，很愤怒地对摊贩说："请你滚蛋！"他们不走，就请警察来。若发觉警察与小贩有勾结——那更严重。这一团怒火应该往上烧，烧到警察肃清纪律为止，烧到摊贩离开你家为止。可是你什么都不做；畏缩地把门窗关起来，耸耸肩，摇摇头！

我看见成百的人到淡水河畔去欣赏落日、去钓鱼。我也看见淡水河畔的住家整笼整笼把恶臭的垃圾往河里倒；厕所的排泄管直接通到河底。河水一涨，污秽气直逼到呼吸里来。

爱河的人，你为什么不生气？

你为什么没有勇气对那个丢汽水瓶的少年郎大声说："你敢丢，我就把你也丢进去？"你静静坐在那儿钓鱼（那已经布满癌细胞的鱼），想着今晚的鱼汤，假装没看见那个几百年都化解不了的汽水瓶。你为什么不丢掉鱼竿，站起来，告诉他，你很生气？

我看见计程车穿来插去，最后停在右转线上，却没有右转的意思。一整列想右转的车子就停滞下来，造成大阻塞，你坐在方向盘前，叹口气，觉得无奈。

你为什么不生气？

哦！跟计程车可理论不得！报上说，司机都带着扁钻的。

问题不在于他带不带扁钻。问题在于你们这几十个受他阻碍的人没有推开车门，很果断地让他知道你们不齿他的行为，你们很愤怒！

经过郊区，我闻到刺鼻的化学品燃烧的味道。走进海滩，看见工厂的废料大股大股地流进海里，把海水染成一种奇异的颜色。湾里的小商人焚烧电缆，使湾里生出许多缺少脑子的婴儿。我们的下一代——眼睛明亮、嗓音稚嫩、脸颊透红的下一代，将在化学废料中学游泳，他们的血管里将流着我们连名字都说不出的毒素——

你又为什么不生气呢？难道一定要等到你自己的手背也温柔地捧着一个无脑婴儿，你再无言地对天哭泣？

西方人来台湾观光，他们的旅行社频频叮咛：绝对不能吃摊子上的东西，最好也少上餐厅；饮料最好喝瓶装的，但台湾本地出产的也别喝，他们的饮料不保险……

这是美丽宝岛的名誉。但是名誉还真是其次。最重要的是我们自己的健康、我们下一代的健康。一百位交大学生食物中毒——这真的只是一场笑话吗？中国人的命这么不值钱吗？好不容易总算有几个人生起气来，组织了一个消费者团体。现在却又"站着茅坑不拉屎"的卫生署，为不知道什么人做说客的立法委员要扼杀这个还没有做几桩事的组织。

你怎么能够不生气呢？你怎么还有良心躲在角落里做"沉默的大多数"？你以为你是好人，但是就因为你不生气、你忍耐、你退让，所以摊贩把你的家搞得像个破落的杂院。所以台北的交通一团乌烟瘴气，所以淡水河是条烂肠子；就是因为你不说话、不骂人、不表示意见。所以你疼爱的娃娃每天吃着、喝着、呼吸着化学毒素。你还在梦想他大学毕业的那一天！你忘了，几年前在南部有许多孕妇怀胎，九月中，她们也闭着眼梦想孩子长大的那一天，却没想到吃了滴滴纯净的沙拉油，孩子生下来是瞎的、黑的！

不要以为你是大学教授，所以做研究比较重要；不要以为你是杀猪的，所以没有人会听你的话，也不要以为你是个大学生，不够资格管社会的事。你今天不生气，不站出来的话，明天——还有我，还有你我的下一代，就要成为沉默的牺牲者、受害人！如果你有种、有良心，你现在就去告诉你的公仆"立法委员"、告诉卫生署、告诉环保局：你受够了，你很生气！

你一定要很大声地说！！！！

《中国人，你为什不生气》，龙应台著，时事出版社，1988 年 3 月第 1 版

作品提示

1984 年 11 月 20 日，龙应台在《中国时报》"人间副刊"发表了《中国人，你为什么不生气》一文反响强烈。他以锐利的词锋、灵转的文字、缜密的思虑，悍然无畏地揭开了中国社会中的种种病象，让触目惊心的事实逼迫人们去自剖，去反省。它的热烈，它的不受拘束，在千百万读者中激起强烈的共鸣。它随之受到的反弹也是令人惊骇、耐人寻味的，这也恰恰反证了龙应台杂文切近现实，直面人生的鲜明个性。

戏 剧 编

雷 雨（节选）

——曹 禺

曹禺（1910—1996 年），原名万家宝，字小石，祖籍湖北潜江，生于天津，是我国著名戏剧大师，中国现代话剧的奠基人之一，戏剧教育家。

曹禺 1923 年入南开中学，1925 年加入南开新剧团，开始了他的戏剧生涯。在导师张彭村指导下，他在易卜生戏剧《娜拉》《国民公敌》中因扮演娜拉等角色而崭露戏剧才华。1928 年中学毕业后他被保送南开大学政治系，1930 年转入清华大学西洋文学系，1933 年毕业进入清华研究院；1934 年在《文学季刊》上发表《雷雨》，同年 9 月回天津在河北女子师范学院外文系任教；1936 年发表《日出》，同年 8 月到南京戏剧专科学校任教；1937 年发表《原野》。

1945 年毛泽东在重庆会见社会人士时，赠言曹禺"足下春秋鼎盛，好自为之"。他编写的剧本有《雷雨》（1934 年），《日出》（1936 年），《原野》（1937 年）《蜕变》（1939 年）《明朗的天》（1954 年），《胆剑篇》（1961 年）、《王昭君》（1979 年）等。解放后他担任戏剧协会主席。

第二幕

（午饭后，天气很阴沉，更郁热，潮湿的空气，低压着在屋内的人，使人成为烦躁的了。周萍一个人由饭厅走上来，望望花园，冷清清的，没有一个人。偷偷走到书房门口，书房里是空的，也没有人。忽然想起父亲在别的地方会客，他放下心，又走到窗户前开窗门，看着外面绿荫荫的树丛。低低地吹出一种奇怪的哨声，中间他低沉地叫了两三声"四凤！"不一时，好像听见远处有哨声在回应，渐移渐近，他有缓缓地叫了一声"凤儿！"门外有一个女人的声音，"萍，是你么？"萍就把窗门关上。

四凤由外面轻轻地跑进来。）

周　萍　（回头，望着中门，四凤正从中门进，低声，热烈地）凤儿！（走近，拉着她的手。）

鲁四凤　不，（推开他）不，不。（谛听，四面望）看看，有人！

周　萍　没有，凤，你坐下。（推她到沙发坐下。）

鲁四凤　（不安地）老爷呢？

周　萍　在大客厅会客呢。

鲁四凤　（坐下，叹一口长气。望着）总是这样偷偷摸摸的。

周　萍　哦。

鲁四凤　你连叫我都不敢叫。

周　萍　所以我要离开这儿哪。

鲁四凤　（想一下）哦，太太怪可怜的。为什么老爷回来，头一次见太太就发这么大的脾气？

周　萍　父亲就是这样，他的话，向来不能改的。他的意见就是法律。

鲁四凤　（怯懦地）我——我怕得很。

周　萍　怕什么？

鲁四凤　我怕万一老爷知道了，我怕。有一天，你说过，要把我们的事告诉老爷的。

周　萍　（摇头，深沉地）可怕的事不在这儿。

鲁四凤　还有什么？

周　萍　（忽然地）你没有听见什么话？

鲁四凤　什么？（停）没有。

周　萍　关于我，你没有听见什么？

鲁四凤　没有。

周　萍　从来没听见过什么？

鲁四凤　（不愿提）没有——你说什么？

周　萍　那——没什么！没什么！

鲁四凤　（真挚地）我信你，我相信你以后永远不会骗我。这我就够了。——刚才，我听你说，你明天就要到矿上去。

周　萍　我昨天晚上已经跟你说过了。

鲁四凤　（爽直地）你为什么不带我去？

周　萍　因为……（笑）因为我不想带你去。

鲁四凤　这边的事我早晚是要走的。——太太，说不定今天要辞掉我。

周　萍　（没想到）她要辞掉你，——为什么？

鲁四凤　你不要问。

周　萍　不，我要知道。

鲁四凤　自然因为我做错了事。我想，太太大概没有这个意思。也许是我瞎猜。（停）萍，你带我去好不好？

周　萍　不。

鲁四凤　（温柔地）萍，我好好地侍候你，你要这么一个人。我跟你缝衣服，烧饭做菜，我都做得好，只要你叫我跟你在一块儿。

周　萍　哦，我还要一个女人，跟着我，侍候我，叫我享福？难道，这些年，在家里，这种生活我还不够么？

鲁四凤　我知道你一个人在外头是不成的。

周　萍　凤，你看不出来，现在我怎么能带你出去？——你这不是孩子话吗？

鲁四凤　萍，你带我走！我不连累你，要是外面因为我，说你的坏话，我立刻就走。你——你不要怕。

周　萍　（急躁地）凤，你以为我这么自私自利么？你不应该这么想我。——哼，我怕，我怕什么？（管不住自己）这些年，我做出这许多的……哼，我的心都死了，我恨极了我自己。现在我的心刚刚有点生气了，我能放开胆子喜欢一个女人，我反而怕人家骂？哼，让大家说吧，周家大少爷看上他家里面的女下人，怕什么，我喜欢她。

鲁四凤　（安慰他）萍，不要难过。你做了什么，我也不怨你的。（想）

周　萍　（平静下来）你现在想什么？

鲁四凤　我想，你走了以后，我怎么样。

周　萍　你等着我。

鲁四凤　（苦笑）可是你忘了一个人。

周　萍　谁？

鲁四凤　他总不放过我。

周　萍　哦，他呀——他又怎么样？

鲁四凤　他又把前一个月的话跟我提了。

周　萍　他说，他要你？

鲁四凤　不，他问我肯嫁他不肯。

周　萍　你呢？

鲁四凤　我先没有说什么，后来他逼着问我，我只好告诉他实话。

周　萍　实话？

鲁四凤　我没有说旁的，我只提我已经许了人家。

周　萍	他没有问旁的？
鲁四凤	没有，他倒说，他要供给我上学。
周　萍	上学？（笑）他真呆气！——可是，谁知道，你听了他的话，也许很喜欢的。
鲁四凤	你知道我不喜欢，我愿意老陪着你。
周　萍	可是我已经快三十了，你才十八，我也不比他的将来有希望，并且我做过许多见不得人的事。
鲁四凤	萍，你不要同我瞎扯，我现在心里很难过。你得想出法子，他是个孩子，老是这样装着腔，对付他，我实在不喜欢。你又不许我跟他说明白。
周　萍	我没有叫你不跟他说。
鲁四凤	可是你每次见我跟他在一块儿，你的神气，偏偏——
周　萍	我的神气那自然是不快活的。我看见我最喜欢的女人时常跟别人在一块儿。哪怕他是我的弟弟，我也不情愿的。
鲁四凤	你看你又扯到别处。萍，你不要扯，你现在到底对我怎么样？你要跟我说明白。
周　萍	我对你怎么样？（他笑了。他不愿意说，他觉得女人们都有些呆气，这一句话似乎有一个女人也这样问过他，他心里隐隐有些痛）要我说出来？（笑）那么，你要我怎么说呢？
鲁四凤	（苦恼地）萍，你别这样待我好不好？你明明知道我现在什么都是你的，你还——你还这样欺负人。
周　萍	（他不喜欢这样，同时又以为她究竟有些不明白）哦！（叹一口气）天哪！
鲁四凤	萍，我父亲只会跟人要钱，我哥哥瞧不起我，说我没有志气，我母亲如果知道了这件事，她一定恨我。哦，萍，没有你就没有我。我父亲，我哥哥，我母亲，他们也许有一天会不理我，你不能够的，你不能够的。（抽咽）
周　萍	四凤，不，不，别这样，你让我好好地想一想。
鲁四凤	我的妈最疼我，我的妈不愿意我在公馆里做事，我怕她万一看出我的谎话，知道我在这里做了事，并且同你……如果你又不是真心的，……那我——那我就伤了我妈的心了。（哭）还有……
周　萍	不，凤，你不该这样疑心我。我告诉你，今天晚上我预备到你那里去。
鲁四凤	不，我妈今天回来。
周　萍	那么，我们在外面会一会好么？
鲁四凤	不成，我妈晚上一定会跟我谈话的。
周　萍	不过，明天早车我就要走了。
鲁四凤	你真不预备带我走么？
周　萍	孩子！那怎么成？

343

鲁四凤　那么，你——你叫我想想。

周　萍　我先要一个人离开家，过后，再想法子，跟父亲说明白，把你接出来。

鲁四凤　（看着他）也好，那么今天晚上你只好到我家里来。我想，那两间房子，爸爸跟妈一定在外房睡，哥哥总是不在家睡觉，我的房子在半夜里一定是空的。

周　萍　那么，我来还是先吹哨，（吹一声）你听得清楚吧？

鲁四凤　嗯，我要是叫你来，我的窗上一定有个红灯，要是没有灯，那你千万不要来。

周　萍　不要来？

鲁四凤　那就是我改了主意，家里一定有许多人。

周　萍　好，就这样。十一点钟。

鲁四凤　嗯，十一点。

　　　　〔鲁贵由中门上，见四凤和周萍在这里，突然停止，故意地做出懂事的假笑。〕

鲁　贵　哦！（向四凤）我正要找你。（向周萍）大少爷，您刚吃完饭？

鲁四凤　找我有什么事？

鲁　贵　你妈来了。

鲁四凤　（喜形于色）妈来了，在哪儿？

鲁　贵　在门房，跟你哥哥刚见面，说着话呢。

　　　　〔四凤跑向中门。〕

周　萍　四凤，见着你妈，给我问问好。

鲁四凤　谢谢您，回头见。（凤下）

鲁　贵　大少爷，您是明天起身么？

周　萍　嗯。

鲁　贵　让我送送您。

周　萍　不用，谢谢你。

鲁　贵　平时总是您心好，照顾着我们。您这一走，我同这丫头都得惦记着您了。

周　萍　（笑）你又没有钱了吧？

鲁　贵　（好笑）大少爷，您这可是开玩笑了。——我说的是实话，四凤知道，我总是背后说大少爷好的。

周　萍　好吧。——你没有事么？

鲁　贵　没事，没事，我只跟您商量点闲拌儿。您知道，四凤的妈来了，楼上的太太要见她，……

　　　　〔繁漪由饭厅上，鲁贵一眼看见她，话说成一半，又吞进去〕。

鲁　贵　哦，太太下来了！太太，您病完全好啦？（繁漪点一点头）鲁贵直惦记着。

周繁漪　好，你下去吧。

[鲁贵鞠躬由中门下。]

周繁漪　（向萍）他上哪去了？

周　萍　（莫明其妙）谁？

周繁漪　你父亲。

周　萍　他有事情，见客，一会儿就回来。弟弟呢？

周繁漪　他只会哭，他走了。

周　萍　（怕和她一同在这间屋里）哦。（停）我要走了，我现在要收拾东西去。（走向饭厅）

周繁漪　回来，（周萍停步）我请你略微坐一坐。

周　萍　什么事？

周繁漪　（阴沉地）有话说。

周　萍　（看出她的神色）你像是有很重要的话跟我谈似的。

周繁漪　嗯。

周　萍　说吧。

周繁漪　我希望你明白方才的情形。这不是一天的事情。

周　萍　（躲避地）父亲一向是那样，他说一句就是一句的。

周繁漪　可是人家说一句，我就要听一句，那是违背我的本性的。

周　萍　我明白你。（强笑）那么你顶好不听他的话就得了。

周繁漪　萍，我盼望你还是从前那样诚恳的人。顶好不要学着现在一般青年人玩世不恭的态度。你知道我没有你在我面前，这样，我已经很苦了。

周　萍　所以我就要走了。不要叫我们见着，互相提醒我们最后悔的事情。

周繁漪　我不后悔，我向来做事没有后悔过。

周　萍　（不得已地）我想，我很明白地对不表示过。这些日子我没有见你，我想你很明白。

周繁漪　很明白。

周　萍　那么，我是个最糊涂，最不明白的人。我后悔，我认为我生平做错一件大事。我对不起自己，对不起弟弟，更对不起父亲。

周繁漪　（低沉地）但是最对不起的人有一个，你反而轻轻地忘了。

周　萍　我最对不起的人，自然也有，但是我不必同你说。

周繁漪　（冷笑）那不是她！你最对不起的是我，是你曾经引诱的后母！

周　萍　（有些怕她）你疯了。

周繁漪　你欠了我一笔债，你对我负着责任；你不能看见了新的世界，就一个人跑。

周　萍　我认为你用的这些字眼，简直可怕。这种字句不是在父亲这样——这样体面的家庭里说的。

周繁漪 （气极）父亲，父亲，你撇开你的父亲吧！体面？你也说体面？（冷笑）我在这样的体面家庭已经十八年啦。周家家庭里做出的罪恶，我听过，我见过，我做过。我始终不是你们周家的人。我做的事，我自己负责任。不像你们的祖父，叔祖，同你们的好父亲，偷偷做出许多可怕的事情，祸移在别人身上，外面还是一副道德面孔，慈善家，社会上的好人物。

周　萍 繁漪，大家庭自然免不了不良分子，不过我们这一支，除了我，……

周繁漪 都一样，你父亲是第一个伪君子，他从前就引诱过一个良家的姑娘。

周　萍 你不要乱说话。

周繁漪 萍，你再听清楚点，你就是你父亲的私生子！

周　萍 （惊异而无主地）你瞎说，你有什么证据？

周繁漪 请你问你的体面父亲，这是他十五年前喝醉了的时候告诉我的。（指桌上相片）你就是这年轻的姑娘声的小孩。她因为你父亲又不要她，就自己投河死了。

周　萍 你，你，你简直……——好，好，（强笑）我都承认。你预备怎么样？你要跟我说什么？

周繁漪 你父亲对不起我，他用同样手段把我骗到你们家来，我逃不开，生了冲儿。十几年来像刚才一样的凶横，把我渐渐地磨成了石头样的死人。你突然从家乡出来，是你，是你把我引到一条母亲不像母亲，情妇不像情妇的路上去。是你引诱我的！

周　萍 引诱！我请你不要用这两个字好不好？你知道当时的情形怎么样？

周繁漪 你忘记了在这屋子里，半夜，我哭的时候，你叹息着说的话么？你说你恨你的父亲，你说过，你愿他死，就是犯了灭伦的罪也干。

周　萍 你忘了。那时我年轻，我的热情叫我说出来这样糊涂的话。

周繁漪 你忘了，我虽然比你只大几岁，那时，我总还是你的母亲，你知道你不该对我说这种话么？

周　萍 哦——（叹一口气）总之，你不该嫁到周家来，周家的空气满是罪恶。

周繁漪 对了，罪恶，罪恶。你的祖宗就不曾清白过，你们家里永远是不干净。

周　萍 年青人一时糊涂，做错了的事，你就不肯原谅么？（苦恼地皱着眉）

周繁漪 这不是原谅不原谅的问题，我已预备好棺材，安安静静地等死，一个人偏把我救活了又不理我，撇得我枯死，慢慢地渴死。让你说，我该怎么办？

周　萍 那，那我也不知道，你来说吧！

周繁漪 （一字一字地）我希望你不要走。

周　萍 怎么，你要我陪着你，在这样的家庭，每天想着过去的罪恶，这样活活地闷死么？

周繁漪 你既知道这家庭可以闷死人，你怎么肯一个人走，把我放在家里？

周　萍　　你没有权利说这种话，你是冲弟弟的母亲。

周繁漪　　我不是！我不是！自从我把我的性命，名誉，交给你，我什么都不顾了。我不是他的母亲。不是，不是，我也不是周朴园的妻子。

周　萍　　（冷冷地）如果你以为你不是父亲的妻子，我自己还承认我是我父亲的儿子。

周繁漪　　（不曾想到他会说这一句话，呆了一下）哦，你是你父亲的儿子。——这些月，你特别不来看我，是怕你的父亲？

周　萍　　也可以说是怕他，才这样的吧。

周繁漪　　你这一次到矿上去，也是学着你父亲的英雄榜样，把一个真正明白你，爱你的人丢开不管么？

周　萍　　这么解释也未尝不可。

周繁漪　　（冷冷地）怎么说，你到底是你父亲的儿子。（笑）父亲的儿子？（狂笑）父亲的儿子？（狂笑，忽然冷静严厉地）哼，都是没有用，胆小怕事，不值得人为他牺牲的东西！我恨着我早没有知道你！

周　萍　　那么你现在知道了！我对不起你，我已经同你详细解释过，我厌恶这种不自然的关系。我告诉你，我厌恶。我负起我的责任，我承认我那时的错，然而叫我犯了那样的错，你也不能完全没有责任。你是我认为最聪明，最能了解的女子，所以我想，你最后会原谅我。我的态度，你现在骂我玩世不恭也好，不负责任也好，我告诉你，我盼望这一次的谈话是我们最末一次谈话了。（走向饭厅门）

周繁漪　　（沉重地语气）站着。（萍立住）我希望你明白我刚才说的话，我不是请求你。我盼望你用你的心，想一想，过去我们在这屋子里说的，（停，难过）许多，许多的话。一个女子，你记着，不能受两代的欺侮，你可以想一想。

周　萍　　我已经想得很透彻，我自己这些天的痛苦，我想你不是不知道，好，请你让我走吧。

　　　　　周萍由饭厅下，繁漪的眼泪一颗颗地流在腮上，她走到镜台前，照着自己苍白的有皱纹的脸，便嘤嘤地扑在镜台上哭起来。]

　　　　　[鲁贵偷偷地由中门走进来，看见太太在哭。]

鲁　贵　　（低声）太太！

周繁漪　　（突然抬起）你来干什么？

鲁　贵　　鲁妈来了好半天啦！

周繁漪　　谁？谁来了好半天啦？

鲁　贵　　我家里的，太太不是说过要我叫她来见么？

周繁漪　　你为什么不早点来告诉我？

鲁　贵　　（假笑）我倒是想着，可是我（低声）刚才瞧见太太跟大少爷说话，所以就没有敢惊动您。

周繁漪　啊你，你刚才在——

鲁　贵　我？我在大客厅里伺候老爷见客呢！（故意地不明白）太太有什么事么？

周繁漪　没什么，那么你叫鲁妈进来吧。

鲁　贵　（诌笑）我们家里是个下等人，说话粗里粗气，您可别见怪。

周繁漪　都是一样的人。我不过想见一见，跟她谈谈闲话。

鲁　贵　是，那是太太的恩典。对了，老爷刚才跟我说，怕明天要下大雨，请太太把老爷的那一件旧雨衣拿出来，说不定老爷就要出去。

周繁漪　四凤跟老爷检的衣裳，四凤不会拿么？

鲁　贵　我也是这么说啊，您不是不舒服么？可是老爷吩咐，不要四凤，还是要太太自己拿。

周繁漪　那么，我一会儿拿来。

鲁　贵　不，是老爷吩咐，说现在就要拿出来。

周繁漪　哦，好，我就去吧。——你现在叫鲁妈进来，叫她在这房里等一等。

鲁　贵　是，太太。

　　　　〔鲁贵下，繁漪的脸更显得苍白，她在极力压制自己的烦郁。〕

周繁漪　（把窗户打开吸一口气，自语）热极了，闷极了，这里真是再也不能住的。我希望我今天变成火山的口，热烈烈地冒一次，什么我都烧个干净，当时我就再掉在冰川里，冻成死灰，一生只热热烈烈地烧一次，也就算够了。我过去的是完了，希望大概也是死了的。哼，什么我都预备好了，来吧，恨我的人，来吧。叫我失望的人，叫我忌妒的人，都来吧，我在等候着你们。（望着空空的前面，既而垂下头去，鲁贵上。）

鲁　贵　刚才小当差进来，说老爷催着要。

周繁漪　（抬头）好，你先去吧。我叫陈妈送过去。

　　　　〔繁漪由饭厅下，贵由中门下。移时鲁妈——即鲁侍萍——与四凤上。鲁妈的年纪约有四十七岁的光景，鬓发已经有点斑白，面貌白净，看上去也只有三十八九岁的样子。她的眼有些呆滞，时而呆呆地望着前面，但是在那修长的睫毛，和她圆大的眸子间，还寻得出她少年时静慧的神韵。她的衣服朴素而有身份，旧蓝布裤褂，很洁净地穿在身上。远远地看着，依然像大家户里落迫的妇人。她的高贵的气质和她的丈夫的鄙俗，矮小，恰成一个强烈的对比。〕

　　　　〔她的头还包着一条白布手巾，怕是坐火车围着避土的，她说话总爱微微地笑，尤其因为刚刚见着两年未见的亲儿女，神色还是快慰地闪着快乐的光彩。她的声音很低，很沉稳，语音像一个南方人曾经和北方人相处很久，夹杂着许多模糊，轻快的南方音，但是她的字句说得很清楚。她的牙齿非常整齐，笑的时候在嘴角旁露出一对深深的笑涡，叫我们想起来四凤笑时口旁一对浅浅的涡影。]

[鲁妈拉着女儿的手，四凤就像个小鸟偎在她身边走进来。后面跟着鲁贵，提着一个旧包袱。他骄傲地笑着，比起来这母女的单纯的欢欣，他更是粗鄙了。]

鲁四凤　　太太呢？

鲁　贵　　就下来。

鲁四凤　　妈，您坐下。（鲁妈坐）您累么？

鲁侍萍　　不累。

鲁四凤　　（高兴地）妈，您坐一坐。我给您倒一杯冰镇的凉水。

鲁侍萍　　不，不要走，我不热。

鲁　贵　　凤儿，你跟你妈拿一瓶汽水来，（向鲁妈）这公馆什么没有？一到夏天，柠檬水，果子露，西瓜汤，桔子，香蕉，鲜荔枝，你要什么，就有什么。

鲁侍萍　　不，不，你别听你爸爸的话。这是人家的东西。你在我身旁跟我多坐一会，回头跟我同——同这位周太太谈谈，比喝什么都强。

鲁　贵　　太太就会下来，你看你，那块白包头，总舍不得拿下来。

鲁侍萍　　（和蔼地笑着）真的，说了那么半天。（笑望着四凤）连我在火车上搭的白手巾都忘了解啦。（要解它）

鲁四凤　　（笑着）妈，您让我替您解开吧。（走过去解。这里，鲁贵走到小茶几旁，又偷偷地把烟放在自己的烟盒里。）

鲁侍萍　　（解下白手巾）你看我的脸脏么？火车上尽是土，你看我的头发，不要叫人家笑。

鲁四凤　　不，不，一点都不脏。两年没见您，您还是那个样。

鲁侍萍　　哦，凤儿，你看我的记性。谈了这半天，我忘记把你顶喜欢的东西跟你拿出来啦。

鲁四凤　　什么？妈。

鲁侍萍　　（由身上拿出一个小包来）你看，你一定喜欢的。

鲁四凤　　不，您先别给我看，让我猜猜。

鲁侍萍　　好，你猜吧。

鲁四凤　　小石娃娃？

鲁侍萍　　（摇头）不对，你太大了。

鲁四凤　　小粉扑子。

鲁侍萍　　（摇头）给你那个有什么用？

鲁四凤　　哦，那一定是小针线盒。

鲁侍萍　　（笑）差不多。

鲁四凤　　那您叫我打开吧。（忙打开纸包）哦，妈！顶针！银顶针！爸，您看，您看！（给鲁贵看）。

鲁　贵　（随声说）好！好！

鲁四凤　这顶针太好看了，上面还镶着宝石。

鲁　贵　什么？（走两步，拿来细看）给我看看。

鲁侍萍　这是学校校长的太太送给我的。校长丢了个要紧的钱包，叫我拾着了，还给他。校长的太太就非要送给我东西，拿出一大堆小手饰叫我挑，送给我的女儿。我就捡出这一件，拿来送给你，你看好不好？

鲁四凤　好，妈，我正要这个呢。

鲁　贵　咦，哼，（把顶针交给四凤）得了吧，这宝石是假的，你挑得真好。

鲁四凤　（见着母亲特别欢喜说话，轻蔑地）哼，您呀，真宝石到了您的手里也是假的。

鲁侍萍　凤儿，不许这样跟爸爸说话。

鲁四凤　（撒娇）妈，您不知道，您不在这儿，爸爸就拿我一个人撒气，尽欺负我。

鲁　贵　（看不惯他妻女这样"乡气"，于是轻蔑地）你看你们这点穷相，走到大家公馆，不来看看人家的阔排场，尽在一边闲扯。四凤，你先把你这两年的衣裳给你妈看看。

鲁四凤　（白眼）妈不稀罕这个。

鲁　贵　你不也有点手饰么？你拿出来给你妈开开眼。看看还是我对，还是把女儿关在家里对？

鲁侍萍　（向鲁贵）我走的时候嘱咐过你，这两年写信的时候也总不断地提醒你，我说过我不愿意把我的女儿送到一个阔公馆，叫人家使唤。你偏——（忽然觉得这不是谈家事的地方，回头向四凤）你哥哥呢？

鲁四凤　不是在门房里等着我们么？

鲁　贵　不是等着你们，人家等着见老爷呢。（向鲁妈）去年我叫人跟你捎个信，告诉你大海也当了矿上的工头，那都是我在这而嘀咕上的。

鲁四凤　（厌恶她父亲又表白自己的本领）爸爸，您看哥哥去吧。他的脾气有点不好，怕他等急了，跟张爷刘爷们闹起来。

鲁　贵　真他妈的。这孩子的狗脾气我倒忘了，（走向中门，回头）你们好好在这屋子里坐一会，别乱动，太太一会儿就下来。

　　　　〔鲁贵下。母女见鲁贵走后，如同犯人望见看守走了一样，舒展地吐出一口气来。母女二人相对凄然地笑了一笑，刹那间，她们脸上又浮出欢欣，这次是由衷心升起来愉快的笑。〕

鲁侍萍　（伸出手来，向四凤）哦，孩子，让我看看你。

　　　　〔四凤走到母亲前，跪下。〕

鲁四凤　妈，您不怪我吧？您不怪我这次没听您的话，跑到周公馆做事吧？

鲁侍萍　不，不，做了就做了。——不过为什么这两年你一个字也不告诉我，我下车走到家里，才听见张大婶告诉我，说我的女儿在这儿。

鲁四凤　妈，我怕您生气，我怕您难过，我不敢告诉您。——其实，妈，我们也不是什么富贵人家，就是像我这样帮人，我想也没有什么关系。

鲁侍萍　不，你以为妈怕穷么？怕人家笑我们穷么？不，孩子，妈最知道认命，妈最看得开，不过，孩子，我怕你太年轻，容易一阵子犯糊涂，妈受过苦，妈知道的。你不懂，你不知道这世界太——人的心太——。（叹一口气）好，我们先不提这个。（站起来）这家的太太真怪！她要见我干什么？

鲁四凤　嗯，嗯，是啊（她的恐惧来了，但是她愿意向好的一面想）不，妈，这边太太没有多少朋友，她听说妈也会写字，念书，也许觉着很相近，所以想请妈来谈谈。

鲁侍萍　（不信地）哦？（慢慢看这屋子的摆设，指着有镜台的柜）这屋子倒是很雅致的。就是家具太旧了点。这是——？

鲁四凤　这是老爷用的红木书桌，现在做摆饰用了。听说这是三十年前的老东西，老爷偏偏喜欢用，到哪儿带到哪儿。

鲁侍萍　那个（指着有镜台的柜）是什么？

鲁四凤　那也是件老东西，从前的第一个太太，就是大少爷的母亲，顶爱的东西。您看，从前的家具多笨哪。

鲁侍萍　咦，奇怪。——为什么窗户还关上呢？

鲁四凤　您也觉得奇怪不是？这是我们老爷的怪脾气，夏天反而要关窗户。

鲁侍萍　（回想）凤儿，这屋子我像是在哪儿见过似的。

鲁四凤　（笑）真的？您大概是想我想的梦里到过这儿。

鲁侍萍　对了，梦似的。——奇怪，这地方怪得很，这地方忽然叫我想起了许多许多事情。（低下头坐下）

鲁四凤　（慌）妈，您怎么脸上发白？您别是受了暑，我给您拿一杯冷水吧。

鲁侍萍　不，不是，你别去，——我怕得很，这屋子有鬼怪！

鲁四凤　妈，您怎么啦？

鲁侍萍　我怕得很，忽然我把三十年前的事情一件一件地都想起来了，已经忘了许多年的人又在我心里转。四凤，你摸摸我的手。

鲁四凤　（摸鲁妈的手）冰凉，妈，您可别吓坏我。我胆子小，妈，妈，——这屋子从前可闹过鬼的！

鲁侍萍　孩子，你别怕，妈不怎么样。不过，四凤，我好像我的魂来过这儿似的。

鲁四凤　妈，您别瞎说啦，您怎么来过？他们二十年前才搬到这儿北方来，那时候，您不是这在南方么？

鲁侍萍　不，不，我来过。这些家具，我想不起来——我在哪见过。

鲁四凤　妈，您的眼不要直瞪瞪地望着，我怕。

鲁侍萍　别怕，孩子，别怕。孩子。（声音愈低，她用力地想，她整个的人，缩，缩到记忆的最下层深处。）

鲁四凤　妈，您看那个柜干什么？那就是从前死了的第一个太太的东西。

鲁侍萍　（突然低声颤颤地向四凤）凤儿，你去看，你去看，那柜子靠右第三个抽屉里，有没有一只小孩穿的绣花虎头鞋。

鲁四凤　妈，您怎么啦？不要这样疑神疑鬼地。

鲁侍萍　凤儿，你去，你去看一看。我心里有点怯，我有点走不动，你去！

鲁四凤　好，我去看。

　　　　［她有到柜前，拉开抽斗，看。］

鲁侍萍　（急问）有没有？

鲁四凤　没有，妈。

鲁侍萍　你看清楚了？

鲁四凤　没有，里面空空地就是些茶碗。

鲁侍萍　哦，那大概是我在做梦了。

鲁四凤　（怜惜她的母亲）别多说话了，妈，静一静吧，妈，您在外受了委屈了，（落泪）从前，您不是这样神魂颠倒的。可怜的妈呀。（抱着她）好一点了么？

鲁侍萍　不要紧的。——刚才我在门房听见这家里还有两位少爷？

鲁四凤　嗯！妈，都很好，都很和气的。

鲁侍萍　（自言自语地）不，我的女儿说什么也不能在这儿多呆。不成。不成。

鲁四凤　妈，您说什么？这儿上上下下都待我很好。妈，这里老爷太太向来不骂底下人，两位少爷都很和气的。这周家不但是活着的人心好，就是死了的人样子也是挺厚道的。

鲁侍萍　周？这家里姓周？

鲁四凤　妈，您看您，您刚才不是问着周家的门进来的么？怎么会忘了？（笑）妈，我明白了，您还是路上受热了。我先跟你拿着周家第一个太太的相片，给您看。我再跟你拿点水来喝。

　　　　［四凤在镜台上拿了相片过来，站在鲁妈背后，给她看。］

鲁侍萍　（拿着相片，看）哦！（惊愕地说不出话来，手发颤。）

鲁四凤　（站在鲁妈背后）您看她多好看，这就是大少爷的母亲，笑得多美，他们并说还有点像我呢。可惜，她死了，要不然，——（觉得鲁妈头向前倒）哦，妈，您怎么啦？您怎么？

鲁侍萍　　不，不，我头晕，我想喝水。

鲁四凤　　（慌，掐着鲁妈的手指，搓着她的头）妈，您到这边来！（扶鲁妈到一个大的沙发前，鲁妈手里还紧紧地拿着相片）妈，您在这儿躺一躺。我跟您拿水去。

　　　　　［四凤由饭厅门忙跑下。］

鲁侍萍　　哦，天哪。我是死了的人！这是真的么？这张相片？这些家具？怎么会？——哦，天底下地方大得很，怎么？熬过这几十年偏偏又把我这个可怜的孩子，放回到他——他的家里？哦，好不公平的天哪！（哭泣）

　　　　　［四凤拿水上，鲁妈忙擦眼泪。］

鲁四凤　　（持水杯，向鲁妈）妈，您喝一口，不，再喝几口。（鲁妈饮）好一点了么？

鲁侍萍　　嗯，好，好啦。孩子，你现在就跟我回家。

鲁四凤　　（惊讶）妈，您怎么啦？

　　　　　［由饭厅传出繁漪喊"四凤"的声音。］

鲁侍萍　　谁喊你？

鲁四凤　　太太。

　　　　　［繁漪声：四凤！］

鲁四凤　　喷。

　　　　　［繁漪声：四凤，你来，老爷的雨衣你给放在哪儿啦？］

鲁四凤　　（喊）我就来。（向鲁妈）妈等一等，我就回来。

鲁侍萍　　好，你去吧。

　　　　　［四凤下。鲁妈周围望望，走到柜前，抚摸着她从前的家具，低头沉思。忽然听见屋外花园里走路的声音。她转过身来，等候着。］

　　　　　［鲁贵由中门上。］

鲁　　贵　　四凤呢？

鲁侍萍　　这儿的太太叫了去啦。

鲁　　贵　　你回头告诉太太，说找着雨衣，老爷自己到这儿来穿，还要跟太太说几句话。

鲁侍萍　　老爷要到这屋里来？

鲁　　贵　　嗯，你告诉清楚了，别回头老爷来到这儿，太太不在，老头儿又发脾气了。

鲁侍萍　　你跟太太说吧。

鲁　　贵　　这上上些些许多底下人都得我支派，我忙不开，我可不能等。

鲁侍萍　　我要回家去，我不见太太了。

鲁　　贵　　为什么？这次太太叫你来，我告诉你，就许有点什么很要紧的事跟你谈谈。

鲁侍萍　　我预备带着凤儿回去，叫她辞了这儿的事。

鲁　　贵　什么？你看你这点——

　　　　　〔繁漪由饭厅上。〕

鲁　　贵　太太。

周繁漪　（向门内）四凤，你先把那两套也拿出来，问问老爷要哪一件。（里面答应）哦，（吐出一口气，向鲁妈）这就是四凤的妈吧？叫你久等了。

鲁侍萍　贵　等太太是应当的。太太准她来跟您请安就是老大的面子。（四凤由饭厅出，拿雨衣进。）

周繁漪　请坐！你来了好半天啦。（鲁妈只在打量着，没有坐下。）

鲁侍萍　不多一会，太太。

鲁四凤　太太。把这三件雨衣都送给老爷那边去么？

鲁侍萍　贵　老爷说放在这儿，老爷自己来拿，还请太太等一会，老爷见您有话说呢。

周繁漪　知道了。（向四凤）你先到厨房，把晚饭的菜看看，告诉厨房一下。

鲁四凤　是，太太。（望着鲁贵，又疑惧地望着繁漪由中门下。）

周繁漪　鲁贵，告诉老爷，说我同四凤的母亲谈话，回头再请他到这儿来。

鲁　　贵　是，太太。（但不走）

周繁漪　（见鲁贵不走）你有什么事么？

鲁　　贵　太太，今天早上老爷吩咐德国克大夫来。

周繁漪　二少爷告诉过我了。

鲁　　贵　老爷刚才吩咐，说来了就请太太去看。

周繁漪　我知道了。好，你去吧。

　　　　　〔鲁贵由中门下。〕

周繁漪　（向鲁妈）坐下谈，不要客气。（自己坐在沙发上）

鲁侍萍　（坐在旁边一张椅子上）我刚下火车，就听见太太这边吩咐，要我来见见您。

周繁漪　我常听四凤提到你，说你念过书，从前也是很好的门第。

鲁侍萍　（不愿提到从前的事）四凤这孩子很傻，不懂规矩，这两年叫您多生气啦。

周繁漪　不，她非常聪明，我也很喜欢她。这孩子不应当叫她伺候人，应当替她找一个正当的出路。

鲁侍萍　太太多夸奖她了。我倒是不愿意这孩子帮人。

周繁漪　这一点我很明白。我知道你是个知书达礼的人，一见面，彼此都觉得性情是直爽的，所以我就不妨把请你来的原因现在跟你说一说。

鲁侍萍　（忍不住）太太，是不是我这小孩平时的举动有点叫人说闲话？

周繁漪　（笑着，故为很肯定地说）不，不是。

　　　　　〔鲁贵由中门上。〕

鲁　　贵　太太。

周繁漪　什么事？

鲁　　贵　克大夫已经来了，刚才汽车夫接来的，现时在小客厅等着呢。

周繁漪　我有客。

鲁　　贵　客？——老爷说请太太就去。

周繁漪　我知道，你先去吧。

　　　　〔鲁贵下。〕

周繁漪　（向鲁妈）我先把我家里的情形说一说。第一我家里的女人很少。

鲁侍萍　是，太太。

周繁漪　我一个人是个女人，两个少爷，一位老爷，除了一两个老妈子以外，其余用的都是
　　　　男下人。

鲁侍萍　是，太太，我明白。

周繁漪　四凤的年级很轻，哦，她才十九岁，是不是？

鲁侍萍　不，十八。

周繁漪　那就对了，我记得好像比我的孩子是大一岁的样子。这样年轻的孩子，在外边做
　　　　事，又生得很秀气的。

鲁侍萍　太太，如果四凤有不检点的地方，请您千万不要瞒我。

周繁漪　不，不，（又笑了）她很好的。我只是说说这个情形。我自己有一个孩子，他才十
　　　　七岁，——恐怕刚才你在花园见过——一个不十分懂事的孩子。

　　　　〔鲁贵自书房门上。〕

鲁　　贵　老爷催着太太去看病。

周繁漪　没有人陪着克大夫么？

鲁　　贵　王局长刚走，老爷自己在陪着呢。

鲁侍萍　太太，您先看去。我在这儿等着不要紧。

周繁漪　不，我话还没有说完。（向鲁贵）你跟老爷说，说我没有病，我自己并没有要请医
　　　　生来。

鲁　　贵　是，太太。（但不走）

周繁漪　（看鲁贵）你在干什么？

鲁　　贵　我等太太还有什么旁的事情要吩咐。

周繁漪　（忽然想起来）有，你跟老爷回完话之后，你出去叫一个电灯匠来，刚才我听说花
　　　　园藤萝架上的旧电线落下来了，走电，叫他赶快收拾一下，不要电了人。

鲁　　贵　是，太太。

　　　　〔贵由中门下。〕

355

周繁漪	（见鲁妈立起）鲁奶奶，你还是坐呀。哦，这屋子又闷起来啦。（走到窗户，把窗户打开，回来，坐）这些天我就看着我这孩子奇怪，谁知这两天，他忽然跟我说他很喜欢四凤。
鲁侍萍	什么？
周繁漪	也许预备要帮助她学费，叫她上学。
鲁侍萍	太太，这是笑话。
周繁漪	我这孩子还想四凤嫁给他。
鲁侍萍	太太，请您不必往下说，我都明白了。
周繁漪	（追一步）四凤比我的孩子大，四凤又是很聪明的女孩子，这种情形——
鲁侍萍	（不喜欢繁漪的暧昧的口气）我的女儿，我总相信是个懂事，明白大体的孩子。我向来不愿意她到大公馆帮人，可是我信得过，我的女儿就帮这儿两年，她总不会做出一点糊涂事的。
周繁漪	鲁奶奶，我也知道四凤是个明白的孩子，不过有了这种不幸的情形，我的意思，是非常容易叫人发生误会的。
鲁侍萍	（叹气）今天我到这儿来是万没想到的事，回头我就预备把她带走，现在我就请太太准了她的长假。
周繁漪	哦，哦，——如果你以为这样办好，我也觉得很妥当的，不过有一层，我怕，我的孩子有点傻气，他还是会找到你家里见四凤的。
鲁侍萍	您放心。我后悔得很，我不该把这个孩子一个人交给她的父亲管的，明天，我准离开此地，我会远远地带她走，不会见着周家的人。太太，我想现在带着我的女儿走。
周繁漪	那么，也好。回头我叫账房把工钱算出来。她自己的东西我可以派人送去，我有一箱子旧衣服，也可以带着去，留着她以后在家里穿。
鲁侍萍	（自语）凤儿，我的可怜的孩子！（坐在沙发上，落泪）天哪。
周繁漪	（走到鲁妈面前）不要伤心，鲁奶奶。如果钱上有什么问题，尽管到我这儿来，一定有办法。好好地带她回去，有你这样一个母亲教育她，自然比这儿好的。

［朴园由书房上。］

周朴园	繁漪！（繁漪抬头。鲁妈站起，忙躲在一旁，神色大变，观察他。）
周朴园	你怎么还不去？
周繁漪	（故意地）上哪儿？
周朴园	克大夫在等你，你不知道么？
周繁漪	克大夫，谁是克大夫？
周朴园	给你从前看病的克大夫。

周繁漪　我的药喝够了，我不预备再喝了。

周朴园　那么你的病……

周繁漪　我没有病。

周朴园　（忍耐）克大夫是我在德国的好朋友，对于妇科很有研究。你的神经有点失常，他
　　　　一定治得好。

周繁漪　谁说我的神经失常？你们为什么这样咒我？我没有病，我没有病，我告诉你，我没
　　　　有病！

周朴园　（冷酷地）你当着人这样胡喊乱闹，你自己有病，偏偏要讳病忌医，不肯叫医生
　　　　治，这不就是神经上的病态么？

周繁漪　哼，我假若是有病，也不是医生治得好的。（向饭厅门走）

周朴园　（大声喊）站住！你上哪儿去？

周繁漪　（不在意地）到楼上去。

周朴园　（命令地）你应当听话。

周繁漪　（好像不明白地）哦！（停，不经意地打量他）你看你！（尖声笑两声）你简直叫我
　　　　想笑。（轻蔑地笑）你忘了你自己是怎么样一个人啦！（又大笑，由饭厅跑下，重重
　　　　地关上门。）

周朴园　来人！

　　　　〔仆人上。〕

仆　人　老爷！

周朴园　太太现在在楼上。你叫大少爷陪着克大夫到楼上去跟太太看病。

仆　人　是，老爷。

周朴园　你告诉大少爷，太太现在神经病很重，叫他小心点，叫楼上老妈子好好地看着
　　　　太太。

仆　人　是，老爷。

周朴园　还有，叫大少爷告诉克大夫，说我有点累，不陪他了。

仆　人　是，老爷。

　　　　〔仆人下。朴园点着一枝吕宋烟，看见桌上的雨衣。〕

周朴园　（向鲁妈）这是太太找出来的雨衣吗？

鲁侍萍　（看着他）大概是的。

周朴园　（拿起看看）不对，不对，这都是新的。我要我的旧雨衣，你回头跟太太说。

鲁侍萍　嗯。

周朴园　（看她不走）你不知道这间房子底下人不准随便进来么？

鲁侍萍　（看着他）不知道，老爷。

周朴园　你是新来的下人？

鲁侍萍　不是的，我找我的女儿来的。

周朴园　你的女儿？

鲁侍萍　四凤是我的女儿。

周朴园　那你走错屋子了。

鲁侍萍　哦。——老爷没有事了？

周朴园　（指窗）窗户谁叫打开的？

鲁侍萍　哦。（很自然地走到窗户，关上窗户，慢慢地走向中门。）

周朴园　（看她关好窗门，忽然觉得她很奇怪）你站一站，（鲁妈停）你——你贵姓？

鲁侍萍　我姓鲁。

周朴园　姓鲁。你的口音不像北方人。

鲁侍萍　对了，我不是，我是江苏的。

周朴园　你好像有点无锡口音。

鲁侍萍　我自小就在无锡长大的。

周朴园　（沉思）无锡？嗯，无锡（忽而）你在无锡是什么时候？

鲁侍萍　光绪二十年，离现在有三十多年了。

周朴园　哦，三十年前你在无锡？

鲁侍萍　是的，三十多年前呢，那时候我记得我们还没有用洋火呢。

周朴园　（沉思）三十多年前，是的，很远啦，我想想，我大概是二十多岁的时候。那时候我还在无锡呢。

鲁侍萍　老爷是那个地方的人？

周朴园　嗯，（沉吟）无锡是个好地方。

鲁侍萍　哦，好地方。

周朴园　你三十年前在无锡么？

鲁侍萍　是，老爷。

周朴园　三十年前，在无锡有一件很出名的事情——

鲁侍萍　哦。

周朴园　你知道么？

鲁侍萍　也许记得，不知道老爷说的是哪一件？

周朴园　哦，很远的，提起来大家都忘了。

鲁侍萍　说不定，也许记得的。

周朴园　我问过许多那个时候到过无锡的人，我想打听打听。可是这个时候在无锡的人，到现在不是老了就是死了，活着的多半是不知道的，或者忘了。

鲁侍萍	如若老爷想打听的话，无论什么事，无锡那边我还有认识的人，虽然许久不通音信，托他们打听点事情总还可以的。
周朴园	我派人到无锡打听过。——不过也许凑巧你会知道。三十年前在无锡有一家姓梅的。
鲁侍萍	姓梅的？
周朴园	梅家的一个年轻小姐，很贤慧，也很规矩，有一天夜里，忽然地投水死了，后来，后来，——你知道么？
鲁侍萍	不敢说。
周朴园	哦。
鲁侍萍	我倒认识一个年轻的姑娘姓梅的。
周朴园	哦？你说说看。
鲁侍萍	可是她不是小姐，她也不贤慧，并且听说是不大规矩的。
周朴园	也许，也许你弄错了，不过你不妨说说看。
鲁侍萍	这个梅姑娘倒是有一天晚上跳的河，可是不是一个，她手里抱着一个刚生下三天的男孩。听人说她生前是不规矩的。
周朴园	（苦痛）哦！
鲁侍萍	这是个下等人，不很守本分的。听说她跟那时周公馆的少爷有点不清白，生了两个儿子。生了第二个，才过三天，忽然周少爷不要了她，大孩子就放在周公馆，刚生的孩子抱在怀里，在年三十夜里投河死的。
周朴园	（汗涔涔地）哦。
鲁侍萍	她不是小姐，她是无锡周公馆梅妈的女儿，她叫侍萍。
周朴园	（抬起头来）你姓什么？
鲁侍萍	我姓鲁，老爷。
周朴园	（喘出一口气，沉思地）侍萍，侍萍，对了。这个女孩子的尸首，说是有一个穷人见着埋了。你可以打听得她的坟在哪儿么？
鲁侍萍	老爷问这些闲事干什么？
周朴园	这个人跟我们有点亲戚。
鲁侍萍	亲戚？
周朴园	嗯，——我们想把她的坟墓修一修。
鲁侍萍	哦——那用不着了。
周朴园	怎么？
鲁侍萍	这个人现在还活着。
周朴园	（惊愕）什么？

鲁侍萍　她没有死。

周朴园　她还在？不会吧？我看见她河边上的衣服，里面有她的绝命书。

鲁侍萍　不过她被一个慈善的人救活了。

周朴园　哦，救活啦？

鲁侍萍　以后无锡的人是没见着她，以为她那夜晚死了。

周朴园　那么，她呢？

鲁侍萍　一个人在外乡活着。

周朴园　那个小孩呢？

鲁侍萍　也活着。

周朴园　（忽然立起）你是谁？

鲁侍萍　我是这儿四凤的妈，老爷。

周朴园　哦。

鲁侍萍　她现在老了，嫁给一个下等人，又生了个女孩，境况很不好。

周朴园　你知道她现在在哪儿？

鲁侍萍　我前几天还见着她！

周朴园　什么？她就在这儿？此地？

鲁侍萍　嗯，就在此地。

周朴园　哦！

鲁侍萍　老爷，你想见一见她么？

周朴园　不，不，谢谢你。

鲁侍萍　她的命很苦。离开了周家，周家少爷就娶了一位有钱有门第的小姐。她一个单身人，无亲无故，带着一个孩子在外乡什么事都做，讨饭，缝衣服，当老妈，在学校里伺候人。

周朴园　她为什么不再找到周家？

鲁侍萍　大概她是不愿意吧？为着她自己的孩子，她嫁过两次。

周朴园　嗯，以后她又嫁过两次。

鲁侍萍　嗯，都是很下等的人。她遇人都很不如意，老爷想帮一帮她么？

周朴园　好，你先下去。让我想一想。

鲁侍萍　老爷，没有事了？（望着朴园，眼泪要涌出）老爷，您那雨衣，我怎么说？

周朴园　你去告诉四凤，叫她把我樟木箱子里那件旧雨衣拿出来，顺便把那箱子里的几件旧衬衣也捡出来。

鲁侍萍　旧衬衣？

周朴园　你告诉她在我那顶老的箱子里，纺绸的衬衣，没有领子的。

鲁侍萍　老爷那种纺绸衬衣不是一共有五件？您要哪一件？

周朴园　要哪一件？

鲁侍萍　不是有一件，在右袖襟上有个烧破的窟窿，后来用丝线绣成一朵梅花补上的？还有一件，——

周朴园　（惊愕）梅花？

鲁侍萍　还有一件绸衬衣，左袖襟也绣着一朵梅花，旁边还绣着一个萍字。还有一件，——

周朴园　（徐徐立起）哦，你，你，你是——

鲁侍萍　我是从前伺候过老爷的下人。

周朴园　哦，侍萍！（低声）怎么，是你？

鲁侍萍　你自然想不到，侍萍的相貌有一天也会老得连你都不认识了。

周朴园　你——侍萍？（不觉地望望柜上的相片，又望鲁妈。）

鲁侍萍　朴园，你找侍萍么？侍萍在这儿。

周朴园　（忽然严厉地）你来干什么？

鲁侍萍　不是我要来的。

周朴园　谁指使你来的？

鲁侍萍　（悲愤）命！不公平的命指使我来的。

周朴园　（冷冷地）三十年的工夫你还是找到这儿来了。

鲁侍萍　（愤怨）我没有找你，我没有找你，我以为你早死了。我今天没想到到这儿来，这是天要我在这儿又碰见你。

周朴园　你可以冷静点。现在你我都是有子女的人，如果你觉得心里有委屈，这么大年级，我们先可以不必哭哭啼啼的。

鲁侍萍　哭？哼，我的眼泪早哭干了，我没有委屈，我有的是恨，是悔，是三十年一天一天我自己受的苦。你大概已经忘了你做的事了！三十年前，过年三十的晚上我生下你的第二个儿子才三天，你为了要赶紧娶那位有钱有门第的小姐，你们逼着我冒着大雪出去，要我离开你们周家的门。

周朴园　从前的恩怨，过了几十年，又何必再提呢？

鲁侍萍　那是因为周大少爷一帆风顺，现在也是社会上的好人物。可是自从我被你们家赶出来以后，我没有死成，我把我的母亲可给气死了，我亲生的两个孩子你们家里逼着我留在你们家里。

周朴园　你的第二个孩子你不是已经抱走了么？

鲁侍萍　那是你们老太太看着孩子快死了，才叫我抱走的。（自语）哦，天哪，我觉得我像在做梦。

周朴园　我看过去的事不必再提起来吧。

鲁侍萍	我要提，我要提，我闷了三十年了！你结了婚，就搬了家，我以为这一辈子也见不着你了；谁知道我自己的孩子个个命定要跑到周家来，又做我从前在你们家做过的事。
周朴园	怪不得四凤这样像你。
鲁侍萍	我伺候你，我的孩子再伺候你生的少爷们。这是我的报应，我的报应。
周朴园	你静一静。把脑子放清醒点。你不要以为我的心是死了，你以为一个人做了一件于心不忍的是就会忘了么？你看这些家具都是你从前顶喜欢的东西，多少年我总是留着，为着纪念你。
鲁侍萍	（低头）哦。
周朴园	你的生日——四月十八——每年我总记得。一切都照着你是正式嫁过周家的人看，甚至于你因为生萍儿，受了病，总要关窗户，这些习惯我都保留着，为的是不忘你，弥补我的罪过。
鲁侍萍	（叹一口气）现在我们都是上了年纪的人，这些傻话请你不必说了。
周朴园	那更好了。那么我见可以明明白白地谈一谈。
鲁侍萍	不过我觉得没有什么可谈的。
周朴园	话很多。我看你的性情好像没有大改，——鲁贵像是个很不老实的人。
鲁侍萍	你不要怕。他永远不会知道的。
周朴园	那双方面都好。再有，我要问你的，你自己带走的儿子在哪儿？
鲁侍萍	他在你的矿上做工。
周朴园	我问，他现在在哪儿？
鲁侍萍	就在门房等着见你呢。
周朴园	什么？鲁大海？他！我的儿子？
鲁侍萍	他的脚趾头因为你的不小心，现在还是少一个的。
周朴园	（冷笑）这么说，我自己的骨肉在矿上鼓励罢工，反对我！
鲁侍萍	他跟你现在完完全全是两样的人。
周朴园	（沉静）他还是我的儿子。
鲁侍萍	你不要以为他还会认你做父亲。
周朴园	（忽然）好！痛痛快快地！你现在要多少钱吧？
鲁侍萍	什么？
周朴园	留着你养老。
鲁侍萍	（苦笑）哼，你还以为我是故意来敲诈你，才来的么？
周朴园	也好，我们暂且不提这一层。那么，我先说我的意思。你听着，鲁贵我现在要辞退的，四凤也要回家。不过——

鲁侍萍　　你不要怕，你以为我会用这种关系来敲诈你么？你放心，我不会的。大后天我就会带四凤回到我原来的地方。这是一场梦，这地方我绝对不会再住下去。

周朴园　　好得很，那么一切路费，用费，都归我担负。

鲁侍萍　　什么？

周朴园　　这于我的心也安一点。

鲁侍萍　　你？（笑）三十年我一个人都过了，现在我反而要你的钱？

周朴园　　好，好，好，那么你现在要什么？

鲁侍萍　　（停一停）我，我要点东西。

周朴园　　什么？说吧？

鲁侍萍　　（泪满眼）我——我只要见见我的萍儿。

周朴园　　你想见他？

鲁侍萍　　嗯，他在哪儿？

周朴园　　他现在在楼上陪着他的母亲看病。我叫他，他就可以下来见你。不过是——

鲁侍萍　　不过是什么？

周朴园　　他很大了。

鲁侍萍　　（追忆）他大概是二十八了吧？我记得他比大海只大一岁。

周朴园　　并且他以为他母亲早就死了的。

鲁侍萍　　哦，你以为我会哭哭啼啼地叫他认母亲么？我不会那么傻的。我难道不知道这样的母亲只给自己的儿子丢人么？我明白他的地位，他的教育，不容他承认这样的母亲。这些年我也学乖了，我只想看看他，他究竟是我生的孩子。你不要怕，我就是告诉他，白白地增加他的烦恼，他自己也不愿意认我的。

周朴园　　那么，我们就这样解决了。我叫他下来，你看一看他，以后鲁家的人永远不许再到周家来。

鲁侍萍　　好，希望这一生不至于再见你。

周朴园　　（由衣内取出皮夹的支票签好）很好，这是一张五千块钱的支票，你可以先拿去用。算是弥补我一点罪过。

鲁侍萍　　（接过支票）谢谢你。（慢慢撕碎支票）

周朴园　　侍萍。

鲁侍萍　　我这些年的苦不是你拿钱就算得清的。

周朴园　　可是你——

　　　　　　[外面争吵声。鲁大海的声音："放开我，我要进去。"三四个男仆声："不成，不成，老爷睡觉呢。"门外有男仆与大海的挣扎声。]

周朴园　　（走至中门）来人！（仆人由中门进）谁在吵？

仆　人　　就是那个工人鲁大海！他不讲理，非见老爷不可。

周朴园　　哦。（沉吟）那你叫他进来吧。等一等，叫人到楼上请大少爷下楼，我有话问他。

仆　人　　是，老爷。

　　　　　　〔仆人由中门下。〕

周朴园　　（向鲁妈）侍萍，你不要太固执。这一点钱你不收下，将来你会后悔的。

鲁侍萍　　（望着他，一句话也不说。）

　　　　　　〔仆人领着大海进，大海站在左边，三四仆人立一旁。〕

鲁大海　　（见鲁妈）妈，您还在这儿？

周朴园　　（打量鲁大海）你叫什么名字？

鲁大海　　（大笑）董事长，您不要向我摆架子，您难道不知道我是谁么？

周朴园　　你？我只知道你是罢工闹得最凶的工人代表。

鲁大海　　对了，一点儿也不错，所以才来拜望拜望您。

周朴园　　你有什么事吧？

鲁大海　　董事长当然知道我是为什么来的。

周朴园　　（摇头）我不知道。

鲁大海　　我们老远从矿上来，今天我又在您府上大门房里从早上六点钟一直等到现在，我就是要问问董事长，对于我们工人的条件，究竟是允许不允许？

周朴园　　哦，那么——那么，那三个代表呢？

鲁大海　　我跟你说吧，他们现在正在联络旁的工会呢。

周朴园　　哦，——他们没告诉旁的事情么？

鲁大海　　告诉不告诉于你没有关系。——我问你，你的意思，忽而软，忽而硬，究竟是怎么回事？

　　　　　　〔周萍由饭厅上，见有人，即想退回。〕

周朴园　　（看周萍）不要走，萍儿！（视鲁妈，鲁妈知萍为其子，眼泪汪汪地望着他。）

周　萍　　是，爸爸。

周朴园　　（指身侧）萍儿，你站在这儿。（向大海）你这么只凭意气是不能交涉事情的。

鲁大海　　哼，你们的手段，我都明白。你们这样拖延时候不就是想去花钱收买少数不要脸的败类，暂时把我们骗在这儿。

周朴园　　你的见地也不是没有道理。

鲁大海　　可是你完全错了。我们这次罢工是有团结的，有组织的。我们代表这次来并不是来求你们。你听清楚，不求你们。你们允许就允许；不允许，我们一直罢工到底，我们知道你们不到两个月整个地就要关门的。

周朴园　　你以为你们那些代表们，那些领袖们都可靠吗？

鲁大海　至少比你们只认识洋钱的家伙要可靠得多。

周朴园　那么我给你一件东西看。

　　　　[朴园在桌上找电报，仆人递给他；此时周冲偷偷由左书房进，在旁偷听。]

周朴园　（给大海电报）这是昨天从矿上来的电报。

鲁大海　（拿过去读）什么？他们又上工了。（放下电报）不会，不会。

周朴园　矿上的工人已经在昨天早上复工，你当代表的反而不知道么？

鲁大海　（惊，怒）怎么矿上警察开枪打死三十个工人就白打了么？（又看电报，忽然笑起来）哼，这是假的。你们自己假作的电报来离间我们的。（笑）哼，你们这种卑鄙无赖的行为！

周　萍　（忍不住）你是谁？敢在这儿胡说？

周朴园　萍儿！没有你的话。（低声向大海）你就这样相信你那同来的代表么？

鲁大海　你不用多说，我明白你这些话的用意。

周朴园　好，那我把那复工的合同给你瞧瞧。

鲁大海　（笑）你不要骗小孩子，复工的合同没有我们代表的签字是不生效力的。

周朴园　哦，（向仆人）合同！（仆人由桌上拿合同递他）你看，这是他们三个人签字的合同。

鲁大海　（看合同）什么？（慢慢地，低声）他们三个人签了字。他们怎么会不告诉我就签了字呢？他们就这样把我不理啦？

周朴园　对了，傻小子，没有经验只会胡喊是不成的。

鲁大海　那三个代表呢？

周朴园　昨天晚车就回去了。

鲁大海　（如梦初醒）他们三个就骗了我了，这三个没有骨头的东西，他们就把矿上的工人们卖了。哼，你们这些不要脸的董事长，你们的钱这次又灵了。

周　萍　（怒）你混账！

周朴园　不许多说话。（回头向大海）鲁大海，你现在没有资格跟我说话——矿上已经把你开除了。

鲁大海　开除了！？

冲　　爸爸，这是不公平的。

周朴园　（向冲）你少多嘴，出去！（周冲由中门走下）

鲁大海　哦，好，好，（切齿）你的手段我早就领教过，只要你能弄钱，你什么都做得出来，你叫警察杀了矿上许多工人，你还——

周朴园　你胡说！

鲁侍萍　（至大海前）别说了，走吧。

鲁大海　哼，你的来历我都知道，你从前在哈尔滨包修江桥，故意在叫江堤出险——

周朴园　（厉声）下去！

　　　　　〔仆人等拉他，说"走！走！"〕

鲁大海　（对仆人）你们这些混账东西，放开我。我要说，你故意淹死了二千二百个小工，每一个小工的性命你扣三百块钱！姓周的，你发的是绝子绝孙的昧心财！你现在还——

周　萍　（忍不住气，走到大海面前，重重地打他两个嘴巴。）你这种混账东西！（大海立刻要还手，但是被周宅的仆人们拉住。）打他。

鲁大海　（向萍高声）你，你（正要骂，仆人一起打大海。大海头流血。鲁妈哭喊着护大海。）

周朴园　（厉声）不要打人！（仆人们停止打大海，仍拉着大海的手。）

鲁大海　放开我，你们这一群强盗！

周　萍　（向仆人）把他拉下去。

鲁侍萍　（大哭起来）哦，这真是一群强盗！（走至萍前，抽咽）你是萍，——凭，——凭什么打我的儿子？

周　萍　你是谁？

鲁侍萍　我是你的——你打的这个人的妈。

鲁大海　妈，别理这东西，您小心吃了他们的亏。

鲁侍萍　（呆呆地看着萍的脸，忽而又大哭起来）大海，走吧，我们走吧。（抱着大海受伤的头哭。）

　　　　　〔大海为仆人拥下，鲁妈亦下，台上只有周朴园与周萍。〕

周　萍　（过意不去地）父亲。

周朴园　你太莽撞了。

周　萍　可是这个人不应该乱侮辱父亲的名誉啊。

　　　　　〔半晌。〕

周朴园　克大夫给你母亲看过了么？

周　萍　看完了，没有什么。

周朴园　哦，（沉吟，忽然）来人！

　　　　　〔仆人由中门上。〕

周朴园　你告诉太太，叫她把鲁贵跟四凤的工钱算清楚，我已经把他们辞了。

仆　人　是，老爷。

周　萍　怎么？他们两个怎么样了？

周朴园　你不知道刚才这个工人也姓鲁，他就是四凤的哥哥么？

周　萍　哦，这个人就是四凤的哥哥？不过，爸爸——

周朴园　（向下人）跟太太说，叫账房跟鲁贵同四凤多算两个月的工钱，叫他们今天就去。去吧。

〔仆人由饭厅下。〕

周　萍　爸爸，不过四凤同鲁贵在家里都很好。很忠诚的。

周朴园　哦，（呵欠）我很累了。我预备到书房歇一下。你叫他们送一碗浓一点的普洱茶来。

周　萍　是，爸爸。

〔朴园由书房下。〕

周　萍　（叹一口气）嗨！（急由中门下，周冲适由中门上。）

周　冲　（着急地）哥哥，四凤呢？

周　萍　我不知道。

周　冲　是父亲要辞退四凤么？

周　萍　嗯，还有鲁贵。

周　冲　即使她的哥哥得罪了父亲，我们不是把人家打了么？为什么欺负这么一个女孩子干什么？

周　萍　你可问父亲去。

周　冲　这太不讲理了。

周　萍　我也这样想。

周　冲　父亲在哪儿？

周　萍　在书房里。

〔周冲走至书房，周萍在屋里踱来踱去。四凤由中门走进，颜色苍白，泪还垂在眼角。〕

周　萍　（忙走至四凤前）四凤，我对不起你，我实在不认识他。

鲁四凤　（用手摇一摇，满腹说不出的话。）

周　萍　可是你哥哥也不应该那样乱说话。

鲁四凤　不必提了，错得很。（即向饭厅去）

周　萍　你干什么去？

鲁四凤　我收拾我自己的东西去。再见吧，明天你走，我怕不能见你了。

周　萍　不，你不要去。（拦住她）

鲁四凤　不，不，你放开我。你不知道我们已经叫你们辞了么？

周　萍　（难过）凤，你——你饶恕我么？

鲁四凤　不，你不要这样。我并不怨你，我知道早晚是有这么一天的，不过，今天晚上你千万不要来找我。

367

周　萍　可是，以后呢？

鲁四凤　那——再说吧！

周　萍　不，四凤，我要见你，今天晚上，我一定要见你，我有许多话要同你说。四凤，
　　　　你……

鲁四凤　不，无论如何，你不要来。

周　萍　那你想旁的法子来见我。

鲁四凤　没有旁的法子。你难道看不出这是什么情形么？

周　萍　要这样，我是一定要来的。

鲁四凤　不，不，你不要胡闹，你千万不……

　　　　〔繁漪由饭厅上。〕

鲁四凤　哦，太太。

周繁漪　你们在那儿啊！（向四凤）等一会儿，你的父亲叫电灯匠就回来。什么东西，我可
　　　　以交给他带回去。也许我派人跟你送去——你家住在什么地方？

鲁四凤　杏花巷十号。

周繁漪　你不要难过，没事可以常来找我。送你的衣服，我回头叫人送到你那里去。是杏花
　　　　巷十号吧？

鲁四凤　是，谢谢太太。

　　　　〔鲁妈在外面叫：四凤！四凤！〕

鲁四凤　妈，我在这儿。

　　　　〔鲁妈由中门上。〕

鲁侍萍　四凤，收拾收拾零碎的东西，我们先走吧。快下大雨了。

　　　　〔风声，雷声渐起。〕

鲁四凤　是，妈妈。

鲁侍萍　（向繁漪）太太，我们走了。（向四凤）四凤，你跟太太谢谢。

鲁四凤　（向太太请安）太太，谢谢！（含着眼泪看萍，萍缓缓地转过头去。）

　　　　〔鲁妈与四凤由中门下，风雷声更大。〕

周繁漪　萍，你刚才同四凤说的什么？

周　萍　你没有权力问。

周繁漪　萍，你不要以为她会了解你。

周　萍　这是什么意思？

周繁漪　你不要再骗我，我问你，你说要到哪儿去？

周　萍　用不着你问。请你自己放尊重一点。

周繁漪　你说，你今天晚上预备上哪儿去？

周　萍　　我——（突然）我找她。你怎么样？

周繁漪　　（恫吓地）你知道她是谁，你是谁么？

周　萍　　我不知道，我只知道我现在真喜欢她，她也喜欢我。过去这些日子，我知道你早明白得很，现在你既然愿意说破，我当然不必瞒你。

周繁漪　　你受过这样高等教育的人现在同这么一个底下人的女儿，这是一个下等女人——

周　萍　　（爆烈）你胡说！你不配说她下等，你不配，她不像你，她——

周繁漪　　（冷笑）小心，小心！你不要把一个失望的女人逼得太狠了，她是什么事都做得出来的。

周　萍　　我已经打算好了。

周繁漪　　好，你去吧！小心，现在（望窗外，自语，暗示着恶兆地）风暴就要起来了！

周　萍　　（领悟地）谢谢你，我知道。

　　　　　〔朴园由书房上。〕

周朴园　　你们在这儿说什么？

周　萍　　我正跟母亲说刚才的事情呢。

周朴园　　他们走了么？

周繁漪　　走了。

周朴园　　繁漪，冲儿又叫我说哭了，你叫他出来，安慰安慰他。

周繁漪　　（走到书房门口）冲儿！冲儿！（不听见里面答应的声音，便走进去。）

　　　　　〔外面风雷大作。〕

周朴园　　（走到窗前望外面，风声甚烈，花盆落地大碎的声音。）萍儿，花盆叫大风吹倒了，你叫下人快把这窗关上。大概是暴风雨就要下来了。

周　萍　　是，爸爸！（由中门下）

　　　　　〔朴园站在窗前，望着外面的闪电。〕

——幕落。

《曹禺戏剧名篇》，曹禺著，时代文艺出版社，2010 年 1 月第 1 版